유배탐정 김만중과 열 개의 사건

임종욱

어문학사

죽은 자는 누구인가

유배탐정 김만중과 열 개의 사건

임종욱

어문학사

이 책에 실린 표지와 삽화, 지도, 캘리그래피 등은 저자의 두 딸
임견지(남해여중3, 오른쪽)와 임은지(남해여중2, 왼쪽) 양의 도움으로
이루어졌습니다.

각각의 사건은, 그전의 사건의 논리적인 결과다.

— 콜린 덱스터, 『우드스톡행 마지막 버스』에서

서포 김만중 초상
(1637-1692)

남해 사건 지도

노량

남지

남

창선도

남해읍성 ②③⑤ 선소

해

김만중 유배 처소 ● 다전

도 물건

용소 화계 ①

① 제1화:바다에는 누군가가 있다
② 제2화:가야금 소리는 스르댕댕 울리고   금산 보리암
③ 제3화:죽는 자는 누구인가?
④ 제4화:그는 왜 밀실에서 죽어야만 했나?
⑤ 제5화:저승에서 온 고발장
⑥ 제6화:네 무덤에 침을 뱉으마!
⑦ 제7화:어머니를 찾아주세요
⑧ 제8화:자서전을 쓰는 남자
⑨ 제9화:춤추는 알리바이
⑩ 제10화:왕이 보낸 밀지

제1화

바다에는 누군가가 있다

〈남해섬 남쪽 바다에 있는 세존도世尊島〉

1

경오년庚午年: 1690년, 숙종 16년 2월 보름. 바람이 거세게 부는 밤이었
다. 김만중金萬重이 잡초 사이에 몸을 숨기고 어두운 바다를 지켜보는
이곳은 조선의 도읍지 한양에서 천 리도 넘게 아득히 떨어진 남녘의
외딴 섬, 남해다. 그 남해에서도 다시 동쪽 끝자락의 후미진 해안가였
다. 사람들은 이곳을 '물건'이라 불렀다. 양쪽으로 육지가 불끈 튀어나
오고 가운데가 둥글게 말려들어간 만이었다. 김만중은 어깨를 잔뜩
움츠린 채 주변의 동정을 살폈다. 구름이 짙고 바람이 빨라 세상은 더
욱 어두웠다. 김만중은 잠깐 고개를 들어 하늘을 훔쳐보았다. 검은 구
름이 빠르게 흐르고 있었다. 빗방울이 들을 기미는 보이지 않았다. 말
만 좋은 보름밤이었다.

'바람은 뭍으로 불고 게다가 먹구름까지, 고약한 날씨로구나.'

김만중은 입술을 혀로 핥으면서 가위 눌린 사람처럼 중얼거렸다.

김만중은 다시 시선을 거두어 바다를 응시했다. 혼곤히 잠에 취한
여인처럼 바다는 내밀한 열성을 상막 너머 감추고 있었다. 물결이 요
동치면서 빚어내는 흰 물결 띠가 어슴푸레 눈에 들어왔다.

보름밤이라 밤이 가장 밝을 때인데도 사위는 빛 한 줄기 찾을 수 없었다. 그래서 정확한 시간을 가늠하기 어려웠다. 바로 옆으로 사람이 지나가도 모를 흑암이었다. 이런 날을 택한 놈들의 눈썰미에 감탄하지 않을 수 없었다.

김만중 일행은 날이 완전히 어두워지고도 한참 지나 이곳에 똬리를 틀었다. 그러고도 몇 식경이 지났으니 자정은 건넜으리라. 그 시간이 다가오고 있었다. 초조하지는 않았지만 기다림의 시간이 점점 더 무료해졌다.

그때 등 뒤에서 뭔가 부스럭거리는 소리가 들렸다. 김만중은 천천히 고개를 돌렸다. 산짐승이라면 인적에 놀라 달아날 테니 사람일 수밖에 없었다.

"누군가?"

"소인입니다요. 대감님."

남해현 관아의 수석 포교 박태수朴泰洙였다. 바로 옆에 바투 붙어서야 얼굴 윤곽이 드러났다. 손에는 장검이 쥐어져 있었다. 바람에 옷자락이 펄럭거렸다. 어둠이 얼마간 가려주긴 했지만, 얼굴에는 긴장한 빛이 팽팽했다.

"대감님, 너무 늦어지는 거 아닙니까요? 이러다 날 새겠습니다요."

박태수가 칼을 옮겨 쥐면서 낮은 목소리로 말을 건넸다. 김만중이 달래듯 말했다.

"축시丑時, 새벽 1시부터 3시 사이가 되었는가?"

박태수가 고개를 저으며 대답했다.

"머지않았습니다요. 어두운 데다가 바람이 심해 파도가 높을 텐데 과연 오겠습니까요? 허탕 같은뎁쇼?"

김만중이 그의 손을 잡으며 말했다.

"마음 편히 가지게. 때가 되면 어련히 나타나겠지. 놈들이 움켜쥘 이문이 얼만데 이깟 파도로 돌아서겠나? 놈들에게도 이미 날린 화살이야. 이 정도 파랑에 흔들릴 배라면 오지도 않았겠지. 포졸들은 다들 제 위치를 지키고 있겠지?"

말을 건네면서 김만중은 옷깃을 적시는 이슬방울을 털어냈다. 긴장한 탓에 느끼지 못했는데 봄밤의 기온은 상상 밖으로 서늘했다. 김만중은 가볍게 몸을 떨었다. 박태수의 코끝에도 바람 맞은 이슬이 달랑거렸지만, 그는 훔쳐낼 엄두조차 내지 못했다.

"예. 대감님 말씀대로 가운데 길목은 터놓고 언덕 양편에 이열로 배치했습니다요. 들어오기만 하면 독 안에 든 쥐입지요. 들어오기만 하면……."

박태수가 묘하게 뒤끝을 흐리면서 말을 얼버무렸다. 김만중이 그간 보여준, 귀신도 거품을 물 발군의 추리와 날카로운 탁견을 생각하면 한 치 의심을 품어서도 안 되지만, 이번 일은 사람 한둘이 나가죽은 여느 사건과는 달랐다. 현내의 모든 포졸이 동원되었을뿐더러 남해에 주둔한 수군에게까지 군선의 동원을 요청했다. 한 마디로 현내의 치안은 공백 상태였다. 그런데 빈손으로 돌아간다면 현령의 불호령은 둘째 치고, 자칫 다른 사건이라도 터지는 날이면 박태수의 목이 날아갈 판이었다.

그가 초조해 하는 것도 당연했다. 손바닥을 쓸어 목덜미를 더듬는 서늘한 한기를 몰아내면서 박태수는 잠시 회상에 잠겼다.

오늘의 사달은 아주 사소한 일에서 움터올랐다. 읍성에 있는 주막에서 불량배 한 놈이 대낮부터 술추렴을 벌이더니 해가 떨어질 무렵 인사불성이 되어버렸다. 주모가 눈치를 주자 술에서 썩은 냄새가 난다느니 술값이 비싸다느니 억지를 부렸다. 남해 어둠의 세상을 지배하는 폭력배의 두령 조강호趙康虎의 끄나풀인 줄 잘 아는 주모는 아니꼬웠지만 좋은 말로 타일러 돌려보내려고 했다. 그런데 기고만장한 놈이 자신을 바라보는 눈초리가 기분 나쁘다면서 행패를 부렸다. 급기야 술상을 뒤집어엎었고, 주변에서 만류하던 동네 사람 몇을 메다꽂았다.

관아에 혼자 있다 고발을 받은 박태수가 달려갔다. 주막은 멧돼지가 지나간 감자밭인 양 난장판이었다. 놈은 술독을 끌어내 뚜껑을 열고 술을 사발로 퍼마시고 있었다.

"야, 인마! 이게 뭐하는 짓이야!"

박태수가 눈을 부라리며 엄포를 놓았지만 놈은 소 닭 보듯 그를 무시했다. 놈이 비아냥대며 뇌까렸다.

"이건 또 뭐 하는 똥 덩어리야?"

부아가 머리끝까지 치민 박태수가 육모방망이를 뽑아 보기 좋게 한 대 갈겼다. 덩치와 다르게 놈은 한 방에 픽 쓰러졌다. 뒤늦게 온 포졸들이 놈을 포박해 관아로 끌고 갔다. 옥에 처넣었는데도 놈은 정신을 차리지 못했다. 다른 꼬투리를 잡을 게 없나 싶어 놈의 몸을 뒤졌다. 엽전 몇 푼과 짧지만 예리한 칼이 품에서 나왔다. 보잘것없는 조무래기였다. 박태수가 쓰러진 놈에게 침을 뱉으며 시부렁거렸다.

"숭어가 뛰니까 망둥이도 뛴다더니, 이게 제 두령 위세만 믿고 무서운 게 없구나. 쌍놈의 자식. 너 오늘 병풍 뒤에서 향냄새 맡을 줄 알아라."

다시 한 번 놈을 걷어차고 옥문을 나오려는데, 뒤쳐져 있던 포졸이 발길을 잡았다.

"포교 어른, 이놈 허리춤에서 이런 게 떨어졌는뎁쇼."

박태수가 대수롭잖게 고개를 돌리며 물었다.

"뭔데? 금부치라도 나왔나?"

기대와 달리 너절너절한 종이쪼가리였다. 박태수가 눈을 찡그리며 말했다.

"뭐야. 코 푼 종인 게야?"

그 말에 포졸이 앗 더러워라 하며 종이를 던져버렸다. 박태수가 싱겁게 웃으며 종이를 집어 들었다.

"포졸이 돼서 그리 비위가 약해서야. 어디 한번 볼까."

접혀진 종이를 펼쳤다. 거기에는 언문으로 시조창 가사가 적혀 있었다.

> **홀연히 마음 잃고 눈물조차 어이 닦을꼬?**
> **仲春중춘에 큰 달 뜨면 귀한님이 오신다네.**
> **오호라, 금송아지에 금은보화 싣고 가 반기리라.**

박태수가 코웃음을 쳤다.

"뭐야, 이런 미친 놈. 실연이라도 당했나? 술 먹고 행패 부린 것도 다 까닭이 있었구먼. 술 깰 때까지 처박아 둬."

종이쪼가리를 버릴까 하다가 읍성에서 기방 명정루酩酊樓를 꾸리고 있는 옥진玉眞이가 생각나 챙겨 넣었다. 상사곡相思曲이니 술청에서 가락에 맞춰 부르면 어울릴 듯싶었다.

다음 날 아침 어제 그놈부터 조져 찌뿌듯한 몸이나 풀겠다는 심산으로 놈을 끌어냈다. 한숨 잘 잤는지 언제 그랬냐는 듯 놈은 멀쩡했다. 아니 뭔가 당황한 기색이었다. 어제 한 짓이 기억난다면 아차 싶기는 할 터였다.

"내가 누군지 알아보겠느냐?"

놈은 반벙어리가 되어 "에, 에"거리며 우물쭈물했다. 박태수가 육모방망이로 기둥을 치면서 고함을 질렀다.

"네놈이 어제 똥 덩어리라 불렀던 포교 박태수다! 똥 냄새가 진동할 테니 황송해서 이를 어쩌나?"

그러자 놈이 땅바닥에 코를 박더니 징징거렸다.

"아이고. 포교 어른, 이놈이 죽을죄를 졌습니다요. 그저 술이 웬수입니다요. 매질을 하시든 물고를 내시든 소인이 뭐라 하겠습니까요."

놈이 너무 저자세로 나오자 박태수가 머쓱해졌다. 대거리를 해야 패는 맛이 나는 법인데, 제 스스로 두드려 맞겠다니 혼쭐을 내고 싶은 마음이 쏙 들어갔다. 박태수가 헛기침을 한 번 하고 입을 열었다.

"그래. 사리분별은 제법 하는 놈이구나. 죄를 인정한다니 나도 더 따지지는 않겠다. 그러나 주막집 세간을 다 때려 부쉈으니 변상은 해야겠지?"

놈이 고개를 쳐들더니 간사한 웃음을 머금었다.

"그러다 뿐이겠습니까요. 당장 달려가서 주모에게 백 번 사죄하겠습니다요. 지족知足에 사는 천한 놈이다 보니 예의범절이 엉망입니다요. 그저 하늘 보기가 부끄럽습니다요."

몸을 배배 꼬는 놈을 보니 절로 고개가 돌려졌다. 허튼수작을 할 기분도 사라졌다. 옆에 선 포졸에게 말했다.

"이놈 내보내고, 주막까지 따라가서 제대로 사죄하고 변상하는지 확인해."

다시 놈을 쳐다보며 말했다.

"어제 네놈 몸을 뒤져보니 엽전 몇 푼하고 칼이 나오더구나. 엽전은 돌려주지만, 칼은 압수다. 불만 있냐?"

놈이 고개를 절레절레 흔들었다.

"목숨을 살려주신 것도 불망지은不忘之恩인데 무슨 토를 달겠습니까요. 그런데 포교 나리. 그 저 혹시……."

놈이 뭔가 미련이 남는 표정을 지으며 말을 더듬거렸다.

"왜. 몇 대 맞고 나가야 관아에 들렀나 보다 싶다는 게냐? 그런 소원이라면 얼마든지 들어주지."

놈이 다시 화급하게 머리를 땅에 찧었다.

"아닙니다요. 아닙니다요. 그 저 소인 주머니에 종이쪽지가 하나 들었을 텐데 보시지 못했나 싶어서 말입니다요."

그제야 박태수도 시조창 가사가 적힌 종이쪼가리가 떠올랐다. 별 것도 아닌 것에 집착을 한다 싶으면서도 공연히 건네주기 싫은 심술이 일었다.

"아! 그거? 어쩌지. 내가 옷을 갈아입어 지금 없다. 시조창 나부랭이던데 그걸 꼭 가져가야겠냐? 다시 집에 들르기도 번거로운데."

박태수가 매조지를 했는데도 놈은 쉬 물러서지 않았다.

"아이고, 물론 별 거 아닙지요. 그런데 그게 저 소인이 우리 두령님 생신 잔치 때 부르려고 준비하는 것이어서요. 이놈이 머리가 나빠 가사를 잘 기억 못하지 뭡니까요. 게다가 그걸 적어준 사람이 지금 없어 다시 받을 길도 막막합니다요. 또 두령께는 비밀로 한지라 밖으로 돌아다니면 이놈 체면이 안 섭지요. 이따 퇴청하신 뒤에라도 찾아뵙겠으니 돌려주시면 안될깝쇼. 이놈이 서운치 않게 사례는 하겠습니다요."

눈매를 내리면서 살랑거리는데 애절한 속내가 묻어났다. 그러면서도 이놈이 꼴값을 떨고 있는 것 같아 심사가 뒤틀렸다.

"야, 이놈아. 네놈 두령 기쁘게 하려면 진주부晉州府에 가서 물 찬 제비 같은 기생이라도 데려와 바칠 일이지, 사내자식이 청승맞게 시조창은 무슨 얼어죽을 시조창이냐."

놈이 다시 머리를 조아렸다.

"이놈이 변변찮아 기생 데려올 터수가 돼야 말입지요. 그래서 고작 짜낸 수가 그겁니다요. 그저 넓은 마음으로 해량해 주시옵소서."

지족에서 뭘 하고 사는 잡놈인지는 모르겠지만, 말투에서는 제법 먹물을 맡은 냄새가 났다. 따지기도 귀찮아 이 정도 선에서 넘어가기로 했다.

"그래. 제가 섬기는 어른을 위하는 정성은 치하할 만하구나. 잠깐 기다려라. 어쩌면 방 안에 있을지도 모르겠구나."

자리에서 일어나 방 안에 들어간 박태수가 잠시 후 종이쪽을 손에 들고 나왔다.

"이거냐?"

손을 내밀자 놈이 조르르 달려오더니 신주단지라도 되는 듯 공손히 두 손으로 종이쪽을 거둬갔다. 누가 볼까 가재미눈을 뜨며 종이쪽을 펼쳐본 놈이 흡족한 얼굴로 곱게 접어 춤에 챙겨 넣었다.

"감사하옵니다. 그럼 저녁 때 찾아뵙겠습니다요."

박태수가 손을 저으며 대꾸했다.

"일없다. 술 처먹고 행패나 부리지 마라."

놈이 머리를 긁적이며 헤헤거렸다.

"알겠사옵니다. 지족에 오시면 꼭 찾아주십시오. 정력에 좋은 개불이 지금 제철입니다요. 이놈이 물릴 만큼 대접하겠습니다요."

박태수가 웃는 얼굴로 고개를 끄덕였고, 놈은 나랏님 배알이라도 마친 사람처럼 설설 기면서 물러났다.

그날 저녁 오랜만에 박태수는 용문사 아래 숲속에 있는 김만중의 유배 처소를 찾았다. 멀리 앵강만은 안개에 젖어 있었다. 아직 겨울 뒤끝이라 쌀쌀한 날씨였다. 말린 생선 몇 마리를 손에 들었다.

"번번이 신세를 지는구먼."

김만중이 아미蛾眉가 내온 찻잔에 입을 대면서 인사를 건넸다. 차를 그리 즐기지 않을뿐더러 도대체 왜 이런 밋밋한 뜨거운 물을 마시는지 이해하고 싶지도 않은 박태수는 맛만 보는 시늉을 했다.

"올 겨울은 날씨가 참 변덕이 심했습지요. 유배 오시고 첫 겨울인데, 겪어보시니 어떻습니까?"

인사치레로 한 말이지만 김만중은 진지하게 받아들였다.

"걱정해줘서 고마우이. 지지난해에는 평안도 선천에서 겨울을 났는데, 여기야 그곳에 비하면 봄 날씨가 아니겠나. 이따금 눈보라가 몰아치긴 했지만, 견딜 만했으이. 덕분에 잘 지냈네그려."

"하긴 제주만이야 못하지만, 조선 팔도에서 남해만큼 겨울이 포근한 곳도 없습지요. 그래도 한양에 계실 때는 풍악도 즐기고 음주가무도 원껏 누리셨을 텐데……아무래도 적적하시지요?"

김만중이 빙그레 웃으며 대꾸했다.

"평소 그런 일을 즐기지도 않았는데, 불편할 거야 있겠나. 새해가 밝으니 마을마다 당산제堂山祭를 올리더구먼. 말로만 듣던 '밥무덤'도 보고 말일세. 백성들의 풍속을 알 좋은 기회였네. 풍악도 진중하면서도 흥겨웠고. 눈으로 즐기면 곧잘 정도를 벗어나게 되나, 마음으로 즐긴다면 아무리 채운들 넘치지 않는 게 진정한 풍류라네."

박태수가 김만중의 아리송한 말에 고개를 주억거리면서도 깊은 감동을 받은 듯한 표정을 지었다. 그러다 생각난 듯 품에서 종이 한 장을 꺼냈다.

"풍류라 하니 말씀인데, 대감님 이거 한번 봐 주시겠습니까?"

꼬깃꼬깃 접은 종이 한 장을 내밀자 김만중이 의아한 눈빛으로 건네받았다.

"이게 뭔가?"

"말씀 드리자면 사연이 깊지요. 조강호 수하에 있는 놈에게서 입수한 건데, 아무래도 수상쩍지 않겠습니까. 그런데 당췌 소인으로서는 뭔 수작인지 알 도리가 있어야지요."

김만중이 종이를 펼쳐 내용을 읽어나갔다.

"시조창 가사로구먼."

대수롭지 않게 한 마디 하더니 곧 김만중의 미간 사이로 주름이 잡혔다. 거듭 돌려 읽은 김만중이 다소 상기된 얼굴로 박태수를 건너다보았다.

"이걸 어디서 입수했다고?"

박태수가 그간의 사정을 상세하게 전했다. 김만중은 종이 위에서 눈을 떼지 않으면서 그의 말에 귀를 기울였다. 이야기가 끝나자 김만중이 입을 열었다.

"조강호의 생일이 언젠가?"

뜬금없는 질문에 당황하면서 박태수가 눈동자를 모았다.

"흠, 그러고 보니 그놈 생일은 가을이었던 것 같습니다요. 저희 같은 무지렁이들에게 생일이란 게 가당키나 하겠습니까만, 예전에 놈이 자기 생일은 가을이라 먹을 복은 타고 났다느니 어쩌니 뇌까린 적이 있습지요."

"그렇군. 지금이 봄인데 가을에 있을 두령의 생일잔치를 위해 시조창 연습을 한다? 어딘가 어폐가 있어 보이는구먼."

박태수가 무릎을 탁 치며 열에 들떠 말했다.

"역시 그렇습지요? 소인도 뭔가 신경에 거슬렸는데, 딱 잡아내셨습니다요."

"그러나 미리 채비하지 말란 법도 없지. 앞뒤가 맞진 않으나, 그것으로 트집을 잡을 건 아니라고 보네."

금방 박태수의 표정이 시무룩해졌다.

"하긴 한 달 전에 채비하든 한 해 전에 하든 시비할 건 아닙지요."

희로애락의 심사가 바로바로 드러나는 박태수의 거동을 보면서 김만중이 고개를 돌려 씩 웃었다. 그러나 곧 표정을 거두면서 말했다.

"그래도 이상하긴 하네. 가사를 못 외울 것도 아니고, 종이 한 장이 귀한 물건도 아닌데, 그리 아첨을 떨어가면서 왜 되찾으려고 했을까?"

"소인도 그게 이상했습지요. 돌려주지 않았다간 놈이 밤에 칼이라도 들고 올 기세인지라 내주긴 했습니다만, 영 찝찝하더란 말씀입지요."

김만중이 종이를 보며 물었다.

"그럼 이건 뭔가?"

"소인이 몰래 베낀 것입지요."

김만중이 다시 미소를 지었다.

"잘했네. 그자의 태도에는 뭔가 심상찮은 구석이 있구먼. 단지 상사시相思詩라면 그리 집착할 이유가 없지. 남에게 보여서는 안 될 까닭이 있었을 걸세."

박태수가 고개를 갸우뚱거리며 말했다.

"당나라 시인 두목杜牧처럼 고관대작의 마누라와 바람피우고 지은 시도 아니고, 뭘 숨길 게 있다고 그리 애달파 했을까요?"

김만중은 대답은 않고 다시 한 번 찬찬히 가사를 새기며 읽어나갔다. 박태수도 김만중의 눈길을 좇으며 묵묵히 다음 말을 기다렸다. 마침내 김만중이 종이 위에서 눈길을 거두었다.

"남해에 물건勿巾이란 이름을 가진 곳이 있는가?"

박태수가 침을 꿀꺽 삼키며 대답했다.

"저기 동쪽 끝자락에 육지가 양편으로 툭 튀어나온 곳이 물건입지요. 갑자기 무슨 말씀입니까요?"

김만중이 종이를 내밀며 가사의 초장初章을 가리켰다.

"여길 보게. '홀연히 마음 잃고 눈물조차 어이 닦을꼬?'란 구절이 있지. 홀연하다 할 때 한자는 '忽然'이네. '홀'자가 '마음心'을 잃었으니, 그럼 무슨 자가 되는가?"

박태수가 손가락으로 글자를 그리고 지우더니 대꾸했다.

"물勿자로군요."

"그래. 다음 눈물을 닦자면 무엇이 필요한가?"

"수건입지요."

"그래. 건巾이지. 이 두 자를 합하면 물건勿巾이 되질 않나."

박태수가 입을 동그랗게 모으며 감탄했다.

"그렇군요. 그런데 이게 땅 이름인 줄 어찌 압니까요?"

"다음 중장中章을 보면 알지. '仲春중춘에 큰 달 뜨면 귀한님이 오신다네.'가 아닌가. 중춘이면 2월이고, 큰 달이 뜨는 날은 보름일세. 즉 2월 보름. 날짜를 가리키는 말이 아닌가? 날짜가 나왔으면 그 앞에 장소가 놓일 것은 불문가지不問可知야. 그렇지 않은가?"

박태수도 눈썰미가 없는 사람은 아니었다.

"오호라. 2월 보름날 물건에서 뭔 일이 있다는 소리군요. 이게 올해 2월 보름이라면 얼마 남지 않았는뎁쇼. 조강호 패거리가 꾸미는 일이라면 남에게 보탬될 일은 아닐 건 분명합니다요."

김만중이 고개를 끄덕였다.

"제대로 보았네. 그런데 보름 당일 밤은 아니고 다음 날 새벽일 것 같네."

"그건 어찌 아시옵니까?"

"마지막 장을 보게. '오호라, 금송아지에 금은보화 싣고 가 반기리라.'지 않은가? '금송아지'니 12지로 따지면 축丑이 되네. 시각은 새벽 1시부터 3시일 게고. 금송아지를 탔다니, 아마 축시가 시작되는 새벽 1시가 아닐까 싶구먼.

"그러니 보름 다음 기망旣望 날이 되는구닙쇼. 놈들이 그 새벽에 무슨 수작을 부리려는 걸깝쇼?"

"금은보화를 싣고 온다 했으니, 그곳으로 배가 들어온다는 말이 아닐까? 열두 척이 아니면 여섯 척일 걸세."

박태수의 눈이 휘둥그레졌다.

"그런 말도 거기 써 있습니까요?"

"오징어 열두 마리를 한 '축'이라 부르지 않는가? 그러니 배가 열두 척 들어올 거란 암시가 되지. 아니면 여섯 척 배에 금은보화를 싣고 오니 반기고, 여섯 척 분량의 물건을 준비해 두면 싣고 가겠다는 말일 수도 있고."

"오호! 과연 그렇습니다요. 어디서 그런 엄청난 재화가 들어오는 걸까요?"

김만중의 표정이 심각해지면서 말을 받았다.

"왜국이나 청나라가 아니겠나? 야밤에 몰래 배로 들어온다면 온당한 물품은 아닐 터, 즉 밀수선이 들어온다는 소리야. 청나라는 아무래도 뱃길이 머니 왜국일 듯하구먼."

박태수가 다시 침을 꿀꺽 삼켰다.

"우와! 조강호, 이놈 간이 배 밖으로 나왔습니다요. 남해에서 해쳐 먹는 것으로도 부족해 이젠 밀수에까지 손을 대겠다는 거 아닙니까요? 이거 엄청난 건수인뎁쇼."

김만중이 씁쓸한 미소를 띠며 말했다.

"그자가 남해를 범죄의 소굴로 만들 작정을 했구먼. 더구나 밀수는 나라의 경제를 좀먹는 흉악한 짓이지. 이번 기회에 일망타진해 뿌리를 뽑아야 할 걸세."

박태수가 주먹을 불끈 쥐며 말했다.

"소인 생각에 아무리 한 탕 크게 해먹는다고 하나 열두 척은 과해 보입니다요. 대감님 짐작대로 여섯 척이 들어오고, 물물교환 방식으로 물품을 실어 보내려는 속셈이 아닐까요? 그렇다 해도 양이 적지 않을 터, 남들 눈도 있고 하니 미리 물건 해안가에 물품을 부려둘 게 뻔합지요. 군사들을 풀어 다 잡아들여야겠습니다요."

김만중이 급히 손사래를 쳤다.

"아니야. 자네 말이 맞을 것 같네만, 그래도 물품을 부릴 때 습격하는 건 좋지 않네."

"왜요?"

"그렇게 하면 조강호 일당은 체포하겠지만, 왜국에서 들어오는 밀수선과 밀수품은 잃게 되네. 밀수꾼도 다 놓치고."

"쥐도 새도 모르게 잡아들이면, 그놈들도 눈치채지 못할 겁니다요. 밀수 규모가 커서 관아의 포졸만으로는 감당하기 힘듭니다요. 일단 반타작은 해 놔야지요."

"감영이나 진주부에 기별을 넣어 군사를 보내 달라야지."

당연한 수순이었지만 박태수는 별로 달갑잖은 기색이었다.

"그렇게 되면 제 공이 확 줍니다요. 고생은 저희가 다 하고 포상은 감영이나 진주부가 독차지할 텐데, 그야말로 닭 쫓던 개 지붕 쳐다보는 격 아닙니까요."

김만중이 준엄한 목소리로 꾸짖었다.

"지금 포상이 문젠가? 나라를 말아먹는 악의 근원을 뿌리 뽑는 게 우선이지."

그 서슬에 박태수가 슬그머니 꼬리를 내렸다.

"옳은 말씀입지요. 쩝쩝!"

김만중이 다독거리며 말했다.

"자네로서는 아쉽겠지만 내 말대로 하게. 소탐대실小貪大失이라지 않는가? 공명심에 관아 병력으로만 체포하려다가 자칫 게도 구럭도 다 잃을 수 있어."

그래도 박태수의 미련은 가시지 않았다. 미리를 쥐어찌던 박태수의 얼굴에 화색이 돌아왔다.

"대감님, 이건 어떨깝쇼. 관아 병력만 아니라 남해현 전체의 병력을 집결시키는 겁니다요. 포구마다 감시하는 포졸들이 있으니 그들까지 합류시키면 충분히 감당할 병력이 됩니다요. 또 밀수선을 나포하자면 우리도 군선이 필요한데, 남해에 주둔한 수군에게 도움을 청하는 겁니다요. 그자들도 공을 세울 수 있으니 옳다구나 달려들 겝니다요."

박태수로서는 비책이라며 내놓았지만 김만중은 영 마뜩잖은 표정이었다.

"흠, 너무 위험한 방안이 아니겠는가? 일시적이라지만 남해 각처를 지키는 인원이 다 빠진다는 소리야. 그러다 불상사라도 생기면 어쩌려고 그러나."

그 정도 충고로는 박태수의 결심을 흔들기 역부족이었다.

"뭐, 별 일 있겠습니까요. 기껏 해야 하룻밤인걸요. 큰 공을 세우려면 작은 위험은 감수해얍지요. 암요!"

박태수가 스스로에게 다짐하듯 힘차게 고개를 끄덕였다. 지휘권이 없는 김만중으로서는 더 이상 채근하기가 어려웠다.

"알아서 하게나. 다만, 내가 그 물건이란 곳을 가보지 못해 하는 말이네만, 만灣이라면 양편으로 산이나 구릉이 전개되는 지형일걸세. 그러니 조강호 패거리가 출입하도록 가운데는 비워두고 기슭 쪽에 군사들을 매복시켜야 할 게야. 수군의 군선들도 눈에 띄어서는 안 되고 말이야. 또 물품을 쟁여둘 창고가 근처에 있을 걸세. 그 점도 유의해 살피게나."

박태수가 벌써 밀수선을 전부 나포라도 한 듯 눈에 핏대를 세우며 큰소리쳤다.

"염려 꽉 붙들어 맵쇼. 소인이 머리 쓰는 일은 아둔할지 모르나 몸으로 때우는 일에 둘째가라면 서럽습니다요. 헤헤!"

서서히 약속의 시간 축시가 다가오고 있었다. 이미 열흘 전부터 물건에 파수꾼을 보내 조강호 일당이 물품을 들여오는 현장과 장소를 확인해둔 터였다. 움막으로 꾸며놓은 그곳에도 적지 않은 병력이 숨어 여차하면 덮칠 채비가 끝났다. 이제 밀수선이 들어와 닻을 내리기만 하면 장비의 장판교 싸움이 될 터였다.

김만중이 지난 시간을 회고하며 얼쩡거리는 박태수의 등을 치면서 말했다.

"어서 가보게. 점검할 일이 한두 가지가 아니잖은가."

짙게 깔렸던 먹구름이 조금씩 걷혀나갔다. 언뜻언뜻 구름을 뚫고 밝은 달빛이 해안 일대를 비췄다. 거대한 횃불의 빛줄기가 하늘에서 땅으로 쏟아지는 형국이었다. 그 덕에 물건 일대의 형세가 보다 선명하게 눈에 들어왔다.

물건은 양편 산을 낀 가운데가 탁 트였고, 제법 넓게 농경지가 자리했다. 해안선을 따라 2백여 년 전에 조림造林한 어부방조림魚付防潮林이 검푸른 녹음을 자랑하면서 자갈해변을 에워쌌다. 방조림은 군사들이 접근할 때 엄폐물로도 유용할 터였다. 물건 해안 일대는 평온하고 한적한 어촌으로 보이지만, 오늘 이곳은 엄청난 긴장과 갈등으로 들끓었다.

잠시 후 조강호의 수하들이 하나둘씩 무리지어 나타났다. 그와 함께 저 멀리 바다에서 밀수선의 움직임이 포착되었다. 하나, 둘, 셋, 넷……. 모두 여섯 척이었다. 조선의 상선인 것처럼 위장했지만 외형은 딱 봐도 왜국에서 사용하는 주력 상선인 벤자이부네弁才船였다.40

대 이상의 노가 달린 벤자이부네는 기동력이 좋고 적재함이 넓은 것으로 이름났다.

밀수선은 빠른 속도로 만 안으로 진입했다. 해안 쪽에서도 작은 쪽배들이 십여 척 부산하게 움직였다. 수심이 얕아 해안 턱 아래까지 정박할 수 없는 밀수선이라 쪽배들이 물건들을 실어 날라야 했다. 밀수품이 다 부려지면 움막에 숨긴 물건들이 옮겨지는 순서였다.

아직 관아 병력의 이동은 눈에 띄지 않았다. 쪽배에서 밀수선으로 갈고리를 걸고 패거리들이 밀수품을 부릴 때가 작전이 발화되는 시점이었다. 빠른 속도로 쪽배들이 밀수선으로 다가갔다. 갈고리가 걸리자마자 만을 두른 해안가 전 지역에서 일제히 횃불이 밝혀지고 군사들의 함성 소리가 울려 퍼졌다. 동시에 먼 바다에서 수군의 군선들이 접근했고, 위협용 함포 소리가 어두운 하늘을 찢어놓았다. 포탄으로 밀수선을 명중시킬 수도 있었지만, 놈들을 생포하고 밀수품을 온전하게 압수하자면 살상과 파괴는 피해야 했다.

밀수선은 민첩한 기동력을 상실했다. 밀수선에 걸린 갈고리와 쪽배의 인원들이 밀수선의 움직임을 확실히 둔화시켰다. 그 사이 구름이 거의 걷혔다. 양측 인원이 뒤엉켜 우왕좌왕하는 모습이 김만중이 서 있는 언덕에서도 확연하게 목격되었다.

이후 작전은 일사천리로 진행되었다. 수군의 군선은 밀수선을 포위했고, 해안에 있던 패거리들은 흩어져 도주하다 군사들에게 체포되었다. 약간의 저항이 있었지만 무장이 허술한 밀수선은 군선의 적수가 되지 못했다. 만 깊숙이 들어온 놈들이 빠져나갈 곳은 없었다. 수군이 그물을 타고 밀수선으로 건너가 왜놈들을 제압했다.

구름이 완전히 걷히고 날이 서서히 밝아올 무렵 밀수선과 조강호

패거리들은 일망타진되었다. 작전을 줄곧 지켜보면서 김만중은 감동과 보람에 몸을 떨었다. 작전은 완벽하게 성공을 거두었다. 작전에 참여했던 호우豪雨가 상기된 표정으로 김만중이 있는 언덕으로 달려왔다. 박태수가 뒤따라 올라왔다. 박태수가 희열에 들떠 붉어진 얼굴로 김만중의 손을 잡더니 외쳤다.

"대감님, 대성공입니다요. 노획한 재물들이 어마어마합니다요."

"조강호는 잡았는가?"

박태수의 얼굴에 그늘이 졌다.

"놈은 없었습니다요. 와중에 빠져나갔거나 아예 오지 않았나 봅니다요."

김만중이 침통한 표정을 감추지 못하고 신음을 토해냈다.

"여우같은 작자로구나. 발뺌할 수 없도록 현장에서 옭아맸어야 하는데, 일궤지휴—簣之虧야!"

박태수 역시 일말의 아쉬움이 남았는지 표정이 굳어졌지만, 곧 성공의 기쁨으로 대체되었다.

"허나 대감님, 놈도 이제는 양 팔이 다 떨어진 것이나 진배없습니다요. 끈 떨어진 연입죠. 밀수를 위해 엄청난 재물을 쏟아 부었을 텐데다 날아가지 않았습니까요. 수하도 수십 명 체포되었고요. 이 손실을 벌충하려면 적지 않은 시간이 필요하거나 아예 재기하지 못할 수도 있습니다요."

그런 공치사가 김만중에게 큰 위로가 되지는 않았다. 그러나 마냥 상심에 젖을 수는 없었다.

"어쨌거나 박 포교, 자네의 공이 컸네. 한동안 남해가 평안을 유지하게 되었어."

박태수는 희희낙락하며 벌어진 입을 다물지 못했다.

"그러믄입쇼. 사실 소인의 공이라기보다는 대감님의 시조창 가사 풀이가 결정적입지요. 이 사실을 감영에 보고하지 못하는 것이 절통합니다요."

"그런 말은 입에 담을 필요도 없네. 이 얼마나 뿌듯하고 대견한 성과인가."

김만중이 뒷짐을 지며 만면에 웃음을 담자 박태수가 섭섭하면서도 공감하는 표정으로 고개를 끄덕이며 말했다.

"그런데 대감님, 오늘 작전을 진행하면서 그런 생각이 들었습니다요."

"무슨 생각 말인가?"

박태수가 감회에 젖어 말을 이었다.

"대감님과 소인이 처음 남해에서 사건을 해결했던 일 말입니다요. 규모야 지금과 비교할 순 없지만 그때도 바닷가였고, 한밤중이었습지요. 그때도 남해의 보물을 지켜내지 않았습니까요."

그 말에 김만중도 옛 기억이 떠올랐는지 얼굴에 감회가 서렸다.

박태수가 지적한 그 사건이란 김만중이 남해에 유배 와서 지금의 유배 처소에 안착했던 무렵의 일이었다.

박태수와 호우의 얼굴을 번갈아보면서 김만중은 그때의 일을 떠올렸다.

2

기사년己巳年 : 1689년, 숙종 15년도 허리를 꺾어 여름이 무르익을 무렵 남해에 큰 비바람이 몇 차례 몰려왔다. 바다로 담을 치고 있는 섬이다 보니 여름을 전후해 폭풍이 잦은 것은 당연한 일이었다. 다만 이해 남해를 뒤덮은 폭풍은 꽤나 집요하고 날카로웠다. 뭍에 깃들여 사는 생령들의 방자함이 조물주의 역린을 건드린 듯했다. 이해 여름을 몰아친 폭풍은 유독 사람들에게 자연의 응징이 얼마나 매서운지 실감하게 만들었다.

앵강만과 노도가 멀리 보이는 용문사 산기슭에 새로 유배 살 터전을 얻게 된 서포 김만중도 쉽 없이 긁어대는 폭풍의 손길에서 편할 수 없었다. 남해에서 지방 호족으로 서슬이 퍼렇던 자칭 참판 나문구羅文綠의 호의로 마련한 과분한 자리여서였을까? 아니면 너무 서둘러 공사를 다그치다 보니 동티라도 난 것일까? 잦아들 기미가 없는 폭우로 유배살이 초막은 쉽게 그 모습을 드러내지 못했다. 김만중이 한사코 사양한 때문이었는데, 기와로 올리려던 지붕을 짚을 엮은 초가로 바꾸고 방 칸수도 줄이고서야 구색을 갖추었다. 폭우가 멀리 남쪽으로 내려갈 무렵이었다.

용문사로 올라가는 언덕배기 한 모롱이에 자리한 초가는 규모가 아주 작은 편은 아니었다. 먼저 김만중의 유배 시중을 드는 두 시종의 잠자리가 있어야 했다. 공교롭게도 호우와 아미蛾眉가 사내와 계집으로 성별이 다른지라 각방을 쓸 수밖에 없었다. 또 함께 기숙하면서 김만중에게 글공부를 익히기로 한 나 참판의 외동아들 나정언羅廷彦이

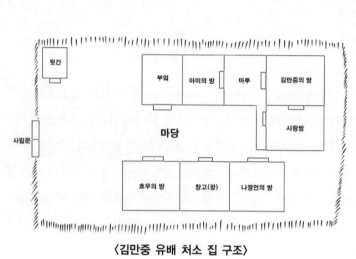

〈김만중 유배 처소 집 구조〉

머물 거처도 필요했다. 최소한 한 지붕 아래 네 식솔이 살아야 했고, 이 따금 찾아올 유객遊客을 위한 사랑방도 딸려야 했다. 거기에 마루와 부엌이 딸리고, 허름한 창고까지 더하면, 한 채 초가로는 면모가 가늠되지 않았다.

결국 김만중이 기거할 안방과 마루, 사랑방, 아미의 처소, 부엌이 들어간 초가집 한 채가 ㄱ자 형태로 들어섰고, 마당을 가운데 두고 남쪽으로 나정언과 호우가 쓸 방 사이로 창고가 낀 별채가 一자 모양으로 자리했다.

관아에서 비용을 낸 것도 아니고, 또 애꿎은 백성들의 허리를 조여 지은 거처도 아니니 누구도 탓할 이는 없었다. 그러나 임금의 눈 밖에 나 쫓겨 온 김만중이 지나친 호사를 누리는 게 아니냐며 관아에서는 뱀눈을 뜨고 달갑잖게 보았다. 다만 김만중이 남해에 발을 디딜 때부터 오금이 잡힌 관아 형방 소속 포교 박태수가 현령을 잘 꼬드겼고, 박태수와 내연 관계에 있는 읍성 기방의 행수 기생 옥진이 교태와 진수 성찬으로 불만에 삐진 치들을 다독이자 가문 날 인 새털구름처럼 이내 궂은소리는 잦아들었다.

그리하여 제법 번듯한 유배 거처가, 다가오는 가을과 함께 높아가는 하늘이 윤이 날 때 첫 모습을 드러냈다. 그간 읍성 밖 주막에 방 한 칸을 빌려 살던 김만중도 길일을 받아 이삿짐을 꾸렸다. 유배 온 처지니 살림은 단출했으나, 그래도 두어 달 한 자리에 머물다보니 꾸역꾸역 늘어난 세간이 적지 않았다.

나문구가 황소가 딸린 달구지를 보내주었다. 호우와 아미가 이런저런 허드레 짐을 챙겨 실었다. 문하생의 도리로 스승의 운신에 보탬이 되어야 한다며 나정언도 와서 손길을 보탰는데, 워낙 글방 도령인지라 큰 도움은 되지 못했다.

호구산虎丘山 동쪽으로 난 재를 타고 넘어 허위허위 새 터전에 달구지를 부리니 어느덧 저녁 해가 저 멀리 가천 설흘산雪屹山을 물들이는 참이었다. 꾸려온 짐을 풀고 세간이며 이부자리를 개어 올렸다. 제법 길다는 남녘땅의 가을 햇빛도 가뭇없이 져버렸다. 어둠은 높은 하늘보다는 바다와 하늘의 경계가 진 곳부터 흐린 먹빛을 풀었다. 아득히 먼 난바다 위로 남녘에서만 보인다는 노인성老人星이 가녀린 빛을 물금 위로 띄웠다.

안방에서 서책 건사를 마친 김만중이 마당으로 나왔다. 달구지와 함께 황소는 벌써 제 집으로 돌아갔고, 호우와 아미, 나정언 세 사람이 마당 가운데 두 손을 모으며 주인과 스승이 나오기를 기다렸다. 김만중이 안쓰러운 표정으로 세 사람을 휘 둘러보았다. 그로서는 하나같이 고마운 존재였다.

혹시나 주인에게 닥칠지 모르는 신변의 위협을 지키겠다며 주저 없이 머나먼 유배지에 동행한 호우. 의금부 사령들도 당하지 못할 무예와 어떤 위급한 상황에도 대처하는 대범함과 순발력을 갖춘 호우는 김만중이 움직이는 곳이면 소리 없이 움직여 그의 주변을 대숲처럼 감쌌다.

어릴 때 호우와 함께 김만중의 집안에 들어온 아미는 눈썰미도 좋을뿐더러 바느질이며 음식 솜씨가 야무져 김만중의 고달픈 유배 생활을 수월하게 만들었다. 게다가 아미는 일찍이 의술까지 익혀 어지간한 의관醫官은 어깨도 견줄 수 없는 견식과 실력을 갖추었다.

두 사람이 있어 김만중은 유배살이의 안팎에 든든한 바람막이를 친 셈이었다.

김만중은 끝으로 다소곳이 고개를 숙이고 있는 나정언에게 눈길을 돌렸다. 호우나 아미보다 나이는 몇 살 위지만, 글만 읽은 도령답달까 얼굴은 햇볕에 그을린 흔적 없이 하얗고, 기골도 그리 강단이 있다 하기는 어려웠다. 그러나 눈빛에는 총기가 어려 있어 잘만 키우면 나라의 동량이 될 자질이 엿보였다. 이들과 이 궁벽한 섬 땅에서 몇 해를 살지 좀체 헤아려지지 않았다.

잡념을 떨어내려는 듯 김만중이 큰 기침으로 자신을 일깨웠다. 이어 아미를 바라보며 말문을 열었다.

"먼 길 짐을 옮기느라 고생이 많았구나. 아미는 저녁 채비가 되겠느냐?"

다소 늦게 아침 끼니를 때우긴 했지만 시간은 흘러 밤이라 해도 좋을 때였다. 다들 건장한 젊은 나이라도 40여 리 길을 달구지를 어르며 왔으니 피로도 하려니와 허기가 졌을 것은 말할 나위도 없었다.

"나 대감님댁에서 쌀가마며 반찬에 땔감까지 미리 보내 놨더이다. 물만 길어 쌀을 얹히면 곧 마련될 것입니다. 바로 차리겠어요."

아미가 다소곳이 고개를 숙이며 말하더니 몸을 부엌으로 옮길 기세를 보였다. 함께 한 고생 길인데 아미만 덜 피곤할 리 없었다. 그래도 저녁 끼니 장만을 맡을 사람은 따로 없었다.

"그래. 네가 아니면 맡길 이가 없으니 애 좀 써야겠구나."

아미가 몸을 돌리자 눈치 빠른 호우가 허리를 세우며 말했다.

"당장 군불도 지펴야 할 터이니 소인은 장작을 패겠습니다."

김만중이 고개를 끄덕이며 대꾸를 대신하자 호우는 부엌 뒤편으로 사라졌다. 혼자 남은 나정언이 겸연쩍은 얼굴로 김만중을 보았다.

"소생은 이만 집으로 돌아가겠습니다. 방은 있다지만 서책이며 침구, 의복은 여전히 본가에 있습니다. 내일 챙겨 오겠습니다."

자기라도 빠져 아미의 손을 덜려는 마음씀씀이 느껴졌다.

"무슨 소리냐? 그 수고를 겪게 하고 빈속에 보내면 네 부친께서 나를 어찌 생각하시겠느냐? 그저 수저 한 벌 더 올려놓는 일이니 어려워 말거라."

그렇게 달랬지만, 약골처럼 보여도 고집은 묵직했다.

"더 늦으면 돌아갈 길도 염려되옵니다. 게다가 저 혼자 움직이면 괜찮으나 아버님께서 탈것을 보내 오셨습니다. 내일 아버님께서도 찾아뵙겠다고 하셨으니, 그때 예의를 갖추겠습니다."

사립문 밖을 살피니 어둑 그늘 사이로 마부와 말이 어정거리고 있는 낌새였다. 지체되면 저들도 밖에서 불편한 시간을 보내야 했다.

"그렇구나. 읍성까지 귀로가 수월찮겠지. 너구나 밤이 아니냐. 살펴가고, 내일 보자꾸나."

말방울 소리가 아득히 골짜기를 타고 멀어졌다. 이윽고 세 사람은 마루에 소반을 차려놓고 머리를 마주한 채 함께 늦은 저녁을 들었다. 반상의 차별이 모질게 생떼를 쓰는 세상이었지만, 남해 땅에 발을 들일 때부터 김만중은 호우와 아미에게 한 상에서 끼니를 때우도록 허락했다.

"우리는 이제 한 식구구나. 식구면서 자리를 따로해 등을 돌리고 밥을 먹는 경우가 어디 있겠느냐?"

호우와 아미의 어깨가 조금 들썩였다.

3

다음 날 아침 나문구와 나정언이 달구지를 끌고 왔다. 남해를 쥐락펴락하는 집안의 행차답게 두 사람 모두 말을 타고 길라잡이까지 대동한 채 들어오니 마당이 제법 떠들썩했다. 나정언은 사립문이 저 멀리 보일 때부터 말에서 내려 걸어왔다.

하인들이 짐을 푸는 동안 나문구가 안방으로 들어와 인사를 나누었다.

"태부족한 아이를 대감께서 거둬주시니 광영이 큽니다. 선비의 면모까지는 모르겠으나 사람구실이나 하도록 돌봐 주신다면 더할 나위 없는 은혜겠습니다."

나문구의 욕심을 모르는 바 아니었다. 그가 실제로 도성에서 참판을 지냈을 이력은 없을 게 분명했지만, 자식이라도 그만한 지위에 오르길 바라는 마음이야 나무랄 일이 아니었다. 김만중이 답례로 두 손을 모으며 말했다.

"무슨 말씀을요. 유배 온 죄인을 믿고 훈육을 일임하시니 제가 고
맙지요."

하인이 집에서 차려온 주안상을 들고 들어왔다. 스스럼없는 화제
로 이야기를 나누며 잔이 몇 순배 돌아간 뒤 나문구가 자리에서 일어
났다.

"정언이가 알아 살피겠으나 불편하거나 미비한 점이 있으면 하시
라도 기별해 주시지요. 성심을 다해 이바지하겠습니다."

마당으로 나가 나정언을 불러 몇 마디 당부한 뒤 나문구는 말을 타
고 돌아갔다. 눈으로 배웅을 마친 김만중은 나정언을 잠시 응시하다
방 안으로 들어왔다. 소란스럽던 마당은 이내 잠잠해졌다. 그러나 한
숨 돌릴 틈도 없이 초막은 다시 사람들 목소리로 가득 채워졌다. 관아
의 포교 박태수가 읍성에 있는 선비 몇과 함께 안부 인사를 드린다며
찾아왔다.

웬일인지 박태수는 평복 차림이었다. 가늘게 난 염소수염을 매만
지고 육모방망이를 곰방대마냥 뒤춤에 끼워넣은 채 박태수가 넉살을
떨었다. 그래도 집안을 훑어보는 눈초리만은 심상찮았다.

"대감, 역시 풍광은 읍성 주막보다 여기가 한참 윗길이옵니다. 새
소리며 바람소리가 절로 근심을 씻어버립니다요. 거처를 옮긴다는 소
식을 듣잡고도 세간 눈치가 만만찮아 오늘에야 찾았습니다. 송구하옵
니다. 선비님 몇 분이 오신다기에 제가 앞장을 섰습지요. 어, 나 도령도
와 계시구먼. 참판 어른께서는 벌써 다녀가신 겐가? 그리고 이건 저희
의 작은 정표입니다요. 헤헤!"

박태수가 어깨에 둘러멨던 보따리를 풀어 호우에게 넘겼다. 그리

고 동행한 선비들을 흘낏 살피면서 변명에 열을 냈다. 선비들이 언짢은 듯 헛기침을 연발했다.

"객쩍은 소리 말게. 죄인의 누옥을 잊지 않고 와주니 그것만 해도 갸륵한 일 아닌가? 어서들 들어오시오. 누추한 곳이라 민망하오. 주인된 도리가 아니더라도 양해하시구려."

김만중이 두 팔을 가볍게 들고 박태수와 선비들을 둘러보며 웃음을 지었다. 좀 전에 내간 주안상에 잔이 몇 개 더 얹어져 들어왔다.

"여! 우리 아미 처자 음식 솜씨가 여간내기가 아니야. 술맛보다 안주 맛 때문에 취할 판일세. 안 그렇습니까, 선비님네들? 흐흐흐!"

박태수는 술잔을 들자마자 단숨에 비웠다. 트림과 함께 아미가 버무려 내놓은 나물을 덥썩 집어 한입에 털어 넣더니 또 탄성을 올렸다. 조심스레 잔을 들어 홀짝이던 선비들의 미간이 잔뜩 찡그러졌다. 김만중이 그들의 눈길을 피해 입가에 미소를 머금었다.

"박 포교는 공무 중일 텐데 그리 술을 마셔도 무고한 모양일세. 더욱이 오늘 밤 자네는 밤이슬을 맞으며 한데 잠을 자야 하지 않나? 용문사에 절도단 패거리들이 나타날 거란 첩보라도 접한 모양이로세."

박태수의 눈이 휘둥그레졌다. 아무도 잔을 채워주지 않자 염치 좋게 제 손으로 술병을 들던 박태수가 김만중의 말에 놀라 술병을 반쯤 손에서 놓쳤다. 소반에 부딪친 술병에서 탁주 거품이 솟구쳤다. 찜찜하게 흐려 있던 선비들의 눈에도 의아함을 담은 시선이 오갔다.

"아니, 대감님께서 그걸 어찌 아셨습니까? 나 참판께서 뭔가 언질이라도 주고 가셨는가 보지요? 아니, 나 참판도 아실 리가 없는데……."

엉겁결에 떠들면서 박태수가 손바닥으로 얼굴을 쓸어내렸다. 선비들이 무슨 소리냐는 표정으로 박태수와 김만중을 번갈아 살폈다. 적지 않게 당황하는 박태수를 본 김만중은 그제야 자신이 실수를 했음을 깨달았다.

"아이쿠! 내가 대낮부터 술을 마셔 실언을 했나 보구먼. 방 안에 앉아만 있으니 느는 게 잡념뿐이야. 앞뒤 없이 한 말이니 너무 개의치 말게나."

어설프게 수습할 요량으로 말을 덮었지만 선비들의 호기심은 쉬 사그라질 기미가 없었다. 시원한 답을 듣지 못한 선비들의 눈이 박태수에게로 향했다. 그러나 그 역시 대꾸할 마음은 전혀 없었다.

"아, 그러시구나. 소인도 뜬금없는 말씀을 하셔서 잠시 혼미했습니다요. 며칠 거처를 옮기는 준비를 하시느라 기력이 쇠해지셨나 봅니다. 뜨끈한 감생이 찜이라도 드셔야겠는 뎁쇼. 히히히!"

겨우 표정을 수습한 박태수가 김만중의 변명에 장단을 맞추었다. 두 사람이 모두 시치미를 떼니 선비들도 더는 채근을 하지 못했다. 박태수가 목청을 높여 떠들며 술잔을 돌리자 자리는 다시 화기애애하게 바뀌었다. 덕분에 해가 막 중천을 건넜을 무렵인데도 너나없이 모두 취기가 올랐다.

방 안을 두리번거리던 한 선비가 김만중의 책상 위에 펼쳐진 책에 눈길을 주었다. 두꺼운 책은 아니었지만 작은 글씨가 행간에 가득한 것으로 보아 경서의 주석본인 듯했다.

"대감, 이 책은 무엇인지요? 경서 같긴 하온데……?"

선비가 게슴츠레해진 얼굴로 김만중의 입에 눈길을 맞추었다. 박태수와의 요상한 문답 때문에 마음이 어수선했던 김만중이 살났다는 표정으로 펼쳐진 책을 집었다.

"춘추시대 오나라 임금 합려를 도와 패권을 쥐게 했던 손무孫武가 쓴 병법입니다. 위나라를 세운 조조曹操가 정리하고 주석을 단 것이지요. 지금같이 뒤숭숭한 시국에 숙독해야 할 서책일 듯해 틈틈이 들춰보고 있지요."

유학자로 명성이 높은 김만중이 느닷없이 병가兵家의 서책을 거론하자 다시 한 번 좌중이 술렁였다. 누군가 아는 체하며 의문을 드러냈다.

"소생도 익히 들어본 바 있는 서책이군요. 왜란과 호란의 참극이 그친 지 오래진 않습니다만 조신한 선비가 쥐고 있을 책은 아닌가 싶습니다. 어인 처신인지요?"

이번에는 박태수도 먹이를 만난 산짐승처럼 목을 길게 뺐다.

"소인 비록 말단이긴 하나 그래도 무인의 말석은 차지한 처지 아닙니까요? 진서眞書에 밝지 못해 읽을 깜냥은 못되오나 대감께서 병법이라니 뜻밖입니다. 무슨 연유라도 있으시나 봅니다요."

김만중은 갑자기 힐난을 받는 듯한 느낌에 빠졌다. 그렇다고 술자리에서 길게 사족을 붙일 계제도 못되었다. 앞서의 일처럼 무작정 얼버무릴 일은 또 아니었다.

"손무의 병법은 무경칠서武經七書 가운데서도 첫 손에 꼽히는 저서일세. 물론 공맹의 말씀을 담은 경서에 비할 바는 못 되지. 그러나 고금의 역사를 상고해보면 문약文弱에 빠진 왕조치고 수명이 오래간 경우가 없었네. 우리 조선이 어느덧 개국한 지 3백 년에 접어드는데, 왜란과 호란이라는 큰 재난을 당한 까닭이 어디에 있겠는가? 바로 무비武備를 소홀한 데서 온 것일세. 지나간 일이야 돌이킬 수 없다지만 앞으로 올 일까지 대비하지 못한다면 우리가 짐승과 다를 바 뭐가 있겠는가?

그런 생각을 하던 차에 문득 꺼내든 책이 손무의 병법이로구먼. 새길수록 명심할 교훈이 많은 글이네."

김만중의 선친 김익겸金益兼, 1615-1637이 지난 병자호란 때 강화도에서 순절했던 사실을 모르는 이는 없었다. 이 때문에 김만중은 유복자가 되어 아비 없는 설움과 효성을 다하지 못한 아픔을 평생 달고 살았다. 그런 김만중의 처지로 보면 그가 손무의 병법에 잠심하는 것도 이상한 일은 아니었다. 그래도 아득한 남녘 절도絶島에 유배를 와서 병법이라니, 의구심이 드는 것도 숨길 수 없는 사실이었다. 선비들은 오늘의 모임이 뭔가 아귀가 잘 안 맞는다고 속으로 중얼거렸다.

그렇다고 해도 김만중이 호평한 서책에 대한 선비들의 관심이 식지는 않았다. 서로 눈빛으로 의사를 주고받은 선비들이 입을 모아 김만중에게 흥미로운 제안을 했다.

"저희 역시 공맹의 도를 금과옥조로 여기긴 하옵니다만, 대감의 말씀을 들으니 손무의 병법을 겸비하는 일도 의의가 있다 여겨집니다. 대감께서 여가가 있으실 때 저희에게 병법에 대해 한 소식 전해주실 수 있을는지요?"

김만중의 얼굴로 만족스런 웃음이 번졌다.

"좋은 말씀이십니다. 그러나 여러분들도 내심 마음에 걸리시는 것처럼, 왕명을 어겨 유배 온 사람이 병법서를 읽는다는 것은 아름답지 못한 행실입니다. 제가 개인적으로 마음을 가다듬고자 잠시 읽기는 하나, 이하부정관李下不整冠이라 했습니다. 혹여 오해를 살 여지도 있으니 곧 읍성 향교에 기증할 생각입니다. 그러니 여러분의 부탁을 들어드리기는 어렵겠습니다."

선비들이 아쉬운 표정을 감추지는 않았지만, 충분히 공감이 간다는 듯 고개를 끄덕였다. 선비 중 한 사람이 대신해 말했다.

"당연한 일이지요. 저희가 배움에 욕심이 나서 어리석은 청을 드렸나 봅니다. 송구하옵니다. 허나 경서 강독이라면 어떠실는지요. 저희도 열심히 경전은 읽습니다만 책에 실린 주석만으로 풀리지 않는 의문이 많습니다. 시간 나실 때 짬을 내어 지도해 주시는 것도 어려울는지요?"

그것까지 마다할 수는 없었다.

"그런 일이라면 언제라도 환영입니다. 변방에 사는 것이 학문에 소홀해도 되는 이유가 될 수는 없지요."

선비들의 얼굴이 밝아졌다.

"언제 찾아뵈면 좋으시겠습니까?"

김만중이 뜸도 들이지 않고 바로 대답했다.

"군이 언제랄 게 있겠습니까. 당장 내일이라도 시작할 수 있어요. 오늘 착수할 수 있는데 좋은 일을 구태여 내일로 미룰 필요가 있겠습니까?"

김만중의 흔쾌한 응답에 방 안의 다사로운 분위기가 고조되었다. 인사도 마치고 약조까지 받으니 더 앉아 있을 이유가 없었다. 이럭저럭 술자리는 파장에 이르렀다. 옷매무새가 많이 흐트러진 박태수가 비틀거리며 마루로 나가자 선비들도 기다렸다는 듯이 그 뒤를 따랐다. 김만중도 군이 만류하지 않았다.

"그럼, 소생들은 그만 귀가할까 합니다. 대감님을 위로하려 왔다가 외려 술대접을 받았으니, 면구스럽습니다요."

박태수가 사립문 쪽으로 성큼성큼 걸어가더니 대뜸 절을 꾸벅하고는 밖으로 나가버렸다. 이 서슬에 다른 선비들도 웅성웅성 인사를 건네고는 박태수의 꽁무니를 쫓아 사라졌다. 갑작스레 바깥이 소란스럽자 호우와 아미, 나정언도 문을 열고 나와 기색을 살폈다.

김만중이 망연자실한 눈으로 그들이 골짜기를 돌아 멀어지는 것을 지켜보았다. 골짜기에 다시 바람소리만 남자 김만중은 방 안으로 들어갔다.

4

그날, 해는 쥐꼬리만큼 남아 앵강만 앞바다를 붉게 물들였다. 김만중은 마루에 우두커니 앉아 고개를 돌려 지는 해를 지켜보았다. 그는 골똘히 생각에 잠겨 있었다. 호롱불을 들고 나정언의 방으로 가던 호우가 김만중을 보고 걸음을 멈추었다.

"대감마님, 날이 저물어 바람이 스산합니다. 안으로 드시지요."

김만중이 고개를 내려 호우를 보았다.

"그렇구나. 호신구는 잘 건사해 두었느냐?"

갑작스런 질문에 호우가 고개를 갸우뚱했다. 그러나 곧 자세를 여미고 주변을 살피더니 낮은 목소리로 대답했다.

"늘 몸에 지니고 다닙니다. 무슨 하명하실 일이라도 있으신지요?"

김만중이 고개를 저었다.

"당장은 아니다만, 오늘 밤 네 무술이 요긴하게 쓰일 듯하구나. 곧 누가 찾아올 게다. 호롱불은 잘 건네주고 네 방에 있다가 내가 부르면 나오너라."

호우는 더 이상 묻지 않고 허리를 잠시 숙이더니 나정언의 방에 호롱불을 밀어 넣었다. 그러고는 바로 자기 방으로 들어갔다. 마당에는 정적만 남았고, 부엌에서 아미가 저녁 밥 짓는 소리만 달그락거렸다.

과연 해가 설흘산을 꼴깍 넘어가자 문밖에서 기척이 들렸다. 살그머니 사립문이 열리는가 싶더니 누군가 상투머리를 쑥 내밀었다. 머리가 기척을 살피듯 좌우로 흔들거렸다. 어둠에 눈이 익었을 텐데도 마루 한 편에 앉아 있는 김만중은 찾아내지 못했다. 김만중이 싱끗 미소 짓고는 입을 열었다.

"박 포교, 내 집에서 뭘 훔쳐갈 작정이 아니라면 어서 들어오게나."

어물전에서 생선을 훔치다 들켜 몽둥이찜질을 받은 고양이처럼 박태수가 펄쩍 뛰었다. 머리가 재빠르게 사립문 뒤로 넘어가더니 사립문이 열렸다. 어느새 김만중은 안방으로 들어갔다.

쑥스러운 몸짓으로 박태수가 방 안에 엉덩이를 들이밀었다.

"읍성으로 들어갈 일도 없을 터인데 무슨 걸음이 그리 더딘가? 내려가자마자 바로 달려올 줄 알았더니."

김만중이 부드러운 표정으로 타박을 하자 박태수가 염소수염을 쓰다듬으며 겸연쩍게 웃었다.

"아, 그 선비들이 이러쿵저러쿵 말이 좀 많아얍지요. 혹여 대감께 누라도 될까 싶어 귀 담아 듣는답시고 따라가다 보니 시간이 많이 지체되었습니다요."

고개를 한 번 끄덕인 김만중이 손을 들어 자리를 권했다.

"그랬구먼. 난 또 내 말실수 때문에 자네가 계획을 포기했나 싶었네그려. 자리를 보고 말문을 열어야 하는 법인데, 공연히 자넬 불편하게 했구먼."

박태수가 두 팔을 홰홰 저으며 표정을 고쳤다.

"그럴 리가 있을깝쇼. 하긴 저도 대감님 말씀을 처음 들었을 때는 등골이 오싹했더랬습니다. 무당도 아니고 박수도 아니실 텐데 어쩌면 그렇게 제 일을 족집게처럼 집어내십니까요. 제 혼이 반쯤 나갔다 들어왔습지요. 히히히!"

김만중이 다시 빙그레 웃음 지었다.

"내가 무슨 신통력이 있어 알았겠나. 자네 행색이 모든 걸 말해주더구먼."

"제 행색이 어때서요? 이마에 자복서라도 써 붙였더이까?"

김만중이 손을 내저으며 말을 이었다.

"아닐세. 자네가 들어설 때 보니 포교의 군복이 아니라 평복을 입고 있더군. 명색이 유배 죄인이 거처를 옮긴 일을 점검하러 왔을 터인데, 평복은 아주 어색한 차림이 아닌가? 더 이상한 것은 옷은 평복이면서 뒤춤에 육모방망이를 숨기고 있는 일이었지. 설마 나를 포박할 심산이 아니었다면 문안차 오는 행색이라 보기 어려웠네. 그래서 공무를 보되 군복은 입을 수 없는 상황이 아닐까 판단했지."

"그렇다 해도 절도단 패거리의 존재며, 그들이 용문사에 나타나리라는 사실은 어찌 맞추셨던 것입니까요? 관아에서도 현령 어른과 형방 나리만 아는 기밀이었는뎁쇼. 게다가 오늘 놈들이 흉사를 벌인다니요?"

다시 김만중의 표정 위로 가벼운 미소가 흘렀다.

"여보게, 박 포교. 내가 아무리 절도에 유배된 죄인의 처지나 눈과 입까지 다 가리고 사는 것은 아닐세. 근자 남해현 일대에서 연쇄적으로 도적 패거리의 약취 사건이 일어나고 있다는 소식 정도는 접하고 있어. 단서도 찾을 수 없고 무리가 몇인지도 모르는 절도단이 패물이

며 귀중물이 있는 행세가의 집이나 사찰 등지를 횡행하고 있음은 진
즉에 들었다네. 자네는 남해에서 횡행하는 그런 절도단을 색출해 체
포할 책임이 있는 포교가 아닌가? 그러니 근자 자네의 가장 큰 두통거
리이자 관심거리가 절도단일 것은 나 아니더라도 알 일이겠지. 이 정
도면 설명은 됐겠고, 오늘 밤에 놈들이 용문사에 오리라는 것은 어떻
게 알았는가 궁금한가?"

박태수가 침을 꿀꺽 삼키며 고개를 끄덕였다. 김만중이 말을 조용
히 이었다.

"내가 남해로 유배 온 지 이제 몇 달 되지 않았네. 그 사이 내가 가
장 자주 찾았던 곳이 용문사라네. 보리암이나 화방사에도 갔지만 말
일세. 용문사는 어디보다 많은 불경과 귀중한 보물들을 소장하고 있
지 않나? 평소 불교에 관심이 적지 않았던 나이니 발걸음이 잦은 것이
야 당연한 일이지. 그때마다 용문사 주지 스님께서 내게 그런 문헌들
이며 보물들을 보여주셨네. 자랑할 만한 가치가 있으니 자부심도 컸
을 테고, 또 내게만 보여주신 것 같지도 않더군. 값진 보물이 있다고 외
치니 대놓고 도둑을 부르는 꼴이긴 하지만, 스님의 소탈한 마음이 그
러니 어쩌겠나? 그 가운데도 스님이 가장 긍지를 지닌 보물은 열두 쌍
한 벌인 금불상이었네. 부처님의 열두 제자를 빚은 것이라 하시더군.

그런데 희한한 일은 값비싼 재물을 약탈하는 데 혈안이 된 절도단
들이 아직까지 용문사의 열두 쌍 금불상에는 손을 대지 않은 사실일
세. 고생스럽게 이곳저곳을 돌아다니며 잔챙이들을 터느니 단 한 번
에 월척을 낚을 수 있는데 말이야."

박태수는 고개를 끄덕이는 동시에 좌우로 갸우뚱 틀었다.

"소인도 그런 의문은 있었습니다. 그간 일기도 고르지 않았으니,

놈들도 잠복해 있기가 힘들었을 겁니다. 그러니 만사 차치하고 용문사 금불상만 손에 넣고 섬을 떠나도 막대한 이득을 올렸을 게 아닙니까? 불상을 세상에 내놓기 여의치 않다면 녹여 금괴로 만들어 유통해도 한 재산 마련하겠지요. 아니면 청나라 떼놈이나 왜놈들에게 보이면 돈을 아끼지 않았을 텐데 말입지요."

김만중의 눈이 살짝 찌푸려졌다.

"그거야 훔치고 난 뒤의 일이지. 놈들도 바보가 아닌 이상 분명 그럴 작정으로 이 섬에 들어왔을 걸세. 그런데 용문사에 잠입하려고 하니 덜컥 장애물이 있는 게 아닌가 말일세."

"장애물이라굽쇼? 사찰도 금불상을 지키려고 경계심을 늦추진 않겠습니다만……. 그게 무서우면 도적질 말아야죠."

"아니, 그런 장애보다는 용문사 주변이 밤낮 사람들로 북적였던 게 더 골칫거리였지."

"사람들로 북적인다굽쇼?"

"그래. 바로 우리가 앉아 있는 이 거처 말일세."

"이 거처가요?"

"그렇지. 원래 나 참판은 이곳에 번듯한 기와집을 지을 작정이었네. 땅을 파 주춧돌을 박고 기둥을 올리고 서까래며 지붕을 이고 담장에 기와까지 얹을 요량이 아니었나. 그것도 한 채가 아니라 두 채를."

박태수가 뭔가를 헤아리는 듯 천장을 보며 눈알을 굴렸다.

"그렇군요. 그것 때문에 유배 죄인에게 너무 호사스런 거처라며 말들도 있었지요. 공사 기간이 너무 길어지는 폐단도 있었고. 그래서 결국 공기를 단축하고 입방정도 막고자 초가집으로 지은 것이 아닙니까요?"

김만중이 고개를 끄덕였다.

"그래. 그렇지만 처음에는 와가瓦家를 짓는다며 많은 사람들이 용문사 주변을 들쑤시지 않았나? 공사에 참여한 인부와 자재를 나르는 수레 등등. 나 참판의 득달같은 재촉에 밤낮 가리지 않고 땅을 파고 흙을 나르며 재촉이 심했지. 그러니 아무리 뱃심이 좋은 절도단이라 한들 장정들이 득시글대고 보는 눈이 쫙 깔린 용문사를 기습하기는 어려웠을 걸세. 그래서 소일거리 삼아 시간도 보낼 겸 이곳저곳 다니며 작은 도적질에 열을 올린 게지. 물론 그 때문에 용문사의 경계가 강화될 우려도 있지만, 마냥 기다리다 금불상마저 얻지 못하면 빈손으로 남해를 떠날 수밖에 없지 않겠나? 그야말로 닭 쫓던 개 지붕 쳐다보는 꼴이 아닌가?"

박태수가 무릎을 치며 말했다.

"허허! 정녕 그렇습니다."

"그런데 며칠 전 마침내 고대하던 공사가 끝났고, 우리 일행이 거처를 옮겼네. 첫날이나 이튿날은 인사치레로 사람들이 들락거릴 게 뻔하지만, 오늘 이후라면 그것도 뜸해질 터. 이런저런 일로 용문사나 주변 사람들의 경계심도 무뎌질 시기지. 그 작자들은 오늘 밤이 용문사 금불상을 손에 넣기에 적기로 보았을 걸세."

김만중의 대답에 수긍하는 눈치였지만 박태수에게는 뭔가 석연찮은 심사가 남은 듯했다.

"기왕 기다린 것 며칠 더 상황을 관망할 수도 있을 텐데요?"

"그러기엔 절도단에게 마음의 여유가 없을 거네. 용문사 금불상의 도난 사실이 알려지면 관아의 경계는 몇 배 더 강화될 게고, 언제 또 폭풍이 몰려올지 모르는 상황이지 않나. 좁은 섬 남해에서 그들은 이미 너무 오래 지체했거든. 도적질에 이골이 난 사람들일 텐데 슬슬 꼬리가 밟힐 때가 온 걸 그들이라고 모를까? 아마 오늘 밤 금불상을 턴 뒤 지체 없이 앵강만으로 들어올 배를 타고 섬을 떠날 속셈일 걸세. 더구나 오늘 밤은 그믐이어서 사리 때네. 사방이 어두운 데다가 밀물이 가장 높을 때니 배를 대고 빠져나가기에도 알맞은 시기지. 이보다 더 좋은 호기는 한 달 뒤에나 올 걸세."

그 말까지 듣자 박태수가 잔뜩 포개두었던 몸을 무너뜨리며 김만중에게 코가 바닥에 닿을 듯 고개를 숙였다.

"이것 참! 대감이야말로 장막 안에 앉아서 천 리 밖 일을 알아내는 혜안을 가지셨습니다요. 한왕漢王 유방劉邦을 도와 천하를 손에 쥔 장량張良을 다시 뵙는 듯하옵니다. 운주유악運籌帷幄의 고사가 공연한 과장이 아니었습니다요!"

김만중이 겸손하게 두 손을 내저었다.

"상황을 조금만 객관적이고 논리적으로 보면 누구나 알 일이지."

그러나 아직도 박태수의 궁금증은 다 풀리지 않았다. 몸을 바싹 당기며 뚫어질 듯 김만중을 바라보던 박태수가 물었다.

"그나저나 제가 낮에 와 저녁때까지 관아로 돌아가지 않으리라고는 어찌 짐작하신 겝니까요? 낮에 그 말씀을 하실 땐 모골이 다 송연해지더이다."

김만중이 몸을 조금 뒤로 물리면서 대꾸했다.

"그것도 알기 어려운 일은 아니었네. 자네들이 오기 전에 나 참판을 배웅하면서 문밖까지 나갔더랬지. 그때 얼핏 보니 일단의 나무꾼들이 패를 지어 용문사로 올라가던 게 눈에 띄었네. 거동이 예사롭지 않은 데다 지게에 무기를 숨긴 게 언뜻 보이더군. 그래서 그들이 평범한 나무꾼이 아니라 관아에서 나온 포졸들이 변장한 것인 줄 짐작했네. 절도단 놈들이라면 그렇게 대놓고 움직이진 않을 터이고. 곧 박 포교가 나타나리라 여겼는데, 아닌 게 아니라 곧 자네가 선비들을 데리고 왔잖은가?

오자마자 자네는 술을 마실 작정을 한 사람처럼 행동했어. 아무리 자네가 한량기질이 넘친다 해도 그런 중대사를 앞두고 술추렴을 할 만큼 무책임한 사람은 아니지. 그래서 귀찮은 선비들을 빨리 따돌리려고 술을 먹일 심산인 줄 알았네. 내가 그 와중에 생각 없이 말을 꺼내 자네를 당황하게 만들었고 말일세. 여하간 다시 관아로 돌아갈 생각이었다면 술은 입에 대지 않았겠지. 절도단 무리를 소탕하려는 긴박한 상황에 대낮부터 술에 취해 관아를 어슬렁댄다면, 아무리 현령의 신임이 두텁다 한들 혼쭐이 날 테고. 그럴 만큼 자네는 어리석진 않지.

그래서 몇 잔 걸친 다음 선비가 떠난 뒤에 여기 머물면서 술도 깨고 이곳의 방비에 대해서도 귀띔을 할 생각이 아니었을까 판단했다네."

김만중의 대답이 끝나자 박태수의 얼굴이 노랗게 변했다.

"아이고! 대감님 앞에서는 몰래 방귀도 못 뀌겠습니다요. 전부터 대감님이 비범한 분인 줄이야 알았지만, 경지가 이 정도라니 저 같은 천한 놈은 상상이나 했겠습니까."

김만중은 기분 좋은 표정으로 고개를 가로저었다.

"과찬일세. 나야 머리로 일의 경위를 파악하는 재주는 있지만, 실제로 완력을 써서 도적떼를 잡는 능력은 자네에게 있지 않나? 아무리 도적떼들의 동태를 파악하면 뭘 하겠나? 잡는 재주가 없으면 말짱 헛것이지."

갑작스런 칭찬에 박태수가 몸을 움츠리면서 낮은 목소리로 속삭

였다.

"좀 전에 대감께서 꼬리가 길면 밟힌다 하셨는데, 사실 이놈들이 전번에 실수를 했습니다요. 고현古縣의 한 대갓집을 털었는데, 이놈들이 집에 아무도 없는 줄 알고 저희끼리 다음번엔 용문사다, 그곳을 털고 배를 띄워 떠나자는 밀담을 주고받았지요. 그것을 광에 숨어 있던 종놈이 들었고, 바로 관아에 알려왔습니다. 그래서 그때부터 계속 용문사 일대에 포졸들을 풀어놓았는데, 한동안 놈들 그림자도 얼씬거리지 않더라 이 말씀입니다. 종놈이 잘못 들은 게 아닐까 의심할 정도였지요. 현령께서도 반신반의하시게 되니, 며칠 전엔 포졸 일부를 철수시키기도 했습지요. 그러다 오늘 밤부터 다시 잠복할 요량으로 포졸들을 변복시켜 올려 보내고, 저도 며칠 밤을 샐 각오로 대감님을 찾아뵈었던 것입니다. 별 일 없으면 욕 좀 듣겠지만, 잡으면 그 공이 얼마나 큽니까.

그런데 지금 대감 말씀을 들으니 오늘 밤 절도단 놈들이 용문사를 기습할 것은 불 보듯 뻔해졌습니다. 잠복한 포졸들에게 정신 바짝 차리라고 단단히 일러둬야겠습니다. 오늘 밤은 그저 설렁설렁 넘길 심산이었는데, 대감님이 아니었으면 눈 뜨고 보물을 털릴 뻔했습니다. 그런 불상사가 벌어지면 제 목도 댕강 날아갈 판이었지요. 대감님은 제 자리를 지켜준 은인입니다요."

박태수가 다시 이마를 방바닥에 박았다.

"아직 그런 인사를 받긴 이르네. 절도단 놈들을 오늘 일망타진하고 난 뒤에 고마워해도 늦진 않아. 그런데 낮에 나무꾼들을 살피니 무술에 능한 자들처럼 보이지도 않았을뿐더러 숫자도 부족한 것이 아닐까 염려되더구먼. 그런 깜냥으로 이자들을 상대할 수 있을지 걱정일세."

박태수가 고개를 외로 흔들었다.

"종놈 말로는 패거리는 고작해야 두세 명이라 하던데요? 놈들이 얼마나 기골이 장대하고 몸이 날랜지는 모르겠으나, 우리 관아 포졸들도 훈련은 제대로 받은 치들입니다. 더구나 놈들은 기습을 당하지 않습니까? 또 용문사에는 승려들도 여럿 기거 중입니다. 큰 어려움은 없을 듯한데요?"

김만중이 딱하다는 듯이 혀를 끌끌 찼다.

"허허! 여보게, 박 포교. 어찌 그 절도단 놈들만 생각하는가? 오늘 밤에 앵강만으로 들어올, 배에 탄 자들도 염두에 두어야지. 그간 약탈한 재물들은 분명 이 근처 어딘가에 숨겨두었을 것이고, 그 짐들을 옮기자면 꽤 많은 인원이 배를 타고 올 것이야. 그놈들이 용문사에서 저희 패거리에 변고가 난 것을 알면 내처 달아날지도 모르지. 그러나 재물에 눈이 먼 놈들이니 동정은 살필 걸세. 그러다 포졸 무리의 수효가 많지 않은 것을 알면, 오히려 자네들이 뒤통수를 맞는 꼴이 되네. 안 그런가?"

그 말에 정말 뒤통수라도 맞은 듯 박태수의 두 눈이 휘둥그레졌다.

"대감님 말씀이 틀림없습니다. 당장 관아에 알려 포졸들을 더 보내라 해야겠습니다요."

급히 몸을 일으키려는 것을 김만중이 손을 들어 막았다.

"이미 늦었어. 벌써 해는 떨어졌고, 사위는 어둠으로 범벅일세. 자네가 진즉에 왔다면 모를까, 지금 관아까지 다녀올 시간이면 이미 용문사는 털리고 난 뒤일 공산이 크네. 괜히 포졸을 보낸다며 인원만 축내는 짓이지."

박태수의 얼굴이 파랗게 질렸다.

"그러면 어쩌지요. 오도 가도 못하게 되었는뎁쇼"

김만중이 박태수를 안심시키면서 책상 위에 있던 서책을 펼쳐 들었다. 낮에 선비들이 보았던 손무의 병법서였다. 책 중간쯤을 펼치고 몇 장을 넘기더니 박태수 눈앞에 한 구절을 디밀었다.

"이 글을 읽어보게."

그러나 박태수는 눈알만 빙빙 굴리다가 김만중의 얼굴을 안쓰러운 표정으로 올려다보았다.

"대감님, 송구하게도 제가 한자를 조금 알기는 하나, 이 글을 읽을 정도는 못됩니다요."

김만중이 머쓱한 웃음을 지으며 손가락으로 글귀를 짚었다.

"손무의 병법 제6편 허실虛實편에 나오는 구절일세. 이렇게 써 있구먼. '적이 미처 구원하지 못할 곳을 공격해야 하며, 적의 의표를 찔러 전혀 예상하지 못한 방향으로 진출해야 한다.'[1]고 말일세. 우리도 이 손무의 가르침대로 놈들을 기습한다면 적은 숫자로도 충분히 제압할 수 있을 것이네. 알겠나?"

그러나 박태수의 얼굴은 여전히 안개로 뒤덮여 있었다. 그런 그를 잠시 보더니 김만중이 책을 덮고 상세하게 복안을 설명했다.

"우선 자네는 용문사에서 절도단 놈들을 기다리게. 대신 용문사 주변에 배치한 포졸 가운데 날랜 이 몇 명을 빼내 해안 쪽 골짜기에 숨어 있도록 지시하게. 내가 사람 하나를 붙여주지. 그와 함께라면 적은 수로도 충분히 배를 타고 올라오는 놈들을 제압할 것이야. 용문사를 털

---

1 이 구절의 원문은 다음과 같다. "出其所不趨 趨其所不意(출기소불추 추기소불의)". 구절의 번역은 유동환이 옮긴 『손자병법』(홍익출판사, 개정 15쇄, 2013년)에 따랐다.

러오는 절도단이래야 서너 명일 것이고, 몸은 민첩할지 모르나 무술에는 젬병일 걸세. 그러니 자네와 포졸, 용문사 스님들만으로도 쉽게 굴복시킬 수 있어."

"절도단 놈들이야 그렇다 쳐도 배를 타고 올라오는 놈들은 숫자도 많은 데다 경계가 아주 심할 텐데요. 누가 함께할지 모르나 포졸 몇으로 가능하겠습니까?"

"정상적이라면 만만치 않은 상대겠지. 그러나 놈들을 혼비백산하게 만들면 제 풀에 고꾸라질 걸세."

"어떻게 혼비백산하게 만드시려고요?"

김만중이 어깨를 쭉 펴더니 허리를 곧게 세웠다.

"그건 내가 맡을 걸세."

박태수의 눈이 다시 휘둥그레졌다.

"대감께서요? 동남풍이라도 부르시려는 겁니까?"

김만중이 씩 웃었다.

"나 혼자는 아니고 또 한 사람이 동행할 걸세. 뭐 지금 계절이면 동남풍을 못 부를 것도 없지만, 그럴 필요까지야 있겠나."

박태수의 두 눈이 코끝으로 모였다.

"대감께서 어디 군사라도 숨겨 두셨습니까? 손오공도 아니고 홍길동도 아니신데, 어디서 사람을 자꾸 데려오시려고요?"

김만중이 방문을 가리켰다.

"저 마당 건너에 쓸 만한 장정 둘이 있지 않은가. 호우는 무예가 상당한 정도가 아니라 고수라 불러도 부족함이 없는 실력을 갖췄네. 일당백도 거뜬히 할 터이니 배를 타고 온 무리 정도는 수월하게 포박할 걸세. 비록 전하의 백성들이라 하나 그 백성들을 등쳐먹는 비루한 도

적폐들이니 인정사정 볼 것 없지. 하물며 해안가를 오르다가 저희가 타고 온 배가 불길에 휩싸여 잿더미가 되는 광경을 본다면, 새장에 넣기는 손바닥 뒤집기보다 손쉬울 게야."

김만중의 말을 골똘히 따라가던 박태수가 그제야 김만중의 속내를 알아챘다.

"아하! 대감께서 놈들의 배에 불을 지르겠다는 말씀이군요. 동행할 이라면 아미를 가리키는 것입니까?"

김만중이 고개를 저었다.

"물론 아미도 제 한 몸 건사할 실력은 되지. 허나 그보다 적임인 사람이 있네. 나는 정언이를 데리고 갈 작정이네."

박태수가 화들짝 놀란 표정을 지었다.

"나 도령을요? 에이, 나이야 좀 더 들었다지만 책상물림 샌님 아닙니까요? 그런 기개가 나올 것 같진 않은뎁쇼."

김만중이 손을 저었다.

"지금 당장은 그렇게 판단해도 잘못된 지적은 아니겠지. 그러나 선비가 되려고 하면서 세상 물정을 모른다면 어찌 제대로 된 선비가 되겠는가? 이번 기회에 정언이도 세상이 돌아가는 모습을 봐둘 필요가 있네. 제 고장에서 일어나는 흉행을 눈으로 확인하고, 이를 바로잡는 데 참여하는 것도 큰 공부가 될 걸세. 또 정언이는 이곳 토박이니 나보다는 해안가 지리에 익숙하지 않겠나?"

자세한 설명을 듣자 박태수가 크게 감동을 받은 표정으로 고개를 주억거렸다.

"대감님 말씀이 백 번 옳습니다요."

김만중이 옷깃을 여미면서 박태수를 재촉했다.

"그리 알고 자네는 내가 지시한대로 포졸들에게 단단히 일러두게. 배를 타고 올 놈들을 기습할 장소로는 용문사에서 흘러내리는 개울의 골짜기 으슥한 곳이 적당할 듯하네. 놈들도 그 길을 따라 용문사로 향할 테니까. 호우와 함께 움직여야 하니 밖으로 나가지. 절도단 놈들을 완전히 포박했으면 잠시 기다렸다가 횃불을 크게 올리게. 그것을 신호로 삼아 배에 불을 지르겠네."

"뱃놈들이 먼저 용문사에 당도하면 어쩝니까?"

"그렇지는 않을 거야. 사찰 안이 시끄러워져 좋을 게 뭐 있겠나. 놈들끼리 분명 서로 내약이 되어 있을 걸세. 금불상을 손에 넣은 뒤 놈들이 합류해야 차질이 없을 게 아니겠나. 만의 하나 뱃놈들이 먼저 오르면 배에 일어난 불길이 거기서도 훤히 보일 테니, 놈들이 놀라 달아나거든 냉큼 포박하게나."

박태수가 힘차게 고개를 끄덕였다.

마당으로 나간 김만중이 호우가 있는 방문으로 가서 인기척을 냈다. 기다렸다는 듯 문이 열리고 호우가 밖으로 나왔다. 김만중이 귓속말로 몇 마디 속삭였다. 호우는 다시 방으로 들어갔고, 몇 가지 무구武具를 챙겨 나오더니 박태수를 따라 사립문을 나섰다.

두 사람이 어둠 속으로 사라진 뒤 김만중이 나정언의 방문 앞에 서서 그를 불렀다. 나정언이 모습을 드러내자 김만중은 손짓으로 안방을 가리켰다. 방 안에서 김만중의 말을 새겨듣고는 나정언이 곧 의중을 알아챘다.

"목숨을 다해 스승님을 따르겠습니다. 이런 일을 맡겨주시니 고마울 따름입니다."

김만중이 다시 한 번 타이르듯 다짐했다.

"글을 읽어 머리로 따져보는 일이 아니다. 너도 태세를 단단히 갖추어야 한다."

아미를 불러 불쏘시개로 쓸 관솔과 부싯돌, 헝겊 따위를 준비하도록 일렀다. 그 사이 나정언은 활동하기 좋은 평상복으로 갈아입었다. 장비들은 짚 포대에 담겼고, 나정언이 짊어졌다. 떠나기 전 김만중이 아미를 불렀다.

"집단속을 잘하고 있어야 한다. 그럴 리는 없겠지만 불량한 무리가 집 안으로 잠입할 수도 있어. 그렇거든 함부로 나서지 말고 바로 몸을 피해 해안으로 내려 오거라. 그리고 다치는 사람이 나오기 십상이니 그 채비도 해두거라."

아미가 입술을 꼭 깨물고 고개를 끄덕이면서 두 손을 쥐었다.

잠시 후 김만중과 나정언도 사립문 밖으로 나섰다. 그들을 배웅한 아미는 사립문을 닫은 뒤 방방의 불을 모두 껐다.

5

자시子時, 밤 11시-새벽 1시가 시작될 무렵 용문사에 절도단 무리가 먼저 모습을 드러냈다. 세 사람이었다. 승려들이 새벽 예불 때문에 일찍 잠드는 것을 그들은 놓치지 않았다. 천왕각에 이를 즈음 그들의 동태는 이미 박태수와 휘하 포졸들의 시야에 들어왔다. 천왕각을 지나 사찰 경내로 들어가는 돌다리에 이르렀을 때 박태수의 호령과 함께 포졸들이 절도단의 덜미를 거머쥐었다. 불시에 기습을 받은 놈들은 대거리 한 번 제대로 하지 못하고 거꾸러져 오랏줄을 받았다.

시간이 조금 지난 뒤 포졸을 시켜 앵강만 해안이 보이는 쪽으로 횃불을 올리게 했다. 횃불이 미처 활활 타오르기도 전에 해안에서 화염이 치솟기 시작했다. 김만중과 나정언이 배를 태우는 불길이었다.

절도단 패거리를 사찰에 있는 광에 가두어 두고 감시는 승려들에게 맡겼다. 이어 관솔불을 환하게 밝히고 포졸들을 몰아 산 아래로 뛸 듯이 내달렸다. 배를 타고 온 놈들의 규모를 알 수 없으니 한시라도 빨리 매복한 이들과 합류해야 했다.

그러나 시내가 꺾이는 곳까지 와보니 놈들도 죄다 포박된 뒤였다. 해안에 정박했던 배는 거대한 불덩어리가 되어 어두운 밤을 밝혔다. 잠시 후 김만중과 나정언이 골짜기를 따라 올라왔다. 박태수가 들뜬 목소리로 김만중에게 전말을 보고했다.

"한 놈도 남김없이 모두 포박했습니다. 일단 용문사로 압송해야겠습니다. 당장 관아로 가기엔 길이 멀고, 이놈들을 가둬둘 곳은 용문사 광밖에는 없습니다."

"그러세."

패거리들은 모두 열두 명에 이르렀다. 기름불을 밝히니 체포 과정에서 치고 박느라 생긴 상처들이 드러났다. 놈들은 아직도 어안이 벙벙한 상태였다. 아미가 상처가 깊은 이들부터 치료했다.

패거리는 처음에는 살기등등하더니 곧 모든 것을 포기하고 그간 약탈한 재물과 패물들을 숨겨둔 곳을 자복했다. 해안과 용문사 중간쯤에 있는 당산나무 뒤편에 손으로 판 작은 토굴이 장물을 쟁여둔 곳간이었다.

포졸들이 약탈당했던 물품들을 모두 지고 돌아오자 박태수는 더욱 의기양양해졌다. 환한 기름불 아래로 한 놈씩 끌어내 놈들의 신원부터 확인하려고 덤벼들었다.

"이자들을 나포하느라 자네나 포졸들도 지쳤을 걸세. 또 사찰에서 언성을 높이는 것도 보기 좋은 모습은 아니지. 내일 관아로 압송한 뒤에 다그쳐도 늦을 건 없을 듯하네만."

김만중이 제지했지만 박태수의 기세를 꺾지는 못했다. 대웅전 큰 마당이 졸지에 문초하는 마당이 되었다. 패거리를 모두 끌어내어 한 줄로 꿇어앉혔다. 관솔불이 놈들의 몰골을 하나하나 비추고 지나갔다. 박태수의 얼굴에서 득의에 찬 웃음이 봇물 터지듯 쏟아졌다.

그러다 한 사내 앞에 불빛이 닿았다. 놈은 관솔불이 뜨거운지 얼굴을 뒤흔들며 몸부림쳤다. 피와 땀으로 얼룩진 몰골에 불빛이 비치자 안면 근육이 심하게 뒤틀렸다. 포졸들이 다리를 번대며 발악하는 놈의 어깨를 짓눌렀다. 그때 잠시 놈의 시선이 박태수와 교차했다. 박태수 앞에는 불빛이 없는 탓에 주변은 어두웠다. 형장의 칼날이 눈앞에 어른거리는 놈은 자기를 둘러싼 모든 인간이 부모를 죽인 원수라도 되는 듯 살벌하게 노려보았다.

잠깐 놈과 눈빛이 마주쳤을 뿐인데 박태수의 안색이 표변했다. 귀밑까지 걸렸던 호탕한 웃음이 봄날 눈 녹듯 삼시간에 사라졌다. 패거리를 한 놈 한 놈 마주보면서 구슬리듯 나긋나긋해졌다가 당장 잡아먹을 듯 짱짱해지던 목소리가 뚝 그쳤다. 놈의 발악을 억누르느라 포졸들은 그 변화를 눈치채지 못했다.

자신의 행색이 달라졌음을 깨달은 박태수가 목에 가시라도 걸린 듯 헛기침을 토해냈다. 의자에서 벌떡 일어나더니 등을 휙 돌리고 뒷짐을 졌다. 칼칼하게 갈라진 목소리로 포졸들을 보며 뇌까렸다.

"으흠! 역시 사찰에서 보여줄 모양새는 아닌 듯하구나. 전부 광 속에 처넣고 단단히 감시하도록 해라. 문초는 내일 관아에서 정식으로 진행하겠다."

절도단 패거리에게 물고를 내리라 기대했던 포졸들은 맥 빠진 결말에 실망하는 빛이 역력했다. 그러나 이미 박태수는 요사채로 발길을 돌린 뒤였다. 허탈한 표정을 감추지 못하면서 포졸들이 놈들을 광으로 끌고 갔다. 기둥마다 한두 놈씩 결박시키자 놈들도 지쳤는지 몸이 축 처졌다. 포졸들은 세 명씩 한 패로 순번을 짜 놈들을 감시했고, 나머지 포졸들은 광 옆에 붙은 헛간에서 새우잠을 잤다.

갑작스런 박태수의 태도 변화가 어색하기는 김만중 일행도 마찬가지였다. 호우와 나정언은 놈들의 꼬락서니를 보느라 박태수가 마음을 바꾼 조짐을 보지 못했다. 아미는 상처를 돌보기에 바빴다. 그러나 한 사람의 눈만은 피할 수 없었다. 김만중의 시선은 처음부터 끝까지 박태수의 일거수일투족에 머물러 있었다.

인사도 없이 허둥지둥 박태수가 사라지자 네 사람도 밤길을 도와 유배 거처로 돌아왔다.

6

며칠 뒤 박태수가 포졸 셋에게 잔뜩 등짐을 들린 채 김만중의 유배 거처를 찾았다. 자신도 한 손에 보자기에 싸인 작은 함을 들었는데, 입가에는 시종 싱글벙글 웃음이 떠나지 않았다.

"대감님, 그간 무고하셨지요? 현령 나리께서 크게 신세를 지셨다면서 드리라는 물품을 가져왔습니다. 지필묵부터 육포에 과실, 옷감까지 두루두루 요긴한 것들입니다요. 헤헤!"

그날 밤 표변했던 까닭에 대해서는 아무런 변명도 없었다. 이미 까마득하게 잊어버렸거나 아예 없었던 일로 치부하려는 것처럼 보였다.

마루에 선 채 그를 맞으면서 김만중도 짐짓 감사의 뜻을 전했다.

"대수롭지도 않은 일에 이런 융숭한 사례라니. 현령에게 내가 크게 신세를 지는 듯하구먼. 진짜 고생은 자네들이 다 했는데 말일세."

박태수가 정색을 하며 말을 가로챘다.

"무슨 천부당만부당한 말씀입니까? 대감님의 언질이 계시지 않았더라면 저희야말로 크게 봉변을 당할 뻔한 걸입쇼. 그래서 요건 제가 드리는 소소한 인정입니다. 헤헤!"

마루 위에 함을 얹더니 보자기를 끌렀다. 매듭이 풀리자 향기로운 냄새가 진동했다. 보아하니 술과 안주였다.

"이건 뭔가?"

"예. 읍성 안에 있는 기방 명정루를 아시지요. 소인이 한 번 모시고자 했는데, 대감께서 끝내 거절하셔서 제가 무안하지 않았습니까. 그 명정루 행수 기생 옥진이가 특별히 정성을 다해 장만한 것이옵니다. 어서어서 안으로 드시지요."

다시 보자기를 묶은 박태수가 소 떼를 몰 듯 김만중을 안방으로 떠밀었다. 하는 수 없이 김만중은 방 안에 좌정했다.

연거푸 몇 잔을 권하더니 박태수도 홀짝거리며 술잔을 비웠다.

"캬! 도대체 이런 기막힌 술은 옥진이가 어디서 구해오는지 모르겠습니다요. 아이구, 우리 어여쁜 옥진이!"

공치사와 너스레가 뒤섞인 찬사가 박태수의 혓바닥 위로 굴러다녔다.

묵묵히 잔을 받아 목을 축이면서 김만중은 고개를 술상 아래로 내리깔았다. 입가에는 희미한 쓴웃음이 걸렸다.

마침내 박태수의 장광설이 잦아들자 술잔을 내려놓은 김만중이 박태수를 찬찬히 바라보았다. 입을 헤벌린 박태수가 기분 좋은 눈빛으로 김만중의 시선을 받았다. 김만중의 입에서 가라앉은 음성이 흘러나왔다.

"그런데, 박 포교. 보아 하니 자네는 남해현 출신은 아닌 것 같아서 묻는 말일세. 자네 고향은 어딘가?"

말의 여운이 채 가시기도 전에 박태수의 입가에 걸렸던 웃음은 하얗게 지워졌고, 입은 앙 다물렸다. 그리고 입안에서 빠드득 이빨을 깨무는 소리가 입술 사이로 들렸다.

제2화

가야금 소리는 스르댕댕 울리고

〈남해 상주면 해안 산책로 풍경〉

1

서책 강독이 끝났다. 김만중이 유배 거처를 옮겼을 때 남해현 선비들과 했던 약조가 처음 실행으로 옮겨진 날이었다. 강독 시간도 오후로 잡았다. 선비들 대부분이 읍성 안에 사는 데다 박태수도 관아 업무 때문에 오후가 적당했다. 한문에 익숙하지 못해 쇠귀에 경 읽기나 다름없는 박태수가 자신도 끼겠다며 부득부득 우겼다. 선비들의 달갑잖은 눈총도 그의 기세를 꺾진 못했다.

첫 강독이 끝나니 해는 어느새 사뭇 기울어 있었다. 방 안은 어둑했지만 선비들의 얼굴은 뭔가 큰일을 했다는 자부심으로 환하게 피어올랐다.

선선한 가을바람이 호구산 산기슭을 타고 오르내렸다. 거처를 옮긴 이후 한두 차례 작은 비바람이 심술궂은 손님처럼 섬을 다녀갔지만 별다른 피해는 없었다. 오히려 폭우는 섬에 파놓은 방죽의 저수량을 채우는 데 도움이 되었다. 한양 도성과는 달리 기후가 온화한 지방인지라 겨울에도 밭농사가 이뤄지는 곳이 남해였다. 사람들은 갈아엎은 논에 마늘이며 파 등속을 파종했다.

끼니때가 되었으니 저녁을 먹고 가라 일렀지만, 선비들이 변변히 속수束脩[2]도 드리지 못하는데 그럴 수는 없다면서 기어이 읍으로 돌아가겠다며 고집을 부렸다. 그들의 결심이 워낙 확고해 김만중도 마냥 채근하기가 어려웠다.

"굳이 그러시다면 어서 일어들 나시구려. 읍까지 갈 길이 멀지 않은가."

경전을 챙긴 선비들이 김만중에게 큰절을 올리고 하나둘 방을 나섰다. 그런데 박태수와 선비 한 사람이 능장을 부렸다. 박태수가 선비의 옆구리를 쿡쿡 찌르는데, 선비는 이러지도 저러지도 못한 채 허둥거렸다. 김만중이 두 사람을 짐짓 불러 세웠다.

"아 잠깐. 박 포교와 최 선비는 잠시 기다려 주시구려. 내 현령과 최 선비 춘부장 어른께 전할 서한이 있어요. 벽장에 넣어 두었으니 받아 가시구려."

구년가뭄에 단비를 만난 농부처럼 두 사람의 얼굴에 화색이 돌았다.

"그렇습니까요? 저희야 시간은 넉넉하니 천천히 찾아보시지요. 우리 선비님들, 송구하오나 네 분만 먼저 귀가하셔야겠습니다. 헤헤."

벌써 마당에 선 네 선비는 의아한 표정을 지었지만, 박태수가 살살거리며 을러대자 두 말 않고 사립문을 빠져 나갔다. 그리 넉넉한 살림들이 아닌 처지라 말이 있을 리 없었다. 잰 걸음으로 달려도 해 떨어지기 전에 읍에 닿기는 힘들었다.

네 선비가 사라지자 김만중이 방문을 닫고 자리에 앉았다. 그리고 두 사람이 사연을 꺼내기를 기다렸다. 박태수가 웃음을 흘리며 말했다.

---

2 제자가 스승을 찾아 공부할 때 내는 일종의 학비.

"우리 대감님은 진상을 꿰뚫어보는 데도 탁월하시지만 눈치도 참 빠르십니다요. 저희의 속내까지 어쩌면 그리 콕 짚어내십니까. 헤헤!"

김만중이 눈길을 뒤로 주며 에둘러 말했다.

"강독할 때 보니 박 포교는 글보다는 잡념에 골몰하는 듯하고, 최 선비는 똥마려운 강아지처럼 – 실례했구려 – 좌불안석이라 마음이 훨훨 떠다니는 게 완연하더구먼. 그래, 내게 따로 할 말이 있는 게요?"

그러자 멀찍이 떨어져 앉아 있던 최 선비가 기듯이 김만중에게 무릎걸음을 해왔다. 그러고는 망연자실한 얼굴빛으로 김만중의 손을 잡았다.

"대감님, 부디부디 제 목숨 좀 살려 주십시오. 제가 이제 꼼짝없이 죽게 생겼습니다."

최 선비의 얼굴은 사색이 되어 질려 있었다. 잡은 두 손도 학질 걸린 사람처럼 후들거렸다. 뜻밖의 호소에 김만중의 안색이 굳어지면서 박태수를 곁눈으로 보았다. 박태수가 입맛을 다시면서 궁색하게 말을 꺼냈다.

"이것 참, 일이 공교롭게 되었습니다. 소인이 아는 최 선비님은 결코 그런 짓을 할 분이 아닌데, 모든 정황이 선비님을 가리키고 있으니 딱한 일입니다."

김만중의 시선이 다시 최 선비에게로 향했다.

"내 최 선비를 그리 잘 알지는 못하나 사리에 어긋날 행동을 하는 분으로는 보이지 않는구려. 곤경에 처했다면 내 자라는 데까지 도우리다. 혹시 근자 배우기 시작한 해금 때문에 생긴 곤경이오?"

김만중의 물음에 두 사람이 선불 맞은 사슴처럼 펄쩍 뛰었다. 박태수는 떨어진 턱을 다물지 못했고, 최 선비는 두 눈을 질끈 감는데, 언뜻 눈물이 배어 나왔다. 정신을 가다듬은 박태수가 눈치를 보며 물었다.

"그걸 어떻게 아셨습니까요?"

김만중의 얼굴 위로 가벼운 웃음이 번졌다.

"그리 어려운 짐작은 아니지. 최 선비의 왼손을 보니 손가락 끝에 굳은살이 제법 박였더구먼. 선비가 농사를 지을 것 같진 않았고, 설령 그렇더라도 양손에 굳은살이 박여야 정상이지. 또 얼굴이 햇볕에 그을린 흔적도 없었네. 그렇다면 선비답게 악기를 배우나 싶었어. 가야금은 양손을 다 쓰니 아니고 대개 아녀자들이 곁에 두는 악기지 않은가. 그러면 거문고와 아쟁, 해금이 남지. 세 악기 모두 왼손 손가락만 쓰는 악기니까.

그런 생각으로 최 선비를 살피자니 도포 아랫부분 가운데에 둥글고 희미한 자국이 보였네. 자세히 보니 아무래도 해금의 원산遠山, 북쇠 자국이 분명했어. 그래서 최 선비가 요즘 해금을 배우고 있음을 알았네. 그런데 다시 보니 그 흔적이 바랜 것이 한동안 연습을 하지 않아 보였네. 연습에 전념할 수 없는 일이 생겼기 때문이겠지. 오늘 두 사람이 강독이 끝나고 안절부절못하니 뭔가 탈은 난 것이 아니겠나? 박 포교는 형무刑務를 담당하는 사람이고, 불안에 떠는 이는 최 선비니 법률에 저촉되는 일을 저질렀을 것도 같았네.

그런데 만약 그 범행이 명약관화하다면 오늘 이 자리에 참석할 것도 없이 바로 형틀에 올랐을 것이야. 그런데도 둘이 함께 온 것을 보면 사건에 미심쩍은 부분이 있다는 소리고, 이에 대해 박 포교도 크게 동정하고 있다는 말일세. 그래서 억울한 누명이나 곤경에 빠졌다 짐작했다네. 이제 해명이 되었나?"

박태수는 더 놀라지도 않고 혀만 끌끌 찼다. 최 선비는 벌써 지옥에서 부처님을 만난 사람처럼 눈물을 글썽이며 김만중을 우러러보았다. 말을 잇지 못하는 최 선비를 곁눈으로 보면서 박태수가 말문을 이었다.

"대감님, 사달인즉슨 이렇게 벌어졌습니다요."

2

최 선비는 집안은 빈한했지만 풍류만은 넘쳐 주체 못하는 사람이었다. 어쩌다 보니 혼기도 놓쳐 버리고 연로한 홀어머니를 모시며 살았다. 동네 아이들을 몇 데리고 『천자문』이며 『동몽선습』 따위를 가르치면서 근근이 생계를 꾸리는 처지였다. 집 뒤란에 조그만 텃밭을 일궈 푸성귀를 키워 끼니 찬거리로 삼았다.

어느 날 최 선비는 자신의 풍류 취향을 소담하게 키워볼 궁리를 했고, 그 결과 악기를 배우자는 쪽으로 귀결되었다. 여러 가지 악기를 두고 고민하다 소리도 카랑카랑하고 지니고 다니기에도 편한 해금을 택했다. 읍성에서 수소문해 누군가 쓰다 버린 해금을 가져와 고쳐 연습했다. 크기가 품 안에 들 정도니 여느 악기보다 다루기도 연주하기도 쉬우리라 여겼는데, 막상 시작해보니 생각만큼 녹록지 않았다. 독학은 무리여서 읍성 동문 밖에 있는 교습소를 찾았다.

교습소는 다리를 저는 한 사내가 운영했다. 토박이는 아니고 10여 년 전쯤 섬으로 굴러들어온 사람이었다. 여러 악기를 잘 다뤄 인근 동네에 잔치나 장례가 있을 때마다 불려가 노래에 가락을 얹어주거나 직접 노래를 부르며 푼돈을 얻어 썼다. 부지런히 뛰어 다녔지만 받는 돈이 워낙 소소해 주머니에서 물 빠져 나가듯 써버려 늘 궁상을 떨며 지냈다. 그러다 읍성 밖에서 주막을 하며 돈푼깨나 모은 과부와 눈이 맞았다. 과부에게는 딸이 하나 있었다. 혼기를 넘긴 나이가 되었지만, 어딘가 모자란 구석이 있어 마땅한 짝이 나타나지 않아 함께 살았다.

오가는 사람마다 웃음을 팔아야 하는 주막대기 노릇이 지겨웠던 과부는 집을 합치자마자 장사는 걷어치웠다. 대신 남편의 재주를 살려 음률 강습소를 열었다. 그리 인구가 많지 않은 섬 지역이었지만, 어린 자식들에게 악기 다루는 재주라도 익혀주고 싶은 부모가 아주 없지는 않았다. 또 기방에 들어가려는 계집애들도 더러 있었다. 여전히 동네잔치에는 불려갈 기회는 많아 그리 벌이가 나쁜 편은 아니었다.

최 선비가 물어물어 찾아갔을 때마침 절름발이 주인과는 일정이 맞지 않자ー 최 선비도 왠지 꺼려졌지만ー 대신 옥진의 기방에서 풍악을 들려주는 어린 기생을 붙여주었다. 동기童妓는 나이는 어렸어도 빼어난 가야금 솜씨를 자랑했고, 거문고와 아쟁, 피리뿐만 아니라 해금에도 상당한 실력을 갖추었다. 없는 돈을 아껴가면서 최 선비는 열심히 해금을 익히고자 노력했다.

그러던 어느 날 동기에게 악기를 배우는 아이들이 읍성 행사 때 합주를 한다는 소식을 접했다. 아이들 일이니 자신이 끼어들 여지는 없었으나, 고사리 손으로 어떻게 악기를 다루나 궁금하기도 해 그들이 연습하는 시간에 맞춰 교습소를 찾았다. 다 저물녘이었다. 십 수 명의 아이들이 자리에 앉아 가야금이며 거문고, 피리와 장구, 해금 등을 잡은 채 동기의 지휘에 맞춰 재게 손을 놀려댔다. 최 선비는 흘깃흘깃 쳐다보는 아이들 눈이 창피한 줄도 모르고 정간보를 같이 읽으면서 흥에 겨워 흥얼거렸다.

그때 약간의 균열이 일어났다. 닫혀 있던 방문이 열리면서 누군가 들어왔다. 최 선비로서는 처음 보는 아낙인데, 동기와 아이들의 눈치를 보니 반갑지 않은 사람임에 분명했다. 아낙의 손에는 몽당 빗자루와 쓰레받기가 들려 있었다. 얼굴은 꿍해 있어 뭔가에 잔뜩 골이 난 표정을 감추지도 않았다.

한 번 방 안을 휘 둘러본 아낙이 난데없이 이곳저곳을 다니면서 비질을 시작했다. 말이 방이지 흙바닥 위에 바로 얇은 널을 얹은 정도라 먼지가 제법 날렸다.

"저 연습이 끝나고 하시면 안 되나요?"

난처해진 동기가 아낙을 보며 부탁을 하는데 들은 체도 하지 않았다. 하는 수 없이 동기는 합주를 중단시키고 아이들 틈새를 돌아다니며 개별적으로 연주법을 가르쳤다. 운지가 잘못된 아이를 위해 직접 악기를 연주하면서 잘못된 부분을 고쳐주었다. 그 사이 최 선비는 아이들 주변을 빙빙 돌았다. 꼭 청소하는 아낙이 자기를 따라 오는 느낌이었다.

아낙의 청소는 끝날 줄 몰랐다. 평소 얼마나 깔끔한 성격인지는 모르겠으나 청결보다는 심술이 더 작용한 듯했다. 꽤나 시간이 지나 아낙이 청소 도구를 들고 방 안을 나갔다. 그리고 잠시 뒤 연습이 거의 끝나갈 즈음 최 선비가 먼저 자리를 떴다. 아무래도 늦은 시간까지 노모를 혼자 집에 두는 게 마음에 걸렸다. 최 선비는 동기에게 잠깐 눈인사를 하고 교습소를 나와 밤길을 걸어 귀가했다.

소동은 다음날 일어났다.

읍성 안에 볼일이 있어 길을 나섰는데, 성문 앞에서 농기를 만났다. 안 좋은 일이라도 있는지 울상이었다. 남의 눈이 있어 꺼림칙했지만 모른 척하기도 뭐해 인사를 했다. 깜짝 놀라 최 선비를 보던 동기가 으슥한 구석으로 그를 끌고 갔다.

"이건 결코 제가 선비님을 의심해서 드리는 말씀은 아닌데요.—이건 의심한단 소리보다 더 무섭다.— 저 혹시 어제 합주 연습할 때 말이죠. 제 자리 옆 책상에 두었던 옥가락지 못 보셨나요?"

꿈에서도 예상 못할 해괴한 질문이었다. 최 선비가 기억을 아무리 더듬어보아도 옥가락지는 떠오르지 않았다. 자신은 합주하는 아이들 뒤편에 있어 동기가 있던 앞쪽으로는 눈길은 주었지만 걸음을 옮긴 적은 없었다.

그는 내심 걱정하면서 고개를 저었다.

"그렇죠? 저도 선비님께서 앞으로 오신 건 못 봤사옵니다. 아이들에게 물어봐도 같은 대답이었어요."

뭔가 일이 이상하게 돌아간다고 느낀 최 선비가 어찌된 영문인지 상세하게 물었다. 그가 듣게 된 일의 전말은 이랬다.

동기에게는 돌아가신 어머니가 남긴, 집안 대대로 내려오는 가보인 옥가락지가 있었다. 천애고아가 되고 의지가지없어진 동기는 어찌어찌하다 옥진의 기방에 부엌대기로 들어왔는데, 재주와 미색을 알아본 옥진이 악기며 풍악, 서예와 시문 등을 가르쳤다. 옥진의 기대에 어울리게 동기는 자신의 재능을 마음껏 발휘했다. 아직 나이가 어려— 옥진이 아낀 탓도 있지만— 머리를 올리지 않았고, 그래서 소일거리 삼아 교습소에 나가 아이들에게 악기를 가르치게 되었다.

어머니가 물려준 유일한 유물인지라 동기는 옥가락지를 신주단지 모시듯 소중하게 여겨 바깥나들이를 할 때는 명정루 자기 방의 장롱 깊이 숨겨 두었다. 그런데 그날따라 무슨 바람이 불었는지 아이들 합주 연습 때 옥가락지를 끼고 나왔다. 직접 연주를 하지 않으니 별 탈은 없었지만, 아낙─알고 보니, 전직 주모인 교습소 절름발이 사내의 마누라였다.─이 들어와 청소를 한답시고 들쑤신 게 화근이었다. 아이들에게 연주 시범을 보이자니 굵은 가락지가 현에 걸렸고, 그래서 잠시 뽑아 책상 위에 두었더랬다.

아낙이 계속 신경을 건드려 옥가락지의 존재를 깜박 잊어버렸다. 아낙이 나가고, 최 선비도 나간 뒤 곧 연습도 끝나 아이들도 우르르 몰려나갔다. 동기도 몇 가지 기물을 챙긴 뒤 마지막으로 문단속을 하고 열쇠를 뒷마당 나무 아래 틈에 넣어둔 뒤 기루로 향했다. 기루에 거의 다 와서야 동기는 자신이 어머니의 고귀한 유물 옥가락지를 교습소에 두고 온 사실을 깨달았다. 정신없이 교습소로 달려가 열쇠로 문을 따고 들어가 불을 밝혔다. 그러나 아무리 찾고 또 뒤져도 옥가락지는 연기처럼 사라지고 없었다.

넋이 다 빠진 동기는 결국 포기하고 기루로 돌아왔다. 울먹거리면서 옥진에게 사실을 털어놓았다. 옥진이 발끈한 것은 당연한 일이었다. 그 길로 옥진은 기둥서방인 박태수에게 달려갔다.

사정 설명을 들은 박태수도 난감했다. 옥가락지가 얼마나 귀한 물건인지는 모르겠으나 대수로워 보이지 않았다. 또 혐의가 걸린 사람이 많아 누구부터 파고들어야 할지 난감했다. 어린아이들이 물욕 때문에 옥가락지를 훔쳤을 것 같지는 않았다. 또 최 선비는 박태수도 평소 잘 아는 사람이었다. 가난하게 살기는 했지만 양심은 반듯했다. 명색이 선비가 되어 기생의 물건을 탐낼 만큼 막된 인물도 아니었다. 그러나 사람 속을 누가 알겠는가! 특히 선비라면 별로 달가워 않는 옥진이 거세게 의심의 불길을 지폈다.

김홍도의 풍속도 〈춤추는 아이〉

"어허! 그 주둥아리 함부로 나불대지 말게. 가난한 선비라도 선비는 선비여. 괜히 가볍게 입 놀리다간 치도곤을 당할 수 있다니까."

반상의 구분이 엄연한 세상이었다. 선비에 비하면 기생은 사람 축에도 들지 않았다. 그런데 함부로 의심스럽다는 말을 올렸다가는—그것도 역적모의도 아니고 옥가락지 하나를 절도했다는 혐의로— 마른하늘에 날벼락은 걱정할 일도 아니었다.

남은 이는 절름발이 교습소 주인의 마누라였다. 일단 평민이니 대하기가 만만했다. 관아로 끌고 와 위협만 해도 입에서 술술 자백이 나올 것도 같았다. 그러나 그런 일 없다고 잡아떼면? 물증도 증인도 없는 마당에 생사람을 잡을 수는 없었다. 자칫 자신의 이력에도 해가 될 수 있었다. 죽어 엄마를 볼 면목이 없다면서 울어대는 동기와 당장 진범을 가려내라고 길길이 뛰는 옥진, 두 사람 사이에서 박태수는 졸지에 사면초가의 궁지에 몰렸다.

결국 박태수가 먼저 최 선비를 찾았다. 그나마 말이 통할 사람이었다.

"선비님, 정말 못 보셨습니까?"

최 선비도 잔뜩 주눅이 들어 있었다.

"까마귀 날자 배 떨어진다더니, 내가 바로 그 짝이구려. 박 포교가 날 의심하는 것도 충분히 이해는 가지만, 내 하늘을 두고 결코 그런 짓은 하지 않았다 맹세하리다. 볼기를 맞든 주리를 틀든 포교 맘이나 없었던 일을 두고 내 뭐라 말하겠소."

이 정도 혐의로 최 선비를 옥에 가둘 수는 없었다. 섣불리 건드릴 수 없는 사람인데다 말에 믿음성도가 일단 한 발 물러섰다.

아낙은 재산이 없는 사람이 아니었다. 주막을 하면서 알뜰히 모아 전답도 제법 있었고, 교습소 건물이며 땅도 모두 아낙의 소유였다. 그런 사람이 하찮은 옥가락지에 눈독을 들일 것 같지는 않았다. 다만 아낙 주변을 떠도는 소문은 좋지 않았다. 재산과 관계없이 재물 욕심이 상당하다는 것이었다. 여러 곳에 장리 빚을 놓아 고리대금으로 세월을 보냈고, 교습소에서 나오는 이득도 모두 아낙의 주머니로 들어갔다. 게다가 천성적으로 손버릇이 나쁘다는 평판이었다. 남이 좋은 물건을 가지고 있으면 공연히 심술을 부렸고, 어떤 때는 남이 안 볼 때 슬쩍 챙겨 넣기도 했던 모양이었다. 훔친 현장을 본 것도 아닌 데다 급할 땐 아쉬운 소리를 할 수밖에 없는지라 아무도 대놓고 따지지 못했을 뿐이었다.

이렇게 놓고 보니 아낙이 가장 의심스러웠다. 일단 관아로 불러들였다. 절름발이 사내도 남편이라고 동행했는데, 아낙의 기세가 아주 등등했다. 방귀 낀 놈이 성낸다고 삿대질까지 하면서 박태수를 닦아세웠다.

"나를 어떻게 보고 도둑년으로 몰아요, 몰긴. 그년이 딴 데서 잃어버리고 나한테 덮어씌우려는 수작인 게 뻔하잖아. 내 재산이면 그깟 옥가락지 천 개 만 개도 살 수 있어. 금테가 둘렸긴 해도 그깟 게 비싸봤자 얼마나 한다고, 생사람을 잡아요. 요망한 년 같으니라고!"

아낙은 제 입으로 도둑질을 자백하고 있었다. 박태수나 동기나 옥가락지가 없어졌다 했지 금테를 둘린 사실은 누구에게도 발설하지 않았다. 그런데 아낙은 옥가락지에 금테 둘린 것까지 알고 있었다. 이것을 두고 따지니 아낙은 눈도 깜짝 하지 않고 받아넘겼다.

"나도 청소하면서 봤단 말예요. 그년 옆 책상에 덩그러니 놓여 있던데 뭘. 어디 나만 봤나. 애들도 봤고, 맞아 희멀거니 생긴 늙수그레한 선비도 있었어. 왜 그 화상은 안 끌고 오고 애먼 나한테만 이러냐고! 또 애들은 안 의심스러워? 손버릇 나쁜 애들이 어디 한둘인가!"

거의 막장까지 간 여자였다. 어지간한 일에는 눈도 꿈쩍 않던 박태수도 아낙의 서슬에는 완전히 두 손 두 발 다 들었다. 집을 한번 살펴봐도 좋겠냐고 했더니, 좋은데 먼저 아이들이며 선비 집부터 뒤진 다음에야 허락하겠다는 것이었다. 기가 차서 말도 나오지 않는데, 뒤에서 멀뚱히 선 절름발이는 먼 산만 쳐다보며 입을 꾹 다물고 있었다. 결국 어름장 한 마디 놓지 못하고 아낙과 사내를 돌려보내고 말았다. 열불이 난 박태수는 그날 밤새도록 술을 퍼마셨다. 이후 수사는 별다른 진척이 없었다.

며칠 뒤 우연찮게 읍성 장터에서 최 선비와 아낙이 마주쳤다. 최 선비를 보더니 아낙이 다짜고짜 드잡이를 할 기세로 나왔다.

"이봐 당신, 꼴에 선비라고 행세하려는 모양인데, 죄 짓고 어디서 감히 발뺌이야 발뺌은. 동기 그년하고 해금을 배우니 어쩌니 지랄을 떨더니 둘이 배가 맞아 날 호려먹으려는 거 아냐. 엇따 대고 하는 수작이야, 수작이!"

성품이 온순한 최 선비는 쩔쩔맸다. 남들 보기에 망신이기도 했고, 너무 뻔뻔하게 나오니 마치 자신이 훔친 듯한 착각마저 일었다. 최 선비가 조금만 사려분별이 있었어도 양반의 체모를 훼손시켰다면서 관아에 고발할 사안이었다. 그러나 그는 그저 몇 마디 두서없는 소리로 변명 겸 항변을 늘어놓고는 달아나듯 자리를 떴을 뿐이었다. 아낙은 계속 고함을 지르며 쌍욕을 해댔다. 며칠 분노와 수치로 몸이 떨려 최 선비는 집밖을 나오지 않았다.

그런데 일은 여기서 끝나지 않았다. 최 선비가 두문불출하고 있는 사이 아낙의 실종 신고가 들어왔다. 아낙의 외동딸이 관아를 찾았는데, 어머니가 최 선비에게 따지러 간다면서 나간 뒤로 소식이 끊겼다고 말했다. 그제 저녁때의 일이었는데, 더욱 기이한 일은 말린다면서 의붓아버지도 뒤따라가더니 역시 돌아오지 않는다는 것이었다. 그리 효심이 깊지 않았던 딸은 하루 정도 부모가 집에 들어오지 않아도 신경 쓰지 않았다. 이틀째가 되어 음식이 떨어지고 배가 고파지자 어미를 찾을 방법으로 관아를 찾은 꼴이었다.

이렇게 되니 박태수로서도 최 선비를 다시 찾지 않을 수 없었다. 최 선비는 며칠 집안에만 틀어박혀 있었고, 아낙이 찾아온 적도 없다고 말했다. 말만 듣고 일단 물러나려는데, 뒤란 텃밭에서 김을 매던 홀어머니가 뭔가를 들고 들어왔다.

"아비야, 이게 뭐냐? 밭을 일구다 보니 나왔구나."

흙이 잔뜩 묻어 있었지만, 그게 무엇인지는 최 선비도 박태수도 금방 알아챘다. 금테가 둘러진 옥가락지였다. 동기에게 보여주니 답변은 예상에서 빗나가지 않았다. 이리하여 최 선비는 꼼짝없이 옥가락지 절도죄와 그보다 더 무시무시한 부부살해범으로 몰리고 말았다.

사정을 다 듣고 난 김만중이 길게 한숨을 내쉬었다.

"허허! 이건 곤경이 아니라 범 아가리에 머리를 들이민 형국이구려. 지금 옥에 갇혀 있지 않은 것만 해도 신통할 지경이요."

머리를 바닥에 박고 있는 최 선비를 흘겨보면서 박태수가 자랑조로 말했다.

"현령께서도 아무리 선비라 하나 혐의가 무겁고 물증까지 나왔으니 당장 체포하라 하셨습니다요. 그 성화를 누르느라 소인이 고생 좀 했지요. 자복도 하지 않았는데 함부로 처결하다 나중에 무죄로 결판이 나면 어찌 뒷감당하시려고 하느냐 을렀더니 입을 다무시더군요. 최 선비님은 그때 제정신이 아니였습지요. 당장 결백을 밝히겠다며 바다에라도 뛰어들 판이었습니다요. 그래서 제가 대감님을 찾아뵙고 상의하자고 타이르지 않았습니까. 대감님은 천리안을 가지신 분이라 분명 해결책을 찾아주실 것이라 제가 장담을 했습지요. 헤헤!"

박태수의 과분한 칭송에도 김만중의 굳어진 표정은 펴지지 않았다. 오히려 그늘만 짙어졌다. 한참 동안 고개를 들지 못하던 최 선비가 만근 두레박을 길어 올리듯 힘겹게 머리를 들었다. 말로 담지는 못해도 구원의 염원이 눈빛에 가득했다. 김만중은 애써 그 눈빛을 외면했다.

"어떻게 해야 선비님의 누명을 벗을 수 있을깝쇼?"

박태수의 억양에는 반신반의하는 눈치가 서려 있었다. 최 선비에게 김만중은 물에 빠진 사람의 마지막 지푸라기였다. 김만중이 시선을 들어 천장을 올라다보았다.

"당장 무슨 뾰족한 수가 있겠나. 많은 고민이 필요한 일이로군."

명쾌한 답안은 아니었다. 아니 실망에 가까웠다. 박태수와 최 선비가 서로 고개를 돌려 마주보았다. 박태수의 얼굴이 흐린 안개라면 최 선비의 그것은 하늘을 까맣게 채운 먹장구름이었다. 시선을 책상으로 내린 김만중은 눈을 감은 채 아무 말이 없었다. 그러다 조용히 입을 열었다.

"최 선비는 잠시 나가 계시구려."

최후의 판결이라도 받은 사람처럼 최 선비의 몸이 굳어졌다. 엉거주춤하게 엉덩이를 들썩이더니 결국 박힌 말뚝이 빠지듯 억지로 몸을 일으켰다.

"소생은 그저 대감님만 믿겠사옵니다."

문이 닫히고 마루를 지나 마당으로 나가는 기척이 들리더니 이내 잠잠해졌다.

"뭔가 짚이는 게 없으십니까?"

박태수가 갑급하게 목을 빼며 물었다. 김만중이 아쉬운 듯 고개를 끄덕이더니 말했다.

"당장 무슨 수가 있겠나. 자네는 일단 최 선비를 데리고 읍으로 돌아가게. 그리고 내일 날이 밝거든 최 선비를 체포해 옥에 가두게나."

박태수의 눈이 놀라움으로 희번덕거렸다.

"그, 그, 그러시다면 대감님이 보시기에도 범인은……."

언청이처럼 더듬거리던 박태수는 말을 끝맺지도 못했다.

"그것까지야 알 수 없으나, 조만간 피체될 것은 불 보듯 확연하네. 현령도 바보가 아니라면 자네 말만 듣고 손 놓고 있지는 않을 터. 다그침을 받아 화를 부르기보다는 일단 가둬두는 것이 여러 모로 이로울 듯하네."

"이롭다 하심은?"

"두 사람이 사라졌다 해서 바로 최 선비가 살해했다 볼 수는 없네. 오히려 혐의를 몰아가려고 두 부부가 흉수를 둔 것일 수도 있지. 최 선비가 하옥되었다는 소식을 들으면 두 사람 모두 멀쩡하게 나타날지도 모르네. 그러면 자연히 최 선비의 살인 누명은 벗겨지는 셈이고, 가락지 문제도 의혹은 부부에게로 가네. 다음으로 두 사람이 정말 살해되었고, 따로 진범이 있다면 놈을 안심시키는 장치가 될 것이야. 최 선비가 투옥되었다지만 당장 심문이 시작되지는 않네. 우선 가타부타 따질 시신이 없지 않은가. 그 사이 우리는 내막을 캘 시간을 벌 수 있지. 끝으로, 결코 바라진 않지만 최 선비가 욱하는 심정에 두 사람을 살해하고 암매장했을 가능성도 배제할 순 없네. 그런데도 시정에 내버려 두면 어느 순간 자취를 감출 수도 있는 일이야. 그러면 불똥이 누구에게 튀겠나? 한편 진범이 따로 있다면 최 선비의 신변도 보장하기 어렵네. 자책감에 자살한 것으로 꾸며 일을 덮을 수도 있지. 그러니 옥에 있는 게 안전을 도모하는 길이기도 하네. 알겠는가?"

세 경우 모두 충분히 있을 만한 일이었다. 김만중 말대로 최 선비가 진범인데 자취라도 감춘다면 자신에게 문책의 화살이 고스란히 날아올 판이었다. 거기까지 생각이 미치자 등골이 오싹해졌다. 박태수가 입술을 떨면서 말했다.

"알겠사옵니다요. 오늘은 일단 선비님을 안심시켜 두고 내일 체포하도록 합지요. 곤경을 모면하게 해 주겠다 다독여 놓고 날름 체포하는 게 마음에 걸리지만, 뭐 어쩌겠습니까. 죄는 죄요, 사람은 사람이다 이거죠."

어쩔 수 없이 사람이란 위기에 몰리면 자신의 안위부터 챙기는 법이었다. 김만중은 한 가지 당부를 놓았다.

"당장 잡혀가면 최 선비의 노모가 걱정이구먼. 나 또한 도성에 어머님이 홀로 계시는 처지니 남의 일 같지가 않네. 자네든 누구든 사람을 시켜 사건이 해결될 때까지 잘 돌봐드리도록 하게."

"아, 여부가 있겠습니까? 옥진이에게 맡기도록 하지요."

최 선비를 다시 불러들였다. 최 선비는 도살장으로 끌려가는 소처럼 기진맥진해 있었다. 좋은 말로 몇 마디 격려해 돌려보냈지만, 마당을 빠져나가는 최 선비의 뒷모습은 반은 송장이나 다름없었다. 곧 두 사람은 골짜기의 어스름 속으로 스미듯 사라졌다.

3

다음 날 최 선비는 관아에서 나온 포졸들 손에 잡혀 옥에 갇혔다. 최 선비도 각오한 듯 순순히 끌려갔다. 영문을 모르는 그의 노모만 허둥거리며 박태수를 붙잡고 무슨 일이냐며 닦달했다.

"곧 돌아오실 테니 염려 놓으세요. 관아에서 사람이 나와 어머님도 돌봐드릴 겁니다."

그렇게 다독이고 박태수는 떨어지지 않는 발걸음을 옮겼다.

최 선비가 투옥된 다음날 신기하게도 절름발이 교습소 주인이 읍에 모습을 나타냈다. 정황인즉슨 이랬다. 그날 아내를 뒤쫓아 갔지만 제 걸음으로는 따라잡을 수 없었다. 누구 말도 귀담아 듣는 사람이 아니니 부질없는 짓이라 여겨 자신은 교습소로 돌아와 그곳에서 잠을 잤다. 다음 날부터 섬 동쪽자락에 있는 마을과 해협 건너 창선도에 며칠 연이어 잔치와 행사가 있는지라 새벽에 일어나 악구樂具와 행장을 챙겨 바로 길을 나섰다. 가는 도중에 호구산 아래 사는 풍악패와 만나 그들과 함께 일을 마치고 지금 돌아왔다는 것이었다. 자기도 아내의 나쁜 손버릇은 익히 들었는지라 동네 창피하기도 해서 일부러 일정을 지체했고, 이번 행사는 아내도 미리 알고 있기에 별 걱정은 하지 않았다고 했다.

　　풍악패가 사는 동네에 포졸을 보내 물어보니 모두 사실이었다. 한 사람에 대한 혐의는 벗어났지만 여전히 아낙의 행방은 묘연했다. 오히려 최 선비에 대한 의심은 더욱 부풀려졌다. 남편이 증인인 셈이었다. 일이 이렇게 되자 박태수가 다시 김만중을 찾아왔다.

　　"현령께서는 곧 심문에 들어갈 작정입니다. 주리를 틀고 곤장을 맞으면 과연 최 선비님이 잘 견딜까 걱정입니다요. 없던 죄도 불게 될 텐데."

　　"자네가 최대한 버텨보게. 최 선비가 위해를 가하지 않았다면 토설을 하라고 다그쳐도 아무런 효과는 없을 걸세. 그가 아낙의 소재를 알 까닭이 없지 않은가."

　　들어보니 옳은 소리긴 하나 심약한 최 선비가 무지막지한 형문을 견뎌낼 것 같지 않았다. 그런 차에 김만중이 다른 얘기를 꺼냈다.

　　"나는 그 아낙이 고리대금을 벌였다는 게 마음에 걸리네. 급전을 쓰는 사람이라면 형편이 어지간히 다급했을 게고, 원금이든 이자든 상환하기가 쉽지는 않았을 게야. 압력에 몰린 누군가 이번 분란을 이용해 아낙을 없앴을 수도 있네. 아낙이 차입해 간 사람들의 이름을 적은 치부책을 어딘가 숨겨두었을 테니 우선 찾아보게나. 또 고리대금을 놓자면 현물을 가까이 두지 않고는 이뤄지기 힘들지. 집안에 이를 보관해둔 곳이 있을 걸세. 이도 한번 탐문해 주시게나. 쌀이나 보리 같은 곡식도 사용했겠지만, 엽전이나 금은 패물 따위를 주고받았을 소지도 크네."

"흠! 절름발이 악사에게 물어보면 뭐든 나오겠습니다요. 병신일지언정 남편인데 숨기진 않았겠죠."

김만중이 손을 저었다.

"아니야. 그자에게는 아무런 낌새도 주지 말게. 최 선비가 진범으로 확정된 것처럼 믿게 하는 게 도움이 될 걸세."

박태수가 고개를 끄덕이며 물러났다. 김만중은 남은 이야기라도 있는 듯 입술을 달싹였지만, 결국 그냥 돌려보냈다. 김만중은 나정언을 불렀다.

"학업은 잘 다져가고 있느냐? 시는 제법 운율과 격식을 갖춰가더구나."

나정언이 부복한 채 조용히 대답했다.

"과거 시험을 위한 공령시功令詩를 쓰자니 다소 답답하긴 하오나, 시 쓰기는 제 성정에 잘 맞는 듯하옵니다."

"그래. 시는 사무사思無邪라 했다. 마음을 깨끗하게 지켜주는 좋은 그릇이지. 학인學人이 되든 벼슬아치의 길을 가든 그런 맑은 마음이 없다면 큰 성취도 없는 법이다. 마음에 새겨두어라."

나정언이 공손히 머리를 조아렸다.

"그건 그렇고, 요즘 나 참판께서는 어찌 지내시느냐?"

"자주 찾아뵙지는 못하오나, 무탈하신 것으로 알고 있사옵니다."

"음, 그러시구나. 네가 집에 갈 일이 있거든 내가 한번 찾아뵙고 싶으니 편한 시간을 알려달라고 말씀드리려무나."

그렇게 일렀는데, 어떻게 소식이 갔는지 다음 날 오전에 나 참판이 득달같이 유배 처소로 달려왔다. 김만중이 놀라며 마중했다.

"제가 찾아뵌다고 했는데 직접 걸음을 하시다니 송구합니다."

"자식을 맡겨둔 처지가 아닙니까. 제가 뭐 그리 바쁜 몸이라고, 어련히 뵈러 와야지요. 그래 무슨 일이신지?"

아미가 내온 유자차를 마시면서 나 참판이 물었다.

"예. 제가 남해현에 유배 온 지 얼마 되지 않아 이곳 사정에 어둡습니다. 대감 정도의 유지가 아니면 소상히 알 분이 없을 듯해 뵙고자 했습니다."

나 참판의 눈이 커졌다.

"오호! 그러시군요. 무엇이 궁금하셨습니까?"

"읍에 사는 최 선비란 사람이 옥에 갇혔다는 소식은 들으셨는지요?"

나 참판의 고개가 모로 돌려졌다.

"예. 이곳 반가班家들 사이에서 지금도 꽤 시끄러운 사건이지요. 물건을 훔치고 사람을 죽였다던데, 대감께서도 들으셨습니까?"

"어쩌다 보니 제 귀에도 들어왔습니다. 그 최 선비가 저와 함께 경전 공부를 하는 모임의 일원이셨지요."

더욱 나 참판의 귀가 쫑긋 올라갔다. 얼굴 위로 기묘한 호기심이 번졌다.

"아하! 그런 연이 있었군요. 심려가 아주 크시겠습니다. 어쩌다 그런 불미한 일을 저질렀는지……."

김만중이 가볍게 고개를 흔들고는 말을 이었다.

"그 사연을 들어보니 다소 미심쩍은 부분이 있어서요."

"무슨?"

"실종된 아낙은 읍에서 장리변을 놓는 등 고리대금업에 손을 댔다더군요. 듣건대 상당히 악명이 자자했던 모양입니다."

"그랬던가요? 저는 일면식도 없는 여인이라 잘 알지 못하겠군요."

"예. 그런데 아낙이 아무리 경우가 없다 해도 사람들에게 그렇게 잔인하고 사납게 굴었다면 뭔가 믿는 구석이 있지 않았을까 하는 생각이 들더군요. 배포가 어떤지 모르겠으나 연약한 여인이 재물을, 그것도 혼자 몸으로 다뤘을 것으로는 보이지 않습니다. 그래서 그 아낙의 배후에서 뒷배를 봐주는 사람이 있지 않을까 싶더군요. 일테면 후견인이랄까요."

나 참판은 당장 대답하지는 않았다. 뭔가를 궁리하듯 손으로 구레나룻을 매만지면서 김만중의 얼굴을 곰곰이 뜯어보더니 입을 열었다.

"설마 그자가 혹시 저라고 여겨 하문하시는 것은 아니시겠지요?"

김만중의 무심한 표정에는 변화가 없었다.

"그러신가요?'

나 참판이 난감한 얼굴로 두 팔을 들어 흔들었다.

"무슨 그런 섭섭한 말씀. 제가 비록 이곳에서 유지로 행세는 하고 삽니다만 법을 어기는 일에는 결코 가담하지 않습니다. 더구나 백성들에게 해가 되는 일이라니요. 사대부의 도리는 지키고 살지요. 제가 얼마간 재산이 있어 그런 오해를 하는 사람도 있긴 합니다. 허나 저는 조상님의 혼령을 두고 맹세하건대 어떤 부끄러운 행동도 한 적이 없습니다. 대감의 질문이 그것이라면 제 대답은 단호합니다."

김만중의 굳었던 얼굴이 조금씩 풀렸다.

"물론 저는 대감을 한 치도 의심하지 않았습니다. 노여우셨다면 용서하십시오. 헌데 누군가 그런 고약한 역할을 하는 사람이 있기는 할 듯합니다. 어딜 가나 불순한 행각으로 잇속을 차리는 사람은 있기 마련이지요. 혹시 대감께서 짚이는 사람은 없으신지요?"

나 참판이 구레나룻을 손으로 쓰다듬으며 눈을 감았다. 모른다기보다는 발설해도 좋은지 고민하는 눈치였다. 이윽고 입이 열렸다.

"제가 나고 자란 향리의 치부를 드러내는 것 같아 말을 꺼내기가 민망하군요. 그러나 사리는 분명히 따지고 넘어가야 더 큰 액운을 막는 법 아니겠습니까. 대감께서 염두에 두신대로 그런 자가 없지는 않습니다. 그리 넓은 지역도 아니고 물자래 봤자 어물이나 곡식 등속이 다인 곳이긴 하나, 남해에도 상권이 있고 사람들이 들락거리는 항구가 있으니 그 틈을 파고들어 부당한 이득을 얻으려는 무리는 자연스럽게 생길 수밖에 없지요. 흥정을 붙여 구전이나 뜯는 잔챙이들을 대감께서 알고 싶어 하시지는 않겠고, 역시 남해의 주먹 세계를 쥐락펴락하는 작자라면 조강호가 첫 손에 꼽힙니다."

"조강호라 하셨습니까?"

"예. 남해 토박이입니다. 나이가 사십은 넘었을 터인데, 어려서 천애고아가 되어 남해를 떴다가 십오륙 년 전쯤에 귀향했습니다. 아주 불량한 사람이 되었지요. 어항 뒷골목에서 논다니 몇을 끼고 기둥서방 노릇을 했었습니다. 그러더니 점차 세력을 모아 언젠가부터 남해에서는 대적할 세력이 없는 거물이 되었어요. 사람됨이 교활하고 잔인하면서 머리까지 비상한가 봅니다. 남해뿐만 아니라 사천현이나 하동현, 진주목에까지도 입김이 작용하는 모양입니다만, 본거지는 이곳이라 해야겠지요. 혹시 그자가 이번 일에 관여했을 거라 보시는 겁니까?'

나 참판이 말을 끝맺으며 조심스럽게 물었지만, 김만중은 말을 아꼈다. 아무런 반응이 없자 다시 나 참판이 말을 이었다.

"그 아낙이 운용한 자산이 얼마인지는 모르겠으나 과연 조강호가 탐을 낼 정도였을까 싶긴 합니다. 수하에 거느린 불량배만도 오십여 명을 헤아리는 자인 걸요. 피라미도 안되는 소소한 사채꾼을 건드릴 정도로 자존심이 없는 자도 아닙니다. 그자가 선호하는 건 연못에 풀어놓고 자라면 건져먹는 식이지요."

이에 김만중의 말문이 열렸다.

"대감께서는 그자를 만난 적이 있으십니까?"

"몇 번 보기는 했습니다. 겉으로는 농작물과 어물의 유통에 다리를 놔주는 거간으로 행세하니, 현에 중요한 행사가 있으면 가끔 얼굴을 비추지요. 허나 사람들과 접촉하는 것을 달가워하는 성격은 아닌 듯하더군요."

"사는 곳은 어딥니까? 읍성 안에 있습니까?"

"아니요. 읍에서 좀 떨어진 선소란 바닷가에 거처가 있습니다. 그 일대 농토와 임야의 상당수가 조강호 소유지요. 강진만이 훤히 내려다보이는 언덕배미에 서 있는 흰칠한 기와집이 그자의 집입니다. 들어가 보면 집들이 미로처럼 얽혀 있다더군요. 제가 만날 수 있도록 주선을 해볼까요?'

김만중이 정색을 했다.

"아닙니다. 그런 불온한 자를 유배 온 사람이 만난다면 소문만 이상하게 번지겠지 무슨 득이 있겠습니까. 그것을 떠나서도 굳이 만날 생각은 없습니다."

나 참판이 조금 계면쩍은 표정을 지으며 말을 거두었다.

"대감 같은 분이 상관할 그런 인사가 아니지요. 언동을 보면 망종에 가까운 잡놈입니다. 하지만 대감의 소식은 놈도 익히 접하고 있을 겁니다. 관아의 벼슬아치나 아전 중에 놈에게 뇌물을 받지 않은 사람이 있을까요? 그러니 왕가의 외척이 유배 온 중대한 사실을 귀띔해준 사람이 한둘이겠습니까?'

얘기는 그쯤 나누고 김만중은 나 참판을 배웅했다. 짐짓 평온을 가장했지만 미진한 구석이 있는지 나 참판은 심경이 바뀌면 기별을 달라고 재촉했다. 자신도 조강호의 근황에 대해 알아보겠다고 부탁하지도 않은 일까지 덧붙였다. 김만중은 대꾸 없이 고개만 끄덕였다.

그날 오후 나정언이 잠시 바람을 쐬겠다며 나간 틈에 호우를 불렀다.

"네가 나서야 할 일이 생겼구나."

김만중은 오전에 나 참판에게서 들은 조강호에 대한 이야기를 들려주었다. 묵묵히 전말을 듣고 난 호우가 물었다.

"주인님께서는 이자가 아낙을 납치했을 거라 판단하시는 겁니까?'

김만중이 난처한 표정을 지었다.

"글쎄다. 이자의 행실이야 더 볼 것 없는 망나니다만, 처세의 상세한 부분까지야 내가 어찌 알겠느냐. 아낙이 욕심에 눈이 멀어 옥가락지를 훔치고 궁지에 몰리자 조강호를 찾아갔을 수는 있겠지. 만약 두 사람 사이가 공생 관계였다면 말이다. 그렇다고 해도 납치하거나 죽일 필요까지 있을까? 아낙이 어떤 주문을 했는지는 모르겠지만 말이다. 어쩌면 사소한 언행에 화가 나 아낙을 해쳤을 수도 있긴 하겠지."

호우의 눈초리가 치켜 올라갔다.

"주인님께서는 아낙이 살해되었을 수도 있다고 보시는 겁니까?"

김만중의 입 꼬리가 처졌다.

"어떤 일인들 안 일어나겠느냐? 최 선비가 옥에 갇혀 자신의 혐의가 풀렸는데도 나타나지 않는 것을 보면 신상에 좋지 않은 일이 생긴 것은 분명할 듯하구나."

"제게 맡기실 일은 무엇인지요?"

"오늘 밤 조강호의 저택에 잠입해야겠구나. 가옥이 상당히 복잡하게 배치된 듯하니 염두에 두고. 아낙이 조강호의 손아귀에 들었다면 밖보다는 집안에 두었을 가능성이 높다. 그러니 조강호의 동태와 아낙의 행방을 살펴보도록 해라."

호우가 신중한 목소리로 다시 물었다.

"조강호야 잠입해보면 윤곽이 잡히겠으나 아낙은 제가 본 적이 한 번도 없습니다. 저택이라면 여인네들도 적지 않게 있을 텐데요?"

김만중이 조금은 실없는 미소를 지어보였다.

"설마 그 아낙이 활개를 치며 돌아다니겠느냐. 있다고 해도 어디 광이나 외진 곳에 갇혀 있겠지. 그 아낙을 구해오라는 말은 아니다. 최대한 은닉하면서 집 안팎의 동정을 살피라는 것이지."

"알겠습니다. 오늘 밤 다녀오겠습니다."

호우가 고개를 숙이며 답하자 김만중이 다소 걱정스런 눈빛을 띠며 말했다.

"조강호의 수하들이 철저하게 호위하고 있을 섯이야. 숫자가 적지 않을 것이니 조우하는 일은 없도록 해라."

"명심하겠습니다. 내일 뵙지요."

방 안에 홀로 남은 김만중은 책상의 양편을 손으로 잡은 채 닫힌 창문을 응시했다. 바람이 부는지 가끔 창틀이 흔들렸다. 문풍지가 떨리는 소리도 들렸다. 김만중은 잡념을 털어내듯 고개를 흔들었다.

4

포교의 복색을 빠짐없이 갖추고 육모방망이를 곧추세운 채 박태수가 선소 언덕에 있는 한 대갓집의 솟을대문을 두드렸다. 해는 한낮을 지나 서녘으로 몰려가는 중이었다. 단단한 박달나무로 만든 방망이에 맞은 대문이 졸던 투견이 버럭 짖듯이 맹렬한 소음을 냈다. 그러나 대문은 입을 꾹 다물었고 대신 문간방에 달린 작은 창문이 드르륵 열렸다.

"누구슈?"

복색만 봐도 당장 달려 나와 고개를 조아려도 시원찮을 터인데, 수염이 짧고 얼굴이 험상궂은 놈은 동냥 온 비렁뱅이를 보듯했다. 처음보는 얼굴이었다. 남해 출신은 아니고 외지에서 기어들어온 모양이었다. 살짝 울화가 치밀었다.

"관아에서 나온 박 포교다. 네놈의 두목 조강호를 만나러 왔다. 냉큼 문을 열어라."

놈의 입이 삐 돌아갔다.

"안 계신다면 어쩔 거요?"

"나중에 조강호가 네놈 손모가지를 부러뜨리겠지."

으레 한번 어깃장을 놓았던 것인지 잠시 후 대문이 열렸다. 박태수는 뒷짐을 지고 큰기침을 연거푸 토하면서 문안으로 걸어 들어갔다. 올 때마다 이놈의 저택 규모에 박태수는 주눅이 들었다. 제 집은 초가 삼간은 면했어도 초라하기 짝이 없는데, 남해에서 못된 짓은 골라 하는 놈의 집은 고래 등 같은 기와집이었다. 어지간한 작은 궁궐은 얼씬도 못할 덩치였다. 뱃이 꼬인 박태수는 기물들이 눈에 보일 때마다 육모방망이를 휘둘러 때렸다. 깨질 만한 물건은 피했다.

문 몇 개를 더 지나니 넓은 정원을 두른 기와집이 나왔다. 따라오던 놈이 앞서 가 문을 열었다. 여전히 주변엔 개미새끼 한 마리 얼씬거리지 않았다.

"들어가 계시면 나오실 게요."

아무러나, 손짓으로 놈을 물린 뒤 방 안으로 들어갔다. 주인의 부귀를 뽐내듯 장식이 화려한 가구며 값비싼 기물들이 방을 둘러 있었다. 옥진의 기방도 이처럼 화려하지는 않을 터였다. 중앙에 놓은 큰 탁자에 당연한 듯 뜨거운 김이 오르는 찻잔이 놓여 있었다. 가구의 짜임새를 하나하나 살피면서 박태수가 방을 한 바퀴 돌았을 즈음 반대편 문이 열리고, 조강호가 얼굴을 드러냈다. 얼굴색이 하얗고 옥빛으로 물들인 비단옷을 입고 있어 팔자 좋은 글 읽는 선비로 보일 만한 행색이었다. 그러나 족제비처럼 찢어진 눈매나 입가에서 번지는 사람을 경멸하는 듯한 웃음은 여전했다.

"박 포교, 오랜만이요. 공무로 바쁘실 터인데 이런 곳까지 납시다니 영광이로소이다."

조강호가 비아냥대는 목소리로 박태수를 맞았다.

"실없는 인사를 접어두세. 절름발이 교습소 주인의 마누라가 실종

된 일은 자네도 알고 있겠지?"

조강호가 입가의 웃음을 거두더니 바로 반말로 응수했다.

"그 일로 읍성이 시끄럽긴 하더군."

"자네가 손댄 건 아니겠지? 두 사람 관계는 나도 아니까 쓸데없이 발뺌은 말게."

조강호가 두 손을 모아 비비며 시큰둥하게 대답했다.

"가련한 아녀자가 살아보겠다고 애쓰니 사내가 되어 돕지 않을 수가 있겠나. 그런데 실종이라니 나도 좀 놀랐다네. 별 탈이나 없는지 걱정이로군."

"근자에 본 적 없나?"

"이런 말하면 내 눈 찌르기일 터인데, 사실은 아낙이 실종되었다는 날 저녁에 여길 찾아오긴 했네."

의외의 대답에 박태수가 조강호를 노려보았다.

"자네가 마지막 목격자로군."

조강호가 엄살을 부리듯 몸을 부르르 떨었다.

"으흐흐! 오랏줄이 목에 걸리는 기분이로군. 허나 여자는 멀쩡하게 목숨이 붙어 내 집 문밖을 나갔네. 가당찮은 소리를 하기에 혼꾸멍을 좀 내긴 했지만, 손끝 하나 대지 않았음은 내 맹세하지."

"손을 대면 자네가 댈까 아랫놈을 시키겠지. 가당찮은 소리란 건 뭔가?"

"얼결에 옥가락지를 훔쳤다는 자백이었지. 나한테 보여주기까지 하더군. 그것 때문에 관아에서 사람이 나오고 들쑤시니 압력을 넣어 무마해달라는 소리였네. 그년도 참, 동기의 옥가락지나 넘본 것도 치졸하지만, 그깟 일을 나더러 무마해 달라니. 맹랑하기 짝이 없더군."

박태수의 입가가 씰룩였다.

"그래서 홧김에 '그년'의 모가지라도 비틀었나?"

"어허! 넘겨짚기는. 나도 따귀를 몇 대 올려붙이고 싶긴 했네. 헌데 그년 성깔머리 고약한 건 자네도 알 거 아닌가. 공연히 손에 피 묻히기 싫어 곱게 돌려보냈지."

박태수가 대꾸 없이 조강호를 노려보다 말했다.

"그래? 그렇다면 내가 사람을 데려와 자네 집을 뒤져봐도 괜찮겠구먼."

조강호의 안면으로 불쾌한 빛이 노을처럼 번졌다.

"그건 사양하고 싶구먼. 그런 성가신 일 피하려고 자네한테 건넨 재물이 꽤 되지 않나. 그걸 다 토해낼 생각이 아니라면 포기하게나."

더 이상 채근을 해 본들 양보는 나올 것 같지 않았다. 그렇다고 이놈의 집을 감시하자면 관아의 포졸을 다 동원해도 부족할 터였다. 솟을대문 밖으로 나온 박태수는 높은 하늘이 무색하게 올라간 기와지붕을 쳐다보다 고개를 숙이며 길게 가래침을 뱉었다.

전혀 수확이 없었던 것은 아니지만 손에 별로 얻은 것도 없이 읍성으로 돌아오자 속이 쓰렸다. 그새 제정신으로 돌아왔는지 현령이 서둘러 형문을 갖추라고 등을 밀어댔다. 문초 끝에 자백이 나오더라도 고작 경미한 절도죄뿐이었다. 시신이든 뭐든 아낙의 소재가 나온다면 원하던 방향은 아니라고 해도 사건은 마무리되겠지만, 박태수의 눈에도 최 선비는 무죄로 보였다. 성급한 현령이 강하게 형문을 몰아치면 죽지는 않더라도 성한 몸을 기대하기는 어려웠다. 살인 혐의에는 신비란 신분도 별 도움이 되지 않는다. 더구나 변변한 재산 없는 낙척한 선비라면 괄시나 안 받으면 다행이다.

골치가 아파진 박태수는 업무를 상급 포졸에게 떠안기고 관아를 나왔다. 가을도 무르익어 저물녘 바람이 을씨년스러웠다. 저도 모르게 발길이 옥진의 명정루로 향했다.

"영감, 고생이 많으세요. 그새 잔주름이 서너 발 더 늘었네."

붉은 색실로 학을 수놓은 푸른빛 보료로 안내하며 옥진이 교태 어린 방정을 떨었다. 오늘은 그것도 성가셨다.

"귀찮으니 술상이나 들여오게."

반응이 데면데면하자 옥진도 치맛자락을 접으며 새침하게 방을 나갔다. 잠시 후 안주를 골고루 갖춘 술상이 들어왔다.

"풍악이라도 울리리까? 영감 골머리를 썩이는 그 동기 년도 마침 집에 있는데?"

동기 얘기가 나오니 술맛조차 떨어졌다. 어찌 칠칠치 못하게 옥가락지 하나 제대로 간수하지 못한단 말인가. 이 모든 사달의 원인이 옥가락지 하나에서 나왔다는 사실을 떠올리니 동기에게라도 화풀이를 하고 싶었다. 또 그냥 덮어둬도 될 걸 들쑤신 옥진이도 곱게 보이지 않았다. 그러나 기생에게 언성을 높여봤자 체신만 깎이는 짓이었다.

"됐네. 벌써 사람 여럿 잡아먹고 있어. 나중에 명기가 되려는 모양이군."

비꼬는 말투에도 아랑곳 않고 옥진이 박태수에게 가까이 붙었다.

"그런데 영감, 뒷골목 소문을 듣자니 그 절름발이 마누라 있잖우. 지 서방과 갈라설 작정이었나 봅디다."

"갈라서?"

"예. 샛서방을 두었다느니 밤일에 불만이 많다느니 말이 분분해요.

그러니 금슬에 금이 간 건 분명해 보이잖우?"

꽉 막힌 명치 끝이 터지는 기분이 들었다. 갈라서면 개털이 될 절름발이가 마누라의 목을 비틀어 화근을 막았을 수도 있었다. 그러나 소문만으로 진범을 바꿔칠 수는 없었다. 갈라선들 절름발이에게도 재산의 일부는 떨어질 일이었다. 원래 빈털터리였으니 헤어져도 이득은 절름발이가 더 컸다.

"그 여자, 재산이라면 악착같았던 모양인데, 손해를 보면서까지 갈라서려고 했을까?"

옥진이 손사래를 쳤다.

"두 사람은 정식으로 관아에 혼인 신고를 한 것도 아니래요. 그냥 여자가 절름발이를 끼고 산 거지. 몸만 내쫓으면 뒤끝도 없을 것이라 합디다."

그렇다면 얘기는 또 달라졌다. 죽이더라도 얻을 게 없다면 우발적인 사고일 수도 있었다. 살살 달래다 말을 듣지 않자 욱하는 심정에 죽였을 수도 있었다. 그리고 어딘가 급히 암매장하고 잔치 행사를 돌아다니다 왔다면 말이 되었다.

그래도 절름발이의 연기가 너무 그럴 듯했다. 사람을 죽인 낌새가 전혀 없었다. 박태수도 죄인들이라면 물리게 본 터수였다. 우발적으로 사람을 죽이면 대개 혼이 나가 심문도 하기 전에 자백하는 게 상례였다. 절름발이의 태도는 전혀 관련이 없거나 오래 계획한 사람의 행동거지였다. 관아로 끌고 와 엄포를 놓는다 해서 쉬 무너지지 않을 것이고, 더욱 난감한 것은 수중에 아무런 물증도 없었다.

다음 날 박태수는 못 먹는 감 찔러보는 심성으로 절름발이의 집을 찾았다. 박태수를 보더니 무척 반가워했다. 혼자 있었다. 딸아이는 어미가 없어지자 마음이 허탈한지 바깥출입이 잦고 했다.

"집사람은 찾으셨습니까? 최 선비란 자가 뭔가 실토했나요?"

이렇게 물어보니 더 할 말이 없었다.

"몇 가지 단서를 가지고 탐문 중에 있네. 그나저나 물어볼 게 있는 데, 자네 안사람이 곡물과 금품으로 고리대를 놓았다고 하더군. 알고 있었지?"

멍한 표정으로 절름발이가 고개를 끄덕였다.

"그럼 현물을 꽤 가지고 있었을 텐데 말이야. 어디다 보관하는지 아나?"

"곡물이라면 저 창고에 넣어 둡니다. 자물쇠로 단단히 채워두지요. 엽전이나 어음, 패물 따위도 지니고 있는데, 그건 어디에 두었는지 저도 모릅니다. 워낙 의심이 많아 소인에게조차 입을 딱 닫아두었습죠. 저도 혹시나 싶어 뒤져봤는데, 집안 어디에도 없던걸입쇼. 어디 집밖에 둔 게 아닐까 싶습니다."

곡물 창고 열쇠는 절름발이가 가지고 있었다. 치부책도 보이지 않아 문서와 맞는지 알 수 없었다. 일별해보니 곡식이 축난 흔적은 없었다. 치부책이 사라졌다는 사실은 또 다른 의심을 불러 일으켰다. 자주 가지도 않고 사람이 많이 드나드는 교습소에 치부책을 두었을 것 같진 않았다.

"교습소는 뒤져봤나?"

역시 절름발이는 고개를 홰홰 돌렸다.

박태수의 머리는 복잡하게 돌아갔다. 최 선비의 우발적인 범행일까? 조강호의 불쾌한 감정에 대한 앙갚음일까? 아니면 이혼 위기에 몰린 남편의 계획적인 살해일까? 어느 쪽으로도 가능했지만 허공에 뜬

구름에 지나지 않았다. 그나마 최 선비를 체포한 것이 다행이었다. 갈피를 잡지 못했던 박태수는 다시 김만중을 찾았다.

5

박태수는 김만중의 처소에 오자마자 머리부터 쥐어뜯었다. 김만중은 읽던 작은 서책을 덮으며 그를 맞았다. 그간 조사했던 과정을 설명하는데, 박태수 자신도 확신이 없는지라 전반적으로 두서가 없는 횡설수설이었다. 잠시 숨을 고르더니 매조지 하듯 말을 마쳤다.

"이러니 지금으로서는 최 선비를 족치는 수밖에 별다른 수가 없을 듯합니다. 엄연히 증거가 나왔지 않습니까? 대감 말씀처럼 갑자기 집에 와 악다구니를 쓰자 당황하고 분결을 못 이겨 살해했겠지요. 그리고 증거를 없앤다는 게 뒤란 텃밭에 옥가락지를 파묻었던 것입니다. 만약 살해했다면 시체는 집 주변 어딘가에 숨겼을 겁니다. 조만간 포졸과 옥졸을 풀어 주변을 샅샅이 뒤져볼 작정입니다. 소인으로서는 이보다 더 좋은 방법은 떠오르지 않습니다요."

김만중은 박태수의 긴 수사일지 넋두리를 고개를 숙이고 눈을 감은 채 인내심을 가지고 들었다. 하소연을 들으면서 한두 번 눈을 뜨고 박태수를 주목하다 다시 눈을 감았다. 보고가 끝나고도 한동안 김만중은 반응이 없었다.

그의 말마따나 진범은 세 사람으로 압축되어 있는 듯 보였다. 최 선비가 그 중 가장 불리했다. 그의 집 주변을 뒤지다 시체라도 덜컥 나오면 만사휴의였다. 그러나 자복이라도 하면 모를까 끝까지 누군가 모함하려고 옥가락지와 시체를 묻어두었다면서 무고함을 호소하면 대처하기도 어려웠다. 옥가락지 문제는 조강호의 진술로 무죄가 드러났다. 선비라는 신분은 그래서 독약이면서도 보약이 되는 것이었다.

마침내 김만중이 눈을 떴다. 박태수가 그와 눈을 맞추었다.

"그만큼 수사했으면 더 나올 것은 없을 듯하구먼. 대강 사건의 윤곽이 보이는군."

박태수의 얼굴에 화색이 돌면서 목소리가 밝아졌다.

"진범이 누군지 아셨단 말씀입니까? 설마 최 선비는 아니겠지요?"

김만중의 대꾸는 기대에 딱히 부응하지 않았다.

"글쎄. 문제는 모두 범행을 저지를 동기와 기회는 가지고 있는데, 그것을 증명할 물증이 없다는 점일세. 최 선비도 끝까지 항변하면 결국 현령의 손을 떠나 관찰사를 거쳐 형조까지 올라가 심의가 될 걸세. 그래본들 다시 수사하라는 회신만 돌아오겠지만."

박태수가 고개를 절레절레 흔들며 토로했다.

"그렇게라도 그만 떨쳐버리고 싶습니다요. 조정에서 암행어사를 보내든 심의관을 보내든 무슨 수를 내지 않겠습니까요."

"그리되면 최 선비만 가엽게 될 수도 있어. 매 앞에 장사 있나. 시체는 바다에 버렸다 하면 시신이 없어도 죄질이 나쁘니 유죄 판결을 받을 걸세. 누명을 쓴 채 죽는 본인도 딱하지만, 그 사람의 노모는 무슨 죄란 말인가."

박태수가 길게 한숨을 내쉬었다.

"오명을 씻어주고 싶어도 방법이 없지 않습니까요."

김만중이 두 손을 책상에 올리더니 주먹을 불끈 쥐었다.

"고기가 깊이 숨었으면 떡밥을 넉넉히 풀어야 하는 법이지. 혐의

자들을 수면으로 끌어내자면 거짓말로 현혹할 수밖에 없지 않나 싶구면. 때로 위선자들은 진실 앞에서는 당당하다가도 거짓 앞에서는 난파된 배처럼 요동치기도 하니까."

박태수가 고개를 갸우뚱거렸다.

"그건 또 무슨 말씀이십니까요? 좀 더 쉽게 풀어 주시지요."

"알겠네. 지금 자네에게는 적여기서는 진범이겠지만을 공격할 능력도 있고 그럴 필요성도 있네. 어쨌거나 관아라는 권력을 등에 지고 있으니까. 그래서 누구든 자네 앞에서는 진실을 말하지 않지. 그저 듣기 좋은 말, 자신에게 해롭지 않은 말만 들려줄 뿐이네. 그래서야 자네가 원하는 진실은 영원히 모습을 보이지 않을 거야. 그러니 적을 속일 수밖에 없네. 즉 상대가 자네가 무엇을 노리고 있는지 헷갈리도록 현혹시킨다는 말일세. 알겠나?"

그러나 여전히 박태수의 머리에 반짝하고 떠오르는 것은 없었다.

"놈들을 속여야 한다는 것은 알겠습니다만, 뭘 어떻게 속여야 할깝쇼?"

"먼저 최 선비를 일시 석방하게. 조선 제일의 덕목은 효孝니, 남들에게는 노모의 건강이 나빠져 병구완 때문에 임시 석방했다 하고, 본인에게는 곧 심문이 시작될 터이니 신변을 정리할 시간을 준다고 하게."

박태수가 펄쩍 뛰어올랐다.

"뭐라굽쇼? 그러다 진짜 달아나기라도 하면 그 책임은 누가 집니까요?"

"달아나진 않을 게야. 누명을 썼다면 더욱 그럴 것이고. 달아난다면 자신이 진범임을 자백하는 것과 진배없네. 만약 도주하더라도 관아의 포졸들이 감시하고 있을 터이니 바로 체포하면 되잖은가."

그제야 박태수는 김만중의 의중을 납득했다.

"알겠습니다요. 현령님께 사정을 잘 말씀드려 보지요."

"다음으로 실종된 아낙의 시신이 유기된 것으로 추정되는 지역을 찾았다고 소문을 퍼뜨리는 걸세. 누군가 거동이 수상한 자를 신고했는데, 시기와 장소가 일치하는 상황에 대해 대대적인 조사에 착수한다고 말일세. 절름발이와 최 선비가 진범이라면 우선 시체를 옮기려고 들 걸세. 조강호라면 수하의 부하를 시켜 외진 곳에 버렸을 수도 있겠지. 그러나 그 와중에 소재가 발각되었을지 자신인들 어떻게 장담하겠나. 그러니 조강호도 시신을 다시 옮길 궁리는 할 걸세. 아, 바다에 버리진 않았을 거야. 가장 손쉬운 방법이긴 하지만 발각되기도 가장 쉬운 방법이거든.

아낙의 남편은 몸이 불편하니 그리 먼 곳에 숨겨 두진 못했을 거네. 이후엔 주변의 눈이 무서워 함부로 움직이지 않았을 테고. 최 선비의 경우도 품성이 심약한 편이니 은닉하기에 급급했을 걸세. 그러니 소문이 퍼지면 그 중 한 사람은 시신을 옮기기 위해 움직일 거라고 보네. 그자가 진범이겠지."

그러나 박태수는 다소 의아한 표정을 지으며 되물었다.

"아무도 움직이지 않을 수도 있지 않습니까요? 관아에서 판 함정이라고 판단할 수도 있습니다. 또 아직 살아 있을 수도 있습죠."

김만중이 고개를 저었다.

"그 가능성은 지극히 낮네. 최 선비와 절름발이 남편이라면 어디에 그 여자를 숨겨 두겠나. 벌써 사라진 지도 열흘이 다 되가네. 가둬 두었다고 해도 탈진해 숨졌을 만한 시간이지. 조강호라면 능력이야 되지만, 성가시게 살려두느니 죽여 없애는 게 편했을 걸세.

그럼 이미 살해된 경우라면 어떨까? 자네 말처럼 진범이라도 움직이지 않을지도 모르네. 그러나 시신이 있는 곳에 다른 물건, 예컨대 아낙이 그간 현민縣民들의 고혈을 짜내 모은 재물도 함께 묻혀 있다면 어떨까?"

박태수가 의외의 발언에 놀라 몸을 앞으로 굽혔다.

"재물이 함께 있을 거라 보십니까?"

김만중이 고개를 끄덕였다.

"아낙이 고리대금을 하면서 모은 재물 가운데 덩치가 큰 곡물은 창고에 그대로 있었네. 그러나 패물이며 엽전, 어음 따위 부피는 작지만 가치는 훨씬 큰 물건들은 아직 행방을 모르지. 내 생각에 그것은 시신과 함께 있네. 사람까지 죽여가면서 그 고생을 했는데, 한 재산이 될 재물이 눈앞에서 고스란히 사라질 판이라면 가만히 있겠는가? 이번 사건의 배후도 따져보면 물욕物慾 때문에 빚어진 일 아닌가 말일세. 같은 장소는 아니더라도 어디 근처에 숨겼을 걸세."

"그래도 조강호는 아닐 겁니다."

"내 나름대로 조강호란 자에 대해 조사해 보았기에 하는 소리야. 설령 그자가 직접 지시하지 않았더라도 수하에는 오십여 명 가까운 부하가 있다지? 그 중 한 놈이 재물이 탐나 저질렀을 수도 있잖은가? 자네만 봐도, 현령의 명령을 충직하게 따르지는 않아 보이는군."

아픈 곳을 찔리자 박태수가 몸을 움찔거렸다.

"대감님, 농도 심하십니다. 소인이야 의로움을 위해 그러는 것 아닙니까요. 헤헤!"

"여하간 성동격서聲東擊西라는 손무의 병법에 따른 방안을 나는 제시했네. 이제 실행은 자네 손에 달렸으이. 내 추측에 분명 누군가는 움직일 걸세. 모두 빈틈없이 감시해서 나중에 후회할 일이 없기를 바라네."

김만중이 제시한 방법을 꼼꼼히 머리에 담은 뒤 박태수는 유배 처소를 떠났다. 이후 며칠 동안 세 곳에 대한 감시가 이뤄졌다.

과연 사흘 뒤 으슥한 밤에 한 집에서 누군가 야음을 틈타 밖으로 나왔다. 몸을 잔뜩 웅크린 채 뒷골목을 빙빙 돌더니 어느 순간 봉천鳳川을 건너 남산 뒤편 골짜기로 사라졌다. 읍성과 가까웠지만 숲이 우거지고 골이 깊은 데다 습기가 많아 인적이 끊긴 곳이었다. 놈은 슬금슬금 숲을 헤치고 들어가더니 어느 지점에선가 멈췄다. 사당에서도 멀찍이 떨어진 곳이었다. 한동안 꼼짝도 않고 있던 놈이 움직이기 시작했다. 땅을 파헤치는 소리가 들렸다. 박태수는 더 이상 지체하지 않았다. 포졸들을 산개시켜 놈을 포위한 뒤 일시에 달려들어 포박했다. 놈은 크게 저항하지 않았다.

횃불이 밝혀졌다. 박태수는 얼굴을 가린 놈의 코앞에 횃불을 들이밀고 머리칼을 움켜쥐었다. 그리고 놈의 정체를 확인하자 기절할 듯이 놀라 엉덩방아를 찍고 말았다.

"너, 너, 너, 너였단 말이냐?!"

6

진범이 체포되고 며칠이 지났다. 다시 경전을 강독하는 날이 돌아왔다. 지난번과 마찬가지로 일곱 사람이 모두 참석했다. 강독 시간이 끝나자 오래 참았다는 듯 최 선비를 둘러싸고 다들 위로와 격려의 말을 아끼지 않았다. 최 선비도 연신 고개를 주억거리며 답례했다.

웅성거림이 잦아지고 다들 자리에 앉았다. 이어 술자리가 마련되었다. 박태수가 비용을 내놓았고, 옥진의 명정루에서 찬모가 와 음식을 준비했다. 아미도 거들었다. 나정언과 호우에게도 합석을 권했지만, 나중에 먹겠다면서 사양했다.

술이 몇 순배 돌았다. 입이 근질근질한 박태수가 먼저 말머리를 열었다.

"자. 이제 우리 대감님의 경위 설명을 들을 차롄가 봅니다. 대체 어떻게 그 아이가 진범인 줄 아셨던 겝니까? 아직도 애는 입을 봉하고 있습니다만 모든 증거가 진범임을 가리키고 있지요. 대감님은 처음부터 누가 나올지 알고 계셨지요?"

김만중이 쓸쓸한 웃음을 지으며 대답했다.

"나도 처음부터 그 아이를 의심했던 것은 아니었네. 그런데 처음 자네 말을 듣다가 한 가지 미심쩍은 점이 있었어. 아낙의 딸이 관아에 신고한 시간이었네. 그 아이는 어미와 아비가 실종되고 이틀 뒤에 관아를 찾았네. 최 선비와 사생결단을 내겠다면서 뛰쳐나갔고, 이를 말리려고 아비가 뒤를 따랐네. 그런데 하루가 지나고도 돌아오지 않았다면 부모에게 무슨 변고가 나지 않았나 의심할 정황이 아닌가? 그런데도 하루를 더 지내고 신고했으니 어딘가 어색한 느낌이 들었지. 더구나 아비가 며칠 잔치에 참가하느라 오지 못할 것은 딸도 알았을 터인데, 그런 말은 없이 아비도 함께 없어졌다고 하지 않았나. 그래서 내심 아낙의 딸이 뭔가 숨기는 게 있지 않나 하는 의구심이 일었네. 그래서 최 선비를 하옥하라고 자네에게 일러둔 게지. 누구든 안심할 테니까.

그러다 아낙이 지금 남편과 헤어지려고 했다는 사실을 안 뒤부터 의심이 부쩍 커졌지. 짐작건대 아낙이 지금 남편을 내치기로 작정한 것은 자신이 고리대를 하면서 모은 재물이 조금씩 축나고 있음을 알았기 때문이네. 아낙은 그 장본인을 남편으로 생각한 것이지. 몰래 뒤를 밟아 재물 숨겨둔 곳을 알아내고 슬그머니 집어간다고 여긴 걸세. 아낙은 따지기보다는 갈라서는 쪽으로 결심했던 것이야.

허나 절름발이 남편이 그렇게 큰 재물이 있는 줄 알았다면 야금야금 꺼내가지는 않았을 거야. 어차피 지금 아내와도 정식 부부도 아닌 데다 생기는 이득도 모두 아내의 손으로 들어갔네. 예전이나 지금이나 여전히 빈털터릴세. 그렇게 눈치 보며 사느니 재물을 다 들고 남해를 뜨는 게 더 현명하지. 정당한 방법으로 모은 재물이 아니니 아낙도 쉽게 고발하지 못할 테니, 달아날 시간은 충분했네. 그래서 재물에 손을 댄 것은 남편이 아니고 딸이 아닐까 하고 생각했네."

"그럼 딸애가 제 어미를 집에서 살해하고 시체를 사당 뒤편까지 끌고 가 묻었다는 말씀입니까? 허허! 패륜도 이만 저만한 패륜이 아니올시다."

"아니야. 여전히 딸애가 자복하지 않았다니 말하지만 아낙이 죽은 장소는 묻힌 그곳이었네. 그곳이 바로 아낙이 재물을 담은 항아리를 묻어둔 곳이었거든. 치부책도 거기 있었을 걸세."

박태수가 고개를 끄덕였고 설명은 계속되었다.

"그렇다면 딸애가 어미를 뒤쫓아 가서 재물 항아리를 확인한 뒤 죽였군요."

"그건 또 아닐세. 그날 사건은 대강 이렇게 진행되었을 걸세. 아낙은 처음부터 최 선비 집에 찾아갈 생각은 없었어. 자신의 뒤를 봐주던 조강호를 찾아갈 요량이었지. 달리 변명할 거리가 없어 그렇게 둘러댔는데, 남편은 멋도 모르고 분란이 날까 쫓아간 것일세. 서로 길이 달랐으니 아내를 못 찾은 것은 당연하고.

그런데 아낙은 조강호를 찾아가 무마해 달라 부탁했다가 우사만 당하고 쫓겨났네. 달리 갈 데가 없어진 아낙은 풀이 죽어 집으로 돌아 왔네. 그런데 집 앞에서 딸애가 몸을 숨기고 어딘가로 가는 걸 발견한 거지. 의심이 든 아낙은 몰래 딸의 뒤를 밟았네. 그런데 당도한 곳을 보니 바로 제 재물을 숨겨둔 곳이 아닌가 말일세. 딸애는 어미의 귀가는 늦을 것이고, 아비는 안 들어올 줄 알고 재물을 꺼내려고 간 것이지. 한동안 옥가락지 일 때문에 집안이 뒤숭숭해서 못 갔으니 돈이 궁했을 테고. 재물이라면 물불 안 가리는 아낙은 눈이 뒤집혀 달려가 딸애를 들볶았을 걸세. 놀라 변명을 하려다가 그만 손에 짚이는 돌로 어미의 머리를 쳤고, 쓰러진 아낙은 치료도 못 받고 절명했을 듯하이.

어미가 쓰러지자 혼비백산한 아이는 뒤도 돌아보지 않고 달아나 집으로 돌아왔네. 분명 끔찍한 죄를 저질렀음을 알았겠지만, 어린 마음에 뭘 어떻게 해야 할지는 몰랐겠지. 그러나 가만히 있으면 며칠 뒤 아비가 돌아올 테고, 어미가 없어진 사실을 알면 관아에 신고해 읍성 주변을 샅샅이 뒤질 것 같았을 거야. 어떻게 하든 어미의 시신을 치워야 한다는 마음이 앞섰겠지. 그래서 다음 날 밤에 다시 현장엘 갔고, 어미의 시신을 항아리가 묻힌 땅을 파서 묻었을 것일세.

아무리 엉겁결이라고 하나 제 어미를 죽였으니 마음이 얼마나 불안하고 초조했겠나. 남편 말처럼 외출이 잦았던 것도 그런 까닭일 걸세. 아비 얼굴 보기가 무서웠겠지. 저를 의심하는 사람이 없는 게 다행이라면 다행이랄까. 최 선비라는 사람이 잡혀갔으니 그저 그렇게 일이 끝나기만 빌었겠지.

그런데 갑자기 최 선비는 풀려났고, 어미의 시신이 숨겨진 곳이 발각되었다는 소문이 돌았네. 세상 물정을 잘 모를 나이니 일의 옳고 그름을 분별하지 못한 데다, 그간 쏠쏠하게 써온 재물까지 들통나리라 생각하니 가만있을 수 없었을 걸세. 어미의 시신보다는 재물을 치울 생각이 앞섰던 것이 아니길 지금도 빌고 있네. 그리고 박 포교가 딸애를 현장에서 포박했네. 이것이 사건의 진상이라고 하면 틀림없을 걸세."

다들 김만중의 자세한 설명에 아무 대꾸도 하지 못했다. 부모 자식 사이의 의리인 효를 높이 앞세우는 조선에서 딸이 어미를 살해하는 일이, 다른 곳도 아니고 제 고향 땅에서 벌어졌으니 심경이 착잡할 수밖에 없었다. 그런 낌새를 느낀 김만중이 위로삼아 말을 이었다.

"무슨 생각을 하고 있는지 알겠네. 그러나 이번 일은 딸아이가 자기 비행이 탄로나 당황해 벌어진 우연한 사골세. 고의로 존속을 학대하거나 살해한 것과는 전혀 경우가 달라. 그러니 인륜도덕이 무너졌다고 통탄할 것까지는 없네. 어쩌면 너무 욕심을 부린 그 어미에게도 문제가 있었지. 어미의 손버릇이 나쁘니 아이가 뭘 배웠겠나. 쯧쯧쯧!"

김만중의 위로에 좌중의 분위기가 조금 되살아났다. 그러나 그 중 한 선비가 의구심을 잔뜩 품은 목소리로 반론을 내세웠다.

"대감님, 소생의 생각은 조금 다릅니다. 최 선비네 집 뒤란 텃밭에 옥가락지를 묻어둔 것을 보십시오. 최 선비에게 누명을 씌우고자 작정한 것 아니겠습니까? 어미를 해친 것은 창황 중에 일어났을지 모르나, 사건 이후의 딸애 모습은 여간 교활하지가 않습니다."

이 말에 김만중은 빙그레 웃으며 두 손을 흔들었다.

"아니요. 최 선비 텃밭에 옥가락지를 묻은 것은 딸애가 아닙니다. 옥가락지를 묻은 것은 아낙이었어요. 그날 밤 집으로 돌아오면서 이

도저도 안되니 마지막으로 누명을 씌울 생각으로 최 선비 집에 숨어 들어 텃밭에 옥가락지를 숨긴 겁니다. 다음 날 박 포교를 끌고 가 파보라 성화를 부릴 심산이었겠지요. 내 그래서 아낙의 고약한 심성이 더욱 미운 겁니다. 아낙의 죽음은 어찌 보면 인과응보였습니다."

김만중의 눈꺼풀이 여리게 떨렸다.

7

적당히 취한 선비들의 흥얼거리는 소리가 마당 멀리서 들려왔다. 뒷정리를 한다고 박태수는 아직 방 안에 있었다. 그럭저럭 술상이 마루로 빠져나갔다. 박태수가 두 손을 털면서 허리를 폈다.

"그것도 잔치라고 치우자니 번거롭구먼요."

안방 문을 닫고 들어온 김만중이 손짓으로 박태수를 앉혔다.

"뭐 달리 하명하실 일이라도 있으십니까요?"

박태수가 눈알을 불안하게 굴리며 불편한 자세로 앉았다. 김만중이 벽장을 열더니 한지로 둘둘 말린 물건을 꺼냈다. 박태수가 뭐냐는 표정으로 김만중을 쳐다보았다.

"펼쳐보게."

박태수가 주섬주섬 한지를 풀어헤쳤다. 수진본袖珍本이라 불릴 만한 얄팍한 책자가 나왔다. 책자와 김만중을 번갈아보며 박태수가 입을 헤벌렸다.

"이게 무엇인가요?"

잠시 침묵을 지키다 김만중이 입을 열었다.

"얼마 전에 호우를 조강호의 선소 집에 잠입시켰네. 혹시 아낙이 그곳에 납치되었나 싶어서. 거기에 재미난 물건이 있기에 호우가 들고 왔더구먼."

박태수의 얼굴빛이 누렇게 떴다.

"조강호의 집을 뒤졌다굽쇼. 후환을 어떻게 감당하시려고."

"내용을 보니 그자도 함부로 발설할 형편은 못되겠더군. 훑어보니 그자가 관아의 요로에 올린 뇌물의 품목을 적어둔 듯하이. 이름이며 액수까지 착실히 적어두었어. 잘 간수하게나. 중요한 증거야."

박태수는 입도 뻥긋 열지 않았다. 하얗게 질린 기색으로 보아 책자의 파괴력은 이미 짐작하고 있었다. 김만중이 말을 이었다.

"자네 이름도 빈번하게 나오더군. 품목이며 액수가 만만치 않았네."

박태수가 고개를 떨어뜨렸다.

"대감님께 면목이 없습니다요."

김만중이 목소리를 낮춰 차분하게 말했다.

"조강호와 자네가 어떤 관계인지 내 묻진 않겠네. 또 예전에 무슨 사연이 있는지도 알고 싶진 않네. 다만 그런 자와 너무 지근거리에서 어울리진 말게나. 내 말뜻 명심하려니 믿겠네."

아무 대꾸도 없었지만, 책자를 손에 쥔 박태수의 손은 부들부들 떨리고 있었다.

죽는 자는 누구인가?

〈멀리 하동河東 땅이 보이는 바닷가〉

1

오늘은 음력으로 8월 상정일上丁日, 음력으로 매달 첫째 드는 정[丁]의 날이다. 이날 남해 향교에서는 석전대제釋奠大祭가 열린다. 석전대제란 유가를 창시한 위대한 스승 공자의 탄신일과 몰세일에 맞춰 진행되는 큰 행사다. 공자와 여러 성현에 대한 제례가 지역마다 봉행되는데, 봄과 가을이 시작될 무렵 이뤄진다.

대제에는 헌관獻官, 위패 앞에 잔을 올리는 제관을 비롯해 집례執禮, 진행을 담당하는 제관와 대축大祝, 제사의 축문을 읽는 제관을 포함한 집사가 참여한다. 이와 함께 악사들은 문묘제례악文廟祭禮樂을 웅장하게 연주하고, 무동들이 줄을 맞춰 팔일무八佾舞를 추는 등 참여하는 인원만도 상당수에 이른다. 그러니 대제를 참관하러 오는 사람의 숫자는 헤아릴 것도 없다.

물론 남해 향교에서는 이런 규모까지 갖추지는 못한다. 남해현 호구를 다 털어봤자 만 명을 넘기지 못한다. 대개 어업에 종사하거나 논밭을 일궈 궁색하게 살아가는 처지였고, 선비의 숫자도 소수였다. 이 궁벽한 섬 고을은, 유배지로 벼슬아치들이 지주 내동댕이쳐지는 데서 알 수 있듯이 정착 군왕의 은택에서는 한참 빗나가 있었다.

〈남해 향교 오늘날의 모습〉

남해 향교는 고려 문종 원년1450년에 지방 관학기관으로 창건되었다. 그러나 그런 사실만 확인될 뿐 어느 정도 규모와 배치로 자리했는지는 문헌이 없어 알 수 없다. 대성전大成殿과 명륜당明倫堂을 들어서고 차츰 부속건물이 건립되었을 것이다.

조선시대 들어 현청의 소재지가 좀 더 섬 안쪽으로 옮겨졌고, 그에 따라 향교도 읍성 안으로 이전했다. 현청과 가까운 봉강산鳳降山 아래 양지 바른 곳에 터를 잡았다. 그러다가 임진왜란과 정유재란 때 왜군의 손에 의해 모두 불타고 말았다. 그래서 한동안 남해에는 향교 건물이 없었다.

왜란이 끝나고 60여 년이 지나 현종 10년1669년 10월에 대성전이 새로 지어졌다. 이어 숙종 4년1678년에는 명륜당이 신축되었다. 그 밖의 건물들도 짬짬이 들어서고 있는데, 현청의 재정이 그리 넉넉하지 않은 데다 유림의 세력도 타 지역에 비해 부실한지라 진척이 그리 빠르지는 않았다. 유현儒賢들의 위패를 모신 동무東廡와 서무西廡는 초가집이라 볼품이 없었다. 글공부나 시강詩講을 해야 할 동재와 서재는 아직 건축할 엄두도 내지 못하는 처지였다. 봉강산 산기슭에 서식하는 백로들은 이런 사정을 아는지 모르는지 떼 지어 모여 활개를 치고 있었다.

나정언은 오늘 석전대제에 아버지 나 참판과 함께 참석했다. 벌써 여러 차례 나 참판에게 향교에서 전교典校를 맡아달라는 부탁이 있었지만, 나 참판은 한사코 거절했다. 현 내에서도 손꼽히는 부자니 전교를 맡겨 향교의 운영 경비나 건물을 새로 짓고 보수할 때 들 비용을 추렴해내려는 유림의 속셈이 달갑지 않았기 때문이다. 비용을 희사한들 생색을 내는 이들은 늙은 향반鄕班들이었다. 그러니 왜 남 좋은 일을 한단 말인가. 그러나 나 참판은 겉으로는 덕행이나 역량이 그럴만한 그릇이 못 된다는 이유로 애써 사양하고 있는 중이었다.

오늘도 아침에 향교를 향하면서 나 참판의 표정은 그리 밝지 않았다. 유림이란 의외로 집요한 구석이 있었다. 자신들의 목적을 달성할 수만 있다면 어떤 수단이든 정당하다고 생각하는 게 그들이었다. 지금 조정이 시끌벅적한 것도 따지고 보면 그런 유림의 탐욕과 오만함에서 나왔다. 날조에 가까운 역모와 그에 따른 고변告變이 있을 때마다 얼마나 많은 선비들이 피를 토하며 죽어갔는가? 게다가 임금의 변덕도 이에 못지 않아 걸핏하면 환국換局으로 피바람을 몰고 왔다.

나 참판은 아헌관에 배정되었다. 초헌관이 현령이니 상당히 파격적인 자리였다. 그만큼 유림의 바람이 간절하다는 뜻이기도 했다. 경건하게 역할을 수행했지만 언제 무슨 요구가 날아올지 몰라 나 참판은 시종 긴장을 놓치지 않았다.

아침에 시작된 대제는 해가 중천을 지나고서야 끝났다. 곁다리로 낀 손님들과 행사를 맡았던 인원들, 구경삼아 왔던 백성들이 썰물처럼 빠져나갔다. 그들에게는 국밥이 한 그릇씩 돌아갈 참이었다. 향교의 소임들과 향청鄕廳의 원로들, 현령 등을 비롯한 고위직 관리들을 위한 자리는 따로 마련되었다. 거기에 나 참판과 나정언도 끼게 되었다. 행사를 마치자마자 귀가하려 했는데, 향교의 승냥이 떼가 순순히 돌아가게 놔두지 않았다. 억지로 끌려와 앉은 자리가 마냥 편할 수는 없었다.

눈치를 보면서 음식을 먹던 나정언은 주변 사람들의 질문에 건성으로 대답하면서 아버지의 동태를 지켜보았다.

"우리 나 도령도 빨리 대과 급제를 해야 할 텐데, 그래 학업은 진전이 있는가?"

향청의 늙은 유림이 걱정스럽다는 기색을 띠며 물었다.

"소홀함이 없도록 만전을 기하고 있사옵니다."

나 참판이 대견한 듯 아들을 바라보며 거들었다.

"대제학까지 지내시다 유배오신 서포 대감님께 학업을 맡겼습니다. 워낙 학문이 깊으신 분이니 다음 과거에는 좋은 결과가 있지 않겠습니까? 하하하!"

옆에 앉았던 한 선비가 아첨하는 듯 간드러진 목소리로 추임새를 넣었다.

"그러셨습니까? 거참 잘하셨소이다. 지금이야 서포 대감이 끈 떨어진 갓 신세지만 학문이며 인품이야 나무랄 데 없는 분이지요. 또 압니까? 동짓달 바람처럼 풍향이 아침저녁으로 바뀌는 게 요즘 정국政局 아닙니까? 내년이라도 세상이 뒤집혀 도성으로 불려 가실지도 모르지요."

나 참판은 입가에 웃음을 걸며 못 들은 척 술잔을 기울였다. 그때 언제나 속내를 드러내나 가늠하던 전교가 슬쩍 몸을 나 참판 쪽으로 돌리면서 말했다.

"큰 학자를 스승으로 모셔 좋고, 서포 대감이 도성으로 승차하시면 그도 좋고. 요즘 나 참판댁에 웃음이 끊이지 않겠습니다. 이제 자제분의 대과 급제만 남았습니다그려."

"아, 예, 그렇지요."

거북살스러운 친절에 몸을 움츠리며 나 참판이 대꾸했다.

"그리 경사가 겹치는데 좋은 일 한 번 하시구려. 대감도 알다시피 우리 향교에는 선비들이 글공부할 장소가 없질 않소. 어서 빨리……."

얘기가 그쯤 진행될 즈음 나정언은 슬쩍 몸을 뺐다. 자신이 있을 자리가 아니라는 어색함도 있었지만, 귀 따로 눈 따로 입 따로 놀면서 음식을 먹었더니 뱃속에서 바로 소식이 날아왔다. 볼일을 해결하지 않으면 낭패를 당할 성 싶었다.

향교에는 따로 뒷간 따위는 마련되어 있지 않았다. 근엄한 자리에서 그런 발칙한 행동을 할 이도 없을뿐더러 향교 건물도 구색을 갖추지 못한 마당에 어엿한 측간이 들어설 리 없었다.

큰 마당으로 나온 나정언은 사방을 부리나케 둘러보았다. 누구에게 물어보기도 꺼려졌다. 향교 왼편과 뒤편은 대나무 숲이 성벽처럼 촘촘히 자라 있었다. 그 너머 으슥한 곳이라면 급히 볼일을 처리할 수 있을 듯했다. 체면이 서지 않는 일이었지만, 예의를 따질 계제가 아니었다. 나정언은 급히 종종걸음을 옮겼다. 대나무 숲을 빠져나오니 저쪽 구석에 뒷간인 듯한 농막이 보였다.

거적을 들춰보니 뒷간은 맞았다. 사방을 두른 거적이 촘촘하기는 했지만 삭아 빗물이나 햇살을 겨우 가릴 정도였다. 도무지 볼일을 보고 싶은 기분은 들지 않았지만, 밭고랑에 실례를 하는 것보다야 나았다. 엉덩이를 까자 바로 시원하게 변이 쏟아졌다. 상쾌함에 절로 얼굴이 확 펴졌다. 나정언은 잠시 홀가분한 기분으로 이런저런 상념에 몸을 맡겼다.

그때였다. 대나무 숲을 헤치고 누군가 오는 인기척이 들렸다. 땅에 밟히는 발걸음 소리로 보아 두 사람인 듯했다. 공상일망정 엉뚱한 생각에 빠졌던 나정언은 갑자기 죄지은 기분이 들었다. 볼일을 마치려고 한지 조각을 찾다 허둥거려 그만 손에서 떨어뜨렸다. 한지 조각은 하늘거리면서 어둑한 똥통 속으로 사라졌다. 낭패였다. 풀잎이라도 뜯어 닦아야 하는데 밖에 사람이 있었다.

두 사람은 두런거리면서 뒷간으로 다가왔다. 대화를 나누는 소리가 들렸는데, 전에는 듣지 못한 목소리였다.

"시간을 오래 끌 일이 아니라고 했잖은가. 뭘 망설이는 게야?"

나무라는 투의 목소리였다. 어투에서 나이가 좀 많은 남자란 짐작이 들었다.

"신중해야 합니다. 소인을 믿고 맡기셨는데 실패란 용납할 수 없습지요. 주변에 눈도 많고 수행하는 치들도 여럿 되더이다. 완벽한 때를 노려서 감쪽같이 제거할 겁니다. 공연히 벌집만 쑤시고 꿀은 따 먹지도 못해서야 쓰겠습니까?"

저음으로 깔린 목소리였는데, 어딘가 음침하면서 사람의 등골을 찌르는 날카로움이 묻어났다. 나정언은 귀를 곤추세웠다.

"신중한 것도 좋네. 그러나 마냥 기다릴 수만은 없네. 윗분께서는

놈의 숨통이 끊겼다는 소식만 학수고대하고 계시네. 그래서 사례도 충분히 하지 않았나?'

'숨통이 끊긴다'는 말에 나정언은 자칫 신음을 토해낼 뻔했다. 가까스로 입을 막았다. 음침한 목소리의 주인공도 심상찮은 기미를 느낀 듯했다.

"말조심 하시지요. 낮말은 새가 듣고 밤 말은 쥐가 듣는다 했습니다."

늙은 남자가 혀를 끌끌 찼다.

"쓸데없는 걱정은. 다 무너져가는 이 뒷간에 누가 있을까? 자 보게."

늙은 치가 발인지 지팡인지로 거적을 서너 번 툭툭 걷어찼다. 하늘을 덮은 거적에서 뿌연 먼지가 한 사발은 쏟아졌다. 무너지면 어쩌나 간담이 서늘해졌다. 밀담을 들은 자신을 이자들이 살려둘 리 없었다. 나정언은 코끝을 간질이는 재채기를 간신히 참았다.

"쥐새끼 한 마리 없다니까. 군소리 하지 말고 시킨 일이나 제대로 마무리하게. 놈이 제거되면 더 많은 상급이 내려질 게야. 알겠는가?"

자객인 성 싶은 자가 코를 킁킁거리더니 간략하게 대꾸했다.

"알겠습니다. 여건만 무르익으면 재깍 놈의 목을 딸 테니 상급이나 두둑이 준비해 두시지요."

"흠! 그럼세. 자, 나도 돌아가 봐야 하니, 자네도 떠나게나."

두 사람의 발걸음 소리가 점점 멀어졌다. 거적을 들어 두 사람의 정체를 확인하고 싶었지만, 오금이 저려 다리가 펴지지 않았다. 나정언은 자신이 지금 누군가를 살해하려는 음모를 엿들었음을 알았다. 청탁을 한 사람이 누군지도 모르고, 자객이 어떤 인물인지도 몰랐으며, 더구나 살해당할 사람이 누군지도 몰랐다. 나정언이 아는 것이라고는 누군가 곧 이승을 비명에 뜰 판인데, 본인은 그 사실을 전혀 모른다는 사실이었다. 석전대제에서 갑자기 속이 안 좋아진 것이 죽을 자를 도우라는 하늘의 계시처럼 느껴졌다. 무슨 죄를 졌든 사람이 죽임을 당할 줄 번연히 알면서 모른 척하다니, 선비로서 올바른 자세가 아니었다.

그러나 누가 누구를 언제 어디서 죽일지도 모르는데, 무슨 수로 그 살인을 막는단 말인가?

2

"거참, 듣던 중 참으로 해괴한 소리구먼. 잘못 들은 거 아니요?"

박태수가 가는 수염을 손가락으로 비비면서 구시렁댔다. 털어내지 못한 누릿한 먼지가 남아 있는 옷매무새를 딱하다는 듯이 흘겨보았다.

"내 귀로 분명히 들은 말일세."

나이로 보면 연배 차이가 많이 나지만 나정언은 양반가의 도령이었고, 박태수는 일개 포교일 뿐이었다. 자연 하대가 나왔다.

"나 도령을 놀리려고 누가 장난을 친 건지도 모르지요. 남들에게 만만하게 보인 것 아닙니까?"

여전히 신빙성 없다는 표정으로 아래위를 훑어보면서 박태수가 말했다. 얕잡아보는 소리를 자꾸 하자 나정언은 은근히 부아가 치미는 모양이었다. 목소리에 힘이 들어갔다.

"그자들의 목소리는 신중했고 음험했소. 진담과 농담을 내가 구분하지 못하겠는가. 아무리 생각해도 예삿일이 아닌 듯하오."

말꼬리가 오르락내리락해 맥락이 모호했다. 자식, 그냥 존대해 주면 덧나나 싶었지만 내색은 할 수 없었다. 나정언의 진지한 표정을 훑은 박태수가 비아냥거리는 투의 말씨를 털어냈다.

"좋소. 도령님 말씀이 사실이라고 칩시다. 그렇지만 무슨 단서가 있어야 조사를 합지요. 목소리만 가지고는—그것도 제가 들었나요?—모래밭에서 바늘 찾기고, 그날 대제에는 줄잡아 수백 명의 사람이 들락거렸습니다. 누가 왔는지도 모르는 데다, 안다한들 일일이 찾아다니며 확인하기도 부지하세월不知何歲月입죠."

"그래서 그냥 손 놓고 있자는 말이요? 포교가 되어서 할 법한 소리는 아니로군. 멀쩡한 사람이 살해당할 위기에 처해 있어요."

나정언의 언성이 높아졌다. 박태수가 나정언을 달랬다.

"원래 관아란 데는 일이 터져야 움직이는 곳이올시다. 누가 와서 날 죽이려는 사람이 있으니 살려주쇼 외쳐대는 것도 아닌데, 어디 가서 조사를 합니까요."

그른 말은 아니라 나정언의 표정이 복잡하게 얽혔다.

"그럼 누군가 목이 잘린 채 발견될 때까지 팔짱이나 끼고 있자는 소린가? 사람의 도리로 어찌 그럴 수 있소?"

잘하면 주먹질이라도 할 기세였다. 박태수가 다급하게 손사래를 쳤다.

"그런 말은 아니지요. 사정이 그렇다는 거지. 그래 도령님은 목소리의 주인공을 찾아는 보셨습니까? 그날 대제에 참석했던 인물일 것 같은데?"

"물론 그 길로 향교 안팎을 다니면서 의심이 갈 만한 사람을 살펴보긴 했지. 그러나 목소리와 일치하는 사람은 못 만났네. 그런 사람을 봤다면 박 포교를 찾아나 왔겠는가?"

박태수가 섭섭한 표정을 지었다.

"허! 몸소 오랏줄이라도 안기려던 모양이지요? 그럴수록 더 저를 찾으셔야지요. 도령님 말씀대로라면 살인도 예사롭게 저지를 놈인데, 아주 위험한 놈입니다."

그 말에도 나정언은 흔들리지 않았다.

"누가 다칠지 모르는 상황 아닌가. 아닌 말로 박 포교 자네가 당사자일 수도 있어. 그러니 남의 일이 아니란 걸세. 누구든 희생자가 될 수도 있네."

그 말에 갑자기 가슴이 뜨끔했다. 어딘가를 찌르는 말이었다. 난데없이 나타난 자객. 그것도 실력이 비범하다? 들어보니 상당한 권세가의 사주를 받은 것이 틀림없었다. 돈이라면 목숨도 내놓는 세상인데, 하물며 남의 목숨 따위야 아랑곳 하겠는가? 그런데 그것이 자신의 목숨이라면? 방심하고 있을 때 목 뒤로 칼이 들어온다면? 자신은 이미 반은 열명길로 접어든 꼴이었다. 낄낄거리는 저승사자의 손짓이 눈앞에서 어른거렸다. 박태수의 얼굴색이 장마철 날씨처럼 순식간에 바뀌었다.

"흠! 말씀대로 웃어넘길 일은 아닌 듯하오. 그러나 제대로 아는 게 없으니 어디서부터 손을 써야 할지 도무지 감이 안 잡힙니다. 남의 손을 빌려 목숨을 앗을 정도라면 아무래도 원한 관계일 텐데. 거금을 쓰더라도 죽이겠다는 것을 보면 사소한 앙심이나 분란은 아니겠지요. 주변에 그런 원한을 살 만한 이부터 뒤져봐야겠습니다."

자신의 진심이 이제야 전해진 듯하자 나정언의 표정이 밝아졌다.

"사기를 크게 쳤거나 많은 돈을 떼어먹은 사람부터 알아보면 되겠구려."

박태수가 멀뚱멀뚱한 눈으로 나정언을 쳐다보았다. 학문은 깊은지 모르겠지만 역시 세상 물정에는 어두운 젊은이였다. 사기꾼이나 빚쟁이를 죽이면 무슨 이득이 되겠는가? 돈도 뜯기고 죽이느라 또 돈 들고, 그런 바보짓을 할 사람은 많지 않았다. 그러나 굳이 견식 엷음을 알려줄 필요는 없었다.

"그러무닙쇼. 도령님 말씀 잘 명심하겠습니다."

눈웃음을 치며 물러나려니 나정언이 누그러진 목소리로 일렀다.

"뭘 알아내시거든 꼭 내게도 알려주시오."

3

가을 하늘이 높아가는 노량 바닷가는 물빛마저 파룻파룻 맑아지고 있었다. 충렬사가 멀리 보이는 포구는 맑은 날씨 덕분인지 제법 사람들로 북적였다. 여수에서 통제영으로 질러가는 상선이 잠시 닻을 내리기도 하는 곳이라 일대 해상 교통의 요충이기도 했다. 등짐을 지고 오가는 사람들을 피하면서 박태수는 입도入島하는 사람들을 검문하는 하급관리가 있는 건물로 들어섰다.

"잘 지내시는가?"

반쯤 졸면서 심드렁하게 앉아 있던 관리가 박 포교를 보고 부리나케 일어섰다.

"아이고, 박 포교 어른, 어인 행차십니까?"

"어인 행차는 무슨 어인 행차? 자네가 근무 잘 서고 있나 살펴보려고 왔지. 현령께서 각 지역 아졸들의 근무 고과를 작성하라고 분부하셔서 말이야."

슬며시 겁을 주자 관리가 고쟁이 자락이라도 흘러내린 듯 고개를 허리 아래로 꺾으며 땅에 방아를 찧었다. 예나 지금이나 적든 많든 녹을 먹는 인간들은 먼지 터는 것을 가장 싫어했다.

"저희 때문에 포교 나리께서 애먼 고생이십니다요. 현청에서 얼추 40리 길인데, 얼마나 노고가 많으셨습니까요. 저기, 저기로 가시지요. 오늘 도다리하고 농어가 싱싱하답니다. 잘 썰어 오목오목 씹으며 탁배기 한잔 걸치면 신선이 따로 없습지요. 소인이 한 상 잘 대접해 올립지요."

있지도 않은 감사 타령 덕분에 술상이 굴러들어왔다. 박태수는 내심 쾌재를 부르면서도 짐짓 사양했다.

"어허! 공무 중에 술이라니, 그러면 쓰나. 난 그저 자네가 근무 잘 서고 있나 보려온 것 뿐일세. 봐하니 잘 서고 있네그려. 그만 가네."

"아이고, 나리 차라리 소인을 즈려밟고 가시지요."

결국 관리의 삼고초려에 못 이기는 척 바닷가 너럭바위에 걸터앉아 술추렴을 하게 되었다. 탁배기가 몇 사발 들어가자 기분이 아련하게 녹아내렸다. 술잔을 상 위에 내려놓으며 박태수가 딴전을 피우듯 물었다.

"자네 이곳으로 들어오는 유객들은 잘 단속하고 있지? 요즘 타지에서 입도하는 불량배가 부쩍 늘었다면서 현령께서 오만상을 찌푸리고 계시네."

술을 반도 못 마시고 내려놓으며 관리가 성마르게 부인했다.

"노량 포구는 걱정 붙들어 매시라고 전하십쇼. 소인이 밤낮 눈에 심지를 켜고 감시합지요. 석전대제 참관한다고 진주 감영에서 온 나리들이야 신분이 확실하니 제외해야겠지요. 일 때문에 하동이나 진주에 다녀오는 남해 사람들 얼굴이야 제가 다 알지 않습니까요. 조금이라도 안면이 생소하면 바로 검문합니다. 일단 호패부터 확인하고, 어디서 온 누구냐? 왜 섬에 들어오느냐? 누구를 찾아가느냐? 얼마 동안 어디서 머물 작정이냐? 등등 꼬치꼬치 캐물어 문서에 적어둡지요. 소인이 허투루 일을 하겠습니까요. 개미새끼라도 남해 개미 아니면 여긴 그냥 못 지나갑지요. 네네."

박태수가 그의 공치사를 웃으며 듣더니 손을 들어 말문을 막았다. 즉시 관리가 술병을 들어 술잔에 따랐다.

"문어도 한 마리 삶아 썰어오라 할깝쇼?"

군침이 절로 넘어갔지만 한꺼번에 너무 벗겨먹으면 뒤탈이 나기 마련이었다.

"아닐세. 더 마셨다가는 취해 현청에도 못 가겠네. 그나저나 요 근자에 말이야. 유독 의심스런 놈 눈에 띈 적 없는가? 젊은 축일 텐데 목소리가 좀 음침했을 거야. 어쩌면 무장까지 했을지도 모르겠군."

술잔을 벌컥거리던 관리가 눈을 둥그렇게 뜨며 박태수를 보았다.

"그 정도로 표시 나는 놈이라면 당장 제 눈에 걸렸겠습죠. 대놓고 나 잡아 잡수라고 유세를 떠는 거나 마찬가지 아닙니까요? 가끔 조강호의 수하가 들락거리긴 하지만, 그놈들 얼굴이야 다 아는 처지고요."

역시 그런 놈이 멀쩡하게 포구를 통해 들어올 리 없었다. 이무래도 헛다리를 짚은 모양이었다.

"그런가? 역시 자넨 훌륭한 관리일세. 이거 물샐 틈이 없구먼."

한 잔 더 걸치고 일어나려는데, 관리가 지나가는 말로 한 마디 덧붙였다.

"낯선 선비라면 대엿새 전에 한 사람 들어오긴 했습죠. 괴나리봇짐에 도포 삿갓까지 쓰고 제대로 행색을 갖췄더구먼요. 왼쪽 눈가에 까만 점이 있어 눈길을 끌던데, 호리호리하고 왜소한데다 깡말랐고 꽤 날래게 생겼더랬습니다. 그러고 보니 목소리가 좀……"

술이 확 깼다. "그래? 뭣 때문에 왔다던데?"

"의심할 일은 없었습니다. 향교에서 열리는 석전대제에 참례하러 왔다지요. 남해 향교 석전대제가 그렇게 유명한가요?"

뭔가 구린내가 물씬 풍겼다.

"유명하든 말든 우리와 뭔 상관인가? 어디에 묵을 거라던데? 아직 섬에 있나?"

박태수가 꽁지에 불붙은 황소처럼 날뛰자 관리가 목청을 가다듬으며 대꾸했다.

"아마 숙식은 주막이나 객사에 들 예정이라고 했죠? 금산도 올라가고 보리암에도 들릴 작정이라면서 대제 뒤에도 며칠 유숙할 거라더군요. 문서를 보면 정확하겠지만 섬을 빠져나간 기억은 없는데요. 아직 섬에 있을 것이 확실합니다요."

"진주에서 왔다는 관리들은 떠났는가?"

"아, 그분들은 대제 당일 날 저녁에 배를 타고 돌아갔습죠."

술잔을 보며 머리를 뱅뱅 돌리던 박태수가 고개를 쳐들었다.

"그 선비란 자의 이름은 기억나나?"

"헤헤, 이름까지는 글쎄요."

"당장 입도 장부를 가져와!"

박태수의 고함이 하늘을 찌를 듯 터져 나왔다. 별 생각 없이 장단이나 맞추다 놀란 관리가 엉덩방아를 찧었다. 헐레벌떡 관리가 검문소로 달려갔다.

허둥지둥 달려가는 관리를 보면서 박태수의 눈이 예리하게 빛났다.

"놈이라면 일단 꼬리는 잡은 거야."

김만중의 유배 처소에 당도했다. 박태수는 바로 사립문을 열고 들어가지 않았다. 뱃속까지 들여다보는 김만중 대감의 눈에 띄면 좋을 일은 없었다. 처음에는 이 문제를 대감에게 상의할 생각도 했었다. 그러나 뒷간에서 들은 두서없는 이야기만으로 여쭙기에는 박태수의 자존심이 허락하지 않았다. 엿들은 내용이 사실이라면 심각한 일이긴 했다. 그러나 이번 일은 단독으로 해결하고 싶었다. 몇 마디 말만 듣고도 진상을 훤하게 꿰뚫는 대감을 보고 기가 죽은 것이 몇 번이던가. 이번에는 자신의 손으로 사건을 해결해 대감과 어깨를 견줘보고 싶었다.

담장을 뒤로 돌아 나 도령의 방 뒤쪽 창문으로 가 창살을 두드렸다. 잠시 후 창문이 들썩이더니 밖으로 열렸다. 나 도령의 의구심 담은 얼굴이 삐져나왔다. 박태수가 웃으며 손짓을 하자 표정이 풀렸다.

"아, 자넨가? 들어오지 않고?"

"대감님은 계십니까?"

물어보나 마나한 질문이라 당장 나정언의 고개가 끄덕여졌다.

"대감님 심기를 어지럽히고 싶지 않습니다. 잠깐 나오실랍니까?"

나정언의 얼굴이 들어가고 창문이 닫혔다. 하얀 창호지로 잿빛 햇살이 어렸다. 박태수는 사립문에서 멀찍이 떨어진 덤불 쪽으로 걸음을 옮겼다. 새소리며 바람이 나뭇잎을 스치는 소리가 뒤섞여 들려왔다. 잠시 서성거리고 있자니 나정언이 안쪽 기미를 살피며 나왔다.

"알아봤는가?"

나정언도 왜 박태수가 자기를 불러냈는지 충분히 이해하고 있었다. 박태수가 난감한 표정을 감추지 않고 대답했다.

"막막합지요. 혹시 이런 얼굴 보신 적 있습니까? 도령님께서 들은 두 목소리 가운데 한 사람일 것으로 추측되는데요."

박태수가 품 안에서 한지 한 장을 꺼내 펼쳤다. 포구 관리가 그려준 선비란 자의 화상이었다. 기억도 가물가물한 데다 전문적인 화인畵人이 아니니 그림은 엉성하기 그지없었다. 관아의 화생畵生을 불러 그리랄 수도 없는 일이라 그것만으로도 감지덕지였다.

한지에 그려진 얼굴을 뚫어져라 살피지만, 나정언의 표정은 밝아지지 않았다.

"글쎄. 모르겠네. 얼굴을 보질 못했으니……."

나정언이 우울한 목소리를 내면서 한지를 돌려주었다.

"여기 왼쪽 눈가에 작은 점이 있답디다. 대제 때 그런 인상을 가진 사람 본 기억은 없습니까?"

나정언이 고개를 가로저었다.

"나도 향교 주변에 있던 사람들 면면은 꼼꼼히 살펴보았네. 혹시 어색한 행동을 하는 자가 있나 해서 말일세. 물론 생면부지의 인사들이 없진 않았지만, 닮은 목소리를 듣지는 못했으이. 그런 얼굴도 본 적 없네. 이자가 자객일 것 같은가?"

그런 중요한 밀담을 나눈 사람이 향교에 머물며 배회하진 않았을 것이다. 남의 눈에 띄길 꺼렸을 테니 바로 자리를 떴을 것이 분명했다. 여전히 사태는 오리무중이었다.

"장담은 못합니다만 지푸라기라도 잡아얍지요. 읍성 주변을 뒤졌는데, 이자의 행적이 묘연합니다. 그러니 더 의심스럽긴 합지요."

나정언이 유배 처소 쪽을 보며 넌지시 말했다.

"스승님께 상의하면 어떨까? 지혜와 사려가 깊은 분이니, 뜻밖의 통찰이 나올 법하지 않나?"

박태수가 팔을 저었다.

"아직은 이릅니다요. 도령님의 실없는 착각으로 여기시지 않으면 다행이죠. 정체가 좀 더 드러나면 여쭤보는 게 순서일 듯합니다."

나정언도 수긍했는지 더 우기지는 않았다. 그만 물러갈 시간이었다. 한지를 다시 품 안에 넣으면서 박태수가 당부했다.

"한번 더 그날 일을 숙고해 보십시오. 놓쳤던 단서가 떠오를지도 모릅니다."

"그러겠네. 내가 공연한 일로 자네를 번거롭게 하는 거 아닌지 미안하구먼."

박태수는 입맛만 다실 뿐 대꾸는 하지 않았다. 그리 수확이 있는 대화는 아니었다. 과연 이 손바닥만 한 섬에 자객까지 보내 사람을 해칠 사안이 있을까 부쩍 의심도 들었다.

"소인은 물러나겠습니다. 그만 들어가 보시지요."

등을 돌려 나오는데 숲 사이로 비친 앵강만이 오늘따라 한없이 넓어보였다.

나정언을 만난 뒤 박태수가 찾은 곳은 조강호의 집이었다. 놈이 자리에 없어 한참을 기다려야 했다. 당장 돌아가고 싶었지만 지금은 박태수가 아쉬운 판이었다.

얼마 뒤 미안한 기색도 없이 싱글거리며 조강호가 들어왔다.

"포교 나리, 출입이 너무 잦으십니다. 포교님이 제 수하로 들어왔다고 소문이라도 나면 어쩌시려고요?"

박태수는 징그러운 웃음과 희떠운 소리 뒤에 숨어 있을 불안의 그림자를 더듬거렸다. 제 목숨 줄이나 다름없는 뇌물 장부가 사라진 줄 안다면 똥줄이 타고도 남을 노릇이었다. 어차피 공생 관계니 돌려줄 생각이었는데―자신의 비리가 드러나니 공개할 수도 없었다.― 하는 짓이 아니꼬워 좀 더 애태우도록 두자고 생각했다.

"자네 한지동韓知東이라는 이름 들어봤나? 왼쪽 눈가에 까만 점이 있다던데."

뜬금없는 질문에 조강호가 고개를 갸우뚱했다.

"글쎄. 모르겠군. 누군가?"

박태수가 당연하다는 듯 고개를 끄덕였다.

"하긴 자객이란 놈이 멀쩡히 제 이름을 써 붙이고 다니진 않겠지."

"자객?"

조강호의 눈초리가 말려 올라갔다. 둘러말할 상황은 아니었다. 박태수는 변죽은 걷어 들이고 본론으로 들어갔다.

"얼마 전에 자객 한 놈이 남해로 들어온 모양이네. 누군가의 명줄을 끊으라는 사주를 받은 모양인데, 자네라면 알 듯싶어 왔지. 남해 땅에서 똥파리가 설치면 자네도 좋을 것 없지 않나."

놈의 눈알이 몇 바퀴 돌아갔다. 애매한 웃음을 머금었지만 저도 짐작가는 바는 없어 보였다.

"지금 딴전을 피울 상황이 아닐세. 자네나 나나 찝찝한 전력이 있기는 마찬가지. 우리의 목숨을 노리고 왔을 수도 있어."

조강호의 안색이 조금 스산해졌다. 얍삽한 얼굴에서 본색이 드러났다.

"무슨 자다 봉창 두드리는 소린가?"

놈이 능글맞게 웃었다. 제 딴엔 믿는 구석이 있을지 모르겠지만, 이상 말씨름은 하고 싶지 않았다.

"강두칠姜斗七이 남해에 나타났던 것 아나? 강두칠이도 누군지 모른다고는 잡아떼려는가?"

조강호의 얼굴에서 웃음이 사라지고 굳은 표정이 대신 들어섰다.

"직접 봤나?"

"그렇네." 박태수가 힘껏 고개를 끄덕였다. "한 달 전쯤 용문사에서 절도단 일당이 피체되었다는 소식은 들었을 걸세. 그 일당 안에 강두칠이도 있더군. 심문하다 알았지. 그 사건 이후 우린 신분을 다 갈아탔는데, 이놈은 무슨 배짱인지 본명을 그대로 쓰고 있더란 말씀이야."

조강호의 표정은 이미 싸늘하게 식었다.

"아직 남해에 있나?"

"아니." 박태수가 고개를 저었다. "진즉에 진주감영으로 넘어갔네. 다른 놈들보다 죄질이 가볍다는 식으로 보고서를 써서 보내긴 했지만, 얼마나 도움이 될지 모르겠네. 자넨 진주 쪽에도 발이 닿을 것 아닌가? 어떻게든 빼돌릴 방법이 있겠지?"

그 말에 조강호가 이빨을 으르렁거렸다.

"놈 걱정할 때가 아니야. 놈이 도화선이 되어 우리 정체까지 탄로

날 수도 있단 말이야. 여기 있을 때 입막음했어야지. 사람이 많이 물렁해졌구만. 흠! 그래서 꼬리가 밟혔을까봐 자객 운운한 거군. 놈은 자네를 알아봤나?"

"내가 대면을 피했으니 보진 못했을 거야. 이봐, 우리 셋이 금괴를 들고 튀었을 때 장도치張道峙는 엄청난 타격을 받았어. 찢어죽이고 싶었겠지. 지금도 놈은 포기하지 않았을 거고. 금괴를 삼등분하고 흩어진 지 벌써 십 년 하고도 다섯 해가 지났네. 강두칠이의 행적이 드러났으니 장도치 귀에 들어갔을 수도 있어. 만약의 사태에 대비하는 게 좋지 않겠나?"

조강호가 날렵하게 빠진 턱을 공들여 쓸어내렸다. 계산 빠르기는 박태수도 조강호를 따라잡지 못했다. 박태수는 그의 입에서 무슨 말이 나올지 뚫어져라 쳐다보았다. 생각의 시간이 길어졌다. 그리고 마침내 입을 열었다.

"여하간 자네가 걱정할 만한 일이긴 하군. 장도치가 우리 소재를 파악했다면 지옥 끝이라도 따라올 것은 불문가지지. 하지만 자객이라? 그건 장도치와 어울리지 않아. 놈이라면 남의 손을 빌리기보다 자신이 직접 수하들을 끌고 와서 끝장을 봤을 거야. 조심하는 건 나쁠 거 없지만, 지레 겁먹고 꼼지락거렸다간 오히려 놈이 눈치챌 빌미만 줄 수도 있어."

그래도 박태수는 안심이 되지 않았다.

"세월이 15년이나 지났네. 사람이 달라지지 말란 법 있나? 더구나 원수가 지근거리에 없고 잡아 오기도 어렵다면 장도치라도 손을 빌릴 수밖에 없을 듯한데."

조강호가 검지를 들어 흔들면서 입맛을 다셨다.

"자넨 생각을 너무 외곬으로 모는 게 문제야. 그러니 포교 벼슬에 주저앉아 아전도 못 해 먹지. 남해에 뒤통수가 근질근질한 사람이 어디 우리뿐인가? 권력 다툼에 생사를 걸다 간신히 목숨을 부지하고 유배 온 사람들도 부지기수네. 반대 당파 눈으로 보자면 제거하고 싶은 구더기가 아니겠나?"

박태수의 눈썹이 꿈틀거렸다.

"유배 온 인물의 목숨을 노리고 자객이 잠입했을 수도 있단 말인가?"

"꼭 그렇단 소린 아니고 시야를 넓혀볼 필요도 있다는 거지. 나도 애들을 풀어 그 자객이란 놈의 신원을 알아보지. 사람 찾아내기란 나보다 자네가 떳떳하니 잘 살펴보게."

놈도 속이 타들어갈 것은 마찬가지였다. 유배니 어쩌니 했지만 그렇게 느긋하게 강 건너 불구경할 처지는 아니었다. 잠시 조강호를 노려보다가 박태수가 품안에서 뭔가를 꺼냈다. 자객의 인물 형색이었다.

"이게 놈의 화상일세. 정교하진 않지만 없는 것보단 낫겠지. 꼭 이놈이라 찍어 말할 순 없지만, 현재로선 가장 의심스런 놈이야. 건사해두고 수하를 죄다 동원해서라도 뒤져보게. 좋든 싫든 우리는 한 배를 탄 거야."

그림을 받아든 조강호가 눈에 힘을 주면서 자객의 화상을 살폈다.

"그러지. 경상좌도 쪽에서 노는 놈은 아닌 듯하군. 호남에서 건너왔든가 도성에서 날아왔겠지."

조강호가 한지를 책상 위에 던졌다. 종이가 나비처럼 하느작거리며 책상에 떨어졌다. 등을 돌려 나가려다 다시 고개를 돌렸다.

"강두칠은 어쩌려는가? 옛 정이 있는데 도와야지 않겠나?"

놈의 눈썹이 씰룩였다.

"내가 알아서 함세. 자네 일에나 전념하지."

불길한 느낌을 지울 수 없었지만 더 이상 자신이 관여할 일은 아니었다. 땅만 바라보면서 박태수는 조강호의 집을 나섰다.

4

며칠 뒤 김만중의 유배 처소에 온 박태수는 나정언을 밖으로 불러냈다. 불안한 눈빛으로 주변을 살피면서 나정언이 나왔다. 나무로 가려진 으슥한 곳으로 둘은 걸어갔다. 새소리만 들려올 뿐 사방은 조용했다.

"어찌 좀 진척이 있는가?"

나정언이 초조하게 결과를 재촉했다.

"아직 이렇다 하게 드러난 것은 없소. 선비 행색을 했던 놈의 행적을 뒤쫓고 있는데, 여전히 자취는 묘연합니다. 산속에라도 숨었거나 변장을 하고 다니는 모양입니다."

조강호 이야기는 빼 놓았다. 그에게서도 소득은 없었다. 수하들을 풀어 촌락과 산록까지 샅샅이 뒤져보게 했지만 그물에 걸려든 놈은 없었다고 투덜거렸다. 건진 것이라면, 한지동이란 놈의 정체를 알아보니 도성 인근에서 암약하는 칼잡이였다는 사실이었다. 글공부하는 선비로 알려져 있는 데다 워낙 비밀스럽게 움직여 정체를 아는 사람이 많지 않다고 했다. 그런 사실만 알려주자 나정언의 얼굴이 긴장으로 얼룩졌다.

"흠, 그러니 목소리가 귀에 익을 리 없었겠지. 한양에서 내려보냈다면 정말 작심하고 살해하려는가 보오. 그만큼 원한이 사무쳐 철저하게 복수하겠다는 뜻 아닌가? 그런데 박 포교가 보여준 화상 있지 않소? 그 비슷한 사람을 본 듯도 합니다."

박태수의 귀가 뻔쩍 뜨였다.

"언제, 어디서요?"

"어제 아침이었소. 답답해서 용문사라도 올라가 볼까 산길을 오르는데, 누가 내려옵디다. 농사꾼처럼 보였지만, 거동이 수상쩍었어요. 누군가 싶어 자세히 보려니까 샛길로 빠져 나가더군. 얼핏 인상이 종이에 그려진 화상과 닮은 느낌이었소."

"쫓아가 보시지 그랬습니까?"

"그랬지. 그새 사라져 버렸더군. 숲이 깊고 길이 굽어 있어 보지 못했을 수도 있긴 하나, 행동이 꽤나 민첩한 자인 것만은 분명하오. 내가 너무 예민한 탓일 수도 있겠지만."

자신 있는 어투는 아니었다. 그러나 그 말은 박태수에게 의혹을 확신으로 만들어주었다. 조강호 말대로 유배 온 사람을 노리는 자객이라면 읍성 주변보다는 유배객들이 흩어져 있는 외곽 지역을 떠돌 공산이 컸다. 어느 정도 정보는 가지고 왔겠지만 유배객의 처소를 답사해 지형지물을 익히는 게 시급한 과제였다. 어설프게 실행에 옮겼다가 동티라도 나면 일을 그르칠 수도 있었다.

짧은 순간에도 박태수의 머리는 비상하게 돌아갔다. 현재 남해에 유배 온 벼슬아치는 많지 않았다. 유배객의 처소는 감영을 통해 도성에 보고되어 있었다. 대개 유배객들은 혼자 외따로 떨어져 살지는 않는다. 불법이긴 했지만 행세깨나 했던 인물이니 수발을 들 사람은 한둘 데리고 있기 마련이었다. 특정 유배객이 살해 대상이라면 자객도 그 지역을 집중적으로 정찰할 터였다. 그런 그가 김만중 대감의 유배 처소에 출몰했다면 이는 무슨 뜻일까? 길게 고민할 필요도 없이 답이 나왔다. 그러나 발설을 하며 호들갑을 떨기엔 박태수 혼자만의 생각이었다.

"그건 그렇고 대감님께서는 잘 지내십니까?"

지나가는 말처럼 박태수가 넌지시 물었다. 질문이 김만중에게 미치자 나정언이 의아한 표정을 지었다.

"별 일이야 있으시겠나? 아침에는 주로 혼자 계시는데, 뭔가 글을 쓰시는 듯하더구먼. 해가 중천을 넘어서면 나와 시문을 토론하시지. 해가 떨어지면 책을 읽으시고. 일상이 항상 그렇지."

박태수가 안타까운 표정을 지으며 응수했다.

"한양에서 위세당당하게 지내셨던 분이 생면부지 섬으로 떨려나셨으니 속이 편치 않으시겠죠. 남인南人 일파의 횡포에 맞서다 쫓겨나셨으니 오죽 울분이 쌓였겠습니까. 그자들 입장에서 보자면 유배로는 성이 차지 않을지도 모르겠습니다만."

나정언도 답답한 속내를 숨기지는 않았다.

"함부로 입에 올릴 사안은 아니네만, 조정이 남인들 일색으로 운영되는 소식에 한숨을 쉬시기도 하네그려. 상심이 깊으신 듯하이. 허나 우리가 뭘 어쩌겠나. 그저 그분의 학문을 이으면서 위로해 드리는 수밖에."

박태수는 슬쩍 말을 흘릴 기회가 왔다고 판단했다.

"남인들이 과연 대감을 섬으로 보내놓고 옳던 이 빠졌다고 손 놓고 있을지 소인의 주변머리로서는 걱정되긴 합니다. 권력이란 게 다 갖지 않고서는 만족할 줄 모르지 않습니까요. 대감은 눈엣가시 같은 존

젤 테니 말입지요."

나정언도 행간에 숨은 뜻을 모를 정도의 청맹과니는 아니었다. 박태수의 표정을 읽던 나정언이 미간을 모으면서 그를 쳐다보았다. 입술이 살짝 떨렸지만, 마음에 떠오른 말을 차마 꺼내지는 못했다. 박태수가 그 허점을 찌르며 들어갔다.

"솔직히 말씀 드리자면 저로서는 대감님의 안위가 몹시도 염려됩니다. 대감 정도의 배경이나 인물이면 노론老論의 영수까지는 아니더라도 여론을 좌우할 만한 그릇이 아닙니까. 그래서 혹시나 저들이 암수를 두지 않을까 하는 우려가 뇌리를 떠나지 않습니다. 설마 하고 생각하지만 그 설마가 사람 잡지 않습니까요."

나정언의 몸이 잠깐 흔들렸다. 머릿속으로 복잡한 추측이 오가는 기색이 숨김없이 드러났다. 불길한 예감을 떨치려는 듯 나정언이 옆에 있는 바위에 몸을 기대며 물었다.

"무슨 소린가? 난 짐작도 되지 않네. 허심탄회하게 털어놔 보시게."

이미 뽑아든 칼이었다. 자신의 예측이 맞다면 머뭇거릴 상황이 아니었다. 다시 한 번 주변을 휘둘러본 뒤 박태수가 자신의 생각을 쏟아냈다.

"이 자객이라는 놈이 아무래도 유배 온 사람을 노리는 게 아닐까 싶습니다. 정계의 권력자에게 사라졌으면 좋을 정적이 있는데, 만약 복귀라도 하면 엄청난 재앙이지요. 그런데 덜컥 유배지에서 죽어준다면 얼마나 고마운 일이겠습니까?"

나정언의 눈빛이 경악으로 술렁거렸다.

"설마, 자객이 스승님을 노린다는 뜻인가? 어허! 큰일 날 소리로세. 스승님께서 아무리 폐하의 눈 밖에 났다지만 암살이라니. 굳이 제거할 요량이라면 폐하께 주청해 사약을 내리면 될 일 아닌가?"

박태수가 입막음을 하면서 목소리를 낮추었다.

"언성이 너무 높습니다요. 대감님께서 비록 유배를 오셨다지만 폐하께서 사사賜死까지는 윤허하지 않을 수도 있지 않습니까?."

"지난 6월에 노론의 거두 우암尤庵 선생마저도 사약을 받아 돌아가셨네. 스승님께 사약을 내리는 일이 그리 어려울 까닭도 없지 않은가?"

"그거야 우암이 숙의 장씨의 소생에게 원자元子, 세자 예정자 호칭을 내리는 일에 한사코 반대했으니 벌어진 일입지요. 재론하지 말라는 본보기가 아니겠습니까. 어쨌거나 대감은 폐하에게는 승하하신 왕비의 숙부입니다. 성의를 거슬렀다 하여 사약까지 내리기에는 껄끄러운 면이 없지 않지요. 비빌 언덕을 다 무너뜨리면 후일을 기약하기 어렵지 않겠습니까?"

나정언의 표정이 진지하게 바뀌었다.

"흠, 그럴 수도 있겠구려. 환국이 잦은 판에 언제 폐하의 마음이 바뀌어 스승님을 다시 부르실지 알 수 없는 일이지. 그렇게 되면 다시 한 번 피바람이 불 테고. 머나먼 섬 지방이겠다, 이 기회에 화근을 뽑아버리려고 자객을 보낸다? 있을 법하네. 그렇다면 이거 큰일이지 않은가?"

나정언의 얼굴이 사색이 되었다. 지레 경악해서 자지러지는 듯했지만, 대감의 목숨이 달려 있다면 경우를 따질 일이 아니었다.

"그렇습지요. 지금 현령께서는 당색이 노론 계열입니다. 변방의 구차한 자리라고는 하나 순순히 밀명을 따를 리 없지요. 그러니 현령을 움직여 대감을 손보기는 무립니다. 그렇다고 자당自黨 인물로 체직해 일을 벌인다면, 시간도 늘어지는 데다 의심의 눈길마저 쏠릴 겁니다. 상소라도 올라가 죽음의 비밀을 밝히라 떠들면 폐하의 마음도 흔들리지요. 그러니 자객의 손을 빌려 실의한 끝에 자진한 것으로 꾸미는 것이 여러 모로 이득입니다."

나정언이 갑자기 허둥거렸다.

"큰일이구나. 정녕 그렇다면 스승님의 목숨이 위태롭소. 호우도 없는데 이런 일이 생기다니."

박태수의 눈이 휘둥그레졌다. 자객이라면 무예도 매서울 터, 그나마 예봉을 막을 이는 호우밖에 없었다. 그런 그가 부재하다니.

"호우가 어디 갔습니까?"

"스승님의 서찰을 전하러 어제 한양으로 떠났네. 뭍으로 올라갔을 테니 불러들이기에는 이미 늦었어."

박태수가 가슴을 쳤다.

"하필이면 지금 같은 때! 놈은 대감님 거처의 방비가 허술할 때를 노리고 있을 게 분명합니다. 진상을 호도하자면 증인이 하나라도 주는 게 좋을 거고요. 호우가 자리를 뜬 것을 안다면 기회를 놓칠 리 없습니다."

"이를 어쩌면 좋겠나? 관아에 알려 방비할 병졸을 보내달라고 해야겠네. 아버님께도 장정을 동원해 달라고 말씀 드려야겠군. 한시가 급해."

나정언은 당장 자객이 나타나 김만중을 범하기라도 할 듯 사방을 두리번거렸다. 박태수가 나정언의 어깨를 잡으며 진정시켰다.

"그렇게 성급하게 움직일 필요는 없습니다. 놈이 아무리 대범해도 대낮에 들이닥치진 않습니다. 다들 잠든 야심한 밤에 잠입할 테지요."

"그런 사악한 인간이 낮밤을 가리겠는가? 한시라도 지체할 마음이 없을 터인데."

박태수가 달래듯 말했다.

"목숨만 앗아가는 일이라면 그렇겠지요. 놈은 자연사나 자진으로 죽음을 꾸며야 합니다. 그러자면 남들 다 자는 심야가 제격이지요."

나정언이 이 말에 오히려 안심하는 듯했다.

"그렇기만 하다면 불행 중 다행일세. 병졸을 부르고 장정을 데려올 시간을 벌 수 있겠군."

그러나 박태수의 고개는 좌우로 흔들렸다.

"병졸을 부르고 장정을 데려오는 것도 미봉책일 뿐입니다."

"미봉책이라고?"

"그렇습죠. 경계가 강화되면 놈이 낌새를 못 알아채겠습니까? 방비가 느슨해지거나 지칠 때를 기다릴 겁니다. 관아에서 병졸을 보냈는데—저희 말만 듣고 보내줄지도 장담 못합니다만—며칠 아무 일 없으면 결국 저희만 우스운 사람이 되고 맙니다. 장정이라 한들 언제까지 묶어둘 수 있겠습니까?"

"그 사이에 호우가 돌아오지 않겠는가?"

"열 포졸이 도둑 한 놈 못 막습죠. 발본색원이 상책입니다."

"어떻게 발본색원하겠다는 건가?"

"처소는 평시 때처럼 느슨하게 두고 밖에서 놈을 감시하는 겁니다. 놈은 그것이 허점이라 생각하고 처소에 접근할 것이고, 그때 덮쳐서 놈을 포박하는 겁지요. 죽여도 할 수 없고, 생포해서 자백이라도 받아내면 대감님 처소에 대한 경비도 강화됩니다. 그뿐 아니라 도성에 장계를 올리면 뒤에서 사주한 세력까지 소탕할 수 있지 않겠습니까?"

나정언의 불안은 그 정도 대안으로 가시지는 않았다.

"확실하기는 하나 뜻대로 되지 않으면 어쩌려고? 썩 미더운 방법이 아닌 것 같네."

"큰 고기를 낚으려면 먼 바다로 나가야 하는 법입니다. 다소간 위험은 감수해얍지요. 오히려 쉽게 덜미를 잡을 수도 있습니다."

잠시 생각에 잠겼던 나정언이 수긍하는 눈빛을 보냈다. 박태수의 말에 일리가 있다는 기색이었다. 나정언이 결연한 표정을 지으며 말했다.

"좋네. 박 포교의 계책을 따름세. 그렇더라도 이 사실은 스승님께 말씀드려야 해. 아무 대비 없이 스승님을 사지에 몰아넣을 수는 없음이야. 스승님께서 허락하시면 나도 군말 없이 따르겠네."

박태수의 짐작에 김만중 대감이 그리 배포가 약한 사람으로 여겨지지는 않았다. 겁을 먹고 읍성으로 피신할 만큼 유약한 인물은 아니었다. 더구나 자객의 속셈이 다 드러나지 않았는가? 대감의 머리에서 훨씬 비상한 계책이 나올 수도 있었다. 오늘 밤부터라도 경계의 끈을 조이자면 김만중 대감에게 그간의 사정을 밝혀야만 했다.

"좋습니다요. 함께 들어가서 말씀을 드리도록 하지요."

나정언이 비장하게 고개를 끄덕거렸다.

5

"그런 일이 있었는가? 무서운 세상이로군."

두 사람에게 전말을 들은 김만중도 적잖이 놀란 표정이었다. 책상을 잡고 있는 두 손이 가볍게 떨렸다. 박태수가 바투 다가가면서 빠른 속도로 말했다.

"자객이라면 무술도 고수급일 터이니 방비를 단단히 해야 합니다. 오늘 밤이라도 놈은 기습할 수 있습니다. 어쩌시렵니까?"

읍성으로 피하자는 뜻으로 박태수가 말했다. 나 도령 앞에서는 기세 좋게 계략이라며 장담했지만 일단 급한 불부터 끄는 것이 최선이란 생각도 들었다. 공은 세우더라도 대감의 안전을 보장하고 볼 일이었다. 나정언도 현실을 직시했다.

"스승님, 병졸이나 장정들을 불러들여 지키는 것도 한시적인 일입니다. 천 리 밖에서 온 자객이라면 고분고분 물러나지 않을 듯합니다."

발본색원도 목숨이 부지한 뒤의 일임을 그도 놓치지 않았다.

그러나 김만중은 눈을 감은 채 일언반구도 하지 않았다. 한동안 두 사람이 한 말을 되새겼다. 초조하게 두 사람은 김만중의 결심을 기다렸다. 해는 점점 기울어갔다. 숲에서 자객이 김만중의 목숨을 노리고 있을지도 모를 노릇이었다.

마침내 김만중의 입가에 미소가 감돌았다. 안전부터 도모하자는 결심에서 떠오른 미소인지 자신의 처지가 오도가도 못 하는 신세임을 절감한 쓴웃음인지 분간이 되지 않았다.

"결심이 서셨습니까? 초미의 위험부터 피하는 게 상수겠지요?"

박태수가 다그치듯이 언성을 높였다. 김만중의 웃음이 입 끝으로 옮겨갔다. 천천히 두 눈을 뜬 김만중이 나정언을 본 다음 박태수에게 눈길을 주었다.

"박 포교, 자네가 나를 염려하는 마음이 참으로 감동적일세. 또 정언이가 보잘것없는 스승을 지키려는 마음도 갸륵하구나. 이 먼 섬 지방에도 사람이 있음을 오늘처럼 절절하게 느끼긴 처음이로구나."

그래서 어쩌자는 것인지 감이 잡히지 않았다. 읍성으로 들어간다면 한시라도 빨리 처소를 뜨는 것이 상책이었다. 가는 길에 어둠이라도 내린다면 낭패였다. 감쪽같이 죽음을 위장할 계획인 자객일지라도 여의치 않으면 무력을 행사할 수도 있었다. 밤길에 기습을 받는다면 대감의 목숨은 바람 앞의 등불이나 다름없었다. 애가 탄 박태수가 결박을 짓듯 말했다.

"대감님, 저희 칭송으로 시간을 보낼 때가 아닌뎁쇼."

김만중의 얼굴에 다시 웃음이 감돌았다.

"자네 말대로 피신하는 것도 나쁘진 않겠지. 그러나 그렇게 하는 것은 결국 자객의 뜻대로 움직이는 꼴일 뿐일세."

이해하기 어려운 대답이었다. 읍성으로 옮긴다면 당장 자객의 계획에 차질이 생기는 것이었다. 그런데 그것이 어찌 자객에게 농락당하는 일이란 말인가? 박태수의 애가 타들어갔지만 아는지 모르는지 다시 김만중이 말을 이었다.

"자네는 자객이 내 목숨을 노린다고 철석같이 믿는 모양인데, 내 생각은 좀 다르네."

"다르다니요? 놈이 용문사 인근에 나타났다지 않습니까요."

"그렇다고 해도, 그자가 노리는 목숨은 내가 아니라, 바로 자네야."

뚱딴지같은 지적이었다. 박태수도 그런 추측을 하지 않은 것은 아니었다. 그러나 혼자 돌아다니는 게 버릇이 된 박태수인데, 자객이 자신을 습격할 기회는 이미 여러 차례 있었다. 놈이 동정심에 기습을 미룰 리는 없었다.

"그렇다면 왜 이제껏 잠자코 있었겠습니까?"

"완벽한 기회가 오기를 기다렸기 때문이지. 명색이 지방 관아의 포교인데, 자네도 무술이라면 남들에게 밀리지 않네. 자객이라지만 반격을 당할 수도 있지 않겠나. 놈은 실패를 용납하지 않는 완벽주의자야. 가장 방심하고 있을 때, 완전히 무방비한 상태일 때 일격을 가해 목숨을 앗으려는 것일세."

박태수의 입술이 한 발은 튀어나왔다.

"그러시다면 놈의 행동은 기만 술책이라는 말씀입니까?"

"기만 술책이라기보다는 완벽한 기회를 만드는 과정이라고 봐야지."

"완벽한 기회라굽쇼?"

"그래. 지금 보게. 자네는 내 목숨이 경각에 달했다며 아우성이지 정작 자신의 안위는 전혀 고려 밖이지 않은가?"

듣고 보니 맞는 지적이었다. 그러나 딱 부러지는 근거는 없었다. 두 사람 중 하나라면 과연 자신이란 말인가? 박태수가 연신 고개를 주억거리자 김만중이 몸을 앞으로 내밀며 설명을 시작했다.

"자, 내 말을 찬찬히 들어보게. 해가 저물어가니 길게 설명은 않겠네. 먼저 정언이가 뒷간에 갔을 때 정체불명의 사내 둘이 나타나 암살 음모를 흘렸지 않나? 그것은 사람들 눈을 피해 둘이 밀담을 나눈 것이 아니라 정언이가 듣기를 바라면서 한 소리로 보이는구먼. 너무 경박한 행동이야."

"나 도령이 들으라굽쇼? 무엇 때문에?"

"그거야 그 사실이 자네 귀에 들어가게 하기 위해서지. 자객의 출현은 분명 심각한 일이지만 정언이가 들었다는 것 외에는 아무 증거도 없네. 함부로 떠들다가는 유언비어나 퍼뜨리는 사람으로 오해받기 십상. 그러니 정언이가 자네에게 와 상의할 것은 불문가지지 않겠나. 자네라면 친근한 관원인데다 자객의 정체를 추적할 수 있는 위치에 있으니 말일세. 몇 군데 조사해보면 의심스런 자가 남해에 들어온 것을 알기에 어렵지 않을 거고, 자넨 벌써 그런 수순을 밟지 않았나?"

그렇기는 했다. 놈의 입도는 쉽게 탄로가 났다.

"그것이 소인을 방심하게 만들 리 있습니까. 당장 몸부터 사리지요."

"처음에야 그랬겠지만, 자객의 칼끝이 노리는 이가 다른 사람이라고 믿게 되면 사정은 달라지지. 어쩌면 누군가 자네의 의심이 남에게 향하도록 부추겼을지도 모르겠구먼."

조강호의 얼굴이 뇌리를 스쳐 지나갔다. 본의는 아니었을지 모르지만 조강호는 유배객을 노리는 자객일 수 있다며 시선을 흐려놓았다. 놈은 뇌물을 먹인 사람들의 명부가 탈취 당했고, 그 일에 자신이 관련되었다고 단정했을 수도 있었다. 자신이 없어진다면 발설할 이도 사라지는 데다 명부를 되찾기도 손쉬울 터였다. 모골이 송연해졌다.

"왜 자객까지 동원해 제 목숨을 노립니까? 제가 뭐 그리 대단한 사람이라고."

"자네 스스로 말하지 않았나? 강두칠의 죄상을 가볍게 작성해 감영에 보냈다고. 강두칠의 실제 역할이 어느 정도인지 모르겠으나 그냥 하수인으로 절도단 패거리에 끼어든 정도는 아닐 게야. 더욱이 강두칠과 자네는 뭔가 전력이 있지 않나?"

김만중의 눈썹이 이마 위로 치올라갔다. 엄중하게 캐묻는 것은 아니었지만 말투에는 서릿발이 숨어 있었다. 어지럼증이 몰려와 천장이 한바퀴 횡 돌았다. 여기서 다 토설할 수는 없지만 발뺌을 하기는 늦었다.

"예. 말씀 드린 것처럼 전에 좀 아는 사이이긴 합니다. 그래서 도우려는 마음이었는데."

"도움이 되기는커녕 그자의 목숨도 단축시켰고, 자네의 명줄도 조여놓은 꼴이지. 진주 감영에 자네와 강두칠의 소재―한 사람 더 있을 것도 같은데―를 뒤지던 사람이 있었을 걸세. 자네가 유독 강두칠을 두둔하는 보고서를 올린 걸 보고 수상쩍다 여겼을 것이고, 즉시 자네의 인적사항을 뒤져봤겠지. 그러자 여러 가지 의심스런 정황들이 고구마 줄기처럼 줄줄이 드러났을 것이고."

옆에 앉았던 나정언이 영문을 몰라 어리둥절하며 박태수를 흘깃거렸다. 따가운 눈길 때문에 뒤통수가 따끔거렸다. 그 기색은 김만중의 눈에도 들어왔다. 한 번 헛기침을 한 김만중이 무마하듯이 말을 얼버무렸다.

"자세한 얘기는 나중에 나누기로 하고, 본론으로 들어가세. 자객의 복안대로 자네는 내 목숨이 위태롭다 믿고 대책 마련에 분주했네. 조금만 거리를 두고 살폈어도, 자객 출현이 자신의 목숨을 노린 게 아닐까 초조해하다 갑자기 내 걱정으로 급선회한 게 얼마나 어색한지 눈치챘을 걸세. 하지만 자네는 거기서 안심하고 말았어. 자네도 내심 불안했는데, 자객의 목표가 바뀌자 그렇게 믿고 안심해버린 걸세. 자객이 원하던 바였지.

이제 자네는 내 목숨을 구하겠다면서 밤새 내 처소 주변에 숨어 자객이 처소로 접근하는 걸 목 빠지게 기다리게 되었네. 등은 자객에게 비워둔 채 말이야. 그야말로 자객이 원하던 그 최상의 기회를 던져준 지도 모르고 말일세. 자네는 쥐도 새도 모르게 등에 칼이 꽂혀 죽고 말겠지. 원통하게도 왜 죽는지 무슨 함정에 빠졌는지도 모르는 상태로 말이야."

등골을 타고 식은땀이 주르르 흘러내렸다. 김만중의 설명을 들으니 잡아 잡수 하면서 제 목을 접시에 올려 갖다 바치는 꼴이었다. 고개가 절로 바닥으로 떨어졌다. 동시에 분노가 치밀었다.

"그러나 대감께서 읍성으로 피신하면 다 무위가 되지 않습니까?"

"놈은 거기까지도 머리를 썼을 걸세. 읍성으로 피신해 내가 무탈하더라도 자네는 자객을 잡고자 여기에 잠복할 작정이었을 걸세. 그러니 등 뒤는 여전히 비워둔 꼴이지 않나. 설사 자객이 운신하지 않는다 해도 자네는 자신의 지혜로 나를 구했다고 자만했을 것이야. 물론 자객을 색출하고자 들썩이긴 했겠지만, 공명심 때문에 방심의 폭은 넓어졌을 터.

그러나 나는 그런 위협 때문에 읍성으로 달아나진 않네. 저들이 내 목숨을 노린다면 나는 당당히 대처할 것이야. 그런 내 성품을 자객은 알았을 것 같구먼."

정황이 모두 석연하게 밝혀졌다. 등 뒤에서 독수리가 노리는 줄도 모르고 자신은 둥지를 지키기에 혈안이 되었던 것이다. 참으로 어리석은 오만이었다.

"이렇게 멍청했다니! 이 개자식을 당장 잡아 잘근잘근 씹어 먹지 않으면 소인이 사람이 아닙니다."

김만중이 그의 넋두리를 딱한 표정으로 바라보며 말했다.

"어떻게 씹어 먹겠다는 건가?"

"대감님 말씀대로라면 제가 숲에 잠복해 있으면 제 등을 노리고 달려들지 않겠습니까? 그때 덮쳐서 박살을 내얍지요. 그러고는 그 자식도……."

김만중이 고개를 절레절레 흔들었다.

"우선 자네와 자객이 일대일로 붙으면 승산은 누구에게 있을까? 병졸을 매복시키면 눈치채지 못할 자객도 아니야. 아마 다음 기회를 노릴 걸세. 어느 쪽도 자네에게 유리할 것은 없어."

흥분이 가라앉자 김만중의 말이 바늘처럼 따끔하게 가슴에 꽂혔다. 실패한다 해도 놈은 다시 기회를 노릴 것이다. 전적으로 불리한 싸움이었다. 결국 희망은 김만중 대감에게 있었다.

"소인은 어찌 해야 좋을까요?"

김만중이 차근차근 설명을 시작했다.

"들어보게. 자객은 완벽한 기회를 만들고자 했네. 전쟁으로 치면 모든 준비가 다 갖춰지기를 기다린 셈이고, 결국 의도대로 되었네. 지금까지는. 그런데 자네는 어떤가? 자객의 음흉한 계략은 알았지만 준비를 갖출 여건이나 시간은 없어. 아니 준비를 갖추면 결코 자객과의 싸움에서 이기지 못하게 되네. 외통수에 몰린 셈일세."

진퇴양난이었다. 방심하면 당하게 되고 준비하면 위험은 여전한 채 일은 무위로 돌아간다.

"그러면 어쩌면 좋겠습니까? 토끼굴에 머리를 박고 있어야 합니까?"

"아니, 자객을 방심하게 만들어야지."

박태수의 눈에 의구심이 솟았다.

"놈을 방심하게 한다굽쇼? 놈이 방심할 하등의 이유도 없지 않습니까요?"

"아니야. 놈의 뜻대로 자네가 밤에 숲에서 내 처소를 홀로 감시하고 있으면, 그때 놈은 방심할 걸세. 회심의 미소를 지으며 독 안에 든 쥐라고 생각할 테니까."

말만으로도 목에 칼날이 스쳐지나간 듯 섬뜩했다.

"저더러 등을 보이라굽쇼? 그럼 저는 죽습니다요."

"약간의 방비만 하고 있으면 죽지 않을 걸세. 오히려 놈을 포박하는 결말이 나올 게야."

"놈을 포박한다굽쇼? 어떻게?"

"화약이 터져 몸이 날아오를 텐데, 죽지는 않더라도 운신하기는 힘들겠지."

"화약이라니, 화약이 어디서 나와 터집니까요?"

김만중이 자리에서 일어나더니 벽장문을 열었다. 벽장 안 깊숙한 곳에서 나무 상자가 나왔다. 김만중이 조심스럽게 품에 안아 책상 위에 올려놓았다.

"순도 높은 염초로 만든 화약일세. 적당량을 쓰면 살상력은 줄이면서 부상을 입히거나 혼절하게 만들 수 있네. 이제부터 내 말을 잘 듣게.

자네는 내 처소를 지켜보면서 밤을 지새네. 주변에 폭은 넓지만 깊이는 한 발 정도 되는 고랑을 파두어야지. 그리고 안에 화약을 알맞게 넣고 위는 나뭇가지를 덮어 위장하네. 자객이 자네를 덮치려다 나뭇가지를 밟아 고랑에 빠지면 그때 부싯돌이 긁히면서 불꽃이 일 것이야. 화약이 폭발하면서 자객은 한 길은 날아오를 걸세. 임기응변의 다급한 준비가 완벽한 준비를 이기는 순간이 되는 것이지. 어떤가?"

"그 정도 위력이라면 소인도 다치지 않겠습니까?"

"그러니 조심해야지. 자객이 다시 자네 앞에 나타나지 않게 하는 일일세. 작은 위험은 감수할밖에. 자네는 땅이 꺼지는 소리가 나자마자 바로 땅바닥에 납작 엎드려야 하네. 그래야 다치지 않을 테니까."

"그렇게 자객을 포박한다 해도 나중에 관아에서 자객은 누구며 화약은 어디서 나왔는지 추궁할 텐데요. 소인이야 따지지 않겠지만, 유배 온 죄인이 화약까지 소지했다는 사실이 알려지면 엄중한 문책이 뒤따를 것입니다요. 그 감당을 어찌 하시려고요?"

"자네만 눈 감으면 될 일일세. 사정이 다급해 관아의 허락은 나중에 받기로 하고 화약을 반출했다고 말하게. 약간의 질책은 따르겠지만, 현령이 자네를 신임하는 데다 자객을 체포한 공도 있으니 무마될 걸세. 필요하다면 나도 거들지. 그러면 크게 문제되지는 않을 걸세."

박태수가 마지못해 고개를 끄덕였다. 옆에서 잠자코 듣고만 있던 나정언이 마음에서 회오리치는 의문을 숨기지 못하고 물었다.

"스승님께서는 어찌하여 위험을 자초하시는 겁니까? 피신하셔도 다른 계책은 있을 텐데요?"

김만중이 의아해하는 나정언을 돌아보며 해맑은 미소를 지었다.

"내 안위를 염려해서 동분서주해준 박 포교가 위험에 처했는데 어찌 모른 척하겠느냐. 사람의 도리가 아니다. 박 포교의 공을 갚는 방법이기도 하고, 또 내 자신을 지키기 위한 방편이기도 하니라."

"스승님을 지키다니요?"

"이치가 뭐 그리 어렵겠느냐. 그자가 박 포교를 없애고 한양으로 돌아간다고 해 보거라. 그러면 언젠가 그자는 나를 죽이라는 명령을 받고 다시 남해에 나타날 게 분명해. 이자는 보통 영민한 자가 아니야. 폭력배들조차 명성을 듣고 부릴 줄 아는 자라면 권력자가 어찌 이자의 유용함을 모르겠느냐. 그러니 체포해 옥에 가두어 화근은 미연에 방지하는 게 최선이지. 그간 이자가 지은 죄과를 따지면 능지처참은 아니더라도 참수는 면치 못할 것이야. 만에 하나 권력자의 비호를 받아 석방된다고 해도, 한 번 일을 그르친 자객에게 대사를 맡기진 않겠지. 내 비록 부처님의 대자대비를 본받지 못함은 가슴 아프나 차선이 최선일 때는 차선을 따르는 것도 지혜일 것이야."

그리고 김만중은 입을 다물었다. 김만중의 의중을 알 듯 모를 듯한 두 사람은 더 이상 묻고 싶은 말도 듣고 싶은 말도 떠오르지 않았다. 막연한 눈빛으로 화약만 바라보고 있는 두 사람을 김만중이 재촉했다.

"언제까지 넋 놓고 있으려는가? 해가 거진 저물었어. 빨리 적당한 위치를 잡아 화약을 묻어야 하지 않는가. 자객이 오늘 올지 내일 올지 몰라. 정언이도 나가 돕도록 해라. 선비가 할 일은 아니다만 너로부터 빚어진 일이니 결자해지할 수밖에 없겠구나."

무념의 상태에서 깨어난 두 사람이 벌떡 자리에서 일어났다. 박태수가 화약이 든 상자를 집어 들었다. 곡괭이와 호미를 광에서 찾아든 둘은 황급하게 사립문 밖을 나섰다. 잠시 후 자객을 꾀어 들일 만한 적소를 찾은 두 사람은 말없이 김만중의 지시대로 함정을 팠다.

천운이 다한 자객은 그날 밤 늦게 김만중의 처소에 나타났다. 등지고 앉아 처소를 지키는 박태수를 발견하고는 득의의 미소를 머금은 채 소리죽여 접근했다. 그리고 잠시 후 폭음이 울렸는데, 우거진 숲이 소리가 멀리까지 퍼져나가는 것을 막아냈다. 엎드려 있던 박태수가 일어나 옷에 묻은 흙을 털어내고 뒷수습을 마쳤다.

6

한지동. '고슴도치'란 별명으로 더 잘 알려진 자객은 큰 부상은 당하지 않고 현 관아로 압송되어 취조를 받았다. 놈은 현명하게도 입을 꽉 다물었다. 박태수가 앞장서서 윽박질렀지만 놈은 미동도 하지 않은 채 야릇한 미소만 지었다. 결국 사실 중심의 취조문이 작성되었고, 며칠 뒤 진주 감영으로 압송될 예정이었다.

압송되기 전날 박태수가 밤에 조강호의 집을 방문했다. 두 사람은 은밀히 만났다.

"김만중 대감의 목숨을 구했다니 대단한 일을 했구먼."

조강호가 입을 삐죽이며 중얼댔다. 박태수는 신경이 거슬렸지만 대꾸하지는 않았다. 그저 묵묵히 그를 노려보았다. 잠시 정적이 흐른 뒤 박태수가 내던지듯 말을 꺼냈다.

"내일 아침 놈이 감영으로 압송될 거네. 단단히 오랏줄로 묶고 차꼬를 씌웠으니 꼼짝도 못할 게야. 호송하는 병졸은 단출할 걸세."

조강호는 흥미 없다는 듯 대답했다.

"그래서?"

"그냥 알아두라는 게지. 놈이 감영으로 가면 도성으로 직행할 테고, 그 뒷일은 어찌 될지 나도 모르겠네. 다시 내려올지도."

조강호의 눈썹이 씰룩거렸다.

"다시 내려와?"

"놈이 아니더라도 누군가 또 찾아오겠지. 분명히."

"성가신 일이로군."

"누가 놈을 보냈든 본때를 보여줄 필요는 있다고 생각하네. 잘못 들쑤시면 뒤끝이 좋지 않다고 말이야."

조강호가 잠깐 흥미를 보였다.

"그럴 듯한 말이로군."

"그럼 가보겠네."

"잘 가시게."

문을 나서기 직전 박태수가 등을 돌리며 조강호를 꼬나보며 말했다.

"지난 허물은 묻어둠세. 뭐 자네의 뇌물 명부 따위 일도 말이야. 꼭 필요하다면 돌려주지. 그때 말하게."

조강호의 입에서 신음이 흘러나왔다. 그러나 박태수는 신음의 끝을 듣지는 못했다.

노량 포구를 지나 진주로 가는 도중 자객을 호송하넌 병졸이 습격을 받았다. 깨어나 보니 피의자는 사라지고 없었다. 원래 없었던 사람이었고 관내를 떠나 벌어진 일이라 자객이 사라진 것에 흥미를 보이는 사람은 많지 않았다. 다만 노량 포구를 관리하던 하급 관리는 영문도 모른 채 현령의 포상을 받았다. 박태수는 다시 한 번 그에게 거나하게 술을 얻어마셨다.

제4화

그는 왜 밀실에서 죽어야만 했나?

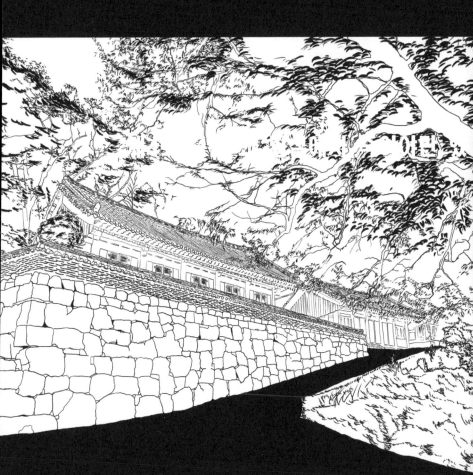

〈남해 용문사 염불암 올라가는 길〉

1

남해의 선비들과 경전을 강독하는 모임이 진행 중이었다. 김만중이 문헌의 구절을 짚어가면서 그 의미를 풀었고, 주석에 나오는 학자들의 견해 등을 연관지으면서 꼼꼼히 설명을 이어나갔다. 설명이 끝나면 선비들이 궁금증이나 자신의 생각을 밝히고 함께 토론하는 식으로 강독은 진행되었다. 오늘은 나정언과 박태수가 사정이 있어 빠졌다.

경전의 깊은 뜻을 짚어보는 시간이 얼추 매듭지어졌다. 잠시 쉴 시간을 가졌다. 김만중이 책을 덮자 선비들은 어깨를 펴고 몸을 움직이면서 굳었던 몸을 풀었다. 배움을 즐기는 그들이지만 역시 쉬는 게 반가운 것은 인지상정이었다. 표정이 밝아지는 모습을 흘깃 보더니 김만중이 씩 웃으며 말했다.

"학문이란 새로운 지식과 지혜를 익히는 일이라 즐겁지만 쉬면서 유희에 빠지는 것만 못하지요. 공들여 배웠으니 다 머리에 담아 둬야 한다고 집착하면 공부만큼 괴로운 일도 없습니다. 배움은 앎이 목적이니 힘든 반면 유희는 즐기는 일이라 결고 물리는 법이 없지요. 그러니 알려고만 들지 말고 즐길 줄 알아야 합니다. 공자께서도 '아는 것은

좋아하는 것만 못하고, 좋아하는 것은 즐기는 것만 못하다.知之者 不如好
之者 好之者 不如樂之者'고 말씀하시지 않았습니까? 이런 마음가짐으로 배
움에 임해야 배움의 효과도 높아지고 오래가는 법이지요."

　김만중이 말을 가름할 즈음 방문이 요란한 소리를 내며 열렸다. 다
들 고개가 문쪽으로 돌아갔다. 아첨하는 표정이 가득한 박태수가 머
리를 쑥 들이밀었다.

　"아이고. 우리 선비님들 얼마나 진지한 말씀을 나누시기에 골짜기
가 쥐 죽은 듯 조용합니까? 다들 묵언수행하시나. 헤헤."

　김만중이 손을 들어 마중하면서 말했다.

　"그럴 리가 있나. 박 포교의 학구열이 너무 뜨거워 감히 입을 열지
못한 게지."

　"진정 그러시다면 고맙지요."

　칭찬하는 말을 들어도 그리 반가운 기색은 아니었다. 선비들 틈바
구니를 파고들면서 박태수가 앉았다.

　"날씨가 많이 쓸쓸해졌습니다요. 바깥바람이 제법 차가운 걸입쇼."

　박태수가 엄살을 부리듯 몸을 부르르 떨었다.

　"오늘 관아에 무슨 일이 있었는가? 늘 먼저 오던 사람이 지각을 다
하니 희한한 일일세."

　바로 박태수의 표정이 일그러졌다.

　"아닌 게아니라 황당무계한 사건이 벌어져 골머리를 앓고 있지 뭡
니까."

　"무슨 사건이기에. 자네같이 유능한 관리도 해결 못하는 난제가 있
단 말인가?"

　"대감님, 그만 놀리십시오. 소인이 부지런하긴 하지만 유능하고는

거리가 먼 사람인 줄은 잘 아옵니다. 속 편하게 늦었다고 핀잔만 주시지요."

김만중이 조금 무안했는지 헛기침을 한 번 했다.

"허허! 자네는 배울 필요가 없겠어. 오늘 '나를 아는 일'의 어려움에 대해 이야기를 나누었는데, 자네는 듣지 않고도 벌써 자신을 잘 알고 있잖은가."

영문을 모르는 박태수가 눈길을 선비들에게 돌렸다. 눈길을 받은 선비들마다 몸을 외로 꼬면서 외면했다. 선비들에게 박태수는 가까이 하기도 멀리 하기도 껄끄러운 존재였다. 잠시 분위기가 삭막해졌다. 김만중이 서먹한 자리를 털어낼 심산으로 다시 대답을 채근했다.

"관아를 골치 아프게 만든 사건이 뭔지 말해보라니까."

심술궂은 표정을 짓던 박태수가 김만중에게 몸을 돌리면서 머리를 흔들었다.

"말도 마십시오. 근자에 현 내에 아주 괴상망측한 놈이 나타나 백성들을 불안에 떨게 하지 않습니까요. 뭐 그런 인간이 다 있는지 동에 번쩍 서에 번쩍 하니, 잡는 것은 고사하고 누군지도 모르는 판입니다."

그 말을 듣자 선비들도 한 마디씩 말을 보탰다.

"아, 그 일 말이구먼."

"이 조용한 남해에 미치광이가 나타나다니 해괴하기 짝이 없는 일이지."

"놈의 정체도 아직 모른단 말이요? 어느 세월에 체포하려고?"

"포졸들은 왜 있는 거야. 꼭두각시들을 앉혀놨나?"

"대경실색한 아녀자들이 해만 떨어지면 방문을 다 걸어 잠근다지 않습니까?"

방 안이 웅성거림으로 어수선해졌다. 고을 안에 흉흉한 사건이 벌어졌는데, 김만중만 모르고 있었다.

"무슨 일이기에 야단법석인가? 박 포교가 소상히 알려 주시게."

무릎 꿇고 앉았던 박태수가 자리를 고쳐 앉으며 입을 열었다.

"에 그러니까, 처음 그 미치광이가 읍성에 나타난 것이 한 달 전이옵니다. 어느 날 밤 민가의 처녀 하나가 친척집 일을 봐주다 늦어져 밤길을 걷고 있었습죠. 질러간다고 으슥한 골목길에 들어섰는데, 갑자기 웬 남정네가 가로 막더라네요. 아는 사람인가 싶어 실눈을 뜨고 봤지만 구름이 짙게 깔려 분간은 안되더랍니다. 그래서 누구냐 물어보려는 참인데, 아 글쎄 이놈이 갑자기 기괴한 웃음을 토해내며 옷을 홀떡홀떡 벗어젖히는 게 아닙니까? 웃통만 벗는 게 아니라 바지며 속옷까지 홀딱 벗었답니다.

처녀는 너무 놀라 비명도 못 지르고 주저앉아 벌벌 떨고만 있었습지요. 마침내 알몸이 된 놈이 침을 질질 흘리며 실실 웃더니 다가오더랍니다. 그제야 정신이 번쩍 든 처녀가 하늘이 무너져라 비명을 질러댔습지요. 동네 사람들이 변란이라도 났냐고 기웃거리며 밖으로 나왔고, 처녀는 그만 혼절했습지요."

설명도 제법 상세했지만 박태수는 신명이라도 잡힌 이야기꾼처럼 표정이 즐거웠다. 야밤에 발가벗은 남자의 몸을 보고 자지러진 처녀를 생각하니 절로 웃음이 나왔던 것이다. 김만중은 정색을 하며 어이없는 표정을 지었다.

"그런 요사스런 일이 있었구먼. 그래, 그자는 잡았는가?"

"웬걸요. 그대로 내뺐답니다. 벌거벗은 채로 말입지요."

"동네 사람들이 나왔다면 놈의 괴상한 모양새를 봤을 거 아닌가?"

"사람들이 모이기도 전에 자취를 감췄답니다. 혼절한 처녀를 깨운 뒤에야 자초지종을 알게 된 것입지요."

"그럼 처녀 말고 직접 본 사람은 없단 소리군."

"예. 그래서 처녀가 기가 허해 헛것을 본 게 아닐까 여겼습지요."

"그럴 법도 하이."

"그렇게 수습이 되나 싶었는데, 끝이 아니었습니다. 얼마 뒤 비슷한 사건이 또 터졌으니까요. 다리를 접질린 할머니를 모시고 침을 맞힌 뒤 돌아오던 일행이었습니다. 공교롭게도 모두 아녀자들이었습죠. 구름이 잔뜩 낀 어두운 밤이었는데, 골목길을 접어들자니 어떤 놈이 떡 앞에 나타나더랍니다. 뭔가 싶어 눈에 힘을 주려는 찰나, 이놈이 또 옷을 훌훌 벗어던지는 게 아닙니까? 다들 혼비백산했지요. 다행히 비명을 일찍 질러 다 벗기도 전에 놈은 토꼈지요.─흐흐흐! 그 아녀자들 좋은 구경 놓쳤습지요.─ 이후 사나흘마다 나타나 십여 차례에 이릅니다. 읍성뿐만 아니라 마을을 가리지 않고 돌아다니며 기행을 일삼고 있습지요. 민심은 날로 흉흉해지고 불벼락은 고스란히 소인에게로 떨어지고, 아주 죽을 맛입니다요."

김만중이 쓴 웃음을 지었다.

"자네가 참 난처하겠구먼. 어쨌거나 정신이 제대로 박힌 사람의 짓은 아닐 듯하네. 빨리 잡아들여야지 자칫 고을의 풍기가 어지러워지겠어."

본인도 답답한지 박태수가 제 머리를 주먹으로 꽝꽝 치며 탄식을 내뱉었다.

"당연히 그래얍지요. 허나 이놈이 워낙 신출귀몰해서 포졸 몇 명 데리고야 어디서 튀어나올지 모르는 놈을 무슨 재주로 잡습니까요. 이놈도 눈치는 있는지 낮에는 보이지 않다가 꼭 구름 낀 밤에만 어슬렁거립니다. 그러나 가을밤은 오죽 길고 고을은 작으나 넓습니까? 백성들은 포졸들이 무능하다면서 싸잡아 욕하는데, 아 저희가 직접 잡아보지. 왜 애먼 저희만 쥐고 흔드는지 미칠 노릇입니다요."

그러면서 박태수가 옆에 앉은 선비들을 싸늘한 시선으로 째려보았다. 선비들이 움칠하며 엉덩이를 들썩였다. 김만중이 싸늘해진 분위기를 데웠다.

"자자, 고정하시게. 백성들이야 당연히 관아에 의지해 살아가는데 그럴 수밖에 없지 않나. 향약 계원들끼리 불침번이라도 서야 할 판세로군."

"마을마다 동네 장정들이 돌아가면서 번을 선다더군요. 헌데 이놈도 어찌 아는지 용케 번 안 서는 마을만 골라 기어 나오지 않습니까. 완전히 두 손 두 발 다 들었습니다요. 그나저나 대감님, 이놈을 잡을 좋은 묘안 없으십니까요? 벌거숭이에게 당한다면서 손가락질이니 소인의 체면이 말이 아닙니다요."

박태수가 우는 소리를 해대며 손으로 코가 길게 빠졌다는 몸짓을 해보였다. 그 꼴이 고소한지 선비 몇몇이 소리 죽여 웃었다. 김만중도 딱하기는 마찬가지였다.

"글쎄. 내가 손오공이나 홍길동이라면 분신술을 써서 마을마다 지킬 텐데, 그런 용한 재주는 없으니 도리가 없구먼. 쯧쯧. 자네와 포졸들이 분골쇄신 움직일 수밖에 방도가 있겠나."

김만중마저 뒷짐을 지고 돌아서자 박태수의 얼굴이 노래졌다. 제 깜냥으론 크게 기대를 걸고 온 모양인데, 자신 없는 대답을 들으니 김이 샌 모양이었다. 박태수의 어깨가 축 늘어졌다.

"그렇습죠. 망할 놈! 잡히기만 해봐라. 턱주가리를 박살내고 다리

몽둥이를 부러뜨려버릴 테니. 아니 발가벗겨서 조리돌림을 시킬 테니까!"

2

휴식 시간을 끝내고 경전 강독에 들어가려는데, 아침에 집에 다녀온다며 나갔던 나정언이 돌아왔다. 오늘 다들 일진이 사나운지 그의 얼굴도 근심으로 가득했다. 김만중이 신경이 쓰여 물었다.

"무슨 일이더냐?"

나정언이 옷깃을 여미고 공손히 대답했다.

"집에 변고가 있었던 것은 아니옵니다. 저와 갑장甲長인 친구―이름은 오대붕吳大鵬입니다.― 집에서 사람이 와 저를 화급하게 찾는다기에 다녀오는 길입니다. 대붕이 춘부장 어른이시더군요."

"화급하다면 이곳으로 바로 오지 뭘 그리 둘러갔던 게냐? 아, 네가 여기 있는 줄 모르셨나 보구나."

나정언이 우물쭈물하면서 대답이 더뎌졌다. 김만중이 말없이 지켜보자 표정이 스산해지더니 더듬거리며 말했다.

"스승님께서 유배를 오신 분이라, 다소 꺼려졌나 봅니다."

무슨 말인지 곧 헤아려졌다. 김만중이 쓴웃음을 지었다.

"그렇겠구나. 아무래도 찾아오기 불편했겠지."

강독에 들어가려는데, 심기를 어지럽힌 것이 마음에 걸렸는지 나정언이 묻지도 않은 말을 덧붙였다.

"대수로운 일은 아니었고, 친구가 사흘이나 귀가하지 않아 제가 알까 싶어 찾아왔던 것입니다. 근래 만난 적도 없고, 어디 있는지도 모른다고 말씀드리니 크게 상심하는 듯했습니다."

"당연한 일이지. 어린 나이는 아니다만 사흘이나 아무 말도 없이 귀가하지 않으면 어느 부모인들 걱정하지 않겠느냐. 평소 행실이 방종했던 친구였더냐?"

이건 또 무슨 일이야 하는 표정으로 선비들이 나정언에게로 눈길을 모았다. 박태수도 끌끌거리며 뇌까렸다.

"미치광이 출현에 이번에는 반가의 자식이 실종된 건가. 아이고 부처님, 그냥 소인을 지옥으로 끌고 가시지요."

당황한 나정언이 두 손을 흔들면서 극구 부인했다.

"아닙니다. 엉뚱한 생각을 하기는 하나 경솔한 행동을 할 친구는 아닙니다. 급한 사정이 있었겠지요. 곧 돌아올 테니 심려하지 마시라고 말씀 드렸습니다."

몇 마디 말을 나누느라고 늦어지진 않았을 테고, 그 밖의 다른 이야기도 오갔을 것으로 짐작되었다. 그러나 강독 자리니만큼 세세히 말하기도 번거롭고, 친구의 속사정을 퍼트리는 것도 적절하지 않았다. 김만중이 경전을 펼쳤다.

"자, 세상사 이야기는 이만 줄이고 성현 말씀으로 돌아갑시다."

강독은 평소보다 일찍 끝났다. 미치광이며 친구의 가출 소식 등이 뇌리에 남아서인지 강독이 산만했다. 낌새를 알아챈 김만중이 다음에 벌충하고 오늘은 마치자고 제안했는데, 아무도 반대하지 않았다.

선비들은 주섬주섬 책권을 챙겨 집으로 돌아갔다. 박태수는 아쉬움이 남는지 마루에 앉아 머뭇거리다가 마지못해 뒤따랐다. 차를 한

잔 마신 뒤 김만중이 나정언을 불렀다.

"분부하실 말씀이라도 있으신지요?"

"아니다. 좀 전에 말했던 네 친구 일이 마음에 걸리는 모양이더구나. 강독 중에도 수심이 지워지지 않았어. 들어보니 말없이 사라질 사람은 아닌 것 같은데, 혹시 다른 사정이라도 있는 게냐?"

나정언이 몸을 사리는 듯 잠깐 생각에 잠기더니 조심스럽게 입을 열었다.

"성격이 좀 괄괄한 편이긴 하지만 심하게 삐뚤어질 사람은 아닙니다. 다만 집안이 낙척해 고달프게 살고는 있지요. 춘부장 어른은 남에게 아쉬운 소리를 못하시는 분입니다. 재산도 없고 전답도 없어서 자당께서 바느질이며 길쌈을 하시면서 근근이 생계를 꾸리십니다. 처지가 그러니 과거 공부는 일찌감치 접었는데, 늘 그것 때문에 속상해 했습니다. 벗으로서 도와줄 길이 없어 민망할 뿐이지요."

"흠! 형편이 많이 어렵겠구나. 너는 부유한 집안 출신이니 불만이 없었을까?"

"글쎄요. 어릴 때부터 가난에 찌들어 살다보니 자신은 양반이고 뭐고 다 싫다, 장사라도 해서 돈을 많이 벌어 떵떵거리며 살고 싶다, 그런 푸념을 곧잘 늘어놓았습니다. 말이 그렇지 장산들 밑천 없이 성사되기 어렵고, 춘부장 성품에 입만 뻥끗 해도 벼락이 떨어질 일이었지요. 그래서 혹시 이번에 집을 나간 것이 돈을 벌겠다는 욕심에 뭍으로 올라간 게 아닐까 싶어 걱정입니다."

김만중도 근심 띤 표정을 지었다.

"그럴 수도 있겠구나. 물정에는 어둡고 욕심이 크면 불량한 무리에게 휘둘리기 쉬운데, 그런 일이 아니면 좋겠구나."

"집에서도 여기저기 기별을 넣어 행방을 찾았던 모양입니다. 며칠 새 본 사람이 아무도 없다니까 다급해진 것이지요. 학업에 전념한다는 핑계로 친구 일에 소홀했나 자책이 듭니다."

나정언의 눈시울이 붉어졌다.

"터무니없는 소리다. 친구를 염려하는 마음은 아름답다만, 결국 사람마다 그 사람의 삶이 있는 것이야. 뭍으로 나갔다 해서 자신을 탓할 이유는 없어."

"단짝친구입니다. 힘들 때 돕지 못하면 어찌 친구라 하겠습니까?"

그렇게 서로 걱정하며 이야기를 나누는데, 문밖이 시끄러워졌다. 누군가 사립문을 걷어차면서 들이닥치는 소리가 들렸다. 아미가 놀라 마당으로 나왔다.

"포교님, 어인 일이십니까?"

박태수가 마루에 털썩 주저앉더니 숨을 헐떡거리며 말했다.

"가서 냉수나 한 사발 떠다줘라. 나도 숨 넘어 갈 판이다."

김만중이 방문을 열고 들어오라고 말했다.

"무슨 일인가? 그자가 대낮에라도 나타난 겐가?"

떠오른 일은 그뿐이었다. 박태수가 숨을 삼키면서 손사래를 쳤다.

"대감님, 그건 일도 아닙니다. 나 도령님도 마침 같이 계셨구려. 다초를 막 지나갔을 때였습니다. 읍성 쪽에서 포졸 하나가 허겁지겁 달려오는 게 보이더군요. 늙수그레한 하인과 함께 말입지요. 뭔 일인가 싶어 붙잡으니 다초 반가에서 죽은 사람이 발견되었다는 신고를 받았다지 않습니까? 누구네 집이냐 물으니 근처 구민호具珉浩 대인댁이라는 겁니다."

나정언이 흠칫 놀라는 표정을 지었다. 김만중이 물었다.

"아는 댁이더냐?"

나정언이 고개를 끄덕였다.

"제 친구인 인성仁成이 집입니다. 누가 죽었다는 게요?"

박태수가 침을 꿀꺽 삼켰다.

"놀라지 마십시오. 사흘 전에 사라졌다는 도령님의 친구 오대붕이랍니다."

김만중은 몸을 내밀었고, 나정언의 얼굴에서는 핏기가 가셨다.

"정말 대붕이가 맞단 말인가?"

나정언의 물음에 뒤이어 김만중이 질문을 던졌다.

"사인은 뭔가? 범상한 죽음이라면 그리 서둘러 관아에 알리지는 않았을 텐데."

박태수가 양편을 번갈아 보더니 대답했다.

"제가 직접 본 일은 아니지만 오대붕 도령이 죽은 것은 사실인 듯합니다. 하인의 말에 따르면 사인은 자살인 듯하네요."

"자살인 듯하다니?"

박태수가 머리를 벅벅 긁으면서 난처한 표정을 지었다.

"구민호 대인댁에는 제법 넓은 연못과 연못 섬에 얹혀 지어진 정자가 있습니다요. 정자에 딸린 방에서 발견되었다는데, 천장 대들보에 목을 매달았답니다. 소인도 귀로 들은 소식이라 자세한 설명은 어렵구먼요."

김만중이 뭔가 집히는 게 있는 듯 고개를 끄덕였다.

"으흠! 목을 매달았다면 자살일 소지가 크구먼. 시신은 살펴봤다던가?"

박태수가 더욱더 온몸을 비틀었다.

"그게, 그게 방 안에는 들어가지 않고, 창호지를 찢어 보니 그 지경이랍니다."

김만중이 의아한 눈빛으로 박태수를 보았다.

"왜 방 안에 들어가지 않나? 절명하지 않았으면 빨리 내려 살릴 방도를 찾아야지?"

"시신이 상한 내가 밖에까지 풍겼다니, 죽은 지는 며칠—아마 사흘이겠습죠.— 되었을 겁니다. 그것보다는 방 안으로 들어갈 수가 없었다는뎁쇼."

"들어갈 수 없어? 누가 막아서기라도 했다던가?"

"아니, 그게 아니고 참 기이한 일도 다 있습니다요. 방은 사방이 모두 미닫이문으로 되어 있는데, 문들이 모두 안으로 잠겨 있다는 겁니다."

두 사람의 눈이 동그래졌다. 놀랐다기보다는 이해가 되지 않는 표정이었다.

"안으로 다 잠겼다고? 누가 안에 있던가?"

"시신밖에 없다던 걸입죠. 그러니 기이하다는 거 아닙니까요?"

김만중이 잠시 생각하더니 대수롭지 않은 어투로 말했다.

"오 도령이 문을 잠근 다음 목을 맸나보군."

들어보니 그럴 법한 말이었다. 별거 아닌 일을 두고 혼자 오두방정을 떤 것 같아 박태수가 쑥스러운 낯빛을 지었다.

"생각해보니 기이한 일은 아니네요. 목매는 도중에 방해를 받아 실패할까봐 문을 다 걸어 닫았겠군요. 그럼 뭐야? 평범한 자살이잖아. 괜히 호들갑을 떨었네. 퉤퉤!"

박태수가 기분 나쁜 반응을 보이자 두 사람은 멀뚱히 쳐다만 보았다. 곧 사리분별에 밝은 나정언이 불쾌한 빛을 띠더니 언성을 높였다.

"박 포교님! 무슨 말씀을 그리 하시오. 내 친구가 죽었어요. 자살이든 아니든 젊은 사람이 비명횡사했는데, 어찌 그리 심한 말씀을 하십니까!"

난데없는 꾸지람이었지만 박태수도 자신의 실언을 깨달았다.

"오늘 내가 왜 이러지. 도령님, 죄송합니다. 결코 오 도령을 업신여 겨 한 말은 아닙니다요. 용서해 주시길 앙망하옵니다요."

코끝이 바닥에 닿도록 허리를 숙이며 박태수가 백배사죄했다. 과한 사과를 받으니 나정언이 머쓱해했다.

"아니오. 내가 지나치게 흥분했나보오. 그나저나 박 포교는 현장에 가 봐야 하는 거 아닌가? 자살이라 하더라도 반가 집 자제가 죽었으니, 작은 일은 아닐 터인데."

박태수도 정신이 돌아왔다.

"그렇구나. 저는 괴변이라 여겨 포졸 놈에게 현장에는 아무도 범접 하지 못하게 하라 일렀습죠. 금줄을 치고 통제하고 있을 텐데, 이거 구 대인께 큰 결례를 저지른 게 아닌지 모르겠네. 소인은 그만 물러나겠 습니다요. 소란을 일으켜 송구합니다."

박태수가 엉거주춤 몸을 일으켰다. 그 발걸음을 김만중이 막았다.

"아니 잠깐 기다리게."

박태수가 의아한 눈빛으로 고개를 돌리며 김만중을 바라보았다.

"따로 하명하실 일이라도?"

"친구가 죽었다는데 정언이 네가 가봐야 하지 않나 싶구나. 더구나 아침에 춘부장까지 만나 위로하지 않았느냐? 상심이 크실 텐데, 정말 위로가 필요할지도 모르지."

김만중의 말을 귀담아 듣더니 나정언이 바로 자리에서 일어니며 대답했다.

"제 생각이 짧았습니다. 두 분이 서로 면식은 없는 듯하지만 사람은 보냈을 겁니다. 인성이도 몹시 놀랐겠지요. 박 포교, 내가 동행해도 되겠는가?"

"여부가 있을깝쇼. 혼자 산길을 걷기도 심심할 텐데 되레 감사합지요."

박태수의 허락이 떨어지자 나정언이 김만중을 보면서 말했다.

"스승님, 다녀오겠습니다. 아무래도 오늘 중에 돌아오긴 어려울 듯합니다."

혼자 있을 스승이 걱정되어 근심 어린 시선으로 나정언이 말했다.

"괜찮다. 저녁이면 호우도 돌아올 테고, 아미도 있으니 염려하지 말거라."

그래도 쉬 발길을 돌리지 못했다. 박태수가 재치를 발휘했다.

"그러지 마시고 대감님도 함께 가시지요. 아미도 데려가고요. 호우 그 친구야 호랑이굴에 들어가도 쿨쿨 잠만 잘 위인 아닙니까? 글 한 줄 써두고 가면 저녁에 돌아와도 걱정하지 않을 겁니다요."

김만중이 고개를 저었다.

"안 될 말이지. 사람이 죽은 변고가 생겼는데, 나들이 가는 사람들처럼 우르르 몰려가서야 되겠는가. 예의가 아닐세."

박태수도 굳이 부인하지는 않았다.

"틀린 말씀은 아닙지요. 그러나 소인은 아무래도 죽은 정황이 미심쩍습니다요. 자살이라면 전례에 따르겠지만, 대감님께서 살펴보시면 다른 의문이 나올지 어찌 알겠습니까? 소인이 가주십사 하는 속뜻도 거기 있습지요.

더욱이 구 대인댁이 아주 으리으리합니다. 본채만 서른 칸은 되고,

거기에 후원에 별당, 별채까지 갖춰 정말 반가의 본색이 이런 거구나 제대로 보여줍지요. 특히 오 도령이 죽은 정자와 연못 일대는 정말 절경입니다. 죽은 사람을 옆에 두고 명승 타령은 죄스러우나, 지금 아니면 언제 가 보겠습니까요? 게다가 구 대인도 대감님께서 오신다는 걸 알면 버선발로 뛰어나올 겁니다요."

앞뒤도 안 맞고 경우도 아닌 소리지만, 호기심에 불을 댕기기엔 충분했다. 그래도 김만중은 주저하는 빛을 띠었다. 이번에는 나정언이 나섰다.

"박 포교 말에도 일리가 있습니다. 제 친구가 분사憤死라도 한 것이라면 스승님의 안목이 필요할 듯합니다. 다초에는 저희 일가붙이도 살고 있습니다. 잠자리가 염려되신다면 스승님과 아미는 그 집으로 모시겠습니다. 그러니 함께 가시지요. 다초 언덕에 올라서면 강진만이 한눈에 들어오고 오른쪽으로 창선도, 왼쪽으로 읍성과 멀리 대국산성까지 보여 경치가 무척 아름답습니다."

결국 두 사람의 강권에 못 이겨 김만중이 뜻을 굽혔다. 호우의 방에 언문諺文으로 사연을 몇 자 적어둔 뒤 네 사람이 함께 장평을 향해 길을 떠났다.

3

구민호 대인의 집에 닿아보니 과연 박 포교의 말이 허언이 아니었다. 가운데 언덕을 끼고 있는 넓은 대지 위에 호구산을 바라보며 으리으리한 기와집이 들어섰다. 언덕을 건너 연못이 터를 잡았고, 오른편으로 비껴 작은 섬이 있는데, 섬과 맞닿아 정자 한 채가 번듯하게 들어섰다.

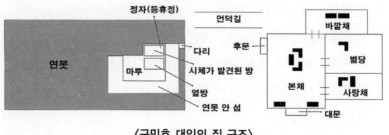

〈구민호 대인의 집 구조〉

구민호는 버선발까지는 아니었지만 김만중을 환대해 주었다. 정자에 아들 친구의 시신이 있으니 황망할 텐데 성의를 보이며 안채로 안내했다. 오대붕의 부친은 아직 도착하지 않은 듯했다.

오던 도중 박태수와 아미가 앞서 걸어가기에 김만중이 나정언에게 물었다.

"오 도령이 빈한한 신상을 비관해 목매달아 죽음을 택했는지도 모르겠구나. 그런데 죽은 장소가 하필 남의 집 정자라니 납득이 되지 않아. 짐작 가는 일이 없느냐?"

나정언이 우물쭈물하더니 힘겹게 입을 열었다.

"집히는 바 있습니다."

"뭐냐?"

"대붕이는 평소 인성이의 여동생 구세아具細兒를 흠모했었습니다. 속으로 혼인하고 싶은 마음은 굴뚝 같았지만, 구씨 집안에서는 씨도 안 먹힐 소리지요. 몰락한 집안에 딸을 보낼 리 없지 않습니까? 혼자 속앓이를 하던 차에 더욱 절망스런 소식을 접하고 말았습니다. 구씨 집안에서 저희 집안에 청혼을 넣은 것이지요. 저와 세아를 맺어주면 어떠냐는 것인데, 집안 어른들께서 반은 허락하고 말았습니다. 제 의사와는 관계없이 진행된 혼사니 제가 무슨 말을 하겠습니까? 다만 대과에 급제한 뒤 재론하자는 선에서 매듭지었지요. 대붕이도 풍문에 들었을 겁니다. 이후로 저를 멀리 하는 눈치가 완연했지요.

그런데 얼마 전에 만났을 때─그게 마지막이었군요.─는 무엇 때문인지 활기가 넘쳤습니다. 드디어 큰돈을 벌 기회가 생겼다더군요. 자기가 아는 사람이 비리를 저지르고 모은 재물을 숨겼는데, 그 장소를 알아냈다는 것이었습니다. 남 몰래 빼돌린다면 한몫 잡을 수 있다더군요. 그런 일이라면 관아에 고발을 해야지 사욕을 채워서는 안 된다고 말렸습니다. 하지만 콧방귀만 뀔 뿐이었고, 다 된 밥에 재나 뿌리지 말라며, 발설하면 가만두지 않겠다고 겁박을 했습니다. 그런데 그 일이 뜻대로 되지 않자 절망해 이런 일을 저지르지 않았나 싶습니다."

김만중이 가늘게 신음소리를 토해냈다.

"물욕에 눈이 멀면 못할 일이 없다만 어처구니없는 사연이구나. 그런데 왜 하필이면 정자에서 죽었을꼬?"

나정언이 나지막이 한숨을 내쉬었다.

"해마다 여름이면 저희와 세아까지 넷이 모여 그 정자에서 어울리곤 했습니다. 대붕이도 세아를 보는 즐거움에 밝은 웃음을 잃지 않았지요. 가장 행복했던 시간을 보낸 곳이니 이승의 마지막 자리로 택하지 않았나 싶습니다."

김만중은 다른 말을 잇지 못하고 하늘을 보며 장탄식했다.

"어허! 허허!"

나정언의 눈에서도 눈물이 글썽거렸다.

이런 사정을 알 길 없는 구민호는 나정언이 오자 사위를 맞듯 입가에서 미소가 떠나지 않았다. 풍채가 좋은 구민호는 호인이었다. 옥색 두루마기가 잘 어울렸고, 탕건을 반듯하게 쓰고 있었다. 값나가 보이는 노리개가 옷고름에서 흔들렸다.

"나 도령 왔는가! 어서 오시게나. 소식 듣고 왔나? 뜻하지 않은 흉사가 일어나 얼마나 애통한가? 내 아들과 자네, 오 도령은 그리도 절친한 친구였던 것을! 세아도 제 방에서 펑펑 울고만 있다네. 오호! 하늘도 무심하시지. 어찌 저리 끔찍하게 죽음에 몸을 맡길꼬!"

구민호가 저녁상을 들이라고 하명하려는데, 김만중이 앞질러 막았다.

"과분한 환대에 몸둘 바를 모르겠소이다. 그러나 지금 정자에 싸늘한 시신이 땅에 발도 붙이지 못하고 매달려 있습니다. 관아의 포졸들이 지키고 있다지만 속히 죽음의 진상을 밝히는 게 옳을 듯합니다. 제가 관여할 일은 아닙니다만, 관아의 박 포교도 오고했으니 시신부터 수습하는 것이 도리겠습니다."

그제야 구민호도 자신이 잔망스러웠음을 느꼈는지 이마를 치며 머리를 숙였다.

"대감님 말씀이 지당하십니다. 그럼 정자로 안내하지요."

본채를 나와 야트막한 언덕을 넘어가니 아늑하게 자리한 연못과 정자가 나왔다. 늦가을의 쓸쓸함 속에서도 연못과 정자는 빛났다. 잔잔히 물결이 이는 연못 위로 노을 아래 붉게 물든 정자가 한 폭의 산수화로 담겨 있었다. 김만중이 열린 입을 다물지 못했다. 김만중이 한 치

꾸밈없이 감탄했다.

"참으로 아름다운 정자올시다."

"초라한 풍경일 뿐입니다. 대대로 정성을 다해 꾸미긴 했으나 대감의 칭송을 들으니 더욱 보람을 느낍니다. 조부께서도 대감의 말씀을 들으셨다면 크게 기뻐할 것입니다. 일찍 하세하신 선친께서도 만족하셨을 테지요."

"전라도 담양 땅에 소쇄원瀟灑園이란 원우園宇가 있습니다만, 규모는 작을지 모르나 이곳 또한 그에 버금가는 빼어난 풍광입니다. 이 원우의 이름은 있는지요?"

"그처럼 호사스런 이름은 없습니다. 정자만은 조부께서 등휴정蹬休亭이라 지으셨지요. 연못과 정자를 일구신 분입니다."

"올라 심신을 쉬는 정자'라. 참으로 풍경과 잘 어울리는 이름입니다. 조부님의 안목이 대단하셨습니다."

"과찬이십니다. 아쉽기는 연못과 정자에 얽힌 사연과 풍광을 길이 전할 글이 없다는 것이지요."

"저런! 이런 풍광에 기문記文이 없어서야 될 말입니까."

구민호가 김만중의 의중을 떠보듯이 조심스럽게 부탁의 말을 건넸다.

"송구하오나 대감께서 지어주시면 어떨지요. 사례는 아끼지 않겠습니다."

"제가요? 과분한 부탁이시군요. 저같이 부족한 사람이 어찌 적임자이겠습니까."

"무슨 말씀을요. 그럼 대감께서 허락하신 것으로 알겠습니다. 이 참상이 마무리되면 예를 갖춰 찾아뵙지요."

그런 대화를 나누는 사이에 정자 앞에 다다랐다. 어둠을 쫓느라 포졸들이 곳곳에 횃불을 밝혀 두었다. 일렁이는 불빛을 받으니 정자의 위용이 더욱 두드러졌다. 정자의 절반은 연못가와 수면 위에 걸쳤고, 절반은 연못 안에 있는 작은 섬을 디디고 있었다. 특이한 배치였다. 오대봉이 목매단 시신이 있는 방은 연못가와 섬 사이 물 위를 가로질렀다.

계단에 올라 방을 두른 좁은 마루를 지나니 섬이었고, 다시 방이 나왔다. 방 앞에서 섬 끝자락까지는 널찍한 마루가 놓여 물 위까지 닿아 있었다. 정자를 받치는 돌기둥이 높아 정자라기보다는 누대와 같은 인상을 주었다.

"수면까지 높이가 상당하군요."

김만중이 마루 끝에서 수면을 내려다보며 말했다. 족히 사람 키의 두 배는 넘어 보였다.

"그럴 만한 이유가 있습니다. 연못 저편에 샘물이 솟는데, 여름이면 수량이 갑자기 풍성해져 수위가 높아집니다. 그래서 일부러 돌기둥을 높이 세웠답니다. 조부께서는 선비이기도 했지만 기계나 기술, 자연 물상의 변화에 관심이 많은 학자셨지요. 그래서 정자를 지을 때도 이를 많이 활용하셨다고 들었습니다. 이 마루는 정북향입니다. 밤이 되면 북극성이 바로 머리 위에 떠 있지요."

김만중은 노을이 짙어가는 하늘을 올려다보았다. 아직 별은 보이지 않았다.

"흠! 시대를 앞서가는 분이셨군요."

정자의 특색을 놓고 계속 담소를 나누기에는 때가 적절치 않았다. 두 사람은 마루에서 물러나 오대봉의 시신이 있는 방으로 갔다. 사방 미닫이문은 모두 닫혀 있었다. 방 안을 확인하느라 창호지가 찢겨져 나갔다.

어두컴컴했지만 횃불의 불길로도 비참한 광경은 한눈에 들어왔다.

"아무도 출입하지 말라 엄명을 내려 두었습니다. 들어가 보시겠습니까? 창살을 부숴야 하겠습니다."

구민호가 김만중의 눈치를 보면서 물었다.

"오 도령 집에는 기별을 보내지 않으셨습니까?"

아까부터 궁금한 점을 김만중이 물었다.

"청지기를 보냈지요. 부모님 두 분 다 계시지 않는다더군요. 사흘 전부터 오 도령이 보이지 않아 산지사방 찾으러 다니는 모양입니다. 이런 변고가 있는 줄 모르고 넋 놓고 돌아다닐 걸 생각하니 참담하기 그지없습니다. 이웃집에 말만 전해두고 왔다더군요. 참으로 애통합니다. 제 아이와는 때마다 어울렸던 죽마고우였고, 가난해도 건실하게 보이던 청년이었는데, 어쩌다 이런 망극한 일을 저질렀는지……."

구민호가 차마 말을 끝마치지 못하고 통분을 삼켰다. 말이 자제에게 미치자 김만중이 슬쩍 물었다.

"그렇게 막역한 사이였습니까? 그런데 보이질 않는군요."

구민호가 씁쓸한 웃음을 지으며 대답했다.

"어제 외가에 심부름을 보냈습니다. 내일 귀가하기로 한지라 사람을 보내진 않았지요. 그 아이도 많이 놀랄 겁니다."

김만중이 이해한 듯 고개를 끄덕였다.

"그러셨군요. 우선 문부터 열도록 하지요. 여보게. 박 포교, 손을 넣어 문을 여시게."

창살이 촘촘해 손이 들어가지 않았다. 하는 수 없이 창살 몇 개를 뜯어내고 방문을 열었다. 열리자마자 역한 냄새가 밀려나왔다. 방 안으로 들어서기 전에 잠시 멈춘 김만중이 구민호를 보며 말했다.

"제 유배 처소에서 부엌일을 하는 계집아이가 있는데, 의술이 밝습니다. 그 아이에게 살펴보라 해도 되겠습니까?"

잠깐 주저하는 기색이더니 박태수가 고개를 끄덕이자 허락했다. 김만중이 손짓을 하자 아미가 종종걸음으로 정자 안으로 들어왔다.

"시신을 내릴 테니 네가 검시檢屍해 보거라."

횃불이 방 안으로 들어왔다. 방 안에는 이렇다 할 기물은 눈에 띄지 않았다. 작은 책상 하나가 쓰러져 있었다. 오대붕이 밟고 올라간 듯했다. 사방 벽에 달린 미닫이문의 문고리를 살폈다. 단단하게 걸려 있었는데, 손에 힘을 주어 흔들어도 빠지지 않았다. 바닥 전체는 화문석을 깔아 놓았다. 먼지는 거의 없었다. 손으로 바닥을 문질러 본 김만중이 의아한 듯 고개를 비스듬히 기울였다.

"자주 청소를 하시나 봅니다."

"아닙니다. 날씨가 추워지는 늦가을부터 초봄까지 정자를 쓰지 않습니다. 그래서 기물도 다 걷어뒀는데, 바닥까지 횅하니 둘 수 없어 화문석은 깔아둔 것이지요. 행랑어멈을 시켜 열흘에 한 번 치우게 하는데, 마침 오늘이 청소하는 날이라 왔다가 시신을 발견한 것이지요. 문을 닫아 두었으니 먼지랄 게 많진 않았을 겁니다."

"으흠!"

김만중이 의미심장하게 기침을 했다.

"그럼 방문은 열어 둡니까?"

"그저 문고리만 밖으로 걸어 두었던가 봅니다. 그러니 오 도령도 쉽게 들어갈 수 있었겠지요."

포졸들이 들어와 시신을 내렸다. 옷은 다소 구겨지긴 했어도 멀쩡했다. 얼굴이 부풀어 올랐고, 눈은 반쯤 뜨고 있었다. 신발은 벗은 채였다. 구민호가 고개를 돌리며 외면했다.

굵은 새끼줄이 오대붕의 목을 감았다. 어디서나 볼 수 있는 심상한 물건이었다. 아미가 방문 앞에 서서 하회下回를 기다렸다. 김만중이 아미를 보더니 말했다.

"들어오거라. 자 대감, 우리는 밖에 나가 있는 게 좋겠습니다."

구민호도 선뜻 돌아섰다. "그러지요."

김만중이 박태수의 귀에 대고 몇 마디 일렀고, 말이 끝나자 박태수가 포졸들에게 지시를 내렸다. 횃불을 든 포졸과 박태수가 방 안으로 들어가자 방문은 닫혔다. 방은 큰 등롱처럼 안이 환하게 밝혀졌다.

"나머지 일은 저들에게 맡겨두면 될 듯합니다."

김만중이 구민호에게 말을 건네자 기다렸다는 듯 대답이 돌아왔다.

"그럴까요? 그러면 본채로 그만 가시지요. 지체 높으신 분께서 계속 머물 곳이 못 됩니다."

정자를 나왔다. 사방은 완전히 어두워졌고, 횃불들만 어둠을 씻어냈다.

"나 도령도 그만 들어감세. 이런 경황에 대감께서도 약주는 무릴 테니 함께 저녁이나 들도록 하세. 채비가 다 되었을 겁니다."

언덕을 넘어가면서 김만중은 몇 번이나 정자 쪽으로 눈길을 주었다.

4

이튿날이 되었다. 김만중은 구민호의 집에서 하루를 지냈다. 나정언의 일가붙이 집으로 가겠다고 했지만, 구민호가 극구 만류했다. 집을 찾아온 귀빈을 한밤에 내보내면 체신이 깎이고 조상을 볼 면목이 없다는 데야 고집을 부릴 도리가 없었다. 김만중과 나정언은 사랑채에서 각각 묵었고, 병졸과 아미, 박태수는 행랑채에 들었다.

이른 새벽 박태수가 아미와 함께 김만중의 사랑채로 찾아왔다. 나정언까지 건너와 네 사람이 한 방에 앉았다. 김만중이 바로 물었다.

"오 도령의 시신은 안치했는가?"

박태수가 몸을 낮추며 대꾸했다.

"예. 검시가 끝난 뒤 목관에 넣어두었습니다. 한동안 빈소는 마련하기 어려울 테지만 시신을 방치해 둘 순 없습지요. 오늘 중에 관아로 옮길 예정입니다."

"잘했네." 김만중이 아미를 보며 물었다.

"검시해보니 어떻더냐? 죽은 지는 얼마나 됐고?"

다소곳이 시선을 바닥에 둔 채 아미가 대답했다.

"눈으로만 살핀 결과라 부족한 점이 있사옵니다. 그래도 자살한 시신은 아닌 듯합니다. 그대로 목을 맸다면 울혈이 다리 쪽에 몰려 있어야 하온데, 등에서도 발견되었사옵니다. 목 주변에도 새끼줄 자국이 없는 것으로 보아 죽은 뒤에 감은 것이 아닐까 싶사옵니다. 그 밖에 액사縊死한 시신이 보여야 할 징후가 없습니다. 제 소견에 한동안 어딘가 시신이 눕혀져 있다가 옮겨져 목이 매달린 것 같사옵니다. 시신의 부패 정도로 보아 사흘은 조금 못 미칠 듯하옵니다."

박태수가 제법이라는 시선으로 아미를 보았고, 나정언도 감탄의 눈길을 거두지 못했다. 아미의 말이 끝나기 무섭게 박태수가 외쳤다.

"집을 나온 그날 밤에 살해되었단 말이군. 그 미치광이 놈이 이젠 사람도 죽이나? 그것도 사내를!"

박태수는 이 일도 야밤에 돌아다니며 부녀자를 희롱하는 놈의 범행으로 간주하는 듯했다. 박태수의 발악은 한 귀로 흘리면서 김만중이 말했다.

"그자라 한들 이리 교묘하게 시신을 처리했을 것 같지는 않군. 사인이나 시간은 내 짐작과 다르지 않구나. 방문이 열렸을 때 바로 알아보았어."

박태수의 눈이 휘둥그레졌다.

"진즉에 자살이 아닌 걸 아셨단 말씀입니까?"

"시신을 살피진 않았지만, 방 안의 상황에 모순이 있더구먼."

"모순이라굽쇼?"

"그래. 방을 치운 지 열흘이나 되었다면 바닥에 먼지가 제법 앉았을 걸세. 설마 오 도령이 치우진 않았을 테니 발자국이나 흔적이 남아야 정상이지. 그런데 깨끗이 닦여 있었네. 누군가 들어왔다가 발자국을 지웠다는 말이 아닌가? 그도 아니라면 오 도령의 발자국이라도 남아 있어야 할 터. 그것만으로도 자살이 아님은 분명한 일일세."

들어보니 대단한 추리도 아니었지만, 박태수는 미치지 못한 관찰이었다. 이제 사태는 크게 확산될 판이었다. 반가의 자제가 살해당했다면 남해 관아뿐만 아니라 감영에서도 한바탕 난리를 피울 게 불 보듯 뻔했다. 저번 자객 일로 감영 사람들과는 한동안 대면하고 싶지 않은 박태수로서는 아주 곤란한 지경에 빠졌다. 침통한 신음이 절로 비어져 나왔다. 그때 김만중의 입에서 구원의 목소리가 흘러 나왔다.

"허나 우선은 자살인 듯하다고 말해두지. 좀 더 자세한 검시가 있어야 판명될 거라 해 두게. 곧 오 도령의 부모도 들이닥칠 텐데, 그분들께도 살해라는 말은 입 밖에 내지 말게. 너희도 마찬가지다. 알겠느냐?"

가려운 곳을 긁어주는 말씀이었지만, 한편 걱정도 되었다.

"계속 숨길 수는 없는 일 아니겠습니까? 결국 사실을 밝혀야 할 텐데요."

"얼마간은 버틸 수 있을 게야. 그새 우리끼리 조사를 해보도록 하지."

두 사람의 말을 듣던 나정언이 입을 열었다.

"스승님, 자살이 아니라면 정황이 아주 이상하지 않습니까? 누군가 자살로 위장했다면 그 사람은 어떻게 방 안에서 나왔을까요? 사방문이 다 안으로 잠겨 있었는데요."

박태수도 고개를 갸우뚱거렸지만 곧 대수롭지 않게 말했다.

"빠져나올 틈이 있겠지요. 고작 연못가 정잔데, 그리 꼼꼼하게 지었겠습니까요."

김만중이 손을 흔들었다.

"그렇지 않아. 상세하게 살펴보니, 사람이 빠져나올 만한 틈은 없었네. 의심스러우면 박 포교가 가서 살펴보게나."

김만중이 단호하게 선을 긋자 박태수의 얼굴이 허옇게 질렸다.

"그렇다면 이치가 맞지 않은뎁쇼. 시신이 친절하게 범인이 나가자 문을 닫아걸었을 리는 없고 빠져나올 구멍도 없다면, 범인은 어떻게 방에서 나왔을깝쇼?"

김만중도 답답한지 입맛을 쩍쩍 다셨다.

"그러니 그것을 알아낼 때까지는 사인을 숨겨야 하는 것일세."

"창살이 부러져 있는데, 못 본 게 아닐깝쇼?"

"거기까지 확인은 못 했네만, 그것도 아닐 듯하네. 겸사겸사 박 포교가 가서 살펴보게. 현장은 잘 지키고 있겠지?"

"물론입니다!"

"그럼 어서 가보게나."

박태수가 나가자 김만중이 나정언을 보며 말했다.

"남은 문제는 누가 왜 오 도령을 살해하고 정자로 옮겼는지구나. 네가 올 때 말한 재물을 숨겨두었다는 자가 떠오르는데, 구체적으로 누군지 말은 하지 않았더냐?"

나정언이 고개를 저었다.

"묻고 싶지도 않았지만, 언질도 없었습니다. 물은들 대답하지 않았겠지요."

"그렇겠지. 정자에 시신을 둔 것을 보면 인근에 살든가 마차나 수레를 이용해 움직일 여력이 있는 사람일 게다. 지략과 담력도 있을 테고. 더구나 오 도령과 가까운 사이일 가능성이 높지. 그런 큰 비밀을 간파할 정도면 면식이 있다고 봐야지."

"그런 일이라면 박 포교가 능할 텐데요. 맡기심이 어떻습니까?"

김만중이 고개를 저었다.

"아니다. 그 일에 박 포교는 적임자가 아니야."

김만중은 박태수가 조강호와 접점이 있다는 사실을 알고 있었다. 공연히 기밀이 새나가 혐의자가 달아나거나 증거를 인멸할 기회를 주고 싶지 않았다.

"네가 책임지고 알아보도록 해라. 오 도령 부모가 올 테니 그때 물어볼 수 있겠지. 네게 맡기마."

나정언이 결의를 다지는 표정을 지으며 고개를 끄덕였다.

그때 멀리서 통곡하는 소리가 들렸다. 신새벽에 집을 나선 오대붕의 부모가 달려온 모양이었다. 감은 김만중의 눈꺼풀이 가늘게 떨렸다.

"하나뿐인 자제가 비통하게 저승길로 갔으니……."

아침 식사가 끝난 뒤 김만중과 구민호는 정자로 걸음을 옮겼다. 아침 햇살 아래 정자는 더욱 아람한 자태를 자랑했다. 저물녘의 정자와는 다른 풍치가 아침의 정자에서 느껴졌다. 돌기둥이 높아 더욱 당당해보였다. 김만중이 말을 꺼냈다.

"오 도령 부모님이 오셨나 봅니다."

구민호의 얼굴 위로 침통한 빛이 짙어졌다.

"예. 설마설마하면서 왔다 끔찍한 소식을 듣더니 모친은 그예 실신하고 말았습니다. 바깥채에 모시라고 일러두었습니다. 일이 마무리될 때까지 머무시게 할 작정입니다."

"잘하셨습니다. 정언이에게도 위로의 말을 전하라 당부해 놓았습니다."

"고마운 일이지요. 훌륭한 젊은입니다."

정자 주변에는 가지가 운치 있게 휜 키 작은 소나무가 경관을 돋보이게 했다. 호숫가에는 여러 종류의 낙엽송을 심어 장식했다. 잎이 다 떨어져 여름날의 정취와는 다를 듯했지만, 지금 모습으로도 고즈넉한 느낌은 배어났다.

오대붕의 시신이 있던 방문은 닫혀 있었다. 창호지가 벗겨지고 창살이 뜯겨나가 있어 더욱 을씨년스러웠다. 잠시 눈길을 주던 김만중이 몸을 돌렸다.

지붕을 지탱하는 기둥 사이 들보를 따라 여러 편의 제영題詠이 목판에 새겨져 걸려 있었다. 다양한 필체의 목판들이 이 정자의 역사를 자랑했다. 천천히 걸음을 옮기며 제영을 읽던 김만중이 한 목판 아래 멈추었다. 초서로 휘갈겨 쓴 제영은 글쓴이의 필력과 성품을 전해주었다.

"이 제영을 쓰신 분이 조부십니까?"

시를 다 읽은 김만중이 구민호를 보며 물었다.

"예. 그렇습니다. 많은 글을 남기셨는데, 목판으로 찍어 낼 준비를 하고 있지요. 화방사 스님들께 맡겼습니다. 내년 봄 완간을 목표로 박차를 가하고 있습니다."

구민호가 자부심에 찬 표정으로 어깨를 펴며 제영에 흐뭇한 눈길을 주었다.

조부가 썼다는 시는 7언절구였고, 제목은 〈등휴정조중제영登休亭釣中題詠〉이었다.

山高海深神仙島 산 높고 바다 깊은 신선의 섬에서
兩足沈淵釣潛龍 두 발을 연못에 담그고 숨은 용을 낚노라.
得魚放還造物喜 고기 잡아도 풀어주어 조물주도 기뻐하니
此事適意心益恭 이 일 내 뜻에 맞아도 마음은 더욱 삼가야지.

"조부께서는 낚시를 즐기셨나 봅니다."

구민호가 느꺼운 마음을 숨기지 않고 웃음을 머금으며 대답했다.

"정자에 앉아 세월을 낚는 게 낙이셨지요. 이 일대를 노래한 시도 꽤 많습니다."

"대인께서도 낚시를 즐기십니까?"

김만중이 수면을 내려다 보며 물었다. 연못의 건너편으로 연꽃의 대궁들이 몰려 있었고, 물이 흐려 고기는 보이지 않았다.

"좋아는 합니다만 여기서는 하지 않습니다. 아무래도 바다에 나가 배 위에서 하는 낚시가 제 성격에 맞아서요. 이 일대는 바다가 넓고 깊어 씨알이 굵고 싱싱한 어류들이 쏠쏠하게 낚입니다."

김만중이 다시 시를 유심히 보고는 다음 판액으로 시선을 옮겼다.

정자를 나가면서 시신이 있던 방문을 열어보았다. 방 안에는 아무것도 없었다. 화문석만 방 안을 차지하며 깔려 있었다. 방 안을 두루 훑어보고 문을 닫았다.

뒤에서 구민호가 고개를 절레절레 흔들었다.

"앞날이 구만 리 같은 사람이 무슨 답답한 일이 있었기에 극단적인 결심을 했는지……. 오 도령 춘부장께서 오열하는 모습을 보니 남의 일 같지 않더군요."

"그분과는 교분이 있었습니까?"

"아니요. 오 도령이야 제 아들놈과 함께 서당을 다녀 압니다만, 부친은 처음 뵙습니다. 초면 인사가 조문이었으니, 사람살이가 그릇되면 이렇게 참담해지는군요."

"그래서 사람살이가 어려운 거지요. 화문석은 귀한 물건인데, 그대로 방 안에 두셨더군요?"

"예. 이 정자는 바닥을 구들 대신 목재를 켜서 깔았습니다. 여름이 더운 곳이라 열기를 식히려는 조부님의 고안이셨지요. 화문석마저 치우면 너무 황량해 보일 것 같아 그냥 두었습니다."

김만중은 방바닥에 밖으로 통하는 출구가 있지 않을까 추측했다. 그러나 지금으로서는 확인할 길이 없었다. 박태수에게 부탁해 살펴보기로 작정했다.

언덕을 넘어선 두 사람은 바깥채로 건너갔다. 오 도령의 모친은 여전히 기운을 차리지 못한 채 있었고, 부친은 멍한 눈으로 장탄식만 쏟아냈다. 고지식하고 외골수라 해도 자식 잃은 슬픔은 감당이 안되는 모양이었다.

김만중이 인사를 나누고 조의를 표했다. 김만중과 대면하니 떨떠름한 표정을 지었다. 유배 온 사람을 꺼린다는 나정언의 말이 떠올랐다. 오 도령의 신상에 대해 묻고 싶었지만, 대답이 나올 것 같지 않았다. 나정언이 어련히 잘했으려니 믿었다.

모친이 경황중에 악몽을 꾸는지 두 팔을 허공에 저었다. 아내를 돌보느라 몸을 돌리자 두 사람은 목례를 하고 물러났.

안채로 돌아 나오는데 나정언이 자기 또래 청년과 함께 마당에서 서성거리고 있었다. 청년이 구민호를 보더니 허둥거리며 달려왔다. 눈동자가 풀린 것이 충격이 심해 보였다.

"아버님, 대붕이가 자살했다니 사실입니까? 소자는 도무지 믿기지 않습니다. 얼마 전까지 싱글벙글 웃는 모습을 봤는데요."

뺨에 눈물을 닦은 흔적이 완연했다. 구민호는 말없이 고개만 끄덕였다. 옆에 있는 김만중을 그제야 봤는지 두 손을 모으고 인사를 했다.

"서포 대감님이시지요. 정언이에게 말씀 많이 들었습니다. 진즉에 찾아뵙고 인사를 올렸어야 하는데, 늦어지고 말았습니다."

"학문이 깊다고 들었네. 대인, 남해에 인재가 많습니다."

구민호의 얼굴에 다시 밝은 미소가 떠올랐다.

"많이 부족합니다. 대감 같은 큰 학자께서 내려오셨으니 독신생으로라도 모시고 싶으나, 사정이 그렇지 못해 안타까울 뿐입니다. 오신

김에 며칠 묵으시면서 아들놈의 기량도 살펴주시면 은혜가 하해와 같겠습니다."

"감당하기 어려운 부탁이시군요."

해가 중천을 지나간 뒤 박태수와 나정언이 사랑채를 찾았다. 아미는 호우가 혼자 있는 게 마음에 걸리는 데다 남들 이목도 있어 유배 처소로 돌려보냈다. 서고에서 빌려온 서책을 뒤적이던 김만중이 책을 덮었다.

박태수가 먼저 말문을 열었다.

"역시 방은 물샐 틈이 없더군요. 창살도 튼튼했고, 억지로 창살을 뜯었다 붙인 흔적도 없었습니다. 지붕이나 천장도 아귀가 딱딱 맞고요. 거참, 귀신이 곡할 노릇이네. 어떻게 달아난 거지?"

내친 김에 물었다.

"화문석은 들춰봤는가?"

"예. 저도 바닥이 의심스러워 들춰봤죠. 두꺼운 송판으로 마루를 댔는데, 칼을 넣어 틈새도 찔러보고 심지어 쿵쿵 뛰어도 봤습니다. 정말 튼실하게 만들었더군요. 미동도 하지 않았습니다요."

화제를 바꾸었다.

"인근 마을 불량배 소행으로는 보이지 않던가?"

"포졸을 풀어 탐문해 봤지요. 특히 사흘 전 밤의 행적에 대해서요. 몇 놈이 의심스럽다기에 관아에 가둬두라 했습니다. 가서 취조해 볼 요량입니다."

"그러게. 내게도 소식 전해주고."

박태수가 밖으로 나갔다. 포졸을 부르는 소리가 들렸다. 밤이 조용

해지자 나정언에게로 고개를 돌렸다. "네 일은 어찌 되었느냐?"

나정언이 김만중 가까이 다가왔다.

"예. 대붕이 부모님을 뵈면서 몇 가지 여쭤봤습니다. 자살한 이유는 전혀 모르시더군요. 죽어도 제 집에서 죽지 왜 남의 집에서 죽어 폐를 끼치냐며 속상해 하셨습니다. 그로 보면 세아에게 마음에 둔 사실도 모르셨던 듯합니다. 근자에 상심할 만한 일이라도 있었느냐 여쭈니, 오히려 화색이 돌았다고 하시더군요. 그래서 더욱 자살이 이해가 되지 않는답니다. 조만간 부모님 호강시켜 드리겠다는 뚱딴지같은 소리까지 했답니다. 이놈이 무슨 허튼 짓을 꾸미나 걱정하는 차에 사람이 사라졌으니 더욱 조마조마하셨겠지요."

"비리를 저질러 재산을 불렸다는 자에 대해서는?"

나정언이 무안한 표정을 지으며 대답했다.

"제 능력으로서는 벅차더군요. 춘부장께 문의하면 답이 나오겠지만, 지금 그럴 처지도 아니고요. 그래서 인근에 사는 일가붙이 어른을 찾아뵈었습니다. 벌써 소문이 나 사달은 알고 계셨습니다. 슬쩍 곁말로 주변에서 갑자기 부유해졌거나 거금을 벌어들인 사람이 있나 여쭤봤습니다. 어른 말씀이 좁은 동네에서 그런 일이 있으면 어떤 식으로든 소문이 났을 텐데, 자신은 들어본 바 없답니다. 감쪽같이 일을 처리했거나 이 일대가 아니거나 둘 중 하나일 듯합니다."

"먼 곳은 아닐 것이다. 오 도령 시신이 정자에 있지 않느냐. 야밤이라고는 하나 남의 눈을 피해 시신을 멀리 옮길 수는 없지. 구 대인의 정자가 가을부터 비어 있다는 사실을 알고 있었던 사람이야. 그런 세밀한 소식까지 꿰차고 있었던 사람이다. 청소도 가끔 하니 더디게 발각될 거라 믿었겠지."

"하지만 인근에 사는 사람 중에 정자에 대해 모르는 이가 없습니다. 혐의자의 범위를 좁히기는 어렵겠는데요."

"박 포교가 인근 불량배 몇을 문초하러 갔으니 뭔가 소득이 있을 게다. 그리고 아침에 본 네 친구 이름이 뭐라 했지?"

"인성이 말입니까? 몸은 약하지만 총명한 친구지요."

"그래. 조금 야윈 느낌이더구나."

"인성이도 명년 식년시式年試를 준비하고 있습니다. 구 대인은 기상은 크지만 향시에 급제한 적도 없는 분이시죠. 그래서 인성이에게 기대도 많이 하고 심하게 다그치기도 하나 봅니다. 인성이 부담이 클 겁니다. 그런 압박 속에 과업科業에 몰두하려니 몸이 축날 만도 하지요."

김만중이 실실 웃음을 흘렸다.

"녀석하고는. 그런 너는 어찌 얼굴에서 기름기가 도는 것이냐? 구 도령만큼 학업에 매진하지 않았단 소리로 들리는구나."

나정언이 얼굴을 붉히면서 더듬거렸다.

"아, 아닙니다. 저도 나름 열심히 준비하고 있습니다. 그, 그저 인성이보다 압박감은 덜하니 몸이 멀쩡할 뿐이지요."

당황하는 모습을 보더니 김만중이 고개를 돌리며 계속 웃었다.

"농담이다. 사람이 너무 긴장만 하고 있으면 몸과 마음에 나쁜 영향을 끼칠 수 있어. 내가 어렸을 때 과거 준비하던 때[3]가 떠오르는구나. 어머님의 채근과 성화가 대단하셨지. 그 덕분에 지금의 내가 있는 것이지만, 당시에는 견디기 쉽지 않았었다. 허나 그런 시련을 이겨야

---

3 김만중은 14살 때인 1650년(효종 1)에 진사 초시에 합격했고, 16살 때인 1652년(효종 3)에 진사에 일등으로 합격했다. 그 뒤 1665년(현종 6) 정시문과(庭試文科)에 급제해 벼슬길에 나갔다

큰 인물이 되는 법. 명심하거라."

나정언이 머리를 조아렸다. "잘 새겨두겠습니다."

"그런데 네가 정혼했다는 아가씨말이다. 세아라 했지? 만나 보았느냐?"

나정언이 부끄러운 듯 고개를 숙였다.

"아닙니다. 세아도 대붕이 마음을 눈치채고 있었을 테니 심란하기 짝이 없겠지요. 별당에서 한 발자국도 나오지 않고 있답니다. 저도 상황이 이러니 찾아갈 엄이 생기지 않습니다."

"그래, 범인을 잡고 진상을 밝히지 않으면 괴로울 사람이 여럿이로구나."

사건 이야기가 나오자 기다렸다는 듯 나정언이 화제를 돌렸다.

"스승님, 대붕이 죽은 그 밀실密室 말입니다. 어떻게 밀실을 완성했는지 궁리해 보았습니다."

김만중이 호기심 어린 눈으로 말했다.

"그래? 그 답안을 듣고 싶구나."

나정언이 침을 한 번 꿀꺽 삼킨 뒤 말했다.

"밀실이 꾸며진 방법을 안다고 범인이나 살해 동기가 밝혀지는 것은 아니니 반드시 선결해야 할 과제는 아니라고 생각합니다. 그래도 기이한 경우니 유추해보는 것도 의미가 있다고 판단했습니다."

"어허! 서론이 너무 길구나."

"죄송합니다. 그 방을 보면 사방이 모두 미닫이문으로 짜여 있습니다. 미닫이문은 문틀과 문살의 아래위 모서리 면을 요철凹凸로 파내고 끼워 맞추는 형태지 않습니까? 범인은 대붕의 시신을 매단 뒤 안에서 고리를 채우고 가운데 두 짝을 통째로 들어 올려 빼냈습니다. 밖으로 나온 뒤 다시 문짝을 맞춘 것이 아닐까요? 범인이 방 안에서 연기처럼 사라진 것으로 보일 테니 자살로 혼선을 빚기에 안성맞춤이지 않습니까?"

나정언의 설명을 들은 김만중이 빙긋이 미소를 지었다. 가능성 여부를 떠나 그럴 듯한 설명이기는 했다. 고민의 흔적이 역력한 나정언의 얼굴을 보면서 김만중이 말했다.

"그래. 네 설명이 그럴 듯하구나. 사실 보통 방문의 문짝은 그리 튼튼하지 않은 데다 세심하게 서로 물리도록 신경 쓰지도 않지. 돌개바람에 문짝이 빠지는 경우도 있지 않느냐."

김만중의 말이 길어지자 나정언의 얼굴에서 불안한 빛이 피어올랐다.

"나도 처음에는 너와 같은 생각을 했다. 그래서 문틀과 문살의 짜임이 느슨한지 점검해 보았어. 그런데 정자는 돌기둥이 높아 공중에 떠 있는 기분이었고 정면은 강진만을 마주하고 있지 않느냐? 폭풍이 몰려오면 바람이 몹시 거셀 것이고, 겨울에도 북풍에 시달릴 것은 자명하지. 정자를 지었다는 구 대인의 조부께서 그런 점까지 염두에 두셨는지 방문을 아주 단단하게 짜 놓으셨더구나.

문살의 폭이 두텁고 높은 데다 문틀에 깎아 올린 돌출부도 여느 집의 그것과는 비교할 수 없을 만큼 넓고 높았다. 아래위가 그런 식이니 방문을 고정시킨 들보를 들어내지 않고는 문짝을 빼낼 수는 없었어. 물론 수리를 위해 해체할 때는 다른 수가 있겠지. 그러나 범인이 들보를 들어내고 나왔다면 정자가 지금 모습을 유지하지도 못할 테고, 또 혼자 힘으로 밤에 몰래 하기는 불가하다고 봐야지. 모르겠구나. 열 명 정도 되는 장정이 작당해 일을 벌였는지도."

설명을 들으니 더 할 말이 없었다. 나정언이 고개를 깊이 숙이고 말했다.

"그랬다면 시끄러워 안채 사람들이 다 깼겠지요. 제가 머리로만 생각하다보니 현장의 중요성을 인식하지 못했습니다."

"그래. 알았으면 됐다. 학문은 항상 실사구시實事求是해야 하는 법이다. 머릿속으로야 무슨 일인들 불가능하겠느냐? 정작 그런 구상을 현실에 적용시킬 때면 문제가 있는지 여부를 도외시하는 경우가 많아. 오히려 이런 점을 철저하게 살펴야 진정 백성과 후대를 위한 훌륭한 방책이 나오는 것이다. 선비들이 자부심에 충만한 것도 좋지만 탁상공론 끝에 허술한 정책을 천하를 구할 대안이라고 외치는 일이 후세에는 모쪼록 없었으면 좋겠구나."

김만중이 일어나 나정언을 일으켜 세웠다.

"방 안이 답답하구나. 밖으로 나가자."

구름이 끼고 날이 점점 흐려졌다. 바람까지 제법 휘몰아쳤다. 가을 폭풍이라도 한 차례 지나갈 기세였다. 두 사람은 천천히 걸어 언덕에 올랐다. 바람에 도포자락이 매섭게 흩날렸다. 나정언도 옷매무새를 단속하면서 몸을 굽혔다. 아래로 연못과 정자가 날리는 먼지 속에서 바람을 맞으며 웅크리고 있었다. 김만중은 그 정경을 망연히 지켜보았다.

그때 저택으로 들어오는 길목으로 박태수가 벙거지를 손으로 누른 채 잰걸음으로 오는 모습이 보였다. 김만중이 반색을 하며 말했다.

"뭔가 좋은 소식을 가지고 왔으려나? 때맞춰 돌아왔구나. 오늘 밤 맡길 일이 있었는데. 자, 내려가자. 더 큰 재앙이 일어나기 전에 진실을 밝힐 때가 온 것 같구나."

5

해가 떨어졌고, 날은 급격히 어두워갔다.

김만중은 저택에 있는 사람들에게 사랑채에 있는 마루로 모여 달라 부탁했다. 이번 자살 사건과 관련해서 전할 긴급한 사안이 있다고 덧붙였다. 바람은 스산하게 불었지만 안건이 안건인 만큼 다들 사랑채로 모였다.

저택의 주인인 구민호와 부인, 희생자인 오대붕의 부모, 나정언과 구인성, 그리고 딸 구세아, 집안 청지기와 하인들까지 모이니 마루와 마당이 제법 시끌벅적했다. 관아에서 파견된 포졸들도 도열했는데, 박태수만 관아 일로 다녀온다며 결석했다.

얼추 사람들이 다 모이자 사랑방에 있던 김만중이 문을 열고 나왔다. 구민호가 마루에서 일어나 맞았는데, 다소 불쾌한 빛을 띠고 있었다.

"중차대한 사안이라시기에 다들 모이도록 했습니다. 허나 오 도령의 부모님은 충격이 가시지 않았고, 제 딸 세아도 놀란 가슴을 진정하지 못하고 있습니다. 오래 걸릴 일입니까?"

김만중이 미안한 안색을 띠면서 허리를 가볍게 숙였다.

"여러분, 일기도 불순한데 오시라 해서 죄송합니다. 그간 대인 집에서 대접도 잘 받았고 편히 쉴 수 있어서 집안 여러분께 인사를 못 하면 예의가 아닐 것 같아 우선 오시게 했습니다. 아울러 여러분께 반드시 밝혀야 할 일이 있어 번거로움을 끼쳐 드렸습니다."

구민호가 엉덩이를 슬쩍 들면서 물었다.

"밝혀야 할 일이라니요? 오 도령이 자살했으니 연유는 밝혀야겠으나, 오씨 문중의 일입니다. 저희가 가타부타할 일은 아니지요. 장례와 관련된 일이라면 저도 힘껏 도울 마음입니다. 그 밖에 특별히 밝힐 일은 없는 것 같습니다만……."

구민호의 말꼬리가 잘린 것은 김만중이 손을 들어 제지한 탓이었다. 김만중이 언짢은 표정으로 구민호를 흘겨보자 말문을 닫았다.

"이번 사건이 구 대인의 말씀처럼 자살이라면 시비를 걸 일은 없겠지요. 그런데 사건 내용에 몇 가지 변화가 생겼습니다. 이 변화 때문에 우리는 이번 일을 전혀 다른 각도에서 볼 필요가 있는 것입니다."

사람들이 서로 쳐다보면서 웅성거렸다. 김만중은 소란을 잠재우려는 듯 큰 목소리로 좌중을 향해 단언하듯 말했다.

"조금 전 관아의 박태수 포교가 다녀갔습니다. 오 도령의 시신을 관아로 옮겨 정밀한 검시를 실시했는데, 오 도령은 자살한 것이 아니라 살해당한 것으로 판명되었습니다."

이 선언은 엄청난 파란을 불러일으켰다. 마당에 있던 하인들은 불안한 눈빛을 지우지 못하며 극심하게 동요했다. 와작거리는 소리가 집안을 휘감았다.

구민호는 얼굴이 굳어졌고, 오대붕의 부모는 경악과 의혹에 가득 차서 김만중을 쳐다보았다. 격분을 참지 못하고 구민호가 먼저 입을 열었다.

"살해라니 누가 그런 어이없는 판정을 내렸다는 말씀입니까? 대감께서 자살했다 하지 않으셨습니까?"

"제 짧은 소견이 한탄스럽습니다. 그러나 관아의 판결은 곧 군왕의 판결입니다. 그 엄중함을 무엇과 비교할 수 있겠습니까."

오대붕의 모친이 엉금엉금 기어와 김만중의 도포자락을 잡고 울부짖으며 말했다.

"그럼요, 우리 애가 이 어미를 두고 그리 쉬 목숨을 끊을 애가 아니에요. 누가, 누가 제 아이를 죽였지요? 어서 빨리 말씀해 주세요. 내 그놈을 갈기갈기 찢어죽이겠습니다."

옆에서 부친이 진정시켰지만 한 번 터진 모친의 절규는 쉽게 거둬지지 않았다. 두 다리로 마루를 치더니 혼절하고 말았다. 여종들이 겨드랑이를 잡고 바깥채로 모시고 나갔다. 주위가 잠잠해지자 김만중이 말을 이었다.

"오 도령의 죽음이 살인으로 밝혀진 이상 우리에게는 누가 어떻게 오 도령을 살해했는지 밝혀 원한을 풀어주어야 할 책임이 남게 되었습니다. 또 오 도령의 시신이 있던 방이 밀실이 된 까닭도 밝혀야지요. 그것을 알아내면 범인의 윤곽도 자연스럽게 드러나기 때문입니다. 물론 이런 일들은 관아에서 나와 처리해야 하지만, 박태수 포교가 떠나면서 현령의 재가 아래 제게 소임을 맡겼습니다. 박태수 포교가 돌아오면 저도 제 소임을 마치고 물러나겠습니다."

구민호가 언짢은 표정을 지으며 물었다.

"박 포교와 현령이 대감께 그런 일을 맡겨도 되는 것입니까? 대감은 어쨌거나 유배 온 죄인이 아닙니까"

구민호가 본색을 드러냈다. 이치상 그른 말은 아니었다.

"맞는 말씀입니다. 그러나 이번 사건의 진상을 아는 사람은 저뿐입니다. 대인께서는 자제분의 친구가 댁에서 살해당했는데, 진실이 묻히기를 바라십니까?"

그 서슬에 구민호가 두꺼비처럼 입만 벙끗할 뿐 대꾸할 말을 찾지 못했다. 그저 끙 하는 소리를 내곤 김만중을 외면했다.

"대인께서 가납하신 것으로 알겠습니다. 우선 해명해야 할 것은 정자 방의 밀실 문제입니다."

"그 문제를 푸셨다는 말씀이요?"

"예. 범인이 어떻게 오 도령의 시신을 방 안으로 끌고 가 대들보에 걸고 문을 걸어 잠근 뒤 빠져나올 수 있었는지 보여드리지요."

오대붕의 부친이 재촉했다. "그 방법이 대체 뭐란 말씀입니까?"

잠깐 뜸을 들인 김만중이 말을 이었다.

"백문이 불여일견. 직접 현장에 가서 보여드리겠습니다. 다만 방법은 이렇습니다. 다른 분들은 여기 그대로 계십시오. 저는 구 대인, 포졸한 사람과 함께 정자로 갑니다. 그리고 방 안에 혼자 들어갑니다. 두 분은 제가 들어가 문을 닫거든 정자를 나와 다시 이곳으로 와 주세요. 차한 잔 마실 시간 정도 기다리시면 제가 돌아올 텐데, 그때 두 분과 같이 가서 방문을 살펴봅시다. 분명 방 안의 미닫이문은 죄다 고리가 채워져 밀실이 되어 있을 겁니다."

청지기가 듣더니 이의를 제기했다.

"송구하오나 이미 그 방은 시신을 꺼내느라 창살이 다 뜯겨 있습니다. 문만 닫고 밖에서 손을 넣어 걸면 잠기는뎁쇼."

김만중이 고개를 끄덕였다.

"물론 그렇네. 그래서 내가 미리 박 포교에게 포졸을 시켜 창살을 수리하고 창호지를 발라 두라 일렀네. 가보면 그런대로 멀쩡할 터이니 안심하시게."

청지기가 목을 움츠리면서 뒤로 물러났다. 그러자 구민호가 벌떡 일어나더니 호기롭게 말했다.

"좋습니다. 그럼 정자로 가시지요. 그리고 거기 자네가 따라오지."

세 사람은 사랑채를 벗어나 언덕을 올랐다. 포졸이 횃불을 양손에 들었지만 어둠의 위세를 꺾지는 못했다. 정자에 올랐고 방 앞에 이르렀다. 횃불을 비춰보니 과연 창살과 창호지가 수리되어 있었다.

"구 대인, 이상이 없지요?"

방을 한 바퀴 빙 둘러본 구민호가 고개를 끄덕였다. "그렇군요."

"그럼 저는 방에 들겠습니다. 포교는 횃불 하나를 내게 주시게. 촛불만으로도 충분하지만 수중에 없으니 어쩔 수 없구먼."

횃불을 받아든 김만중이 방 안으로 들어갔고 문을 닫았다. 두 사람은 어쩔 줄 모르고 굳은 듯 서 있었다. 안에서 목소리가 흘러나왔다.

"그만 돌아가시지요. 잠시 후에 뵙겠습니다."

두 사람은 움찔하더니 정자를 빠져나와 언덕 너머로 사라졌다. 정자의 방 한 곳만 횃불이 밝힐 뿐 연못과 정자 일대는 캄캄한 어둠에 묻혀 있었다. 구름이 짙어 달빛을 막았고, 바람이 처마를 스치며 기괴한 소리를 냈다.

김만중이 가늠한 만큼의 시간이 흘렀다. 사람들은 모두 사랑채로 통하는 문만 바라보면서 이제나저제나 김만중이 나타날까 기다렸다. 대감님이 허풍을 떠는 거 아니냐며 의심하는 사람도 있었지만, 금방 들통날 거짓말을 왜 하겠냐며 두둔하는 사람도 있었다.

잠시 후 김만중이 모습을 드러냈다. 얼굴에는 아무 표정도 담겨 있지 않았다. 좌중이 웅성거렸다. 김만중이 구민호와 포졸에게 다가갔다.

"자, 가 보실까요. 이번엔 모두 함께 가서도 됩니다."

다들 후문 쪽으로 우르르 몰려갔다. 그러나 구민호가 그들의 길을 막았다. 청지기를 보더니 말했다.

"아랫것들은 올 필요 없네. 돌아가라 이르게."

하인들은 다 빠졌고, 집안사람들과 오대붕의 부모, 나정언, 포졸들만 언덕을 넘어갔다. 다들 횃불을 하나씩 들었다. 그 사이 바람은 사뭇 잦아들었다. 정자 위로 횃불이 모이자 주변이 훤해졌다. 방문은 사방 모두 닫혀 있었다. 힘을 주어 흔들고 밀어도 꿈적하지 않았다. 구민호가 말문을 열었다.

"과연 말씀대로군요. 이것이 뭘 증명하는지는 모르겠지만 말입니다."

"범인의 의도를 증명하지요. 이 방을 빠져나온 사람은 저만이 아닙니다. 오 도령을 해친 사람도 포함됩니다."

"당연한 말씀이군요. 그자가 누군지 아십니까?"

"압니다만, 당장 토설을 할 것 같진 않군요."

"왜 그렇게 생각하십니까?"

"결정적인 증거가 되지 못하기 때문입니다."

"허허! 거참 안타깝군요."

그때 포졸 가운데 나이 든 치가 앞으로 나오더니 말했다.

"대감님, 우선 어떻게 방문을 다 닫고 나오셨는지 알려주시지요."

"아 참 그렇군. 그 기막힌 마술의 정체가 빠지면 아쉽지. 다들 이 자리에 그대로 계시지요. 저는 잠깐 정자 밖으로 나가겠습니다. 잠시 뒤 이 방 안에서 고리를 풀고 나오지요."

사람들이 영문을 몰라 어리둥절했지만 김만중은 아랑곳 않고 정자 계단을 밟고 내려갔다. 횃불이 정자 아래로 사라졌다. 마루 아래서 인기척이 들렸고, 덜컹 내려앉는 소리가 들렸다. 그리고 목재와 목재가 비벼지면서 내는 소음이 마루를 울렸다. 사람들은 마루를 내려 보면서 말없이 서 있었다. 한동안 들리던 삐걱거림이 멈췄다. 그리고 방 안에서 기침 소리가 들렸다. 문이 열렸고, 김만중이 서 있었다. 키가 좀 작아졌는데, 방 안의 바닥을 보니 놀랍게도 바닥이 내려앉아 있었다.

"지금과 역순으로 범인은 오 도령을 매달아 놓고 밖으로 빠져나갔던 것입니다."

나정언이 놀란 눈으로 바닥을 살피면서 물었다.

"스승님, 이게 어찌 된 일입니까? 방바닥이 꺼졌군요."

"그래. 이 방 안의 바닥은 기둥이나 벽에 붙어 있었던 것이 아니다. 힘껏 발돋움을 해도 움직이지 않을 만큼 단단히 붙박여 있지만 쐐기가 빠지면 쇠사슬이 풀려 천천히 밑으로 내려가게 만들어진 것이지. 올릴 때는 풀린 쇠사슬 끝에 쇠막대기를 끼워 돌리는데, 방 안에서는 작동에 한계가 있어 이 정도밖에는 못 올리는구나.

이런 기이한 장치를 누가 만들었을까? 구 대인의 조부께서 정자를 지으실 때 장치해 두셨을 것이다. 이 사실을 아는 이는 구 대인뿐이었지. 구 대인의 조부께서 돌아가신 이후 한 번도 사용하지 않았기 때문일 터. 그분 이외에는 여기서 낚시를 한 사람은 아무도 없었다고 구 대인도 말씀하셨지. 선친께서는 일찍 돌아가셨다니 할 기회도 없으셨겠고, 자, 구 대인, 제가 재현한 과정이 마음에 드셨습니까?"

모두의 시선이 구민호에게로 쏠렸다. 그러나 구민호의 시선은 다른 곳을 헤매고 있었다. 사람들을 밀어젖히며 누군가를 찾아 소리쳤다.

"인성이, 인성이가 보이지 않아. 얘가 어딜 갔지? 인성이 못 봤느냐?"

그제야 사람들이 사방을 두리번거렸다. 구인성의 모습은 어디에도 보이지 않았다. 말없이 뒤에 서 있던 구세아가 한 걸음 앞으로 나오면서 말했다.

"오라버니는 원래 이곳에 오지 않았어요. 사랑채에서 하인들 틈에 섞이더니 뒷문으로 빠져나가는 것을 제가 봤어요."

구민호가 부르르 떨면서 딸아이를 윽박질렀다.

"왜 그걸 이제야 얘기하는 게냐! 당장 찾아와! 당장!"

구세아가 하얗게 질리면서 두 손으로 어깨를 감쌌다.

"저는 오라버니가 피곤해 방으로 돌아가는 줄 알았어요."

"이런, 이런, 인성이는 혼자 두면 안 돼. 큰일 난단 말이다!"

구민호가 허둥거리면서 정자 마루를 내달렸다. 그러나 김만중이 그를 가로막았다.

"구 대인, 이미 늦었습니다. 발작을 일으킬 시간이 한참 지났어요."

구민호의 눈이 분노로 이글거렸다.

"대감은 모든 걸 다 알고 있었단 말이요?"

"나도 자제분이 발작을 일으키는 걸 방관하기는 괴로웠소. 그러나 대인의 토설을 받자면 이 방법밖에는 없었어요."

구민호가 당장 김만중의 멱살이라도 잡을 듯 주먹을 쥐며 부들부들 떨었다.

"당신은 사람도 아니야. 어찌 그리 인정머리가 없단 말인가?"

"자제분이 해코지를 당할까 걱정이라면 안심하시구려. 박 포교에게 미행하라 시켜두었소. 흉측한 일을 벌이면 바로 제지하고 네려올 것이요."

힘이 다했는지 구민호가 그 자리에 털썩 주저앉았다.

"아, 다행이야. 다행이야."

김만중이 구민호의 어깨를 붙잡으면서 안타까운 목소리로 말했다.

"사람이 병들었으면 고칠 방도를 찾아야지 어찌 감추려고만 들었단 말이요. 정녕 더 큰 재앙을 불러옴을 몰랐단 말이요."

기력이 다한 구민호가 바닥을 치며 통곡했다.

"내가 부덕한 탓이요. 모두 자복하리다. 내가 오대붕을 살해했소. 정자 방에 목매달고 문을 걸어 잠근 뒤 빠져나왔소. 그러니 인성이만은 풀어주시오. 내년에 과거를 치러야 할 아이요. 우리 가문의 대들보예요."

어두운 하늘로 구민호의 울부짖는 소리가 퍼졌다. 먹구름이 더욱 기승을 부리더니 끝내 비를 뿌렸다.

6

며칠 뒤 김만중의 처소로 박태수가 찾아왔다. 날씨가 화창하고 따뜻해 봄날 같았다. 굴비 한 두름을 손에 들었다. 아미를 불러 건네주면서 말했다.

"이거 아주 귀한 거란다. 잘 구워서 대감님 밥상에 올려라."

마루로 나온 김만중이 흡족한 표정으로 웃었다.

"이런 고마울 데가 있나."

"대감님, 안으로 드시지요. 여쭤볼 말이 산더미 같습니다요."

방에 들어온 김만중이 자리에 앉았다. 박태수와 나정언, 호우도 함께 들어왔다. 박태수가 호들갑스럽게 무릎걸음으로 김만중에게 다가가며 말했다.

"대감님, 어떻게 모든 사실을 아신 겝니까요? 며칠 동안 궁금해 죽을 지경이었습니다요."

김만중이 빙그레 웃으며 대답했다.

"나를 알고 적을 안 덕분이지 별 거 있겠는가."

"아이고, 그런 고상한 말씀은 거두시고 알아듣게 풀어 주시지요."

"그런가? 그럼 물어보게. 이번 사건의 해결에는 정언이 공도 적지 않으니, 너도 궁금한 점이 있으면 물어 보아라."

나정언이 지체하지 않고 말문을 열었다.

"인성이가 그런 몹쓸 병에 걸린 것은 어찌 아셨습니까?"

"처음에는 나도 짐작조차 하지 못했지. 그저 괴이한 성격의 사내가 출몰했구나 정도로만 여겼단다. 그러다 죽은 오 도령이 기막힌 협박 거리를 찾았다 좋아했다는 말을 듣고 의심이 일었다. 오 도령이 친하게 지낸 사람이라야 너와 구인성, 세아 정도를 넘어서지 않더구나. 비리에 얽힌 재물이라고 비유했지만, 그것이 친구의 발병을 뜻하는 말로 연결되었어. 그러다 구 대인댁에 갔을 때 네가 구인성을 두고 과거 준비로 심한 압박을 느낀다고 염려했을 때 심증을 굳혔지. 심성이 굳센 아이도 아니고 심약한 성격이었으니, 구 대인의 지나친 기대가 그 아이의 마음에 금이 가게 만들었던 게야."

박태수가 뒤이어 물었다

"구인성이 광증狂症을 보인 것을 오 도령은 어떻게 알았을까요?"

"글쎄, 이미 죽은 사람에게 물어볼 수는 없고. 장사를 하겠다고 말한 것으로 보아 눈썰미가 좋아서였겠지. 아니면 우연히 구인성이 골목에서 저지른 패행을 목격했을 수도 있고. 잡으려고 뒤쫓아 갔는데, 알고 보니 인성이었던 게 아닐까 싶네. 오 도령도 처음에는 걱정을 했겠지만 가만히 생각해보니 이 사실로 구 대인을 겁박하면 거금의 장사밑천을 손에 쥘 수 있겠구나 하는 악한 마음이 인 것이지."

나정언이 다시 물었다.

"얼마나 큰 금액을 요구했는지 모르나 자식의 비밀을 지킬 수 있다면 구 대인도 받아들였을 것 같습니다. 그런데 살해라니, 그것도 애지중지하는 아들의 절친한 친구가 아니었습니까?"

"금품만 요구했다면 감수했겠지. 그런데 오 도령의 욕심은 그 한계를 넘어섰을 듯하구나. 돈보다는 아예 사위로 들어앉을 작정을 한 듯하다. 즉 돈과 함께 딸 구세아를 아내로 달라고 하지 않았을까? 이 요구에 구 대인도 그만 폭발했던 게지. 분노를 못 이긴 우발적인 살인으로 보이는구나."

이미 심문에 참여한 박태수가 고개를 끄덕였다.

"정신을 차린 뒤 구 대인도 자수할까 생각했답니다. 그러다 그렇게 되면 아들의 장래가 무너지는 것은 물론이고 가문의 명예가 송두리째 뽑혀 날아갈 게 훤하게 보였다네요. 궁여지책으로 자살한 것처럼 꾸밀 마음을 낸 거지요."

김만중의 표정이 어두워졌다.

"그래서 어버이 되는 게 어렵고, 가문의 장손 구실을 하는 게 힘든 것이지. 그 점에서는 일말의 동정도 가는구나. 이태 전에 돌아가신 형님[4]의 고충도 그런 것이었겠지."

김만중이 말끝에 가볍게 한숨을 내쉬었다. 박태수가 물었다.

"그렇다 한들 하필이면 정자를 택했을까요? 어디 먼 곳에 버려도 되었을 텐데요."

"운신의 폭이 그만큼 좁았던 탓이지. 산에 묻거나 바다에 던질 생각도 했겠지만, 혼자 시체를 끌고 가다 남의 눈에 뜨일 수도 있지 않겠는가. 제 집 안이라면 그런 염려도 줄뿐더러 만의 하나 의심의 눈길도 피할 수 있으리라 생각했을 것이네. 범인이 제 집에 시체를 유기하리라 누가 상상하겠는가.

어쩌면 오 도령을 긍휼히 여기는 마음도 있었으리라 나는 믿네. 남의 집 귀한 자식 아닌가? 그렇게 방 안에 두면 시신이 훼손될 염려도 없고, 결국 며칠 안에 발견될 테니 부모 품에 고이 돌아가 장례를 치를 수도 있으리라 봤을 거야. 어찌 되었건 자기 아들의 친구였지 않은가? 구 대인도 본바탕은 악한 사람이 아니라 나는 생각하네."

박태수가 수긍이 가는 듯 고개를 끄덕였다.

이번에는 묵묵히 듣고만 있던 호우가 물었다.

"방을 군이 밀실로 만들 필요가 있었을까요? 문만 닫아두었어도 며칠 내 발견되었을 텐데요."

"심리적인 문제겠지. 후회하는 마음과 함께 시신을 처리하다 들통이 나면 큰일이라는 우려가 뒤섞이다보니 자기도 모르게 문을 걸어

---

4 김만중의 형 김만기(金萬基)는 1633년(인조 11)에 태어나 1687년(숙종 13)에 세상을 떠났다. 숙종의 첫 번째 정비(正妃) 인경왕후(仁敬王后, 1661–1680)의 아버지다.

잠근 것이지. 당장 누가 와도 문을 열지는 못할 테니까. 물론 목을 매달 아놓은 뒤에는 문고리를 풀고 나가도 되었어. 그러나 문이 다 잠긴 상태에서 발견되면 더욱 자살로 심증이 쏠리지 않겠느냐. 그 방에 숨겨진 비밀도 알고 있는데다, 그것을 아는 사람이 자신밖에 없다면 발각될 염려도 거의 없지. 짧은 순간에 그런 생각들이 뒤엉겼으리라 여겨지는구나."

당시 구 대인의 심경을 떠올리자 다들 비장해져 침묵에 잠겼다. 그때 밖에서 아미의 목소리가 들렸다.

"대감마님, 상 들일까요?"

김만중이 대답을 하려는데, 박태수가 나서며 급히 물었다.

"대감님, 마지막으로 궁금한 게 남았습니다요."

"뭔가?"

"잘 아시면서. 그 방에 그런 기묘한 장치가 되어 있는 줄은 도대체 어떻게 간파하신 겁니까? 그냥 척 보니 알겠더란 말씀은 아예 꺼내지도 마십시오."

"허허. 사람도. 내가 원효대사도 아닌데 무슨 능력이 있어 척 보고 알았겠나. 다들 비슷한 고민을 했겠지만, 밀실이란 상황이 너무나 기묘하지 않은가? 현실에서는 있을 수 없는 일이거든. 범인은 어떻게 방안에서 빠져나왔을까 별 생각을 다해보았네. 그러다 마루 들보에 걸린 제영시들을 읽는데 문득 기이하다는 생각이 들었네.

아니 먼저 이상했던 것은 정자의 높이였어. 그렇게 높은 돌기둥을 세우고 정자를 올릴 까닭이 없었거든. 물론 구 대인은 샘물의 수량이 넘치는 것에 대비했다고 변명했지만, 물고랑만 깊게 파면 해결될 일 아닌가? 그래서 뭔가 다른 이유가 있을 거라 짐작했지. 경치를 감상할 때는 정자가 높아 좋겠지만, 낚시할 때는 불편하지. 그래서 낚시할 때는 어느 부분인가가 낮아지는 게 아닐까 하는 생각이 들었네. 이런 추측은 구 대인의 조부께서 쓰셨다는 제영시를 읽고 더욱 구체화되었지. 그 제영의 승구承句는 양족침연조잠룡兩足沈淵釣潛龍, 즉 '두 발을 연못에 담그고 숨은 용을 낚노라.'였어.

물어보니 조부께서는 정자에서 낚시를 즐겼다더군. 그런데 그 높은 곳에서 낚싯줄을 드리웠는데 두 발이 어떻게 연못에 잠길 수 있겠는가? 아주 이상했지. 그래서 기계나 기술에 관심이 많았고 조예가 깊었던 조부가 발이 수면에 닿을 수 있는 장치를 해둔 게 아닐까 생각했다네. 그리고 정자를 찬찬히 살폈지. 마루 쪽은 섬의 지대가 높아 바닥이 낮아져도 발이 수면에 닿지 않을 듯싶었네. 안쪽 방은 아예 여지가 없었고, 오 도령이 목을 맨 방만 남았지. 더욱이 그쪽은 지대도 낮아 바닥을 낮추고 바깥으로 밀면 수면 바로 위까지 닿을 듯했네. 그쯤 되니 정자 아래가 궁금해지더군. 그래서 다음 날 낮에 혼자 정자에 가 보았네. 바닥을 살펴보니 과연 예상대로였지. 그 다음은 다 아는 이야기니 이만 줄임세. 시장도 하니 상을 들여 끼니를 해결하도록 하세."

궁금증은 석연하게 풀렸다. 모두 한 상에 앉아 노릇노릇하게 구워진 굴비구이를 먹으면서 단란한 저녁 한때를 보냈다. 김만중이 박태수에게 물었다.

"구 대인의 취조는 어떻게 매듭지어졌는가?"

박태수가 숟가락을 놓더니 착잡한 심경을 드러내며 대답했다.

"오늘 굳이 꺼내지 않으려고 했는데, 물어보시니 말씀 드리겠습다요. 다음 날 관아에 온 구 대인은 모든 사실을 다 자복했습니다. 내김님 말씀에서 한 치의 오차도 없었습니다. 그저 자제분에 대해서만은 선처해 달라 거듭 머리를 조아리셨지요. 구 도령의 상태가 정상이 아닌 점이 참작되어 의원의 치료를 받는다는 조건으로 석방이 결정되었습니다요. 그런데 소식을 들은 그날 밤 구 대인은 감시가 소홀한 틈을 타 옥중에서 비상을 먹고 자살하시고 말았습니다. 오늘 아침에 시신이 집으로 돌아갔습지요."

충격을 받은 김만중이 그만 수저를 떨어뜨렸다. 마음에서 우러난 비통함 때문에 눈시울이 뜨겁게 달아올랐다.

"결국 그렇게 결자해지를 했구나. 미리 비상을 품고 있었던 것을 보면 구 대인도 어느 정도 결말을 예상했던 모양일세. 어허! 부디 극락 왕생하시기를."

나정언과 호우도 목이 매 수저를 놓았다. 분위기가 침통에 잠기자 박태수가 손가락을 모아 상을 치면서 마지막 소식을 전했다.

"하지만 미담—이라고 해야할지—도 있었습니다. 구씨 문중에서 오씨 문중에 큰 죄를 졌다면서 사죄하는 마음으로 기름진 옥답과 기와집 한 채를 오 도령의 부모에게 양도한 것이지요. 농사지을 하인까지 딸려 보냈다니 여생이나마 두 분은 평온을 누리게 되었습지요. 멀쩡한 자식을 앞장세운 부모로서야 티끌만한 위로도 되진 않겠지만, 죽은 오 도령이 저승에서 소식을 들었으면 그나마 기뻐하지 않을까 싶습니다요."

박태수의 후일담을 들은 김만중이 쓸쓸히 웃으면서 말했다.

"살아서 못다한 효도를 죽어서 했다고 해야 하는가……? 날씨는 봄날처럼 화창한데 마음에는 온통 먹구름만 드리우는구나."

제5화

저승에서 온 고발장

〈금산 보리암 일대에 있는 바위 봉우리〉

1

옥진은 오늘 평소보다 일찍 일어났다. 계절은 어느 덧 초겨울에 접어들었다. 따뜻한 지방이라 매서운 추위는 없지만 군불을 지피지 않으면 등이 시린 때가 돌아왔다. 가을걷이도 끝나고 세경도 거둔 때여서 기루로서는 수지맞는 철이기도 했지만, 한때 빤짝 장사일 뿐이었다. 겨울이 되면 기루는 눈에 띄게 한산해졌다. 새봄이 올 때까지 쓸 돈을 벌어놔야 올 한 해도 편안히 마칠 터였다.

남들은 자신을 두고 퇴기退妓니 뭐니 하며 한물간 사람처럼 취급하지만 여전히 그녀는 현장에서 뛰는 것을 좋아했다. 현장이란 말을 쓰니 대단한 역할이라도 하는 것으로 오해할 필요는 없다. 단지 뒷전에 앉아 쌩쌩한 아이들이 웃음을 팔고 기예를 팔아 벌어온 돈이나 세는 사람으로 전락하고 싶지 않다는 뜻일 뿐이니까.

그래서 오늘 같은 날은 유쾌하면서도 한편으로 성가시고 짜증나는 때이기도 했다. 항상 그놈의 향청鄕廳이 두통거리였다. 원래 향청은 지방의 풍속교화라든가 수령을 보좌해 선성을 베풀도록 하는 목적으로 설치되었는데, 제도란 게 다 그렇지만 이들은 교체가 잦은 수령 대신 원향元鄕, 지방에 붙박이로 영향력을 행사하는 토호으로 행세하면서 거들먹거리며 유세를 떨었다. 처음에는 신분도 높고 인품과 재산도 갖춘 사람들이 좌수며 향임에 올라 폐해가 크지 않았다.

그런데 효종孝宗 때부터 좌수에 대한 처우가 향리 수준으로 떨어지자 향청의 기강도 땅에 떨어졌다. 대우 못 받는 자리를 피하는 사람이 늘더니 향리로서의 처우를 감수하면서 실리만 추구하려는 인간들이 향청을 장악했던 것이다. 이렇게 향원鄕員이 아닌 작자들이 향청을 꿰차 고을 원보다 더 목에 힘을 주는 세력이 되고 말았다.

관기에서 물러나 명정루라는 기방을 차린 옥진으로서는 이들의 눈 밖에 나서는 장사를 해먹기 힘들었다. 소홀하게 대접했다가는 이런저런 관례와 조문을 들어대며―꼴에 공자왈 맹자왈 하는 소리는 빠뜨리지도 않았다.― 풍기문란이니 풍속 저해니 등 번드르르한 구호를 내걸어 괴롭힐 것이 뻔했기 때문이다. 그래서 향청의 인사들이 명정루를 찾으면 극진한 대접을 아끼지 않으면서도 향응대가는 한 푼도 받지 못했다. 멀리 내다보고 쓰는 접대비려니 자위하지만 그때마다 속이 뒤집히는 것을 어쩔 수 없었다. 대신 한 번 상다리가 부러지게 주연을 열어주면 두어 달은 조용해지니 꼭 이맛살을 찌푸릴 일만은 아니었다.

어제 그 빌어먹을 향청의 인사들 가운데 악질로 소문난 잡놈들이 명정루를 찾았다. 초저녁부터 상판대기를 내밀었는데, 분위기가 심상치 않았다. 건성으로 인사치레만 했다가는 뒤끝이 좋지 않겠구나 싶은 감이 바로 왔다. 그래서 네 명이면 기생 두엇만 앉혀도 되지만, 특별히 넷 다 들여보냈다. 다른 손님이 와도 기생이 없어 빈정 상한 불만까지 감수해야 했다.

네 놈은 워낙 개차반이었다. 한통속이 되어 돌아다니며 합법을 빙자한 못된 짓은 골라가며 저지르는 치들이었다. 토호랍시고 무위도식하면서 위협과 엄포로 날밤을 지새우는 일이 다반사였다. 속으로 이를 갈았지만 어쩌겠는가? 행수 기생으로서 체신도 있고, 박태수를 생각하면 깍듯이 모셔야 했다. 트집을 안 잡히는 게 장땡이었다. 별당의 방을 비워주고 진탕 퍼먹게 한 뒤 밤 수발까지 들도록 기생들을 들여보냈다. 하루 장사가 물 건너갔으니 속이 뒤집혀 뒤도 안 돌아보고 옥진이는 자기 처소로 돌아와 버렸다.

아침이면 놈들도 제 깐엔 일이라고 향청엘 나가야 하니 일어났을 것이다. 그들 앞에 대령하여 지난 밤 대접은 부족함이 없었느냐 덕분에 우리 기루妓樓가 번성해 은혜가 하해와 같다느니 하는 갖은 아양을 떨어야 했다. 문밖을 나가면 소금을 뿌리더라도 심기를 불편하게 해서는 안 되었다. 어쨌거나 몇 달 액땜은 어제 오늘 한 셈이었다.

그런데 기루에 나가보니 일이 조금 요상하게 돌아간 듯했다. 기생들의 입이 한 발은 나와 있었다.

"너희를 다 물리치더라고? 아니 왜? 너희 뭐 실수한 건 아니지?"

계집이라면 노망 난 할망구라도 침을 흘리는 인간들이 파릇파릇한 이팔청춘 기생들을 마다하다니 이해가 되지 않았다.

"모르겠사와요. 별당에 앉자마다 잔뜩 골이 나 있더라고요. 방실거리며 술을 따르는데 본 척도 안 하더니 저희더러 나가라잖아요. 언니 당부도 있어서 춤을 추리까, 노래를 하리까, 가야금을 뜯으리까, 원하는 대로 다 하겠으니 물리지만 말아 달라 고의춤을 잡았걸랑요. 그런데도 당장 꺼지라며 성질을 내더라고요. 공짜 술 얻어먹는 주제에 무슨 성깔인지, 저희도 화가 나 나와 버렸죠. 설마 이것들이 그냥 밤을 지

샐까 고대 부르겠지 기다렸는데, 자시子時, 밤 11시에 이르렀는데도 감감무소식이더라고요. 잘됐다 싶어 그냥 잤죠."

뭔가 조짐이 불길했다. 굴러들어온 떡을 차버릴 위인들이 아니었다. 무슨 심통이 났기에 애들까지 물리치며 쑥덕공론을 펼쳤을까? 읍성 개축공사도 끝나 주머니도 두둑해졌을 텐데 그깟 해웃값이 아까워 물리쳤을 것 같진 않았다.

"그럼 아무도 들여다보지 않았단 말이냐?"

"모르겠어요. 찬모가 술이며 안주는 갖다 줬겠죠."

찬모를 불러 물어보았다.

"술은 동이째 달라 해서 돌쇠 시켜 넣어줬고, 안줏거리도 준비해 둔 것 죄 쓸어 담아 보냈구려. 지금쯤 숙취 때문에 골머리를 앓고 있을 거유."

돌쇠를 데리고 별실로 부리나케 달려갔다. 불똥이 기루로 튀지 않으면 다행이지만, 무슨 트집을 잡을지 불안했다.

별당은 기루에서 성큼 떨어진 숲 안에 있었다. 안에서 무슨 짓을 해도 밖으로 새 나갈 리 없는 고즈넉한 장소였다. 별당에 가까워지자 용전用錢까지 집어줘야 하나 잔걱정마저 일었다. 어쨌거나 비위를 거슬러서는 안 되기에 발걸음을 재촉했다.

별당은 10여 명이 들어가 흥청망청 놀 수 있는 널찍한 큰 방 하나에, 음식을 데우거나 기악을 준비하는 딸린 방이 하나 있는 구조였다. 외인 출입이 거의 없는 곳이었고, 기루 사람들도 손님이 들면 얼씬도 하지 않았다. 부디 빈 방이 아니기를 빌면서 인기척을 냈다.

"선비님들, 아침 기침 않으셨어요?"

꾀꼬리 목청을 가다듬으며 갖은 교태를 다 담아 불렀다. 그러나 대꾸는 없었다. 설마 술상 뒤집어엎고 떠났나 싶어 다시 목청을 높여 불렀다.

"접니다, 옥진이. 꿀물 대령할까요?"

그래도 묵묵부답이었다. 이거 일 났구나 싶었다. 문고리를 잡아당겼다. 잘 열리던 문이 오늘따라 뻑뻑했다. 끙끙 용을 쓰자니 뒤에서 보던 돌쇠가 나섰다. 문은 비단 찢어지는 소리를 내면서 열렸다.

"아무도 안 계시는뎁쇼?"

방 안을 휘 둘러본 돌쇠가 떨떠름한 표정을 지으며 돌아보았다.

"비켜라."

술상은 어질러져 있지만 사람은 보이지 않았다. 구석에 돌쇠가 갖다 두었다는 술동이가 보였다. 늦은 밤이나 이른 새벽에 다들 자리를 뜬 모양이었다.

"해가 서쪽에서 뜰 일일세. 개과천선했을 리도 없고……. 얘야, 술상 좀 치워야겠다."

구시렁대면서 방 안으로 들어갔다. 장구며 가야금 따위는 옆방으로 넘어가는 문가에 세워져 있었지만, 방석은 제멋대로 뒹굴었다. 앞쪽에 놓인 방석부터 집어 들면서 상 뒤로 돌아가다 일행 중 한 사람이 엎어져 있는 꼴이 보였다. 술 처먹고 그대로 잠이 든 모양이었다. 그런데 모양새가 심상찮았다. 눈을 가늘게 뜨고 보니 등에 칼이 꽂혀 있고 도포가 검붉은 피로 흥건했다.

"흡!" 터져 나오는 비명을 간신히 참았다. 살면서 별 꼴을 다 겪은 옥진이지만 칼이 등에 박혀 핏물에 젖은 시체를 보기는 처음이었다. 덩치는 산만한 돌쇠가 오히려 눈을 홉뜨며 주저앉았다.

"마, 마님. 저, 저거 시체 아닝교?"

그걸 말해야 알겠니. 복상사가 아닌 것은 확실했다. 옥진은 엉금엉금 기는 돌쇠를 끌고 밖으로 나온 뒤 문을 닫아걸었다. 아직도 맹한 눈으로 정신을 수습하지 못한 돌쇠의 등짝을 치면서 옥진이 외쳤다.

"당장 박 포교님 모시고 와!"

<h1 style="text-align:center">2</h1>

"어디 건드린 데는 없지? 어떻게 된 일이야?"

형방에 나와 느긋하게 곰방대를 물고 있던 박태수는 사시나무 떨 듯하는 돌쇠에게 제대로 된 설명을 듣지 못했다. 기루로 달려와 보니 별실 앞에서 옥진이 치마를 걷어 올린 채 독살스런 눈을 흘기고 있었다. 어젯밤부터 오늘 아침까지의 정황을 들려주었다.

"죽은 사람이 누군데?"

"엎어져 있으니 몰라. 손대면 안 되겠다 싶어 지키고 있던 중이지."

서당 개 삼년이면 풍월을 읊는다고 옥진이도 박태수와 살다보니 이런 일에 대처하는 방법쯤은 알았다. 박태수가 닫힌 문을 꼬나보았다.

"우리 기루에 피해가 오는 건 아니겠지?"

옥진에게는 죽은 사람보다 장사가 더 걱정이었다.

"글쎄, 오늘 장사는 글렀겠지."

포졸 두 놈에게 주변을 지키라 하고 방문을 열었다. 칼은 꽤 깊이 박혀 있었다. 여러 차례 찔렀는지 방석이며 바닥까지 핏물이 흘렀다. 얼굴이 반대쪽으로 돌려져 있어 시체를 타 넘었다. 고개를 숙여 보니 핏발이 선 채 두 눈을 부릅뜬 민태홍閔泰弘이 엎어져 있었다. 몸이 굳어

있는 것으로 보아 죽은 지 삼사 경
更, 6시간에서 8시간은 지난 것 같았다.
손에도 피가 묻어 있었다. 자세히
보니 제 피를 찍어 방바닥에 뭔가를
써 두었다. 급히 썼는지—또는 그렸
는지— 꼬불꼬불 엉망이라 한두 자
외에는 글자를 알아보기가 어려웠
다.

三人行到
與烏子盜

〈피로 쓴 글씨〉

"이건 또 뭐여?"

죽기 직전 하직의 인사라도 썼
나 싶었다. 몇 차례 칼을 받고도 바
로 절명하지는 않았다는 소리였다.

토실토실한 돼지 저리 가라할 만큼 살이 찐 놈이라 두터운 비계 덩어
리가 치명상을 면하게 해준 모양이었다. 헌데 누가 이런 짓을? 으슥한
곳이라 돈을 노린 강도의 소행일 수도 있었다. 그러나 술추렴으로 떠
들썩한 별실 문을 열고 들어와 장정 네 사람이 보는 앞에서 칼을 휘두
를 만큼 무모한 강도는 없을 터였다. 어찌되었건 어제 어울린 놈들이
의심스러웠다.

밖으로 나와 두 손을 털면서 옥진에게 물었다.

"민태홍이네. 네 명이 왔다 그랬지? 나머진 누구야?"

"맨날 어울리는 그 패거리지 누구겠어."

포졸을 남겨두고 기루로 내려와 옥진의 처소로 들어갔다. 기루에
서 일하는 아낙과 기생 몇몇이 불안한 눈을 굴리며 별실을 손가락질
하고 있었다.

"기성구奇聖九와 신중경申中慶, 김대석金大碩하고 죽은 민태홍. 이렇게 넷이었어."

놈들이 향청의 위세를 등에 업고 찾아와 호가호위狐假虎威하는 것은 박태수도 알고 있었다.

"곱게 술이나 처먹고 가지 이게 뭔 지랄이야, 원!"

살해당한 것은 분명하니 현령에게 보고부터 해야 했다. 그리고 향청에도 알려야 했다. 네 놈 다 껄렁한 잔반殘班 나부랭이에 지나지 않지만 향청 소속의 건달들이니 관아가 시끄러워질 건 뻔했다.

"재수 없는 놈은 넘어져도 코가 깨진다더니, 하필이면 여기서 뒈지고 지랄이냐!"

밖으로 나와 속으로 씨부렁대는데, 누가 어깨를 툭 쳤다. 남 씹는 소리를 하던 중이라 심장이 덜컥 내려앉았다. 벌써 관아와 향청에서 사람이 나왔단 말인가? 엉거주춤 뒤를 돌아보았다.

"날세. 안색이 왜 그런가? 귀신이라도 본 표정이구먼."

김만중이었다. 도포 두루마기에 갓까지 쓰고 제대로 행색을 갖추었다. 뒤로 팔짱을 낀 호우도 보였다. 이 이른 아침에 읍성까지 웬일인가 싶었다.

"어인 행차십니까?"

"오늘이 관아에 신칙申飭을 받는 날 아닌가? 온 김에 자네나 보려고 형방엘 갔더니 명정루에 갔다지 뭔가. 그냥 가기도 뭐해서 들러봤네."

조정에서 떨려나 유배를 왔지만 유배지에서도 삶이 편안한 것만은 아니었다. 행여나 불측한 짓을 할까 항상 감시와 감독이 뒤따랐다. 대개 형식적이긴 했지만 거물 정치인이 자주 유배 오는 고을의 관아라면 이에 대한 점검도 중요한 사무였다.

지난 번 경전 강독 때 박태수는 참석하지 못했다. 게을러서가 아니라 관아에 눈치가 보여서다. 김만중이 고을의 선비들을 끌어모아 경전을 공부를 한다는 소문이 떠돌았다. 경전 공부는 명분일 뿐이고 무슨 짓을 하는지 어찌 알겠냐며 수군거리는 소리가 커졌다. 그런 차에 현령이 박태수를 불러들이더니 눈에 쌍심지를 켰다.

"들자니 자네도 기웃댄다던데?"

　일단 극구 부인부터 했다. 강독은 사서삼경을 주로 토론하지 다른 화젯거리는 입에도 올리지 않는다고 변명했다. 남해현이 변방 중에도 변방이니 선비들도 현하 정세에 관심이 있어 몇 차례 물어보기는 했다. 그러나 서포 대감도 불미스런 일이라며 선비들에게 일침을 놓았으니 전혀 걱정하실 거 없다고 다독였다. 지금 현령도 당색은 노론이라 그러려니 하며 수긍하긴 했지만, 박태수는 발길을 멀리하는 게 좋다는 생각이 들었다. 그래서 핑계를 대고 경서 강독 자리에 나가지 않았다.

　속이 보인 것 같아 박태수가 허둥거리며 굽실거렸다.

"호우를 보내셨으면 횡하니 달려갔을 텐데, 찬 날씨에 여기까지 오시게 해서 송구합니다요."

　박태수의 사과는 김만중의 안중에 없었다. 눈길을 멀리 주면서 물었다.

"사람들 말을 듣자니 기루에서 누가 죽었다던데?"

　화제가 바뀌자 안도한 박태수가 얼른 받아쳤다.

"옙! 민태홍이라고, 향청을 들락거리는 사람이죠. 어제 기루에서 술을 마시더니 오늘 아침에 별실에서 변사체로 발견됐지 뭡니까? 한동안 읍성이 시끄럽게 됐습니다요."

김만중의 얼굴도 굳어졌다.

"저런. 자네가 또 욕을 보겠군. 술이 과해 횡사한 것은 아니고?"

걱정 반 위로 반의 목소리였지만, 그런 속 편한 사인은 아니었다.

"웬걸요. 등에 떡 하니 칼이 박혀 있던 걸요. 바로 황천길로 갔을 겁니다요. 아니, 그러고 보니……."

박태수가 말을 끊었다. 민태홍이 제 피로 써 둔 기괴한 글씨가 떠올랐던 것이다. 김만중의 박식함이라면 정체를 알아낼 것도 같았다.

"한번 보실랍니까?"

넌지시 권하니 김만중도 마음이 동하는 모양이었다. 그러나 사람 눈이 많은지라 선뜻 응하지는 않았다.

"관아의 일에 유배 온 사람이 기웃대서야 되겠는가? 자네에게 폐가 되는 일은 삼가려네."

등을 돌려 가려는 것을 박태수가 잡았다.

"아닙니다요. 소인이 구 대인 일을 현령께 말씀드렸지 않습니까요. 대감의 활약을 들으시더니, 필요하면 자문을 구하라 하셨습니다요. 현령께서 허락하셨는데, 어느 놈이 대거릴 하겠습니까요. 게다가 현장의 상태가 좀 묘합니다요."

김만중도 마지못한 듯 다시 몸을 돌렸다.

"그런가? 그럼 어디 잠시 살펴볼까?"

능구렁이 속셈이 뻔히 보였지만, 시비할 처지가 아니었다. 박태수가 앞장서서 걸음을 옮기니 김만중이 뒤를 따랐다.

"호우야, 너는 여기 있어라."

방에 들어간 김만중이 현장을 쓱 훑어보았다.

"묘하다는 게 이건가?"

역시 예상대로 바로 짚어냈다.

"예. 이자가 죽으면서 뭘 써놓은 것 같은데, 소인으로선 당최 글썬지 그림인지 알아먹기가 힘드네요."

도포자락을 걷고 쪼그려 앉더니 김만중이 핏자국에 바짝 코를 댔다. 핏물로 쓴 것이라 먹물처럼 선명하지는 않았다. 획이 가늘게 이어지기도 하고 피가 성근 곳도 있었다. 이윽고 김만중이 허리를 펴며 일어났다.

"한자를 써둔 듯하이. 급했는지 초서를 섞었군. 앞 세 글자는 삼인행三人行이고 다음 글자는 초서 도到자로군. 그리고 힘이 떨어졌는지 줄이 내려왔구먼. 왼쪽 줄 글자는 여오자도與烏子盜인 듯하구먼. '여与'자도 초서인데, 조금 획이 이상하네. '오'자도 얼핏 보면 조鳥자인 듯도 하고"

옆에서 받아 적던 제법 똑똑한 나졸이 종이에 써서 보여주었다.

三人行到
与烏子盜

"이게 뭔 소릴깝쇼?"

"앞뒤 글이 없으니 문맥은 알 수 없으나, 이 구절로만 보면 '세 사람이 길을 가다 어딘가에 닿아 까마귀 새끼와 함께 뭔가를 훔쳤다.'는 말 아니겠는가?"

세 사람은 뭐고 까마귀는 또 뭔가? 박태수로서는 글귀나 풀이나 막막하기는 마찬가지였다. 그래도 하나는 짚혔다.

"세 사람이라니, 사실 어세 별실에 든 사람이 모두 넷이었습니다요. 그중 한 사람이 죽었으니 남는 사람은 셋입지요. 그걸 말하는 걸까요?"

김만중이 턱을 만지면서 바닥에 써진 글자를 응시했다.

"그러니까 나를 죽인 사람은 밖에서 틈입한 외부인이 아니라 함께 어울렸던 셋 중에 하나란 말이군. 혐의자의 범위를 좁히려고 그럴 수도 있겠네그려."

썩 자신 있는 말투는 아니었다. 조사에 별 도움이 될 것 같지 않았다. 세 놈 중 하나일 거라는 짐작은 박태수에게도 이미 든 참이었다.

"친절을 베풀 양이면 떡 이름자를 써놓으면 오죽 좋겠습니까요. 소인이 봐도 세 놈 중 하난데, 이런 걸 돕는다고 써 놓나 원."

김만중이 고개를 들면서 물었다. "서로 원한이 있는 사인가?"

박태수가 손사래를 쳤다. "원한은 무슨. 외려 죽이 척척 맞았습죠."

"그런데 왜 세 사람을 지목했을까?"

옆에서 나졸이 귀를 기울이는 중이었다. 쓸데없는 소문이 퍼져 좋을 건 없었다. 박태수가 적당히 얼버무렸다.

"세 사람을 만나보면 알겠습죠. 대감님, 그만 나가시지요. 아침부터 볼썽사나운 꼴을 보여드려 송구하옵니다. 새벽에 나오시느라 식전이실 텐데 요기라도 하셔야지요."

3

"자, 이제 들을 사람도 없으니 소상히 말해보게. 자넨 뭔가 아는 눈치던데?"

상을 물리자 입을 닦으면서 김만중이 채근했다. 옆에서 시중들던 옥진이 박태수의 옆구리를 쿡쿡 찔렀다. 기루에서 살인이라니. 자칫

폐업을 해야 할지도 모를 위기상황이었다. 수습할 방도만 있다면 저 승사자라도 불러오고 싶은 게 옥진의 심정이었다. 박태수가 떠밀리다 시피 몸을 앞으로 내밀었다.

"예, 그럽지요. 넷 다 향청에서 낙숫물이나 핥아먹는 잔반들입니 다. 나이는 엇비슷합니다. 민태홍이 그 중 어려 38살이고, 합석했던 치 가운데 기성구와 신중경은 45살, 남은 김대식은 자리에 따라 39살이 라고도 하고 40살이라고도 합지요."

"그 사람은 왜 나이가 엿가락인가?"

"얍삽한 놈이라 그럽지요. 하는 일 없이 빌빌대는 한량 놈인데, 푼 수도 모르고 여기저기 얼쩡거립니다. 동갑 모임마다 얼굴을 내밀자니 예선 몇 살 제선 몇 살 이러는 작자입죠. 꼴에 글 좀 쓴답시고 자칭 남 해 언론은 제 손에 달렸다고 거들먹거립니다."

"외모는 어떤가?"

"삐쩍 곯은 놈입니다요. 눈이 가늘고 하관이 날렵한데다 살살 꼬리 치고 다니느라 허리가 좀 꾸부정합니다. 첫인상부터 밥맛입지요."

"자호는 뭐던가?"

"자는 사견仕堅이고, 호는 계촌溪村이죠. 향시에서 몇 번 물먹더니 과업은 진즉에 포기했는데, 관아에 이런저런 행사가 있으면 굶주린 개처럼 달려듭죠. 하긴 이놈만 그러는 건 아니네. 여하간 나중에 문 집을 엮는다면서 제 글을 신주단지 모시듯 하는데, 그것도 글이랍시 고 후손들이 부끄러워하지 않을까 싶습지요."

김만중의 눈살이 찌푸려졌다.

"나머지 두 사람은 어떤가?"

"그 나물에 그 밥입지요. 신중경이란 놈은 자가 계신季愼이고, 호가 습경꿃卿인데, 잔망스러워 깝죽거리기 좋아하는 성격입니다. 분란이라도 일어나면 이간질하기에 이골이 났는데, 몇 년 전에 동네 싸움에 멋모르고 끼어들었다가 얻어맞아 앞 이빨이 죄다 부러졌습죠. 그러고도 희희덕대며 돌아다닙니다. 글재주는 없으나 베끼기는 잘해 필경筆耕으로 먹고살지요."

김만중이 쓴웃음을 지으며 말했다.

"자넨 그자들이 마음에 들지 않는가보구먼."

불을 떼자 갑자기 열불이 오른 박태수가 언성을 높였다.

"무위도식하는 놈들입니다요. 남 등쳐먹는 것 외에는 구르는 재주도 없는 놈들인데 고운 말이 나오겠습니까요. 잊을 만하면 옥진이 기루에 나타나 술이며 고기를 물리도록 주워 먹고 가질 않나, 용전을 바라질 않나, 폐해가 아주 자심합니다요. 누군지 죽이려면 네 놈 다 죽일 것이지."

김만중이 손을 들어 달랬다.

"명색이 관아의 포교가 그런 말을 하면 쓰나. 외모는 어떤데?"

"김대식 못잖게 삐쩍 마른 놈이죠. 눈망울은 굵은 편이고, 광대뼈가 툭 튀어나와 꼴불견입니다. 어디서 배웠는지 그림도 곧잘 그려 고을 행사라도 있으면 붓을 들고 나와 설치는데, 가관입니다."

"그렇군. 또 한 사람은?"

"기성구라고 합니다. 자는 익만益滿이고, 호는 시재市齋입뎁쇼. 말그대로 시정잡배 가운데 가장 치사한 양아치입죠. 썩은 고기 냄새는 잘 맡아 관아에 일이 있으면 이리저리 연통을 놓아주고 구전을 뜯어먹는 놈입니다요. 행색은 죽은 민태홍이 울고 갈 만큼 뒤룩뒤룩 살이 쪘습니다요. 포대보살처럼 배가 뽈록 튀어나와 엉기적거리며 남해를 휘

젓습지요. 한양에도 잠시 살았던 모양인데, 꼴에 도성 물 먹었다고 얼마나 아는 체를 하는지 눈꼴이 십니다요. 협잡에는 도가 터서 남의 약점을 캐내 겁박하고, 으르고 뺨치는 짓을 무상하게 저지릅지요. 원성이 자자해 놈도 어두운 밤길에 칼 맞아 인생 종칠 거라 제 장담합지요."

김만중이 고개를 돌리며 웃음을 흘렸다.

"사람 좋은 박 포교가 이를 갈 정도면 축생畜生의 행실을 자행하는 무리 같긴 하구먼. 죽은 자의 소행은 어땠나?"

"민태홍이요? 죽은 사람 놓고 악담을 해서는 도리가 아닙니다만, 이놈이 사실 제일 팔불출입니다요. 넷 중에 향시에 급제한 이력이 있어 도학자연 하고 사는데, 들리는 소문엔 제 어미가 무당질해서 돈을 번다더군요. 한때 잠시 도성 성균관에 발을 담갔다는 이유로, 현령 자리는 자신이 적임이라며 흰소리를 하고 다녔습죠. 그거야 제 뜻대로 될 일이 아니니, 호시탐탐 향청 좌수 자리를 넘봤다고 들었습니다. 저런 자가 현령이든 좌수든 오르면 그날로 남해 말아 드실 겁니다요."

어지간히 쌓인 게 많은지 박태수가 사람을 거론할 때마다 핏대를 세웠다. 너무 속내를 드러내자 뜨악해진 옥진이가 다리를 꼬집으면서 만류했다. 그 모습을 본 김만중도 계속 분기를 부추기면 안 되겠다 싶었는지 웃던 표정을 거두었다.

"그만하면 어떤 인사인지는 알고도 남겠네. 유유상종類類相從으로구먼. 그리고 내 공연한 노파심에서 하는 말인데, 밖에 나가서는 그 사람들 험담은 자제하게나. 욕 하면서 본받는다고 자네까지 물들까 걱정되네. 죄가 있다면 하늘이 용서치 않는 법일세. 하늘이 곧 사람이니, 사람들이 용서치 않지."

비난 일색으로 성토했다는 사실을 깨달았는지 박태수도 머쓱해하며 입을 닫았다. 옥진이 기회라 싶었는지 박태수 옆에 찰싹 달라붙어 물었다.

"대감님, 이력을 들으셨으니 뭔가 집히는 거라도 있사옵니까?"

김만중은 바로 고개를 저었다.

"당장 집히는 건 없구먼. 어차피 이제부터 박 포교가 그자들을 만나 심문을 할 터이니, 그러면 뭔가 드러나지 않겠나?"

대답이 신통치 않자 옥진이 애가 타는 모양이었다.

"민 선비님이 죽기 전에 써놨다는 글귀가 수상쩍지 않습니까요? 자신을 해친 사람을 봤다면, 범인을 지목하는 내용인 듯한데요?"

김만중이 고개를 끄덕였다.

"바로 보았네. 내 한양에 있을 때도 피살당한 사람이 절명하기 전에 저런 글을 남긴 걸 몇 번 본 적 있지. 그 뜻을 잘 풀어보면 흉한의 정체가 드러나기도 한다네."

박태수의 눈이 둥그레졌다.

"그렇습니까요. 소인은 처음 보는데."

"의금부 사람들은 그런 예를 두고 '저승에서 온 고발장'이라 부르지. 억울하게 죽어 저승에 간 피해자가 마지막으로 이승에 남긴 물증이라서 말이네."

박태수가 골똘히 생각을 모으며 중얼거렸다.

"저승에서 온 고발장이라. 거 딱 맞는 말이로군요."

김만중이 벗어둔 갓을 다시 쓰면서 일어날 채비를 했다.

"그럼 나는 그만 가보려네. 두루 조사해보고 짬이 나면 내게도 알려주겠나?"

박태수가 큰절을 올리듯 허리를 굽히며 음성을 높였다.

"물론이굽쇼. 한 놈 한 놈 족쳐보고 정황이 파악되면 찾아뵙겠습니다요."

반쯤 일어났던 김만중이 다시 자리에 앉으며 말했다.

"마지막으로 한 마디만 덧붙이겠네. '고발장'을 알고 있는 사람은 자네와 나, 여기 옥진이, 돌쇠, 그리고 나졸 정돌세. 이 사실이 밖으로 새어나가 바깥 사람이 알게 해서는 안 될 것이야. 더구나 그 의미를 아직 알지도 못하지 않은가? 흉한을 잡는 유리한 고지를 차지해야지 범법자가 빠져나갈 수 있는 빌미를 관아에서 제공하면 큰일 아닌가? 알겠지?"

박태수가 제 입을 주먹으로 치면서 장담했다.

"단단히 단속할 테니 염려 붙들어 매십시오."

4

박태수는 입이 가벼운 촉새 신중경부터 찾았다. 개인적으로 가장 범인이 아닐 거라 생각하는 놈이었다. 겉멋은 잔뜩 들었지만 겁이 많아 칼을 뽑았다한들 제가 무서워 내던질 작자였다. 대신 경솔해 기분만 맞춰주면 제가 대단한 인물이라도 된 양 없는 일도 지어내 떠들었다.

집으로 찾아가자 놈은 건들거리며 박태수를 반겼다.

"어이, 형님 어서 오슈. 웬일?"

놈은 아직 민태홍의 살해 사실조차 몰랐다.

"어제 한잔 거나하게 빨았다면서?"

"아, 좀 마셨지. 퇴기라도 옥진이네 집 술이 역시 최고야."

옥진이를 깔보는 태도는 무시하고 넘어가기로 했다.

"누구하고 언제까지 마셨나?"

"그걸 알아 뭐하게? 나 입이 무거운 사람이라고."

피식 헛웃음이 튀어나오려고 했지만 참았다.

"술 마셨다고 누가 잡아가나? 사건이 있어서 알아보려는 게지."

사건이란 말이 나오자 표정이 달라졌다.

"벌써 고발이 들어갔나? 어, 난 아무 관련 없어."

귀가 쫑긋했지만 시치미를 떼기로 했다.

"알지, 그럼. 자네야 법 없이도 살 사람 아닌가. 그래도 자초지종은
자네가 잘 알 듯해서 말이야. 말해보게. 신세는 잊지 않음세."

표정이 다시 누그러졌다.

"음, 좋아. 어제 술자리 일인데, 나하고 기성구, 김대석, 민태홍, 이
렇게 넷이 갔지. 술도 마시고 상의할 일도 있고 해서 말야."

"그래. 술자리는 흥겨웠나?"

곤혹스런 표정으로 바뀌었다.

"뭐…… 그렇다고 할 순 없었지. 민태홍이 이상한 소리를 꺼내는
바람에 말이야. 아니 가기 전부터 술맛은 다 떨어졌어."

"왜? 싸웠나? 넷 다 죽고 못 사는 사이잖아?"

"그렇긴 한데. 조금 문제가 있었나 보더라고. 나야 굿을 보고 떡이
라도 먹어야 될 입장이라 신경 쓰이더군. 술맛은 다 떨어졌지."

"무슨 사달이 있었기에?"

놈이 갑자기 주변을 살피고 목을 움츠리더니 고개마저 숙였다.

"이거 비밀 지켜지는 거지?"

"자네 일이라면 내 눈감아 준다니까."

"좋아. 사실 난 피라미니까 겁날 것도 없긴 해. 거 얼마 전에 끝난

읍성 개축공사 있잖아. 그 일에 우리가 개입했거든. 민태홍이 물고 온 거였지. 남은 떡고물을 갈라야 하는데, 서로 지분을 두고 의견이 엇갈렸어. 민태홍 자기가 5할 가지고 나머지는 둘이 2할씩, 난 1할 이렇게 가르라고 얘길 하더라고. 나야 만족이지. 그런데 기성구와 김대석은 불만이었어. 공평하게 나누자는 거지. 민태홍이 일언지하에 거절하더군. 그랬는데 민태홍이 떼어둔 떡고물이 통째로 없어진 거야. 뒤늦게 알고 펄펄 뛰더군. 난 모르는 일이었고, 둘도 생사람 잡지 말라며 잡아떼데. 민태홍 말이 우리 셋 중 한 놈이 집어간 거라잖아. 난 뭐야? 떡고물은 구경도 못해보고 누명까지 쓰면서 개털이 될 판이었지."

왜 어제 서슬이 시퍼랬는지 알만했다. 개축 자금에서 떼먹었다면 액수가 적지는 않았을 게 분명했다. 그걸 셋 중 한 놈이 꿀꺽 삼킨 것이다. 아니 민태홍의 자작극일 수도 있겠구나.

"열 좀 받았겠구먼."

"받긴 했지만, 난 이미 공사를 진행하면서 쏠쏠히 챙겼거든. 그러니 크게 미련은 없었어. 헌데 세 사람은 그게 아니더군. 피터지게 싸우데. 그러니 술이고 나발이고 들어가겠나? 멀쩡한 기생들도 다 쫓아내고 죽일 듯 물어뜯더군."

양아치들의 우정이란 다 그런 것이다.

"그랬군. 언제 파장을 봤나, 그 술자리?"

"자정 무렵이었을 거야. 민태홍 말이 결정적이었지. 자긴 누가 훔쳐갔는지 알겠다더군. 물증까지 있다나. 그러니 순순히 불면 용서해주겠다데. 잡아먹을 듯 우리를 노려보는데, 나도 겁이 날 정도였어. 다들 부인했지. 다들 뻗대니까, 만약 오늘 정오까지 가져오지 잃으면 관아에 고발할 거라고 고함을 지르더군. 그래봤자 성할 사람 없다고 했는데도, 민태홍은 요지부동이야. 어차피 훔쳐간 놈이 다 뒤집어쓸 거라나. 이미 관아하고는 그렇게 얘기가 됐다는 거야. 자긴 고발자로서 포상금을 받을 테고, 훔쳐간 놈은 옥살이에다 다시는 남해에 발을 못 붙이게 될 거라나. 게다가 훔쳐간 놈 말고 나머지 둘도 좋은 꼴 못 볼 거라는데, 아 나도 오금이 좀 저리데. 고발한들 난 오리발 내밀 준비되었으니 겁날 건 없지.”

“그러니까 자넨 그 떡고물에 손 안 댔단 말이군.”

“당연하지. 나 그렇게까지 욕심 많고 의리 없는 놈은 아니야. 좌우간 그렇게 으름장을 놓으니까 분위기가 살벌해졌어. 기성구와 김대석이 자리를 박차고 나갔고, 나도 따라 나왔지.”

“민태홍은 남아 있었고?”

“그럼. 술을 말로 쏟아 붓더군. 엄청 취했을 거야. 거기서 잤을 걸.”

“셋은 나와 그냥 헤어졌나?”

“둘 다 투덜대데. 사실 좀 겁이 나 이거 괜찮겠냐고 했더니, 지가 감히 고발은 못 할 거라나. 우리도 앉아 당하지만은 않겠다면서 허풍을 떨데. 기루는 문을 닫았고, 술 마실 기분도 아니었지. 기루 앞에서 뿔뿔이 흩어졌어.”

“그래, 자넨 바로 집으로 왔나?”

“기분이 더러워 한잔 더하고 싶긴 했는데, 혼자는 좀 그렇잖아. 집에 왔지.”

“마누라는 집에 있었나?”

“아니, 친정 가 있어. 요즘 조금 삐걱댔거든.”

놈은 결혼한 지 십 년이 지났는데도 아이가 없었다. 마누라가 친정엘 갔다? 결국 증인이 없단 소리였다. 들통 났나 불안해진 놈이 부엌에서 칼을 뽑아들고 나와 혼자 있던 민태홍을 찔러 죽였을 수도 있었다. 그럴 배짱이 있을진 모르겠지만, 쥐도 궁지에 몰리면 고양이를 무는 법이다. 이놈이 떡고물을 독식했고, 증거를 대고 고발하겠다고 을렀다면 발악을 할 수도 있었다. 돈 앞에 양심이 무슨 소용이겠는가?

박태수가 잠자코 자신을 꼬나보자 켕기는 게 있는지 눈치를 보며 물었다.

"거, 형님. 뭔 일이요? 그만 뜸 들이고 말해 보슈. 고발장 접숩니까?"

이놈이 연기를 한다면 일품이었다.

"자네 집에 부엌칼 몇 개나 있나?"

놈의 눈초리가 요상하게 휘어졌다.

"별걸 다 묻네. 그걸 어떻게 알아. 하나겠지. 두 갠가? 마누라가 알 텐데……."

당황하는 놈을 뿌리치고 부엌으로 들어갔다. 큰 칼과 중 칼이 하나씩 있었는데, 중 칼은 녹이 쓸고 이가 빠져 있었다. 민태홍의 등에 박힌 것은 중 칼이었다.

박태수도 나름대로 민태홍이 남긴 '고발장'의 의미를 고민했다. '삼인행'이라면 『논어』에 나오는 '삼인행 필유아사必有我師'라는 구절의 일부였다. '사師'자는 '사死'자와 음이 같으니, "세 사람 가운데 나를 죽인 사람이 있다."는 뜻으로 사용하지 않았을까? 또는 "스승이 있다"면 "배워 익힘"도 있을 것이니, 습경習卿을 호로 쓰는 신중경을 가리키는 듯도 했다.

민태홍은 신중경을 범인으로 지목한 것일지도 몰랐다. 가장 범인과는 동떨어져 있지만, 의외로 이놈이 진범일 수도 있었다. 하지만 '고,발장' 내용만 가지고 잡아족칠 순 없었다. 유력한 물증이긴 했지만, 놈이 토설할 만한 확증을 들이대야 했다.

부엌을 나온 박태수가 마루에서 어리둥절해 있는 신중경에게 말했다.

"어젯밤―오늘 새벽인가?―에 민태홍이 명정루 별실에서 살해당한 시체로 발견되었어. 등에 칼을 제대로 꽂았더군. 다시 찾을 테니 읍성에서 벗어나지 말게. 뜨면 자네가 범인이야."

처음엔 어정쩡한 표정으로 듣더니 곧 신중경의 얼굴이 새파랗게 질렸고, 온몸을 덜덜 떨었다. 오줌이라도 지릴 기세였다.

"형님, 형님! 지금 무슨 소릴 하는 거야. 응?"

개 짖는 소리는 뒤로 하고 박태수는 집을 나왔다.

이어 기성구의 집을 찾아갔다. 놈은 집에 없었고, 마누라만 있었다. 남편 못지않은 여우라 박태수의 눈치를 살피면서 이것저것 캐물었다. 관아의 문서를 빼돌리다 걸려 박태수에게 호되게 질타를 당한 적이 있어 공대를 하고 있었지만, 속으로는 원수 보듯 할 터였다. 민태홍의 피살도 알고 있는 눈치였다. 더 말을 섞기 싫어 다시 찾아올 테니 들어오면 집에서 꼼짝 말고 있으라 못을 박고 나왔다.

별 수 없이 김대석을 찾아갔다. 공교롭게 기성구도 거기 있었다. 마루 구석에 걸터앉았는데, 다정한 연인처럼 이마가 부딪치기 직전이었다. 얼마나 정신이 팔렸는지 박태수가 오는 기색도 알아채지 못했다. 거구에 멧돼지를 연상시키는 기성구와 왜소한 데다 족제비처럼 생긴 김대석이 나란히 앉아 있으니 동물우리에 들어와 있는 착각이 들었다.

"어험!" 헛기침을 하니 두 놈이 정수리가 지붕을 뚫을 듯 펄쩍 뛰었다.

"둘이 정분이라도 났나? 거 꼴불견일세."

재미난 구경을 했다는 표정을 지으며 다가가니 그제야 박태수를 알아보았다.

"포교 나리께서 여긴 웬일이요?"

기성구가 표정을 가다듬으며 짐짓 침착함을 가장했다. 평소 언행이 고분고분하던 놈이 아니었다.

"내가 못 올 데 왔나? 게다가 여긴 자네 집도 아니잖아? 뭘 그리 쑥덕공론인고?"

김대석이 억눌린 표정을 지으며 도리질을 쳤다.

"쑥덕공론이라니. 친구가 오랜만에 찾아와 담소를 나누는 중입니다."

"새벽에 보고 오후에 보면 '오랜만'인가 보지?"

더 이상 딴청을 부려봐야 소용이 없다는 것을 깨달았는지 기성구가 대범하게 솔직히 털어놓았다.

"민태홍이 피살됐다며? 그 일로 왔나? 미리 말해두는데 어젯밤에 그자와 술을 마시긴 했지만 바로 헤어졌어. 우릴 의심한다면 꿈 깨는 게 좋을 거야."

나이도 어린 자식이 대놓고 반말이었다. 사람을 멸시하는 게 몸에 밴 기성구는 아래위 가리지 않고 하대를 했다. 대신 길 곳이면 확실히 기었다. 그러나 비열해 제 애비 어미도 돈이 된다면 팔아먹고도 남을 위인이었다. 속으로 칼을 갈면서도 박태수는 너스레를 떨었다.

"다 알고 있구먼. 말하기 편해 잘됐네. 듣자니 자네들 민태홍하고 대판 싸웠다던데, 사실인가?"

김대식이 화들짝 놀라며 대거리를 했다.

"어떤 자식이 그딴 소릴 지껄여요. 조용히 술만 마셨고, 우린 일찍 나왔어요. 박 포교 이거—김대석이 새끼손가락을 까딱였다.—인 옥진이에게 물어보라고."

아구창을 한 대 돌리고 싶었지만 참았다. 이놈도 음흉하기는 뒤지지 않는구나 싶었다.

"언제 나갔는지 모른다던 걸. 기생까지 넣어줬는데 마다했다지? 분위기가 꽤 험악했나봐. 좋은 구경 놓쳤네그려."

무조건 발뺌만 해서는 승산이 없다고 여겼는지 이번엔 기성구가 표정을 누그러뜨리며 말했다.

"그렇소. 사실 언쟁이 좀 오가긴 했습니다. 그러나 헤어질 땐 다 화해했어요. 그 뒤론 다신 못 봤소. 나나 얘나. 그때까지만 해도 태홍이는 멀쩡하게 살아 있었다고."

손가락으로 김대석을 가리켰다. 갑자기 말이 공손해지니 더 역겨워졌다. 김대석은 말 대신 고개를 방자하게 끄덕였다.

"그러니까 명정루를 나와 둘 다 곱게 집으로 돌아오셨다? 누가 봤나?"

"그럼. 내 마누라한테 물어보구려. 확인해 줄 테니까. 그리고 얘는……."

"직접 말해!"

김대석이 손을 비비면서 대답했다.

"돌아와 어머님 구완하느라 밤을 꼬박 샜소. 요즘 어머님이 편찮아서 잠시도 자리를 못 비워요."

하긴 뜯어보니 눈이 뻘겋게 충혈되어 있었다.

김대석은 고을에서 효자로 소문났다. 편모슬하에서 자란 놈은 행동거지는 막장이었지만 효성 하나는 남달랐다. 어렸을 때 아버지가 사경을 헤매자 손가락을 잘라 피를 먹여 소생시켰다는 효행담은 지금도 미담으로 전해오는 터였다. 그 일로 놈은 조정으로부터 효자문까지 받았다. 놈이 못된 짓을 해도 사람들이 눈감아주는 이유이기도 했다. 허나 이득이 있으면 손실도 있는 게 세상 이치다. 부실한 집안 형편에다 어머니가 오랜 시간 몸져눕자 혼담이 오갈 리 없었다. 홀아비 신세니 간병은 더욱 놈의 몫일 터였다.

그런 생각을 하니 민태홍의 '고발장' 내용이 떠올랐다. '오자烏子'는 '까마귀 새끼'였다. 새끼가 자라 길러준 어미 까마귀를 먹인다는 반포지효反哺之孝는 잘 알려진 이야기가 아닌가? "까마귀 새끼와 함께 훔쳤다."는 말은 곧 효성이 지극한 김대석이 자신의 돈을 훔치고 죽었다는 뜻으로도 읽혀졌다. 의혹을 가득 담은 눈빛으로 김대석을 훑었다. 뜨끔했는지 어깨를 움츠리며 외면했다.

"그 어머님이 사람은 좀 알아보시나?"

박태수가 방문 쪽을 바라보면서 묻자 약점을 잡힌 듯 눈빛이 바로 흐려졌다. 놈의 노모가 오늘내일 하는 것은 박태수도 알았다. 그런 혼미한 상태에서 김대석의 말을 뒷받침해주기는 무리였다. 놈도 자신이 없는 듯 고개를 흔들었다.

"부엌 좀 봐도 되겠어?"

뜬금없는 소리가 나오자 놈이 적잖이 당황했다.

"부엌은 왜요?"

"목이 말라 물 한 잔 마시려고. 물독 있지?"

"제가 떠다 드립지요."

"아니 됐어. 내가 떠먹을 테니 여기 꼼짝 말고 있으라고."

부엌이래야 세간이 별로 없었다. 솥 하나에 그릇 몇 개하고 수저 서너 벌이 고작이었다. 독이 두 개 있기에 열어보았다. 하나는 쌀독이었는데, 바닥이 훤히 비쳤다. 그렇게 살랑거리며 돌아다니더니 건진 게 이렇게도 없나 싶기도 하고, 이 정도로 궁색했으면 떡고물을 훔쳤을 가능성도 높게 점쳐졌다. 민태홍이 무슨 증거를 잡았는지 모르겠지만, 오랏줄을 받으면 병든 노모가 당장 굶어죽을 판이었다. 발 등에 떨어진 불부터 끄자는 심정으로 민태홍의 등에 칼을 쑤셔 박았을 수도 있었다.

칼은 달랑 한 자루 있었다. 살해에 쓴 흉기보다는 컸다. 집에 있던 두 자루 가운데 하나일 수도 있었다. 일단 그리 짐작하고 나머지 독을 열어보았다. 빈 독이었고, 바닥에 금이 가 있어 물독으로 쓸 수도 없었다.

'지지리 궁상이로군.'

밖으로 나왔다. 기성구는 씩씩거렸고, 김대석은 잔뜩 주눅이 들어 있었다. 어느 놈이 무고하고 죄인인지 분간이 되지 않았다.

"그러니까 둘 다 이번 사건에는 죄가 없다는 건데, 그럼 누가 죽였을까?"

"밖에서 들어온 놈 소행일 수도 있잖아요? 평소 인심을 얻고 산 사람은 아니니까."

김대석이 한마디 거들었다. 서로 그렇게 우기기로 입을 맞춘 것일까?

"그건 아닌 것 같아. 민태홍이 전혀 반항하지 않았거든. 생판 모르는 놈이 칼을 들고 난입했는데, 얌전히 죽여주쇼 했겠나? 외부에서 침입한 흔적도 없고."

군이 흉기를 두고 갔다는 말은 꺼내지 않았다. 놈들에게 면피할 건수를 만들 필요는 없었다. 대신 미끼를 던졌다.

"그럼 남은 사람은 신중경인데…… 놈이 그럴만한 담력이 있을까? 발길에 고양이만 채여도 몸을 배배 꼬는 놈이잖아?"

그러나 걸려들지 않았다. 기성구는 신중한 표정을 지으며 목소리를 높였다.

"우리 중엔 없을 거라 나는 믿소. 늘 의기투합해서 지냈는데, 무슨 원한이 있어 민태홍을 죽인단 말입니까? 여하간 진범을 꼭 잡아주슈. 그래야 여한이라도 없지."

흥분을 하자 얼굴이 검붉어졌다. 그렇지 않아도 검은 얼굴이 더욱 부풀어 올랐다. 문득 박태수의 뇌리로 '오자'에 대한 다른 해석이 스쳐 지나갔다. 까마귀는 겉이나 속이 다 시커면 새로 알려졌다. 얼굴이 유독 검은 기성구를 두고 '오자'라 부른 것은 아닐까? 김만중 대감도 유독 외모에 대해 거듭 묻지 않았는가?

아니면 효자와 까마귀 얼굴을 다 빗댄 말일까? 하긴 민태홍의 살해를 꼭 한 사람의 범행으로 단정할 이유는 없었다. 둘이 공모했을 수도 있고, 어쩌면 셋 다 역할을 맡았을 수도 있었다. 뒤가 구리기는 세 놈 모두 한통속이 아닌가? 그래서 '삼인행'?

눈짓으로 기성구를 찌르면서 말했다.

"지금 자네 집에 갈 참인데, 마누란 집에 있나?"

살짝 얼굴에서 핏기가 가셨다.

"마누란 왜? 집사람이 별로 박 포교를 달가워하지 않는데."

그렇게 겁도 없이 공문서를 함부로 빼 돌리래. 이번 개축 공사 담합에도 마누라 년이 한몫 거들었을 게 뻔했다. 그러니 2할만 챙기자니 성에 차지 않았겠지. 지지리궁상 김대석도 2할이라면 간에 기별도 안 갔을 게고.

"자네가 오늘 새벽에 집에 들어왔는지 확인해야지. 자넨 따라올 거 없으니 이야기꽃이나 피우라고."

기성구가 몸을 들썩이더니 다시 주저앉았다. 입단속은 잘 해놨을 테고, 여우 짓으로 따지면 마누라가 몇 길 위니 들러붙어 의심을 살 필요는 없다고 판단한 듯했다. 그러거나 말거나 박태수는 뒤도 돌아보지 않고 걸음을 뗐다.

기성구 집으로 천천히 걸어가는데 신중경이 헐레벌떡 달려오는 모습이 보였다. 박태수를 보더니 흠칫 놀라며 멈췄다. 눈에서는 눈물이 글썽였고, 바짓가랑이라도 잡을 듯 털썩 꿇어앉았다. 정말 광대노릇은 잘한다니까.

"형님, 형님! 난 아무 죄 없소. 목구멍이 포도청이라 먹고 살자고 일 좀 도와준 거지 무슨 억하심정이 있어 민태홍이를 죽이겠소. 난, 난 정말 무고합니다."

입에서 나오는 대로 지껄여댔다. 이런 놈은 달래는 것보다 윽박지르는 게 효과적이었다. 박태수는 놈의 멱살을 잡아 일으켜 세웠다.

"이것 봐. 잘 들어두라고. 살인자는 사형이야. 그것도 참수형. 신수이처身首異處 목 따로 몸 따로 개펄에서 나뒹굴어. 핏줄기는 열 길로 치솟고, 들개는 뜯어먹을 거 생겼다고 길길이 짖어 대고. 죽는 놈은 끔찍하지만 그런 구경거리가 또 없지. 양반 찌꺼기라 정상 참작을 기대할 진 모르겠는데, 그것도 잘 나가는 집안 얘기야. 양반 망신시켰다면서 어서 목을 따라 성활 걸. 그나마 자수를 하면 참형은 면할 수도 있어. 나도 잘 말해주지. 알겠나? 허튼수작 부리지 말고 생각 잘해. 엉!"

신중경이 입에 개 거품을 물었다. 눈동자는 혼이 나간 사람처럼 초점을 잃었다. 목 뒤에서 휘두르는 망나니의 섬뜩한 칼을 본 표정이었다. 이 정도로 겁을 줬으면 뭔가 실수를 하거나 비밀을 털어놓을 수도 있었다.

멱살을 뿌리치면서 발걸음을 옮겼다. 아무래도 날랜 포졸 몇을 시켜 놈들을 감시해야 할 듯했다. 훔쳤다는 떡고물이 있는 곳으로 안내해 주면 '고발장' 풀이고 뭐고 바로 사건 종결이었다.

기성구의 마누라 년은 요리가 취민지 식칼이 아주 많았다. 회를 뜰 때 쓰는 예리한 단검부터 목을 쳐도 떨어질 듯한 긴 칼까지 다양했다. 없어진 칼은 없다고 말했다. 남편은 자정쯤 해서 들어왔고, 아침까지 나가지 않았다고 다짐했다. 눈빛에서 거짓을 읽으려고 부단히 노력했지만 보이지는 않았다.

이렇게 해서 세 놈에 대한 일차 탐문은 마쳤다. 지금쯤 놈들도 한자리에 모였을 터이니 온갖 궁리를 짜낼 것이었다. 세 놈 다 범인 같기도 했고, 다 아닌 것도 같았다. 기성구에게는 마누라란 증인이 있었지만, 그런 진술은 없는 것보다 나아도 큰 도움은 되지 않는다. 두 사람은 아예 그런 사람도 없었다. 흉기가 어느 집 부엌에서 나왔는지 당장 확인하기도 어려웠다. 이웃집에 물어보면 뭔가 건질 게 있을 것도 같았지만, 지나친 기대는 금물이었다.

현령의 재가를 받아 무작정 끌고 와 치도곤을 물릴까란 생각도 들었다. 사건의 무게감도 그렇고 정황상 의혹의 여지가 크니 현령도 눈감아 줄 것이다. 그러나 득보다는 실이 많은 짓이었다. 먼저 향청에서 가만히 있지 않을 것이다. 증거나 자복도 없이 향원을 투옥했다며 탄원하면 현령도 난처해질 터였다. 결국 방법은 확실한 물증을 낚아 올릴 수밖에 없었다. 그러나 어디서 어떻게?

문득 조강호가 떠올랐다. 남해의 어두운 세계를 활보하기는 그도 마찬가지였다. 큰 이권이 걸린 읍성 개축공사를 앉은 자리에서 빼앗긴 조강호의 심기가 편할 리는 없었다. 공사 과정에서의 이권은 잃었지만, 남은 떡고물에 대한 욕심까지 포기했을까? 조강호의 수단이라면 얼마든지 민태홍이 숨겨둔 떡고물에 손을 댈 수 있었을 것이다. 민태홍이 진상을 폭로하겠다며 날뛰자 수하를 시켜 제거했을 가능성도 배제할 순 없었다.

그러나 곧 그 의혹은 접었다. 진상이 그랬다면 민태홍이 세 사람을 그런 식으로 위협했을 리 없었다. 오히려 함께 힘을 모아 다시 탈취하려 들었겠지. 또 뭐 하러 요란을 떨면서 자신의 추문을 드러내겠는가? 말없이 관아를 찾아가 고발하거나 조강호에게 증거를 내밀고 반은 토해내라고 구슬려도 됐다. 밑질 것 없는 장사 아닌가? '고발장'에서도 조강호를 두고 의심할 만한 비밀은 없는 듯했다. 게다가 조강호는 전번 일 때문에 자숙하는 중이었다. 공연히 사람까지 죽여 관아의 주목을 끌 이유는 없었다.

결국 마지막 희망은 김만중 대감에게 걸 수밖에 없는 것인가? 대감이 묘안을 찾아준다면 더할 나위 없이 고마운 일이 될 것이다.

5

사건이 터지고 시간은 덧없이 흘러갔다. 그 사이 특별히 진전된 성과는 없었다. 흉기가 어느 집에서 나왔는지는 쉽게 밝혀지지 않았다. 옆집 숟가락 숫자도 알 만한 좁은 고을이라지만, 그 말은 한낱 비유에 지나지 않았다. 세 사람 집의 식칼 개수를 아는 이웃은 없었다.

세 놈도 담합을 했는지 아는 바 없다며 완강하게 저항했다. 시체만 있고 증인도 물증도 없는 사건이었다. 누가 목격하지 않았나 싶어 일일이 조사했지만, 수포로 돌아갔다. 읍성도 심야에는 통행이 제한되어 어지간한 유력자가 아니면 그 시간에 돌아다닐 주민은 없었다. 사건은 점점 미궁으로 빠져 들어가는 기미를 보였다. 제보나 기다려야 할 판이었다.

며칠을 허비한 뒤 박태수는 결국 발걸음을 김만중의 유배 처소로 옮겼다. 기다렸다는 듯이 김만중이 그를 마중했다.

"워낙 기별이 없기에 박 포교가 사건을 해결한 줄 알았네그려."

김만중이 속 보이는 소리를 했다. 박태수는 쓴웃음을 지었다.

"아이고, 제 머리로는 한계를 넘어섰습니다. 세 놈 가운데 진범이 있는데, 누군지는 짐작도 가지 않습니다요."

그러고는 방에 앉아 그간의 조사 과정을 상세하게 설명했다. 이야기하면서 사건의 전모가 다시 머리에 그려졌지만, 안개는 좀체 걷히지 않았다. 박태수의 표정은 울상이 되었다. 넋두리를 다 들은 김만중이 딱한 표정을 지으며 말했다.

"무던히도 애썼네그려. 참으로 골치 아픈 사건이야. 범인은 눈에 빤히 보이는데도 옭아맬 오랏줄이 없으니 말일세."

박태수의 얼굴에 화색이 돌았다.

"대감님께서는 범인을 알아내셨단 말씀입니까?"

"아니, 딱히 알았다고 말하긴 그렇구먼. 세 사람의 그림자조차 본적이 없는데 누군지 어찌 알겠나. 다만 범인일 수밖에 없는 사람이 어떤 조건인지는 알지."

"말이 참 요상하네요. 좀 알아듣기 쉽게 말씀해 주십시오."

"그러세. 차나 한잔 들게."

박태수는 자기 눈 아래에서 모락모락 김을 내는 찻잔을 멀건 눈으로 내려다보았다. 호박 빛이 감도는 액체가 은은한 향기를 내뿜었다. 목이 마르긴 했지만 마실 마음은 나지 않았다. 김만중이 아무 말도 없어 하는 수 없이 찻잔을 들었다.

"자, 그럼 얘기를 나눠 보세나. 민태홍이란 자가 남긴 '고발장'에서 출발하지. 집에 돌아와 곰곰이 생각도 했고, 필요한 자료도 뒤져보았네. 내가 이런 걸 갖고 있다고 꾸중하진 말게."

김만중은 서랍에서 문서 한 장을 꺼냈다. 눈길을 주니 남해현 지도 였다. 마을과 읍성, 산성의 위치와 산록의 높이, 중요한 지형지물과 고적 등등이 그려져 있었다. 유배 온 사람이 지닐 물건은 아니었다. 발각되었을 때 터져나올 현령의 불호령이 눈에 선하게 떠올랐다.

"살해 소식을 접하고 가장 먼저 떠오른 사람은 사실 조강호였네. 그럴 만한 사람이지."

자신의 유추와 김만중의 그것이 일치했었다는 뜻이었다. 박태수는 뒤통수를 얻어맞은 것처럼 뒷골이 띵했다.

"그러나 바로 거둬들였지. 자네도 마찬가지였을 테니 군말은 하지 않겠네. 외부인이 아니라면 세 사람의 용의자만 남는데, 자네에게 들은 말만으로는 진범을 지목하기가 지난해 보이더군. 세 사람이 합심하여 범행을 저질렀을 듯도 했지만, 그랬다면 이 세 사람은 좀 더 용의주도한 행적을 만들었을 거야. 술을 한잔 더하고 헤어졌다든가 사람 눈에 띌 만한 장소를 배회한다든가 하는 식으로 말일세. 또 민태홍이 셋을 불러놓고 위협을 하지도 않았겠지."

박태수는 애간장이 탔다. 진범을 콕 찍어주면 냉큼 잡을 것 아닌가? 이래서 학자들과는 말을 섞지 말아야 한다고 내심 안달을 냈다. 김만중이 빙그레 웃으며 말을 이었다.

"자 그럼, '고발장'을 보세. 두 번째 글귀부터 살피지. '까마귀 새끼와 함께 훔쳤다.'는 뜻인데, 이 말을 액면 그대로 읽으면 떡고물을 훔친 이가 최소한 두 명이란 말이 되네. 그게 아니라는 건 이미 말했고. 세 사람이 이후 행적을 스스로 발명하지 못하는 것도 단독 범행이기 때문이지.

자네도 이리저리 꿰맞춰봤을 테지만 '까마귀 새끼'란 말은 '반포지효'로도 걸리고 '실제로 얼굴이 검은 인간'으로도 볼 수 있어. 그런데 글귀가 '누구와 더불어 훔쳤다'는 식으로 둘 이상을 가리키니 이상했네. 고심 끝에 나는 내가 글귀를 잘못 본 게 아닐까 의심했네. 즉 '여오자도'가 아닐 수도 있다는 거지.

민태홍은 죽기 전에 마지막 힘을 짜내 글을 썼네. 그러니 온전한 필체가 나오진 않았을 거야. 안간힘을 쓰기도 하고 탈진하기도 했을 테니까. 그래서 처음에 나오는 초서 여與자와 오烏자—이것도 조鳥자인 듯도 했네만—가 한 글자를 쓴 게 아닐까 하는 의문이 들었네. 우선 앞 글자 '여與자'가 어쩌면 '연鳶'자를 흘려 쓰다가 획이 번졌을 수도 있는 듯했네. 즉 견鵑자를 억지로 쓰다가 힘이 부쳐 늘어지는 바람에 두 글자로 보였던 것이야. '견'자는 두견새 또는 소쩍새를 가리키지.

소쩍새 새끼라 새기니까 떠오르는 게 있었네. 탁란托卵이지. 알을 낳아 자신이 품어 부화하지 않고 다른 새둥지에 밀어 넣어 부화와 양육을 맡기는 걸 말하네. 찾아보니 꽤 많은 새들이 그런 생태를 보이더군. 소쩍새 역시 그랬고. 그런 사실로 미뤄보니 세 사람 가운데 한 사람은 친부가 지금의 아버지가 아닐 가능성이 떠올랐네. 물론 나는 누군지 모르지. 허나 자네가 조사해 보면 그건 쉽게 드러날 거야. 그 사실을 민태홍은 알았던 것이고, '고발장'에서 그 사실을 이런 비유로 암시했던 것일세."

박태수로서도 알지 못했던 암시였다. 붓을 들어 실수를 바로잡는 김만중의 붓끝을 보고서야 수긍이 갔다.

"그렇다면 아비가 다른 놈을 찾아내면 진범이 나오겠군요."

김만중이 고개를 끄덕이며 말을 이었다.

"또 이 구절에서는 범인을 지목하는 사실이 하나 더 숨어 있네. 역사를 살펴보면 이런 탁란을 통해 제 자식을 황제로 만든 예가 있었네."

"누군뎁쇼?"

박태수의 기억에 당장 떠오르는 사람은 없었다.

"여불위呂不韋지. 자신의 애첩이었던 조희趙姬를 진시황秦始皇의 아버지 자초子楚에게 보냈을 때 이미 임신한 상태였다는 사실은 익히 알려져 있네. 즉 진시황은 대표적인 탁란의 산물이었던 것이야."

"그게 무슨 암시가 된다는 말씀입니까?"

"남해에는 진시황과 관련된 인물이 왔다 간 곳이 있기 때문이지. 진시황의 방사方士이자 희대의 사기꾼이었던 서복徐福 일세. 서불徐市로도 불린 인물인데, 남해 지도를 들춰보니 상주 금산 자락에 그가 새겨놓았다는 암각화가 있더군. 남해에서는 '서불과차徐市過此'로 부르나 보더군."

김만중이 지도를 내밀었다. 과연 상주 방면 금산 자락 중턱에 '서불과차'라 쓰인 곳이 있었다. 십 년을 넘게 살았지만 몰랐던 사실이었다.

"이게 뭘 암시합니까요?"

"진범의 고향이 상주가 아닐까 싶구먼. 역시 조사해보면 확인이 가

〈남해 상주면 금산 자락에 있는 서불과자 암각화〉

능할 걸세. 이 구절로 죽은 자는 두 가지 점에서 진범을 가리킨 것이지."

이제 진범의 윤곽은 확실히 드러났다. 아버지가 친부가 아니고, 고향이 상주인 놈을 찾아내면 살해범일 터였다. 빨리 확정하고 싶은 마음에 박태수의 엉덩이가 들썩거렸다. 김만중이 손을 들어 박태수를 앉혔다.

"아직 내 얘기는 끝나지 않았네. '고발장'의 앞 구절은 더욱 구체적으로 그자의 신원을 밝히고 있어."

귀가 솔깃해졌다. 박태수는 이미 자신이 유추했던 사실로 물었다.

"신중경이 아닙니까?"

김만중은 고개를 저었다.

"아닐세. '삼인행'이라면 『논어』에 나오는 구절이니, 호가 '습경'인 신중경을 가리킨다고 볼 수도 있지만, 비약이 있어 마음에 들지 않아.

그래서 나는 마지막 글자 '도到'에 초점을 맞췄네. '세 사람이 길을 가
다가 **도착한 곳**은 어딜까 하고 말이야."

"그러니 배우고 익히는 학교가 아닙니까요?"

"역시 비약이 있고 억지스러워. 사람들이 삼삼오오 짝을 지어 가는 곳
이라 하면 으레 떠오르는 곳이 있네. 어디겠는가? 쉬운 수수께끼인데."

머리를 굴려보았지만 다급한 마음에 떠오르는 바가 없었다. 포기
는 빠른 게 좋다.

"모르겠는뎁쇼."

"쉽게 생각하래도. 바로 시장市場 아닌가. 남해에서는 5일장이 열리
는 모양인데, 사람들이 물건을 사고팔려고 모이는 곳이지."

생각해보니 그랬다. 박태수가 말없이 고개만 끄덕이자 김만중이
결론을 내리듯 책상을 짚고 몸을 조금 일으켰다.

"바로 그 시장일세. 그럼 생각해보세. 세 사람 가운데 이 '시'자를
호로 쓰는 사람이 있지 않나?"

박태수가 손뼉을 탁 쳤다. 기성구였다. 놈의 호가 시재市齋였다.

"민태홍은 기성구를 지목했군요!"

"그렇지. 민태홍은 앞 구절을 쓰고 숨을 헐떡였네. 그러다 자신은
살해범을 암시했지만, 남들이 과연 알아낼지 염려가 되었네. 아무리
고발을 한들 사람들이 모른다면 헛수고 아닌가? 그래서 줄을 바꿔 사
력을 다해 두 번째 구절을 쓴 걸세. 흥미롭게도 시市와 불市은 글자 모
양도 아주 닮았지 않은가. 제 재물을 훔쳐가고 목숨까지 앗아간 원수
에 대한 악착스러움이 이다지도 끈질기구먼. 이제 물증을 수집해 그
자에게 자백을 받아내는 일은 자네 몫이네."

6

확실한 혐의자가 나타나자 이후 조사는 일사천리로 진행되었다. 탁란과 관련된 조사도 마쳤다. 기성구는 상주 해안가 마을 출신이었고, 그 어미가 사통私通한 뒤 남편을 속이고 낳은 자식임도 확인되었다.

조사가 더 진행되니 범행 동기도 밝혀졌다. 기성구는 시장에서 사채놀이를 했다. 그러다 사기에 걸려 큰돈을 날리고 말았다.─그 배후가 조강호란 사실도 알아냈지만, 이는 묵살했다.─ 목돈이 필요해진 기성구는 민태홍이 제시한 2할 이익만으로 만족할 수 없었다. 그래서 민태홍의 뒤를 밟아 재물의 은닉처를 알아냈고, 이를 탈취했다. 그 재물을 처분하는 과정에서 민태홍에게 꼬리가 밟힌 듯했다.

기성구의 마누라를 따로 관아로 불러 족쳤다. 함께 목이 잘리고 싶냐고 윽박지르자 남편이 그날 밤 집에 온 뒤 부엌에서 칼을 빼들고 나갔다고 자복했다. 이런 증언과 물증을 펼쳐놓자 간교한 기성구도 결국 모든 사실을 시인하고 말았다. 시장에서 일어선 놈은 시장에서 망하는 게 이치였다.

제6화

네 무덤에 침을 뱉으마!

〈남해 서면에 있는 운곡사雲谷祠〉

1

생각지도 않은 눈보라였다. 남해에 온 지 반 년이 지났고, 한양까지 여러 차례 심부름으로 길을 오갔지만 이런 날씨는 처음 당했다. 겨울이 와도 쌀쌀한 정도였지 살이 아리게 춥다거나 눈보라로 잠행에 지장을 받을거라 여긴 적은 없었다. 그런데 오늘 밤 맞은 눈보라는 야행野行에 익숙한 호우조차 당황하게 만들었다.

하동 땅에 접어들면서부터 날씨는 심상찮았다. 하늘에 차츰 먹구름이 끼더니 바람도 수시로 풍향을 바꾸었다. 진눈깨비 정도는 각오해야 했다. 해가 넘어가 어두컴컴해지자 늘 신세지는 할아범에게 거룻배를 대게 하여 남해 섬으로 들어왔다. 잰걸음으로 가면, 산길을 탄다 해도 밤이 이슥해서는 유배 처소에 닿으리라 짐작했다.

그래서였을까? 여유를 부려 걸음을 더디 옮겼더니 산속은 금방 어두워졌다. 그리고 눈이 흩뿌려 시야를 가로막았다. 짙어가는 어둠 속에서 바람을 타고 날리는 눈보라를 헤쳐 나갔다. 그러다 낙엽더미를 밟아 발이 미끄러졌고, 가파른 산골짜기 아래로 굴러 떨어졌다. 그 바람에 바위에 머리까지 부딪혔다. 정신이 얼떨떨했다. 칡덩굴을 더위

잡고 빠져나왔지만, 어떻게 된 영문인지 길이 보이지 않았다. 남해에서는 드물게 사방이 산으로 둘러싸인 곳이라 행보를 가늠하기 어려웠다. 남의 눈을 피해 걷자니 산세가 험악한 곳을 택하긴 했지만, 이런 낭패는 처음이었다.

하늘을 올려보았다. 혹시 별이라도 보이면 방향을 확인하겠지만, 이런 눈보라 속에서 하늘이 트여 있을 리 없었다. 계속 같은 자리를 빙빙 도는 느낌이었다. 이 미로 속을 빠져나가지 못하면 천생 굴이라도 파서 날이 개고 눈보라가 그치기를 기다려야 했다. 이보다 더한 악조건 속에서 며칠을 버틴 적도 있었다. 조금 더 헤매다가 여의치 않으면 바람을 가릴 만한 곳을 찾을 심산이었다.

그렇게 허리를 잔뜩 숙이고 숲을 뚫고 가는데, 저편 어디선가 불빛 하나가 가물거렸다. 눈발이 뭉쳐 날리나 싶었는데, 자세히 보니 불빛이 맞았다. 이 깊은 산속에 민가가 있는 걸까? 무작정 하룻밤 재워 달라 부탁하기는 위험했지만, 일단 불빛을 쫓아가기로 했다. 집은 골짜기 낮은 구석에 둥지를 틀고 있었다.

어둠 속에서 희끗 보이는 집은 촌민들의 여염집은 아니었다. 허름하고 군데군데 무너져 있기는 했어도 기와집이었다. 흙담장이 집을 둘렀고, 문 한쪽은 쐐기가 빠져 기우뚱했다. 폐가란 인상이 완연했다. 그러나 안에서 불빛이 흘러나왔다.

작은 오막살이라면 들기가 꺼려졌을 것이다. 그러나 반가의 자취가 지워지지 않은 데다 폐가 분위기여서 들어가 보기로 했다. 담을 넘어 마당 한 구석에 몸을 숨겼다. 눈보라가 얽히고 바람소리가 심해 인기척을 구분하기가 어려웠다. 몸을 낮게 굽힌 채 벽을 따라 집 뒤편으로 갔다. 작은 마당이 있고, 세 칸이나 될까 한 별채가 있었다. 안채에 딸린 방 창문으로 불빛이 어렸다. 처마 쪽으로 몸을 붙이자 바람은 잦아들었고 눈발도 성겨졌다.

머리에 쌓인 눈을 털어냈다. 그리고 창문에 구멍을 뚫어 방 안을 엿보았다. 흐릿한 촛불 아래 방의 꾸밈새가 드러났다. 방 가운데 두툼한 솜이불이 한 채 펼쳐져 있었다. 그리고 장롱이며 이불장 등속이 한쪽 벽면에 몰려 있고, 맞은편으로 빈 횃대가 걸려 있었다. 사람은 보이지 않았다. 마치 누군가 들어와 주기를 기다리는 방처럼 보였다. 예감이 썩 좋지 않았다.

호우는 몸을 돌렸다. 낯선 곳에 있는 안락한 장소란 대개 함정임을 호우는 경험상 알았다. 굴을 파고 새벽을 기다리더라도 그편이 안전했다. 호우는 불빛이 어린 창문을 주시하면서 살금살금 뒷걸음쳤다. 그때 등 뒤에서 서늘한 인기척을 느껴졌다. 품에 든 단검을 잡으면서 날래게 몸을 담장 쪽으로 옮겼다. 별채의 좁은 툇마루 위로 누군가 서 있었다. 솜을 누벼 만든 옷을 입고 있었는데, 요상하게 광채가 나고 색실이 수놓여 어둠 속에서도 윤곽이 뚜렷했다. 저고리와 치마를 입은 것으로 보아 여자였다. 언제든 단검을 날릴 채비를 갖추고 호우가 짧게 외쳤다.

"누구냐!"

어이없게도 여자는 얼굴에 웃음을 머금고 있었다. 그리고 몸을 조금 움직였는데, 뒤에서 또 한 여자가 나왔다. 얼굴빛이 하얗고 키가 얼추 비슷한데다 곱게 빗은 댕기머리까지 닮아 쌍둥이를 본 듯했다. 한 여자가 몸을 조금 굽히더니 자그마한 입술을 열면서 말했다.

"오래 기다렸사옵니다. 두려워하지 마시고 안으로 드옵소서."

안면이 있는 얼굴이 아니었다. 읍성이나 유배 처소 주변이라면 모를까 이런 곳에서 자기를 아는 사람이 있을 것 같지는 않았다. 더 이상 머뭇거릴 시간은 없었다. 담을 뛰어넘어 숲으로 사라질 틈을 노렸다. 그러자 한 여자가 봉당에 놓인 고무신을 신더니 마당으로 내려왔다. 바람에 머리칼 몇 올이 이마를 감았다. 비로소 환영이 아니라 사람임을 알겠는데, 분칠이 없는 얼굴만으로도 젊은 처자임을 알 수 있었다.

"썩 꺼져라."

엉겁결에 위협조의 말을 내뱉었지만 먹히지 않았다.

"소녀에게는 무사님을 해칠 의사는 전혀 없사옵니다. 안으로 드시면 그간의 사정을 말씀 올리겠사옵니다. 무사님은 저희를 도와주셔야 합니다. 하늘이 그렇게 점지를 하셨어요."

도무지 갈피를 잡을 수 없는 소리를 처녀는 계속 지껄였다. 자리를 뜨는 것이 상책이란 판단은 섰지만, 몸은 얼어붙은 듯 말을 듣지 않았다. 그 사이에 또 한 처녀까지 마당으로 내려왔고, 둘은 호우의 겨드랑이를 양쪽에서 끼더니 안채를 향해 걸음을 옮겼다. 몸이 허공에 뜬 것처럼 다리에 힘이 하나도 없었다.

'내가 귀신에게 홀렸나 보구나.'

그러나 겨드랑이를 잡은 손길은 따뜻했고, 낯이 희기는 했지만 뺨에는 홍조가 배어 있었다. 이미 손은 단검을 놓친 뒤였다. 둘은 마루로 오르더니 방문을 열고 호우를 재촉하듯 떠밀었다. 호우가 창문 틈으로 본 방이었다. 방 안은 후끈했고, 열기를 받자 온몸이 나른해졌다. 김만중 대감의 무표정한 얼굴과 아미의 촉촉하게 젖은 눈망울이 아련하게 떠올랐다. 두툼한 솜이불을 밀면서 호우를 앉힌 처녀가 옆에 앉은 처녀를 돌아보더니 말했다.

"무사님은 제가 모실 테니 언니는 상을 봐 오세요. 눈보라 속을 헤매셨을 텐데 얼마나 시장하시겠어요."

언니라 불린 처녀는 눈만 몇 번 깜짝이면서 호우를 살피더니 천천히 몸을 일으켜 밖으로 나갔다. 정신이 혼미한 상태에서 호우가 더듬거리며 물었다.

"다, 당신들은 누구요?"

몸을 가누지 못하는 호우를 살짝 흘겨보더니 처녀가 웃음이 걸린 입술을 열었다.

"저희는 나쁜 사람이 아니옵니다. 언제나 저희 하소연을 들어 주실 분이 오실까 기다린 지 오래이옵니다. 저희의 정성이 하늘에 닿아 마침내 무사님께서 오셨사옵니다. 저희를 물리치지 마시옵소서."

처녀의 몸짓은 나긋나긋했지만 말에는 절박함이 서려 있었다. 방안이 더운지 처녀가 누비옷을 벗으며 촛불을 댕겼다. 불빛을 곁에 두자 처녀의 외모가 선명하게 드러났다. 노랑 저고리에 짙은 자주색 치마를 입었다. 나비와 화초 무늬가 옷을 화려하게 장식했다. 옷감과 색실은 모두 비단이었지만 어딘가 낡아 보이는 느낌이 들었다. 그러나 얼굴에는 윤기가 흘렀고 입술은 가을날의 노을처럼 붉었다. 그것이 그녀를 요염하면서도 차가운 인상이 들게 했지만, 언동이나 자태는 수줍은 듯 조심스러워 귀한 집 여자의 기품이 느껴졌다. 호우는 물을 필요도 없는 질문을 던졌다.

"내게 원하는 게 뭐요?"

방 안의 따뜻하고 습한 기운이 몸에 익자 차츰 정신이 수습되었다. 다 허물어져 가는 집에, 더구나 인적이 뚝 끊어진 깊은 숲속에 사는 묘령의 두 아가씨. 어떻게 보더라도 정상적인 사람은 아니었다. 지금까지 별별 일을 다 겪은 호우였지만 이런 경우는 처음이었다. 완력을 휘두르고 무기를 뽑은 패거리라면 얼마든지 상대해 쓰러뜨릴 수 있었다. 그러나 야릇한 분 냄새를 풍기는 처녀라니. 더구나 그녀들의 움직임은 나비가 바람을 타고 구름 위를 떠다니는 듯했다.

"잠시만 기다리시어요. 언니가 들어오면 차근차근 말씀 드리겠사옵니다."

호우는 자기도 모르게 방문으로 눈이 갔다. 그렇게 매섭게 몰아치던 눈보라 소리가 전혀 들리지 않았다. 그새 날씨가 바뀌었을 것 같진 않았다. 어딘가 다른 세상에 와 있는 듯했다.

보아하니 이 집에는 자매 둘만 살고 있었다. 제법 구색을 갖춘 집인데 하인이나 찬모를 두지 않을 리 없었다. 그런데도 언니란 처녀가 직접 끼니를 챙기러 나갔다면 도와줄 사람이 없다는 뜻이었다. 처녀는 신기한 물건이라도 보듯 앉은 자세로 호우에게 가깝게 다가왔다. 얼굴이 코앞까지 다가왔다. 처녀가 혀라도 내밀어 얼굴을 핥을 것 같았다. 뒤로 물러나고 싶었지만 마음일 뿐이었다. 사타구니와 엉덩이 사이에 말뚝이라도 박힌 듯했다. 호우는 빨리 언니라는 처녀가 들어오기만 바랐다.

"그, 그만 물러서시오."

처녀가 목을 뒤로 물리더니 교태가 가득한 눈웃음을 지었다.

"오 년 세월을 보람 없이 보냈사옵니다. 찬바람과 가을 이슬, 여름 폭우를 견디면서 오직 이날을 기다렸지요. 칼을 쓰고 모진 형문을 당했다 한들 이보다 억울하고 갑갑한 세월이었을까요? 무사님의 억센 손길로 우리 두 사람의 소망을 들어주신다면 백골난망일 것이옵니다."

갈피가 잡히지 않는 소리를 처녀는 당연한 듯 중얼거렸다. 소리가 멀어졌다 가까워졌다 하면서 귓가를 맴돌았다. 주문에 걸린 것처럼 정신이 또 혼미에 빠지려고 했다. 달아나는 넋을 잡아두려고 호우는 세차게 고개를 저었다. 아교를 붙였는지 입술마저 말라 얼어버렸다. 곧 쓰러질 듯했다. 간신히 두 팔로 방바닥을 짚으며 버텼다.

그제야 방문이 스르륵 열렸다. 언니라 불린 처녀가 작은 소반을 들고 들어왔다. 김이 모락모락 나는 따뜻한 음식이었다. 소반이 앞에 놓이자 좌우 양편으로 처녀가 붙어 앉았다.

"저희 술잔부터 받으시어요. 언니가 먼저 부어드려."

목이 긴 하얀 술병을 들더니 언니가 호우의 앞에 놓인 사기 술잔에 술을 따랐다. 빛깔이 파르스름했다. 술을 좋아하지도 않았지만 본능적으로 마시면 안 된다는 경고가 가슴을 쳤다. 그러나 술병이 소반에 닿기도 전에 호우의 손이 술잔을 집었다. 술병을 놓은 언니가 말했다.

"엄동설한에 산길을 헤매셨으니 고초가 크셨겠지요. 몸이 훈훈해질 것이옵니다. 꺼리지 마시고 단숨에 드시옵소서."

호우는 강아지가 주인 말을 듣듯이 술잔을 쭉 들이켰다. 코가 당장 떨어져나갈 것처럼 알알한, 아주 독한 술이었다. 동생이 깨로 버무린 강정을 젓가락으로 집었다. 입이 절로 벌어졌고 강정은 씹을 틈도 없이 입안에서 녹아버렸다. 유기鍮器로 만든 듯한 젓가락에서 쓴맛이 비어져 나왔다. 아주 잠깐 욕지기가 올라왔지만, 두 처녀의 기분이 상할까 싶어 꾹 참았다.

그렇게 서너 차례 두 처녀는 번갈아가며 술과 안주를 권했다. 목구멍을 넘어갈 때 독한 술맛이 치올랐지만 이상하게 취하지는 않았다. 오히려 정신이 말짱해지고 기운이 솟아나는 느낌마저 들었다. 몸도 자유로워졌다. 더욱 두 처녀가 자신에게 원하는 소망이 무엇인지 궁금해졌다. 팔을 들어 흔들면서 호우가 물었다.

"이만하면 됐습니다. 내게 원하는 게 뭔지 말해 보시오."

처녀들이 눈을 잠시 마주치더니 고개를 끄덕였다. 그리고 동생이 한 치 앞으로 다가오면서 작고 붉은 입술을 움직였다. 아무래도 이번 일의 주동은 언니보다 동생인 듯싶었다.

"대접이 소홀하오나 너그럽게 해량해 주시리라 믿고 아뢰겠습니다. 무사님께서도 짐작하셨겠지만, 저희는 이승 사람이 아닙니다. 오년 전 잔혹한 무리에게 겁탈의 치욕을 당하고 목 졸려 죽은 몸이옵니다. 놈들은 그런 잔혹한 짓으로도 부족해 저희의 주검을 숲속으로 끌고 가 땅에 묻어버렸습니다.

저희가 죽던 날 밤 부모님은 큰댁에 제사가 있어 둘만 남겨두고 집을 비웠습니다. 워낙 중요한 제사라 하인들까지 모두 데려갔지요. 부모님께서는 저희도 데려갈 작정이었으나 언니가 마침 심한 고뿔에 걸려 운신이 어려웠습니다. 언니만 빈 집을 지키게 할 수 없어 저도 머물렀는데, 놈들이 그때를 어떻게 알았는지 한밤중에 들이닥쳤사옵니다. 그날도 모진 눈보라가 몰아치는 겨울이었지요.

어두운 밤이라 누군지 얼굴까지는 볼 수 없었어요. 언니는 열에 들떠 신음하고 있었죠. 소녀는 덮치는 그자를 손으로 밀어내고 다리로 걸어차며 저항했습니다. 그러나 그자가 주먹으로 소녀의 배에 일격을 가하자 온몸에서 힘이 쭉 빠져나갔어요. 저는 속수무책으로 당할 수밖에 없었어요. 그자는 숨을 헐떡거리며 욕심을 채웠습니다. 끔찍한 순간이 지나고 그자가 제 몸에서 떨어지자 망을 보던 또 한 놈이 달려들었습니다. 그러자 그자가 가로막았어요. '더 이상의 치욕이 있으면 안 돼' 하며 그 경황에도 제발 그자들이 속히 떠나기를 빌었습니다.

하지만 이미 흥분할 대로 흥분한 놈은 말을 듣지 않았어요. 놈은 그자를 내동댕이치더니 시뻘겋게 달아오른 얼굴로 달려들었습니다. 소녀는 또 한 번의 수모를 고스란히 당해야 했습니다. 나가떨어진 사람에게 터럭만큼의 양심은 있었는지 얼굴을 돌리며 외면하고 있었지요.

언니는 열에 들떠 무슨 일이 벌어지고 있는지 잘 알지 못했습니다. 차라리 다행이었어요. 그런데 한동안 저희끼리 수군거리던 놈들이……이번에는 언니가 덮고 있던 이불을 걷어냈습니다."

옆에서 고개를 숙이고 있던 언니가 흑흑거리며 오열하기 시작했다. 언니는 귀를 막고 있었다. 호우는 일이 어떻게 벌어졌는지 짐작이 갔다. 호우가 차마 떨어지지 않는 입을 열었다.

"놈들이 언니마저도……?"

두 처녀가 동시에 머리를 끄덕였다.

"그래요. 놈은 신열에 들떠 있는 언니의 이불을 걷어내고는 몹쓸 짓을 했어요. 가엾은 언니. 몸이 아픈 언니는 제대로 저항도 못하고 몸을 더럽히고 말았습니다."

호우는 자신도 모르게 소반에 놓인 술병을 집어 들고 병째로 벌컥벌컥 술을 마셨다. 술에서는 아무 맛도 느껴지지 않았다. 후환이 두려웠던 두 놈은 자매를 살해했을 것이고, 그리고 숲으로 끌고 가 땅에 묻었을 것이다. 잔혹하기 그지없는 비열한 흉행이었고, 결코 용서받지 못할 죄악이었다.

꽤 긴 침묵이 흘렀다. 자매는 울음을 참으면서 긴 오열에 몸을 맡기고 있었다. 호우는 자신이 물어봐야 할 일이 남았음을 알았다.

"그자들은 누구였소?"

동생은 눈물을 삼킨 채 고개만 흔들었다. 오 년 동안의 길고긴 상처와 고통을 털어내려는 듯 고갯짓은 맹렬했고 간절했다.

"모른다는 거요?"

동생이 힘없이 고개를 끄덕였다. 그리고 고개를 들어 호우를 바라봤다. 착하고 여린 인상은 온데간데없이 사라졌고, 오직 복수와 응징의 적개심만이 온몸을 휘감고 있었다. 핏발이 선 눈으로 동생이 굳게 다물었던 입술을 열었다.

"무사님께 간곡하게 부탁드립니다. 저희 자매를 가엾게 여기신다면 그때 그자들을 찾아내 마땅히 받아야 할 죄과를 치르게 해주세요. 더 이상 이승을 떠돌지 않고 편안히 승천해 저승으로 가도록 도와주세요."

대답 대신 다른 의문이 떠올랐다.

"부모님께서는 돌아오시지 않았소?"

다시 두 자매는 어깨를 들썩이며 깊은 오열에 빠졌다.

"부모님은 하루만 큰댁에 계시고 돌아오시기로 했어요. 그런데 워낙 눈보라가 거세 다음날 출발하지 못하고 하루를 더 지낸 뒤 귀가하셨습니다. 그새 놈들은 흉행의 흔적을 말끔히 없앴어요. 그리고 저와 언니의 옷가지와 소지품들을 챙겨 가지고 떠났습니다. 도적이 들었다고 생각할까봐 다른 물건에는 손을 대지 않더이다. 부모님은 쉬쉬하며 저희의 행방을 수소문하셨습니다. 몸이 아픈 언니와 돌보던 딸이 사라졌으니 의원을 찾아 마을로 내려간 것으로 여기셨지요. 그러나 끝내 저희의 행방을 알아내시지는 못했사옵니다. 몇 달 뒤 저희를 잃은 좌절과 실의 끝에 두 분은 이 집을 버리고 남해 섬을 떠나고 말았습니다. 그게 어느덧 다섯 해 전의 일이옵니다."

그럴 법했다. 이제 물어볼 말은 하나밖에 남지 않았다.

"그자들을 어떻게 하면 좋겠소?"

동생의 눈에 다시 집념의 빛이 돌아왔다.

"그자들을 찾아 주세요. 그래서 죄과를 치르도록 해 주세요. 저희를 불쌍히 여기신다면 언 땅 속에 묻혀 있는 저희의 시신을 찾아 부모님께 돌려드려 한을 씻도록 해 주세요. 은혜는 죽어서도 잊지 않겠사옵니다."

자매의 안타까운 사연은 그렇게 끝났다. 얼굴도 이름도 모르는 놈들이지만 결코 용서해서는 안 될 망종이었다. 호우는 두 주먹을 굳게 쥐었고, 어떤 수단을 쓰든 자매의 원한을 풀어주겠다고 다짐했다.

그때 방 안에서 돌개바람이 일었다. 방을 밝히던 등불이 홀연히 꺼졌다. 한기가 다시 호우의 몸을 감쌌다. 칠흑같이 어두운 방 안을 둘러보았다. 아무 것도 보이지 않았다. 흐느끼던 자매의 울음소리도 사라졌다. 멀리서 들개가 우짖는 소리가 들리는 듯했다. 호우는 몸을 벌떡 일으켰다. 그러나 몸을 채 일으키기도 전에 뭔가가 뒤통수를 호되게 때리는 통증이 밀려왔다. 그대로 호우는 혼절해 바닥에 쓰러졌다. 아득하게 들리는 눈보라의 흉흉한 소리가 귀신의 호곡처럼 귓전을 맴돌았다. 얼굴 위로 옷자락이 스치는 느낌을 끝으로 호우는 정신을 잃었다.

2

"도무지 믿기지 않는 일이로구나."

김만중이 비분과 참담함에 젖은 목소리로 수염을 쓸며 말했다.

다음 날 혼절에서 깨어나 보니 호우는 어딘지 알 수 없는 골짜기에 쓰러져 있었다. 눈보라는 그쳤지만, 밤에 본 기와집이며 자매의 모습은 사라졌다. 마치 눈보라에 휩쓸려 바다 멀리 떠내려 가버린 듯했다. 낙엽더미 속에 묻혀 누워 있었는데, 골짜기 아래로 하얀 포말을 새기면서 검푸른 바다가 출렁거리는 광경이 눈에 들어왔다. 먹구름도 걷혔고, 바람도 잠잠했다. 언제 그랬냐는 듯 하늘이 청명했다.

한동안 호우는 주변을 샅샅이 수색했다. 혹시나 자매가 남긴 자취라도 찾을까 싶어 구석구석 훑었다. 그러나 자매의 자취도 기와집도 자매의 시신이 묻혀있을 듯한 매장 흔적도 발견하지 못했다. 전혀 다른 지역에 와 있는 듯했다.

수색을 포기한 호우는 해안을 따라 걸어 유배 처소로 발걸음을 옮겼다. 그리고 지난밤에 겪었던 악몽 같은 일을 김만중에게 소상히 들려주었다. 김만중은 아무 말 없이 호우의 긴 사연을 들었다. 함께 듣던 아미가 제 일인 양 훌쩍거렸다. 나정언은 무언가 깊은 생각에 잠겨 있었다.

오 년 전이라면 김만중과 호우, 아미는 이곳에 있지 않았다. 범죄와 관련된 진상을 나정언이 접했나 싶어 물어보았다. 나정언은 그런 소문조차 들어본 적이 없다고 대답했다. 이런 일에 적격인 사람은 따로 있었다.

"아무래도 박 포교를 불러야겠구나."

밤새 추위에 떨었던 호우더러 읍성을 다녀오라고 내보낼 수는 없었다. 수시로 처소를 찾는 박태수지만 언제 온다는 기약은 없었다. 마침 용문사 시주승이 처소에 들렀다. 읍성으로 간다고 하기에 박태수를 찾아 처소로 급히 와 달라는 전갈을 보냈다. 그날 저녁 박태수가 육모방망이를 휘두르면서 처소로 왔다. 좋은 일이라도 생겼는지 싱글벙글 웃는 얼굴이었다. 박태수가 짚신에 묻은 눈을 털어내면서 꾸벅 인사를 했다.

"대감님께서 저를 다 찾으시고, 간밤에 퍼부은 폭설만큼이나 뜻밖이올습니다요. 오랜만에 눈길을 걸으니 그도 정취가 있던뎁쇼."

"눈길에 먼 걸음을 하라 해서 미안하구먼. 긴히 상의할 일이 있어 불렀네. 호우야, 어제 일을 다시 한 번 말해 보려무나."

네 사람이 머리를 맞대자 호우가 지난 밤 겪은 일을 들려주었다. 사연을 다 들은 박태수가 눈동자를 빙글빙글 돌리면서 말했다.

"그거 참 기묘하기 짝이 없는 일인뎁쇼. 오 년 전 억울하게 죽은 귀신을 만났다는 소리입지요? 소인은 도무지……."

적이 미심쩍다는 표정으로 박태수가 김만중의 안색을 살폈다. 귀신이 나타나 그런 말을 전했겠냐는 의문의 표시였다. 이 의문에 대해 김만중도 딱히 해명할 실마리는 없었다.

"날씨가 험악했으니 헛것을 본 것일 수도 있겠지. 그러나 호우는 악천후나 귀물鬼物에 홀려 판단력이 흐려질 아이가 아닐세. 나로서는 사실이라고 믿네만……."

두둔하면서도 말끝이 딱 부러지지는 않았다. 호우는 이런 회의적인 시선에 가타부타 설명을 보태지 않았다. 호우의 꿋꿋한 자세를 곁눈으로 보던 박태수가 자신에게 다짐하듯 고개를 끄덕이며 말했다.

"알겠습니다요. 오 년 전이면 그리 먼 시절은 아닙지요. 그러나 소인은 그런 사건을 들어본 바 없습니다요. 관아에는 알려지지 않았다는 말입지요. 그래도 조사는 해 보겠습니다."

손을 비비며 박태수가 일어나려고 하자 김만중이 얼굴을 들면서 덧붙였다.

"지역을 알아내는 것도 긴급하겠으나, 자매가 원하는 것은 자신들을 범하고 살해한 흉한을 잡아 치죄하는 것일세. 자매가 갑자기 사라졌다면 집안의 추문이라 여겨 관아에는 신고하지 않았을 게야. 그러니 자네의 기억엔 없는 게지. 섬 안에서 움직이는 불량배의 동태를 살펴보는 것도 좋을 듯싶구면."

잠자코 듣고 있던 나정언도 한 마디 거들었다.

"자매를 겁탈했다는 두 흉한의 태도를 보면 다소 차이가 납니다. 처음 자매를 범한 자는 아주 막돼먹은 위인은 아닌 듯합니다. 혹시 평소 자매에게 엉뚱한 마음을 품었던 자가 흉한의 도움을 받아 침입했던 게 아닐까 싶습니다. 집안에 두 자매만 있음을 알고 들어온 것으로 보면 마을 인근에 살던 사람의 소행일 듯도 합니다."

박태수가 다시 고개를 끄덕였다.

"일리 있는 말씀입니다. 대강 흉한의 윤곽이 잡히는뎁쇼. 여보게, 호우. 자네가 봤다는 그 자매의 나이는 어느 정도 되어 보이던가?"

호우가 어깨를 흔들면서 어제 일을 회상하는 자세를 보였다. 그러나 대답은 그리 자신 있어 보이지는 않았다.

"이팔16세은 넘겼을 것으로 생각됩니다. 댕기머리를 한 것으로 보아 혼인은 하지 않았을 테고, 스무 살에서 크게 올라가지는 않겠지요."

박태수가 대답을 듣고 혼잣말처럼 중얼거렸다.

"사내 쪽 나이가 몇 살 정도 더 많다고 봐야겠군. 오 년 전이라면 대략 이십대 중반이거나 넉넉잡아 후반이었겠지. 지금쯤이라면 혼인해서 자식까지 두었을 법하고. 또 한 녀석은 대담함으로 볼 때 그보다는 많겠지. 친척 가운데 질 나쁜 인간일 수도 있겠어."

박태수가 마구 앞서가자 혼자 생각을 김만중이 막았다.

"아직 너무 속단하진 말게. 호우가 들은 이야기의 사실 여부를 확인하는 게 우선이야. 바쁘겠지만 자네 아니면 맡을 수 없는 일이야. 수고 좀 해줘야겠군."

파헤칠 방향이 잡히자 박태수가 눈을 부릅떴다.

"내일 날이 밝는 대로 몇 군데 다녀보겠습니다요. 그럼 소인은 이만."

인사말을 남기고 박태수가 처소를 떠났다. 어둠이 내리고 흐려지는 하늘을 보며 박태수가 뭐라고 툴툴거렸다.

호우와 아미가 나가고도 나정언이 머뭇거렸다.

"할 말이라도 있는 게냐?"

나정언이 옷깃을 여미고 자리를 고쳐 앉으며 말했다.

"예. 호우의 경험이 사실이라면 몇 가지 예측해볼 일이 떠올랐습니다."

눈빛으로 대답을 채근하자 나정언이 말을 이었다.

"가끔 근동에서 동네 계집이 사내와 눈이 맞아 야반도주하는 일이 없진 않습니다. 부모는 전혀 눈치도 채지 못하다가 딸이 사라지고 나서야 사태를 파악하게 됩니다. 반가 집이라면 동네 창피해서 은폐하고 말지요. 그리고 얼마 안 있어 섬을 떠나 뭍으로 나가버립니다. 문득 그런 일이 떠올랐습니다."

"그렇게 보기엔 상황이 많이 다르지 않으냐? 병든 언니를 두고 간 것도 아니고 함께 사라졌는데, 그런 불미스런 일과는 맥락이 닿지 않아 보이는데."

"동생이 야반도주하는 것을 보고 언니가 말리다가 일이 크게 번진 게 아닐까요? 대개 그런 경우 사내는 유부남이거나 신분이 다를 소지가 큽니다. 부모에게 교제 사실을 밝히지 못한 것을 봐도 짐작이 가지 않습니까? 막상 도망은 쳤지만 사내가 정신이 들어 집으로 돌아가라거나, 낮은 신분의 사내라면 뒷감당에 자신이 없어 처녀만 혼자 두고 저만 달아난 것은 아닐까요? 절망한 처녀는 언니를 묻은 산기슭에 숨어 있다 스스로 목숨을 끊어 버리지요."

김만중이 고개를 꺄우뚱했다.

"그럴 수도 있겠구나. 허나 처녀의 절박한 호소와는 사뭇 다르지 않으냐? 그랬다면 모든 책임은 자신에게 있는데, 원한을 갚아달라거나 시신을 찾아달라는 식으로 부탁하지는 않겠지. 귀신이 허언虛言을 했다는 거냐?"

"귀신만큼 허언을 일삼는 존재도 없다고 들었습니다. 그게 아니더라도 자기를 버리고 떠난 남자에 대한 복수의 일념일지도 모르지 않습니까? 그래서 뒤늦게라도 사실을 폭로해 후회하게 만들고 싶은 거겠지요. 또는 언니에 대한 죄책감일 수도 있고요. 언니의 시신만이라도 제대로 된 안장이 이뤄지기를 바라는 마음으로 나타나지 않았을까 싶습니다."

꼭 앞뒤가 맞는 말은 아니지만 그럴 수도 있겠다는 생각이 들었다. 곧이곧대로 토설한다면 수치는 수치대로 드러날 것이고, 아무도 나서서 시신을 찾지 않을 것이다. 설혹 귀신이 허언을 했다 한들 나 몰라라 방관할 수는 없는 일이었다. 김만중이 조심스런 눈빛을 담으며 말했다.

"네가 염려하는 바가 뭔지는 알겠구나. 우선 박 포교의 탐문이 어떤 결과를 가져올지 기다려 보도록 하자꾸나."

나정언이 공손히 머리를 조아리며 말했다.

"저로서는 공연히 일을 들쑤셔 이미 묻힌 추문을 드러내지나 않을까 염려되옵니다."

"너무 걱정하지 말거라. 확인된 일은 아무 것도 없지 않느냐. 추이를 보고 판단해도 늦진 않아. 박 포교도 그만한 안목은 있으니 다니며 함부로 발설하지는 않을 게다."

김만중의 말은 계속 이어졌다.

"내 생각에 부모란 사람이 두 딸이 사라졌다고 해서 아무나 붙잡고 행방을 묻진 않았을 것 같구나. 반가의 체통이 있으니 물어봤다면 같은 신분의 사람이었을 게야. 사대부 집에서 일어난 추문이니 최대한 감추려고 노력했을 게다. 그러니 설혹 박 포교가 사건이 벌어진 마을을 찾는다고 해도 들을 수 있는 말에는 한계가 있을 게다."

나정언의 안색이 달라졌다.

"그러면 어쩌면 좋겠습니까?"

"흠, 만약 그런 일이 있었다면 해야 할 행동과 하면 안 될 행동을 지시한 사람이 있을 게다. 누가 그런 사람일까? 관아 쪽은 아니고, 향교나 향청 사람들도 아닐 것 같구나. 자칫 입단속이 아니라 소문내 달라고 외치는 꼴이 될 테니까. 그래서 밖으로 드러난 사람보다는 뒤에서 일을 조용히 처리해 줄 수 있는 사람, 즉 고을에서 존경받는 유지가 아닐까 싶다."

"그런 분이 누가 있을까요?"

김만중이 조심스럽게 말을 이었다.

"네 아버님인 나 참판이 적격일 것 같은데……."

"아버님이요?"

나정언의 두 눈이 동그랗게 떠졌다.

"인품이나 영향력으로 봤을 때 두 처녀의 아버지는 나 참판을 찾아 상의했으리라 짐작되는구나."

나정언의 얼굴에 안도랄까 의욕이랄까 밝은 빛이 돌았다.

"그렇게 생각하신다면 스승님께서 아버님을 만나 문의해보시면 어떻겠습니까? 사정을 아신다면 아버님께서도 감추시지는 않을 겁니다."

"아니, 아니야. 이건 좀 성격이 다른 듯하구나. 고을의 명예가 걸린 문제가 아니더냐. 나 참판께서 아무리 나를 신뢰한다고 해도 즉답하기에는 부담이 있어."

"그러시다면 제가……?"

"그래. 너라면 좀 더 편안하게 일러주실 것 같구나. 두 처녀의 원혼을 달래주겠다는 네 뜻을 아시면 분명 마다하시지는 않겠지."

"알겠습니다. 내일 찾아뵙고 여쭤보도록 하겠습니다."

"야반도주니 동생이 자살했을 거라느니 하는 말은 자제하거라. 그저 호우가 들은 일만 여쭤보는 게 좋을 게다. 그런 명분이면 나 참판께서도 강 건너 불구경으로 여기시지는 않을 게다."

나정언이 나간 뒤에도 김만중은 닫힌 창문을 뚫어질 듯 응시하며 미동도 하지 않았다. 마치 눈앞에 두 처녀의 원혼이 서 있는 것을 보기라도 한 듯 두 눈동자는 한 곳에 머물렀다. 혼령이 나타난 것이 뭔가 불길한 조짐인 듯해 마음이 안정되지 않았다. 이윽고 천천히 눈을 감으면서 김만중이 중얼거렸다.

"어머님께서는 무탈하시겠지. 일이 마무리되면 도성에 서찰을 보내야겠어."

한 줄기 바람이 창문을 흔들면서 지나갔다.

3

다음 날 박태수는 등청하자마자 잡무는 미뤄둔 채 옥진이에게로 달려갔다. 고을 내에 떠돌던 구린 소문이라면 옥진이의 귀에서 벗어날 리는 없을 듯했다.

옥진이는 뒤뜰에 내려 아직 그대로 쌓인 눈을 대빗자루를 들고 쓸고 있었다. 겨울마다 꺼내 입던 방한 털옷도 입지 않은 채였다. 옥진의 그 모습이 처량해 보여 혀를 끌끌 차며 말했다.

"임자, 뭐 하누? 그런 일은 아랫것들 시키지."

옥진이 고개를 돌렸다. 박태수를 알아보고는 반가운 표정을 지었다.

"웬일이우? 아침바람부터 기방 출입한다고 꾸중 들겠소. 당분간은 자중하세요. 저번 향청 사건 때문에 고을 인심이 많이 사나워졌어요."

박태수가 옥진을 따뜻하게 품에 안았다.

"이러다 고뿔 걸리겠어. 그깟 풍설이야 한 나절이면 다 녹아버리겠지. 자 듭시다."

방 안도 서늘하기는 마찬가지였다. 밖으로 나선 박태수가 돌쇠를 불러 당장 아궁이에 장작을 넣으라고 호령했다. 자리에 앉자 박태수가 방바닥을 손으로 쓸면서 물었다.

"자네, 한 오 년 전 일인데, 괴이한 소문 들은 적 없나?"

옥진의 눈에 호기심이 채워졌다.

"괴이한 소문? 그것도 오 년 전?"

옥진의 목청이 높아지자 박태수가 손가락을 입에 대며 목소리를 죽였다.

"김만중 대감 밑에 있는 호우 알지? 그 친구가 그제 밤 눈보라를 뚫고 오다 귀신을 만났다지 뭔가?"

옥진의 눈이 화등잔을 밝힌 것처럼 푸르게 빛났다.

"웬 귀신이우? 그 총각 겉으론 멀쩡해 보이더니, 생각보다 부실한가 보네?"

"그러게. 그런데 들어보니 아주 엉뚱한 소린 아니더라고."

박태수가 호우의 이야기를 상세하게 들려주었다. 처음엔 호기심이 어리던 눈빛이 듣는 동안 점점 놀라움으로 가득 찼다. 몸을 박태수에게 찰싹 붙이더니 진지함을 넘어서 충격에 가까운 표정을 지었다.

"세상에나. 남해 땅에 살면서 그런 희한한 소리는 처음 들어보네.

옥진이 들고 있던 곰방대로 놋쇠 재떨이를 땅땅 치며 분개했다.

"그런 짐승만도 못한 인간들이 또 어디 있단 말이요. 당장 잡아들여 능지처참을 해야지!"

"허허! 그게 어제일이 아니라 오 년 전 일이라니까. 어디에 사는 누군지나 알아야 요절을 내든 물볼기를 치든 하지."

옥진이 의아한 표정을 지었다.

"그 귀신들이 흉한의 정체를 말하지 않았단 말이요?"

"어두운 밤인데다 겁탈을 당하는 와중에 어디 얼굴 한 번 제대로 봤겠어. 귀신은 당한 사실만 알지 놈들에 대해서는 아무 것도 모르는 모양이더라고. 이거 참! 산 사람이라면 가서 다시 물어나 보지. 참 딱하게 됐네."

옥진이 화제를 돌렸다.

"그래, 지금 내게 묻고 싶은 게 뭐요? 괴이한 소문이라고?"

박태수가 고개를 끄덕였다.

"그렇지. 오 년 전 발생한 일이라는데, 난 그런 사건을 접수한 적이 없거든. 그 자매의 부모라는 사람들도 이후 남해를 떴나봐. 엄동설한에 화적떼들이 나타난 것도 아니고 하룻밤 사이에 딸년들이 사라졌으니 동네방네 떠들고 다니진 않았을 게야. 하지만 발 없는 말이 천 리를 간다잖아. 자네 뭐 기억나는 일 없나?"

옥진이 고개를 숙이더니 뭔가를 골똘히 생각하는 표정을 지었다.

"음. 오 년 전이면 내가 막 기루를 열었을 때인데……. 그땐 이런저런 일로 정신이 없었지. 장판을 깐다, 도배를 한다, 집기를 들인다, 찬모를 구한다 하면서 엄청 부산을 떨었던 것은 생각이 나는데, 자매가 실종되었다는 소문은 잘 떠오르질 않네."

조바심이 난 박태수가 재촉했다.

"임자는 그래도 이 바닥에선 마당발 아냐? 아무리 자매 부모가 쉬쉬했다고 해도 먼지는 털지 않아도 떠돌 게 마련이지. 잘 생각해봐. 들어보니 호우가 길을 잃었다는 장소는 바다가 보이지 않는 곳인 듯했어. 남해 섬에서 사방이 산으로 둘러싸인 곳이 몇 군데나 되겠나. 두 딸을 잃고 남해를 떠난 사대부라면 지역민들이 기억하고 있을 법한데 말이야."

옥진이 트레머리를 만지작거리면서 고심에 빠졌다. 그러더니 문득 떠올랐다는 듯 얼굴을 박태수에게로 돌렸다.

"그리고 보니 그때 일하러 왔던 아낙이 이상한 소릴 했던 것도 같아. 요즘 자기 마을에 불상사가 터졌는데, 자매가 한날한시에 보쌈을 당했대나 어쨌대나 하면서 입방정을 떨었어. 다른 아낙들이 귀를 쫑긋 세우며 듣기에 내가 야단 좀 쳤지. 바쁜데 일은 안 하고 수다나 떨거냐고. 그랬더니 저희끼리 구석에서 조잘거렸지 아마. 이럴 줄 알았으면 나도 좀 들어두는 건데."

옥진이 때늦은 후회를 하면서 박태수의 눈치를 살폈다. 뭔가 실마리가 나왔다. 저승길에서 독경 소리를 들은 것처럼 박태수에게는 반가운 소식이었다.

"어느 마을에서 온 아낙인지 기억나지 않아?"

옥진이 배시시 웃음을 지었다.

"거기까지는 모르지. 여러 명이 보름 넘게 들락날락했으니까."

그렇다고 해도 얼추 아귀가 맞아 들어가는 기분이었다. 박태수의 기억에도 오 년 전 겨울 옥진이 기루 문을 열 채비를 했었다. 난데없는 폭설 때문에 차질이 생겼다면서 투덜거리던 옥진이의 호들갑도 떠올랐다. 다만 호우의 전언과 차이가 나는 게 마음에 걸렸다.

"보쌈을 당했다고 했다는 거지?"

"응. 하지만 아낙이 재미를 보태느라 부풀렸거나 꾸며댔을 거예요. 설마하니 동네 창피하게 그 부모가 보쌈 운운했을라고."

그럴 법한 말이었다.

"이봐. 지금은 가물가물하겠지만 잘 생각해보면 그 아낙이 누군지 기억날 거야. 기루의 찬모든 방물장사든 채근해서 행방을 알아내 보라고. 마을이라도 알아야 조사를 해보지."

옥진이 어깨에 힘을 넣으면서 고개를 끄덕였다. 미궁에 빠진 오 년 전 끔찍한 겁간 사건의 진상을 밝히겠다는 의욕이 기운을 샘솟게 한 모양이었다.

"그런 놈들이 휘젓고 다니면 누가 안심하고 밤길을 다니겠어. 잡아들여 양근陽根을 잘라버려야 해."

마지막 옥진의 말에 박태수는 사타구니를 손으로 감쌌다.

박태수가 두 번째로 찾아간 곳은 조강호였다. 범행을 저지른 두 놈 가운데 한 놈에게는 범죄자의 냄새가 물씬 풍겼다. 욕정을 못 이겨 자매를 겁간할 수는 있었다. 그러나 살해하고 암매장했다면 이는 차원이 다른 문제였다. 놈들이 그런 복안까지 가지고 자매의 집을 택했을지는 알 수 없으나 대담하고 용의주도했다.

오 년 전이라면 조강호도 한참 세력을 키워 가던 시절이었다. 수하를 끌어 모으기에 분주했을 테니 불량배의 동태에도 민감했을 것이다. 망치를 찾으려거든 대장간에 가보라고 했다. 순순히 제 수하의 비행을 털어놓진 않겠지만, 사소한 일을 숨겨 관아의 보복을 자초하고 싶지는 않을 것이다.

박태수를 맞는 조강호의 표정은 심히 불편해 보였다. 벌레를 보듯 박태수를 꼬나보면서 입술을 잘근잘근 씹어댔다.

"강호, 음식 먹고 체하기라도 했나? 심사가 잔뜩 틀어졌구먼. 일소일소─笑─少라지 않나. 얼굴 좀 펴고 살게."

아쉬운 입장이라 놈의 심기를 긁을 필요는 없었다. 목소리에 단물을 잔뜩 발라 말을 던졌는데, 돌아온 대꾸는 퉁명스럽기 그지없었다.

"자네만 보면 일로일로—怒—怒하게 돼서 말이야. 한 번 왔다 가면 꼭 액운이 껴. 도적 잡는 나리께서도 도적질을 하고 다니시는지, 원."

심사가 뒤틀린 까닭이 짐작되었다. 수뢰자 명부가 사라진 것을 뒤늦게 발견한 모양이었다. 저번에 얼핏 귀뜸을 했는데 흘려들은 게 분명했다. 자식 미욱하기는. 여하간 그것이 자신의 소행이라 단정하지는 않겠지만, 훔쳐갈 만한 인물로 자신을 지목하는 것은 당연했다. 명부가 공개되면 치명적인 피해를 입을 사람이 박태수임은 사실이었다.

"말 돌리지 말고 개운치 않은 일이 있으면 속 시원히 털어놓지. 어차피 자네와 난 공생공멸共生共滅할 운명 아닌가?"

조강호가 앉은 채 팔짱을 끼며 입가로 미소를 흘렸다. 간을 보듯 박태수를 아래위로 훑었다.

"없어지면 나는 낭패고 자네는 쾌재를 부를 물건 하나가 사라져서 말이야. 뭐 짚이는 거 있나?"

손가락으로 뒷덜미를 긁으며 박태수가 대답했다.

"그럴 물건이 어디 한두 가지라야 말이지. 대충 감은 잡히는데, 이 말만은 해두지. 그 물건이 사라진 것은 나와는 아무 관계없어. 다만 그 물건이 자네가 걱정할 사람의 손에 들어가지 않았다는 점은 확언할 수 있지."

조강호의 두 눈에 핏발이 섰다. 당장 멱살이라도 잡을 듯이 놈이 으르렁거렸다.

"네놈이 가져갔구나. 목숨을 몇 개씩 달고 사나? 좋은 말로 할 때 제자리에 돌려놓는 게 이로울 거야. 내가 뒷짐 지고 당할 성 싶나? 옥진이도 생각해야지."

치졸한 협박이었지만, 아픈 곳을 확실히 건드렸다. 이 정도 협박을 할 정도라면 놈도 쑤셔볼 만한 곳은 다 쑤셔본 다음일 터였다. 공연히 화난 벌집을 건드릴 필요는 없었다. 박태수는 한 발 양보하기로 했다.

"허튼 짓 해본들 자네에게 뭐가 이롭겠나. 같이 죽을 이유는 없잖아? 누구 손에 있든 물건은 안전해. 때가 되면 어련히 주인을 찾아갈까 봐, 자네답지 않게 잔 근심이 많구먼."

속뜻을 헤아렸는지 조강호의 찌그러진 인상이 조금 펴졌다.

"그래야지. 찾아온 손님에게 내가 무례했군. 돌려보낼 생각이라면 날짜를 서두르게나. 주인도 성급한 사람이라서 말이야."

서로 암묵적인 양해는 이뤄진 셈이었다. 박태수는 본론을 슬며시 꺼냈다.

"요즘 내가 누굴 좀 찾고 있는데 말이야. 어쩌면 자네 수하였을 듯도 해서 안부라도 전하고 싶구먼."

"달갑지 않은 안부 따윈 전할 맘 없는데."

"달갑지 않기는 자네도 마찬가질 걸. 더구나 놈이 자네 명령도 없이 난동을 부렸다면 기강에도 문제가 있는 일이고."

조강호가 콧방귀를 뀌었다.

"그런 겁 대가리 없는 놈이 있다면 벌써 망운산望雲山에 묻혔지, 온전하게 숨 쉬겠나."

박태수도 심드렁하게 받아쳤다.

"그럴 테지. 어쩌면 오 년 전쯤 묻었을지도 몰라. 멀쩡한 집안의 규수를 겁탈하고 살해하다 못해 산속에 매장하기까지 했거든. 기억나는 일 없나?"

조강호는 대답은 않고 두 손을 비비면서 박태수를 응시했다. 기억을 더듬는 중인지 진의를 헤아리는 중인지 알 수 없는 표정이었다. 놈은 결국 회피를 상책으로 택했다.

"뜬금없는 소리야. 아는 바 없네. 더구나 오 년 전 일이라며."

박태수도 지지 않고 차가운 눈빛으로 대응하면서 입을 열었다.

"시간은 흘러도 죄악은 바래지지 않아. 관아로 고발이 들어왔네. 윤리강상을 뒤흔든 범죄거든. 현령께서도 원혼이 나타나 꿈자리가 사납다고 하시더군. 현령께서 포졸을 풀어 닥치는 대로 뒤지라고 할 수도 있어. 자칫하면 호미로 막을 걸 가래로도 못 막아. 나는 사실만 확인하고 싶을 뿐이지 더 추궁할 생각은 없네. 어떤가?"

포졸들을 끌고 놈의 소굴을 덮칠 수도 있다는 경고였다. 얼치기 수하 하나 지키려고 대들보 부러뜨리지 말라는 으름장이기도 했다. 박태수의 관심을 짐작했는지 놈도 회피의 수위를 낮추었다.

"요즘 할 일이 어지간히도 없는가보군. 오 년 전 일을 이제 와 고발하는 부지런한 분이 누군지 궁금하네. 그렇게 궁금하다니 떠오르는 일이 있긴 하군. 하지만 문밖을 나서면 잊어버린다는 조건일세."

박태수가 두 팔을 벌리면서 헛바닥을 내밀었다.

"여부가 있겠나. 밤일할 때 계집 구멍도 어디 있는지 못 찾는 날세."

조강호가 실실 쪼갰다.

"잘도 그러겠군. 여하간 오 년 전쯤일 거야. 껄렁한 놈 하나가 날 찾았지. 한 놈이라도 아쉬운 판이라 받아들였네. 그런데 지내보니 손버릇부터 행실이 영 형편없더군. 주먹질은 괜찮게 하는데, 제 물건 쓸 데 안 쓸 데를 가리지 못해. 거취가 안정되면 내쫓아야겠다고 벼르고 있던 차에 완전히 밥맛 떨어지는 소식이 들리지 뭔가. 그놈이 양갓집 규수를 건드렸다고 떠벌리고 다닌다는 게야. 그것도 두 년을 한꺼번에

다 잡아드셨다나. 뒤탈을 없앤답시고 목 졸라 죽인 뒤 깔끔하게 처리
했다는 둥 대단한 일인 양 씨부린다지 뭔가. 아무 도움도 안되는 망나
니짓인데다가 눈치 없이 떠들고 다니면 결국 관아에도 소문이 들어갈
테고, 아차 싶더구먼. 불똥 하나가 초가삼간 태워먹을 노릇이지. 그래
서……입을 막았네."

조강호가 제 손을 들더니 목을 자르는 시늉을 했다. 양갓집에 두
여자까지 들먹인 것을 보면 분명 둘 중 한 놈이었다.

"어디 어떤 집안의 규수였는지 말하던가?"

조강호가 회심의 미소를 지었다.

"고발이 들어왔다며? 그런데 피해자의 신원도 모른다는 겐가?"

제대로 뒷덜미를 잡혔다.

"그게 좀 애매하네. 내가 직접 밝혀내야 하게 생겼거든."

조강호가 뜻 모를 미소를 머금고는 고개를 저었다.

"알 필요도 없고 알고 싶지도 않았어. 태어난 걸 후회하면서 죽여
줄까 하다가 그럴 가치도 없는 놈이라 조용히 고기밥으로 뿌려줬네."

"어디 살던 놈인지는 아나?"

"몰라. 바닷가 어디라던데, 남해 출신은 아니었어. 뜨내기였지."

공범이 있었는지 여부도 놈의 관심사 밖이었다. 일일이 추궁해보
진 않았다는 대답이 돌아왔다. 들을 만한 소식은 다 접했다.

정황을 포착하기는 했는데, 썩 만족스런 결과는 손에 쥐지 못했다.
둘 중 한 놈은 범행 직후 개죽음을 당했다. 공범과의 연결고리는 끊어
진 셈이었다. 여기저기 캐묻고 다녀봤자 너무 오랜 과거의 일이었다.
반가의 체모가 걸려 있어 들쑤시기에도 수월치 않았다. 옥진이 쪽에
기대를 걸 수밖에 없게 되었다.

나 참판을 만나고 온 나정언이 문밖에서 김만중을 찾았다.

"들어오너라."

자리에 앉아 옷깃을 가다듬은 뒤 나정언이 말했다.

"아버님께 여쭤봤습니다."

"뭐라 하시더냐?"

"워낙 여러 사람이 이런저런 문제로 상의해 오는 데다 시간도 많이 지나 정확하게 기억나지는 않는다고 하셨습니다. 두 딸이 함께 사라진 일로 상의해 왔다면 흔치 않은 일이라 잊을 리는 없을 텐데, 떠오르는 것이 없는 것으로 보아 그런 일은 없었을 것이라고 말씀하시더군요. 죄송하다는 말씀 전하라고 하셨습니다."

김만중으로서도 난감해졌다. 당시 부모도 잠시 찾다가 돌이킬 수 없는 일이라 여겨 지레 포기했을 수도 있었다. 언니가 고뿔로 심하게 앓고 동생이 돌봤다면 최악의 상황을 떠올리기 어렵진 않았을 것이다. 그래도 아무런 흔적이나 기별도 남기지 않고 사라진 두 딸을 그리 쉽게 단념했을 것 같지는 않았다. 문득 귀신이 허언에도 능하다는 나정언의 말이 떠올랐다. 막연한 추측이기는 했지만 동생의 혼령이 자기 편한 대로 상황을 전달했을 수도 있어 보였다. 그러나 여전히 추측에 지나지 않았다. 절로 한탄이 나왔다.

"한 걸음도 더 나갈 수 없구나. 물증도 증인도 없는 데다 어디서 누가 참변을 당했는지도 알 수 없으니, 손발이 꽁꽁 묶인 느낌이야. 원사冤死한 가여운 두 영혼을 위로할 수 있는 방법이 전혀 없다니, 이래서야 어찌 지식인 구실을 한다고 하겠는가."

나정언으로서도 답답하기는 매한가지였다. 그러다 그 자리에서 아버지가 지나가는 말투로 전한 말이 떠올랐다.

"그런데 스승님, 이번 사건과는 별개이긴 한데, 아버님께서 이런 말씀도 하셨습니다. 호우가 혼령을 만났다는 곳이 사방이 산으로 둘러싸인 지역이라 하지 않았습니까? 그래서 그 이야기를 아버님께 들려드렸는데, 몇 년 전에 대국산성 아래 남치南峙 마을에 사는 몰락한 양반가 자제를 데릴사위로 소개한 일은 있다고 하시더군요. 그러시면서 데릴사위로 들어간 집도 연죽烟竹 방면이라 역시 사방이 산으로 가로막힌 지역이었다 하시면서 웃으셨습니다."

나정언으로서는 침울한 김만중의 기분을 달랠 요량으로 던진 말인데, 그것이 김만중의 무의식을 흔들어 깨웠다.

"재미난 이야기로구나. 데릴사위라면 어떻게든 기피하려는 게 사대부인데, 받아들인 것을 보면 어지간히도 빈한한 집안이었던 모양이구나. 지금도 잘 살고 있다 하시더냐?"

"그 뒤로 자주 만나지는 못하셨나 봅니다. 고맙다고 명절 때면 찾아오곤 했는데, 올해 추석 때는 안 왔답니다. 이번 설 때는 보려나 하시더군요."

"연죽이라면 어떤 곳이냐?"

"읍성에서 멀지 않은 곳입니다. 망운산 남쪽 기슭에 있고, 남쪽이 살짝 트이긴 했지만 삼면이 산으로 꽉 막힌 곳이지요."

"그자의 이름은 모르겠구나?"

"굳이 여쭤보진 않았사옵니다. 아버님께 문의해 볼까요?"

"아니다. 조만간 박 포교가 다녀갈 테니 찾아보라고 하면 되겠지."

나정언이 나간 뒤 김만중은 말없이 책상 위로 고개를 숙이며 상념에 빠졌다. 해가 바뀌려면 아직 열흘 가까이 남았는데 이상하게 시간이 더디게 가는 느낌이었다. 그리고 이유도 없이 속이 울렁거렸고, 눈앞이 침침해졌다. 아미를 불러 맥을 짚어보게 했지만, 특별한 징후는 없었다. 남쪽 지방의 날씨가 익숙하지 않아 액땜을 하는가 보다면서 아미가 미소를 지었다. 김만중도 허허 웃으며 낯가림만 있는 게 아니라 땅가림도 있다고 대꾸해줬다.

<h1 style="text-align:center">4</h1>

섬에 다시 눈발을 머금은 먹구름이 드리울 즈음 박태수가 유배 처소를 찾았다. 그전에 한 번 다녀갔는데, 그때 김만중은 연죽에 가서 데 릴사위로 들어온 사람의 동향을 살펴보라고 부탁했었다. 박태수의 표정에는 기대도 실망도 담겨 있지 않았다. 그간 탐문한 결과를 전한 뒤 연죽에 사는 데릴사위 얘기를 꺼냈다.

"그런 자가 있기는 하더군요. 나이는 32살, 이름은 진상호陳相浩라 하던데, 처가에 대대로 내려오는 전장田莊 일을 맡아 돌보고 있더군요. 견실하게 소임을 꾸려나가 주변 사람들의 평은 좋았습니다. 아들 딸 하나씩 슬하에 두고 있으니, 부부간 금슬도 나쁘진 않은 모양이던 뎁쇼."

"직접 만나보았는가?"

박태수가 뒤통수를 긁으며 멋쩍은 표정을 지었다.

"만나기가 쉽지는 않았습니다. 다짜고짜 자매 실종 사건을 따질 수도 없고, 적당한 핑계가 있어얍지요. 고작 요즘 망운산에서 산짐승이 내려와 겨울 농작물을 파먹고 있다는 등장等狀이 들어와 피해를 조사한다는 명분으로 찾아갔습니다. 자기 집안 전답에서는 그런 일이 없다고 무뚝뚝하게 대꾸하고는 더 말을 섞고 싶지 않다는 표정이더군요. 뱅뱅 돌려 본가 형편이 어떤지 떠봤는데, 그새 부친도 돌아가셔서 —남치에 살았다더군요.— 걸음을 끊은 지 오래 되었답니다. 본가 쪽 일은 거론하고 싶지 않은 낌새가 역력했습니다만, 그게 꼭 자매 때문이라고 단정 짓기는 애매하던뎁쇼. 가난하던 시절 일이니 잊고 싶기도 하겠습죠."

"행동거지는 어떻던가?"

"전반적으로 분위기가 어두웠고, 뭔가에 쫓기는 듯한 인상이었습니다요. 아이들은 귀엽게 재롱을 떨고 아내도 살가운데—일개 포교가 찾아왔는데도 손수 저녁을 차려주더군요.— 근심할 일이 뭘까 싶었습니다만 관아에서, 그것도 포교라 하니 눈도 마주치지 않으려고 애쓰더군요. 그리 붙임성이 좋은 사람은 아니었습니다."

옆에서 함께 듣던 나정언이 의문을 제기했다.

"본가에서 끔찍한 일을 저지르고 도망치듯 장가를 갔으니 마음이 편할 리 없겠지요."

김만중이 섣부른 예단을 막으며 말했다.

"심증은 간다마는 지레짐작은 도움이 되지 않는다. 지금 우리 수중에 든 게 별로 없다는 걸 명심해야지. 물증도 증인도 없는 상황에서 흉한으로 몰아가봐야 얻을 게 없겠구나."

박태수가 동의한다는 뜻의 고갯짓을 했다.

"옥진이도 보쌈 얘기를 한 아낙을 찾았는데, 대국산성 아래 남치에서 살았다더군요. 아낙이 섬에 없어 더 이상의 얘기는 듣지 못했답니다. 진상을 아는 사람들은 섬을 떠났거나 세상을 떠났고, 유력한 용의자는 손을 댈 방법이 없으니 참으로 진퇴양난입니다요. 진상호, 그자의 입을 열 묘안이 없을까요?"

잠시 동안 방 안에는 침묵만 떠돌았다. 이런 정체불명의 사건을 두고 자신 있게 답안을 내놓을 사람은 없었다. 귀신의 고발을 근거로 혐의자를 체포해 신문을 했다가는 정신 나간 사람 취급 받기 알맞았다. 더구나 그 귀신의 입에서조차 흉한의 이름은 나오지도 않았다. 흉한 두 명 가운데 한 명이 오 년 전 죽임을 당한 정황은 확인했지만, 그 때문에 일은 더욱 미궁에 빠졌다. 자매의 고발이 사실이라면 진상을 아는 자는 진상호뿐이었다. 그러나 막연한 심증만으로 할 수 있는 일은 거의 없었다. 무턱대고 관아로 끌고 왔다가는 무고로 역공을 당할 위험성이 컸다. 하긴 그것조차 현령이 허락할 리 만무였다.

생각에 잠겨 있던 김만중이 감았던 천천히 눈을 뜨면서 말했다.

"무리가 따르긴 하겠지만 남은 방법은 이것밖에 없는 듯하네."

박태수가 반가운 표정을 지으며 김만중을 바라보았다.

"그게 뭡니까요? 대감님."

"그자의 양심에 호소하는 것이지."

바로 박태수의 얼굴에 실망하는 빛이 감돌았다.

"양심이 있는 자라면 그런 짓을 저질렀겠습니까요. 게다가 자복하면 그날로 제 무덤을 파는 줄 누구보다 잘 알 텐데, 언감생심 발설을 하겠습니까요."

"사건의 진상을 알아내고, 자매의 원한을 풀어주는 방법은 이것밖에 없을 듯하이. 차가운 흙 속에 묻혀 오 년째 썩어가고 있는 유체라도 수습해야지 않는가? 그것이 자매의 호소를 들은 우리가 해야 할 몫일세."

박태수가 시무룩해지면서 물었다.

"말씀이야 백 번 옳습니다만, 불러놓고 사리를 따진들 토설하진 않을 테니 그게 문제입지요."

"물론 그렇겠지. 지금부터 내가 하는 이야기를 잘 들어보게. 이 일을 이루려면 재간 있는 사람이 몇 필요하네."

김만중이 고개를 숙이자 박태수와 나정언이 몸을 낮추며 귀를 기울였다. 김만중의 이야기는 꽤 길게 이어졌다. 두 사람은 불안한 표정을 거두지 못하면서도 고개를 끄덕이며 방법에 대해서는 동감하는 듯 보였다.

5

며칠 뒤 저녁 박태수와 함께 명정루를 찾은 진상호의 얼굴은 찌푸린 날씨만큼이나 얼어붙어 있었다. 굶주린 들짐승들의 피해를 입은 지역 주민들이 관아에서 제대로 포획을 하지 않는다며 잇달아 항의하는 소동이 벌어졌다. 전장을 운영하는 유지시니 관아의 대책과 해명을 대신 전달해달라는, 다분히 억지가 섞인 주문을 박태수가 진상호에게 했다. 관아의 포교와 만나는 모습을 지역 주민들이 목격하면 담합했다는 둥 엉뚱한 오해를 불러일으킬 수 있다, 그러니 읍성에 들어와 관아의 해명과 대책을 들어달라고 했다.

요구를 듣자마자 진상호는 대놓고 거부감을 드러냈다. 관아를 찾을 만한 잘못을 저지른 게 없는데 왜 읍성엘 가야 하느냐면서 노골적으로 불만을 표시했다. 몇 차례 좋은 말로 다독거렸는데, 거절하겠다는 완강한 태도를 거두지 않았다.

하는 수 없이 박태수는 태도를 바꾸었다. 주민들이 무리를 이루어 농성을 하게 되면 경계 차원에서라도 관아의 포졸들이 마을로 들어가야 한다, 그렇게 되면 시시콜콜 사태 발생의 경위를 조사한 뒤 책임자나 주동자를 색출해야 한다고 반쯤 협박성의 발언을 늘어놓았다. 포졸들이 자신의 집 주위를 얼쩡거리며 의혹의 눈빛이 집중되는 장면을 연상했는지 진상호는 눈에 띌 정도로 핼쑥해졌다. 주민들의 배후를 조사해야 하고, 과거의 거주지와 행적까지도 심문 범위에 포함된다고 하자 완강한 태도는 비 맞은 빨래처럼 축 처졌다.

심경이 변화하는 낌새를 알아차린 박태수가 슬쩍 강압의 고삐를 늦추었다.

"선비님은 배울 만큼 배우신 분이니 마을이 그런 곤경에 빠지는 것은 보시고 싶지 않겠습죠. 관아에 오셔서 저희 처지를 듣고 중재를 부탁하는 것뿐인데, 그리 강퍅하게 나오실 거 없지 않겠습니까요. 헤헤!"

결국 채찍과 당근을 곁들인 효과가 나타났다. 진상호는 그렇지 않아도 두텁게 입은 옷을 바투 여미더니 순순히 읍성으로 들어가는 마차에 올라탔다.

원래 있지도 않았던 내용인지라 관아에서 박태수가 진상호에게 들려준 대책이나 해명은 술에 물 탄 듯 밋밋했다. 박태수는 되는 소리 안 되는 소리를 늘어놓으며 시간을 끌었다. 진상호도 듣는 둥 마는 둥 했다. 요령부득의 논의가 끝나자 소중한 시간을 빼앗았다면서 저녁 대접을 하겠다며 박태수가 수선을 떨었다. 진상호는 상관없으니 바로 귀가하겠다고 우겼다.

"그냥 보내드리면 소인이 현령 어른께 크게 꾸중을 듣습니다요. 그러면 소인은 형방 나리까지 모시고 다시 마을을 찾을 수밖에 없습지요. 그래도 괜찮으시다면 굳이 잡지는 않겠습니다요."

다시 마을로 와서 분탕질을 치겠다는 위협을 모를 만큼 진상호는 바보가 아니었다.

"알겠소. 호의는 고마우나 집안일도 있으니 간소하게 합시다."

"물론입죠. 제 주머니 사정도 그리 넉넉하지는 않습니다요."

그러나 명정루에 마련된 상은 '간소'와는 거리가 한참 멀었다. 갖가지 음식상과 주안상이 고구마 줄기처럼 끊어지지 않고 들어왔다. 진상호가 당황한 기색을 감추지 못한 채 허둥지둥 입을 댔다. 그러면서도 술은 끝까지 사양했다.

"사죄의 자리를 마련하고 약주 몇 잔도 올리지 않은 것을 현령 어른께서 들으시면 소생은 벼락을 맞습니다요."

진상호는 자신은 술이 약하다면서 사약을 받은 사람처럼 인상을 구기면서 술을 몇 잔 받아마셨다. 확실히 술에 약한 체질인지 곧 얼굴이 벌개졌고 혀 꼬부라진 소리를 하더니, 털썩 고개를 술상에 처박았다. 약을 탄 술을 먹었으니 당연한 결과였다.

"아이고. 선비님, 정말 술이 약하시네. 당최 큰일은 못하실 양반이시로구먼. 소인이 댁까지 모셔다 드립지요."

박태수가 진상호의 등을 두드리면서 능글맞게 빈정댔는데, 정신이 반쯤 나간 진상호에게 뒤쪽 얘기는 귀신 씨나락 까먹는 소리로밖에는 들리지 않았다.

얼마나 지났을까. 진상호는 머리가 깨질 것 같은 두통을 느끼면서 눈을 떴다. 상투를 감싸며 사방을 두리번거리는데, 천장이 뱅뱅 돌았다. 샛눈을 뜨고 둘러봤지만, 생전 처음 와본 낯선 곳이었다. 넓은 방에는 혼자뿐이었고, 냉골이어서 방바닥은 얼음장보다 더 차가웠다. 촛불 하나가 간신히 어둠을 떨어내는데, 바람에 문풍지가 떨리고 창문이 덜컹거려 괴괴하고 음산하기 짝이 없었다. 손은 뒤편으로 결박당해 있었는데, 헐거워 금방 풀 수 있었다.

"여기가 어딘가? 밖에 누구 없소? 박 포교 어디 있는가?"

몸을 일으키려고 했지만 추위에 얼어붙었는지 마음대로 움직여주지 않았다. 몇 번이나 뒤뚱거리고 나서야 겨우 윗몸만 일으켰다. 엉금엉금 기다시피 해서 방문을 열었다. 그러자 바로 눈보라가 몰아쳐 얼굴을 후려쳤다. 밖은 암흑천지였고, 거센 눈발이 들끓었다. 도저히 밖으로 나갈 엄두가 나지 않은 진상호는 문을 닫고 엉덩이를 밀면서 방 가운데로 돌아왔다. 이런 외진 곳으로 끌고 올 사람은 박태수밖에 없었다.

"박 포교! 이 무슨 짓인가? 내 현령께 단단히 따질 걸세!"

크게 고함을 내질렀지만 대꾸는 들려오지 않았다. 바람 소리만 더욱 거세졌다. 주변에 아무도 없는 것이 분명했다. 갑자기 등줄기가 서늘해졌다. 싸늘한 냉기가 온몸을 휘감았다. 옷깃을 여미면서 왜 박태수가 자신을 이런 곳에 버려두었는지 이해하려고 서너 차례 눈을 껌벅거렸다. 그때 갑자기 등불 몇 개가 문밖에서 어른거렸다.

등불은 밝기가 커지고 작아지면서 춤을 추더니 사방 창문을 따라 빙글빙글 돌았다. 따로 놀기도 하고 두 개씩 세 개씩 뭉쳐 흘러 다니기도 했다. 몸을 돌리면 움직이는 방향을 따라 불빛도 열을 지어 달려왔다. 먼 산 산짐승의 안광처럼 불꽃이 뚝뚝 떨어졌다. 진상호는 오금이 저려 꼼짝도 하지 못했다. 어서 빨리 이곳을 탈출해야 했다.

몸을 일으켜 문 쪽으로 살며시 접근했다. 막 문고리를 잡으려고 하는데, 바깥 등불은 왔을 때처럼 순식간에 온데간데없이 사라졌다. 동시에 방 안의 어둠을 씻어내던 촛불도 꺼졌다. 사방은 완전한 어둠 속에 놓여버렸다. 눈 뜬 장님이 된 진상호는 열심히 손을 저으면서 밖으로 나갈 틈새를 찾았다. 그러나 마치 들판에 버려진 것처럼 어디에도 손에 닿는 것이 없었다. 바닥을 더듬자 이불자락이 잡혔다. 진상호는 그 자락을 움켜쥐고 어둠을 뚫어질 듯 응시했다. 갑자기 방문이 스르륵 열리는 소리가 났다. 바람이 몰려들어왔다. 주변으로 눈을 돌렸다.

눈길이 닿는 어디에도 어둠이 물러나는 기색은 없었다. 이마에서 식은땀이 줄줄 흘러내렸다. 그때 바람이 스러지면서 빛이 눈앞에 자욱하게 깔렸다. 빛을 따라 허연 물체 두 개가 떠올랐다. 시야가 흐려진 진상호가 손으로 두 눈을 씻었다.

두 물체는 사람이었다. 하얀 소복을 입은 여자 둘이 찢어질 듯한 두 눈으로 그를 노려보았다. 심장이 멎어버릴 것 같아 진상호는 가슴을 움켜쥐었다.

"누구요?"

그 질문에 대답이라도 하듯 두 여자가 입가에 미소를 걸었다.

"선비님, 저희를 몰라보시나요? 벌써 저희를 잊으셨습니까?"

입술은 꽉 물려 있는데 목소리는 울려나왔다.

"보, 보, 보, 본 적이 없는 사람들이오. 누구요, 당신들은?"

두 여자가 쓱 방 안으로 들어왔다.

"섭섭합니다. 고작 오 년 세월인데, 저희를 딴 사람 취급하시는군요."

그제야 그들이 누군지 떠올랐다. 오 년 전 고향 마을에서 살았던 자매였다. 그가 연모했던 동생, 그리고 신열에 들떠 신음하던 그녀의 언니. 바로 그들이었다. 그리고 벌어진 일들. 여자들의 얼굴이 점점 핏빛으로 물들더니 하얀 소복을 타고 흘러내렸다. 진상호의 입에서 절로 비명이 터져 나왔다.

"흑! 귀신이구나! 물러가거라. 난 아무 죄 없어."

두 손을 들어 쥐어짜듯 얼굴을 감쌌다. 바닥에 얼굴을 묻었다. 그때부터 여자의 목소리가 매몰차게 바뀌었다.

"네놈이 죄가 없어? 우리 자매를 욕보이고도 모자라 죽여 차디찬 땅속에 묻어 내팽개치고도 아무 죄가 없다는 게냐?"

진상호는 이부자리를 끌어 얼굴에 덮어썼다. 사지가 부들부들 떨렸다.

"내가 그런 것이 아니야. 같이 왔던 규상이 그자가 꼬드겼어. 겁탈한 사실이 알려지면 우리 둘 다 죽은 목숨이라고, 죽여 화근을 없애야 한다고 몰아세워 할 수 없이 따랐을 뿐이야. 죽일 놈은 그놈이야. 용서해줘. 나는 아무 죄 없어!"

넋두리를 들었는지 말았는지 자매의 말투는 더욱 차가워졌다.

"흥! 염라대왕 앞에 가면 다 밝혀지겠지. 네놈이 그랬던 것처럼 동아줄로 네 목을 칭칭 감아 죽여주마."

진상호 앞으로 싸늘한 기운이 몰려왔다. 뭔가가 목 주변에 걸렸다. 비명을 지르며 진상호가 발버둥을 쳤다.

"살려줘. 내가 잘못했어. 내가 잘못했어. 내가 죽일 놈이야. 살려줘!"

자매의 목소리가 고분고분 가라앉았다.

"살고 싶으냐? 그러면 실토해. 우리를 묻은 곳이 어디더냐? 네놈이 묻었으니 네놈이 꺼내야 해. 온전히 매장되지 못한 우리는 아직도 구천을 떠돌고 있어. 시신을 꺼내야 해. 지옥 불에서 타죽기 싫으면 당장 우리를 꺼내! 당장!"

마지막 외침에 천장이 괴기한 소리를 내면서 흔들렸다. 마치 그를 밖으로 내몰려는 듯 바닥까지 요동을 쳤다.

일어나! 일어나! 일어나!———

귀청을 찢을 듯한 질기고 억센 목소리였다. 야수가 번들거리는 이빨을 드러내며 물어뜯을 때 내는 괴성이었다. 진상호는 자신도 모르게 몸을 벌떡 일으켜 세웠다. 그러자 바람이 방 안에서 밖으로 세차게 불었고, 떠밀리듯 그의 몸이 밀려나갔다. 마루가 짧아 그는 허방을 짚고 땅바닥으로 고꾸라졌다. 돌부리에 찍혔는지 눈에서 불이 번쩍였다. 바람이 부는지도 날씨가 추운지도 느껴지지 않았다. 눈발은 어느새 걷혀 있었다. 아픔조차 전해지지 않았다. 자매는 저만치 공중에 떠서 붉게 물들어 그를 노려보았다.

어디냐? 어디냐? 어디냐?———

겨우 몸을 가눈 진상호가 사방을 둘러보았다. 자매는 당장 시신을 꺼내라고 재촉했지만 지금 이곳이 어딘지도 모르는 그가 발걸음을 옮길 곳은 없었다.

"몰라. 너무 어두워 아무 것도 안 보여."

"거짓말 하지 마. 네놈이 묻어놓고 어딘지 모른다고 시치미를 떼는 게냐? 그냥 염라대왕 앞으로 갈 작정이더냐?"

진상호가 엉덩방아를 찧었다.

"싫다. 싫다. 대국산성 아래 송곳바위 옆이야. 소나무 사이에 땅을 파고 뿌리를 캐내 묻었어. 날이, 날이 밝으면 가서 꺼내줄 테니 그만 다 그쳐."

자매는 더 이상 말이 없었다. 대신 진상호 앞으로 다가오더니 발로 그를 걷어찼다. 진상호는 저만치 굴러 떨어졌다.

"짐승만도 못한 인간아. 네가 그러고도 살기를 바라느냐? 사지를 갈가리 찢어 들개 밥으로 줘도 시원찮을 망종아!"

원한에 가득 차 악다구니를 쓰던 자매는 그 말을 끝으로 사라졌다. 자매를 비추던 불마저 꺼져 깊은 바다 속에 잠긴 것처럼 사위는 암흑 세계로 돌아갔다. 멍한 눈으로 초점 없이 눈망울을 굴리던 진상호가 다시 정신을 가다듬었다. 손을 휘저으면서 엉금엉금 기어 앞으로 나갔다. 찬바람이 사정없이 얼굴을 할퀴었다. 뭔가가 손끝에 걸렸다. 담장인 듯했다. 진상호는 담 벽을 더듬거리며 나가는 문을 찾았다. 곧 문이 삐거덕거리며 열렸고, 진상호는 문설주를 박차며 밖으로 뛰쳐나갔다. 그러다 뭔가에 발이 걸린 그는 균형을 잃고 데굴데굴 굴렀다. 마른 가지가 얼굴을 스치며 상처가 났다. 그는 엎어진 채 일어나지 못했다.

그때 매운 바람을 타고 누군가의 목소리가 들려왔다.

"선비님, 아주 욕보시네요."

"누, 누구요?"

"접니다요, 박 포교. 어디 가셨나 한참 찾았습니다요. 이 눈보라에 동사하시지나 않을까 걱정이 이만저만 아니었습죠. 곧 관솔불을 대령합지요."

"그, 그래 주시오."

잠시 후 바람을 뚫고 햇불이 하나둘씩 모여들었다. 어디 숨어 있었는지 많은 사람이 그의 주변으로 모여들었다. 시커먼 눈보라 속에서도 불길은 거침없이 타올라 어둠을 몰아냈다. 갑작스런 불빛에 눈이 부신 진상호가 손바닥으로 눈을 가리면서 사람들의 면면을 둘러보았다.

얼굴이 벌겋게 물든 자매가 먼저 눈에 띄었다. 진상호는 다시 몸을 부르르 떨었다. 이어서 냉소를 가득 머금은 박태수의 얼굴이 보였고, 포졸들이 이어졌다. 이어 젊은 두 사내가 엄혹한 눈빛으로 그를 쏘아보았다. 그 뒤에 현령인 듯한 차림새의 남자도 두 눈을 부릅뜨며 그를 내려다보았다. 포졸들을 헤치고 한 발 앞으로 나오면서 그가 외쳤다.

"진상호, 네놈을 오 년 전 남치 마을에 살던 하씨 자매를 욕보인 뒤 살해하고 매장한 죄로 체포한다. 네놈이 말한 송곳바위 아래서 자매의 시신이 나온다면 결코 발뺌은 하지 못하리라. 여봐라, 이놈에게 당장 오라를 씌워라."

6

그 일이 있고 다시 며칠이 지났다. 한동안 남해를 갉아대던 추위와 찬바람은 씻은 듯 자취를 감추고 겨울답지 않은 따뜻한 햇살이 언 땅을 녹였다.

김만중 유배 처소의 식구들이 한 자리에 모였다. 햇볕이 따뜻해 답답한 방을 나와 마루에 둘러앉았다. 아미가 차를 끓여 나오자 이야기의 샘물이 솟아올랐다. 역시 선수는 박태수가 맡았다.

"역시 대감님의 지략은 백발백중입니다요."

오랜만에 김만중이 너털웃음을 지었다.

"여러 사람이 도와준 덕분이지 않겠나. 정신을 혼미하게 만드는 약즙을 지은 아미와 감쪽같이 두 자매로 분장해 진상호를 속인 명정루 기녀들의 공이 컸네. 외따로 떨어진 별장을 내준 나 참판에게도 고맙고. 흉한을 속이기 위해 장치들을 조종한 호우와 정언이도 고생이 많았어."

박태수가 섭섭하다는 듯 투정 섞인 말을 뱉었다.

"놈을 관아까지 꾀어낸 소인의 공로도 잊으면서 안 됩지요."

"말해 뭐하겠나. 그자가 스스로 함정에 발을 들이게 한 것은 모두 자네의 뻔뻔한 연희 덕분이지."

"뻔뻔하다니요. 소인으로서는 혼신의 노력을 보인 것입니다요. 놈이 뻗댈 땐 애간장이 다 녹았는 걸입쇼. 하마터면 주먹 한 대 날릴 뻔했습니다요."

한바탕 웃음이 쏟아졌다. 나정언이 벌린 입을 다물면서 말했다.

"양심에 호소하겠다는 스승님의 전략이 정곡을 찔렀습니다."

"인간이 처음부터 악한 자가 어디 있겠느냐? 하얀 실이 검은 물에 더럽혀지듯이 성정이 잠시 혼탁해지는 것일 뿐이지. 그자가 당시 조금만 사리분별이 분명했으면 그런 흉측한 짓은 하지 않았을 텐데, 그것이 지금 생각해도 안타깝구나."

박태수의 얼굴이 어두워졌다.

"소인도 그렇게 생각하옵니다. 헌데, 관아로 끌고 와 놈의 자복을 들어보니, 두 귀신이 고발했던 내용과는 다소 차이가 있더군요."

아직 진상을 듣지 못한 나정언과 호우, 아미가 박태수를 쳐다보았다. 그 눈빛에 대답하듯 말을 이었다.

"그날 진상호는 처음부터 흉행을 저지를 작정은 아니었답니다. 동생과 같은 마을에 살면서 서로 연정을 느꼈다더군요. 그날 아침 기별을 보내 오늘 부모님이 큰댁 제사에 하인들까지 데리고 가니 밤에 몰래 오라고 했다지 뭡니까. 언니의 고뿔을 핑계로 집에 있을 것이니 느지막이 찾으라는 것이었다네요. 그런데 평소 친하게 지내던 동네 불량배 놈에게 자랑 삼아 입을 놀린 게 재앙의 시작이었습죠. 놈이 혹시 누가 볼 지도 모르니 자기가 따라가 망을 봐주겠다고 했답니다. 좋게만 생각하고 동행했는데, 눈보라와 추위가 심하니 밖에 있기는 힘들다면서 건넛방에 숨어있겠더랍니다. 둘이 사랑채로 가 연담을 나누고 있자니 안채에서 언니의 비명소리가 들렸다네요. 놀라 가보니 일은 예상대로 되었고, 놈은 칼을 뽑아들고 진상호를 결박한 뒤 동생까지 범했다는 겁니다. 뭐 그 뒤 일은 말씀드릴 필요도 없겠지요."

세 사람 모두 뜻밖의 사실에 놀란 듯 아무 말도 하지 못했다. 젊은 남녀의 억누르지 못한 욕정이 빚어낸 참극이었다. 김만중이 주위를 둘러보면서 다짐하듯 말했다.

"그 사실은 자매의 부모는 모르도록 하는 게 좋겠네. 너희도 함구하도록 하고."

세 사람은 약속이라도 한 듯 동시에 고개를 끄덕였다. 다만 알 수 없다는 표정을 지으면서 나정언이 중얼거렸다.

"왜 동생은 허언을 했을까요? 흉한이 잡히면 진상이 드러나 다 알려질 사실인데."

김만중이 잠시 생각을 가다듬더니 말했다.

"글쎄다. 귀신만이 알 일이겠다만 귀신도 또한 사람이 죽어 된 것이니 어찌 부끄러움이 없겠느냐. 자신의 치부는 감추고 원한은 씻고 싶은 마음은 유명幽明이 다르다 해서 없어지는 게 아닐 듯싶구나."

우울한 표정을 감추지 못하던 김만중이 생각난 듯 박태수에게 물었다.

"자매의 부모님은 시신을 찾아가셨는가?"

"예. 자식을 잊지 못해 멀리는 못 가고 하동 땅에 살고 있더군요. 고맙다면서 하찮은 포교에게 거듭 머리를 조아리던데, 부모의 마음이란 다 그런가 봅니다요. 소인은 자식이 없어서 긴가민가합니다만……"

김만중의 얼굴에 슬픈 미소가 드리웠다.

"천 년이 지난들 어찌 부모가 자식을 잊겠는가? 부모에게 아이란 항상 물가에 둔 것 같지. 멀쩡하게 옆에 있어도 근심으로 힘겨운데, 하물며 그렇게 창졸간에 사라졌으니 그간 편히 잠도 이루지 못했을 것이야. 갑자기 도성에 계신 어머님이 너무나 그립구나. 잘 지내시는지."

혼잣말처럼 중얼거리는 김만중의 눈가에 잔주름이 지면서 눈물이 어렸다. 맑은 하늘을 떠가는 구름이 어머니의 모습을 그려내고 있었다.

제7화

어머니를 찾아주세요

〈남해 이동면 길현 미술관〉

1

겨울답지 않게 포근한 날씨였다. 해가 바뀌기 얼마 전에 매서운 북풍한설이 한 차례 몰아치기도 했지만, 근래의 기후가 실제 남해의 겨울 모습이라고 들었다. 추위와 더위를 가리고 살 만큼 편한 삶은 아니라고 해도, 같은 처지의 여느 사람과 견줄 때 자신은 많은 복을 타고난 사람이라고 아미는 여겼다.

태어난 뒤 내내 한양 인근에서만 살았던 아미에게 남해는 말 그대로 낯설고 물선 고장이었다. 지난해 여름 대감마님을 따라 이곳에 온 지도 벌써 반년이 훨씬 지났다. 그리고 해를 넘겨 지금까지도 그녀는 여전히 남해에서 살고 있다. 대감마님께서 해배가 되어 다시 한양으로 귀환할 때까지 좋으나 싫으나 이곳은 아미가 정을 붙이고 살아야 하는 곳이었다. 대감마님의 수발을 들면서 지내는 생활이 새삼스러운 것도 아니어서 아무 불만도 불편도 없었다. 함께 수다를 떨었던 동무나 이웃 사람들을 볼 수 없어 아쉬웠지만 언젠간 끝날 일이라 여기면서 위안을 삼았다.

갓난아기 때 버려져서 열여덟 해 동안 그녀는 대감마님댁에서 길러졌고 자랐다. 대부인마님과 큰마님의 은혜로 다른 사람이면 접하기 힘든 지식과 기예까지 익혔다. 음식을 맛깔나게 만드는 방법도 알게 되었고, 바느질 요령이며 놋그릇 등속을 반짝반짝 윤나게 닦는 솜씨도 배웠다. 게다가 의술을 공부해서 아픈 사람을 돌볼 기회도 얻었다. 나름대로 세상에 쓸모 있는 사람으로 살고 있다고, 그래서 나보다 많이 가진 사람보다는 나보다 덜 가진 사람을 보면서 겸손해야 한다고 다짐하곤 했다. 때로 자신을 낳아준 친부모는 누굴까 떠올리면서 가눌 길 없는 슬픔에 잠기기도 했다. 그럴 때면 사람이 모든 복을 누릴 수는 없다며 스스로를 다독거렸다.

오늘 아침 날씨는 더할 나위 없이 맑고 따스했지만 아미의 마음이 마냥 훈훈하지는 않았다. 아니 슬픔으로 가득 넘쳐났다. 대감마님이 며칠째 몸져누워 계시기 때문이다. 새해가 밝고 얼마 지나지 않아 남해 유배 처소에 청천벽력 같은 소식이 전해졌다. 한양에 계시는 대부인마님께서 지난달에 돌아가셨다는 기별이 왔다. 소식을 듣자마자 대감마님은 그 자리에서 혼절하시고 말았다.

유배 처소에서 지내면서도 어머님 걱정에 잠 못 이뤘던 대감마님이셨다. 설을 코앞에 두고도 꿈자리가 뒤숭숭하다며 답답해 하셨는데, 대감마님도 뭔가 예감 같은 게 있으셨던가 보다. 비보가 전해지던 날 다행히 아미가 처소에 있어 대감마님을 돌볼 수 있었다. 혈을 찾아침을 놓고 뜸을 떠서 그럭저럭 위급한 상황은 넘겼다. 그러나 침이나 뜸이 마음의 상처까지 다스리지는 못했다.

대감마님은 벌써 이레째 누워만 계실 뿐 거동을 못하신다. 그렇지 않아도 수척하셨는데, 그새 더욱 여위어 차마 얼굴을 마주하기 어려울 정도다. 박태수 포교님이 기운을 차리시라며 보내온 인삼, 녹용 같은 약재를 다려드리고 지네만 먹고 자랐다는 약닭을 잡아 죽을 끓여 드렸지만 제대로 넘기지도 못하신다. 잠시 눈을 뜨시더라도 천장을 멍하게 바라보시면서 뜻 모를 소리만 내뱉었다. 호우 오라버니와 나 정언 도령님께서 번갈아 팔 다리를 주무르고 이마의 찬 수건도 갈아 얹고 하는데, 대감마님은 그도 번거로운 듯 마다하실 때가 많다. 하늘이 무너져 버린 듯한 모습이 너무나 애처로워 더 지켜보지 못하고 마당으로 나온 참이다. 천애고아인 아미에게 대감마님은 어버이나 마찬가지였다. 그런 분이 상심이 깊어 생사를 헤매고 계신데 자신이 할 수 있는 일은 아무 것도 없었다.

누가 볼 새라 아미는 사립문을 밀고 나와 처소에서 멀찍이 떨어질 때까지 걸음을 멈추지 않았다. 망극한 일이라도 당하는 게 아닐까 조바심에 목이 메었다. 그러자 가눌 길 없는 눈물이 솟았다. 옷고름으로 눈물을 찍어내며 걷노라니 구름 위를 떠다니는 듯 다리가 허청거렸다. 어디 가서 펑펑 울고 싶었다. 바위틈에 앉아 길게 숨을 들이쉬자 조금 마음이 가라앉았다.

새소리마저 처연하기 그지없었다. 고개를 드니 앙상한 가지 끝에 찌르레기 한 쌍이 서로 얼굴을 마주보며 지저귀고 있었다. 겨우살이를 마치고 먼 길을 떠나려는지 연신 나무와 나무 사이를 오가면서 날갯짓에 바빴다. 새들도 고향을 가는 일에 마음이 들떠 저리도 부산했다. 다시 눈물이 한 줄기 주르르 흘러내렸다. 볼 사람도 없을 테니 마음껏 흘러내리라며 훔치지도 않았다. 안개 속에라도 들어온 듯 세상이 뿌옇게 흐려졌다.

그때 뿌연 시야 사이로 뭔가가 꿈틀거렸다. 바람이 낙엽 진 숲을 스쳐가는 것도 아니었고, 산짐승이 어슬렁대는 낌새 같지도 않았다.

뭔가가 한 자리에 머물러 있으면서 조금씩 몸을 움찔거리는 듯한 작은 움직임이었다. 아미는 눈물을 거두었다. 그리고 소매로 얼굴을 쓸었다.

눈을 크게 뜨며 덤불 쪽으로 시선을 보냈다. 그러자 저편에서도 시선을 느꼈는지 머리를 쏙 집어넣었다. 사람이었다. 설마 해코지를 할 작자일까 싶었지만, 몸은 굳어졌다. 지나가던 나무꾼이나 동네사람이라면 몸을 감출 까닭이 없었다. 살그머니 치마허리에 기워 만든 주머니로 손을 찔러 넣었다. 허나 늘 지녔던 은장도가 손에 잡히지 않았다. 경황이 없어 챙기지 않고 나온 모양이었다. 처소는 당장 돌아가기에는 너무 멀었다.

슬그머니 몸을 뒤챈 아미는 처소 쪽으로 몸을 돌렸다. 온 신경을 뒤통수 쪽으로 모으면서 아무렇지 않은 양 천천히 숲길을 걸었다. 야트막한 언덕을 돌아섰는데도 처소는 보이지 않았다.

언덕을 넘으니 제법 큰 바위가 나타났다. 재빨리 바위 뒤로 몸을 숨겼다. 자신을 훔쳐보던 작자가 뒤따라 왔다 해도 거리가 있을 테니 은신한 것은 보진 못했을 터였다. 바위를 한 바퀴 돌아 몸을 가리고 동태를 살폈다. 바닥에 마침맞은 돌이 눈에 띄기에 손에 쥐었다. 여차하면 돌팔매라도 날릴 심산이었다.

한동안 사람 기척은 나타나지 않았다. 바람 한 점 불지 않아 손끝만 움직여도 티가 날 정도였다. 대감마님의 병환 때문에 자신이 너무 예민해졌나 자책할 즈음 누군가 나타났다. 전혀 뜻밖의 인물이었다.

고작 열 살쯤 되었을까? 동자 복을 입고 있는 어린아이였다. 복색이 그리 누추해 보이지는 않았다. 먼 곳을 향한 눈길이 뭔가를 애타게 찾는 듯했고 얼굴은 상기되어 있었다. 얼굴이 핼쑥하고 몸매가 가냘파 병색마저 느껴졌다. 위해를 가할 깜냥은 못되었다. 가슴을 쓸어내리면서 당장 나가 꾸지람을 퍼부을까 하다가, 그래도 반갓집 자식이니 함부로 대할 순 없다는 요량이 들어 행색을 지켜보기로 했다.

아이는 아미의 시선은 까맣게 모른 채 조심조심 앞으로 걸어 나왔다. 연신 사방을 두리번거렸다. 저렇게 걷다보면 유배 처소에 이를 것이었다. 아이가 바위 앞을 지나가자 아미도 몸을 돌려 위치를 옮겼다.

한참 거북 걸음으로 어슬렁거리던 아이가 자리에 멈췄다. 손바닥을 펴 눈 위로 붙이더니 이곳저곳 기웃거렸다. 처소가 보일 리 없는데도 아이는 목을 길게 빼고 먼 산을 훑었다. 그러더니 고개를 푹 숙이더니 절레절레 흔들었다. 가는 목을 어깨까지 축 늘어뜨리는 품새가 부모에게 혼이 난 장난꾸러기 같았다.

아이는 더 나가지 않고 몸을 돌렸다. 아미는 재빨리 몸을 낮추어 덤불에 숨었다. 갈 때의 기세와는 달리 아이는 바닥만 쳐다보면서 맥빠진 걸음을 옮겼다. 옆에 강아지라도 한 마리 따라왔다면 더욱 처량해 보일 만큼 풀이 죽어 있었다.

막 앞을 지나가려고 할 때 아미가 불쑥 몸을 일으켰다. 방심하고 있던 아이는 까무러칠 듯 놀라 뒷걸음질 쳤다. 하얗게 질린 얼굴이 차라리 귀여워 보였다. 발이 땅에 박힌 듯 아이는 꼼짝도 하지 않았다.

"너…… 누구니?"

신분이고 뭐고 기세로 내리누르기로 했다. 아이는 어, 어, 어, 거릴 뿐 제대로 대꾸를 하지 못했다. 그새 아미는 덤불을 나와 숲길로 나섰다. 아이가 주춤거리며 오도 가도 못했다.

"뭐야? 길이라도 잃은 거야? 어디 사는데?"

이상하게 말이 또랑또랑하게 나왔다. 아이는 아미를 바로 쳐다보지 못하고 숲길 양편을 번갈아 보면서 퇴로를 더듬거렸다. 그대로 달아나게 둘 순 없어 소매를 야무지게 잡아끌었다.

"여기가 어딘지 알고 온 거니? 못된 짓 할 참이면 가만 두지 않을 거야."

소매가 잡혀 운신이 어려워지자 아이가 오히려 당차게 나왔다.

"이거 놔요. 길을 걷는 게 뭔 잘못이라고."

제법 눈에 힘을 주는 것이 꼴에 양반댁 자제라고 거드름을 피웠다. 아미는 가만히 소매를 놓았다.

"길만 걸었던 게 아니잖니. 내 뒤를 밟은 거지."

아이는 구겨진 소매를 매만지면서 언짢은 표정을 지었다.

"아이 참. 옷이 다 구겨졌잖아."

"칫! 찢어진 것도 아니고 구겨진 걸 갖고, 너 보기보다 암상스럽구나. 사내가 돼 가지고 소심하기는."

비아냥거리는 소리를 들었으면서도 대거리가 없었다. 잠시 소매를 물끄러미 보던 아이가 눈길을 올려 아미를 보았다.

"저, 누나, 저기에 살죠?"

손을 들더니 처소 쪽을 가리켰다. 아이도 거기 처소가 있는지 알고 있는 눈치였다. 숨길 일도 아니어서 아미는 고개를 끄덕였다.

"서포 대감님께서 유배 와 사시는 곳 맞죠? 지금 계시나요?"

아미의 눈이 동그래졌다. 이런 꼬마가 대감마님께 무슨 볼 일이 있을까 싶었다.

"그런데?"

"누나는 뭐…… 몸종이라도 되나요?"

깔보는 말투는 아니었지만 억양이 귀에 거슬렸다. 아니라고 부인도 못할 질문이라 살짝 짜증이 났다.

"그렇다면?"

신분이 다른 것을 알았으니 이제 건방을 떨겠구나 싶어 기운이 빠졌다. 그런데 아이의 태도는 예상과 달랐다.

"서포 대감님, 지금 계시죠? 꼭 뵈어야 할 일이 있어요."

애가 타는지 목소리마저 갈라져 나왔다. 간절한 마음이 느껴졌다. 아미는 미간을 모으면서 아이에게 눈길을 모았다.

"대감마님은 왜 뵈려는 게야?"

그러자 아이가 바닥에 풀썩 주저앉았다. 그간 아이를 단단하게 지탱하던 끈이 뚝 끊어진 듯했다. 아이는 눈을 들어 아미를 올려다보며 외치듯 말했다.

"어머니를 찾아달라고 부탁드려야 한단 말이에요."

2

"거, 맹랑한 놈일세."

호우가 비리비리한 아이를 꼬나보며 말했다. 말투가 신경이 쓰였는지 아이가 호우를 흘겨보았다. 그러나 곧 눈길을 나정언에게로 돌렸다. 아무래도 나정언이 더 만만하게 보인 듯했다.

"대감님은 어디 계시나요?"

나정언이 난처한 표정으로 호우와 아미를 둘러보았다.

좀 전에 아미는 아이를 그냥 돌려보낼까 하다가 사연이나 들어보자는 생각에 처소로 데려왔다. 본채에는 대감마님께서 누워계시니 바깥채 호우의 방에 들여놓고 두 사람을 불렀다. 작은 방에 저보다 덩치 큰 어른 셋이 둘러싸자 아이는 주눅이 들어 목을 움츠렸다. 아미가 부엌에서 물을 한 사발 떠오니 벌컥거리며 마셨다. 딴에 꽤나 목이 타는 모양이었다.

"꼬맹아, 너 산속을 헤매고 돌아다니는 걸 부모님은 아시니? 이 산엔 호랑이도 살아. 잡아먹히면 어쩌려고, 겁 없는 놈일세."

장난기가 발동한 호우가 농조로 아이를 겁주었다. 아이는 짜증스런 표정으로 호우를 흘겨보았다.

"호랑이? 지금 그게 걱정이에요? 엄마가 없어졌다고 말했잖아요."

호우는 그 말을 공연한 소리로 흘려들었다. 남의 집을 얼쩡거리다 잡히자 꽁무니를 뺄 핑계가 없어 내뱉은 소리쯤으로 여겼다.

"만날 바깥으로 싸돌아다니니까 엄마가 집을 나가신 거 아냐. 집에 얌전히 있으면 금방 돌아오실 걸."

호우가 관심을 두지 않자 아이가 서운한 표정을 지었다.

"아니라고요. 저 밖으로 돌아다니는 거 안 좋아해요. 게다가 안 들어오신 지 벌써 사흘째예요. 아버지도 나 몰라라 하시고, 집안 식솔들도 별당 여자 눈치만 보면서 쉬쉬하고 있어요. 어머니께 무슨 일이 생긴 게 틀림없어요."

그 말에 호우의 표정이 살짝 굳어졌다. 옆에서 묵묵히 듣고 있던 나정언이 나섰다.

"호우 군, 웃으며 넘길 일은 아닌 것 같아. 귀 담아 듣는 게 좋겠네."

호우가 겸연쩍은 듯 마른기침을 몇 번 했다. 아닌 게 아니라 호우의 표정도 진지해졌다.

"지금 '별당 여자'라 했는데, 누굴 말하는 게냐?"

아이의 얼굴로 울컥하는 기색이 번졌다. 얼굴을 찡그리니 인상이 더 가냘파졌다.

"아버지께서 데리고 들어온 여자예요. 성질이 아주 고약해요. 특히 제게요. 그 여자가 엄마한테 몹쓸 짓을 한 게 틀림없어요."

나정언이 물었다.

"그럼 첩이란 말이냐?"

아이가 대답 대신 고개만 끄덕였다. 호우가 아이의 눈치를 보면서 소리를 죽여 옆에 있는 아미에게 속삭였다.

"시앗 싸움인가 보군. 알 조 같은데. 남편이 첩한테 빠져 홀대하니까 분을 참지 못하고 뛰쳐나간 거 아닐까? 친정이라도 가신 모양이로군."

아미가 눈을 흘기면서 호우를 나무랐다.

"오라버니, 그런 말 하지 마. 얘는 심각하잖아."

속삭였다지만 바로 곁에서 하는 말이 아이의 귀에 들리지 않을 리 없었다. 엄마 두둔을 하려는지 아이가 말없이 주먹을 불끈 쥐었다. 이야기가 엉뚱한 쪽으로 튀자 나정언이 손을 들어 가로막으며 아이에게 물었다.

"네가 소상히 설명해야 납득이 되겠구나. 흥분하지 말고 자초지종을 말해봐라."

아이의 시선이 바닥으로 떨어졌다. 어머니의 실종이 뼈저리게 느껴졌는지 눈에 그렁그렁 눈물이 고였다. 숨을 크게 들이쉬고 내뱉은 뒤 아이가 말문을 열었다.

"제 이름은 장두호張斗浩라고 해요. 산 아래 화계마을에 살아요. 제 아버님은 젊어 과거에 급제하시고 10여 년 남짓 관직 생활을 하시다가 얼마 전에 고향으로 돌아오셨어요. 귀향하시기 전에 어느 지방의 현감을 지내셨는데, 그때 관기官妓의 시중을 받으셨나 봐요. 평소 여자에게 눈길도 주지 않으셨는데, 무슨 연유로 그렇게 되셨는지는 잘 모르겠어요. 어머니와도 사이가 좋으셨거든요. 오랫동안 홀로 외지에 계시다보니 적적하셔서 그랬을 거라 생각하긴 해요. 저야 당연히 사정을 몰랐고, 집안에서도 짐작하지 못한 일이었죠. 그러다 아버님이 갑자기 현감 직을 그만 두시고 돌아오셨을 때에야 다 드러났습니다. 아버님께서 그 관기와 함께 돌아오셨거든요. 더구나 갓 태어난 아이까지 데리고 오셨어요. 그게 작년 봄의 일이었죠.

집안에서는 당연히 큰 소동이 일어났어요. 조신하고 근엄했던 아버님이 첩에다 아이까지 데리고 왔으니, 괴변도 이런 괴변이 없다고 들썩거렸어요. 사대부가 첩을 두었다고 해서 크게 흠이 될 일은 아니지만, 너나없이 사람이 변했다면서 쑥덕공론이 심했습니다. 그러면서 엄마가 어떻게 대처하실까 다들 눈치를 살폈어요. 저도 갑자기 알지도 못하는 여자와 아이가 나타나 어리둥절하기만 했고요.

하지만 엄마는 크게 내색하지 않았어요. 아버님이 데리고 온 처자식이니 그 뜻을 거슬러서는 안 된다고만 하시고 별채를 비워 지내도록 했지요. 그리고 저더러도 작은어머니로 깍듯이 모시라고 단단히 못을 박으셨습니다. 이름이 솔희率姬라고 하는 그 여자—차마 '작은어머니'라는 말은 입에서 떨어지지 않았습니다.—도 별채에 머물면서 아이를 키울 뿐 바깥출입은 거의 하지 않더라고요. 오히려 아버님이 별채를 찾으시면 면구스러워하면서 말릴 정도였어요.

큰 분란이 없자 집안사람들도 아버님이 그만한 처자라서 데려온 것이 아니겠냐며 더 이상 입에 올리지 않게 되었어요. 저도 외톨이라

쓸쓸한 참이었는데, 귀엽고 앙증맞은 갓난아이를 보니 반갑기까지 하더라고요. 이따금 별채에 가 아이를 어르면서 놀았죠. 바깥 부인—저는 그렇게 불렀습니다.—도 제가 찾아가면 주전부리를 내놓으면서 반겨했어요."

아이의 말을 들으면서 세 사람의 표정도 사뭇 바뀌었다. 집안에 찬 바람이 쌩쌩 불면서 드러난 시샘과 숨겨진 드잡이로 풍파가 가실 날이 없을 줄 알았는데, 그런 불상사는 전혀 일어난 기미가 없었기 때문이었다.

나정언이 고개를 끄덕이면서 아이의 머리를 쓰다듬더니 말했다.

"그랬구나. 그런 일이 생기면 으레 집안이 시끄러워지는 법인데, 네 어머님께서 현명하게 처신하셨나 보구나. 그런데 왜 어머님께서 집을 나가신 게냐?"

아이의 얼굴이 일그러졌다.

"집을 나가신 게 아니라 사라지셨다니까요. 누군가 강제로 끌고간 거라고요."

목소리도 격앙의 빛을 띠었다. 나정언이 머쓱해하며 말을 고쳤다.

"아, 그래. 사라지셨지. 왜 그런 일이 생긴 게냐?"

"바깥 부인의 오빠란 사람이 나타나고 난 뒤부터였어요."

"오빠!?"

세 사람이 합창을 하듯 입을 모아 물었다. 장두호가 힘차게 고개를 끄덕였다.

"예. 한 서너 달쯤 전인가? 작년 가을이었을 거예요. 어느 날 불쑥 험상궂은 남자 하나가 찾아왔어요. 다짜고짜 바깥 부인을 만나겠다는데, 다들 어안이 벙벙해졌죠. 청지기 영감이 아버님에게 데려갔어요. 그리고 그날부터 그 남자가 사랑채 방 하나를 차지했습니다. 아버님이 집안사람들을 부르더니 이제부터 함께 살 테니 불편함이 없도록 하라고 지시하셨어요. 다들 얼떨떨해 했지만, 바깥 부인의 처신이 원만하니 별 일 있겠냐며 애써 안심하는 눈치였어요.

그런데 정작 어머님이 마뜩잖아 하셨어요. 집안의 핏줄을 낳았으니 솔희와 아이—이름이 두명斗溟이랍니다.—를 거두는 것은 당연하지만 어찌 그 일가붙이까지 끌어들이냐는 거였어요. 나중에 그들의 부모마저 찾아오면 아예 살림을 차려줄 심산이냐고 아버님께 따지셨지요. 좀체 보기 드문 어머님의 모습이었어요.

엄마가 이렇게 나오자 아버님도 적잖이 당황하셨나 봐요. 그저 밥만 축내며 지내진 않을 테고, 집안 농사도 거들면 도움이 될 텐데 무얼 그리 호들갑이냐고 좋은 말로 다독이셨습니다. 그래도 엄마는 의외로 강경하셨어요. 며칠 동안 안채에 계시면서 식음마저 끊어버리셨거든요. 그렇게 되자 아버님도 난처하셨는지 집에 눌러 앉히지 않고 형편을 봐서 내보내겠다고 약조하셨어요. 그제야 엄마의 노여움도 수그러들었어요. 아버님이 며칠 뒤 마을에 따로 숙소를 마련해 내보내셨거든요.

하지만 집안에는 냉랭한 분위기가 가시질 않았어요. 이따금 찾아오는 그 사내도 표정이 영 좋지 않았죠. 자길 홀대한 대가를 치를 거라며 으름장을 놓기도 했고요. 그때부터 엄마는 뭔가 흉흉한 조짐을 느끼셨나 봐요. 마주치지 않으려고 조심하는 눈치셨거든요."

아미가 꼬맹이의 안색을 살피면서 물었다.

"부모님 사이도 예전 같지는 않았겠네. 어쨌거나 아버님의 뜻을 거스른 꼴이잖니."

이 말에 두호가 정색을 하면서 고개를 세차게 저었다.

"그런 내색은 전혀 없으셨어요. 오히려 미안해 하셨죠. 기왕 벌어진 일이니 솔희와 두명이를 너그럽게 거둬 달라 당부하실 정도였으니까요."

나정언이 고개를 끄덕이면서 물었다.

"금슬이 깨지지 않았다니 다행이구나. 그래도 집을 나가신 걸—아니 사라지신 걸 보면 뭔가 문제가 있으셨던 거 아니니?"

두호의 얼굴이 시무룩해졌다. 몇 번 입술을 들썩거리며 주저하더니 어렵게 입을 열었다.

"엄마가 누명을 쓰면서 일이 나빠졌어요. 하지만 그건 정말 억울한 누명이에요. 엄마는 절대로 그런 짓을 할 분이 아니라고요."

주먹을 부르르 떨면서 말을 마친 두호가 입을 꾹 다물었다. 세 사람은 영문을 몰라 서로 쳐다보았다. 호우가 조심스럽게 말을 건넸다.

"누명이라니, 무슨 소리냐? 바깥 부인이라는 솔희가 하는 여자에게 해코지라도 했다는 게냐?"

두호가 몹쓸 소리라도 들은 양 호우를 째려보았다.

"엄마는 그럴 분이 아니라고 말했잖아요. 오빠란 사람은 싫어하셨지만 바깥 부인과 두명이에게는 참 잘해줬어요. 나보다 두명이를 더 챙겨주실 정도였다니까요. 결국 그게 화근이 되긴 했지만요."

아미가 두호의 손을 잡으며 분기를 누그러뜨렸다.

"그러셨겠지. 그렇게 정성을 쏟으셨는데 왜 누명을 쓰신 거야?"

지난일이 떠올랐는지 두호의 눈에 다시 눈물이 글썽거렸다.

"한 달쯤 전이었을 거예요. 그때 며칠 날씨가 사나워졌는데, 두명이가 심한 고뿔에 걸렸어요. 칭얼거리자 몸종이 바람을 쐬게 해준다고 업고 나갔는데, 덜컥 몸에서 열이 펄펄 끓는 거였어요. 읍성에서 의원을 불러오고 엄마도 바깥 부인과 함께 밤을 꼬박 새면서 돌보았지만, 전혀 차도가 없었어요. 아버지도 별당을 자주 찾으셨고요. 저도 걱정이 이만저만 아니었는데, 별당은 근처도 가지 못했어요. 가뜩이나 몸이 약한 제가 혹시 옮을까봐 엄마가 얼씬도 못하게 했거든요."

호우가 혀를 끌끌 차며 말했다.

"그래서? 네 동생이 그에 목숨을 잃은 게냐?"

두호가 도리질을 하며 말했다.

"아뇨. 며칠 지나자 열도 내리고 기침도 잦아들었어요. 그래서 다들 어릴 때 겪는 액땜 정도로 여겼죠. 가벼운 소동으로 지나갈 일이었는데, 그 오빤가 하는 사내가 오면서 분위기가 험악해지고 말았어요. 애가 아플 때는 코빼기도 안 비치더니 다 나으니까 들이닥쳐 악담을 퍼붓는 거였어요."

호우가 재차 물었다. "무슨 악담을?"

"엄마가 애를 죽이려고 작정했다는 거죠. 제 소생―저요.―은 허약해 골골대고 두명이는 무럭무럭 잘 자라니 시기심이 일어 후환을 없애려고 했다는 거였어요."

세 사람의 얼굴 위로 약속이나 한 듯 놀란 표정이 떠올랐다.

"터무니없는 누명이로구나. 그런들 곧이곧대로 들을 사람은 없었겠지."

두호의 얼굴에 다시 분기가 치올랐다.

"아니에요. 까마귀 날자 배 떨어진다고, 두명이를 업고 나간 몸종이 어머니 방에서 일하던 아이였거든요. 그러니까 직접 손을 대질 못하니까 몸종을 시켜 고뿔에 걸리게 했다는 거죠."

세 사람의 얼굴 위로 무안한 기색이 지나갔다. 아미가 딱한 표정으로 말했다.

"딱 의심 받기 좋은 꼴이었구나. 하지만 애가 나았으니 악화될 일은 없었을 텐데."

두호는 아무 대꾸도 않고 뭔가를 골똘히 생각하는 표정을 거두지 않았다. 세 사람은 그런 아이를 둘러싸고 입이 열리기만 기다렸다. 마침내 두호가 말을 이어나갔다.

"더 탈이 없었으면 그랬겠죠. 그런데 이상하게 그 일이 있고부터 두명이에게 자꾸 안 좋은 일이 생기는 거예요. 몸에 상처가 나기도 하고 두드러기 같은 반점이 돋기도 하고, 음식을 먹으면 토하고, 밤에 제대로 잠을 못 자고……좌우간 건강하던 애에게 갑자기 병치레가 잦아지기 시작하는 거였어요."

세 사람의 표정이 심각하게 바뀌었다. 아미가 위로하듯 말했다.

"원래 애는 아프면서 자란다고 하잖니. 사소한 일로 너무 걱정하는 거 아닐까?"

두호도 애써 안도하는 표정을 지었다.

"더 큰 문제는 아버지예요. 처음에 오빠란 사람이 어머님을 의심할 때는 무슨 망발이냐고 혼찌검을 내면서 두둔하셨거든요. 그런데 시간이 지나니까 아버지마저 엄마를 의심하시잖아요. 별당 출입을 삼가라더니 급기야 엄마는 물론이고 어머니 주변 사람들도 별당에 얼씬도 하지 말라는 엄명을 내리셨어요."

나정언이 물끄러미 두호를 보면서 물었다.

"어머님은 다른 말씀이 없으셨고?"

두호의 표정이 더욱 어두워졌다.

"처음에는 터무니없는 소리라며 항변하셨죠. 두명이가 아프다는 말을 들으면 보란 듯 부리나케 별당으로 가셨어요. 저도 말릴 수 없었어요. 그러다가 뭐, 두명이가 심하게 토하는 일이 생기자 발걸음을 끊으셨죠. 멍하게 안방에 앉아 낙심한 엄마를 뵙자니 너무 속상했어요."

두호가 손등으로 눈물을 훔쳐냈다. 세 사람은 아무도 말을 꺼내지 못했다. 호우가 조금 갈라진 목소리로 말문을 열었다.

"흠! 사정은 충분히 알겠다. 어머니가 사라진 게 사흘 전이라 했지? 무슨 일이 있었는지 자세히 말해 봐라."

콧물을 훌쩍이면서 두호가 대꾸했다.

"사흘 전 아침이었어요. 해가 뜨고 아침이 준비될 때까지도 엄마가 나타나지 않는 거예요. 아버지가 행랑어멈한테 모시고 오라고 보냈는데, 얼굴이 사색이 되어 돌아와 거처에 계시지 않는다지 뭐예요. 식구들이 우르르 몰려갔죠. 엄마 방은 텅 비어 있었어요. 이부자리가 개켜져 있는 게 주무시지도 않았나 봐요. 행랑어멈 말이 어젯밤에 이부자리도 봐드렸대요. 그러니까 전날 밤이나 새벽에 끌려가신 게 틀림없어요. 누군가 흔적을 지우느라 이부자리를 다시 걷어둔 거죠."

세 사람은 침묵에 잠겼다. 아미가 두호의 눈치를 살피며 말했다.

"얘야, 이불이 개켜져 있었다면 어머니가 자리를 정리하고 몰래 빠져나가신 걸 수도 있잖니? 네 어머니가 당한 수모를 생각하면 잠시 피신하거나 오해를 푸시려고 본가에 가셨을 수도 있을 것 같구나."

두호가 완강하게 반박했다.

"주변의 알 만한 집에는 모두 연락해봤어요. 겉으로는 집안의 흉사를 떠벌일 일이 아니라시면서도 아버님이 외가나 친척들 집에 청지기를 보내 수소문을 하셨거든요. 그런데 어디에서도 엄마의 흔적은 없었어요. 틀림없이 그 오빠란 작자가 바깥 부인이랑 짜고 잡아간 거예요."

호우가 조심스럽게 말을 거들었다.

"관아에는 알리지 않았느냐?"

두호가 분노로 얼굴이 붉어지면서 소리쳤다.

"저도 그러고 싶었죠. 하지만 아버님의 태도가 너무 냉담해 말할 엄두조차 나지 않더라고요. 빈말인지 진심인지 모르겠지만 솔희가 관아에 알려야 한다고 나서데요. 하지만 아버님은 강경하셨어요. 사대부 집안의 안주인이 갑자기 사라진 것도 얼굴을 못들 추문인데, 무슨 자랑거리라고 관아에 알리냐는 거였어요. 집안 망신은 이 정도면 족하다시면서 집안 식솔들 입막음에만 열을 내시더라고요. 그러니 엄마를 찾는 사람은 이젠 저밖에 없는 거예요. 그러니 서포 대감님께서 저를 꼭 도와주셔야 해요. 어서 뵙게 해주세요."

두호가 몸을 움칠거리면서 채근했다. 그러나 아이에게 대감이 혼절한 뒤 몸져누워 있다는 사실을 밝힐 수는 없었다. 그렇다고 무작정 돌려보내자니 꼬맹이의 사정이 너무 딱했다. 나정언이 조심스럽게 말을 꺼냈다.

"어머니께서 본인 뜻으로 집을 나가셨는지 네 말대로 납치를 당하신 건지 단정하기는 이른 듯하구나. 대신 내가 관아를 찾아가 말해보마. 박 포교란 분이 계신데, 소문을 내지 않고 일을 잘 처리해 주실 게다. 그러니 집에 돌아가 있으렴. 우리도 찾아볼 테니까 곧 좋은 소식이 있을 거야."

그러나 두호는 자리에서 꿈쩍도 하지 않았다. 아이의 입에서 다부진 목소리가 흘러나왔다.

"서포 대감님을 뵙지 않고서는 한 발짝도 물러설 수 없어요. 집에 계실 거 아니에요. 유배를 오신 분이 설마 거처를 벗어나진 않았을 거 잖아요."

호우가 입맛을 다시며 말했다.

"허허! 녀석 고집하고는 참. 이놈아! 물론 계시지. 그러나 지금 대감님을 뵐 수는 없어. 사실은……."

호우가 할 수 없이 자초지종을 꺼내려는 찰나 방문이 벌컥 열렸다. 네 사람 모두 눈이 휘둥그레져 방문으로 눈길을 돌렸다. 김만중이 두 손으로 방문을 잡은 채 상기된 표정으로 서 있었다. 홀쭉해진 얼굴이 한겨울 앙상한 나뭇가지 같았다. 두호를 뺀 세 사람이 벌떡 자리에서 일어났다. 나정언이 놀람과 반가움이 섞인 목소리로 외쳤다.

"스승님! 기력을 차리셨습니까?"

김만중은 아무 대답도 않고 네 사람을 번갈아 보더니 두호에게 시선이 멈추었다. 볼이 움푹 파이고 눈두덩이 꺼칠했지만 눈빛만은 횃불처럼 번뜩였다.

"너인 게냐?"

두호가 무릎걸음으로 김만중이 서 있는 방문으로 향했다.

"서포 대감님이신가요? 저는 장두호라고 합니다. 대감님께 꼭 드릴 말씀이 있어 찾아뵈었습니다. 그런데…… 대감님, 어디 편찮으신 가요?"

다급하게 말을 꺼내다가 김만중의 얼굴을 마주보더니 주춤거리며 목소리를 낮추었다. 김만중이 손을 저으며 방 안으로 들어왔다. 몸이 잠깐 휘청거렸다.

"네가 신경 쓸 일이 아니다."

그러고는 호우와 아미, 나정언을 차례로 보면서 말을 이었다.

"나 때문에 너희가 애를 많이 태웠겠구나. 누워 있는데, 잠결인 듯 꿈결인 듯 돌아가신 어머님께서 나타나셨다. 넋 놓고 누워 있을 때가 아니라고 호통을 치시더구나. 바로 곁에 어머니를 애타게 찾고 있는 아이가 있다면서 당장 일어나라고 내 손을 끌어당기셨지. 깜짝 놀라 눈을 떠보니 방에는 아무도 없더구나."

다시 김만중의 시선이 두호에게로 향했다.

"두호라고 했더냐? 어머니를 애타게 찾는 아이가 너더냐?"

눈물로 범벅이 된 두호가 머리를 조아리면서 말했다.

"그렇습니다. 대감님. 제 어머니를 꼭 좀 찾아주세요. 그 은혜는 죽어도 잊지 않겠습니다."

몸을 숙인 김만중이 아이를 감싸 일으켰다.

"걱정하지 말거라. 돌아가신 내 어머님의 명령이 아니더냐. 네 효심이 구천에 닿아 어머님의 혼령을 움직였나 보구나. 네 어머니는 내가 꼭 찾아주마."

어머니를 떠나보낸 노년의 유배객과 어머니를 잃어버린 어린 동자가 손을 맞잡으며 어머니를 그리는 마음을 서로 달랬다.

3

김만중이 깨어나고 며칠이 지났다. 그새 그도 기력을 많이 되찾았다. 언제 충격을 받아 쓰러졌냐는 듯 두호의 어머니를 찾는 일에 몰두했다. 김만중이 사정을 듣자마자 포교 박태수부터 불렀다. 가출인지 실종인지 애매한 상황이었지만, 고을의 치안을 맡은 박태수의 도움이 절실했다. 박태수는 조용히 알아보겠다고 다짐하면서 돌아갔다.

남해의 날씨가 다시 쌀쌀해졌다. 박태수가 몸을 으스스 떨면서 김만중의 방 안으로 들어왔다. 앉자마자 입맛부터 다셨다. 별 성과가 없는 것이 물어볼 필요도 없어 보였다.

"건진 게 없는 모양일세."

"송구합니다요. 본가에서 쉬쉬하니 대놓고 탐문할 수 없어 고충이 이만저만 아닙니다요. 더구나 실종이나 납치라면 시간을 너무 지체한 셈입지요. 벌써 닷새가 지나지 않았습니까. 섬 밖으로 끌고나갔다면 진주부를 넘어 경상우도도 훌쩍 벗어났을 시간입죠. 섬 안에 있다 해도 꼭꼭 숨겨 둘 여유가 차고도 넘치고요."

어느 정도 예측한 일이기는 했지만, 실망감이 줄어들지는 않았다.

"포구 쪽은 조사해 보지 않았나?"

"섬을 벗어나기로 작정했다면 정상적으로 거룻배를 탔겠습니까요. 한밤에 몰래 쪽배에 실었다면 눈에 띄진 않았을 겁니다요. 어차피 그 오빠란 놈이 저지른 일이라면 패거리를 끌어들였을 게고, 그렇다면 만사휴의입지요."

김만중이 고개를 끄덕였다.

"내 생각은 좀 다르네. 섬 밖으로 끌고 갔다면 손쓸 도리가 없겠지. 그러나 어린아이도 아니고 다 큰 어른인데, 그리 쉽게 끌려갔을까? 대거리를 하든가 고함을 쳤을 게야. 남해가 인적이 드문 섬이라 하나 사람의 귀와 눈은 어디에서나 무서운 법일세. 분명 인적이 뜸한 어딘가에 결박해 두고 때를 노리지 않겠나."

박태수의 구겨진 인상은 풀리지 않았다.

"그렇긴 합니다만, 대감님 생각해 보십시오. 놈들의 목적이 아녀자를 납치해 몸값을 받아낼 심산은 아닐 게 뻔하지 않습니까요. 제 누이와 조카의 앞길을 가로막는 장애물을 없애자는 속셈이라면……말씀드리기 송구하오나 진즉에 죽여 묻어 버리지 않았을까요?"

김만중의 얼굴 근육이 바르르 떨렸다.

"나 역시 그것이 가장 두려운 결과일세. 그러나 일을 하자면 최악의 상황은 가장 나중에 생각하는 게 좋아. 우선은 살아 있다는 희망을 가지고 접근하도록 하세. 또 만의 하나 살해되어 매장되었다면 시신을 찾아 원한을 풀고 극악한 죄인들을 처단하는 것도 우리가 해야 할 도리가 아니겠나."

박태수가 입술을 일그러뜨리며 고개를 주억거렸다.

"여부가 있는 일이겠습니까."

잠시 상념에 빠졌던 김만중이 고개를 들어 화제를 바꾸었다.

"그 소실댁의 오빠란 자에 대해서는 조사해 보았나?"

맥이 풀렸던 박태수의 눈에 다시 빛이 돌아왔다.

"예. 성질 같아서는 달려가 매질이라도 해서 족칠까 싶었는데, 상황이 상황인지라 호방戶房에 딸린 관속을 보내 넌지시 알아봤습니다요. 섬에 타지 사람이 들어왔으니 핑계야 좋습지요."

"그랬더니 어떤 자이던가?"

"시간이 빠듯해 확인은 못했습니다만, 그자 말로는 충청도 진천 사람이라 하더군요. 이름은 최도식崔道植이라 하고, 나이는 서른셋이랍니다. 어릴 때 집안이 찢어지게 가난해 누이를 기적妓籍에 넣고 자기도 고향을 떠나 떠돌이 생활을 했답니다. 우연히 누이가 산다는 고을을 지나게 되어 안부 차 들렀더니, 남해로 소실을 왔다기에 찾아왔을 뿐이라더군요. 관속 말로는 성격은 괄괄해 보였지만 극악무도한 짓을 할 만한 위인으로는 보이지 않았다는데, 뭐 파렴치한 놈이 여봐란 듯이 제 본색을 드러내겠습니까."

"산다는 곳은 어디던가?"

"화개마을에서 금산 쪽으로 올라간 해안가더군요. 거기 버려진 움막이 한 채 있는데, 허물어진 데를 대충 고치고 사나 봅니다. 눈치 빠르고 날랜 포졸 하나를 붙여놓을 작정입니다."

김만중이 고개를 가로저었다.

"그럴 필요는 없네. 호우를 보낼까 싶거든. 놈에게 패거리가 있다면 호우가 더 요긴하게 쓰이겠지. 아직 부인이 살아 있다면 관아에서 개입한 인상은 주지 않는 게 좋아. 밤에 누이와 밀통이라도 한다면 호우가 운신하기에 나을 걸세. 여분의 인력이 있거든 섬 곳곳에 풀어 부인의 흔적을 찾는 데 힘을 보태게."

박태수가 자리를 털면서 일어났다.

"알겠습니다요. 나가는 길로 조강호를 만날 요량입니다요. 놈의 부하들이 요지마다 진을 치고 있으니 놈들의 촉수에 걸렸을지도 모를 일이잖습니까요."

탐탁한 일은 아니었지만 마다할 수도 없었다. 범죄의 냄새가 물씬 풍기니 조강호나 그 부하들이 뭔가를 간파했을 소지가 컸다.

"그것도 좋겠군. 허나 신원을 드러내지는 말게. 장 대인의 처지도 있으니까."

박태수가 고개를 주억거렸다.

"여부가 있겠습니까요. 염려 붙들어 매십시오." 그러면서 곁다리 말로 한 마디 덧붙였다. "그나저나 거 두호 부친인 장 대인도 참 희한한 인사입니다. 정실부인이 흔적도 없이 사라졌는데, 관아에 알리지도 않고 얼버무리기에만 혈안이니 말입니다. 아무리 소실댁이 사랑스러워 깨가 쏟아지고 갓난아기가 귀엽다지만, 부부간 의리가 어찌 그리 매정할까요."

김만중은 더는 그 문제를 입에 올리지 않았다.

"어쨌거나 수고해 주시게나."

박태수가 육모방망이를 탁탁 치면서 사립문을 빠져나가는 소리가 들렸다. 뒤를 이어 호우와 나정언이 방 안으로 들어왔다.

"수사에 진척이 있었다고 합니까?"

나정언이 상기된 얼굴로 대뜸 물었다.

"오빠란 자의 신원은 파악되었다만 별 도움은 되지 않겠구나. 우선 호우야, 네가 좀 움직여줘야겠구나."

호우가 허리를 펴면서 물었다.

"어찌 하오리까?"

"그 오빠란 자의 거처가 화개마을에서 금산 쪽으로 가는 해안가 움막이라는구나. 패거리 쪽이든 누이 쪽이든 움직임이 있을 것이야. 공범이 있다면 더욱 그렇겠지. 그러니 움막 주변에 은신해서 그자의 동태를 낱낱이 살피거라."

호우가 고개를 끄덕이며 자리에서 일어났다.

"한시가 급하니 당장 달려가겠습니다."

"설마 한낮부터 움직일까만 방심은 금물이겠지. 며칠 아니 열흘, 달포가 걸릴지도 모르니 단단히 채비를 갖추고 가거라. 끼니 등속은 아미를 통해 보내도록 하마."

군소리를 달지 않고 호우가 바람처럼 사라졌다. 문이 닫히고 호우의 발걸음 소리가 멀어지자 나정언이 김만중을 보며 말했다.

"제가 할 일은 없는지요?"

김만중이 잠시 생각하다 나정언을 보며 말했다.

"두호의 부친이 밖으로 사달이 새나가는 걸 꺼리니 장 대인의 도움을 받기는 어려울 듯하구나. 장 대인도 최악의 결과가 두려운지도 모르지. 소실댁이 오빠와 결탁해 본처를 없앴다면 모든 것을 다 잃게 되니 말이다. 하여 때를 봐서 장 대인 집을 한 번 찾고 싶구나."

나정언이 잠시 생각에 잠겼다가 입을 열었다.

"스승님은 장 대인과 아무런 교분도 없지 않습니까? 화개마을이 산 아래 있는 동네니 잠시 방문하는 것이야 어색하지 않겠지만, 부인 일도 있으니 만남을 거절하거나 엉뚱한 오해를 할 수도 있을 듯합니다."

김만중이 책상을 쓸며 고개를 끄덕였다.

"그렇지. 안면도 없는데 불쑥 찾는 것도 격식에 어울리지 않아."

눈치 빠른 나정언이 김만중의 속내를 짚어냈다.

"그러나 제 아버님과 함께 가신다면 장 대인도 박대하지는 못할 겁니다. 아버님께 부탁을 드려 볼까요?"

김만중이 고개를 들었다.

"그래 주겠느냐? 나 참판이라면 장 대인과도 교분이 있겠지?"

"그럴 겁니다. 바로 집에 가서 말씀 드리겠습니다."

김만중이 손사래를 쳤다.

"그렇게까지 다급한 일은 아니다. 오빠란 자의 행적을 밟는 일이 먼저다. 당분간은 추이를 지켜보자꾸나."

"알겠습니다. 필요하시면 언제라도 말씀해 주십시오."

그러면서도 미심쩍은 표정이 걷히지 않았다. 나정언이 머뭇거리다가 어렵게 말을 꺼냈다.

"그런데 스승님, 한 가지 궁금한 게 있습니다."

김만중이 눈빛으로 응락하자 말을 이었다.

"국법에 고을 원이 관기의 수청을 받지 못하도록 금지되어 있는 것으로 알고 있습니다. 장 대인이라면 그 정도 분별력은 있을 텐데, 어찌 된 일일까요?"

김만중이 창문에 어른거리는 나무 그림자를 응시하더니, 이윽고 대답했다.

"그래, 네 말대로다. 고을 수령의 직임을 가진 벼슬아치는 고을의 기생과 관계해서는 안 된다는 것이 국법이지. 만약 이를 어긴다면 잠간潛奸이라 해서 문제 삼는 게 원칙이었다. 그런데 잠간에 대한 조문은 있지만 엄격하게 관리 감독하지 않고 내버려두지 않았느냐? 그러다 보니 잠간이 법을 어기는 일인 줄 모르는 풍조가 만연하고 말았구나.

나도 도성에서 순문詢問, 임금이 신하에게 묻는 것을 받아 글을 올릴 기회가 있었는데, 이런 폐단에 대해 지적한 적이 있었지.[5] 관리가 먼저 법을 어기고서야 어찌 백성들에게 법을 지키라 말할 수 있겠느냐. 이를 엄격히 단속해야 한다고 상주했는데, 아무래도 별 효과가 없었던 것 같구나."

김만중이 씁쓸하게 말을 마치자 나정언의 표정도 어두워졌다.

"장 대인이 굳이 부인의 실종을 은폐하려는 것도 그런 불미한 일이

---

5 이 글은 『서포집』 권8에 〈재앙을 만나 순문했을 때 탑전에서 올린 계(遇災詢問時楊前啓)〉란 제목으로 실려 있다.

세상에 알려질까 두려운 게 아닐까 싶습니다."

"그러기에 사람이란 죄를 짓고는 못 사는 법이지. 그러나 제 핏줄까지 낳은 여인을 나 몰라라 버리는 것도 사람 된 도리는 아니겠구나. 어떤 절차를 밟았는지 모르겠으나 대속代贖에 큰 하자가 없었다면 들춰낼 필요야 있겠느냐. 더 큰 불행만 자초할 뿐이지."

나정언이 쓴웃음을 지었다.

"그렇습니다. 솔희라는 소실도 다시 기적에 이름을 올려야 하고, 소생 또한 천민의 굴레에서 벗어나지 못하겠지요."

김만중도 우울한 미소를 떨어내지 못했다.

"어쨌거나 슬픈 현실이로구나. 소실댁이 만약 오빠와 결탁해 본부인을 납치했거나 위해를 가했다면, 기적에 이름을 올리거나 천민의 나락으로 떨어지는 불행만으로 끝나진 않겠지. 부디 그럴 일은 없어야 할 텐데. 어머님의 뜻이 정녕 그렇다는 말인가?"

김만중의 넋두리를 들은 나정언의 얼굴이 돌처럼 굳어졌다.

4

다시 며칠이 지났다. 그간 호우는 최도식의 움막 뒤편 덤불숲에 몸을 숨기고 감시를 게을리 하지 않았다. 이른 아침 호우가 유배 처소로 돌아왔다. 의관을 갖춘 채 책을 읽던 김만중이 인기척을 듣더니 미닫이 창문을 열었다.

"들어오너라."

호우의 몸에서는 찬 기운이 흠뻑 배어 나왔다. 얼굴도 어딘가 창백

했고, 약간의 피로기마저 느껴졌다. 자리에 앉은 호우가 가볍게 몸을 떨었다. 옷에는 흙이며 마른 갈대 조각들이 듬성듬성 붙어 있었다. 김만중이 착잡한 눈빛으로 이를 지켜보면서 말했다.

"네가 주인을 잘못 만나 고생이 자심하구나."

호우가 입가에 미소를 그리며 말했다.

"무슨 말씀이십니까? 핏덩어리로 버려진 저를 구해주시고 길러주신 은혜를 생각하면 제 목숨을 바친들 아깝겠습니까. 돌아가신 대부인마님과 큰마님, 대감님은 제 생명의 은인이나 다름없사옵니다."

김만중이 무안한 표정을 지으며 대꾸했다.

"아니다. 다 네 복이 아니겠느냐. 어머님이 너와 아미를 귀여워하시던 모습이 눈에 선하구나. 그때는 참으로 정정하셨는데, 이렇게 훌쩍 떠나시다니……."

감정이 복받친 김만중이 말을 끝맺지 못했다. 호우 역시 숙연해져 고개를 떨어뜨렸다. 곧 마음을 수습한 김만중이 책상을 옆으로 물리면서 물었다.

"뭔가 단서가 될 만한 일은 없더냐?"

"오빠란 자가 한 자리에 머물러 있는 사람은 아니었습니다. 아침부터 저녁때까지 바지런히 몸을 움직이더군요. 누이가 있는 장 대인 집에 잠입해 소실댁을 만나는 기미도 보였고, 뭔가를 물으며 이 마을 저 마을 다니기도 했습니다. 장 대인의 집안까지 숨어들진 못해 둘이 어떤 밀담을 나누었는지는 알 수 없지만, 특별한 목적을 가지고 마을을 돌아다니는 것도 아니었습니다. 뒤따르며 동네 사람들에게 물어봤는데, 이 길로 가면 어떤 마을이 나오느냐, 저 길로 가야 이런저런 마을이 나오느냐, 그런 것들만 물었답니다. 매일 방향을 달리해 돌아다니니 앵강만을 끼고 있는 마을은 거의 다 다닌 듯합니다."

김만중은 턱을 어루만지며 호우의 보고를 경청했다.

"누군가 다른 작자를 만나는 눈치는 없단 말이지?"

"예. 줄곧 혼자 돌아다녔습니다. 밤에 움막을 찾아오는 사람도 없었습니다."

김만중의 눈가로 의아한 기미가 감돌았다.

"혹시 네가 미행하는 걸 눈치챈 게 아닐까?"

썩 자신이 있지는 않았지만 단호한 목소리로 호우가 대답했다.

"그렇지는 않을 듯합니다. 멀찍이 떨어져서 뒤쫓기도 했지만, 도무지 경계하는 눈치가 아니었습니다. 산길을 가거나 수풀이 우거진 곳을 지날 때면 주변을 두리번거리기도 했지만, 누군가를 의식해 하는 행동으로는 보이지 않았습니다."

다시 생각에 잠긴 김만중의 얼굴 위로 불길한 기색이 떠올랐다. 눈을 감은 채 잘 들리지 않는 소리를 가볍게 중얼거렸다. 호우는 멀뚱히 그런 주인의 행동을 지켜보았다. 시간이 꽤 지난 뒤 김만중이 눈을 떴다. 그리고 호우의 눈을 마주보면서 낮은 목소리로 말했다.

"아무래도 장 대인 집을 찾아갈 필요가 있을 듯하구나. 건너가서 정언이에게 내가 보잔다고 일러라."

장 대인의 기와집은 앵강만이 한눈에 들어오는 언덕배기에 터를 잡고 있었다. 완만하게 올라가는 언덕을 따라 본채와 사랑채, 별채, 별당 등이 층층 섬돌처럼 배치되어 있었다. 나 참판의 전언에 따르면 그 일대의 전답 중 상당량이 장 대인 집안의 소유라 했다. 어선도 몇 척 거느려 제법 소득이 쏠쏠한 모양이었다.

"적다 할 수 없는 재산입니다만 장 대인은 재물은 모두 공물公物이라는 지론을 갖고 있지요. 그래서 소작을 붙여먹는 사람들일지라도 세를 무겁게 걷지는 않는답니다. 그래서 아주 존경을 받고 있다지요. 허허허!"

자신이 억척스럽게 재물을 모으는 일과 대비된다고 느꼈는지 나 참판은 다소 과장되게 너털웃음을 흘렸다. 김만중이, 귀는 나 참판에게 열어두고 눈으로는 장 대인의 기와집과 말굽처럼 바다를 감싸고 있는 앵강만 일대의 지형을 훑으면서 고개를 끄덕였다.

"한때 관직에 있던 분이라 생각도 반듯하군요.『맹자』양혜왕장구 하편에 보면 '백성들이 즐거워하는 것을 즐거워하는 사람은 백성들도 그 사람이 즐거워하는 것을 즐거워하며, 백성들이 근심하는 것을 근심하는 사람은 백성들도 그가 근심하는 것을 근심합니다. 천하 사람들과 함께 즐거워하고 천하 사람들과 함께 근심하면서 왕천하하지 못한 사람은 없었다.'[6]는 말이 나옵니다. 장 대인은 이를 몸소 실천하는 사람으로 보입니다그려."

김만중의 과도한 칭송이 이어지자 나 참판이 멋쩍은 표정을 지었다. 그 말에 호응하면서도 뼈 있는 말 한 마디를 빼놓지 않았다.

"옳은 말씀입니다. 그러나 '수신제가치국평천하'라 했는데, 제가齊家에서는 부족하지 않았나 하는 느낌도 드는군요."

김만중이 바다를 보면서 가벼운 미소를 지었다. 장 대인 집을 찾아가는 속사정을 나 참판에게는 밝혀야 했다. 나 참판의 협조가 있어야

---

6 樂民之樂者 民亦樂其樂 憂民之憂者 民亦憂其憂 樂以天下 憂以天下 然而不王者 未之有也.

본부인이 사라진 내막을 속속들이 캐낼 수 있었기 때문이었다. 김만중의 난제 해결에 일조한다는 마음으로 한껏 고무된 나 참판은 적극적으로 장 대인의 집 방문을 주선했다.

대문 앞으로 가니 장 대인과 청지기가 나와 두 사람을 맞이했다. 청지기가 그의 심복인 듯 보였다. 장 대인이 김만중과 나 참판을 번갈아보며 예를 갖추었다. 장 대인은 풍채로 보면 나 참판만 못했지만, 이목이 깔끔하고 입 매무새가 단정해 관직에 오래 있었던 품격이 묻어났다.

"서포 대감님, 나 참판 어른, 어서들 오십시오. 누추한 우거를 마다않고 찾아주시니 이런 광영이 있습니까. 더구나 서포 대감님이라고요. 현직에 있을 때도 대감의 명성은 익히 들었사옵니다. 남해로 유배 오셨다는 소식을 진즉에 들어놓고 찾아뵙지도 못한 결례를 부디 용서해 주시기 바랍니다. 어서 안으로 드시지요."

장 대인이 만면에 웃음을 담으면서 두 사람을 집안으로 안내했다. 김만중은 장 대인을 뒤따르면서도 집안 이곳저곳에 눈길을 주며 동정을 살폈다. 가솔들은 어디로 갔는지 청지기 외에는 아무도 보이지 않았다. 사랑방에 주안상이 마련되어 있었다. 해산물이며 육류, 나물 등속이 정갈해 입맛을 돋우었다.

"때가 이른 감은 있습니다만 귀빈께서 오셨는데 약주 한 잔 권하지 않아서야 환대하는 정성이 드러나겠습니까. 약소하오나 목부터 축이시지요."

집안에 우환이 있는 사람치고는 지나치게 활달하고 분주한 품새였다. 접대를 한다는 핑계로 두 사람을 사랑방에 묶어두려는 심산인 듯했다. 기미를 보아 속내를 떠보리라 다잡으며 김만중은 장 대인이 부어주는 술을 받았다.

한동안 의례적으로 오가는 환담을 주고받았다. 장 대인이 거듭 술을 치면서 두 사람의 입을 막았다. 취기가 오르자 나 참판이 슬쩍 의중을 떠보는 질문을 던졌다.

"부인과 아드님은 어디 갔소이까? 서포 대감은 처음 뵐 텐데 인사 정도는 나눠야 되지 않겠소?"

장 대인은 전혀 표정의 변화 없이 선선히 대꾸했다.

"송구해서 이를 어쩝니까? 처가에 행사가 있어 아들놈을 데리고 출타를 했습니다. 기별이 일찍 왔으면 출발을 미뤘을 텐데 그럴 짬이 없었습니다. 인사를 드리는 일은 다음 기회로 미뤄야겠습니다. 대감께서 섭섭해 하지 않으셨으면 좋겠습니다."

일부러 몸을 일으켜 반절을 하며 양해를 구하는데 뭐라 더 붙일 말이 없었다. 김만중 역시 몸을 숙이면서 수긍의 뜻을 전했다. 그러나 나 참판은 쉽게 물러서지 않았다.

"거 아쉽구려. 헌데 관직을 그만두고 귀향하면서 소실댁을 들이셨다고요? 게다가 소생까지 보셨다던데, 사실입니까?"

이 말에는 넉살이 좋은 장 대인도 얼굴을 붉혔다.

"부끄럽습니다. 이미 다 아시고 계신 듯하니 뭘 숨기리까. 현직에 있을 때 마음을 제대로 다스리지 못해 남우세스런 일을 저질렀지요. 그런데 아이까지 가졌으니 차마 내칠 수 없어 흉을 잡힐 각오로 데리고 왔습니다. 다행히 사람됨이 조신해 남의 손가락질은 받지 않고 지냅니다. 지금 집안에 있기는 합니다만 자랑할 일도 아니고 서포 대감께 뵈이기는 너무 송구한 일이라 인사를 드리라 하기 꺼려집니다."

허리를 숙이며 사죄하니 만나보겠다고 억지를 부릴 수는 없었다. 김만중이 짐짓 고개를 저으면서 말했다.

"그렇지요. 더구나 소실댁을 보자니, 예에 맞지 않지요."

그러나 나 참판은 작정한 듯 장 대인을 몰아세웠다.

"서포 대감께서 그러시다면 어쩌겠습니까. 헌데 듣자니 소실댁의 오빠란 사람도 함께 지낸다던데, 정녕 그렇습니까?"

이 말에는 장 대인의 표정도 굳어졌다. 노기 띤 목소리로 그가 말했다.

"이거 참, 세상에 숨길 일이 없다더니 나 참판께서는 모르는 일이 없으십니다. 제가 아랫것들 단속이 미흡했나 봅니다. 말씀대로 오빠란 사람이 오기는 했습니다. 그러나 한 집에 머물게 하는 것은 과한 듯해 밖으로 내보내 지내도록 했지요. 자, 그런 구차한 집안일은 잊어 주시고 술잔을 비우시지요."

이후 세 사람 사이에는 이런저런 다른 이야기들만 오갔다. 틈을 보아 집안일로 화제를 돌리려고 했지만, 장 대인이 빈틈을 보이지 않았다. 나 참판이 마지막 패를 내보였다.

"부인도 안 계시고 대인이 총애하시는 소실댁도 만나지 못하고 가다니, 참으로 유감입니다. 그런데 큰아드님은 부인과 함께 출타했다지만, 소실댁 소생 아드님까지 데려가진 않았겠지요? 큰아드님과는 달리 아주 건강하고 잘생겼다 들었습니다. 어떻습니까? 그리 큰 허물은 아닐 터이니 작은아드님 얼굴이라도 볼 수는 없겠습니까?"

나 참판은 김만중을 대신해 악역을 도맡고 있었다. 사건의 발단을 제공한 일들을 하나하나 끌어들여 악착같이 장 대인의 실토를 받아내려고 했다. 그러나 장 대인의 의지는 나 참판이 생각했던 것보다 훨씬 강했다.

"그 부탁도 들어드리기 어려울 듯합니다. 얼마 전에 아이가 고뿔을 호되게 앓았는데, 아직 어린아이라 사람들과의 접촉을 금하고 있습니다. 봄이 올 때까지는 저도 찾아가지 못하는 처집니다. 나중에 날이 따뜻해지거든 다시 오시지요. 그때는 모두 만나실 수 있도록 자리를 마련하겠습니다."

결국 두 사람은 손에 아무 것도 건지지 못했다. 그 사이 해가 기울었고, 자리에서 일어나야 할 시간이 되었다. 장 대인의 배웅을 뒤로하면서 두 사람은 귀로에 올랐다. 나 참판이 혀를 차며 말했다.

"장 대인이란 사람 호락호락한 인물이 아닙니다. 부인이 감쪽같이 사라지고 혐의가 소실댁과 그 오빠에게 있음이 자명한데도 눈 하나 깜짝하지 않는군요. 이처럼 한 가문의 명예가 소중한 줄은 저도 미처 몰랐습니다."

김만중도 수긍했다.

"그렇습니다. 불미스런 일이긴 하지만 철저하게 관련자들을 숨겨 두는군요."

나 참판이 멋쩍게 웃으면서 말했다.

"이제 어떻게 하지요? 저희로서는 더 손쓸 방도가 없을 듯합니다."

김만중 역시 가볍게 머리를 흔들면서 대꾸했다.

"그렇군요. 이제는 관아의 손을 빌려야 할까 봅니다. 집안사람 누군가 부인이 사라진 사실을 고발했다고 하면 장 대인도 계속 시치미를 떼진 못하겠지요."

나 참판이 김만중을 미심쩍은 눈초리로 보며 물었다.

"큰아들이 고발했다고 밝히자는 말씀입니까?"

"필요하다면 어쩔 수 없겠지요. 부인은 장 대인에게는 아내지만, 큰아들에게는 친모입니다. 자식이 어머니를 찾겠다는데 누가 탓하겠

습니까?'

나 참판이 당황하면서 말했다.

"그렇게 되면 자칫 한 집안이 풍비박산風飛雹散 날 수도 있습니다."

김만중은 대꾸 없이 땅만 바라보며 발걸음을 옮겼다. 대답이 없자 나 참판도 시선을 무연하게 먼 숲으로 향했다. 그리고 반대편에서 오고 있는 두 여인을 발견했다.

"대감, 저기 누가 오고 있습니다."

김만중이 눈길을 들어 나 참판이 가리키는 쪽을 보았다.

한 여인은 엷은 옥색으로 물들인 쓰개치마를 쓰고 있었고, 몸종으로 보이는 어린 계집아이는 보자기 하나를 두 손으로 안은 채 한 걸음 뒤떨어져서 걸어왔다. 거리가 열 보쯤 가까워지자 나 참판이 인기척을 냈다.

앞선 여인이 걸음을 멈추며 두 사람을 쳐다보았다. 옷차림은 소박했다. 아주 티가 나지는 않았지만 얼굴로 당혹스런 흔적이 드러났다. 나 참판이 한 걸음 앞으로 나서더니 말을 붙였다.

"장 대인 둘째 부인이신가 봅니다. 저희는 장 대인을 만나고 돌아가는 사람입니다. 저는 나 참판이라 하고, 이분은 한양서 유배를 오신 서포 대감이라 합니다. 집안에서는 못 뵀더니 이렇게 마주하게 되는군요."

다짜고짜 신분을 밝히니 마주친 여인도 부인하지는 못했다. 쓰개치마를 더욱 여미면서 여인이 응대했다.

"그러시군요. 본부인께서도 계시지 않은데 저마저 없었으니 대접이 소홀하지 않았나 염려스럽사옵니다. 너그럽게 용서해 주시기 바랍니다."

다소곳한 목소리에 품격이 묻어났다. 한때 기적에 몸을 올린 사람이라 말해도 곧이 들을 사람이 없을 듯한 몸가짐이었다. 몰래 아래위로 여인의 행색을 살피던 나 참판도 더는 따져 물을 엄두를 내지 못할 품성이 느껴지는 언행이었다.

"별 말씀을요. 장 대인께서 환대해 주셔서 아무런 불편도 없었습니다. 그럼 들어가 보시지요."

나 참판이 옆으로 길을 피했다. 여인은 허리를 가볍게 숙이고는 두 사람을 비껴 지나갔다. 몸종이 의아한 눈빛으로 두 사람을 흘겨보았다. 그때였다. 말없이 눈길만 주던 김만중이 입을 열었다.

"저, 부인, 잠깐만."

여인이 흠칫 놀라면서 걸음을 멈추었다. 두 어깨가 긴장으로 움츠러드는 것이 눈에 뜨일 정도였다. 그러나 곧 호흡을 가다듬더니 몸을 돌렸다.

"무슨 일이신지요?"

"별 일은 아닙니다. 초면에 실례이오만 어디를 다녀오시는 길인지 말씀해 주실 수 있겠습니까?"

생각에 잠긴 채 여인이 머뭇거렸다. 그러다 표정을 누그러뜨리며 대답했다.

"용문사에 다녀오는 길입니다."

"아, 그러셨군요. 사찰에는 자주 다니시나 봅니다."

"제가 그리 불심이 깊지는 않습니다만, 근자에는 자주 가는 편입니다. 그걸 어찌 아셨습니까?"

"사람이란 마음에 파문이 일면 의지할 바를 찾게 되는 법이시 않습니까? 어린 아드님도 잔병치레를 한다니 자연히 부처님과 약사여래의 가호를 찾게 되지요."

여인이 무안한 표정을 감추지 못하면서 말을 받았다.

"아이가 아픈 것이 뭐 그리 대수겠나요. 이젠 다 나았습니다. 그보다 더 부처님의 가피력을 빌 일이 있어 사찰을 찾곤 한답니다."

김만중의 얼굴로 작은 흔들림이 스치고 지나갔다. 말없이 여인과 몸종을 응시하던 김만중이 시선을 거두면서 가볍게 한숨을 쉬었다. 더 말이 없자 여인은 다시 몸을 돌려 발걸음을 재촉했다. 이윽고 길은 굽어졌고, 여인은 나무에 가려졌다.

소실댁의 뒷모습을 물끄러미 지켜보던 나 참판이 착잡한 목소리로 말했다.

"자신과 오빠의 죄악을 용서해 달라 부처님께 간구하는 걸까요? 언동이 그리 사특해 보이지는 않는데, 속내를 숨기는 일이 귀신도 속일 만큼 기민하군요."

소실댁의 걸음을 좇던 김만중의 목소리도 심연처럼 잔잔하게 울렸다.

"사람은 겉만 보고 판단할 수 없는 법이지요. 지금까지 겉만 보고 속을 보지 못해 그르친 일이 어디 한두 가지였습니까? 위로는 군왕부터 아래로는 백성에 이르기까지 사람의 겉과 속을 잘 보고 판단해야 과오가 없게 되지요."

나 참판의 눈초리가 위로 솟구쳤다.

"그렇게까지 확대하실 거야 있겠습니까? 누가 들을까 무섭습니다."

김만중이 우려에 흔들리지 않고 고개를 내저었다.

"말이 옳은데 비난을 들은들 어찌 두렵겠습니까? 우선 저부터 겉과 속을 잘 살폈는지 반성해야겠습니다. 세상 모든 사람이 스승이라더니 오늘 발걸음이 헛되진 않았나 봅니다. 그만 가시지요."

그렇게 두 사람은 붉게 물드는 노을을 바라보면서 걸음을 옮겼다. 갈림길에 이르자 나정언과 아미가 마중을 나와 있었다. 옆에는 나 참판이 타고 온 말과 마부가 두 사람의 귀로를 지켜보았다.

그날 밤 호우가 유배 처소로 돌아왔다.

"여전히 아무 움직임도 없더냐?"

호우가 면목 없다는 듯이 고개를 떨어뜨렸다.

"오늘도 그자는 여기저기 뻔질나게 기웃거리긴 했습니다. 그러나 누군가를 만나거나 어딘가를 찾는 기색은 보이지 않았습니다. 정말 제 미행을 눈치챈 것이 아닐까 의심스럽습니다."

김만중이 고개를 끄덕이며 말했다.

"그렇지는 않을 게다. 오늘 밤부터는 그자의 움막이 아니라 장 대인댁을 감시하도록 해라. 이 사건을 해결할 열쇠는 오빠가 있는 움막이 아니라 장 대인댁에 있을 듯하구나. 내 짐작이 맞다면 며칠 내로 그 조짐이 불거질 것이다. 특히 야밤에 집에서 누가 나오거든 지체 말고 뒤쫓도록 해라."

저녁을 든든히 먹은 호우는 다시 밤 어둠을 벗 삼아 처소를 나섰다.

이틀이 지난 뒤 늦은 아침에 호우가 귀가했다.

"대감마님의 예측이 맞았습니다. 어젯밤 자정 경에 누군가 후문을 열고 나오더군요."

"뒤쫓았겠지?"

"예."

"어디로 가더냐?"

"꽤 멀리 가더군요. 호구산 산기슭을 돌아 읍성을 건너 망운산을 올랐습니다."

"망운산? 정말 먼 곳에 숨겨 두었구나. 토굴이나 동굴에 가두지는 않았을 텐데?"

"예. 망운산 정상 바로 밑에 망운암望雲庵이란 오래된 암자가 있더군요. 산길이 험하고 법당도 낡은 데다 머무는 스님도 한 분뿐이라 사람들 발길이 거의 끊긴 곳이었습니다."

"숨겨 두기에는 안성맞춤인 곳이로구나. 무사히 잘 있더냐?"

"예. 중년 부인 한 사람이 법당 뒤편 요사채에 갇혀 있었습니다. 밖에서 문고리를 걸어 두었더군요."

"흠! 그랬겠지. 네가 고생이 많았다. 밤을 새워 피곤할 테니 건너가서 쉬도록 해라."

호우가 염려를 지우지 못하고 물었다.

"그냥 두어도 괜찮을는지요? 지금까지는 하늘의 도움으로 무사했지만 무슨 일을 당할지 모르잖습니까? 박 포교님을 보내 일단 구해야지 않겠습니까?"

김만중이 고개를 저었다.

"별 일 없을 게다. 두호의 어머니이자 장 대인의 본부인은, 납치된 것은 사실이지만 소실댁과 그 오빠의 소행이 아니니라."

호우의 두 눈이 휘둥그레졌다.

"그게 무슨 말씀입니까? 그럼 누가 납치를······?"

김만중이 자리에서 일어나 의관을 찾으면서 말했다.

"이제 그 장본인을 만나러 가야지."

"혼자 가서도 괜찮으시겠습니까?"

"잔혹한 마음을 품고 저지른 일이 아니야. 그러니 염려할 것 없다. 오히려 나 혼자 가는 것이 원만한 해결에 도움이 될 게다."

의관을 정제한 김만중은 나정언의 동행도 마다하고 홀로 처소를 나와 산길을 걸어 내려갔다.

5

며칠 뒤 장두호가 김만중의 유배 처소를 찾아왔다. 지난 번 왔을 때와는 달리 해맑은 얼굴에 웃음이 가득했다. 그래서인지 혈색도 좋아보였다.

"저 왔습니다."

두호의 밝은 목소리에 사람들이 모두 문을 열고 내다보았다. 창문을 연 김만중을 보더니 장두호가 마당에서 넙죽 엎드리며 큰절을 올렸다.

"서포 대감님! 대감님 덕분에 엄마가 무사히 돌아오셨어요. 이 은혜는 백골난망입니다."

김만중이 천진난만한 표정의 두호를 보면서 너털웃음을 터뜨렸다.

"그래. 날이 차니 방 안으로 들어오너라. 고뿔 걸리겠다."

아미가 다과상을 내오고 다들 한 자리에 둘러앉았다. 김만중이 따뜻한 차를 한 모금 마신 뒤 두호를 보며 물었다.

"어머님 병환은 어떠시냐?"

두호의 얼굴이 잠깐 시무룩해졌다가 다시 펴졌다.

"하루아침에 나을 병은 아니니 기다려야죠. 하지만 작은어머님이 사찰에 다니면서 무사귀환을 기원하고, 오빠 되시는 분이 찾아다니셨다는 말을 듣고는 마음이 많이 편해지셨나 봐요. 두명이를 품에 안고는 눈물까지 흘리셨는걸요."

김만중도 표정이 펴지면서 기분 좋은 목소리로 말했다.

"흠, 그래. 마음의 병은 특히 가족의 보살핌이 있어야 효험이 있느니라. 장 대인께서도 피치 못해 내린 결단이긴 했다만, 덕분에 가족이 모두 한 마음이 되었으니 전화위복이라 해야겠구나."

"예. 무엇보다 대감님의 은공이 큽니다. 또 저를 이곳으로 데려와 준 누나, 정말 고맙습니다."

장두호가 아미를 돌아보면서 깊이 머리를 조아렸다.

"얘, 징그럽다. 반갓집 도령께서 한갓 몸종에게 절을 하면 안 돼."

아미가 불편한 표정으로 몸을 돌렸다. 그러자 두호가 일부러 더 아미에게로 다가가 짓궂게 머리를 내밀었다. 좌중이 웃음바다가 되었다.

나정언이 찻잔을 내려놓으며 물었다.

"스승님, 장 대인께서 두호 어머님을 망운암으로 피병避病시킨 줄 어찌 아셨습니까?"

김만중이 빙그레 웃으며 대답했다.

"나도 처음엔 몰랐지. 두호 얘기를 들어보니 아무리 봐도 소실댁과 그 오빠의 소행임이 분명해 보이지 않았느냐? 그때는 빨리 손을 쓰지 않으면 큰 변고가 생길 것 같아 나도 속을 많이 태웠구나."

호우가 두호를 바라보며 말을 이었다.

"저도 그렇게밖에는 생각할 수 없었습니다. 솔직히 오빠란 자가 태평하게 마을을 돌아다니기에 벌써 부인을 해쳤다고 여겼지요. 움막으로 쳐들어가 우격다짐으로라도 자복을 받고 싶은 때가 한두 번이 아니었습니다."

"그 심정은 넉넉히 헤아려지는구나. 나중에는 오빠란 자보다는 소실댁을 설득하는 게 바람직하다는 판단이 들었지. 이치와 인정을 따져 말한다면, 그도 아낙이고 어머니니 마음이 흔들릴지도 모른다고 봤다. 그래서 굳이 장 대인 집을 찾아간 것이고.

그러나 말은 고사하고 얼굴조차 보지 못하고 돌아설 때는 심정이 여간 복잡하지 않더구나. 그런데 돌아오는 길에 소실댁을 만나고 사찰에 기원을 하러 다닌다는 말을 듣고는 의문이 일기 시작했어. 장 대인이 무조건 일을 감추려고만 드는 것도 마음에 걸리더구나. 아무리 가문의 수치라지만 본부인이 사라졌고, 더구나 소실과 그 오빠의 흉행이 의심스러운데 밖으로 새어나가지 않는 일에만 혈안이니 해괴한 일이 아니겠느냐? 게다가 내가 만나 본 장 대인은 인품과 심지가 반듯한 사람이었으니 말이다.

그러자 문득 내가 사람들이 겉으로 보여주는 모습을 너무 왜곡하여 받아들인 게 아닐까 하는 생각이 들었다. 즉 겉과 속이 다른 것이 아니라 속내가 다 겉으로 드러났다는 말이지. 그렇게 생각을 바꿔보니까 모든 일이 막힘없이 설명이 되더구나. 먼저 소실댁과 오빠의 행동을 떠올려 보았다. 그러자 이런 답이 나왔다. 그들은 본부인을 납치해 해코지를 한 게 아니라 그들 역시 사라진 본부인의 행방을 찾으러 나섰다는 게지.

또 장 대인이 애써 식솔들을 내보이지 않으려던 것도 소실댁을 두둔한 처사가 아니라 다른 말 못할 사정 때문에 그것을 숨기려던 것이 아닐까 싶더구나. 그렇다면 도대체 무슨 딱한 사정이 있었던 것일까? 그렇게 갈피를 잡으니까 두호가 처음 여기 와서 했던 말들, 두명이가 고뿔에 걸리고 이후 몸에 상처가 나거나 경기를 일으켰던 사달의 내막도 달리 볼 여지가 생겼지. 즉 소실댁의 자해가 아니라 실제로 본부인이 아기에게 위해를 가했던 것이지."

장두호가 얼굴을 숙이면서 풀이 죽은 목소리로 말했다.

"그렇게까지 엄마가 저를 걱정하실 줄은 짐작도 못했어요. 아버님이 두명이를 귀여워하시고 오빠라는 식솔까지 들이닥치니까 근심이 깊어져 병이 되셨는가 봐요."

김만중이 장두호의 손을 잡으면서 차분한 음성으로 말했다.

"그게 어머니의 마음이란다. 장 대인도 처음에는 오빠란 자가 제 조카를 누가―말은 안 했지만 결국 본부인이겠지.― 해치려고 한다면서 성화를 부렸을 때 일언지하에 묵살했을 게다. 그런데 거듭 두명이에게 잔병 따위가 생기니까 이상한 기분이 들었던 게 아닐까 싶다. 어쩌면 말은 하지 않았지만 그런 장면을 목격했을지도 모르겠구나. 그제야 부인의 병을 알아챈 게지. 상황이 더 악화되기 전에 조처를 취해야겠다고 다짐했다더구나. 믿을 만한 행랑어멈과 청지기를 시켜 밤에 몰래 부인을 망운암으로 피병을 보낸 게지. 마음의 병에 차도가 있으면 데려올 작정이었으니, 본부인이 사라졌다거나 급기야 소실댁이 납치해 위해를 가했다는 식의 소문이 나는 것은 무슨 일이 있어도 막아야 했지."

장두호가 부끄러운 듯 고개를 숙이며 낮은 목소리로 말했다.

"제가 너무 주제넘게 나섰던가 봐요. 가만히 있었어도 잘 풀릴 일이었는데."

김만중이 고개를 저었다.

"아니란다. 우선 어머니를 염려하는 마음이 갸륵하구나. 자식이라면 당연히 찾아 나서야지. 팔짱만 끼고 있었다면 어찌 그게 올바른 태도겠느냐? 또 네가 나섰기에 집안사람 모두 가족을 염려하고 돌보려던 마음이 드러나지 않았느냐? 그래서 모든 오해가 풀렸고. 너의 올바른 처신이 있었기에 가능했던 일이란다."

그제야 장두호가 머리를 긁으며 씩 웃었다.

"헤헤! 어쩌면 제가 대감님의 병환도 치료한 것인지 모르겠는걸요."

"그건 또 무슨 소리냐?"

"제가 와서 엄마를 찾아달라고 떼를 쓰지 않았으면, 대감님은 지금도 어머님을 잃은 슬픔에 몸져누워 계셨을지도 모르잖아요."

김만중이 애써 웃으며 대답했다.

"허허! 네 말이 맞구나. 어머님의 임종을 지키지 못한 불효가 가슴에 저몄는데, 꿈속에서나마 어머님의 생전 모습을 뵐 수 있었던 것도 네가 날 찾았기 때문이지. 선업善業에는 선과善果가 따른다고 해야 할까?

그리고 두호야, 명심하거라. 네 부모님께도 효성을 다해야겠지만, 이번 일을 계기로 소실댁과 그 오빠에게 감사하는 마음을 늘 가져야 할 것이야. 또 동생도 잘 돌보고. 알았지?"

장두호가 어깨를 쭉 펴면서 다짐하듯 말했다.

"알겠습니다, 대감님. 모든 분들께 실망을 끼치지 않는 사람이 될 게요."

김만중이 방 안에 모인 사람들을 돌아보면서 말했다.

"이번 일을 겪으며 나도 여러 가지 생각을 했었다. 이미 유명을 달리한 어머님의 죽음을 애통해 하는 것만 능사는 아니라고 말이다. 돌아가신 어머님의 덕행을 사람들이 잊지 않도록 하는 것이 진정 자식이 해야 할 도리임을 깨닫게 되었구나."

장두호가 눈에 호기심을 띄우면서 물었다.

"어떻게 하시려고요?"

김만중이 눈길을 내리면서 말했다.

"그것은 앞으로 차차 생각해 봐야겠지. 어머님의 삶을 기록한 행장行狀을 쓸까 싶다. 내 비록 늙었지만 그리 시간이 부족하다는 생각은 들지 않는구나."

장두호가 생기찬 목소리로 말했다.

"대감님, 정말 좋은 생각이세요."

문밖으로 새들이 지저귀는 소리가 들렸다. 남쪽 바다에 외로이 떨어져 있는 남해 섬에도 조금씩 조금씩 봄이 찾아오고 있었다.

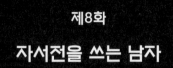

제8화

자서전을 쓰는 남자

〈대국산성에서 바라본 강진만과 남해읍〉

1

봄이 오자 남해 섬은 온통 꽃으로 병풍을 두른 듯 울긋불긋 달아올랐다. 다른 섬과는 달리 남해는 유달리 높은 산이 많고 골짜기가 깊어 꽃들이 뛰어놀기에 적합했다. 해안가를 따라 얕은 구릉과 논밭이 바둑돌처럼 늘어졌는데, 그 둑길을 타고 꽃은 아름다움을 마음껏 뽐냈다. 이른 시기에 피는 동백꽃이 붉은 눈물을 뚝뚝 흘리는가 싶더니 이어 분홍색 복사꽃과 노란 개나리, 분홍빛 진달래, 하얀 봄맞이꽃과 매화, 보라색 제비꽃이 경쟁을 하듯 피어났다. 철쭉이 피기에는 이른 계절이지만, 망운산 기슭을 철쭉 군락이 채운다면 봄 꽃맞이는 절정에 이를 것이었다.

김만중은 읽던 글을 덮고 잠시 눈길을 창문 밖으로 보냈다. 그의 유배 처소가 있는 호구산 산기슭에도 온갖 꽃들이 눈부시게 피어났다. 달콤하고 상큼한 꽃향기가 김만중의 코를 찔렀다. 제비들이 떼 지어 날아다니는 골짜기 너머 바깥세상은 그야말로 신필神筆이 그린 채색화를 무색하게 만들었다.

호우와 아미, 나정언은 봄나물을 뜯어 무치고 진달래꽃을 따와 두

견화전杜鵑花煎 꽃지짐을 부쳐 먹겠다며 함께 나들이를 나갔다. 지금 처소는 온전히 김만중만의 공간이 되었다. 어머님의 별세 소식을 접하고 오랜만에 누려보는 한가로운 시간이었다.

이 시간에 김만중은 창가에 앉아 꽃향기에 물든 바람을 맞으며 글을 읽는 중이었다. 대단한 흥미를 불러일으키는 글은 아니었지만 적막한 시간을 보내며 읽기에는 그만이었다. 더구나 그 글은 한문이 아닌 언문으로 쓰인 것이었다. 그래서 그는 일부러 읽는 수고를 마다하지 않았다.

김만중은 잠시 봄의 향연을 눈으로 즐기면서 이 뚱딴지같은 글을 읽게 된 까닭을 되새겨보았다.

학동 장두호의 모친 실종 사건을 해결하고 열흘쯤 지났을 무렵이었다. 김만중은 유배를 오면서 가져온 이런저런 개인 문건들을 들춰 정리하고 있었다. 어머님께서 세상을 떠난 지도 한 달이 훌쩍 지나고 있었다. 한양 본가에서는 머지않아 사십구재도 끝날 터였다. 이 제사마저 마치면 어머니는 영영 이승을 떠나 다음 생의 인연으로 들어갈 것이었다. 언젠가 연화장세계에서 다시 만나겠지만, 그전에 김만중에게는 마무리 지어야 할 이승에서의 과업이 남아 있었다. 어머님의 행장을 짓는 일과 살아생전 어머님과 약속했던 소설을 완성하는 일이었다.

김만중은 서궤를 뒤져 바닥 아래 깔려 있던 얇은 책을 꺼냈다. 겉장까지 합쳐 십여 장에 불과한 얄팍한 책자였다. 겉장에는 한문으로 〈몽환夢幻〉이란 제목이 달렸다. 재작년 김만중은 평안도 선천宣川에서 한 해 조금 못 미치는 기간 동안 유배를 살았다. 차가운 바람과 거센 눈보라가 몰아치는 머나먼 북녘 땅으로 떠나는 아들을 전송하면서 어머니는 회한에 찬 눈물을 흘렸다. 그때 이미 형님인 서석공瑞石公 김만기金萬基, 1633-1687는 이승 사람이 아니었다. 어머님은 하나 남은 아들이 추운 북녘 땅에서 탈이라도 날까봐 날마다 조바심을 치셨다. 그 소식을 들은 김만중은 어머님의 근심을 조금이라도 씻어드릴까 싶어 짤막한 이야기를 지어 보냈다.

어머님은 그 이야기를 읽고 흡족해 하셨다. 그러나 하룻밤도 안 걸려 읽으니 너무 짧아 아쉽고, 한문으로 쓰여 읽을 수 있는 사람이 제한되어 섭섭하니 더욱 풍성한 내용을 언문으로 써서 완성하면 어떻겠느냐 권유하셨다. 그러면서 어머니는 붉은 먹으로 이야기의 이곳저곳에 당신이 생각했던 아쉬운 부분이나 덧붙이면 좋을 내용들을 촘촘히 적어 되돌려 보내주셨다.

선천에서는 얼마 뒤 해배되는 바람에 어머님의 뜻을 이뤄드리지 못했다. 그러다 다시 정쟁의 철퇴를 맞아 떠나게 된 남해 유배길. 김만중은 서궤를 정리하면서 〈몽환〉 책자를 집어넣었다. 이제 어머님은 세상에 계시지 않지만, 그때 어머님이 당부하셨던 소임까지 사라지지는 않았다. 어머님의 행장을 짓고, 〈몽환〉의 분량을 늘려 언문 소설로 탈바꿈시키는 일은 남해에서 그가 해야 할 크나큰 과업이었다. 새로 엮어질 소설에 비한다면 〈몽환〉은 그저 줄거리에 지나지 않았다.

그런 상념에 잠겨 있던 차에 나 참판의 방문을 받았다. 나 참판은 자리에 앉자마자 건강부터 문의했다.

"대감, 어찌 예전 기력은 회복하셨습니까? 혈색이 평안해 보이니 공연히 걱정할 필요는 없을 듯합니다만, 워낙 친상親喪의 충격이 크셨으니 심신을 잘 돌보셔야지요."

김만중이 가는 수염을 쓰다듬으며 미소를 담은 채 대답했다.

"나 참판께서 늘 마음을 써 주시니 몸이 깎여 나갈 겨를도 없습니다. 그리 염려하시지 않아도 됩니다."

"그러시다면 큰 다행이지요. 그런데 뭘 읽고 계셨습니까?"

나 참판이 김만중이 책상 뒤로 물려놓은 〈몽환〉 뭉치를 곁눈질하며 물었다. 김만중이 책자를 물끄러미 바라보며 대답했다.

"이태 전 선천으로 유배 갔을 때 썼던 글입니다. 한양에 계시는 어머님이 적적해 하실까봐 떠오르는 대로 적어본 것인데, 어머님의 필적도 남아 있어 들춰보는 중이지요."

나 참판의 눈가로 호기심이 가득 차올랐다.

"오호! 그러십니까? 제가 살펴봐도 괜찮을는지요?"

"그럼요. 다만 경국제세經國濟世를 논한 글이 아니니 흉이나 잡히지 않을까 걱정입니다."

"대감께서 쓴 글인데 흉이라니요. 당치 않습니다."

겉장을 넘긴 나 참판이 눈동자를 부지런히 굴리면서 글을 읽어나갔다. 두어 장을 넘겼을까. 나 참판이 크게 탄식을 하면서 눈길을 김만중에게로 향했다.

"아주 흥미로운 글이로군요. 여기 이 붉은 글씨가 모친의 필치입니까?"

"그렇습니다."

"선부인先夫人, 돌아가신 남의 어머니에 대한 호칭의 안목이 대단하셨군요. 깊은 산은 푸른 소나무만 품는다더니, 대감의 문장이 어디서 왔는지 이제야 알겠습니다."

김만중이 흐뭇하게 웃으며 대답했다.

"과찬이십니다. 일찍 홀로 되신 어머님은 경전과 함께 이런 이야기 책도 곁에 두고 즐겨 읽으시곤 하셨지요."

나 참판이 겉장을 어루만지며 알 듯 모를 듯한 표정으로 김만중의 안색을 살폈다.

"선부인의 뜻은 이 글을 확장하여 언문으로 완성하라는 데 있었군요."

"예. 이제 그 유지를 받들까 싶어 꺼내보던 중입니다."

나 참판이 흥미가 동하는지 두 손을 비비며 넌지시 말했다.

"대감께서 언문에도 능통한 줄은 몰랐습니다."

"칠세 동자도 하룻저녁이면 깨친다는 언문을 아는 게 무슨 대견한 일이겠습니까? 그러나 막상 언문으로 글을 써보자고 하니 쉽게 엄두가 나질 않는군요. 언문으로 쓰인 글이 없진 않으나 이곳에서는 접하기도 어렵고, 또 있다 한들 언문의 문체를 익히는 것은 언문을 읽는 것과는 사뭇 다른 일이지요."

나 참판은 김만중의 푸념을 듣고는 한동안 대꾸가 없었다. 뭔가 자기만의 생각에 깊이 빠진 표정이었다. 그러더니 문득 안색을 바꾸며 말문을 열었다.

"대감, 안 그래도 대감에게 소청이 있었습니다. 이런 부탁을 드리면 자칫 큰 결례가 될 것 같아 주저했는데, 지금 대감의 말씀을 들으니 줄탁동시啐啄同時라는 옛 성구가 떠오르는군요. 혹시 글 한 편을 읽어보실 의향이 있으십니까?"

김만중이 곤혹스러워하는 나 참판의 기색을 살피면서 우스갯소리를 했다.

"뭔데 그리 조심스러워 하십니까? 사발통문을 들고 온 것은 아니실 테고."

"아이쿠, 무슨 그런 불충한 말씀을요. 실은 언문으로 쓰인 것인데, 분량이 짧지도 않습니다. 게다가 글쓴이의 지체마저 낮으니 대감에게 감히 내밀 수도 없는 터수이지요. 그래도 한번 보시겠는지요?"

김만중이 반가워하며 화답했다.

"당연하지요. 저는 평소 조선의 식자층이라 하는 사람들이 제 글인 언문은 버려두고 중화문자인 한문으로만 글을 쓰는 태도를 아주 못마땅하게 여기던 참이었습니다. 더구나 우리의 말과 뜻을 자유자재로 표현할 수 있는 좋은 문자가 있는데도 말입니다. 영묘英廟, 세종의 묘호께서 훈민정음을 창제해 반포하신 지도 어언 2백여 년이 훌쩍 지나지 않았습니까? 그런데도 언문은 하찮게 여기고 한문만 보배인 양 떠받드니, 참으로 창피한 노릇입니다. 언문으로 쓴 글이라면 그 노력과 성의를 격려해도 부족할 터인데, 지체를 따져 거두고 버린다면 어디 영묘의 뜻을 올바로 받들었다 하겠습니까? 글을 가져 오셨습니까?"

나 참판의 얼굴이 감동으로 벌겋게 달아올랐다.

"정말 저 같은 사람의 사려분별은 대감의 발밑에도 머물 깜냥이 못 될 듯싶습니다. 그런 호의를 베풀어 주시겠다니 황감할 따름입니다. 실은 차마 방 안까지 들고 오지 못하고 마부에게 맡겨두었습니다. 가져오라 할까요?"

"그러세요. 꼭 읽어보고 싶습니다."

이렇게 해서 김만중은 남해안 일대에서 부상富商으로 이름난 황경동黃敬東이란 사람이 쓴 언문 자서전을 읽게 되었다.

2

황경동이 자서전을 쓰게 된 동기는 올해 자신이 고희를 맞게 되었기 때문이었다. 형제만 많고 재산은 없는 궁색한 집안에서 태어난 그는 젊어서 혈혈단신 맨주먹으로 장사에 뛰어들었다. 그리하여 온갖 고초와 위기를 극복하고 마침내 한 고을에서 손꼽히는 부자가 되었다. 혼인이 늦어져 슬하의 자식은 아들 하나에 딸 둘을 두었는데, 모두 짝을 찾아 인근 마을에서 살고 있었다. 지금 그는 외아들에게 자신의 사업을 물려주고 은퇴하여 말년의 풍족한 삶을 즐기는 중이었다. 몇 살 아래의 아내 역시 건강했는데, 자수刺繡에 관심이 많아 따로 가게를 열어도 좋을 정도의 실력을 갖춘 모양이었다.

황경동은 자신이 태어난 고장과 집안 이야기에서 시작해 성장 과정, 가족 이야기 등등을 사건 중심으로 기록하고 있었다. 빈한한 가정에서 7남매 가운데 막내로 태어났는데, 어려서부터 굶주림과 싸우며 자랐다. 형제 가운데 몇은 일찍 죽어 얼굴도 몰랐다. 막내인 탓에 맏형과는 나이차가 많이 나 거의 아버지뻘에 가까웠다. 아버지는 이미 연로해 밭일을 하기에는 힘이 부쳐 광에 틀어박혀 새끼를 꼬거나 멍석을 엮는 일로 소일했다. 찢어지게 가난한 집안에 재산이라고는 눈을 씻고도 찾아볼 수 없는 처지에 오직 형제들이 붙여먹는 소작에 식구들의 명줄을 걸고 살았다.

그런 이야기가 상당히 길고 장황하게 자서전의 전반부를 장식하고 있었다. 김만중은 언문으로 된 그 글을 읽으면서 글 쓴 사람이 꽤나 자신의 삶을 화려하게 꾸미고 싶어 한다는 기미를 느꼈다. 자신의 궁핍했던 어린 시절을 다소 과장되고 헌학적으로 표현한 구절들은 이후의 성공을 더욱 빛나게 하는 배경이 되도록 배치했다. 주변 친척들마저 거들떠보지 않는 냉혹한 현실이 그를 돈을 벌어 멋지게 성공해 앙갚음하도록 만들었고, 이익이라면 누구에게도 양보하지 않는 독한 장사꾼으로 바꾸어 놓았다.

그런 이야기들은 눈에 거슬리는 장사 수완과 아전인수 격의 억지 해석이 뒤섞여 있다 해도 빈손에서 만석군으로 변신한 인간의 억척스러움을 잘 보여주었다. 글에서 그는 부를 쌓아 나가면서 인정과 도의를 원칙으로 삼았다고 강변했다. 그러나 그럴듯한 포장 속에서도 자신의 몰인정하고 뒤를 돌아보지 않는 본성을 완전히 숨기지는 못했다. 그 예로 이런 구절을 들 수 있었다.

남의 땅을 붙여먹고 살아서는 아무런 희망이 없다는 사실을 깨달은 나는 열여섯 살이 되자 고향을 등지고 섬에서 나와 나만의 삶을 찾기에 이르렀다. 마침 여수에서 음식 장사를 하는 친척 아주머니가 있어, 그 밑에서 허드렛일을 하며 세상 돌아가는 이치도 배우고 나의 꿈을 이룰 밑천을 마련하고자 했다.

먼 친척뻘인 아주머니는 가난한 집 아이라는 이유로 나를 아무짝에도 쓸모없는 사람 취급했다. 새벽부터 일어나 물을 길어오고 낮이면 산에 가 나무를 해오고 밤이 되면 설거지며 가게 청소 등 온갖 궂은일을 다 나에게 맡겼다. 그러면서 먹고 재워 주니 고마운 줄 알라며 엄청나게 생색을 냈다. 어쩌다 돈 몇 푼을 쥐어주면서도 생돈이 나간다는 듯 아까워했다.

그런데 남편 되던 아저씨는 아주머니보다 훨씬 인정이 많은 사람이었다. 손님들이 먹다 남긴 음식으로 허기를 채우는 나를 보고는 몰래 국밥을 말아 주시기도 했다. 밤에 술이라도 한잔 들어가면 젊어서 고생은 사서도 한다면서 고달픈 일상을 견디는 나를 위로해 주셨다.

몇 년이 지났다. 이런 식의 생활은 내 꿈을 이루는 데 아무런 도움이 안된다는 결론을 내렸다. 세상 물정에도 조금 눈을 떴고, 재물의 흐름이나 장사에서 이득을 남기는 방법 따위에도 눈썰미를 가지게 되었다. 그만 이곳을 떠나 장사를 해보겠다고 내가 말했을 때, 아주머니는 코웃음을 쳤다. 세상 무서운 줄 모른다며 한 철도 지나지 않아 거지가 되어 손을 벌릴 것이라 장담했다. 잘 부려먹던 일꾼 하나가 사라지니 부아가 나 내뱉는 악담임은 약삭빠르지 않아도 알 일이었다.

그런데 아저씨의 반응이 달랐다. 자기도 자식이 있어 내 처지가 얼마나 고달픈 줄 안다면서 용기와 믿음을 가지고 더 큰 세상으로 나가보라고 격려를 아끼지 않았다. 그러면서 아주머니 몰래 적지 않은 돈을 건네주셨다. 몇 년 동안 궂은일 마다 않고 열심히 일한 세경으로 생각하라며 챙겨주는 돈이었다. 눈물이 날 만큼 고마웠다.

그때 받은 돈은 내가 타지로 나가 처음 손에 쥐어본 목돈이었다. 나는 부산진으로 가서 그 돈을 종자돈 삼아 장사를 벌였다. 운이 따랐는지 손을 대는 장사마다 밑지는 일이 없었다. 남을 속이지 않고 성실하게 노력하니 하늘도 돕는 느낌이었다. 그래서 몇 년 만에 밑천에서 수백 배 불어난 재산을 모으게 되었다. 함께 일했던 사람들 모두 내 성공을 기뻐해주었다.

그러는 사이 나는 나를 격려해준 아저씨를 잊은 석이 한 번도 없었다. 나를 믿어주고 장도를 축원해준 은인을 어찌 잊겠는가? 더구나 아저씨는 내 성공으로 가는 계단에 첫 섬돌을 놓아주신 분이 아니던가. 언젠가 크게 부자가 되면 꼭 찾아뵙고 빌려준 돈도 깎듯이 이자를 쳐서 돌려드리고 은혜를 갚으리라고 다짐하지 않은 날이 없었다.

그러고도 벌써 오십 년의 세월이 훌쩍 지나 이 글을 쓰고 있자니 그때 일이 생각나 눈시울이 뜨거워진다. 죄송하게도 나는 그 이후 아저씨를 찾아뵙지 못했다. 풍문에 장사가 망하고 일가가 아주 어려운 지경에 빠졌다는 소식을 들었다. 그 소식에 가슴은 아팠지만 내 일에 쫓기다 보니 이제까지 안부 한 번 전하지 못하고 말았다.

그때도 나보다 스물 살 이상 많은 나이였으니 지금쯤은 돌아가셨을 것이다. 내 또래의 자식들이 있었는데, 뒤늦었지만 그들이라도 찾아 아저씨에게 받은 은혜를 갚을 생각이다. 아아! 아저씨를 생각하니 또 눈물이 앞을 가린다…….

대강 이런 사연이었는데, 이 글을 읽으면서도 김만중은 글 쓴 사람의 교활한 성격이 들여다보였다. 그리고 글의 이면에 숨은 진실이 읽혀졌다. 황경동이 친척 아주머니 밑에서 말 못 할 고생을 한 것은 사실일 터였다. 또 마음씨 착한 아저씨가 있어 감싸준 것도 사실일 게 분명했다.

그러나 그가 전기를 마련하겠다며 그 집을 나왔을 때 벌어진 일은 진실처럼 보이지 않았다. 장사 밑천이 되었다는 '적지 않은 목돈'이 과연 아저씨가 자발적으로 건네준 것일까? 김만중이 짐작하기에 그 돈은 그가 훔친 것이었다. 사람 좋은 아저씨는 아주머니가 돈을 어디다 보관하는지 황경동에게 일러 주었을 것이다. 너도 열심히 일하면 그린 돈을 마련할 수 있다는 점을 일깨우기 위해서였으리라. 술에 취한 아저씨를 살살 꾀어 발설하도록 유도했을 소지도 높았다.

그렇게 한 일가가 평생 모은 돈을 훔친 그는 여수에서 멀리 떨어진 부산진으로 달아났다. 출신지나 신분도 들통 나지 않게 위장했으리라. 이십대 중반 나이에 한 재산을 모은 그가 이후 아저씨의 집은 고사하고 여수 근처도 얼씬하지 않은 까닭을 어찌 설명할 수 있을까? 자나 깨나 아저씨의 은혜를 잊지 않았다는 사람이 곤궁에 빠졌다는 소식을 듣고도 외면한 점에서 불 보듯 드러났다.

이런 식으로 황경동은 평생 거금을 벌면서 수도 없이 동업자나 도움을 준 사람들을 속여 이익을 독차지하거나 가로챈 것으로 보였다. 글이란 아무리 윤색과 위장을 해도 쓴 사람의 본바탕을 숨기지는 못하는 법이었다. 황경동은 자신도 모르는 사이에 자신의 추악한 과거를 스스로 까발리고 있었다. 그런 위선적이고 이기적인 행동은 그의 글 곳곳에 독버섯처럼 똬리를 틀고 있었다.

글을 반쯤 읽은 김만중은 골머리가 아파와 책을 덮었다. 창밖은 이렇듯 화사하고 아름다움이 넘쳐나는데, 한 사람의 삶은 온통 부도덕과 사기와 협잡으로 얼룩져 있었다. 재산을 모으자면 양심적으로 살아서는 불가능할 것이란 생각도 들기는 했다. 그러나 이자의 소행은 그 정도를 크게 벗어나 보였다.

이미 오래 전에 저질러진 추악한 죄악들. 자신의 삶을 눈부시게 장식하고자 쓴 이 자서전이 사실은 자신의 범죄를 자복하는 물증임을 과연 황경동은 알고나 있을까? 또 이런 사실을 안 나는 그저 눈살이나 찌푸리면서 마음속의 비난만으로 그쳐야 할 것인가? 관아를 찾아가 그의 죄상을 따져 처벌을 요구해야 할까? 쉽게 결론이 나지 않았다.

"내가 오지랖이 넓어 공연한 근심거리를 끌어들였구나."

바람에 흩날리는 꽃잎들을 보면서 김만중은 애끓는 탄식을 내뱉었다. 글쓴이의 모난 성격을 대변하듯 각진 필체로 가득 찬 책자가 징그러워 김만중은 두 손에 힘을 주며 쾅 소리가 나게 책장을 덮었다.

3

그날 저녁 포교 박태수가 유배 처소를 찾아왔다. 인사차 들렀다는데 표정을 보아하니 긴히 할 말이 있어 보였다. 그렇지 않아도 자서전 문제로 일간 만나볼까 고민 중이던 참이라 반가웠다. 박 포교의 속내와 자신의 고민을 나눠 보리라 생각하면서 집안사람들의 범접을 물리쳤다.

"쩝쩝! 술맛도 그만이고 꽃지짐 맛도 아주 별미입니다요."

박태수가 탁주 한 사발을 시원하게 들이킨 뒤 아미가 부친 진달래 꽃지짐을 찢어 먹으면서 너스레를 떨었다. 아닌 게 아니라 술과 안주가 잘 어울려 더욱 술맛을 돋우었다. 김만중도 짐짓 미소를 지으며 호응했다.

"화창한 봄 경치가 자네 홍취를 더욱 달군 모양일세."

수염에 묻은 탁주를 닦아내자 박태수가 싱글거리던 표정을 거두며 말했다.

"세상이 다 이런 봄날 같으면 오죽이나 좋겠습니까. 국파산하재國破山河在라고 나라는 망해도 산천은 변함없다더니 사바세계의 근심을 저 좋은 풍광이 쓸어가 줬으면 소원이 없겠습니다요."

이렇게 운을 띄우면서 박태수가 속내를 드러낼 조짐을 보였다.

"성춘초목심城春草木深이 아닌가. 고을에 봄이 왔으니 초목도 우거질 터. 가릴 것은 가리고 드러낼 일은 드러내야지."

김만중이 이렇게 대구를 붙여 화답하자 박태수가 고개를 숙이며 진지한 목소리로 말을 꺼냈다.

"대감님, 선소에 진을 치고 있는 조강호 말입니다. 요즘 이놈이 뭔가 일을 꾸미고 있는 듯합니다. 아주 냄새가 폴폴 나는데 무슨 흉곈지 짐작도 안 가지 뭡니까."

김만중이 눈썹을 치올리며 술잔을 입에 댔다. 잠시 그렇게 뜸을 들이자 박태수가 다시 입을 열었다.

"놈이 뭍에서 정체가 아리송한 건달 몇 놈을 불러들였습니다. 말로는 소금장사라고 하는데, 그런 사람들이 조강호 소굴에 엉덩이를 깔리 있겠습니까? 게다가 조강호 부하 가운데 신임을 받는 놈 몇이 꽤 덩치가 큰 배 몇 척을 빌렸답니다. 이게 가까운 바다에서 물고기나 잡는 고깃배가 아니거든요. 어지간한 조운선과도 맞먹는답니다. 난바다까지 나가도 넉넉히 한 달여를 항해할 수 있는 규모입니다요. 도대체 뭔 짓을 하려는 건지 소인의 아둔한 대가리로서는 감이 잡히지 않아 죽을 지경입니다요."

박태수가 주먹으로 제 머리를 서너 차례 두드렸다. 박태수로서는 굵직한 범죄를 사전에 막거나 꽁무니를 밟아 뿌리를 뽑자면 당연히 상급기관으로부터 포상과 승진을 약속받을 터였다.

"하는 짓거리로 보아 크게 한탕 치를 게 확실한데, 언제 어디서 뭘 할지 알아야 확 덜미를 잡아 박살을 낼 것 아니겠습니까!"

박태수가 넋두리를 이어나갔다. 그러나 김만중으로서는 뜬금없이 들은 소식이라 냉큼 대꾸할 말이 없었다.

"포졸을 풀어 감시하면 곧 드러나지 않겠나?"

대답이 성에 차지 않는 듯 박태수는 술잔을 들더니 벌컥거리며 마셨다.

"그렇게 손바닥 뒤집듯 쉬운 일이라면 소인이 이렇게 속을 끓이겠습니까요. 관아에 포졸이라 봐야 몇 되지도 않는데다 언제 터질지도 모르는 범행을 막겠다고 놈들의 소굴 앞에 진을 치고 있을 수는 없는 노릇이지요."

"배가 정박한 포구와 조강호의 거처만 잘 감시한다면 수가 나지 않겠나? 밖에서 사람을 부르고 기동 범위가 넓은 배를 몇 척이나 빌렸다면, 두 일 사이에 인과관계는 분명 있을 걸세. 접점이 있다는 말이지. 그 정도라면 관아의 인원으로도 감당이 되지 않겠나?"

그러나 박태수는 고개를 저을 뿐 대답을 하지 않았다.

"하긴 그 정도 대비야 자네도 충분히 할 수 있겠구먼. 다른 난제가 있는 겐가?"

박태수가 괴로운 듯 시인했다.

"벌써 열흘 가까이 포졸을 풀어 감시하고 있습지요. 그런데 건달 놈들은 밖으로 코빼기도 비추지 않고, 배도 포구로 들어오지 않는다 이 말씀입지요? 관아에 있는 배라야 쪽배 몇 척뿐이니 그 배 근처도 못 갑니다요. 하는 수 없어 미조에 주둔하고 있는 수군에게 의뢰했는데, 그깟 상선 따위나 뒤지자고 전함을 띄울 수는 없다나 어쨌다나, 아 면박만 오질나게 받았습지요.

건달 놈들은 토끼 굴에 처박혀 꼼짝달싹 않고, 배는 바다 한가운데서 유람천리고, 저희는 강 건너 불구경하는 꼴입지요. 마냥 감 떨어질 날만 기다리고 있자니 감질도 나고 울화통도 터지고, 죽을 맛입니다 요. 놈들의 속셈만이라도 간파하면 딱 좋을 텐데……, 대감님 뭐 기찬 방법이 없을깝쇼?"

결국 그 얘기를 하고 싶어 찾아온 것이었다. 어지간히 속을 태웠나 보다 여겨져 동정은 갔지만, 김만중으로서도 딱히 집히는 바는 없었다.

"사달이 터진 게 아니니 낸들 무슨 재주로 놈들의 속내를 꿰뚫어보 겠나? 허나 미끼는 한 번 던져볼 수 있지 않나 싶네."

박태수의 눈에 희망의 빛이 감돌았다.

"미끼라니요? 어떤?"

"전에 노획한 뇌물 장부 있지 않나? 그걸 돌려주겠다고 제안하는 걸세."

"뇌물 장부요?"

"그래. 벌써 돌려준 건 아니겠지?"

박태수가 화들짝 놀라 거세게 손사래질을 쳤다.

"그럴 리가요. 그게 어떤 물건인데 돌려주겠습니까요. 하나 돌려주 는 대신 뭘 요구합니까? 무슨 흉계를 꾸미냐고 물어봤자 순순히 이실 직고以實直告하겠습니까요."

"물론이겠지. 그러나 물 건너 온 건달들 좀 만나겠다면 조금은 흔 들릴 걸세."

"건달들을요?"

"그래. 며칠 심문만 하고 돌려보내겠다고 해보게. 뇌물 장부가 정 말 필요하다면 내줄게고, 그것마저 거절한다면 정말 큰 흉계를 꾸미 고 있는 것이겠지. 손해 볼 일은 아니지 않겠나?"

박태수가 이해타산을 따지느라 천장을 올려다보며 눈동자를 굴렸다. 이윽고 계산이 끝났는지 술잔을 든 손에 힘이 들어갔다.

"그래보겠습니다. 다만 대감께서 공들여 입수한 장부를 내줘도 괜찮을는지요?"

"괜찮네. 그 장부의 효력도 많이 바랜 것 같기도 하니 말일세."

뭔가 책잡히는 느낌이 들어 꺼림칙했지만 손해 볼 것 없는 수인 것만은 분명했다.

"고맙습니다요. 소인이 또 신세를 집니다요."

김만중이 싱긋 웃은 뒤 이번에는 자신의 용건을 꺼냈다.

"그런데 자네 황경동이라는 상인을 아나? 노량에 터를 잡고 있나 보네만."

뜻밖의 사람 이름이 튀어나오자 입술로 올라가던 술잔이 가슴께에서 멈추었다.

"황경동이라굽쇼?"

"응. 꽤 성공한 거상인 듯하이. 올해 고희를 맞았고."

박태수도 잘 아는 인물이었다. 남해 사람으로서는 드물게 외지에 나가 큰 성공을 거두고 귀향한, 입지전적인 인물로 명성이 자자한 사람이었다. 그에게서 적지 않은 뇌물을 받아먹은 박태수기에 김만중의 입에서 그의 이름이 나오자 가슴이 뜨끔했다.

"그럭저럭 알긴 합니다만……."

"잘됐군. 어떤 사람인가?"

박태수는 잠시 우물쭈물하다 대답을 꺼냈다.

"아주 처세와 실리에 능한 사람입죠. 제 몫을 지키는 일이라면 물불을 가리지 않는 위인입니다. 음험하고 잔인한 구석도 있고요. 금전 문제라면 지독하게 인색하다는 소문이 자자합니다요. 소인도 가끔 공무 때문에 만나는데, 목적 달성에만 혈안이 된 사람이라 그리 정은 가지 않습니다요. 이제는 은퇴하고 장사도 자식에게 물려준 걸로 알고 있는뎁쇼? 그자와 뭐 얽힌 일이라도 있사옵니까?"

김만중의 추측에서 크게 벗어나지 않는 평가였다. 자신보다는 박태수가 얽힌 일이 있을 듯해 구체적인 이야기는 덮어두었다.

"풍문으로 그 사람 이야기를 접해서 하는 말일세. 혹시 그 사람 국법을 어긴 적은 없었는가?"

박태수의 표정이 기묘하게 바뀌었다.

"법이라굽쇼? 장사꾼이 법을 다 지킨다면 이득을 남기기가 쉽겠습니까. 자잘한 위법 사항이 없진 않으나……그 뭐 대감께서도 짐작하시겠지만 요령껏 피해 가는 재주는 있는 사람입니다요. 그 풍문이 혹여……국법을 어긴 행위와?"

잠시 생각을 정리한 뒤 김만중이 대꾸했다.

"아니, 당장 죄를 졌다는 소린 아닐세. 그 사람이 주로 벌였던 사업은 뭔가?"

이야기의 화살이 방향을 바꾸자 박태수가 적이 안심하는 표정을 지었다. 시선을 다른 곳으로 돌리면서 박태수가 대답했다.

"손 안 대는 게 거의 없을 겁니다요. 육지에서 섬사람들에게 필요한 물품을 싸게 다량으로 사와 창고에 저장해 두었다가 시세가 좋을 때 팔아 짭짤한 차익을 남긴다 들었습니다요. 쌀이며 보리, 콩 같은 곡물류에서 금은 따위 패물류까지 두루 미치고 있습죠. 남해에서 현금을 가장 많이 지니고 있어 고리대금업에서도 큰손이라더군요. 그 탓에 조강호가 눈엣가시처럼 여긴다 하더이다."

줄줄이 꿰어나가는 것이 과연 자서전에서 자랑할 만큼 장사 수완이 있음에 틀림없었다. 그런 재물이 모두 백성들의 고혈과 희생으로 쌓아올려진 것이라 생각하니 심사가 편치 않았다. 그러나 그런 속내는 숨기면서 김만중이 감탄하듯 말했다.

"대단한 재력가로구먼. 그런 재물이나 곡물들은 다 어디다 보관해 두는가?"

박태수는 막대한 분량의 재산을 제 입으로 나열하자니 절로 흥이 돋았다.

"패물 등속이야 노량 저택 어딘가 갈무렸을 게고, 그 밖의 곡물이나 일용품 따위는 적재적소에 분산시켜 관리하고 있다 들었습죠. 읍성을 비롯해 인구가 많은 마을마다 창고를 두고 있다더이다. 창고마다 물건이 꽉 차 빈 구석이 없답니다. 정말 부러운 양반입지요. 암요!"

김만중이 불쾌한 낯빛을 띠면서 퉁바리를 주었다.

"너무 부러워 말게. 배부른 사람이 하나면 굶주리는 사람은 천이라는 옛말도 있으이. 자네 말마따나 정직하고 성실하게 일해서 끌어 모은 재산이겠나? 남해 사람들의 등골을 뽑아 쌓아 올린 재물이 아니고 뭐겠는가."

박태수가 무안한 표정을 지으며 어깨를 움츠렸다.

"말씀인즉 그렇다는 것입지요. 그래도 걸인들이 찾아오면 직접 음식을 내주는 등 동냥 인심은 후하다던뎁쇼."

끝까지 두둔하는 말 한 마디는 잊지 않았다. 문득 조강호에게 미끼로 던지라 한 뇌물 장부에 적혔던, 박태수에게 안겨진 금품의 액수가 떠올랐다. 김만중은 내심 꽤씸한 마음이 들었지만 마냥 꾸지람만 내릴 상황은 아니었다. 술을 한 잔 따르면서 부담 없는 신변잡사로 분위기를 바꾸었다.

"하긴 세상의 기강이 무너진 것이 어찌 자네 탓이겠나. 명색이 사대부라는 작자들이 탐욕에 눈이 멀었으니 이런 악머구리 같은 장사꾼이나 왈자패들이 나오는 게지. 그건 그렇고 명정루의 옥진이를 못 본 지도 꽤 되었구먼. 잘 지내고 계신가?"

뜬금없긴 했으나 연인의 안부를 물어오니 박태수의 구겨졌던 인상이 눈 녹듯 풀렸다. 접시에 놓인 꽃지짐을 뒤집으면서 문밖 동정을 살피더니 은근한 목소리로 입을 열었다.

"히히! 그저 옥진이가 있어 세상 근심을 잊고 삽니다요. 이팔청춘들이 들을까 저어됩니다만—하긴 알 거 다 아는 나이긴 합죠.— 요즘 옥진이 아양이 어찌나 간드러지는지, 잠 한숨 못 자도 단잠을 잔 듯합지요. 원앙금침에 몸을 막 눕히고 품에 안았다 싶었는데 어느새 새벽닭이 울지 않습니까요. 실팍한 젖가슴하며 온몸이 녹아나는 요분질하며……. 에구, 에구! 제가 대감님을 앞에 두고 못 하는 소리가 없습니다요. 대감님 침소에서는 찬바람이 쌩쌩 불 텐데."

행복에 겨워 거침없이 육담을 내뱉는 박태수의 언동이 밉게 보이지는 않았다. 자신만의 세계에 빠지면 남의 처지를 잊는 것이 박태수의 단점이었다.

"나야 상중이 아닌가. 유배 온 죄인이라 당연한 일이지만, 더욱 근신할 때지. 여하간 자네가 그리 행복하다니 반가운 일이로구먼."

그제야 언동이 지나쳤음을 깨달은 박태수의 얼굴이 붉어졌다. 제 입을 주먹으로 탁탁 치면서 박태수가 머리를 조아렸다.

"아이쿠! 소인이 너무 주책을 떨었습니다요. 자당慈堂님을 잃은 비통함이 뼈에 사무치실 터인데, 이런 망발을 늘어놓다니. 그저 미천한 놈의 넋두리라 여기시고 어여삐, 어여삐 여겨 주십시오. 사죄의 술잔입니다요."

박태수가 두 무릎을 꿇으며 술병을 들었다. 김만중이 조심스런 몸짓으로 술을 받았다.

"사람이 아픔만 곱씹으며 살아서는 안 되지. 어머님도 현재보다는 미래를 생각하면서 방도를 강구하라고 누누이 일러주셨다네."

송구한 표정으로 박태수가 고개를 끄덕였다.

"참으로 마음에 새길 말씀입니다요."

자리가 불편해졌는지 술을 몇 잔 더 받은 박태수가 날이 저문다는 핑계로 자리에서 일어났다. 아미가 싸준 진달래 꽃지짐을 한 손에 들고 박태수는 물러났다.

4

그날 저녁 김만중은 다시 황경동의 자서전을 펼쳐 들었다. 글은 황경동 생애의 큰 전환점이라 할 시기의 사건에 이르는 중이었다. 글을 읽으면서 그의 악행이 멈출 리 없다는 예감이 들었다. 어쩌면 자신이 놓친 죄상을 더 있을지도 몰랐다.

중년에 접어들 무렵 황경동은 큰 실패를 맛보았다. 부산진에 터를 잡고 살면서 재물 모으기에만 혈안이었던 그에게 낭패가 찾아들었다. 돈 욕심에 눈이 먼 그는 투기에 가까운 사업을 추진했다. 부산진은 대마도가 가까워 음성적으로 왜倭와의 밀무역이 성행했다. 위험이 큰 만큼 거머쥐는 이익도 막대했다. 도약의 계기를 찾던 그는 이 사업에 눈독을 들였다. 그는 밀무역의 이권을 가진 거물들에게 접근했고, 자기 재산의 절반을 내주고 독점권을 확보하려고 했다. 거래는 무사히 마무리되었지만, 뜻하지 않게 재앙을 불러들인 꼴이 되었다. 부산진에서 횡행하는 밀무역의 폐해를 지켜보던 관아에서 일당들의 소굴을 급습했던 것이었다.

문서상 그는 밀무역의 우두머리로 올라 있었다. 관아는 그에게 남아 있던 재산의 절반마저 밀무역을 통해 얻은 이득이라 판단해 몰수해버렸다. 밀무역을 뿌리 채 뽑겠다는 관아의 움직임은 이미 부산진 일대에 파다하게 소문이 나 있었는데, 평소 인심을 잃은 그에게 아무도 귀띔해 주지 않았다. 황경동은 하루아침에 거지 신세로 전락했다. 손해는 재산만이 아니었다. 그는 체포되기 직전이었다. 밀무역의 수괴라면 참수형은 불 보듯 빤한 일이었다.

숨겨둔 재산 몇 푼을 간신히 챙긴 황경동은 혈혈단신으로 부산진을 빠져 나왔다. 그리고 잠입한 곳이 목포였다. 임진왜란 때 목포는 충무공 이순신 장군이 명량대첩에서 승리한 뒤 군선을 재정비하고 군량미를 확보하기 위해 육지와 고하도에 수군진을 설치해 108일 동안 정박했던 요충지였다. 그러나 황경동이 도주해 들어왔을 때 목포는 고만고만한 포구에 지나지 않았다. 관아의 눈길이 닿지 않은 이곳에서 그는 변성명하고 재기의 발판을 마련하고자 몸부림쳤다. 그리고 마침내 그 기회가 왔다.

호남은 예로부터 곡창지대였다. 황경동은 넓은 농토를 소유한 지주들을 만나 소작료 징수에 대한 권한을 양도받았다. 자신이 대신해 일정액의 소작료를 거둬주겠다는 것이었다. 추수철마다 소작인들과 소작료 문제로 골머리를 앓던 지주들은 이 제안을 반겼다. 다만 그는 낯선 타지 사람이었기 때문에 그들이 신뢰할 수 있는 사람들을 동업자로 참여시켜야 한다고 못 박았다. 그래서 마름 출신인 조씨와 정씨, 윤씨와 손잡았다. 그들은 계약금 명목으로 돈을 모아 지주들이 선임한 대리인에게 건네주기로 약조했다. 첫 계약이라 약속한 소작료 전액을 지불해야 했는데, 대리인이 돈을 받은 뒤 그런 적이 없다고 딱 잡아떼는 바람에 일이 틀어지고 말았다.

황경동을 포함한 네 사람은 관아에 대리인을 고발했는데, 신원이 들통날까 두려웠던 황경동은 고발인 명단에서 빠졌다. 마름 출신 세 명 가운데 연장자였던 조씨는 성품이 너그럽고 사리가 밝은 사람이었다. 인맥도 넓었던 데다 자금의 반을 그가 내놓기도 했다. 고발이 들어가자 대리인은 처벌이 두려워 자신이 받은 금액 전액을 돌려주겠다고 꼬리를 내렸다.

황경동은 조씨가 자신에게 대리인을 만나 돈을 돌려받으라고 지시했다고 자서전에 써 놓았다. 황경동은 대리인을 만나 돈을 돌려받았는데, 이후 전개된 상황은 자서전에는 다음과 같이 쓰여 있었다.

나는 지금까지 조씨와 같은 훌륭한 인품을 지닌 분을 만난 적이 없었다. 그분은 내게 돈을 회수해서 지주들을 만나 대리인을 통하지 않고 직접 거래를 하도록 맡겼다. 별다른 인연도 없는 내게 그런 중책을 맡기다니, 나로서는 얼떨떨하기만 했다. 그러나 조씨는 원래 일을 주선한 장본인이 나니까 앞으로 지주들을 상대하고 소작료를 거두는 일까지 전담하라면서 신뢰를 보여주었다. 정씨와 윤씨에게도 그렇게 일러두겠다는 것이었다. 너무나 고마운 일이었다. 막중한 소임을 잘 해낼 수 있을지 두렵기도 했지만 실망을 주지 않도록 최선을 다하겠다고 다짐했다.

대리인을 만나 돈을 회수했다. 그자는 돈을 횡령할 생각은 전혀 없었고, 절차상 시간이 필요해 양해를 구한 것인데 고발까지 하냐면서 구차한 변명을 늘어놓았다. 게다가 자신에게 밉보여 잘된 사람 없다면서 은근히 협박까지 일삼았다. 마음 같아서는 정신을 차리도록 혼쭐을 내고 싶었지만, 조씨를 생각해 참았다.

돈을 돌려받고 돌아오면서 나는 생각했다. 대리인이란 자가 저런 식으로 앙심을 품었다면 앞으로 일을 하는 데 지장이 많을 것 같았다. 지주들 사이에서 농간을 부리면 약정한 소작료가 올라갈 것이 분명했고, 이것저것 트집을 잡아 이간질을 놓을 것이 눈에 선했다. 내가 불편해지는 것쯤이야 참을 수 있었다. 다만 나를 믿고 일을 맡긴 조씨와 정씨, 윤씨에게도 피해가 갈 듯했다. 고민 끝에 나는 이번 일은 접기로 결심했다. 그분들이 큰 피해를 당하도록 내버려둘 수는 없었다. 비록 이자는 주지 못하지만 원금은 돌려주는 셈이니, 손해가 나오지 않는 선에서 매조지하기로 뜻을 세웠다. 그것이 그분에게 받은 은혜를 갚는 최선의 길이란 생각이 들었다.

먼저 조씨부터 만났다. 마침 조씨는 집에 혼자 계셨다. 내 의사를 전했더니 조씨는 오래 고민하지도 않고 선뜻 내 의견에 동의해 주셨다. 나는 자금을 돌려받았다는 문서를 받은 뒤 받은 돈의 반을 건넸다. 뒤처리를 하고 서둘러 조씨의 집을 나온 나는 바로 정씨와 윤씨도 만났다. 남들이 알 필요는 없을 것 같아 조용히 두 사람을 불러내 조씨의 집으로 데려갔다.

조씨의 설명을 들은 두 사람은 뜻밖에 불만을 토로했다. 소송을 벌인다고 들어간 돈도 있는데—아마 관아의 아전들에게 뇌물을 준 듯했다.— 원금만 돌려받으면 손해가 적지 않다는 것이었다. 나도 난감했지만, 후의를 베풀어준 조씨가 몹시 난처해 하셨다. 고민 끝에 그러면 내 몫의 돈을 두 사람에게 반씩 나눠 드리겠다고 제안했다. 두 사람은 마지못해 그러자고 했다. 조씨와는 달리 옹졸한 두 사람의 소행에 기분이 몹시 언짢았고 다시 빈털터리가 된다고 생각하니 걱정도 앞섰지만, 그것이 조씨 같은 대인의 은덕을 갚는 길이란 마음으로 더 이상 돌아보지 않았다. 두 사람에게도 문서를 받은 나는 그 길로 목포를 떠나버렸다.

이후 나는 필설로 옮길 수 없는 지독한 고생을 했다. 한동안 빌어먹고 다녀야 했고, 어떤 마을에서는 건달패에게 쫓겨 목숨을 잃을 뻔하기도 했다. 내가 지금도 걸인이 찾아오면 몸소 나가 위로하고 음식을 먹여 보내는 까닭도 그때 뼈저린 고생을 했기 때문이다. 어쨌거나 나는 조씨의 은공을 마음에 새기면서 모든 난관을 이겨냈다. 언젠가 여봐란듯이 성공해 조씨를 찾아뵙고 웃으며 정담을 나눌 날을 꿈꾸면서 돈이 되는 일이라면 닥치는 대로 찾아 나섰다.

과연 인자忍者에게는 복이 있다는 말이 거짓은 아니어서 몇 년 지나자 제법 수중에 돈이 모였다. 나는 이 돈으로 작은 장사를 벌여 나갔고, 운까지 따라줘서 목돈을 모을 수 있었다. 이 돈을 불릴 방법을 고민하다 결국 잔뼈가 굵었던 부산진이 구원의 장소임을 깨달았다. 동태를 살필 요량으로 신분을 숨기면서 부산진에 숨어들었다. 내 운이 다하지 않았는지 그 사이 부산진을 관할하던 벼슬아치며 아전들이 대거 바뀌었다. 용기를 얻은 나는 바뀐 관헌들을 만나 몇 년 전의 일이 나로서는 무척 억울한 누명임을 구구절절 설명했다. 또 주변 사람들도 나를 두둔해주어 결국 나는 몰수한 재산에 대해서는 불문에 붙인다는 조건으로 무죄 처분을 받기에 이르렀다.

이후 부산진에서의 장사는 순풍을 탄 배처럼 승승장구했다. 다시 나는 큰 재산을 모았고, 이전의 일을 거울삼아 인정도 베풀어 인심도 얻고 칭송까지 듣기에 이르렀다. 사람이 어진 마음을 지키면 하늘도 돕는다더니 그 말이 진실임을 나는 경험으로 체득했다.

이제 이 글을 쓰면서 그때 일을 떠올리니 감격과 함께 가슴이 복받친다. 나를 전적으로 믿어 주셨던 조씨 어른. 이미 많은 세월이 지났으니 살아 계실 것 같지는 않다. 소인배인 정씨와 윤씨는 다시는 얼굴도 보고 싶지 않다. 아아! 왜 나는 진즉에 조씨 어른을 찾아가지 않았을까? 그렇게 사라지고 난 뒤 얼마나 내 걱정을 많이 하셨을까? 이제 와 그분을 추념하자니 애달프기 그지없다. 얼마 남지 않은 인생 동안 정직하고 덕 있는 사람으로 살아야겠다는 다짐이 더욱 굳어진다.

여기까지 글을 읽은 김만중은 자서전을 덮고 눈을 감은 채 깊은 생각에 잠겼다. 시련과 위기 속에서도 굴하지 않고 역경을 이겨낸 감동적인 사연이었다. 착한 마음으로 정직하게 살면 하늘도 돕는다는 교훈도 읽을 수 있었다.

그러나 한편으로 진위 여부가 미심쩍었다. 글이란 일정 정도 미화하고 포장해야 한다는 사실을 김만중도 모르는 바 아니었다. 그러나 글의 내용은 글쓴이의 인격과 배치되었다. 때로는 잔혹한 방법까지 쓰면서 재산을 불린 사람이 할 행동이 아니었다. 일생이 사기와 갈취로 점철되어 있는데, 선행이나 선심이 까닭 없이 돌출할 수 있을까?

복잡한 생각으로 밤이 깊어지는 줄 몰랐던 김만중은 문득 들려온 부엉이 울음소리에 눈을 떴다. 창문을 열었다. 구름 한 점 없이 맑은 밤하늘에 별빛이 쏟아져 내렸다. 그리고 별똥별 하나가 밤하늘을 가르며 지나갔다. 별똥별이 떨어지면 사람의 생명이 스러지려는 징조라는 어린 시절 어머님의 말씀이 떠올랐다. 그때 어머님도 저런 별똥별을 보시고 계셨다.

다시 창문을 닫았다. 그리고 촛불 아래 놓인 자서전의 누런 겉장을 뚫어져라 응시했다. 불빛이 닿지 않아 가려진 촛대의 둥근 그림자가 겉장 위를 맴돌았다. 마침내 생각을 정리한 김만중은 자신의 뇌리를 떠도는 의문을 풀어보리라 결심했다.

5

"너는 아쉬울 때만 찾아오는구나."

방을 들어설 때부터 일그러졌던 조강호의 얼굴은 좀처럼 풀어지지 않았다. 지난번 화개마을에 사는 장두호의 어머니가 실종되었을 때를 염두에 둔 말이었다. 사실이긴 했지만, 그때도 별 도움은 되지 않았다. 시큰둥하게 듣던 조강호는 퉁명스럽게 "한번 알아보지." 한 마디 던지고는 박태수를 내쫓듯이 돌려보냈다. 박태수의 손에 뇌물 장부가 들려 있지 않자 길게 말을 섞으려고도 하지 않았다.

"오늘은 자네가 아쉬운 물건도 가져왔네."

관아를 나오기 전에 박태수는 뇌물 장부를 품에 넣었다. 더 이상 조강호를 감질나게 만들면 엉뚱한 반격을 당할 수도 있었고, 이제는 돌려줘도 될 만큼 시간도 지났다. 둘 중 누구도 이 문서를 공개할 수는 없었다.

"오호! 그래? 구미가 당기는군. 보나마나 부탁할 일도 함께이 겠지."

눈치 빠른 조강호가 고맙게도 먼저 물어왔다.

"맨입으로 줄 수야 없으니까. 길게 말 하지 않겠네. 달포 전쯤인가? 자네가 뭍에서 끌어들인 건달들 있지? 한 번 만나게 해주면 좋겠군."

조강호의 눈썹이 위로 치올랐다.

"그 사람들은 소금장사일 뿐이야. 네놈이 신경 쓸 사람이 아니란 말이지."

박태수가 비웃듯이 입매를 벌렸다.

"남해에 무슨 염전이 있다고 소금장수가 오나?"

"소금을 팔러 온 걸세. 소금 배가 들어올 때까지 내 집에서 머무는 것뿐이야. 관아의 허락도 받았고."

핑계는 그럴 듯했다. 그렇다고 호락호락 물러날 박태수는 아니었다.

"그렇다면 더욱 만나지 못하게 할 이유가 없잖나? 뭍에서 온 사람들의 동태를 파악하는 것도 내 소임일세. 며칠, 아니 하루 정도 관아로 보내주면 나도 문서를 내놓지. 싫다면 돌아가겠네만, 대신 포졸들을 데리고 다시 올 걸세."

조강호가 입술을 잘근잘근 씹었다. 제 소굴이니 강제로 문서를 빼앗을 수도 있을 것이었다. 그러나 그런들 무슨 이득이 있을까? 하찮은 일로 관아와 척을 질 필요는 없으리란 계산을 하고 있을 것이다. 조강호가 미소를 머금으며 입을 열었다.

"흠! 그렇게 궁금하다면 오늘 보내주지. 그러나 내일 정오 전까지 돌려보낸다는 조건이야."

그 정도면 양보할 만했다.

"그럼 그렇게 믿고 가보겠네."

자리에서 일어서려는데, 조강호가 손을 들어 제지했다.

"문서는 줘야지."

"내일 소금장수 편에 보낼 거야. 밀봉해 보낼 테니 안심하고, 자네 말대로 평범한 소금장수라면 뜯어보겠는가?"

다시 표정이 일그러졌다. 분기를 참느라 콧김이 요동쳤다. 그러나 조강호는 한 발 물러섰다.

"좋도록 하게."

문을 나서면서 박태수는 소금장수 몇 놈 보는 대가로 문서를 넘기는 게 아닐까 내심 조바심이 났다.

조강호의 소굴에서 나온 박태수는 문밖에서 기다리던 포졸에게 소금장수가 오면 관아 숙소에서 기다리게 하라고 지시한 뒤 말에 올라타고 김만중의 유배 처소를 향했다.

"아무래도 헛다리를 짚은 게 아닐까 싶습니다요. 구시렁거리긴 했지만 순순히 건달 애들을 보내겠다던뎁쇼. 진짜 소금장수가 아닐까요?"

박태수가 찝찝한 표정으로 김만중에게 경과를 보고했다.

"글쎄. 그렇다면 바다를 떠돈다는 배는 뭔가? 아직도 근해에 정박해 있지 않나?"

박태수도 답답한지 머리를 긁으며 대꾸했다.

"며칠 전에 종적을 감추었다가 어제까지는 보이지 않는답니다요. 이 일과는 아무 관련 없는 배들이 아닐까요?"

김만중이 요령부득의 표정을 지으며 말했다.

"그 건달들을 심문해보면 뭔가 나오지 않겠나."

박태수로서도 거기에 기대를 걸어볼 수밖에 없었다.

"대감님께서 그렇게 말씀하신다면야 어쩌겠습니까요? 오늘은 숙소에 재워두고 내일 아침에 문초를 해볼까 합니다. 정체가 뭔지는 모르겠지만, 관아에서 하룻밤 보내면 놈들도 겁을 집어먹겠지요."

건달 문제가 이렇게 일단락되자 김만중이 서랍에서 황경동의 자서전을 꺼냈다.

"이것 좀 읽어보게."

슬쩍 책자를 넘겨본 박태수가 심드렁하게 말했다.

"이게 뭡니까요?"

"일전에 말한 황경동이란 장사치가 쓴 글일세."

박태수가 코웃음을 치며 말했다.

"앵? 그자가 글도 씁니까요? 한문을 알 리 없는데……."

"언문으로 쓴 걸세. 한번 읽어보게나."

김만중이 의혹을 둔 구절이 있는 장을 펼쳐 보여주었다. 한동안 조용히 박태수는 황경동의 회고담을 읽더니 눈을 떼면서 고개를 갸우뚱거렸다.

"웃기는 소리 같은뎁쇼. 목포에서 사기를 치려다가 들통나 달아나놓고 하늘이 내려준 은인 어쩌면서 처바른 게 분명합니다요. 이 양반이 거지 대접을 잘해주는 까닭은 알겠구먼요."

김만중이 고개를 저으며 말했다.

"그 정도로 그칠 일 같지가 않아. 자네에게 부탁이 있네."

"무슨?"

"포졸 가운데 영민한 사람 하나를 골라 목포로 보내주게. 호우도 딸려 보내지. 벌써 30년 전의 일이니 당사자들이 살아 있을지 의문이지만, 당시의 일을 알 만한 사람은 찾을 수 있을 걸세. 호우도 나름대로 탐문을 할 게지만, 포졸에게는 공문서를 들려 보내 당시 사람들을 수배하는 데 도움을 청하면 좋겠군.

박태수의 얼굴 위로 긴장의 빛이 감돌았다.

"이런 싸구려 글에 그런 수고가 필요하겠습니까요? 오가면서 조사하자면 열흘은 좋이 걸릴 텐데요?"

김만중이 다시 고개를 저었다.

"역마를 타고 가면 시간을 아낄 수 있을 게야. 호우가 말도 잘 타니 닷새면 충분할 걸세."

박태수가 조금 난처한 표정을 지으며 말했다.

"역마를 쓰려면 현령 어른의 재가가 필요한데……. 뭐라고 이유를 댑니까요?"

"이유야 넉넉하잖은가? 뭍에서 온 건달패의 뒷조사를 한다든가, 조강호의 지난 행적을 추적한다든가, 아니면 바다를 떠도는 배가 목포에서 온 듯하니 확인한다든가 등등."

박태수가 턱을 쓰다듬더니 실없는 웃음을 지으며 대답했다.

"그렇게 하도록 합지요. 하여간 대감님의 집념도 대단하십니다요."

그러나 김만중은 진지하게 반응했다.

"내일 호우를 관아로 보내겠네. 오전 중에 출발할 수 있도록 조처를 취해주게."

박태수가 졌다는 듯이 두 팔을 벌리며 말했다.

"분부 거행하겠사옵니다."

다음 날 아침 호우는 관아에 가서 포졸과 함께 목포로 떠났다.

박태수는 소금장사라는 건달들을 불러내 심문했다. 놈들은 어리둥절한 표정을 지으며 불려나왔다. 박태수가 으름장을 놓으며 다그쳤지만 신통한 효과는 거두지 못했다. 호패는 진짜였고, 관아에서 발행한 매매 허가서도 지니고 있었다. 정오가 가까워지자 하는 수없이 박태수는 밀봉한 뇌물 문서와 함께 소금장수들을 조강호의 소굴로 돌려보냈다.

6

호우가 가고 없는 동안 김만중은 계속 황경동의 자서전을 읽어나갔다. 제 자랑으로 범벅이 된 글을 칙령인양 정독하자니 지루하고 따분했다.

자서전의 결말은 자신의 근황을 요약한 것으로 마무리되었다. 이글이 판각되어 나온다면 내용은 다소 바뀌겠지만, 자신이 살아온 생애에 대한 자부심은 생생하게 묻어났다.

돌이켜보니 칠십 평생을 이어온 나의 삶은 참으로 굴곡이 많았다. 가난했던 어린 시절과 여수 친척집에서 겪은 수모와 아저씨의 격려, 그리고 부산진과 목포에서 겪었던 위기와 좌절. 이 모든 시련은 결국 나를 강하게 만들려는 하늘의 뜻이었다. 그래서 나는 강해졌고, 악착같은 노력으로 큰 재산을 모았다. 하늘이 나를 세상에 내보낸 과업은 거진 완수한 느낌이다.

환갑을 지나면서부터 떨어지는 기력을 실감했다. 다리의 근력은 눈에 띄게 풀려갔고 병치레도 잦아졌다. 발을 헛디뎌 낙상하는 바람에 한동안 자리보전을 한 적도 있었다. 이제 나의 호시절도 종언을 고하고 있다. 정리가 필요한 시점이었다. 그래서 지지난해 사업 일체를 아들에게 넘겼다. 사업을 정리하면서 군더더기 일은 과감하게 덜어내고 알짜배기들만 남겼다. 내 핏줄이기는 하지만 내 자식이 나만큼 수완이 좋고 천운을 타고난 것 같지 않아서였다.

장사꾼은 부모도 믿지 않는 법이다. 하물며 미숙한 아들일까? 사업을 아들 손에 맡기긴 했지만, 돈줄은 내가 쥐기로 했다. 아들은 불만스러워 했지만, 관록이 붙었다 싶으면 넘겨주겠다는 말로 다독였다. 아직은 더 시간이 필요해 보인다.

아들은 나처럼 타고난 장사꾼은 아니다. 기민한 재치와 과단성이 없진 않으나 세태의 흐름을 내다볼 줄 모른다. 또 귀가 얇아 남의 말을 번번이 믿는데, 이 때문에 소소하지만 재산을 축내기도 한다. 경험을 얻기 위한 비용이라 여겨 내가 해결해 주었지만 너무 잦아지면 곤란하다. 근자에 여기저기 분주하게 쏘다니는 모양인데, 그다지 실속은 있어 보이지 않는다. 자식을 강하게 키웠어야 하는데, 아무래도 나는 애비로서는 그리 좋은 자질을 타고나지 못했나 싶다. 그래도 어쩌겠는가? 사위가 둘 있지만 큰 장사꾼이 되기에는 턱없이 부족하고, 버젓한 자식이 있는데 사위에게 의지할 수도 없다.

나도 나이가 드니 점점 심약해지는가 싶다. 손자들의 어리광을 보자니 절로 마음이 푸근해진다. 아들놈도 효성만은 지극하니 그 또한 위안거리다. 특히 근자에 더욱 끈끈한 효심을 보여준다. 한동안 얼굴도 비치지 않더니, 이 애비가 늙어가니 저도 애틋한 마음이 일었나 보다. 그러나 내 비록 근력이 예전 같지는 않으나 팔순까지 살 자신은 있다. 보약도 때마다 챙겨먹고 건강 보살피기에도 게으르지 않다. 큰 허물없이 살았으니 천지신명도 돌봐 주리라. 손자들이 장성해 일가를 이루는 것은 보고 죽어야지 않겠는가!

칠순 잔치도 성대하게 열 계획이다. 내 생애 처음이자 마지막으로 크게 돈을 써볼 작정이다. 절에다 시주도 듬뿍하고 향교에도 희사금을 뿌려 유림들의 입이 벌어지게 만들리라. 그리고 내가 얼마나 훌륭한 사람인지 하늘이 낸 장사꾼인지 사람들에게 보여주리라. 이 자서전을 읽는다면 다들 감복하며 나를 우러러볼 것이다. 그날 일을 떠올리니 절로 가슴이 벅차오른다.

김만중은 자신의 나이를 생각했다. 정축년丁丑年: 1537년, 인조 15년 2월에 강화 앞바다에서 태어났으니 쉰네 살이 될 터였다. 형님은 세 해 전에 세상을 떠났고, 어머님도 지난해 겨울 형님의 뒤를 따랐다. 그 사이 자신은 선천 유배에 이어 남해로 유배를 왔다. 북녘 땅 선천의 혹심한 추위에 지친 몸을 추스르기도 전에 무덥고 습한 남녘땅으로 쫓겨났다. 과연 나는 황경동처럼 고희를 맞을 수 있을까? 이런 생각을 하니 몸이 천근만근 무거워졌다.

사람의 목숨은 하늘에 달렸다고 했다. 일병장수—病長壽란 말도 있지만 이미 많이 지쳐 있음은 의원의 진맥이 없어도 의심의 여지가 없었다. 목숨을 부지해 이 섬을 떠날지 고도孤島의 원혼이 되어 떠돌지 누가 장담할까?

김만중은 자신이 행복한 삶을 살았는지 궁금했다. 황경동이란 자는 지금 행복에 겨워 보인다. 뒷덜미에 시퍼런 비수가 겨눠졌을지도 모르지만 그는 지금 오만과 왜곡으로 가득 찬 자서전을 쓸 만큼 자신의 삶에 자신만만하다. 『명심보감』에 보면 "악의 그릇이 가득차면 하

늘이 반드시 그를 죽인다.惡罐若滿 天必戮之"는 말이 나온다. 황경동의 악
의 그릇은 얼마나 채워졌을까? 하늘이 죽일 만큼 차버렸을까? 김만중
은 그것이 몹시 궁금했다. 곧 알게 될 것이라고 생각했다.

7

닷새 만에 호우가 돌아왔다. 다음 날 아침 박태수가 상기된 표정으
로 헐레벌떡 들이닥쳤다.

"소식은 들으셨지요? 정말 생각지도 못한 일이 벌어졌더군요."

김만중은 말없이 고개만 끄덕였다.

"내 짐작에서 크게 벗어나지는 않았으이."

포졸과 호우의 조사에 따르면 30여 년 전 조씨와 정씨, 윤씨는 거
의 비슷한 시기에 흔적도 없이 사라졌다. 더구나 외지에서 온 최 아무
개―황경동이 변성명한 이름이었다.―도 없어졌다. 소송을 건 네 사
람이 한날한시에 자취를 감춘 것이다. 관아에서 나서서 동네며 야산
을 샅샅이 수색했지만 그들은 발견되지 않았다.

가장 먼저 의심을 받은 사람은 소송을 당한 대리인이었다. 패소하
면 받은 돈의 원금뿐만 아니라 위약금과 소송비용까지 감수해야 하
고, 당연히 옥고까지 치러야 했다. 그러나 소송 당사자들이 없어지면
소송은 유야무야될 것이고, 금전적인 이득도 상당했다. 관아에서 나
온 포졸들이 대리인을 체포해 심문했다.

대리인은 펄쩍 뛰면서 혐의를 부인했다. 최 아무개가 왔기에 전액
돌려주었다면서 수결이 된 문서까지 보여주었다. 그러나 수결 당사자

가 사라졌는데, 그 진위를 어찌 알겠는가? 심증을 굳힌 관아는 그에게 모진 형문을 가했다. 대리인은 끝까지 억울함을 호소하다가 장독杖毒을 이기지 못하고 죽었다. 그렇게 그는 물욕에 눈이 멀어 네 사람을 살해한 범인으로 낙인 찍혔다.

박태수가 벌겋게 붉어진 눈망울을 굴리며 언성을 높였다.

"황경동의 글과는 판이하게 다르지 않습니까? 대리인이란 자가 네 사람을 다 죽였다면, 지금 어떻게 황경동이 살아 있겠습니까? 그러니, 그러니……."

박태수는 충격의 여파가 가시지 않았는지 말을 끝맺지도 못하고 더듬거렸다. 김만중이 무겁게 입을 열었다.

"이자를 살인죄로 포박할 수 있겠는가?"

박태수가 결연히 선언하듯 말했다.

"어렵지는 않을 것입니다요. 전주 감영에 의뢰하면 당시 사건 기록을 송부해올 것이고, 황경동 자신의 손으로 쓴 글이 있잖습니까요. 이를 근거로 황경동을 취조하면 자백하지 않겠습니까요. 발뺌을 한다 해도 증거가 만천하에 드러났으니 극형을 면하기는 어려울 것입니다요. 그 자서전인지 뭔지는 가지고 계시지요?"

김만중의 얼굴이 침울하게 바뀌었다.

"안타깝게도 지금 내 수중에 없네."

박태수의 얼굴에서 핏기가 가셨다.

"아니, 어쩌셨는뎁쇼? 그것이 가장 결정적인 물증입니다요. 변성명하고 짧은 기간 목포에 머무른 데다 시간이 워낙 지나 그 최 아무개와 황경동이 동일인이라는 확증을 짓기는 어려울 겁니다요."

"엊그제 황경동이 사람을 보내 자서전 원고를 가져갔네. 거절할 명분이 없어 돌려줄 수밖에 없었어. 그자의 집을 뒤지면 나올 법도 하겠지만, 갑자기 사람을 보내 회수한 것을 보면 뭔가 낌새를 챈 것이 아닌가 여겨지네."

박태수가 주먹으로 방바닥을 내리쳤다.

"현령께서 황경동의 집을 뒤지도록 놔두지 않으실 겝니다요. 황경동도 관아에 뇌물을 뿌리는 일에서는 둘째가라면 서러워할 인물이고, 가장 많은 액수가 현령의 돈궤로 들어갔을 텐데, 뚜렷한 근거도 없이 허락하시겠습니까? 이런 빌어먹을! 멀쩡한 사람을 셋이나 죽인 개자식을 그냥 두고 봐야 하다니!"

김만중이 앞에 있는 것도 잊은 듯 박태수가 거침없이 상소리를 내뱉었다. 그러나 김만중은 이성을 잃지 않았다.

"그자의 악행은 거기서 그치지 않았네. 살인은 한 번이었는지 모르나 불법을 자행하고 패륜을 일삼은 것은 셀 수조차 없을 걸세."

박태수가 온몸을 부르르 떨었다.

"그러니 눈이 뒤집히고 복장이 터질 노릇이 아니고 뭐겠습니까요?"

김만중이 두 손을 들어 흥분을 가라앉혔다. 그리고 목소리를 낮춰 속삭였다.

"법으로는 응징할 수 없다고 해도 방법은 있네."

박태수가 솔깃해 하다가 곧 안색을 바꾸면서 말했다.

"호우라도 몰래 보내 처단하시겠다는 겁니까? 그건 지나칩지요. 대감님의 인품과도 맞지 않는 일일뿐더러 소인이 그 사실을 알고 어찌 몰라라 하겠습니까요? 아예 말씀이나 마실 것이지."

김만중이 쓴웃음을 지었다.

"설마 내가 그런 짓을 하자고 자네와 상의하겠나. 내 말은 우리가 어떤 일을 하자는 것이 아니라 가만히 있으면 된다는 것일세."

박태수가 눈을 동그랗게 뜨고 그를 쳐다보았다.

"알기 쉽게 설명해 주시지요."

김만중이 잠시 말문을 닫았다가 말을 이었다.

"그자가 쓴 자서전의 내용을 곰곰이 되새겨보았네. 미사여구를 빼고 거짓을 없애면 남는 것은 진실이지. 읽어 보니 근자에 아버지에게 장사는 물려받았지만 돈줄까지 차지하지 못한 아들은 불만 때문에 한동안 집안 출입도 삼갔다더군. 그러다 갑자기 태도가 돌변해 뻔질나게 찾아온다는 것일세. 이게 무엇을 뜻한다고 생각하나?"

"아비에게 환심을 사 돈줄을 손에 넣겠다는 궁리가 아닐깝쇼?"

"그럴 수도 있겠지. 그러나 자서전을 읽으면 황경동은 아들을 크게 신뢰하지 않네. 더구나 꼬리를 친다고 넘어갈 만큼 허술한 사람도 아니야. 그 점은 아들이란 자도 잘 알겠지."

박태수는 그래도 의구심을 떨어내지 않았다.

"자식 이기는 부모 있습니까?"

"사람을 셋이나 죽이고도 천연덕스럽게 은인이니 은공이니 하며 세상을 기만하는 사람일세. 인두겁을 쓴 짐승이나 마찬가지야. 바늘로 찔러도 피 한 방울 나올 위인이 아니지."

그제야 수긍이 가는지 박태수가 김만중을 뚫어져라 바라보았다.

"그럼 대감님께서는 어찌 생각하시는 겁니까?"

김만중이 말허리를 돌렸다.

"요즘 자네가 주시하고 있는 조강호의 동향에서 그 답을 찾을 수 있다고 생각되지 않나?"

"조강호요?"

"그래. 그가 소금장수를 빙자한 건달을 끌어들였고, 바다에는 조운선 못지않은 큰 배가 출몰하고 있네. 이것이 무슨 의미겠는가?"

박태수는 눈알을 굴리면서 생각을 더듬었다. 그러나 어느 순간 얼굴이 하얗게 질리면서 비명을 지르듯 외쳤다.

"설마, 설마……."

김만중이 침울한 얼굴로 고개를 끄덕였다.

"그렇네. 끔찍하지만 자네가 짐작하는 그것이 진실이야."

"아들놈이 지 애비를 죽이려고 조강호에게 부탁해 자객을 끌어들였단 말씀이군요. 당장 현금이 없으니 창고에 있는 곡물과 물품을 내주어 보상하고, 애비가 죽은 뒤 현금을 얹어주겠다는 식으로요. 앞뒤가 딱딱 맞아떨어집니다요. 하지만 이미 늙어 죽을 날이 멀지 않은 아버진데, 그렇게까지 무리를 해서 죽일 필요가 있을까요?"

"큰 빚을 졌을지도 모르지. 그 아들의 성격을 보건대 도박에 빠졌을 소지가 높아. 그 도박 빚도 조강호에게 졌을 수도 있으이. 아니라면 애비에게 알리지도 않고 일을 벌였다가 실패했을지도 몰라. 애비의 성격도 아는 데다 소소한 손해가 아니니 차마 입이 떨어지지 않았겠지. 그것은 자네가 조사해보면 쉽게 드러날 걸세."

박태수가 한숨을 내쉬며 말했다.

"그런 일이라면 아무리 쉬쉬 해도 소문은 돌기 마련입지요. 그런데 그게 다 사실이라고 해도, 무슨 방법으로 살해를 할까요? 황경동, 이 사람 잔혹하기도 하지만 의심도 많습니다요. 또 노량 황경동의 집에는 덩치 좋은 하인들이 한둘이 아닙지요. 그렇게 단단히 호위를 받고 있는데, 날랜 놈이라 한들 쉽게 죽일 수 있을까요?"

"조강호가 특별히 수배해 뭍에서 끌고 온 자들일세. 별별 암수에 통달해 있을 것은 뻔하지. 그리고 굳이 사람들 눈을 피할 까닭도 없네. 황경동이 제 발로 걸어 나올 테니 말이야."

박태수가 어이없는 표정을 지었다.

"제 발로 목숨을 바친다굽쇼? 에이 설마, 황경동이 정신이 나가지 않는 한 그리 하겠습니까요."

"아니야. 황경동은 믿음이 가지 않는 사람은 결코 만나지 않겠지만, 단 한 가지 경우만은 예외가 있네."

"한 가지 경우라굽쇼?"

"그래. 걸인이 찾아왔을 때지."

잠시 생각하던 박태수가 경악에 차서 몸을 떨었다.

"맙소사! 제 목을 따러 온 자객인지도 모르고 음식상을 들고 나오겠군요."

김만중은 아무런 대꾸도 하지 않았다. 한 사람이 살해당할 줄 번연히 알고도 외면해야 하는가? 아니면 절체절명의 상황을 알려야 하는가? 뻔한 답이면서도, 황경동의 악행을 알고 난 지금 답안을 쓰는 것이 옳은 일인지 혼란스러웠다. 마침내 박태수가 조심스럽게 입을 열었다.

"황경동에게 알려야 할까요?"

김만중은 의외로 냉정한 표정을 담았다.

"나는 하늘의 섭리에 맡기기로 했네. 그자의 악행이 죽임을 당할 정도가 아니라면 살릴 게고, 그렇지 않다면 생명을 거둬 가시겠지. 인명은 소중한 것이나, 과연 그의 목숨이 보호받을 가치가 있는지 나는 판단할 수 없네."

박태수의 표정이 참담해졌다.

"그래서 행동하느냐 가만히 있느냐의 문제라 말씀하신 게로군요."

김만중이 책상을 쓰다듬으면서 판결을 내리듯 말했다.

"이번 사달의 진상은 이제 모두 밝혀졌네. 그리고 내 뜻도 전했으이. 나머지는 자네 몫일세. 어떻게 대처하든 내가 관여할 바 아니야. 신중히 생각하길 바라네."

박태수가 원망스런 눈빛으로 김만중을 쳐다보았다. 김만중은 눈길을 외면하면서 책상 위만 바라보았다. 눈을 질끈 감았다 뜨더니 박태수가 자리에서 일어나면서 뇌까렸다.

"그럼 소인은 그만 물러가겠습니다요."

박태수가 문밖을 나설 때까지도 김만중은 침묵을 지켰다.

그해 황경동은 칠순 잔칫상을 받지 못했다.

제9화

춤추는 알리바이

〈남해 이동면 용문사 앞에 있는 일주문〉

1

오늘은 음력 4월 8일 석가탄신일이다. 후대에 '부처님 오신 날'로 불리는 날이다. 날씨는 기온이 부쩍 올라 완연한 봄날의 정취를 자랑했다. 남해의 자랑인 꽃들이 지천에 피어 있고, 사람들은 모내기와 마늘 수확에 바빠 정신을 차리지 못했다. 그런 날 석가탄신일이 있다. 모두들 옷을 잘 차려 입고 잠시 노동의 피로는 접어둔 채 사찰로 발걸음을 옮겼다. 삼삼오오 법당에 모여 올 한 해도 농사가 잘되고 무병장수하기를 기원했다.

유배 처소의 네 식구 김만중과 나정언, 호우와 아미도 축일을 맞아 사찰을 찾았다. 유배 처소 위로 용문사가 있지만 오랜만에 금산 구경도 할 겸 보리암에 가기로 뜻을 모았다. 먼저 용문사에 들른 뒤 보리암 쪽으로 발길을 잡았다.

신록이 푸름을 더하는 산길을 걸으면서 산새들이 노래하는 소리에 귀를 기울였다. 아미는 산꽃을 꺾어 한쪽 귀에 꽂았고, 호우는 이름 모를 가락을 휘파람에 담았다. 깨끗하게 다린 하얀 도포에 깃을 쓴 김만중의 모습은 여윈 몸이라 풍채가 돋보이지는 않았지만 관록 있는 벼슬아치의 풍모까지 숨길 수는 없었다.

　해가 꽤 오른 시각이라 예불을 올리고 돌아가는 사람들도 눈에 띄었다. 그들과 마주칠 때마다 김만중 일행은 두 손을 모아 합장하면서 덕담을 나누었다.

　"성불 하세요."

　유배 온 지 한 해가 지나니 이제는 남해에서도 김만중을 알아보는 사람들이 제법 늘었다. 양반댁 사내들은 대놓고 사찰을 찾는 걸 꺼려 많이 보이진 않았다. 그러나 신심이 깊은 아녀자들에게 석가탄신일은 떳떳하게 바깥출입을 할 수 있는 몇 안 되는 날이었다. 내외를 하느라 눈을 마주치진 못하더라도 김만중 일행을 훔쳐보면서 저희끼리 귓속말을 하며 웃음을 지었다. 호우와 아미는 걸음을 재게 놀리더니 시야에서 사라졌다.

　"매일 매일이 석가탄신일이라면 참 좋겠습니다. 다들 얼굴에 웃음꽃이 만발해 있습니다. 스승님."

　나정언이 미소를 머금은 채 사람들과 경치를 둘러보면서 말했다.

　"과연 그렇구나. 부처에게 지나치게 의지하는 것이 바람직하다고만 할 순 없겠지만, 그분의 가르침을 기억해 마음속의 부처를 찾는다면 길상吉祥이 이보다 더할 나위 있겠느냐. 부처는 성인답게 길일을 택해 세상에 나투셨구나."

　"스승님께서는 불전佛典도 즐겨 읽으시지요?"

　김만중이 회상에 잠겨 말했다.

　"어머님께서 평소 불전을 자주 읽으셔서 나도 진즉부터 관심을 두었구나. 부처의 말씀에는 우리 유가의 성현들이 미처 설파하지 못한 향기로운 지혜가 가득하지. 성현들은 생이지지生而知之, 날 때부터 진리를 알고 태어난 분들이라 모두 부족함이 없다. 허나 이를 받아들이는 사람에게는 천성이나 환경, 기질이 조금씩 달라 성현의 뜻을 오해하고 잘못 받아들이지. 솥이 발이 세 개 있어야 균형을 유지하듯 사람도 공맹과 노장, 부처의 말씀을 두루 알아야 사람답게 살 수 있지 않겠느냐."

나정언이 상기된 얼굴로 말했다.

"스승님의 말씀을 잘 새기겠습니다."

금산을 중턱쯤 올랐을 때였다. 저쪽 숲 너머에서 꽹과리와 북 등속이 내는 소리가 요란하게 들렸다. 누군가의 찢어질 듯한 외침소리도 섞였다. 김만중이 의아한 눈빛으로 눈길을 돌렸다.

"이게 무슨 소리냐? 성현이 태어난 날 울리는 풍악이라기엔 너무 난잡하구나."

오가는 사람들도 모두 고개를 갸우뚱하며 풍악이 들려오는 방향을 주시했다. 잠시 귀를 기울이던 나정언이 미간을 찡그리며 대답했다.

"무당이 굿을 하는 듯하옵니다. 보통 작은 푸닥거리나 벌이는데, 이맘때면 저렇게 기승을 부리지요."

김만중이 씁쓸한 표정을 지으며 말했다.

"무풍巫風이 반드시 나쁘다고 할 수는 없겠지. 상처 받은 백성들의 고통을 덜어준다면 꼭 탓할 일만은 아니야. 허나 큰 굿을 벌이게 되면 비용도 만만치 않을 텐데, 그렇지 않아도 넉넉지 못한 백성들에게는 부담이 될까 염려스럽구나."

그렇게 대화를 나누면서 언덕을 돌아가는데, 반대편 작은 개울 너머에서도 굿판이 벌어졌는지 시끌벅적한 소리가 울려 퍼졌다. 징 소리에 놀란 새들이 푸득거리며 파란 하늘로 어지럽게 날아올랐다.

"어허! 여러 곳에서 굿을 하는 모양이구나."

나정언이 민망한 듯 몸을 움츠리면서 말했다.

"남해는 큰 섬이라 농사도 많이 짓지만 어장도 발달해 있습니다. 그래서 많은 사람이 바다에 나가 고기를 잡아 생계를 꾸리는데, 폭풍 때문에 목숨을 잃는 이들도 자주 나오지요. 안타깝게도 시신도 건지지 못합니다. 사찰에서 때마다 천도재를 올리면서 원혼을 위로합니다만, 백성들은 무당들이 지내는 굿을 통해 혼령을 달래는 게 오랜 풍습이지요. 석가탄신일이 되면 부처와 신령의 영험이 합쳐지는 날이라 하여 굿판이 더욱 성대하게 치러집니다. 길을 가시다 보면 또 보시게 될 겁니다."

김만중이 신중한 빛을 띠며 말했다.

"무당들이 다 영험을 보이면 다행이겠지만, 저 중에는 어리석은 백성들을 기만해 재물을 탐하는 이들도 있지 않겠느냐? 쪼들리는 살림에 큰 굿을 치르자면 허리띠를 졸라매거나 빚을 져야 할 텐데, 관아에서 민풍을 단속할 필요도 있겠구나."

"관아에서 못된 무당의 창궐을 막고자 나서기도 했지요. 그러나 백성들을 등에 업은 무당들의 저항도 만만치 않습니다. 단속이 있을 때면 잠시 몸을 피했다가 관속들이 떠나면 다시 신당을 꾸밉니다. 그러니 별 효과는 거두지 못하는 셈이지요."

김만중이 고개를 저으며 말했다.

"향촌의 질서가 바로서야 나라가 편안한 법인데, 큰일이구나."

그때 앞서 올라갔던 호우가 허둥거리며 산길을 내려왔다. 김만중이 물었다.

"무슨 일이냐?"

"박 포교 나리를 만났습니다. 저 위 골짜기에서 안 좋은 일이 터졌나 봅니다."

"안 좋은 일이라니?"

"사람이 죽었답니다."

"사람이 죽어? 벼랑에서 누가 떨어지기라도 했다더냐?"

"그건 아니고, 살해를 당했다 하옵니다. 대감님께서 올라오신다니까 빨리 모시고 오라셨습니다. 자신은 현장을 떠날 수 없다더이다."

김만중의 입에서 탄성이 울려나왔다.

"어허! 이런 좋은 날에 살생이라니. 부처님 뵙기가 부끄럽구나. 어서 올라가 보자."

살인현장은 산등성이었다. 산봉우리 너머 있는 보리암은 보이지 않는 후미진 곳이었다. 대부분의 경사면이 숲으로 우거진 반면 그곳만 바위들이 듬성듬성 돌출해 어둡고 서늘한 분위기를 만들었다. 바위 틈새로 돌로 만든 작은 제단이 있고, 그 위로 촛대와 초가 어지럽게 널려 있었다. 골짜기를 따라 포졸 여럿이 금줄을 친 채 지키는 광경이 멀리서도 보였다. 예불을 드리러 가던 사람들이 금줄 밖에 모여 웅성거렸다.

박태수는 현장에서 멀찍이 떨어진 산길에서 김만중 일행을 기다리고 있었다. 김만중이 보이자 부리나케 달려 내려왔다.

"대감님, 어서 오세요. 경사스런 날에 흉한 일이 벌어지고 말았습니다요."

김만중이 이마에 흐르는 땀을 닦으며 대답했다.

"무슨 일인가? 사람이 살해되었다던데?"

박태수가 얼굴을 찡그리며 손가락으로 장소를 가리켰다.

"무당들에게도 대목인 날인데 흉행을 벌이다니, 세상 말셉니다요."

"무당이 사람을 죽였다는 말인가?"

"그러게 말입니다. 현장을 목격한 사람들 말로는 무당이 갑자기 나타나더니 다짜고짜 칼로 찔렀답니다. 피해자는 바로 숨이 넘어갔고요."

"자네는 현장에 있지 않았단 말이로군."

"예. 하지만 누구보다 일찍 도착했고, 범인도 소인이 체포했습니다요."

김만중이 감탄하면서 말했다.

"벌써 범인을 체포했다고? 그나마 다행이로군. 이 깊은 산중에서 달아날 작정이면 얼마든지 도주했을 텐데 잡다니, 자네 공이 크네."

그러나 박태수는 만족스런 얼굴이 아니었다. 오히려 당혹스러워하고 있었다.

"그런 칭찬을 듣기에는 이를 듯하옵니다요. 범인이 누군지는 분명한데, 정말 그가 범인인지 장담할 수 없거든요."

"그게 무슨 소린가? 그자가 범인이 아니란 말인가?"

"왠걸입쇼. 목격한 사람이 한둘이 아닙니다요. 여러 사람이 무당이 달려들어 칼로 찌르고 달아나는 것을 보았습죠. 그 진술을 듣고 무당을 체포했는걸입쇼."

김만중이 턱을 매만지면서 말했다.

"범인이 시치미를 뗄 수는 있겠지. 그러나 목격자가 그렇게 많은데, 발뺌을 한다고 혐의가 풀리지는 않을 것 아닌가?"

박태수가 더욱 난감해하며 볼멘소리로 대답했다.

"문제는 말입니다요. 무당이 사람을 죽이는 바로 그 시간에 현장에서 3백 보나 떨어진 곳에서 그 무당이 굿판을 벌이고 있었다는 게지요. 풍악 소리에 한창 신명이 잡혀 작두를 타고 춤을 추고 있었답니다. 그 광경을 목격한 사람도 십수 명에 이르거든요. 그러니까 무당 혼자 석굴에서는 사람을 죽이고, 안골 굿판에서는 진혼굿을 벌였단 말씀입니다요. 참 나! 대감님, 어떻게 같은 사람이 동시에 두 군데에 다 있을 수 있습니까요!"

2

박태수로부터 전해들은 이 살해사건의 전모는 다음과 같았다.

범인인 무당은 남해로 들어와 신당을 꾸민 지 반 년쯤 된 여자였다. 눈빛이 괴기스러웠고 얼굴빛은 눈처럼 하얀데 몸은 가냘프지만 앙팡진 데가 있어 전형적인 귀기 어린 무당의 모습이었다. 그녀에게는 굿판을 거들고 경문을 읽어주며 함께 지내는 사내 박수가 한 사람 따라다녔다. 인상이 험상궂고 덩치가 황소만 한 인물로 소란이나 시비를 대비한 호위 임무도 맡은 듯 보였다.

남해가 워낙 관음성지로 이름이 나 있다 보니 영험과 명성의 덕을 보겠다면서 모여드는 무당이 많았다. 그들은 금산 자락을 중심으로 곳곳에 둥지를 틀고 앉았다. 점을 쳐주거나 푸닥거리 같은 소소한 굿을 벌이는 한편 관음보살의 영기를 얻어 신기를 키워보려는 수련에도 열심이었다. 섬이라 자연재해가 많은 남해의 사정 때문에 이런 이들이 더욱 행세를 하는 판이었다.

그런데 이 무당—이름은 '연꽃선녀'다.—은 돋보이는 재주를 하나 더 가지고 있었다. 점괘도 용하고 굿 솜씨도 남달랐지만, '연꽃선녀'가 사람들의 혼을 빼놓은 데는 죽은 사람의 혼령을 불러내는 능력이 뛰어났기 때문이었다. 이른바 '혼 부르기'라는 신기를 보여주었다. 어지간한 무당이라면 접신 상태에서 혼령을 불러내 빙의하는 일은 하지만, '연꽃선녀'의 빙의는 제 몸에 붙이는 게 아니라서 특이했다.

촛불 불꽃 하나만 일렁이는 어두운 신당 안 중간에 희고 넓은 무명천을 드리워 방을 둘로 나누었다. 혼령을 만나고 싶어 하는 사람이 지극정성을 다해 기도하면 어느 순간 무명천에 죽은 사람의 그림자가 천천히 내려오고, 살아생전 못 이뤄 한이 된 일들에 대해 떠드는 것이었다. 그 일들을 해결해 주면 원혼은 편안하게 저승으로 돌아가곤 했다.

처음에 사람들은 이 해괴한 강신 놀음을 두고 무슨 속임수가 있는 게 아니냐며 의혹을 제기하기도 했다. 특히 무당들은 어디 족보에도 없는 사기를 치느냐고 펄쩍 뛰었다. 그런 식으로 신 내림이 이뤄지는 경우는 없다는 것이었다. 그러나 호기심을 못 이긴 사람들이 하나둘씩 '연꽃선녀'를 찾았고, 곧 속임수나 환영이 아니라 정말 혼령이 나타나는 것임이 밝혀졌다. 산 사람도 알지 못했던 집안의 비밀을 말하기도 했고, 집안의 문젯거리가 있으면 이를 해결할 방도를 일러주기도 했다. 이런 소문이 퍼지자 사람들이 '연꽃선녀'의 신당으로 몰려들었다. 몰려드는 사람들 때문에 보름이나 한 달, 심지어 몇 달을 기다려야 무당의 얼굴이나마 볼 수 있었다.

그런 '연꽃선녀'의 영험에 넋을 빼앗긴 사람 중 오계심吳桂心이란 남해의 아낙도 있었다. 그녀는 청상과부였다. 동네에 살던 젊은 어부와 눈이 맞아 혼인을 하고 살림을 차렸는데, 몇 년 되지 않아 그만 남편이 폭풍을 만나 죽었다. 시부모도 일찍 세상을 등졌고 슬하에 자식도 없었으니 계심은 의지가지없는 신세가 되었다. 불행 중 다행으로 남편이 성실하고 이재도 밝아 남긴 재산이 제법 되었다. 이를 관리하고 불리면서 계심은 재가도 않고 남편을 그리워하며 살았다. 그런 그녀에게 '연꽃선녀'의 출현은 가뭄 속 단비 같은 구원이었다.

계심은 그 길로 달려가 남편의 혼령을 불러 달라 애걸했다. '연꽃선녀'는 이런저런 핑계로 강신 날짜를 미뤘다. 몸이 달은 계심은 패물과 엽전다발을 싸들고 신당을 들락거렸다. 그녀에게 있어 시신도 건지지 못한 남편의 육신을 보고 음성을 들어보는 것은 비원의 소망이었다. 그 간절한 소망을 위해서라면 재산도 무엇도 아깝지 않았다. 얼마가 지났을까, 마침내 '연꽃선녀'가 강신 의식을 실현할 채비가 갖춰졌다면서 그녀를 불렀다. 그녀는 만사를 제쳐놓고 달려갔다.

그리하여 계심은 꿈에서라도 보고 싶어 했던 남편을 만났다. 무명천 뒤로 그림자만 드리운 남편이었지만 육신도 보았고 생생한 목소리도 들었다. 남편은 그녀 홀로 남겨두고 먼저 열명길에 들어 미안하다면서 부디 행복한 삶을 살다 내세에서 다시 만나자고 울먹이며 말했다. 계심은 남편의 손이라도 잡아보려고 발버둥 치며 무명천으로 달려들었다. 그러나 무명천이 벗겨지는 순간 남편의 혼령도 사라지고 다시는 목소리조차 들을 수 없을 것이라는 '연꽃선녀'의 호령이 떨어지자 멈출 수밖에 없었다. 과연 이후에도 계심은 여러 차례 '연꽃선녀'에게 강신 모임을 요구했고, 남편과의 기이한 재회를 이어갈 수 있었다.

그녀의 기쁨은 무엇과도 바꿀 수 없었다. 그 기쁨을 위해서라면 세상에 아까울 것이 없었다. 강신 모임를 열 때마다 적잖은 비용이 들었지만, 그녀는 세간을 팔고 땅을 팔아 강신의 유혹에 사로잡혔다. 결국 살림이 거덜 났지만 계심의 욕망은 그칠 줄 몰랐다. 평소 인심을 얻었던 그녀에게 금전을 빌려주는 사람이 없지 않았다. 특히 청상과부에 홀몸이었던 그녀에게 연정을 느끼던 홀아비 최달수崔達洙가 환심을 살까 싶어 뒷돈을 대주었다. 그렇게 남편을 만난다면 언젠가 만족하여 정신을 차리고 마음을 돌릴까 기대했기 때문이었다. 그러나 그녀에게 필요했던 것은 돈이었지 사람이 아니었다. 결국 최달수도 밑 빠진 독에 물 붓는 꼴이나 마찬가지인 계심의 욕망은 잠재울 수 없는 현실임을 깨달았다. 기대를 접은 그마저 빌려준 돈을 돌려달라고 채근하기에 이르렀다.

이렇게 걷잡을 수 없는 계심의 출분에 제동을 가한 이는 오빠 오성식吳聖植이었다. 누이를 설득할 수 없을 것이라 판단한 그는 강신 의식의 진위를 알아내는 데 초점을 맞추었다. 오래 전에 죽은 사람이 육신을 보여주고 목소리를 들려주다니, 흉계가 있지 않은 다음에야 있을 수 없는 일이었다. 몇 번 강신 모임에 참여했던 그는 '연꽃선녀'와 박수무당이 꾸며놓은 속임수의 진상을 간파해냈다.

오성식은 누이를 불러 '연꽃선녀'의 강신은 기만이라면서 더 이상 속지 말라고 충고했다. 그러나 그런 말은 무당을 신으로 떠받드는 계심의 귀에 들리지 않았다. 그녀는 마지막 남은 재산인 집까지 잡혀가면서 돈을 마련해 무당에게 달려갔다. 말이나 위협으로 설득이 불가능하다는 사실을 깨달은 오성식은 목표를 무당에게로 돌렸다.

자신이 알아낸 속임수가 공개된다면 남해 땅에서 명맥도 유지하지 못할뿐더러 목숨마저 온전히 보전하지 못하리라 엄포를 놓았다. 대신 누이에게서 뜯어낸 재물을 내놓고 남해를 떠난다면 더 이상 문제 삼지 않겠다는 타협안을 내놓았다. 그러자 '연꽃선녀'도 도리가 없다고 여겼는지 그러마고 꽁무니를 내렸다. 대신 계심의 성심을 생각해 마지막으로 죽은 남편의 원혼을 달래는 굿판을 벌이겠다고 부탁했다. 물론 비용은 자신이 부담하겠다는 약조를 잊지 않았다.

무당의 부탁이 지극했던 데다 누이의 간곡한 마음을 무참히 짓밟기는 싫었던 오성식은 이를 허락했다. 그 굿판이 벌어지는 날짜가 사월 초파일 석가탄신일이었다. '연꽃선녀'는 금산의 가장 오지이면서 영험이 가장 높다는 안골 숲에서 굿판이 벌어질 것이니 바깥에 있는 석굴 앞에서 기다린다면 굿판이 끝나는 대로 함께 신당으로 가서 모든 재물을 돌려주고 떠나겠다고 다짐했다.

그날 새벽 '연꽃선녀'는 박수무당과 풍물패, 계심과 몇몇 아낙을 데리고 안골 숲으로 들어가 굿판을 벌였고, 오성식은 3백 보 떨어진 석굴 앞에서 굿판이 끝나기를 기다렸다. 허튼 수작이라도 부릴까 싶어 일가의 젊은이 서너 명과 최달수를 대동했다. 소문을 들은 동네 사람 몇도 오성식을 따라와 귀추가 어떻게 될지 흥미진진해 하며 석굴 앞에서 무당을 기다렸다.

수백 년 된 거대한 낙락장송이 차일처럼 안골 숲 빈터 위로 뻗었고, 가장 굵은 가지가 배의 용골처럼 하늘을 반으로 갈랐다. 굵은 가지를 중심으로 좌우로 뻗어나간 가지와 솔잎들이 안골 마당에 으스름을 드리웠다. 해가 뜨기도 전에 시작된 굿판은 여명이 들고 해가 중천을 향하고 있을 때도 끝날 기미를 보이지 않았다. 무당은 더욱 신명이 잡혀 검무劍舞를 추면서 교성에 가까운 울음소리와 함께 사람들을 사로잡았다. 그리고 신기의 극점인 작두 타기에 돌입했다. 작두 타기와 함께 안골 숲에는 때 아닌 안개가 자욱하게 피어올랐다. 분홍빛을 띤 안개는 시야를 가릴 정도는 아니었지만 보는 사람이 신비감과 황홀감을 느끼기에는 충분했다. 자리를 함께 한 계심은 '연꽃선녀'가 열정적으로 흔드는 방울 소리와 현란한 부채 놀음에 도취된 듯 두 손을 모으고 하염없이 눈물을 흘렸다.

그러나 사위를 흐리게 만든 안개 탓일까? 시퍼런 칼 날 위에서도 신들린 듯 춤을 추던 '연꽃선녀'의 몸이 휘청거렸다. 그녀의 맨발이 미끄러지는가 싶더니 바닥에 쓰러졌고, 발바닥에서 시뻘건 피가 뿜어져 나왔다. 영험한 안골 숲 영지靈地의 가장자리를 반원형으로 둘러앉아 무당의 춤사위를 보던 사람들의 입에서 비명이 튀어나왔다. 발을 움켜쥐고 뒹굴던 '연꽃선녀'는 표정을 다잡고는 다시 일어나려 했지만 마음과는 달리 몸이 움직이지 않았다. 그러자 숲에서 박수무당이 달려 나와 그녀를 부축해 숲 안으로 끌고 들어갔다. 놀라 웅성대는 계심과 아낙들, 그리고 풍물패만 남았다. 그러나 무당의 부재는 잠깐이었다.

상처를 수건으로 동여맨 '연꽃선녀'가 숲에서 나오더니 다시 작두에 올라탔다. 머뭇거리던 춤사위는 다시 광란으로 타올랐다. 춤이 맹렬해지자 옷매무새가 심하게 흐트러졌다. 풀어진 옷고름과 넓은 소맷자락이 허공을 어지럽혔다. 짙은 오방색이 물결치듯 어지럽게 흔들렸다. 동여맨 발바닥에서는 계속 피가 배어나왔다. 붉은 피에 도취된 사람들은 황홀경에 빠져들었다. 참배객들의 탄성은 더욱 높아갔고, '연꽃선녀'의 칼춤은 미친 듯 요동했다. 발을 다치기 전보다 몸짓은 더욱 격렬해졌고, 공중으로 날듯이 뛰어올랐다. 사람들은 점점 더 무당의 춤사위에 홀려들었다.

그때 산봉우리 너머에서 보리암의 범종 소리가 뱀처럼 미끄러져 들어왔다. 애절하면서도 장엄하게 울리는 범종 소리에 휘감겨 굿판은 정점을 향해 치달았다.

같은 시각, 3백 보 떨어진 석굴 앞에서 괴변이 일어났다. 오성식은 이제나저제나 '연꽃선녀'가 나타나기를 기다렸다. 무당의 출현이 늦어지자 안골로 달려가야 할지 가늠하는 참이었다. 그때 우거진 숲을 헤치고 '연꽃선녀'가 모습을 드러냈다. 누군가 숲을 가리키자 시선이 그 방향으로 향했다. 아래위가 하얀색 일색인 평복 차림이었다. 오성식이 먼저 몇 발자국 앞으로 나갔다. 막 입을 떼려는 순간 보리암의 종소리가 은은하게 들리는가 싶더니 '연꽃선녀'가 품에서 손을 뺐다.

그녀의 손에는 날이 시퍼런 칼이 들려 있었다. 햇빛에 반사된 검광이 싸늘하게 빛을 뿜었다. 흠칫 놀란 오성식이 뒤로 물러날 틈도 없이 칼은 오성식의 가슴을 파고들었다. 비명도 지르지 못하고 오성식은 두 눈을 부릅뜬 채 얼어붙었다. 사람들은 모두 벼락 맞은 사람처럼 굳어버렸다. 가슴에 꽂힌 칼날이 빠지자 피를 쏟으며 오성식은 힘없이 쓰러졌고, '연꽃선녀'는 뒤도 돌아보지 않고 숲속으로 사라졌다.

그제야 정신이 돌아온 사람들이 오성식에게로 달려들었지만, 이미 절명한 뒤였다. 몇몇이 숲을 뒤졌지만 '연꽃선녀'의 모습은 어디에도 없었다.

그 무렵 박태수는 보리암 예불을 마치고 옥진과 함께 산을 내려가는 중이었다. 멀리서 사람들이 동요하는 모습을 본 박태수는 이상한 생각이 들어 석굴 쪽으로 몸을 틀었다. 박태수가 혀를 차면서 옥진에게 충고하듯 말했다.

"또 사이비 무당들이 백성들 재물을 쥐어짜는가 보구먼! 자네는 절대 저런 꾐에 속으면 안 돼."

옥진이 새침하게 대꾸했다.

"보리암 관음보살님의 영험을 따라갈 무당이 어디 있다고 저런 헛짓거리에 넘어간단 말이요. 그런데 정작 무당은 없네?"

과연 사람들이 둥글게 진을 친 채 고개를 떨어뜨리고 있을 뿐 무당은 보이지 않았다. 숲 너머 멀리서 희미한 풍악소리가 들렸다. 석굴 앞에서 우왕좌왕 하던 사람들이 박태수를 발견하고는 바로 달려왔다.

"포교 나리, 사람이 죽었습니다요!"

"사람이? 무슨 소리야? 싸움이라도 붙었나?"

"그게 아니옵고……."

정황을 들은 박태수가 날래게 석굴로 달려갔다. 가슴이 피에 흥건히 젖은 오성식의 시체가 널브러져 있었다. 이미 목숨이 끊어진 것을 확인한 박태수가 고개를 들어 물었다.

"누구의 소행인가?"

사람들이 합창을 하듯 한 목소리로 외쳤다.

"무당 '연꽃선녀'의 짓입니다. 다짜고짜 숲에서 나오더니 칼로 가슴을 찌르고는 달아났습지요."

"잡지는 못했고?"

사람들이 절레절레 고개를 저었다.

"귀신처럼 사라졌습죠. 안골 숲에 있을 겁니다요."

"안골 숲이라니?"

"거기서 '연꽃선녀'가 오늘 진혼굿을 합지요."

"당장 가자고!"

사람을 내려보내 포졸들을 데리고 오라 지시했다. 이어 사람을 앞장세우고 안골 숲으로 간 박태수는 수월하게 '연꽃무당'을 찾을 수 있었다. 범행을 목격한 사람이 한둘이 아니니 체포에는 아무 문제가 없어 보였다. 그런데 엉뚱한 데서 난관이 닥쳤다.

"말도 안 돼! 그때 선녀님은 내 죽은 남편을 위해 작두를 타고 계셨어요. 우리 눈이 장신구로 보이나요."

그렇게 외친 사람은 다른 이도 아닌 살해당한 오성식의 누이 계심이었다. 곁에 있던 아낙들도 당연하다는 듯 고개를 끄덕였다. 오빠가 죽은 소식을 들은 계심이 오열했지만 자신의 주장을 물리지는 않았다.

"그렇게 말렸건만. 신령님을 화나게 하면 동티가 난다 했는데."

같은 시각 동시에 두 군데에 나타난 무당 '연꽃선녀'. 석굴 앞 사람들의 증언이라면 그녀는 사람을 죽인 흉한인데, 안골 숲 아낙들의 주장으로는 그녀는 무고한 사람이었다. 박태수는 '연꽃선녀'를 체포하지도 풀어주지도 못하는 궁지에 몰리고 말았다.

3

그날 저녁 김만중을 비롯한 유배 처소 식구들과 박태수가 한 자리에 모였다. 용문사 아래 처소로 갈 상황이 아니어서 다들 읍성으로 와 옥진의 명정루 별당에 있는 내실로 들었다. 작년에 민태홍이 살해당했던 방이었다. 그새 장판을 갈고 도배를 다시 하는 등 세간을 전부 바꿔 분위기를 일신했다.

사건 정황을 들은 김만중은 먼저 죽은 오성식의 시신을 살펴봤다. 한눈에 봐도 칼에 찔려 죽은 것이 확실했다. 이어 '연꽃선녀'가 진혼굿을 올렸다는 안골 숲도 찾아봤다. 두 곳 모두 금줄이 쳐져 있었다.

석굴과 안골 숲 사이의 거리는 어른 걸음으로 3백 보 정도 떨어졌다. 숲이 우거져 있어 평지처럼 걷기는 어려웠고, 언덕 사이로 샛길이 나 있었다. 그 길을 따라 오간다면 짧은 시간에 왕래할 수 있었지만, 양쪽 모두 사람들이 지켜보고 있었는데 '연꽃선녀'가 보란 듯이 길을 걸어 살해하고 돌아갔다고 보기는 어려웠다. 더구나 석굴에 있던 사람들은 그녀가 숲에서 튀어나와 순식간에 칼로 찌르고 숲으로 사라졌다고 말했다. 안골 숲에 있던 아낙들은 '연꽃선녀'가 조금도 쉬지 않고 작두를 탔다고 맹세했다. 다리를 작두날에 베어 잠깐 멈춘 적이 있었지만, 우거진 숲을 뚫고 오갈 만한 시간은 못되었다. 더구나 발의 상처로 보건대 있을 수 없는 일이었다. 박태수가 두 눈으로 '연꽃선녀'의 발에 난 상처를 확인했다. 그런 몸으로 춤을 춘 것도 대단하지만 상처 난 발 그대로 숲을 걸었다면 발바닥에 더 큰 상흔이 남았거나 상처가 덧나 걷지도 못했을 게 분명했다.

오성식의 친지들은 당장 잡아들이라 성토하고, 계심을 비롯한 아낙들은 무고를 주장하며 풀어 달라 성화였다. 양편에 두 손을 내준 박태수는 풀 먹인 옷감마냥 이리저리 끌려다녔다. 보다 못한 김만중이 나서서 중재했다.

"살해하는 현장을 목격한 증인이 분명히 있으니 일단 관아로 데려갑시다. 취조를 하여 죄가 없으면 당연히 바로 석방될 것이오."

무당 '연꽃선녀'와 박수도 관아로 동행하겠다며 거리껴하지 않았다. 이에 관아의 포졸들 일부는 현장을 지키라 남겨두었다. 박태수와 김만중 일행, 풍물패, 그리고 구경꾼들에 휩싸여 무당은 산을 내려와 읍성에 들자 감옥에 구치되었다. 다친 발의 치료가 우선이라는 이유로 취조는 다음 날부터 하기로 했다. 증인들의 주장이 엇갈려 관아에서는 이 사건을 살인으로 다뤄야 할지도 결정하지 못했다.

"이거 귀신이 곡할 노릇 아닙니까요. 어떻게 한 사람이 동시에 두 군데 나타날 수 있을까요?"

박태수가 막걸리 한 잔을 벌컥거리며 마시더니 넋두리부터 늘어놓았다. 이 엉뚱한 상황에 아연실색하기는 모두 마찬가지여서 대꾸를 하는 사람은 없었다.

"홍길동이나 손오공이라면 분신술을 썼다고 하겠지만, 그 또한 가당찮은 일이지 않나. 한 사람이 동일 시간에 두 장소에 나타날 수 없음은 천고불변의 진리일세. 뭔가 분명 속임수가 있을 테지."

김만중이 잔을 들면서 대답하자 박태수는 애꿎은 방석만 내리치면서 목소리를 높였다.

"당연하겠습죠. 신을 섬기는 무당들이 별별 재주를 다 부린단 소리는 들었지만, 몸을 둘로 찢어 돌아다닌다는 말은 금시초문입니다요."

그러나 벌써 반은 '연꽃선녀'의 요술에 혼이 빼앗긴 옥진은 태도가 달랐다.

"왜들 이리 의심이 많으실까? 본 걸 그대로 받아들이면 되지. 그 '연꽃선녀'님은 하늘이 내신 분이 틀림없어요. 죽은 사람이 분명 뭔갈 크게 잘못해 하늘님이 선녀님을 시켜 응징한 것이라고요. 그러니 어서 빨리 선녀님을 풀어줘야 해요. 안 그럼 당신도 제 명에 못 죽어!"

옥진이 삿대질이라도 할 듯 손가락을 쳐들며 자신을 가리키자 흠칫한 박태수가 엉덩이를 들먹거렸다.

"이 여자가 미쳤나? 보리암 부처님 어쩌고 할 때는 언제고 이제 와서 뭐 '선녀님'? 그리고 내가 뭔 죄가 있다고 제 명에 못 죽어. 재수 없는 말만 골라서 떠드네."

큰소리를 치면서도 박태수는 손으로 제 목을 슬금슬금 문질렀다. 말을 채 마치기도 전에 오한이라도 든 듯 몸을 부르르 떨었다. 호우가 웃음을 못 참고 킥킥거리자 박태수가 눈을 흘겼다.

"대명천지에 어찌 그런 요사스런 일이 있겠나. 사태를 엉뚱하게 호도하지 말고 사건 자체에만 집중하세. 목격자들이 본 것이 사실이라면 무슨 방법으로 그리 했을까를 고민하는 게 우선일세."

김만중이 사람들을 둘러보자 다들 잠시 꿀 먹은 벙어리가 되어 입을 여는 사람이 없었다. 머리를 쥐어짜며 고민하던 박태수가 눈알을 번뜩이며 무릎을 쳤다.

"알았습니다요! 그렇지, 그러면 둘 아니라 세 군데라도 나타날 수 있어." 무릎을 김만중에게 끌면서 몸이 달아 박태수가 뇌까렸다. "대감님, 그 무당 년이 쌍둥이가 아닐까요? 저는 석굴에 가서 사람을 죽이고, 쌍둥이에게는 춤을 추라 시켰다면 더 볼 것도 없지 않겠습니까?"

김만중이 동의한다는 뜻으로 고개를 끄덕였다. 나정언이 조심스럽게 말을 덧붙였다.

"충분히 있을 수 있는 일입니다. 내일이라도 사실 여부를 따져 봐야지요. 무당이 발을 다친 것도 서툰 탓에 다리를 삐끗했다고 설명할 수 있겠지요."

나정언의 호응에 들떠 박태수의 얼굴이 상기되었다.

"그렇습죠. 괜히 골머리를 썩였군. 쌍둥이만 찾아내면 이 사건은 해결입니다요."

명쾌한 해답에도 김만중의 표정은 밝아지지 않았다.

"뭘 찾겠는가. 지금 발을 다쳐 옥에 갇힌 여자가 쌍둥일 텐데. 무당의 목적은 오성식을 해치는 데 있었으니 역할을 바꿔 하지는 않았을 걸세. 그러니 찾으려든다면 쌍둥이가 아니라 '연꽃선녀'라는 무당을 찾아야지. 어느 쪽이든 공범이니 모두 처벌할 수 있을 걸세."

옥진이가 가만 있지 않았다.

"못 찾으면 어쩔 것이요? 그럼 옥에 계신 분이 선녀님이 맞잖아. 신령이 시킨 일인데, 선녀님을 처벌할 순 없어요. 설사 쌍둥이가 있다고 합시다. 그걸 어떻게 증명할 작정이요."

박태수가 몸을 배배 틀었다.

"하긴 쌍둥이든 무당이든 나 잡아가라 나타나진 않을 테지. 사태가 가라앉을 때까지 꼭꼭 숨어 있을 테니 잡기도 쉽진 않겠는걸. 섬 안을 이 잡듯 뒤져야 할 판인가?"

호우가 의심스런 표정으로 말했다.

"제 생각에는 쌍둥이는 아닐 듯합니다. 먼저 무당의 연고지로 사람을 보내 쌍둥이 여부를 파악해야겠지만, 안골 숲에 있던 아낙들은 이미 여러 차례 무당과 만난 이들입니다. 여러 사람이 부정하는데, 이를 무시할 순 없지요. 그리고 여느 사람도 아니고 무당인데, 외모만 닮아 사람 눈을 속이긴 힘들지 않겠습니까? 신중하게 판단해야 할 듯합니다."

호우의 말을 들은 김만중이 박태수에게로 시선을 옮겼다.

"지레짐작할 필요야 있겠느냐. 무당의 연고지는 어디라 하던가?"

"경상도 산청 태생이라 하더이다. 예서 멀지는 않으니 내일 당장 파발을 보내면 곧 알게 되겠지요. 이거 쌍둥이가 아니라면 정말 난처한데……."

걱정에 찬 박태수는 말을 끝내지도 못했다.

4

사흘이 지났다. 사건 다음 날 파발은 바로 산청을 향해 떠났다. 계심을 비롯한 아낙들은 하루가 멀다 하고 관아 앞에 모여 '연꽃선녀'를 풀어 달라며 농성에 열을 올렸다. 머지않아 혐의가 확인될 테니 기다리라며 달래느라 박태수의 등골이 녹아났다. 아낙들의 아우성에 옥진까지 가세해 들볶자 박태수는 혐의가 확증되면 이 무당 년에게 치도곤을 내리리라 이를 갈았다.

그러나 박태수의 꿈은 물거품이 되었다. 산청 관아에 확인한 결과 '연꽃선녀'란 무명巫名으로 불리는 그녀는 오빠나 남동생은 있었지만 외동딸이었다. 그러니 쌍둥이 설은 여름날 소나기처럼 금방 삭아들었다.

근심과 분기로 어깨를 들썩이면서 박태수가 유배 처소로 들이닥쳤다.

"쌍둥이는 아니랍니다. 썩은 동아줄이라도 잡는 심정이었지만, 역시 단순한 발상이었나 봅니다요. 그게 아니라면 뭘깝쇼?"

옆에서 듣던 나정언이 주저하면서 말했다.

"제 생각을 말씀 드리자면 변장을 한 것이 아닐까 싶습니다."

"변장이라굽쇼?"

"그렇네." 나정언이 시선을 김만중에게로 돌리면서 말했다. "용모가 비슷한 사람에게 부탁해 대신 무당 노릇을 해 달라 하지 않았을까 싶습니다. 사람 죽이는 일을 대신해 달라면 선뜻 나설 이가 없을 테니, 진혼굿을 대신해 달라 했겠지요. 그 사이에 석굴에서 오성식을 살해하고 돌아온 것이 아닐까요."

호우가 말을 받았다.

"그러면 발을 다친 이가 변장을 했다는 말인데, 현장에서는 속았다 해도 관아로 끌고 올 때까지 아무도 몰랐을 리 없지 않습니까? 더구나 다친 다리는 어쩌고요?"

일리 있는 말이었다. 답변이 궁색해진 나정언이 목청을 낮추며 말했다.

"죽이고 돌아온 뒤 상처가 난 것을 알고 무당이 자해했을 수도 있겠지요."

이번에는 박태수가 나섰다.

"그렇다고 해도 변장한 사람은 어디로 갔을까요? 안골 숲은 아래위로 경사가 심하고 외진 곳입니다. 석굴로밖에 나갈 길이 없는데, 다리를 다친 여자가 절뚝거리며 지나갔다면 누군가는 봤을 텐데요?"

"근처 숲에 은신해 있지 않았을까 싶네만……."

박태수가 목에 힘을 주면서 말했다.

"포졸을 시켜 현장 주변을 샅샅이 수색했습니다요. 다람쥐 한 마리라도 숨어 있었다면 잡혔을 겁니다. 소인이 장담합죠."

대답이 궁해진 나정언이 고민에 빠져 미간을 찌푸렸다. 그러더니 화색이 돌면서 말을 꺼냈다.

"그렇지. 변장한 사람이 꼭 모르는 사람이라 생각할 필요가 어디 있겠는가? 주변에 있던 아낙 가운데 한 사람을 매수해 변장을 시켰을 수도 있잖은가?"

박태수가 물 만난 고기처럼 신바람 나게 도리질을 했다.

"아낙 중에 발을 다친 사람은 없었습니다요. 또 무당춤이 아무나

출 수 있는 게 아닙죠. 날이 시퍼런 작두를 타야 하는데 다리가 아작 날 각오가 아니라면 누가 덤벼들겠습니까요."

조용히 대화를 듣던 아미가 말을 거들고 나섰다.

"아낙들 말고도 변장을 할 수 있는 사람은 있을 듯하옵니다."

모두의 시선이 아미에게로 쏠렸다. 부끄러운 듯 고개를 다소곳이 숙이며 아미가 말을 이었다.

"풍악을 맡은 풍물패 사람들이야 곤란하겠지만, 늘 붙어 다닌다는 박수라면 옷을 갈아입고 춤을 출 수 있을 듯하옵니다. 화려한 무당 옷을 입고 손발을 심하게 움직인다면 쉽게 눈치채기는 어렵지 않을까요?"

박태수의 눈이 희망으로 빛났다.

"어허! 네가 참으로 영특하구나. 그래 꼭 여자란 법은 없지. 박수니 무당춤에도 익숙할 게고. 당장 놈을 족쳐봐야겠구나."

벌써 엉덩이를 들썩이려는 박태수를 김만중이 만류했다.

"앉게나. 우물에서 숭늉 찾겠군. 나도 그 점을 생각하지 않은 바는 아닐세. 그러나 그날 박수를 보지 못했나? 우선 덩치가 무당보다 배는 더 나갈 거구였네. 또 얼굴도 험악해 아무리 분칠을 한다고 해도 눈썰미 좋은 아낙의 눈을 속이긴 힘들 듯하이. 청맹과니가 아닌 다음에야 분간을 못할까. 무엇보다 박수의 다리는 멀쩡하네."

박태수의 입이 심하게 일그러졌다. 아무리 옷이 날개라지만 그런 괴물과 가냘픈 무당을 혼동할 것 같지는 않았다. 자리에 털썩 주저앉으며 맥 빠진 목소리로 투덜거렸다.

"쌍둥이도 아니고 변장도 아니라면 다른 수가 없지 않습니까요. 꼼짝없이 풀어주게 생겼습니다요. 그랬다간 오성식 집 쪽에서 가만히 있지 않을 게고, 현령 나리도 무능하다며 책잡힐 텐데, 이 일을 어쩝니까요. 사건이 미궁에 빠지겠는뎁쇼."

김만중이 딱한 표정으로 박태수를 물끄러미 보다가 말문을 열었다.

"이런 생각이 드는구먼."

솔깃해진 박태수가 재촉했다.

"뭡니깝쇼?"

"그 무당이 같은 시간에 두 장소에 동시에 나타났다고 하지 않았나? 그 근거가 무엇이었나? 산중에 해시계나 물시계가 있진 않았을 터. 동시라니 지나친 억측이 아닐까 싶구먼."

박태수의 얼굴로 화색이 번져나갔다.

"그러고 보니 그렇습니다요. 석굴에서는 무당이 전광석화 같이 나타나 사람을 찌르고 사라졌고, 안골에서는 무당이 계속 작두춤을 췄다는데, 그 시간에 터울이 있다면 문제는 풀리겠습죠. 소인도 사람들 말만 듣고 같은 시각이라 여겼는데, 듣고 보니 별 근거가 없사옵니다. 작두춤을 추기 전에 석굴에 와 오성식을 살해하고 갔을 수도 있습죠. 아니면 작두춤을 마치고 풍악패가 흥을 돋울 때 몰래 달려와 죽이고 돌아간다면, 그도 가능하겠습니다요. 이걸 근거로 무당 년을 족치면 저도 실토하지 않고는 견디지 못할 겁니다요."

김만중이 다시 자제시키며 말했다.

"서둘 것 없네. 만사불여튼튼이야. 우리끼리 살펴봐도 늦진 않을 걸세."

그 틈에 호우가 떨떠름한 표정으로 말했다.

"대감마님이나 포교 나리께서는 사람들의 말을 자세히 듣지 못하셨나 봅니다. 제가 듣기로는 석굴에서 흉행이 벌어질 때 보리암 범종 소리가 들렸고, 안골에서도 무당이 다리를 다쳐 잠시 춤이 중단되었을 때 역시 범종 소리가 들렸다고 했습니다. 그 범종 소리 때문에 두 사건이 동시에 있었다고 짐작한 것이었습니다."

그제야 김만중과 박태수의 뇌리에도 당시 일이 생생하게 떠올랐다.

"그래. 맞아. 범종 소리가 양쪽에서 다 들렸다고 했지. 그래서 같은 시간이라고 생각한 거야."

김만중도 고개를 끄덕이면서 수긍했다.

"호우가 정확하게 기억하고 있구나. 그렇다면 시간 터울이 있었다는 생각도 헛짚은 겐가?"

나정언이 반론을 제기했다.

"그러나 스승님, 사찰에서 범종을 한 번만 울릴 리 없지 않사옵니까? 제가 알기로는 아침 예불 때는 28번 타종하고, 저녁예불 때는 33번 타종한다고 들었사옵니다. 그때가 아침이었으니 적어도 28번 타종했을 텐데, 첫 타종과 마지막 타종 사이라면 시간 간격이 꽤 날 것이옵니다. 그러니 범종 소리를 동시에 들었다고 해도 순서상으로는 다를 수 있지 않겠습니까?"

박태수가 다시 희망에 차서 외쳤다.

"나 도령 생각이 참 깊구먼요. 범종 치는 간격이 짧지 않으니 범종 소리를 들었다 해서 같은 시각이라 하기는 어렵습죠. 첫소리와 끝소리를 들은 것이라면 안골에서 석굴까지 서너 번도 더 오갈 수 있었을 겝니다요."

김만중이 고개를 갸우뚱거렸다.

"허나 범종 소리를 여러 번 들었다는 말은 들은 기억이 없어. 한두 번이야 놓칠 수 있겠지만 28번 울린 소리를 다 놓치고 딱 한 번만 들었겠나."

한양에 있을 때 안방마님과 함께 사찰을 자주 찾았던 아미가 의문을 제기했다.

"하오나. 대감마님, 사찰에서 아침 예불은 인시寅時, 새벽 3시에 시작되옵니다. 타종 역시 그 시각쯤일 텐데, 저희가 사건을 접한 때는 해가 많이 올랐을 무렵이옵니다. 그러니 28번의 타종은 없었을 것이어요. 사람들이 다른 소리를 오인한 것이 아닐까요?"

이 말에 논란은 게 눈 감추듯 사라졌다. 진실은 다시 오리무중의 안갯속으로 숨어버렸다. 박태수가 기가 죽어 중얼거렸다.

"이제는 더 비빌 언덕이 없네. 쩝쩝쩝!"

그러나 김만중은 포기하지 않았다.

"어쩌면 다른 연유가 있어 그 시간에 타종이 있었을 수도 있지. 더이상 탁상공론은 의미가 없어 보이는구먼. 오늘은 시간이 늦었으니 내일 보리암에 한번 가보세. 전번에는 경황이 없어 어머님의 극락왕생을 빌지도 못했으니, 겸사겸사 다녀오도록 하지."

그렇게 논의는 일단락되었지만, 박태수의 곤경은 여전했다.

"그나저나 대감님, 무당을 풀어주라는 득달같은 요구는 어쩝니까?"

김만중에게도 대안은 없었다.

"돌아가거든 풀어주게. 그러나 사건이 마무리될 때까지 남해를 떠나지 말라고 단단히 신칙해 두는 것도 잊지 말고. 포졸도 몇 명 붙여두면 좋겠구먼. 만약 줄행랑을 친다면, 그거야말로 자신들의 소행임을 자복하는 게 아니겠나."

방책이 썩 만족스럽지 않았던 박태수가 울상을 지으면서 내일을 기약하고 처소를 물러났다.

5

남해 금산은 두 개의 얼굴을 가진 명산이다. 북쪽에서 바라보면 완만하게 형성된 구릉이 이어지면서 무성한 초록을 자랑하는 숲으로 우거져 있다. 남쪽, 특히 해안가에서 올려다보면 산의 하반부는 짙은 녹음이지만 정상이 가까워지면서 갑자기 기암괴석이 울퉁불퉁 솟아오른 석산石山의 위용을 과시한다. 마치 산의 푸른색 살이 다 씻기고 앙상한 뼈대만 남은 듯했다. 바위마다 크기와 모양새가 달라 38개의 이름으로 불리면서 신령한 존재로 대접받았다.

보리암을 오르던 중 김만중은 지난 번 사건이 터진 현장을 다시 찾았다. 금줄은 그대로 쳐져 있었지만, 포졸은 보이지 않았다. 박태수에게 물어보니 며칠만 세워뒀다가 철수시켰다고 대꾸했다. '연꽃선녀'를 옹호하는 아낙들이 모여들어 기도를 하는 데다, 방해하면 천벌을 받을 것이라 윽박지르니 포졸들도 슬금슬금 꽁무니를 뺐다고 했다. 기도를 올리는 아낙은 보이지 않았지만 호기심에 산길에서 멀리 눈을 주며 석굴과 안골 쪽을 더듬는 사람은 더러 눈에 띄었다.

석굴 앞 빈터는 을씨년스러웠다. 시신은 옮겨졌지만 그때 흘린 핏자국은 선명해 눈살을 찌푸리게 만들었다. 석대 위에 놓였던 초는 동강나 뒹굴었고, 촛대도 쓰러져 굴러다녔다. 김만중은 석굴 안이며 무당이 튀어나왔다가 사라진 숲속을 들여다보았다. 바닥에 자란 풀에는 밟힌 흔적이 보였고, 잔가지도 몇 개 꺾어 있었다. 누군가 서둘러 달려간 자취가 완연했지만 그 주인공이 누군지 알려주는 단서는 없었다. 그 사이 풀은 웃자라 발자국의 생김새나 크기를 가늠하기는 어려웠다. 나무가 빽빽이 자라 있어 발걸음을 옮기기도 쉽지 않았다.

"흘리고 간 물건이라도 없나 뒤져봤지만 실오라기 하나도 찾지 못했습죠."

박태수가 분한 듯 돌을 집어 들어 숲 너머로 내던졌다. 놀란 산비둘기 한 마리가 푸드득거리며 하늘로 날아올랐다. 세상의 범접을 막으려는 듯 쌓아올려진 나무의 벽을 물끄러미 지켜보던 김만중이 호우를 불렀다.

"저 나무 틈새로 올라갈 수 있겠느냐?"

숲을 눈대중으로 살피더니 호우가 몸을 날려 굵은 가지를 잡았다. 몸을 움츠리며 나무 사이를 빠져나간 호우가 시야에서 사라졌다. 가지 휘는 소리가 잠시 들렸지만 그마저도 숲이 삼켜버렸다. 한동안 호우의 모습은 나타나지 않았다.

박태수가 육모방망이를 휘저으며 길을 뚫어보려다가 포기하고 물었다.

"어디로 간 걸깝쇼?"

김만중은 기다리지 않고 석굴 앞 빈터로 내려갔다.

"안골로 가보세."

김만중이 앞장서서 성큼성큼 걸어가자 박태수가 잰걸음으로 뒤를 쫓았고, 아미를 앞세우며 나정언이 맨 뒤에 섰다. 갈대가 웃자란 좁은 소로를 헤치며 가니 안골이 보였다. 안골 빈터 위를 가로지르는 거대한 소나무가 이곳이 성지임을 과시했다. 그곳에 호우가 서 있었다.

박태수가 눈이 휘둥그레져 물었다.

"아니, 어디로 온 거야?"

"굵은 가지를 타고 몇 차례 몸을 휘저으며 올라가니 샛길이 나오더군요. 몸이 가늘고 날랜 사람이라면 충분히 올라갈 만합니다. 잡풀이나 갈대가 방해하지만 요령만 좋으면 오가기 힘들지는 않아 보였습니다."

박태수가 고개를 끄덕이며 말을 받았다.

"딱 무당 년이로군. 그 길로 온 게⋯⋯."

김만중이 신중한 표정을 지으며 말을 막았다.

"딱히 그녀라고만 할 수는 없네. 그러나 무당춤을 자유롭게 출 정도라면 나뭇가지를 타고 숲을 넘어가는 것이 불가능하진 않았을 게야. 그걸 호우가 증명해 보였고. 허나 그렇다고 해도 여전히 동시에 두 군데 사람이 있었다는 사실은 변하지 않아."

박태수는 기대를 잃지 않고 말했다.

"타종 소리만 해결되면 더 고민할 게 뭐 있겠습니까요. 분명 사람들이 착각했거나 환청이었을 겁니다요."

김만중의 표정은 여전히 편안하지 않았다. 안골 한쪽 구석에 길게 패인 자국과 핏자국이 보였다. 무당이 발을 다친 뒤 흘린 피였다.

김만중이 사방을 둘러보며 말했다.

"방심은 금물일세. 무당이 보통 영리한 게 아니야.⋯⋯흠, 진혼굿을 하자면 도구가 필요했을 텐데, 풍물패의 악기를 빼더라도 말일세. 그래, 작두는 어디 있지?"

박태수가 무슨 뜬금없는 말이냐는 듯한 표정으로 말했다.

"글쎄올습니다요. 소인들은 무당 년을 잡아가는 데만 신경을 써서 그것까지 챙길 여유는 없었거든요. 박수나 풍물패가 치웠겠습죠."

김만중이 정정해 주었다.

"박수와 풍물패들은 무당이 잡혀갈 때 따라왔었네. 풍물패는 악기를 들고 있었고, 박수는 빈손이었어."

박태수는 의미를 두지 않고 무심한 표정으로 대답했다.

"나중에 박수가 와서 가져가지 않았겠습니까요. 저희 밥벌이 도구인데 버려두기야 했겠습니까요."

아무 대꾸 없이 김만중은 뒤편 숲으로 걸음을 옮겼다. 굿을 준비했던 탓인지 꽤 어질러져 있었다. 거추장스런 잔가지는 낫으로 베어버렸고, 갈대 역시 뿌리째 뽑혀 말라가고 있었다. 베인 가지와 이운 풀을 만져보고 주변을 둘러본 김만중이 고개를 끄덕이면서 돌아 나왔다.

밖에서는 사람들이 그의 행동을 눈여겨보는 중이었다. 김만중이 손바닥을 씻어내면서 말했다.

"보리암으로 가 보세나. 스님들께서 하시는 말씀을 들어보면 답이 나오지 않겠나?"

보리암은 예상보다 한산했다. 석가탄신일 때 걸어둔 연등들이 바람에 흔들리고 있었지만, 참배객은 별로 눈에 띄지 않았다. 사대부 집안의 아녀자일 듯한 사람들만 간간이 눈에 들어왔다. 농번기다 보니 불자들의 대부분을 차지하는 농민이나 어부들의 발걸음이 뜸해진 까닭이었다.

박태수가 법당 문을 열더니 안으로 들어갔다. 잠시 후 나이든 스님한 분이 버선발로 나왔다. 김만중을 보더니 공손히 합장하며 머리를 조아렸다.

"대감님, 어서 오시지요. 인사가 늦었사옵니다. 보리암에서 주지소임을 맡고 있는 혜공慧空이라 하옵니다."

김만중이 정중하게 합장을 하며 답례하자 뒤에 있던 호우와 아미도 주인을 따라 두 손을 모았다. 나정언은 잠시 머뭇거렸지만 곧 두 손을 모았다.

"저야말로 진즉에 찾아뵈었어야 하는데, 늦었습니다."

"무슨 말씀을요. 왕실의 어른께서 왕림해 주시니 몸 둘 바를 모르겠습니다. 편히 쉬실 수 있도록 요사채를 비워두라 이르겠습니다. 누추한 곳이라 부족한 점이 많겠으나 너그럽게 용서해 주시길 바라옵니다."

김만중이 손사래를 쳤다.

"아닙니다. 밤새워 말씀을 듣고 싶으나 오늘은 다른 일로 찾아뵈었으니 그럴 경황이 없는 게 한입니다."

혜공 스님이 박태수와 김만중을 번갈아보며 불안한 눈빛을 거두지 못했다. 스님의 동요를 눈치챈 박태수가 안심을 시키려는 듯 눈가에 웃음을 머금고 말했다.

"스님, 오해하지 마시구려. 실은 얼마 전에 저 아래 계곡에서 있었던 불상사 때문에 온 거요. 그, 저, 왜 무당이 무고한 사람을 해친 일 말입니다."

주지스님의 표정은 누그러졌지만 다른 걱정이 이는지 조심스럽게 입을 열었다.

"빈도도 안타까운 소식은 들었습니다. 비명에 간 영가靈駕가 윤회의 사슬을 끊고 극락왕생하기를 매일 기원 드리고 있으나, 죽은 이의 원한이 쉽게 씻기겠습니까? 그런데 그 일이 저희 사찰과 무슨 관련이 있사옵니까?"

박태수가 정색하며 해명했다.

"그럴 리가요. 다만 대감님께서 궁금해 하시는 게 있어서요. 사건이 있던 시각에 범행을 목격한 사람들이 보리암에서 들려오는 범종 소리를 들었다지 뭐요. 그런데 아침 예불 시간도 아니었는데 범종 소리라니 이상해서 말이요. 따로 범종을 친 적이 있었소?"

박태수는 어정쩡한 어투로 물었다. 김만중이 옆에 있기에 망정이지 평소라면 하대를 했을 듯했다.

주지는 궁리하듯이 머리를 갸우뚱거리며 생각에 잠겼다가 말했다.

"절간에서는 하루 세 번 예불을 올립니다. 아침예불과 저녁예불이 있고, 사시마지巳時摩旨[7]가 또 있어 삼시예불三時禮佛이라 부르지요. 아침예불과 저녁예불 때는 타종합니다. 그러나 사시아침 9시-11시 마지 때는 타종을 하지 않는 게 관례지요. 그런데 생각해보니 석가탄신일 때는 사시마지 때 타종을 했었습니다. 석가모니 부처님의 탄신을 봉축하는 행사가 있어 사람들에게 알리고자 치라고 했었지요. 혹시 그 소리를 말하는 것일까요?"

박태수의 눈동자가 날래게 움직이면서 말했다.

"옳거니! 그랬나 보구먼. 얼추 시간이 맞아. 스님 그때 타종은 몇 번 했소?"

주지스님이 죄라도 진 사람처럼 위축된 채 대답했다.

"많이 치지는 않았지요. 그저 행사를 알리기 위한 거니까요. 동자 승에게 세 번 치라 말했으니, 그랬을 겁니다. 그 일이 문제가 되는 것은 아니겠지요?"

다시 박태수가 어르는 말투로 말했다.

"아따 스님도 소심하시기는. 그 높은 도력은 다 어디 팔아 드셨나.

---

7 '마지'란 불보살에게 올리는 공양, 곧 밥을 이르는 말이다.

흠 잡힐 일은 없으니 염려 붙들어 매시구려. 그건 그렇고 타종하는 터울은 어느 정도였는데?"

주지스님이 어깨를 늘어뜨리며 대답했다.

"하도 유림들 타박이 심해서……. 간격이 길지는 않았을 겝니다. 숨 서너 번 쉬는 정도였을까요? 동자승 놈이 게을러 음식 먹을 생각에 꽤나 빨리 치더이다. 나중에 혼을 좀 냈지요."

박태수의 얼굴에는 실망의 기미가 가득 찼다.

"그렇게 빨랐나? 기껏해야 예닐곱 번 숨 쉴 시간이네. 흠! 오가면서 사람을 해치기에는 너무 짧은 걸. 틀림없겠지? 스님 연세라면 헷갈릴 수도 있잖소?"

주지스님이 안색을 바꾸면서 대꾸했다.

"빈도의 법랍이 50년을 훌쩍 넘었지만 정신만은 멀쩡하지요. 팔만 대장경도 다 외는데, 설마 그런 일을 기억 못하겠습니까."

박태수가 무안한 표정을 지으며 어정쩡하게 대답했다.

"물론 그러시겠지. 내가 뭐랬나? 워낙 중대한 문제라서 말이야."

결국 보리암에 올라온 보람은 없었다. 아니 오히려 안골 아낙들의 주장을 뒷받침해 준 셈이었다. 주지스님에게 돌아가신 어머님의 극락 왕생을 빌어달라는 부탁을 남기고 김만중 일행은 귀로에 올랐다.

사건 현장이 보이는 어름을 지나면서 김만중이 중얼거렸다.

"역시 쉽지 않은 상대야. 석굴과 안골이 눈에 보이는 것보다 훨씬 멀다 느껴지는구나. 다른 길을 찾아봐야겠어."

6

"스승님, 사대부이자 도학자가 되어 어찌 그런 일을 하시려는 겁니까? 있을 수 없는 일입니다."

나정언은 평소 얌전하고 제 의견을 크게 내세우지 않았다. 그런데 지금 그의 목소리가 김만중의 방 밖으로 터져 나올 만큼 흥분해 있었다. 보리암에서 돌아온 날 밤 처소 사람들을 모아놓고 내놓은 제안은 그만큼 충격적이었다. 호우와 보리도 차마 말은 못했지만 당황한 기색이 완연했다.

그러나 김만중은 미동도 하지 않았다.

"땅이 꺼지고 하늘이 무너질 일이라도 생겼다더냐. 무당을 찾아가겠다는 것이 무슨 법석을 떨 일이라고."

여전히 나정언의 격앙은 가라앉지 않았다.

"무엇보다 유배 오신 처지로 언행이 조신해야 하지 않겠습니까? 스승님께서 무당을 찾았다는 소문이라도 퍼지면 당장 남해의 유림들이 가만 있지 않을 것입니다."

김만중은 아랑곳하지 않았다.

"소문을 내지 않으면 그만이지 않느냐?"

"어찌 소문이 나지 않겠습니까? 그 무당과 박수가 돌아다니면서 떠들 것인데요."

"호랑이든 여우든 교활한 무리를 잡으려면 굴속으로 들어가야 하는 법이다. 그깟 구설수가 무서워 큰일을 도모하지 못한다면 어찌 선비라 하겠느냐."

"스승님의 심정을 모르는 바 아닙니다. 천리 유배를 와서 임종을 지키지도 못한 애통한 마음을 어찌 모르겠습니까? 그러나 무당에게 어머님의 혼령을 불러달라는 부탁을 하다니요. 어머님에 대한 도리도 아니고 국법에도 저촉되지 않을까 걱정됩니다. 거두어 주십시오."

나정언이 기세등등하게 나오자 일이 커질 것을 염려한 호우가 말을 거들었다.

"대감마님, 다른 때도 아니고 지금 그 무당의 살인 혐의를 조사 중이지 않습니까? 필시 범인임이 분명한 무당에게 가서 머리를 숙인다면 다른 사람들의 입에서 좋은 말이 나오진 않을 듯합니다. 나 도령님의 뜻이 옳다 여겨집니다."

아미도 조심스럽게 입을 열었다.

"대부인마님의 혼령을 위로하는 일이라면 사찰에 천도재를 부탁해도 되지 않겠사옵니까. 굳이 화근을 만들면서까지 가야 할까 싶사옵니다."

다들 반대하고 나오니 주장을 거둬들일 만도 한데 김만중은 요지부동이었다.

"너희의 염려는 고맙구나. 그러나 내 결심은 확고하다. 비용이라면 금붙이가 몇 냥 있으니 충당할 만해."

사태는 그렇게 일단락지어지는 듯했다. 온화하지만 한 번 결심하면 변치 않는 주인의 품성을 아는 아미가 마음을 접고 물었다.

"몸소 찾아가 부탁하시려 하옵니까?"

김만중이 얼굴을 쓰다듬으며 말했다.

"아무래도 그것은 거북하겠지. 모양새도 좋지 않다. 아미 네가 호우와 함께 무당의 거처를 수소문해 찾아가 말해보아라."

다시 나정언이 얼굴을 붉히면서 말리고 나섰다.

"최소한 박 포교와 상의해 보시고 난 뒤 결행하시지요. 그 사람도 동의한다면 저도 더는 말하지 않겠습니다."

김만중은 딱 잡아 거절했다.

"안 될 말이다. 박 포교가 안다면 당장 뜯어말릴 게야. 설혹 그렇지 않다고 해도 관아 사람이 개입된 것을 눈치채면 무당이 승낙하지도 않을 게다. 정말 어머님의 혼령을 만나 이야기를 나눈다면 그도 좋은 일이고, 무당의 허점을 알아낸다면 그도 좋은 일 아니겠느냐. 그러니 내일 날이 밝거든 너희 둘은 읍성으로 가 말대로 하거라."

다음 날 읍성으로 간 호우와 아미는 무당의 거처를 수소문했다. 거처를 찾기는 어렵지 않았다. 이번 사달의 입소문이 자자해 동네 강아지도 무당을 알 정도였다.

무당과 박수는 읍성 안에 있는 주막에 묵고 있었다. 출입이 잦은 곳이니 눈을 피하기는 좋지만 두 사람을 감시하고 있는 포졸이 문제였다. 그가 잠시 자리를 비운 사이 무당을 만나 용건을 전달했다.

당연히 무당 '연꽃선녀'는 가자미눈을 뜨고 본체만체했다. 그러나 아미가 금붙이를 슬쩍 들이밀자 금방 마음을 바꾸었다. 다만 혼 부르기를 행하는 당집이 십여 일 비어 있어 채비를 갖출 시간이 필요하다며 말미를 요구했다. 그리하여 사흘 뒤 저녁에 오동뱅이 산중턱에 있는 당집에서 만나기로 했다. 아미는 누구에게도 이 사실을 알려서는 안 된다는 김만중의 전언을 알렸고, 무당은 차가운 웃음을 띠면서 그러마고 대답했다.

그동안 김만중은 바깥출입은 자제한 채 서책들을 뒤지면서 때를 기다렸다. 갑자기 학구열이 달아올랐는지 호우를 향교에 보내 역사서와 지리서 등속을 가져오게 하기도 했다. 나정언은 좌불안석이었고, 호우와 아미도 안절부절못했다.

무당이 혼 부르기를 하겠다고 한 그날, 김만중은 의관을 정제하고 세 사람과 함께 길을 나섰다. 나정언은 극구 사양했지만, 사람의 눈이 많을수록 좋다며 양보하지 않았다. 마지못해 나정언도 따라나섰다.

당집은 생각보다 크고 넓었다. 원래 헛간 비슷한 구실을 한 곳이었는데, 무당과 박수가 빌려 뜯어고친 것이라 들었다고 아미가 귀띔해 주었다. 안으로 들어가니 넓고 긴 무명천이 방을 둘로 나누고 있었다. 혼 부르기를 시작하기 전 무당은 잡인이 있으면 부정을 탄다며 세 사람을 내몰았다. 상처가 다 아물지 않았는지 다리를 절뚝거렸다. 김만중은 호우에게 몇 마디 일러주고 혼자 당집에 들었다. 촛불 하나만 켜 있는 당집 안은 어두웠다.

멍석이 깔린 바닥에 앉아 무당은 뜻 모를 주문을 외우면서 거듭 온몸이 땅에 닿도록 큰절을 올렸다. 화려한 채색의 무녀복巫女服 자락이 바람에 나부끼듯 펄럭거렸다. 김만중은 무릎을 꿇고 앉아 편안한 시선으로 무명천만 쳐다보았다. 잠시 후 촛불이 꺼지면서 무명천이 환하게 밝아왔다. 그리고 천장에서 검은 그림자가 천천히 내려왔다. 한복을 차려입은 여인의 그림자였다.

다리가 바닥까지 닿자 천에 비친 그림자가 움직이기 시작했다. 그리고 여자의 목소리가 가냘프게 들려왔다.

"선생船生[8]이냐? 선생이냐?"

김만중이 울컥하여 울음을 삼키며 몸을 앞으로 움직였다.

---

8 김만중의 어릴 때 이름. 강화도에서 피난을 나오다 '배 안에서 낳았다' 하여 붙여졌다.

"어머님! 어머님! 소자이옵니다. 불효막심한 죄인 선생이옵니다."

그림자도 떨면서 가는 목소리를 이었다.

"이게 얼마만이냐. 너를 배소로 보내고 하루도 편하게 잠을 잔 적이 없었구나. '연꽃선녀'님의 영험을 빌어 너를 만날 줄이야, 내 어이 알았을꼬."

김만중은 다른 말은 꺼내지도 못하고 "어머님!"만 거듭 외쳤다. 눈물이 범벅이 된 얼굴로 엉금엉금 기어 그림자에 다가가려고 했다. 그러나 무당은 매몰하게 팔을 벌려 막더니 뇌까렸다.

"무명천에 손끝 하나라도 댔다가는 어머니를 다시는 못 볼 것이요. 신령님을 노엽게 하면 죽은 어머니가 저승에서 무한고초를 당합니다."

김만중이 몸을 뒤로 물렸다. 김만중은 무명천에 드리운 어머니의 전신 그림자를 아래위로 살펴보면서 물었다.

"어머님, 저승에서는 잘 지내시는지요? 아버님과 형님, 모두 뵈셨습니까?"

어머니의 목소리가 너그러워졌다.

"그럼! 그럼! 다들 잘 지내고 있느니라. 함께 있으니 너무나 행복하단다. 다들 네 걱정을 많이 하고 있어. 아버님 말씀이 곧 좋은 소식이 있겠다는구나."

김만중의 눈에 눈물이 그렁그렁해졌다.

"정말 다행이옵니다. 어머님. 어머님께서 살아생전 말씀하셨던 책을 이제 써 볼까 합니다. 초고를 읽어보시고 많은 점을 지적해 주셨지요."

혼령의 목소리가 갑자기 가늘어졌다.

"음, 그랬지. 잘될 것이야."

"그런데 어머님, 제가 수택본手澤本[9]을 집에 두고 왔습니다. 사람을 보내 가져오려는데, 그 책을 어디 두셨는지요?"

가늘던 말이 갑자기 멈추었다. 마치 사람이 사라진 것처럼 무명천 너머로 정적이 감돌았다. 조급증이 난 김만중이 재차 물었다.

"어머님께서 아끼시던 자개장 있지 않습니까? 거기 있사옵니까?"

어머니가 더듬거리며 대답했다.

"그럴 게다. 혼령이 되니 이승의 일이 흐릿하기만 하구나. 성현의 가르침을 풀어쓴 책을 짓는다면 얼마나 좋겠느냐. 이 어미도 저승에서 무사히 회향하기만 기도하마. 아, 돌아갈 시간이로구나. 선생아, 다음에 또 만나자꾸나."

김만중이 두 손을 들고 울부짖었다.

"벌써 가십니까? 조금만 더 계세요! 드릴 말씀이 아직 태산 같습니다!"

그러나 무명천을 밝혔던 불빛은 사정없이 꺼졌고, 어머니의 그림자는 삽시간에 사라졌다. 당집 안은 다시 암흑천지로 바뀌었다.

"오! 어머니! 어머니!"

머리를 찧으며 김만중은 오열했고, 잠시 후 촛불 심지가 터올랐다.

무당이 오만한 표정을 한껏 지으면서 낭랑하게 떠들었다.

"대감, 보셨지요. 들으셨지요. 생전 모습 그대로 어머님이 이승으로 오셨습니다. 이런 내가 사람을 죽이겠습니까? 나를 음해하려는 간교한 술책입니다."

---

9 ①되풀이해 읽어 그 사람의 손때가 묻은 책. ②생전에 소중히 여기던 책.

김만중이 무당에게로 몸을 돌리며 회한에 찬 목소리로 말했다.

"옳은 말이네. 그간 내가 어리석었네. 배냇장님이 눈을 뜬 것처럼 세상이 환하게 보이구먼. 아, 내가 잘못 생각했으이."

무당이 다독이듯 말했다.

"훌륭하십니다. 대감의 개과천선이 저승에 계신 어머님께도 홍복이 될 것입니다. 읍으로 가거든 당장 저에 대한 혐의를 거두라고 일러주세요."

김만중이 무당의 손을 쥐며 말했다.

"여부가 있겠나. 내 현령에게 건의해 선녀님을 보호하라 단단히 일러두겠네. 그나저나 언제 어머님을 다시 뵐 수 있겠나? 그렇게만 해준다면 내 뭐든 다 함세. 또 그럴 수만 있다면 아버님과 형님도 뵙고 싶네. 비용은 염려 말아. 내 집안의 재산을 다 팔아서라도 댈 테니까."

무당은 김만중을 뚫어져라 처다보았다. 김만중의 눈에서는 비원의 눈물이 줄줄 흘러내렸다. 이윽고 무당이 잡은 손을 뿌리치면서 말했다.

"대감의 부탁인데 당연히 들어드려야지요. 그러나 혼령을 다시 이승으로 부르려면 기를 모아야 합니다. 부친과 형님의 혼령까지 부르려면 그 힘이 몇 배로 듭니다. 적지 않은 정성이 필요할 것이요."

김만중이 두 손을 모으며 애달프게 말했다.

"그럴 테지. 그럴 테지. 우선 어머님이라도 뵙게 해주시게. 한양에 기별하면 곧 재물이 내려올 걸세."

"그럼 대감님만 믿고 일을 준비하겠습니다."

용건이 끝나자 무당은 김만중을 몰아내듯 당집에서 내보냈다. 밤이 꽤 깊어 산중은 어두웠고, 나정언과 호우, 아미 세 사람이 걱정스

런 눈빛으로 김만중을 맞았다. 배웅도 않고 무당은 당집 문을 걸어 잠
갔다.

나정언이 적잖이 당황해하며 물었다.

"스승님의 울부짖음이 밖에까지 들렸사옵니다. 어찌된 일인지
요?"

김만중이 눈물을 훔치면서 말했다. 언제 그랬냐는 듯 목소리는 다
시 담담해졌다.

"이제 어느 정도 사실을 알아냈다. 집으로 가자꾸나."

호우의 부축을 받은 김만중이 여러 차례 발을 헛디디면서 산을 빠
져나왔다.

유배 처소로 돌아가기에는 시간이 너무 늦어 그날 밤 네 사람은 주
막에 들러 하룻밤 신세를 졌다.

7

혼 부르기가 있던 다음 날 관아에 들른 김만중은 박태수에게 박수
란 자의 뒷조사를 부탁했다. '연꽃선녀'와 박수가 단순한 사업상의 동
반자인지, 아니면 더 밀접한 관련이 있는지 여부도 알아보라 했다. 신
내림을 받은 무당은 무병巫病 때문에 여느 사내와 살림을 꾸리기 어려
웠다. 그래서 처지가 비슷한 박수와 내연의 관계를 갖거나 대놓고 부
부 행세를 하기도 했다. 김만중은 두 사람이 어떻게 만났으며, 만나기
이전 박수의 행적은 어땠는지 파헤쳐달라고 주문했다.

박태수는 미심쩍은 눈을 하고 물었다.

"그게 사건 해결에 도움이 됩니까?"

"조사부터 잘 해주게나. 자네가 들고 온 정보에 따라 도움 여부도 결정 날 테니."

관아를 빠져나오면서 박태수에게 한 마디 더 던졌다.

"무당과 박수 주변에 붙여둔 포졸들은 철수시키게나. 까닭은 나중에 설명해줌세."

김만중의 얼굴을 핥을 듯 바라보던 박태수가 두 말 않고 고개를 끄덕였다.

"설명은 꼭 해주셔야 합니다요."

박태수는 사건의 해결에 미련을 두지 않는 듯했다.

사흘 뒤 박태수가 조사한 결과물을 가지고 김만중을 찾았다.

"박수무당의 이름은 '백호도령'이라 불리더군요. 덩치로 보면 '백호'가 맞는데, '도령'이라니 웃기지요? 본명은 강구대姜具大라 하는데, 거창현 출신이던데요. 나이는 무당 년보다 열 살 위인데, 한 방을 쓰지는 않으니 혼인한 사이는 아닌 모양입니다. 허나 실과 바늘처럼 붙어다닌다니 그 속이야 빤하지요.

두 사람이 만난 건 오륙 전쯤인가 봅니다. 만나기 전까지 강구대는 광대패와 어울려 각지를 떠돌았답니다. 덩치와 달리 재주가 많아 패 안에서 모갑이[10] 노릇을 했답니다. 광대패에서 함께 쓰는 재물을 빼돌려 쓰다 덜미가 잡혀 쫓겨날 판이었는데, 그 무렵 무당 년을 만났나 보더군요. 무당 년도 알고 보니 떠돌며 몸이나 팔던 들병이였던가 봅니

---

10 남사당의 우두머리를 가리키는 말. '꼭두쇠'라고도 부른다.

다. 무당 년은 워낙 과거를 숨겨 연고지 외에는 알아낼 게 없었는데, 놈을 터니까 고구마 줄기처럼 년의 행적도 딸려 나오더군요.

그 뒤로 년은 무당 행세를 해서 사람들을 등쳐먹었다죠. 놈은 거추장스런 일들을 해결해 주면서 년과 함께 해안 지방에서 사기 행각을 벌였습니다. 남해에 오기 전에는 거제현에 있었는데, 거기 아전 한 놈이 하도 무당 년을 못살게 굴어 야반도주했나 봅니다. 거리도 떨어져 있고 같은 섬이라 만만하게 봤는지 남해로 스며들었나 봅니다요."

박태수가 육두문자를 걸쭉하게 섞어 가면서 두 사람의 이력을 엮어나갔다.

"광대패에서는 무슨 재주를 보였다던가?"

"두루 능했답니다. 살판이나 버나 같은 몸 쓰는 재주부터 가면극이나 꼭두각시놀음 같은 손재주를 부려야 하는 판까지 누볐다네요. 덩치와 달리 몸은 날랬나 봅니다. 그러니 모갑이 노릇까지 했겠습죠. 손버릇이 나빠 노름에 빠졌다가 공금까지 손을 댔고, 멍석말이를 당할 것 같으니까 내뺀 거지요."

김만중이 턱을 쓰다듬으면서 말했다.

"대강 어떤 자인지 알겠구먼."

김만중이 말을 더 이으려는데 문밖에서 인기척이 들렸다. 김만중이 손가락을 입에 대며 박태수의 말문을 막았다. 읍성 주막에서 허드렛일을 하는 아이였다.

아미에게 몇 마디 전하는 소리가 들렸다. 아미가 엽전 몇 푼을 건네주자 좋아라 하며 돌아갔다. 잠시 후 아미가 문 앞에서 인기척을 냈다.

"뭐라 하더냐?"

"내일 밤에 오시면 된다는 전갈입니다."

"알았다. 건너가 보거라."

아미가 건넌방 문을 닫자 김만중이 박태수를 보면서 말했다.

"이제 자네에게도 사실을 밝힐 때가 된 듯하네. 며칠 전 그 무당의 당집에 가서 혼 부르기를 부탁했다네. 내가 자네에게 강구대란 박수의 신상 조사를 부탁한 전날이지."

박태수가 놀라 눈을 부라렸다.

"앵! 대감님께서 혼 부르기라굽쇼? 어이구, 남부끄러워라. 대감님 같이 학식 높고 고귀한 분마저 그런 일에 현혹되셨을 줄은 몰랐습니다요."

김만중이 계면쩍어하며 말을 이었다.

"사정은 나중에 듣기로 하고, 그날 내가 혼 부르기에 흠씬 빠진 척하면서 한 번 더 열어 달라 애걸했다네. 그랬더니 오늘 전갈을 보냈구먼. 들었다시피 내일 밤이라네. 이제 놈들의 정체를 밝히고 백성들을 기만하고 무고한 양민을 살해한 죄를 물을 차렐세."

이 말에 박태수가 반색하는 동시에 의구심이 엉킨 표정을 지으며 물었다.

"혼 부르기 사기야 폭로한다 해도 살인까지 가능할깝쇼?"

"두 사건은 서로 연결되어 있다네. 한쪽 속임수를 까발리면 다른쪽도 드러나게 마련일세. 중요한 것은 사기를 치는 현장을 덮쳐 자복을 받는 걸세. 내일 밤 소리 소문 없이 오동뱅이 당집 주변에 포졸들을 배치해 주게. 감시하던 포졸들이 없어진 걸 알 테니 방심하고 있을 걸세. 자네도 잠복해 있으이. 그간 고생이 많았는데, 죄인을 잡는 공을 남에게 빼앗겨서야 되겠는가."

'공'이란 말이 나오자 활력이 솟구치는지 박태수가 크게 활개를 쳤다.

"물론입지요. 아낙들에게 시달린 걸 생각하면 이 두 연놈을 갈아 마셔도 시원치 않습니다요. 옥진이는 또 어떻고요. 몸에 소금을 뿌려 액땜을 해야 한다느니 부적을 쓰라느니 그 등살을 생각하면, 어휴!"

김만중이 싱긋 웃으며 말했다.

"때로 아녀자들이 실없는 소릴 할 때도 있지만, 귀담아 들을 말이 더 많다네. 다 자넬 염려해서 한 소리야."

저녁을 먹은 뒤 박태수는 씩씩한 걸음걸이로 유배 처소를 빠져나 갔다.

다음 날 밤 김만중은 지난번처럼 세 사람과 함께 오동뱅이 당집을 찾았다. 무당을 보자마자 김만중이 몸을 굽히면서 깍듯이 존대했다. 무당의 얼굴로 득의의 웃음이 가득 퍼졌다.

"대감께서 약속은 잘 지키시더군요. 바로 포졸들이 사라졌어요."

"당연하지요. 어머님을 뵙게 해주신 은인에게 무엇을 못하겠습 니까."

무당은 거의 사람을 깔보는 듯한 눈빛을 띠었다.

"저도 대감을 위해 최선을 다하지요."

김만중이 송구스러운 듯 말했다.

"어서 어머님을 뵙고 싶습니다."

"들어오세요. 잡인의 출입은 안 됩니다."

"어련하겠습니까."

당집 안에는 같은 무대가 마련되어 있었다. 어두운 불빛도 여전했 다. 멍석 위에 무릎을 꿇은 무당이 주문을 외기 시작했다. 촛불은 깜빡거리다 꺼졌고, 동시에 무명천이 환하게 밝아졌다. 무당의 주문 소리가 더욱 신명나게 높아졌다. 그러나 신명은 거기까지였다.

무명천에 불은 밝혀졌지만 정작 어머니의 그림자는 나타나지 않았다. 주문에 취한 무당은 그런 조짐을 느끼지 못했다. 김만중이 머리를 조아린 무당을 내려다보며 말했다.

"선녀님, 어머님께서 나오지 않습니다."

놀란 무당이 주문을 그치고 고개를 들어 무명천을 올려다보았다. 의아한 눈빛 안으로 무명천 너머 불빛이 채워졌다.

무당이 목청을 가다듬더니 다시 주문을 외웠다. 그러자 무명천 뒤불빛이 가까워지면서 더욱 밝은 빛을 냈다. 무당은 불빛이 자신을 태워버리기라도 할 듯하자 뒤로 몸을 물렸다. 물린 만큼 불빛은 더 사나워졌고, 마침내 무명천이 불길에 휩싸였다.

"으헉!"

기묘한 비명이 무당의 입에서 새나왔다. 불길은 삽시간에 무명천을 태우더니 지붕 위로 올라붙었다. 곧 가죽이 타는 듯한 노린내가 번졌고, 천장에서 누군가 바닥으로 떨어졌다. 등에 불이 붙은 박수였다.

박수는 불을 끄려고 발버둥을 쳤다. 무당은 불길에 놀라 새파랗게 질렸다. 보다 못한 김만중이 당집 문을 열었다. 포졸 하나가 물통을 들고 들어오더니 박수에게 끼얹었다. 뒤이어 박태수가 들어와 무당을 가리키면서 외쳤다.

"요망한 년. 네년을 혹세무민惑世誣民과 살인죄로 체포한다. 오라를 받아라!"

질겁한 무당은 외침의 뜻을 아는지 모르는지 두 눈이 풀린 채 박태수를 쳐다보았다. 그때 천장에서 검은 물체가 허공을 가르며 내려왔다. 무당의 코앞에서 착지하자 무당이 겁에 질려 비명을 토했다. 호우였다.

박태수가 무당과 박수를 옭아 묶어 당집 밖으로 나왔다. 햇불을 든 포졸들이 범죄의 물증을 찾기 위해 당집으로 몰려들었다. 호우가 포졸들의 등에 대고 말했다.

"천장과 지붕 사이에 비밀 다락방이 있소. 물증은 거기에 모두 있습니다."

하나하나 물증들이 모습을 드러냈다. 무당이 춤을 췄던 무쇠로 만든 작두가 묵직한 중량감을 보이며 나왔다. 짚으로 만든 제웅이 끌려나오는데, 화려한 채색의 무녀복을 입고 있었다. 이어 오성식을 찔렀을 때 쓴 칼과 붉은 먹물이 담긴 통, 피 묻은 헝겊, 인형을 조종할 때 쓰는 열십자[十] 막대기, 초록물이 든 실이 감긴 실타래 따위가 줄줄이 쏟아졌다.

박태수가 허탈한 웃음을 감추지 못하며 말했다.

"물증들을 하나도 버리지 않고 가지고 있다니, 이년이 교만하다 못해 간덩이가 부었구나."

그제야 사태를 알아챈 무당이 표독한 눈빛으로 사람들을 흘겨보며 외쳤다.

"어리석은 것들. 신령님을 노엽게 하고도 네놈들이 살아남을 줄 아느냐. 당장 오라를 풀어라!"

박태수가 코웃음을 쳤다.

"이년이 아직도 무당 행세를 하려드네. 네년이 볼 마지막 춤이 뭔지 알려주랴? 망나니 춤이야. 망나니 춤. 춤추다 사람을 죽인 년에게 아주 맞춤한 춤이지."

박수란 사내는 의외로 겁이 많았다. 묶인 손을 풀려고 버둥대면서 박태수에게 엉겨 붙어 울부짖었다.

"나리, 살려주시오. 소인은 저년이 시키는 대로 했을 뿐이요. 눈에 귀신이 씌었나 봅니다."

박태수가 놈을 꼬나보더니 발길질로 걷어 차버렸다.

"그러고도 네가 사내냐? 불알 두 쪽이 아깝구나. 퉤!"

범인을 거칠게 대하는 것을 본 김만중이 눈살을 찌푸리며 말렸다.

"박 포교, 아직 일이 남았네. 두 사람이 갈취한 재물들을 찾아야지."

그 말에 정신이 든 박태수가 박수를 윽박질렀다.

"둥쳐먹은 재물은 어디 뒀느냐? 순순히 실토하면 감영에 잘 말해 주마."

"저 뒤로 조금 올라가면 작은 바위굴이 있소. 돌로 막아 두었는데, 그 안에 있습니다. 뭐든 자복할 테니 살인죄만은 면하게 해 주시오."

눈짓을 하자 포졸 몇이 횃불을 들고 숲속으로 들어갔다. 과연 작은 동굴 안에 재물과 피륙 등속이 궤짝 안에 들어 있었다.

재물을 확인한 박태수가 어깨에 힘을 주며 말했다.

"더 볼 것 없네. 애들아, 물증들은 잘 챙기고 연놈은 끌고 가 옥에 처넣어라."

김만중 일행에게 눈길을 돌린 박태수가 공손히 말했다.

"대감님, 오늘 욕 보셨습니다. 밤이 늦었으니 옥진이 집에서 하루 기숙하시고 돌아가시지요. 나 도령과 호우, 아미도 함께 가자고. 저놈 들의 정체를 낱낱이 까발려 옥진이 코를 납작하게 해줘야지. 히히!"

8

박태수와 김만중 일행이 오자 명정루는 한바탕 소동에 빠졌다. 박태수가 물증을 봉인하고 죄수를 옥에 가둔 포졸들까지 합류하도록 지시한 탓이었다. 박태수로서는 오랜만에 올린 큰 건수였다. 도내 다른 현에서 저지른 여죄까지 추궁하면 그가 받을 포상이 어떨지 짐작도 가지 않았다. 현령과 관찰사에게서 받을 칭찬은 덤이자 짭짤한 수확이었다.

포졸들에게는 대청마루에 한 상 차려주고 양껏 먹고 마시게 했다. 나머지 사람은 별당에 있는 내실로 들었다.

주안상이 갖춰지자 옥진이 김만중에게 다가가면서 물었다.

"대감마님, 정말 그 선녀님, 아니 무당 년하고 박수가 오성식을 죽였던 것이옵니까? 벌건 대낮에 그것도 석가탄신일에 천인공노할 만행을 저지르다니, 찢어 죽여도 시원찮은 것들. 이 사람에게 듣긴 했지만 소녀는 아직도 믿기지 않사옵니다."

김만중이 말없이 웃으며 술잔을 들자 옥진이 닭다리를 뜯어 작은 접시에 올려두었다. 박태수가 헛기침을 하며 공치사를 늘어놓았다.

"어허! 대감님 도움이 절대적이었지만, 연놈에게 오라를 지운 건 나라고. 언제는 벼락 맞기 전에 풀어주라고 북새통을 떨더니, 갑자기 의로움의 화신이 되었구먼."

옥진이 눈을 흘기며 종알거렸다.

"당신이 제대로 설명했으면 내가 그랬겠어? 자기도 꿈자리가 사납네, 명치끝이 아리네 어쩌고 하면서 꺼림칙해 해놓고, 사돈 남 말 하네."

김만중이 술잔을 내려놓고 닭다리를 집으면서 다독였다.

"경사스런 날 집안싸움 나겠구먼. 다 마음의 심지가 흐려져 벌어진 일일세. 우리의 마음 밭이 비옥하다면 그런 요사스런 언동들에 현혹되지 않는 법이지."

갈급증이 난 옥진은 고담준론에는 관심이 없었다.

"그런 좋은 말씀은 나중에 선비님들 모셔놓고 하시고, 선녀님, 아니 아니 무당 년이 어찌 두 군데 나타날 수 있었습니까?"

모두의 눈이 김만중의 입으로 모였다. 김만중은 천천히 좌중을 둘러보면서 말을 이었다.

"처음에는 나도 전혀 갈피를 잡지 못했지. 그러나 동시에 두 장소에 같은 사람이 나타날 수 없는 것은 자명한 이치가 아닌가? 사람들이 착각했거나 속임수를 쓴 것인데, 전번에 이런저런 가능성을 타진했지만 모두 허사가 되지 않았나? 보리암에 들르는 길에 현장을 가 봤어도, 숲 속으로 샛길이 있는 것은 알았지만 세 번이라는 짧은 타종 시간에 왕복하기란 불가능했지. 축지법을 쓴다는 것도 소설에서나 나올 법한 소리고. 분명 계략을 썼을 터인데, 그 방법을 알아내기가 여간 어렵지 않았네.

사실 나는 금산에서의 살인도 그렇지만 무당이 부렸다는 혼 부르기의 정체가 더 궁금했네. 대개 무당들은 접신을 통해 혼령을 부르는데, 이 무당은 무명천을 벌여놓고 혼령의 그림자를 보여주지 않았는가? 이 일에서 나는 이 무당이 접신을 행할 신기가 없다는 결론을 내렸네. 즉 무당이 아니라는 게지. 생각해보면 그림자로 혼령을 부르는 일이나 사람이 두 군데 나타나는 일은 어딘가 비슷한 외양을 띠었네. 그림자도 가짜일 터이고, 살인 현장의 두 동일 인물도 하나는 가짜가 아닌가 말일세.

　그래서 나는 그 혼 부르기에 직접 참여하겠다는 마음을 먹은 게지. 듣기만 해서야 얼마나 상황을 알겠나. 직접 본다면 속임수가 눈에 들어오리라 여겼다네. 그런 한편 무명천 그림자 이야기가 왠지 익숙했다네. 어디선가 본 느낌이 들었거든. 그래서 곰곰이 되새겨보니 대륙 사람들이 민간에서 행한다는 연희가 떠올랐지. 바로 피영皮影이란 것이야. 장막을 쳐놓고 뒤에서 가죽을 오려 인형을 만든 뒤 불빛을 이용해 온갖 그림을 보여주는 놀이라네. 그래서 문헌도 뒤지고 자료도 읽으면서 확인해보니, 역시 피영을 이용한 속임수라는 답이 나왔네.

　그러면 누가 피영 흉내를 냈을까? 말하기야 쉽지만 그런 정교한 놀음을 하려면 상당한 기술이 있어야 해. 혼령을 부르고 진혼굿을 벌이는 당사자가 그걸 할 수는 없겠지. 그래서 박 포교에게 부탁해 박수란 자의 예전 행적을 조사해 달라 부탁한 것일세. 역시 박수가 광대패와 어울려 다니면서 가면극이나 꼭두각시놀음에서 기발한 재주를 부렸다는 행적이 드러나더구먼. 박수가 그 기술을 피영에 응용했음이 분명해 보였네. 그러나 윽박지른다고 실토할 위인들은 아니었네.

　남은 방법은 현장에서 직접 확인하는 것이지. 그래서 나는 어머님의 혼령을 내려달라는 부탁을 했지. 금붙이를 내놓자 무당은 덥석 미끼를 물었어. 재물보다는 나름대로 계산한 행동이었을 거네. 워낙 혼 부르기가 감쪽같았으니 나만 현혹시키면 의혹에서도 쉽게 빠져나갈 거란 꼼수였을 게야. 사실 무당이 거절하면 강제로 해달라고 우길 수는 없는 일이었거든. 결국 제 꾀에 제가 넘어간 꼴이지.

　첫 번째 강신 놀음 때 호우에게 몰래 당집 안팎을 살펴보라 지시해 두었네. 그러고는 속임수에 완전히 넘어간 것처럼 꾸몄지. 무당도

나에 대해 꽤나 조사를 했더구먼. 그러나 나와 어머님만 아는 사실까지 알진 못했지. 내가 어머님과 약조한 글은 언문소설이었는데, 박수는 뜻밖의 질문이 나오자 성현의 말씀을 푼 책이라 짐작하고는 적당히 얼버무리더군. 그런데 어머님이 적어둔 자료가 어디 있느냐? 자개장 안에 있느냐 하니까 그대로 넘어왔네. 어머님은 내가 유배 가기 전날 그 서권을 내게 전해주시면서 딴 생각 하지 말고 마무리 지으라고 당부하셨거든. 그것을 모를 리 없는 어머님께서 자개장 넋두리에 맞장구를 칠 리가 있나? 그래서 더욱 이것이 속임수임을 확신했던 게지.

그날은 다른 준비 없이 갔으니 속임수는 간파했다 하나 한 번 더 혼 부르기 놀음이 필요했네. 호우를 통해 박수가 천장에 있는 비밀 방에서 장난질을 했던 것도 알았으니 이제 덜미를 잡는 일만 남았네. 그 다음에는 다 아는 일이니 부연할 필요는 없겠으이."

김만중의 이야기가 끝나자 다들 고개를 끄덕였다. 옥진이 호들갑을 떨면서 감탄했다.

"그 피영이란 것이 그렇게 사람의 눈을 감쪽같이 속이는 것이옵니까? 어휴! 꼭 한 번 봤으면 좋겠어요. 우리 명정루 마당에서 한바탕 벌이면 그만이겠네. 손님들이 바글바글 모일 텐데. 호호호!"

박태수가 타박을 주었다.

"이 와중에도 장사 할 궁리가 나오다니. 내가 졌다, 졌어."

"으이그, 누이 좋고 매부 좋지. 당신이 대감님께 한번 배워봐."

"내가 그렇게 한가해 보여?"

"한가하지 않고? 사건은 대감님께서 다 해결하셨고, 당신은 다 된 밥상에 숟가락만 얹었잖아. 그거라면 나도 하겠다."

박태수가 눈을 부라리며 주먹을 들어올렸다.

"이런 경을 칠! 뭐 숟가락? 내가 숟가락이야?"

"어마, 어마! 잘하면 사람 치겠다. 대감님, 명색이 치안을 맡은 포교가 주먹질이나 앞세우다니요. 이래도 되는 것이옵니까?"

옥진이 앞섶을 잡고 들어오자 김만중이 껄껄 웃으며 엄포를 놓았다.

"대청마루에 포졸이 널렸잖은가? 가서 불러오게. 폭력 관원이라면 당장 오라를 지워야지. 껄껄껄!"

"어마, 어마. 우리 대감님은 말씀마다 공자님 말씀이시네. 얘야. 밖에 누구 없니!"

옥진이 어리광을 부리듯 소리치자 박태수는 대거리도 하지 못하고 얼굴만 붉으락푸르락해졌다.

옆에서 이를 지켜보던 아미가 손으로 웃음을 가리며 말했다.

"피영보다 박 포교 나리와 옥진 아씨께서 보여주는 드잡이가 훨씬 재미있사옵니다."

김만중도 웃음을 참으며 거들었다.

"아미 말이 맞구나. 구색을 갖추기도 힘든 피영을 힘들여 할 게 뭐 있나. 두 사람이 무대에 올라가면 절로 손님이 몰려오겠네."

박태수가 머리를 긁으며 뒤로 물러났고, 옥진은 뾰로통해져 입술을 대자로 내밀었다. 좌중에 웃음꽃이 활짝 피어났다.

웃음이 가라앉고 나자 나정언이 국을 떠먹으면서 김만중에게 물었다.

"그나저나 스승님, 석굴과 안골에서 무당이 나타난 것은 무슨 재주였습니까? 분명 속임수였지요?"

김만중이 고개를 끄덕이며 대답했다.

"혼 부르기 속임수의 진상을 알면 함께 밝혀지리라 하지 않았느냐. 당집에서는 피영으로 혼 부르기 놀음을 벌였다면 안골에서는 제웅을 써서 춤을 추게 만들었던 게지. 가면극이나 꼭두각시놀음에 능했다는 데서 눈치챘구나. 또 접신도 못하는 선무당이 과연 작두에서 춤을 추겠느냐? 겉보기엔 작두날이 시퍼렇겠지만, 춤을 출 때면 날이 바뀔 게야.

어쨌거나 무당은 자신의 피영 속임수를 알아낸 오성식을 살려둘 순 없었지. 그렇다고 무작정 죽인다면 의심을 받을 게 분명하니, 지혜를 짜냈구나. 붉은 물감이 든 물주머니를 차고 있다가 다친 것처럼 피를 흘리고 숲으로 들어오지. 그때 박수는 미리 준비한 무당복을 입은 제웅을 초록 줄에 매달고 아름드리 소나무를 타고 올라갔을 게다. 무당은 샛길로 석굴로 달려갔고, 사람들은 무당이 발에 수건을 감고 나왔다 여기겠지. 피가 발에서 흐르니 제웅이라고는 짐작도 못했을 게다. 분홍빛 안개란 것도 박수가 미리 뿌린 연막이었을 게고.

아낙들이 진혼굿에 열광해 있을 때 무당은 석굴 숲에서 나와 일격에 오성식을 살해했겠지. 혼란한 틈을 타 다시 안골로 돌아왔을 게다. 그리고 잠시 뒤 오성식이 살해되었다면서 사람들이 몰려올 때 박수의 제웅과 진짜 무당이 슬쩍 자리 이동을 했던 게지. 그전에 무당은 칼로 제 발을 베어 진짜 상처를 만들었을 게고. 운까지 따라 보리암의 타종 소리까지 들렸으니 금상첨화가 아니었겠느냐. 워낙 흉계가 교묘한 무당이니 그것까지도 염두에 두고 일을 저질렀을지도 모르지. 이만 하면 설명이 충분하느냐?"

옥진이 새삼 감탄하면서 방정을 떨었다.

"어쩌면 대감님께서는 마치 그 자리에 계셨던 것처럼 말씀을 하시옵니까? 천리안이라도 가지고 계신 거 아니옵니까?"

박태수가 혀를 차면서 말했다.

"오늘 온갖 요술들이 다 나오는군. 혼 부르기에 피영, 축지법에 급기야 천리안까지. 이제 둔갑술만 나오면 광대패를 부를 필요도 없이 명정루가 인파로 미어터지겠어. 혹세무민은 무당이 아니라 자네가 다하네. 포졸은 내가 불러야겠구먼. 여봐라!"

옥진이 다급하게 박태수의 옷깃을 잡아챘고, 다시 방 안은 웃음바다가 되었다.

제10화

왕이 보낸 밀지

〈금산 보리암에 있는 관음보살상〉

1

머지않아 새벽이 다가올 시간이었다. 밤새 흐느끼던 부엉이의 울음소리도 잦아들었다. 때 이른 귀뚜라미 소리가 이따금 정적을 깼지만 김만중의 유배 처소는 그 어느 때보다 조용하고 평화로운 아침을 맞이하기 직전이었다. 망종芒種: 양력으로 6월 6일 무렵이 다가오는 즈음 날씨는 점점 무더워져 갔지만 산을 끼고 있는 유배 처소는 늦저녁부터 이른 아침까지 꽤 선선한 바람이 불어와 단잠을 부추겼다. 김만중은 안방에서 아미는 부엌이 있는 건넌방에서, 나정언과 호우는 별채의 자기 방에서 다들 곤한 잠에서 깨어나지 않았다. 식년시에 대비하는 나정언은 자정을 한참 넘겨서까지 학업에 열중인지라 한 번 잠이 들면 누가 업어가도 모를 만큼 깊은 잠에 빠졌다.

그 무렵 목이 말라 눈을 뜬 호우가 자리끼를 찾아 윗목을 손으로 더듬었다. 자면서 땀을 많이 흘리는 체질인 호우는 늘 자기 전에 물독에서 물을 한 대접 떠와 머리맡에 두곤 했다. 어둠속에서도 눈이 밝은 호우는 항상 대접을 정확하게 잡아냈다. 그런데 오늘은 무슨 액운인지 더듬다가 대접을 뒤엎고 말았다. 베갯머리가 흥건하게 물로 젖어

들자 호우가 부리나케 몸을 일으켰다.

"이런! 빌어먹을!"

좀체 실수를 않기도 했지만, 실수를 용납 못하는 성격인 호우의 입에서 거친 말이 튀어나왔다. 이불을 걷고 횃대에서 수건을 내려 급히 이불 주변을 수습했다. 대접에 있을 때는 적더니 쏟아지니 윗목이 물로 도배가 될 만큼 흥건했다. 하는 수 없이 자리에서 일어났다. 답답해 웃통을 벗고 자는 버릇이 있어 몸에도 물이 제법 튀었다. 젖은 수건으로 몸을 닦은 호우는 몸을 일으켰다. 잠이 싹 달아났다.

부엌에 가서 물을 마실까 생각하다 버석거리는 소리에 아미가 깰까 싶어 마음을 접었다. 대신 여명이 올 때까지 명상에 잠기기로 했다. 이런저런 잡념을 잊고 몸의 근기를 맑게 유지하는 데 명상만큼 좋은 것은 없었다. 가부좌를 튼 호우는 두 손을 무릎 위에 얹고 허리를 편 채 조용히 두 눈을 감았다. 시간이 흐르자 사바세계의 모든 잡음과 욕망이 영겁의 어둠 너머로 사라졌다. 그렇게 그는 한동안 마음 수련에 들 작정이었다.

그런데 잠시 후 밖에서 귀에 익숙지 않은 소리가 들렸다. 바람을 따라 소리가 안개처럼 밀려오는데, 늘 들리던 소리가 아니어서 귀에 거슬렸다. 무시하자고 마음을 벼리며 명상의 문을 열려고 했지만 소리는 순순히 호우를 명상의 세계로 돌려보내지 않았다. 소리는 자연스럽게 나는 울림이 아니었다. 재우려고 애쓰다가 내는 소리여서 더욱 마음을 어지럽혔다. 잠시 고개를 숙이고 있던 호우가 뭔가를 간파했다는 듯이 번쩍 눈을 떴다.

짐승들도 잠들었고 사람들도 아직 운신하기엔 이른 때에 누군가 숨죽이고 소리를 삼키면서 움직이고 있었다. 반가운 손님이 아닐뿐더러 위해를 가할 의중을 숨긴 이의 출현이었다. 귀를 바투 기울이니 소리가 오는 방향이 일정하지 않았다. 세 명, 적어도 두 명 이상의 괴한이 이곳을 향해 접근하고 있었다.

소리는 마당을 타고 들려왔다. 호우는 조용히 몸을 일으켜 반닫이 안에 숨겨둔 칼을 꺼냈다. 표창 몇 자루도 뽑아 허리춤에 꿴 호우는 숲이 보이는 창문을 살그머니 열었다. 혹시 필요할까 싶어 오랏줄도 몇 가닥 꿰찼다. 그리고 몸을 가볍게 날려 바닥에 착지했다. 쑥부쟁이나 쇠뜨기가 자란 뒤란은 몸을 숨기기에, 그리고 마당과 본채, 울짱을 겸한 숲을 감시하기에 알맞았다.

마당은 모래흙이 깔려 있어 희미하나마 물체 식별이 가능했다. 본채는 어둠에 잠겼고, 그 너머 검은 그림자를 드리운 숲이 병풍처럼 둘렀다. 가는 바람에 가지가 흔들리는 정도지 인기척은 느껴지지 않았다. 호우는 숨결을 가다듬고 소리의 향방을 짚어내고자 감각을 모았다. 가지를 스치는 소리, 잡초를 밟는 소리, 침을 삼키는 소리 등이 뒤엉켜 들렸다. 그 방향들은 모두 사립문이 있는 골짜기 쪽이었다. 호우는 몸을 돌려 별채의 뒤편으로 움직였다.

마당의 후미진 곳을 이용해 본채 뒤편으로 숨어들었다. 괴한들이 들이닥친다면 김만중의 거처일 것이 틀림없으니 그 주변에 은신해 있는 것이 적을 치는 데 유리했다. 이곳에 적어도 네 식구가 산다는 정도는 알 테니 놈들도 대비는 하고 있을 터였다. 충돌이 생길 경우 아미는 도움이 되겠지만 여자니 한계가 있을 것이고, 나정언은 차라리 없는 편이 나았다. 마루까지 다가간 호우는 마루 아래 있는 빈 공간으로 기어들 작정이었다. 몇 놈이 올지 모르지만 표창으로 두세 놈은 제압할 수 있었다. 막 허리를 숙이는데 누가 뒤에서 그의 어깨를 쳤다. 흠칫 놀란 호우가 방어 자세를 취하면서 몸을 틀었다.

아미였다. 손가락을 입에 대면서 말을 막는 아미의 얼굴에도 긴장감이 가득했다.

"오라비도 들었어?"

들릴까 말까 하는 가는 소리였다.

"그래. 너도 들었구나?"

대답 대신 고개를 끄덕였다. 손에 은장도가 들려 있었다.

"놈들이 온다면 마당 쪽은 아닐 거야. 숲이 가까운 뒤쪽 울짱을 거쳐 바로 대감마님의 거처를 칠거야."

"대감마님을 깨워야 하지 않아?"

"아니. 우리가 움직이면 놈들이 눈치챌 수도 있어. 놈들처럼 우리도 기습을 해야 해."

마루 아래 바닥에 몸을 붙인 호우와 아미는 마당 쪽도 경계하면서 괴한들이 모습을 드러내기를 기다렸다. 오래 기다리지 않아 녀석들이 나타났다.

먼저 한 놈이 숲을 뚫고 머리를 내밀었다. 눈빛이 예사롭지 않았다. 사방을 주의 깊게 살피던 놈이 손짓을 했고, 곧 이어 세 놈이 더 얼굴을 드러냈다. 만만치 않은 숫자였다. 표창을 날려 숨통을 끊어버릴 수도 있지만, 뒷수습이 문제였다. 관아에 시체를 넘기는 것이야 그렇다고 쳐도, 유배 온 사람의 시종이 무기를 지녔다는 것이 알려지면 추궁이 뒤따를 테니 곤란했다. 사람을 해치는 일은 더욱 나빴다. 움직이지 못하도록 넓적다리나 무릎을 꿰뚫어야 하는데, 어둠이 시야를 방해했다. 놈들은 곧 튀어나올 기세였고, 흩어진다면 기회마저 잃을 상황이었다.

호우는 아미에게 표창 세 개를 보여주었고, 가는 오랏줄을 넘겼다. 놈들이 표창을 맞고 쓰러지면 재빨리 달려가 포박하라는 뜻이었는데, 아미가 바로 고개를 끄덕였다. 이제 놈들이 숲에서 빠져나오기만 기다리면 되었다. 앞장을 선 눈빛이 형형한 놈이 우두머리일 듯했다. 무술이 남다를 테니 아미에게 맡기기에는 불안해 뒤따르는 세 놈에게 표창을 먹이기로 했다.

몸을 다 드러낸 네 놈은 선두에 선 놈의 지시를 받으려는지 몸을 밀착시켰다. 대감을 제압하는 데 네 사람이 다 필요 없을 것은 뻔했다. 지시가 끝나면 곧 흩어질 터였다. 호우는 기다리지 않고 바로 표창 세 대를 연달아 날렸다. 무릎을 꿇은 자세로 있던 녀석들이 비명소리도 크게 내지르지 못하고 고꾸라졌다. 앞에 서 있던 놈이 흠칫 놀라 몸을 뒤로 젖혔다. 호우는 쉴 틈을 주지 않고 바로 튀어나가 주먹으로 놈의 목을 쳤다. 불의의 일격을 당한 놈은 끽 소리도 내지 못하고 쓰러졌다. 쓰러지면서 손에 든 단검을 휘둘렀지만 가볍게 피할 수 있었다. 숨골을 눌러 기절시킨 뒤 아미 쪽을 바라보았다. 아미 역시 고통으로 킥킥대는 세 놈을 엎어놓고 등 뒤로 손을 묶은 참이었다.

조용히 처리하고자 했지만 비명 소리가 김만중의 귀에 들어가지 않을 리 없었다. 잠에 반쯤 취한 김만중이 허둥거리며 마루로 나왔다. 어둠 속을 두리번거리더니 뒤편에 있는 호우와 아미를 보고 물었다.

"무슨 일이냐? 너희가 지른 비명이었더냐?"

네 놈의 포박이 단단한 것을 확인한 호우가 앞으로 나오며 말했다.

"아닙니다. 흉한들이 잠입해 대감마님께 위해를 가하려 하기에 저희 둘이 제압했을 뿐입니다."

김만중의 얼굴이 하얗게 질렸다.

"내게 위해를? 누가? 아니 너희는 괜찮은 게냐?"

돌아보니 아미는 놈들의 무릎에 박힌 표창을 뽑은 뒤 지혈을 하고 있었다.

"예. 생각만큼 강퍅한 놈은 아니더군요. 심문을 해보면 정체는 알 수 있을 겁니다."

김만중이 마당 너머 별채 쪽으로 눈길을 주며 물었다.

"정언이는 별고 없느냐?"

호우가 씩 웃으며 대답했다.

"늦게 잠자리에 드니 세상모르고 자고 있을 겁니다."

호우 말대로 나정언의 방에서는 아무 움직임도 느껴지지 않았다. 김만중은 고개를 돌려 마루 너머 뒤란에 엎어져 있는 네 명의 괴한들을 응시했다. 그들이 누구일지 감도 잡히지 않았다.

"상처가 어떤지 모르겠다만 우선 치료해주고, 입에 재갈을 물려라. 밖으로 소란이 샐까 걱정이구나. 그리고 광에 넣고, 기둥에 묶어라."

입에 재갈이 물리자 표창에 찔린 세 놈은 웅얼거리면서 몸을 뒤챘다. 멀쩡한 한 놈은 재갈을 풀 요량인 듯 버둥거렸다. 그러나 광 기둥에 묶이자 체념하고 고개를 숙였다. 세 놈은 기둥에 묶여서도 몸을 지탱하지 못하고 아픈 다리를 움찔거렸다. 잔당이 있을까 싶어 주변을 둘러보았지만, 미심쩍은 흔적은 찾지 못했다.

"어떻게 할까요?"

문이 닫힌 광에서 고개를 돌린 호우가 김만중에게 물었다. 김만중이 생각을 가다듬으면서 조심스럽게 되물었다.

"저자들이 누구일 것 같으냐?"

"물건을 훔치려고 들어온 동네 건달은 아니겠지요. 얼굴을 가리지도 않은 것으로 보아 저희 모두를 해칠 작정이었을 겁니다. 그럴 만큼 원한을 품은 자가 이곳에 있겠습니까? 혹시……?'

호우가 차마 입이 떨어지지 않는지 머뭇거렸다. 김만중 또한 마른 입술을 혀끝으로 훔치면서 말을 삼갔다. 아미가 두 사람을 번갈아보면서 어리둥절해했다. 호우가 말을 이었다.

"도성에서 보낸 자들이 아닐까요?"

그럴 법한 일이었고, 김만중에게도 맨 먼저 떠오른 일이었다. 이제는 중전이 된 희빈 장씨의 총애를 빌미로 정권을 잡은 남인南人에게 김만중은 눈엣가시 같은 존재였다. 언제 유배에서 풀려 복귀해 저희에게 비수를 들이댈지 두려워했다. 화근을 없애려고 자객을 보냈다고 해도 놀랄 일은 아니었다. 그렇다 한들 저들이 순순히 실토할 리는 없었다.

"놈들이 토설하면 모를까 섣불리 짐작은 말자꾸나. 일단 저자들의 얘기부터 들어보자."

호우가 사지가 멀쩡한 놈의 목에 칼을 들이대면서 으르자 놈이 고개를 끄덕였다. 재갈을 푸니 기침은 했지만 딱히 반항은 하지 않았다. 호우가 물었다.

"네놈은 누구냐? 누가 보낸 것이더냐?"

놈이 호우와 김만중을 꼬나보면서 말을 토해냈다.

"일일이 까발리긴 싫다. 죄가 있다면 관아에 넘기면 그만 아닌가?"

관아를 무서워하지 않는다면 그쪽으로 연줄이 닿아 있다는 소리였다. 정말 도성에서 보낸 자객일지도 몰랐다.

"관아에 든든히 뒷배를 봐주는 이가 있는가 보구나? 이봐, 너희 네놈 다 목을 따 버리고 골짜기에 묻어버릴 수도 있어. 제삿밥도 못 얻어

먹는 귀신 되기 싫거든 좋은 말로 할 때 밝히지."

그러나 놈은 요지부동이었다.

"어차피 임무를 완수하지 못했으니 살기는 바라지 않는다. 저기 어수룩한 세 놈에겐 안됐다만 네 마음대로 해라."

눈을 감더니 더 말하기 싫다는 듯 입술을 꾹 다물었다. 앞잡이답게 기개가 만만치 않았다. 김만중을 흘낏 본 뒤 호우가 이번에는 축 늘어져 있는 세 놈 가운데 제일 담이 약해보이는 놈을 을렀다.

"자복만 하면 네놈은 살려주마. 누구의 사주를 받고 온 것이냐?"

겁을 집어먹은 놈이 두령의 눈치를 살피면서 우물쭈물했다. 기미를 느낀 두령이 엄포를 놓았다.

"입을 열어도 죽고 닫아도 죽는다. 식구들까지 저승길 동무 삼기 싫거든 입조심하거라!"

그 말 한 마디에 놈의 표정이 굳어지더니 말문을 딱 닫아버렸다.

아무도 저희의 정체와 목적을 밝히지 않았다. 더 다그칠 상황도 아니어서 결박을 단단히 저민 뒤 광을 나왔다. 방 안에 들어와 앉은 김만중이 어두운 목소리로 말했다.

"정체가 무엇이든 관아에 넘길 수는 없겠구나. 호우야. 읍성에 가서 박 포교를 조용히 불러 오거라."

호우가 주저하는 기색을 보이면서 물었다.

"관아에 넘길 수도 없는데, 포교님께 보일 필요가 있겠습니까? 어쨌거나 포교님도 관아 사람입니다. 모르는 것이 뒤탈이 없지 않을까요?"

김만중이 고개를 저었다.

"죽일 생각이라면 그렇겠지. 나는 저자들을 살리고자 하느니라."

그날 점심 경에 박태수가 호우와 함께 처소에 당도했다. 자세한 말을 듣지 못한 박태수는 의아함이 잔뜩 묻은 표정을 지으며 방으로 들어왔다. 나정언은 아침을 먹자마자 핑계를 붙여 본가로 심부름을 보냈다.

"어인 부름이십니까요? 호우 이 친구도 아무 말이 없고?"

김만중이 긴장의 빛을 띠면서 말했다.

"자네가 확인을 해 줄 사람이 있어 불렀네. 아무래도 자네라면 알 것도 같아서 말이지."

박태수가 사방을 기웃거리며 물었다.

"누가 찾아왔습니까요?"

"잠자코 따라오게나."

김만중이 자리에서 일어나자 박태수도 어정쩡하게 몸을 일으켰다. 광 문 옆에 호우가 버티고 있었다.

"광 안에 있는 자들을 살펴보게나."

박태수가 희한한 꼴을 당한다는 듯이 눈동자를 꿈틀거렸다. 그러나 김만중의 굳은 표정을 보더니 곧 몸을 올려 바람구멍을 통해 광 안을 살폈다. 다시 방 안으로 들어온 박태수가 황당한 표정으로 물었다.

"저놈들이 왜 광에 있는 겁니까요?"

"아는 자들인가?"

"알다마다요. 조강호의 수하입니다요. 한 놈은 조강호의 오른팔이라 불리는 장동팔張東八이고, 나머지 세 놈은 그 밑에서 촐랑대는 건달입지요. 대체 어찌 된 영문입니까요?"

김만중이 고개를 끄덕이면서 말했다.

"역시 예상대로구먼. 조강호가 수하들을 시켜 나를 없애라고 한 모양일세. 저번에 자기 일을 그르쳤던 데 대해 보복을 할 생각이었나 보구먼."

박태수가 화들짝 놀라 언성을 높였다.

"그 자식이 이제 단단히 실성을 한 모양입니다요. 뇌물 장부를 돌려줬으면 고마운 줄 알아야지 이딴 희떠운 짓을 벌이다니. 당장 저 놈들을 소인에게 넘겨주십시오. 아주 요절을 내겠습니다요."

김만중이 손을 들어 만류했다.

"그렇게 무작정 서둘 일이 아니네. 일이 커져 좋을 게 없어. 유배 온 죄인이 고을 불한당과 원한으로 얽혔다는 사실이 알려지면 무슨 득이 되겠나? 불난 데 기름 붓는 일밖에 안되네. 또 잡아간들 조강호 정도의 수완이라면 곧 풀려나지 않겠나."

은근이 자신의 약점을 찌르는 듯해 박태수가 고개를 움츠렸다.

"그렇다고 고분고분 풀어줍니까요? 차라리 죽인 뒤 어디 산속에 묻어버리죠. 조강호에게도 충분히 경고가 될 겁니다요."

김만중이 손을 저었다.

"아니야. 살생은 원하는 바도 아니고, 나는 이 일이 조용히 가라앉길 바라네. 저자들 또한 무고한 백성들이 아닌가? 문제는 괴수인 조강호지, 저자들이 무슨 죽을죄를 졌겠나?"

박태수가 코웃음을 쳤다.

"다른 조무래기들이야 무고할지도 모르겠사오나, 장동팔 저 놈은 다릅니다요. 아주 야심이 하늘을 찌릅지요. 조강호가 왜 이런 맹랑한 짓을 저 놈에게 맡겼겠습니까요. 지금은 세력이 약해 몸을 굽히고 있지 조강호도 쪔 쪄 먹을 악당입니다요."

"여하간 저자들의 정체와 목적을 알았으니 됐네. 자네는 못 본 걸로 하고 돌아가게나."

박태수가 불안한 눈빛을 지으며 물었다.

"저놈들을 어쩌시려고요?"

김만중이 무표정하게 대답했다.

"몇 마디 훈계나 하고 그냥 풀어줄 작정이네."

박태수의 입이 쫙 벌어졌다.

"하이고! 부처님 가운데 토막 같은 분이 여기 또 계시네. 그런다고 조강호가 개과천선해서 착하게 살겠습니까요? 실패한 게 분해서라도 또 수하들을 보낼 겁니다요."

김만중은 동요하지 않고 차분하게 대답했다.

"그런 일이 다시는 일어나지 않도록 막아야지. 그리고 박 포교 자네도 당분간 조심하게. 나한테까지 칼끝을 댄 조강호가 자네라고 내 버려둘 것 같지 않아. 옥진이에게도 잘 신칙해 두게나."

말이 거기까지 미치자 박태수의 표정이 굳어졌다. 제 목뿐만 아니라 옥진의 목숨까지도 위태롭다는 사실을 비로소 깨달았던 것이다.

"이거 정말 큰일이군요. 그냥 두면 무슨 짓을 할지 모르는 놈입니다요. 내 이 망할 자식을 당장 잡아들여 물고를 내든가 해야지……."

김만중의 의견은 달랐다.

"관아에 이중 삼중으로 관계를 맺어두고 있는 잘세. 공연히 잡아들였다가는 외려 자네가 뒤통수를 맞을 수도 있어. 이런 일은 조용히 그러나 완벽하게 처리하는 게 좋네. 그러니 결코 경거망동하지 말게나."

김만중의 말에 수긍하기는 했지만, 박태수는 품은 속셈을 다 드러내지는 않았다. 육모방망이를 신경질적으로 탁탁 치는 그의 팔은 승냥이라도 찢어죽일 듯 근육이 팽팽하게 솟았다.

2

며칠 뒤 김만중을 찾은 박태수의 표정에는 당혹과 의혹이 어지럽게 흩날렸다. 이른 아침은 아니었지만 특별한 용무가 없는 한 관아에 있을 시간이었다. 사립문을 들어서기도 껄끄러운 듯 몇 번이나 주저하다가 마당으로 들어섰다.

마침 처소에는 뜻 모를 정적이 흘렀다. 조용히 발길을 옮기긴 했지만 본채건 별채건 어디에서도 얼굴을 내미는 사람이 없었다. 다들 멀리 외출하거나 이사라도 간 느낌이었다. 박태수는 마루에 걸터앉으며 조금은 야단스럽게 김만중을 불렀다.

"대감님, 안에 계십니까요?"

제 딴에 목청을 높였는데 개미 기어가는 소리만큼도 울림이 없었다. 한참이 지나서야 방 안에서 반응이 나왔다.

"누군가? 박 포교인가?"

평소의 목소리와 달랐다. 차분하게 가라앉은 음성이 아니라 뭔가를 염탐하는 듯한 조심스러움이 배어 있었다. 박태수가 머리를 절레절레 흔들고는 대답했다.

"예. 소인입니다. 들어가 봬도 되겠습니까요?"

말이 끝나기 무섭게 창문이 벌컥 열렸다. 실내복을 입은 김만중이 무덤덤한 표정으로 그를 살펴보고 있었다. 죄라도 지은 사람처럼 공연히 박태수의 가슴이 철렁 내려앉았다.

"언제부터 알뜰히 허락을 받았다고. 어서 오시게나. 어인 행보인가?"

조심조심 방 안으로 들어선 박태수가 엉거주춤 앉으면서 물었다.

"집안에 아무도 없나 봅니다. 어째 썰렁하네요."

김만중은 크게 괘념치 않고 대답했다.

"그런가? 나도 새벽부터 글을 쓰느라 정신이 없었구먼. 날이 좋으니 어디 바람이라도 쐬러간 모양이지. 아침은 떡 몇 점으로 때우겠다고 했더니, 방해가 될까 싶어 말도 않고 나간 모양일세."

차라리 잘됐다는 생각이 들었다. 박태수는 바로 본론으로 들어갔다.

"대감님. 어젯밤에 조강호가 죽었습니다요."

김만중의 눈초리가 솟대처럼 치솟았고, 이마에 몇 가닥 주름이 잡혔다.

"무슨 말인가, 조강호가 죽다니? 멀쩡한 사람이 변고라도 있었는가?"

"아니, 변고가 아니옵고 살해당했습니다요."

김만중이 밭은 기침을 하더니 다시 물었다.

"누구에게?"

박태수가 속이 탄다는 듯 침을 삼키며 대답했다.

"그걸 알면 오죽이나 좋겠습니까요. 아침에 관아에 나갔더니 조강호의 수하 한 놈이 허겁지겁 달려오지 뭡니까요. 사고라도 쳤나 싶어 오만상을 찡그리는데 저희 두령이 변사체로 발견되었다지 뭡니까요. 침실에서 목이 부러진 채 죽어 있었답니다."

김만중이 한숨을 내쉬며 말했다.

"어허! 악한이기는 하나 까닭 없이 횡사라니, 변고는 변고로구먼."

박태수가 조심스럽게 기색을 살피며 물었다.

"저 그래서 여쭙는데, 대감님 전번에 잡은 장동팔과 그 떨거지들 있지 않습니까요. 어찌 처리하셨습니까?"

김만중이 한동안 박태수를 물끄러미 바라보다가 대답했다.

"비록 나를 해치러 왔다 하지만, 어찌 귀한 생령의 목숨을 앗을 수 있겠나. 관아에 보내는 것도 적절하지 않은 듯해 말한 대로 좋게 타일러 돌려보냈네. 소굴에 가거든 두목더러 조신하게 처신하라 이르라 했지."

박태수가 믿기지 않는 듯 눈알을 굴리며 말했다.

"대감님, 송구하오나, 소인도 집히는 게 있어 놈에게 물어봤습지요. 요 며칠 새 장동팔을 본 적이 있느냐고요."

김만중의 눈가에 호기심은 일었지만 두려움의 기미는 떠오르지 않았다.

"그랬더니?"

"그놈 말이 요 며칠 새 코빼기도 안 보였다는 겁니다요. 날짜를 따져보니 놈이 처소에 와서 허튼 짓을 한 이후부터가 아닙니까요. 더구나 떨거지 세 놈도 함께 말입니다요. 그래서 소인은 또 혹시나……."

말을 맺지 못했지만 더 들어볼 나위도 없었다. 김만중이 얼굴을 찡그리면서 대꾸했다.

"오비이락烏飛梨落이로군. 내 처소를 떠날 때 네 사람은 멀쩡했네. 세 사람은 상처 때문에 절뚝거렸으니 상처를 돌보느라 소굴에 나타나지 않을 수는 있겠지. 허나 장동팔이라는 자는 보고 때문에라도 들렀을 텐데?"

박태수도 머리를 갸우뚱거렸다.

"임무에 실패했으니 면목이 없거나 추궁을 당할까 달아났을 수도 있겠습죠. 허나 장동팔은 조강호의 오른팔입니다. 그런 놈이 의리를 저버리고 무섭다고 튈 리 있겠습니까요."

"그렇겠구먼. 남의 눈을 피해 만났을 수도 있지 않나. 사안 자체가 비밀리에 처리될 일 아니겠나?"

박태수가 고개를 주억거렸다.

"하긴 유배 온 사대부를 살해하는 일인데 동네방네 까발리진 않았 겠습죠. 일이 잠잠해질 때까지 어디 숨어 있는 걸깝쇼?"

김만중이 입맛을 다셨다.

"낸들 어찌 알겠나. 당사자가 죽었다니 물어볼 수도 없겠구먼. 그 나저나 자넨 사건 현장엔 가지 않고 여기 와 있어도 괜찮은가?"

"오면서 포졸들을 보냈습니다. 소굴에 있는 졸개들은 남녀노소 가 리지 말고 전부 밖으로 끌어내 단단히 감시하라 일렀습죠. 그리고 소 인이 올 때까지 아무도 출입하지 못하게 지키라 했습니다요."

김만중이 애매하게 말했다.

"뒷단속은 잘했네만 어서 가봐야겠구먼. 새나가면 큰일일 테니 뇌 물 장부의 소재부터 파악해야지 않겠나?"

박태수가 목에 힘을 주며 대답했다.

"당연합지요. 그래서 아무도 들이지 말라 한 것 아닙니까요. 그래 서 대감님, 혹시 괜찮으시다면 소인과 함께 사건 현장에 가시지 않으 랍니까요?"

김만중이 지그시 박태수를 바라보더니 물었다.

"그것 때문에 여기부터 걸음을 한 겐가? 그냥 사람을 보내지. 허나 집에 아무도 없으니 그게 문젤세."

박태수가 걱정 말라는 듯 큰소리를 쳤다.

"몇 자 적어두고 가면 되지 않겠습니까요? 사건 현장은 거시기하니 명정루에 와서 기다리라고 말입니다요."

김만중이 가볍게 미소를 지으며 대꾸했다.

"그럼세. 미리 준비를 해둔 사람처럼 일 처리가 척척일세그려."

박태수의 대답은 한 걸음 앞서 나갔다.

"소인이 말을 두 필 끌고 왔습니다요. 날랜 놈들이니 금방 도착할 겁니다요."

김만중이 넉살좋게 웃으며 대답했다.

"허허! 갈수록 태산이로군."

선소 조강호의 소굴에 당도하니 과연 박태수의 말처럼 포졸들이 물샐 틈 없는 경비를 서고 있었다. 관아에 있는 포졸들이 모두 동원된 듯싶었다.

조강호의 졸개들은 집 밖 언덕바지에 삼삼오오 짝을 지어 모여 있었다. 두목의 죽음을 안 탓인지 표정들이 스산하기 그지없었다. 남해 곳곳에 흩어져 있던 수하들도 소식을 듣고 하나둘 꾸역꾸역 몰려드는 중이었다. 장동팔과 다친 세 졸개는 보이지 않았다.

"들어간 사람 없지?"

박태수가 포졸 가운데 늙수그레한 사람을 손짓해 불러 물었다. 포졸이 야무지게 대답했다.

"당도하자마자 사람은 남김없이 끌어냈고, 출입문은 모두 봉쇄했습니다."

박태수가 포졸의 어깨를 툭 치면서 "잘했네." 격려하고는 김만중에게로 조심스럽게 눈길을 돌렸다.

"대감님, 그럼 들어가 보실랍니까?"

포졸들의 눈이 모두 김만중에게로 향했다. 박태수 옆에 있는 노년의 선비가 누군지 모르는 포졸은 없었다. 한양에서 높은 관직에 있었다는 사람이 한낱 토착 불량배의 괴수가 살해된 현장에 나타난 것이 이상할 뿐이었다. 그 눈길을 애써 모른 척하면서 김만중이 고개를 끄덕였다.

조강호의 침실은 소굴 안에서도 가장 으슥한 곳에 있었다. 이미 여러 차례 다녀본 박태수는 거침없이 문을 열어 가면서 침실 쪽으로 향했다. 김만중이 뒤따르면서 슬쩍 한 마디 던졌다.

"잘 찾아가는구먼. 한밤중에 와도 길 잃을 염려는 없겠으이."

박태수의 걸음걸이가 잠시 주춤거렸다. 말 속에 숨은 뜻이 박태수의 뒷덜미를 휘어잡았다. 그러나 곧 긴장한 어깨를 풀면서 걸음을 옮겼다.

"어지간한 졸개보다 소인이 더 자주 왔지 뭡니까. 지금이야 사람들을 소개시켜 그렇지 밤이면 파수꾼이 쫙 깔립니다요. 녀석 겉보기보단 주도면밀하거든요."

김만중은 대꾸하지 않았고, 박태수는 걸음걸이를 재게 움직였다. 조강호의 침소에 닿았다. 문을 열자 음침하고 차가운 냉기가 두 사람을 맞았다. 침실은 창문이 많지 않은 데다 안팎으로 나무창살이 박혀 있어 어딘가 섬뜩한 느낌을 불러일으켰다. 박태수가 안으로 들어가면서 움츠러든 목소리로 말했다.

"놈이 죽었다니 실감이 나지 않습니다요. 당장이라도 불쑥 튀어나올 것 같습니다요."

"나도 믿기진 않는구먼."

그러나 두 사람의 덧없는 희망은 곧 사라졌다. 두 눈을 뜬 채 하얗게 질린 조강호의 흉한 얼굴이 그들을 맞았다. 목이 부러져 죽은 것을 증명이라도 하듯 머리가 옆으로 쓰러져 있었다. 침인지 토사물인지 비릿한 냄새가 풍기는 오물이 입가를 따라 요에 흘러내렸다. 박태수는 무릎을 꿇고 뚫어져라 시체를 바라보았고, 김만중은 고개를 돌렸다. 박태수가 허탈한 목소리로 뇌까렸다.

"조강호가 맞구먼요. 참, 인생 더럽고 덧없다. 이렇게 뒈지려고 그리 악머구리처럼 살았나. 이놈 하고 좋을 때도 있었는데……."

감회가 치오르는지 박태수가 말끝을 흐렸다. 눈가로 눈물이 맺혔다. 김만중이 옆에 있는 걸 깨달은 그는 급히 손으로 눈물을 훔쳐내면서 천연덕스러운 목소리를 되찾았다.

"누군지 아주 깔끔하게 죽였습니다요. 깊이 잠들었을 때 숨어들어 모가지를 확 비틀었나 봅니다. 찍 소리도 못하고 황천길로 갔겠는 뎁쇼."

김만중은 군이 대꾸하지 않았다. 고개를 돌린 채 침실 주변을 두루 살피는 중이었다. 바닥에 몸을 붙이고 있다가 막 일어나는 참이었다. 시선을 피하는 김만중을 보고 박태수가 의심스럽게 말을 꺼냈다.

"뭘 찾으십니까요?"

"살해범이 단서를 남겼을지도 모르지 않은가?"

그 말에 박태수도 자리에서 일어나 사방으로 눈길을 보냈다. 환한 대낮이었지만 창문이 굳게 닫혀 있어 방 안은 어두웠다. 처음 들어와 본 방이니 김만중의 눈에 낯선 물건이 뜨일 리 없었다. 주먹을 굳게 쥔 채 김만중이 말했다.

"별달리 눈에 띄는 건 없구먼. 뇌물 장부는 찾아봤는가?"

그제야 긴요한 일이 떠오른 박태수가 허둥거리며 방 안을 뒤졌다. 그러나 어디에서도 장부는 나오지 않았다. 금덩이를 비롯한 패물, 집 문서와 땅문서 등속은 잘 개켜져 있었지만 정작 장부는 눈에 띄지 않았다. 박태수는 포기했다.

"다른 곳에 숨겨둔 모양입니다요. 한 번 잃어버렸으니 이곳에 두진 않겠습죠. 이거 집안을 다 뒤질 수도 없고, 곤란하네. 포졸들 손에 들어가면 곤란한데……."

김만중이 안심하라는 투로 말했다.

"졸개와 식솔들은 출입을 금하고 포졸들도 경계만 하도록 시키면 당분간 발견될 염려는 없을 걸세. 나중에 찬찬히 살펴보면 되겠지."

박태수가 멋쩍게 웃었다.

"대감님께 이런 가르침까지 받다니, 송구합니다요. 그럼 나가서 어떻게 된 정황인지 졸개들 말이나 들어봅지요."

졸개들의 입에서 신통한 말은 나오지 않았다. 어젯밤까지 살아있는 조강호의 모습을 본 사람은 많았다. 혼인을 하지 않은 조강호에게 피붙이는 없었다. 계집을 불러들이는 일조차 없었고, 대개 섬 밖으로 나가 욕망을 채웠다. 잠자리에 들 때면 문이란 문은 다 잠그고 자는데, 아침까지 아무도 들이지 않았다.

"그럼 시체는 어떻게 발견한 건데?"

박태수가 묻자 얼굴이 마르고 검은 사내 하나가 나서며 말했다. 조강호의 책사策士라고 자신을 소개했다. 음지에 숨어서 일하는지 박태수에게도 생소했다.

"부엌데기가 새벽에 침실 근처를 지나다가 문이 빠끔히 열린 것을

보았답니다. 평소 두령의 습성을 잘 알았기에 이상하게 여겨 바로 제
게로 달려왔습죠. 저도 심상치 않아 가 봤더니 정말 문이 열려 있는 게
아니겠습니까. 그래서 문지방에서 두령을 불렀는데, 대답이 없어 들
어가 보니…… 보셨다시피 목이 부러진 채 죽어 있었습니다."

"방 안의 물건을 손댄 건 없겠지?"

"돌아가신 것만 확인하고는 바로 나왔습니다. 어쩔까 고민하다 아
무래도 관아에 알리는 게 옳다 싶어 졸개를 보냈습죠. 다른 사람 말
고 박 포교님께 먼저 말하라고 일렀습니다."

책사란 자가 박태수를 곁눈질하면서 말을 마쳤다. 낌새로 보아 박
태수와 조강호 사이에 얽힌 애증을 아는 눈치였다. 그런 암시는 무시
한 채 사무적으로 말을 받았다.

"잘했구먼. 허나 발견 즉시 알렸어야지 지체한 것은 잘못이야. 그
사이에 범인이 도주할 시간을 벌지 않았나."

책사는 곤혹스러워 하면서도 박태수의 비위를 맞춰나갔다. 책사
가 박태수를 끌어 담장 곁으로 가더니 주변을 살피며 조용한 목소리
로 말했다.

"솔직히 말씀 드리면 소인은 장동팔이 의심스럽습니다. 벌써 며칠
째 눈에 띄지도 않을뿐더러 두령이 한밤중에 침실 문을 열어줄 사람
이라면 저 말고는 장동팔밖에 없습죠. 사실 장동팔은 두령 눈 밖에
나 있었습니다. 아실는지 모르겠지만 두령이 장동팔에게 모종의 일을
맡겼는데, 실패했는가 보더이다."

박태수는 모른 척하며 되물었다.

"금시초문이군. 그게 어떤 일이었는지 자넨 아나?"

책사가 정색을 하며 부정했다.

"아닙니다. 명색이 소인도 책사라 두령이 웬만한 일은 저와 상의하는데, 이번 일은 독단으로 처리했었나 봅니다. 장동팔을 데려오라면서 짜증을 내기에 넌지시 물어봤지만 별다른 대꾸가 없었습니다. 혹시 그 일 때문에 몰래 두령을 찾아왔다가 후환을 막고자 해친 게 아닐까요?"

박태수가 의문을 담아 말했다.

"조강호도 무예가 상당했는데, 그렇게 맥없이 당했을까?"

"방심하면 그깟 무예가 무슨 소용이겠습니까? 그리고 장동팔의 무술이 두령보다는 한 수 윕니다."

충분히 설득력 있는 소리였다. 박태수는 조금 떨어져 두 사람의 대화를 듣고 있던 김만중에게 묻는 듯한 눈길을 주었다. 김만중은 별 대꾸를 하지 않았다. 내친 김에 박태수가 계속 질문을 던졌다.

"그래. 장동팔이 의심스럽긴 하구먼. 그 밖에 조강호를 해코지할 사람은 없는가? 자넨 조강호의 심복 가운데 심복이니 알 듯한데?"

슬쩍 치켜세우자 책사가 가는 눈을 더욱 새치름하게 뜨면서 대답했다.

"뭐 한두 사람에 국한되겠습니까. 하지만 딱 꼬집어 말씀하라시면 심증이 가는 자가 있긴 합니다요. 그런데 이런 말씀을 드려도 되는지……."

범죄와 관련된 일임이 분명했다. 발설하면 스스로 죄행을 자복하는 꼴이니 주저할 만했다. 박태수가 어깨를 다독이면서 구슬렸다.

"이미 저질러진 일이라면 새삼 따질 일이 뭐 있겠나. 이미 조강호는 죽었어. 책임은 모두 죽은 자가 떠안고 가는 게 순리지. 자넬 추궁할 사람이 있겠나."

그러자 용기를 얻었는지 책사가 순순히 입을 열었다.

"뒤 달 전에 두령이 노량에 사는 부상 황경동의 아들놈과 모종의 거래를 했습니다. 아버지를 없애주는 조건으로 상당한 재물을 두령에게 바치기로 했습죠.—그때 뭍에서 끌어들인 자객들을 포교님께서 심문하셨지요? 모양새는 소금장수였지만— 일이 잘 마무리되자 아들놈이 약속은 지켰는데, 두령은 그것으로 성이 차지 않았습니다. 섬과 관련된 이권을 모두 내놓으라고 윽박질렀지요. 그렇지 않다면 놈의 패륜 행각을 관아에 찔러버리겠다고 하면서요. 뭍에 나가 살 만큼 재산은 줄 테니 다 놔두고 떠나라는 겁박이었는데, 재물에 눈이 멀어 애비까지 죽인 아들놈이 군말 없이 받아들일 리 만무잖습니까. 그 문제로 둘 사이에 언성이 높아졌고, 결국 좋지 않은 모양새로 헤어졌습니다. 그래서 그 아들놈이 제 죄상도 덮고 겁박도 모면하고자 두령을 죽였을 수도 있지 않을까 싶습니다. 놈에게도 수하들이 있으니 작정만 한다면 못할 것도 없습죠. 역시 그자가 왔다면 문을 열어줬을 테고요."

눈감고 넘어간 지난날의 일이 새삼 들춰지자 박태수가 인상을 찡그렸다. 김만중에게 곁눈질을 하니 그 역시 표정이 어두워졌다. 모른 채 할 수밖에 없었다.

"그런 일이 있었는가? 황경동이 죽었다는 소식은 들었지만 나이 들어 병사한 것으로 알았는데, 다른 내막이 있었군. 뭐 당사자들이 다 죽었으니 그 문제는 따질 필요야 없겠지. 마음에 새겨 두겠으니, 자넨 아무에게도 말하지 말게. 잘못 입을 놀렸다간 자네도 몸이 성하지 못할 걸세. 발뺌한다고 될 일이 아닌 건 자네도 잘 알 테지."

은근히 으름장을 놓자 책사가 사색이 되면서 목을 움츠렸다.

"소인 입은 염려 놓으시고, 그저 불똥이나 튀지 않도록 도와주십시오. 그 은혜는 평생 잊지 않겠습니다요. 소인이나 포교님이나 남해 땅에서 내동 발붙이고 살 팔자지 않습니까요. 헤헤."

뚱딴지같은 소리가 더 나오기 전에 책사를 돌려보냈다. 얼추 이곳에서의 일은 마무리가 된 듯싶었다. 책사와 나눈 이야기는 김만중도 다 들었으니 나중에 따로 논의하면 될 일이었다.

박태수는 조강호의 수하와 식솔들을 읍성 안으로 이주시키고 소굴에는 얼씬도 못하게 하라고 엄명을 내렸다. 아울러 조강호의 시신은 관아로 옮겨 철저하게 검시하고, 소굴은 별도 명령이 있을 때까지 상주하면서 철저하게 감시하라는 지시를 내렸다.

3

그날 저녁 일을 수습한 박태수와 김만중은 명정루로 발길을 옮겼다. 뒤늦게 전갈을 보고 명정루로 온 나정언과 호우, 아미가 두 사람을 반겨 맞았다. 박태수는 일이 남아 빠지고 네 사람이 별실에서 한 자리에 앉아 저녁상을 받았다. 사정을 들은 세 사람은 각기 다른 반응을 보였다. 며칠 전 일을 전혀 몰랐던 나정언은 몹시 당황스러워했다.

"조강호가 그렇게까지 스승님을 두려워했었군요. 호우와 아미가 제때 눈치챘기에 망정이지 자칫하면 몰살을 당하는 참변이 일어날 뻔했습니다. 그런 줄도 모르고 저는 단잠을 잤으니 송구합니다. 사람이 죽었는데 좋아할 순 없지만, 조강호는 언제 죽어도 죽을 사람이었습니다. 그런데 누가 죽인 걸까요?"

호우는 아무 말 없이 수저만 부지런히 움직였다. 아미가 먼저 입을 열었다.

"아무래도 조강호를 잘 아는 사람의 소행 같사옵니다. 의심 많은 사람이 한밤중에 침실 문을 열어 들어오게 했다면, 그 사람을 믿었다는 말이지 않사옵니까. 그리 보면 유배 처소를 습격하려 했던 장동팔이란 사람이 가장 의심스러워요. 임무에 실패했으니 만나보려고 했을 테고, 심복이라니 어느 때 찾아와도 들일 게 분명해 보입니다."

나정언도 거들었다.

"아미 말이 옳습니다. 동기로 보더라도 장동팔이 유력합니다. 조강호가 사라지면 자신이 두령이 될 터이고, 동시에 임무 실패에 따른 문책도 피할 수 있지 않습니까? 말 그대로 일석이조지요. 한동안 자취를 감춘 것도 조강호를 조급하게 만들어 기회를 노린 게 아닐까요?"

아미가 미안한 듯 말했다.

"장동팔을 돌려보낸 게 화근이 되었나 봐요. 그 사람을 관아에 넘겼다면 조강호가 목숨은 부지했을 텐데……."

나정언은 의견이 달랐다.

"무슨 소리야? 조강호는 스승님을 해치려고 했던 사람이야. 사람의 인성이란 개과천선改過遷善이 그리 쉽지 않아. 어떤 식이든 또 사람을 보냈을 거라고. 조강호의 죽음은 자업자득이지 결코 불운이라고 보면 안 돼."

아미가 찔끔하면서 목을 움츠렸다. 아미가 다소곳해지자 자신의 말이 지나쳤나 싶어 나정언이 김만중의 안색을 힐끔 살폈다.

그러나 김만중은 묵묵히 두 사람의 얘기를 들을 뿐 가타부타 반응이 없었다. 김만중의 심기가 언짢다고 여긴 두 사람도 더 이상 말을 꺼내지 않았다. 한동안 수저가 오가는 소리만 방 안을 맴돌았다. 그러다 침묵의 공기가 어색했는지 호우가 말을 꺼냈다.

"저로서는 황경동의 아들이란 자가 의심스럽습니다. 이미 사람이라면 해서는 안 될 몹쓸 짓을 저지른 자입니다. 조강호와의 거래에 차질이 빚어졌으니 앉아서 당할 수만 없었을 테고, 조강호의 입을 막을 복안도 있었을 겁니다. 본인이 직접 나서지는 못했다고 해도 사람을 사들이면 못할 것도 없겠지요. 방비가 견고하다고는 하나 죽이려고 작정한 사람에게는 못 당하는 법입니다. 아무래도 장동팔과 그 졸개들은 이승 사람은 아닐 듯합니다. 조강호가 명령을 이행하지 못했다는 명분으로 제 자리를 노리는 장동팔을 없애지 않았을까요?"

다소 과단성이 부족한 나정언이 듣더니 두둔하듯 말했다.

"그도 그럴듯하군. 약점을 빌미로 전 재산을 내놓으라면 순순히 따를 사람은 없겠지. 박 포교 더러 근자의 행적을 조사해 보라고 하면 의외로 쉽게 해결이 될지도 모르겠습니다."

김만중이 마침내 수저를 밥상 위에 놓았다. 숭늉으로 입가심을 마친 김만중이 찬찬히 세 사람을 둘러보면서 말문을 열었다.

"너희의 얘기가 다 일리가 있구나. 두 사람 모두 한밤에 조강호가 침실 문을 열게 할 수 있는 사람이지. 또 의심받지 않고 소굴을 드나들 수 있기도 하고. 허나 내 생각에는 너무 답이 쉽지 않나 싶구나. 관점을 달리 하면 전혀 다른 결론도 나오거든. 두 사람 모두 적대적인 관계에 놓인 사람인데, 과연 조강호가 아무 의심 없이 문을 열어줬을까? 설사 그렇다 한들 반항도 한 번 제대로 못하고 목숨을 내놓았을까? 이런 의문이 드는구나?"

호우가 물었다.

"달리 의심할 사람이 없지 않습니까? 오랜 시간 악행을 저지른 사람이니 원한을 산 이야 한둘이 아니겠지요. 하지만 동기나 기회에서 두 사람만큼 뚜렷한 사람은 없어 보입니다."

김만중이 가만히 눈을 감으면서 말했다.

"아니. 또 한 사람이 있구나."

나정언이 성급하게 나섰다.

"누구를 두고 하시는 말씀입니까?"

김만중의 대답은 애매했다.

"굳이 밝히고 싶지는 않구나. 그 사람 역시 동기와 기회라면 누구 못지않지. 소굴의 사정에 대해서도 소상하게 알고 있고, 막상 사건이 벌어져도 의심의 화살을 피하기 좋은 사람이기도 하다. 수사의 흐름을 바꾸거나 끊을 수 있는 지위에 있기도 하고. 나는 물론 아니길 바란다만 이 사람이 무모한 일을 저지르지 않았을까 몹시 걱정이 되는구나."

김만중이 에둘러 말했지만 호우는 바로 간파했다. 조강호와 박태수 사이에 오간 뇌물의 증거를 가져온 장본인이 호우였다.

"박 포교님을 두고 하시는 말씀입니까?"

나정언과 아미가 눈이 휘둥그레지며 김만중을 응시했다. 김만중이 곧 입막음을 했다.

"너희는 모른 체 해라. 물증이 있는 것도 아니고, 사실이라면 자수하도록 설득해야 하니 아는 사람이 없다고 여기는 게 좋느니라."

나정언이 설마 하는 표정을 지으며 물었다.

"박 포교가 무슨 억하심정이 있어 조강호를 죽일는지요? 죄상을 알고 있다면 체포해 심판을 받게 하면 될 텐데요. 박 포교가 이익에 호가 난 사람인 것은 저도 압니다만 그렇다고 사람을 죽일 정도로……."

김만중이 손을 들어 말을 막았다.

"됐구나. 정언이는 너무 알려고 하지 말거라. 정언이는 장점이 많지만 자신의 감정을 잘 감추지 못하는 단점도 있어. 네 얼굴만 보면 박 포교가 당장 자신을 의심한다고 눈치챌 게다."

나정언이 쑥스러운 듯 얼굴을 붉히며 말했다.

"저도 늘 조심하고 경계하는 일인데, 천성이다 보니 마음대로 되지 않습니다. 수양이 부족한가 봅니다."

"아니, 그것이 꼭 나쁜 자세는 아니다. 속내를 음흉하게 감추고 이익을 위해 패륜과 불법을 서슴없이 저지르는 작자들에 비한다면 얼마나 솔직한 모습이더냐."

호우가 앞으로 나서며 말했다.

"제가 박 포교님의 동태를 감시할까요?"

"아니다. 짧지 않은 동안 서로 신뢰를 쌓은 처지가 아니더냐. 그것을 하루아침에 무너뜨리다니 있을 수 없는 일이다. 죄를 졌다면 영원히 숨길 수는 없는 법이다. 찬찬히 지켜보자꾸나."

아미가 걱정스럽게 말했다.

"혹시 옥진 아씨도 도왔을까요?"

"알 수 없는 일이지. 옥진이를 위하는 마음으로 보자면 가담시키지는 않았을 게다. 다만 어젯밤 행적을 꾸미려고 옥진의 도움을 받을지는 모르겠구나."

호우가 염려스럽게 물었다.

"박 포교님은 어수룩한 사람이 아닙니다. 대감마님께서 의심하고 있음을 알면 다급한 마음에 역으로 치고 들어올 수도 있지 않습니까? 당분간 멀리 하시는 게 좋을 듯합니다."

김만중이 싱거운 소리라는 듯이 웃으며 말했다.

"그런 염려는 말거라. 지금 박 포교는 다른 의혹 때문에 골머리를 앓고 있을 게다."

"다른 의혹이라니요?"

"박 포교는 내가 조강호를 제거한 게 아닐까 의심하고 있을 게다."

"그건 또 무슨 말씀인지요?"

"조강호가 자객을 보내 날 죽이려 하지 않았느냐? 아니, 나만이 아니지. 처소에 있는 사람들을 모두 없앨 작정이었을 게야. 그걸 짐작 못 할 박 포교가 아니니, 내가 안전을 도모하고자 선수를 쳤다고 여길 수도 있어. 또 법망을 벗어나 죄악을 일삼는 조강호를 이 기회에 처단했다고 믿을 법도 하지 않느냐."

니정언이 어이없어 하며 말했다.

"터무니없는 가정입니다. 스승님 인품을 모를 박 포교가 아닌데 그렇게까지 허무맹랑한 생각을 할까요?"

호우도 이어 말했다.

"외람되오나 대감마님은 조강호를 완력으로 제압할 힘은 없지 않습니까? 소굴에 잠입하는 것도 대감마님으로서는 역부족입니다. 그런데도 그런 의심을 하겠습니까?"

김만중이 호우를 바라보면서 말했다.

"내가 직접 손을 썼다고는 여기지 않겠지. 허나 내게는 호우 네가 있지 않느냐? 너를 통한다면 조강호가 아니라 더한 적수도 처리하지 않겠느냐?"

의표를 찔린 호우가 아연실색하면서 말을 잇지 못했다. 그때 문밖에서 사람이 다급하게 걸어오는 소리가 들렸다. 아미가 문을 바라보면서 말했다.

"박 포교님께서 건너오시나 봅니다."

김만중이 짐짓 의관을 고치면서 차분한 목소리로 세 사람을 단속했다.

"다들 말조심하고 표정 관리도 잘하도록 해라."

말이 끝나기 무섭게 별실의 문이 열렸다. 박태수가 만면에 웃음을 띠고 얼굴을 들이밀었다.

그보다 조금 이른 시각, 박태수는 몇 가지 처리할 일이 남아 포졸이 오기를 기다리느라 저녁 자리에 합석하지 않았다. 김만중이 기다리겠다고 했지만, 박태수는 시간이 얼마나 걸릴지 모른다며 먼저 들라고 권했다.

박태수는 일을 마치고도 별실로 가지 않았다. 한창 식사중이기도 했지만, 그보다 옥진이를 먼저 만나고 싶었다. 얼굴이 상기되어 박태수가 제 방으로 들어오자 옥진이 눈웃음을 치며 말했다.

"이 양반이 뭐가 그리 다급해 대감님과의 저녁 자리까지 물리치고 와. 내가 그리도 좋나."

옥진의 아양에도 박태수는 미동도 하지 않았다.

"지금 그런 한가한 소릴 할 때가 아니야."

"한가하긴 뭐가 한가해. 못 잡아먹어 안달했던 조강호가 비명횡사했다면서? 죽은 이야 안됐지만, 당신한테는 앓던 이가 빠진 격 아니우? 조강호 앞에만 가면 꼭 불알 잡힌 사람처럼 오금을 펴지 못했잖아? 이젠 두 다리 쭉 뻗고 자게 생겼네."

박태수가 불쾌한 표정을 감추지 않고 대거리했다.

"뭐 불알이 잡혀? 거 무슨 속 뒤집어 놓는 소리야! 그래도 한땐 나와 생사고락을 같이 했던 친구라고. 통곡을 해도 시원치 않을 판에 두 다리를 뻗고 자다니?"

이 말에 옥진이 샐쭉해져 어깃장을 놓았다.

"말이야 청산유술세. 당신이 전번에 조강호 동태가 수상쩍으니 문단속 잘하라고 얼마나 호들갑을 떨었수? 당장 조강호 수하가 들이닥칠지도 모른다면서 말이야. 그렇게 위험한 사람인데, 아닌 말로 누가 죽여줬으니 얼마나 고마워. 누군지 알면 한 상 떡 벌어지게 차려줄 텐데."

박태수가 옥진의 입을 막으며 말했다.

"으이그! 말조심해. 아직 누가 조강호를 죽였는지 알 수 없단 말이야."

옥진이 박태수의 손을 밀면서 대들었다.

"우웩! 시체 만진 손을 어디다 대는 게야. 범인이야 당신이 들쑤셔 보면 밝혀지겠지. 여차하면 서포 대감님도 계시니 도움을 청해도 될 게고. 흥, 조강호 수하들이 와서 거들먹대는 일도 이젠 없겠구나. 아휴! 십 년 묵은 체증이 확 뚫리는 기분이라더니, 이제야 그 맛을 알겠네. 호호호!"

여전히 박태수의 오만상은 걷혀지지 않았다.

"참 세상 만만하게 보네. 이봐, 누가 조강호를 죽였는지는 알 수 없지만, 놈이 죽어 이득을 볼 사람이 먼저 의심을 받는다고. 그런데 생각해 봐. 그 덕 볼 사람 중에 나는 빠지겠나? 다섯 손가락 안에 한둘 째로 꼽힐걸. 벌써 자네부터 죽었다고 쾌재를 부르잖아. 그러니 범인이 오리무중이면 나도 의심을 받을 수 있단 말이야."

그제야 옥진의 안색이 파랗게 질렸다.

"무슨 재수 없는 소릴 해. 당신이야 고을의 치안을 담당하니 공무상 접촉이 잦았을 뿐이잖아? 둘이 각별한 사이인 줄 아는 이가 있어? 또 뇌물 받아 먹은 사람이 어디 당신뿐이우. 당장 현령부터……."

박태수의 손이 옥진의 입을 틀어막았다.

"이 여자가 돌았나? 말조심해. 입에 올릴 말이 있고 마음에 담을 말이 있지. 꿈에서라도 그런 소릴랑 말아. 쥐도 새도 모르게 훅 가는 수가 있다고."

박태수의 태도가 너무 신중하자 의아해진 옥진이 물었다.

"이봐요? 설마 당신이 죽인 건 아니겠지? 그러고 보니 다, 다, 당신 어젯밤에 어디 있었어? 새벽까지 기다렸는데 안 왔잖아? 서, 서, 설마 그때 조강호를 찾아갔던 건 아니지?"

박태수가 땅벌에게 쏘인 사람처럼 펄펄 뛰었다.

"말 같지도 않은 소리 하지도 마! 다른 일 때문에 읍을 떠나 있었다니까."

옥진이 말꼬리를 잡고 늘어졌다.

"다른 일이 뭔데? 어딜 갔는데?"

그러나 박태수는 확답을 하지 않았다.

"자넨 알 거 없어. 하늘에 맹세코 난 조강호를 죽이지 않았으니 그건 걱정 말라고. 다만……."

박태수가 말꼬리를 뭉개자 애가 단 옥진이 다그쳤다.

"다만 뭐?"

"아무래도 김만중 대감께서 날 의심하시는 것 같아서 말이야."

옥진의 눈꺼풀이 홀러덩 뒤집혔다.

"대감님이 왜? 당신하고 대감은 한통속이잖아? 아니었어?"

박태수가 눈을 부라렸다.

"한통속이라니? 우리가 뭐 나쁜 짓이라도 하고 다니는 것 같잖아."

"말 돌리지 말고, 왜 대감님께서 당신을 의심하는데?"

"딱 그렇다는 말은 아니고, 그 양반 날 보는 눈빛이 불편해서 말이야. 누구보다 나하고 조강호 사이를 잘 아는 사람이니까 의심할 법은 한데, 문제는 대감님이 지난밤에 뭘 했냐고 물으면 내가 할 말이 없거든. 그러니 난 자네와 함께 있었다고 할 테니까, 자네도 군소리 말고 맞장구 쳐. 알았지?"

옥진은 영 떨떠름한 표정을 감추지 못했다.

"아이 참. 이상하네. 어젯밤에 어딜 갔기에 떳떳하게 못 밝혀. 어디 과붓집 담장이라도 넘은 거 아냐? 정말 그랬단 봐. 조강호고 뭐고 당장 사생결단 날 줄 알아."

박태수가 치를 떨면서 고개를 저었다.

"내 당신 두고 한눈을 팔았다면 개아들이고, 이 불알을 잘라버린다. 그러니 쓰잘머리 없는 소리 말아."

영 믿음이 가지 않는 듯 옥진은 굳은 표정을 거두지 않았다. 슬쩍 옥진의 눈치를 보던 박태수가 말꼬리를 접으며 웅얼거렸다.

"그런데 말이야. 임자, 사실 난 서포 대감님이 좀 의심스럽거든."

옥진의 눈이 둥그레졌다.

"그건 또 무슨 소리유?"

박태수가 더욱 몸을 옥진에게 밀착시키면서 소곤거렸다.

"사실은 얼마 전에 조강호가 제 수하를 보내 대감님을 해치려고 했거든. 장동팔을 보낸 모양인데, 실패했지. 헌데 이놈이 이후 사라졌어.

대감님은 점잖게 타일러 보냈다지만 그것도 의심스럽단 말이지. 도성에서 임금님과도 맞장 뜬 양반이 시골 건달 따위에게 위협을 당했으니 분하고 괘씸하지 않겠어. 무엇보다 안전도 위태롭고 말이야. 졸개를 자꾸 보내면 대처하기 난감해지지. 그러니 호우를 시켜 없앴다고 해도 이상할 건 없잖아."

옥진은 턱 빠진 사람처럼 처진 입을 다물지 못했다.

"설마, 대감님께서 그런 짓을 하셨을까? 여북하면 관아에 보호를 요청하면 되잖아? 그렇게 의심할 사람이 없어?"

"글쎄. 장동팔하고 황경동이 아들놈 등 두어 놈 떠오르기는 했는데, 과연 그럴지 미심쩍거든. 장동팔은 조강호를 없애기 전에 지가 먼저 조강호 손에 죽었을 것 같고. 황경동이 아들놈은, 엉 뭐랄까 능구렁이긴 해도 그럴 배짱은 없어 보인단 말씀이야."

옥진도 물장사로 잔뼈가 굵은 여자라 남해 바닥 돌아가는 사정은 누구보다 잘 알았다. 장동팔이며 황경동의 아들이 어떤 위인들인지 짐작하고도 남았다.

"장동팔이라면 호시탐탐 조강호 자리를 노리던 작자잖아? 충분히 죽이고도 남을 만하지. 황경동이 아들도 이젠 애비가 죽어 직접 장사에 뛰어들었으니 조강호하고 알력이 생길 건 뻔하고. 역공을 당하기 전에 먼저 친다고 해도 이상할 건 없어. 그러니 대감님이 나서셨다니, 너무 성급한 판단 아냐?"

박태수가 자신 없는 목소리로 말했다.

"나도 긴가민가한데, 이 양반 의외로 강경하고 모진 구석이 있어서 말이야. 자네한테 다 말은 못 해도 내가 직접 보고 들은 게 있어 부정하긴 힘들지."

옥진이 곰곰 생각에 잠겼다가 말문을 열었다.

"생각해보니 호우 그 도령 실력이라면 조강호 하나 없애는 건 일도 아니겠네. 당신 말대로 대감님께서 호우를 시켜 조강호를 죽였다면 어떻게 되는 거야?"

박태수가 단호한 표정으로 대답했다.

"어떻게 되긴, 새나가지 않게 막아야지. 안 그래도 남인들이 갈아 마실 빌미를 찾지 못해 안달인데, 사실이 알려지면 대감님은 목숨을 부지하기 힘들게야."

근심으로 한숨을 쉬는 박태수를 앞에 두고 옥진의 눈빛은 예리하게 빛났다.

"하지만 이봐요, 정말 대감님께서 조강호를 죽이셨다면 좋겠다."

박태수가 선불 맞은 사슴처럼 펄쩍 뛰었다.

"거 무슨 잔망스런 소리야. 대감님이 안 계시면 우리한테 무슨 득이 된다고."

옥진이 설득조로 말했다.

"이봐요. 하나만 알고 둘은 모르는 소리 말아요. 누가 들통난댔나. 사실이 그렇고, 그 사실을 우리만 알고 있다면 나중이라도 대감님께서 우릴 괄시하진 않으시리란 말이지. 누가 알아. 세상이 바뀌어 남인들이 물러가고 노론 세상이 되면 당신한테도 벼슬 한 자리 주실지 말이야. 기왕이면 남해 현령을 내려주면 작히나 좋을까!"

옥진은 벌써 임금의 교지가 눈앞에라도 있는 듯 입이 귓가에 걸렸다. 박태수는 여전히 달갑잖은 표정을 지으며 말했다.

"너무 김칫국 마시는 소리 같군. 설사 그렇게 된다고 해도, 조선 땅을 벌벌 떨게 만들 권력을 쥐었으면, 비밀을 알고 있는 우릴 그냥 두겠어. 사람 시켜 없애든가 내쫓아 버릴 걸."

옥진이 고개를 저었다.

"당신 참 늘 붙어 다니면서도 대감님을 잘 모르네. 대감님은 인정이 많은 분이셔요. 죄인한테는 모질지 몰라도 심성이 착하고 언행이 반듯한 사람을 괄시하지는 않는 분이시라고."

박태수가 낯간지러운 표정을 지으며 중얼거렸다.

"살인을 비호하고, 이를 빌미로 권세 놀음 하겠다는 우리가 어지간히 심성이 착하고 언행이 반듯하겠다."

옥진이 앙칼지게 얘기의 선을 끊었다.

"그런 걱정은 나중에 하고, 어서 대감님께 건너가 봐요. 그 집 식구들이 다 모여 있으니 뭔가 꼬투리를 잡을 수도 있잖우. 덕을 보려고 해도 건더기가 있어야지. 어서!"

옥진의 성화에 등이 떠밀려 박태수가 무거운 엉덩이를 들었다.

4

명정루에서 하루를 묵은 김만중 일행은 유배 처소로 돌아갔다. 그들을 전송한 박태수는 먼저 노량에 사는 황경동의 아들 황대호黃大湖부터 찾았다. 몇 차례 만나본 적이 있어 낯선 인물은 아니었지만, 겉으로는 비굴하면서 속내는 여우처럼 숨기면서 다가오는 작자인지라 만남이 유쾌했던 적은 없었다. 이름만큼이나 푸둥푸둥한 살집을 가진 황대호였다. 청지기가 지시를 받았는지 은밀한 장소에 있는 방으로 그를 안내했다.

어떻게 놈을 족칠까 고민하는데 황대호가 들어왔다. 이놈을 범인으로만 몰고 갈 수 있다면 더할 나위 없는 결과였다. 김만중 대감에게 향한 의심도 풀리고, 옛 친구의 복수도 하는 셈이었다. 믿던 부하의 손에 죽었다면 너무나 허망한 죽음이었다.

놈은 발자국 소리도 내지 않고 들어와 더욱 기분이 나빴다. 상투는 틀고 있었지만 숱이 별로 남지 않아 어딘가 허술한 얼굴이었다.

"뵌 지도 얼마 되지 않았는데, 갑자기 어인 행차요? 자주 보지 않는 게 좋다고 말씀하신 게 누구더라?"

유들유들한 태도로 보아 아직 조강호가 살해되었다는 소식을 접하지 못한 듯했다. 아니면 일을 저질러 놓고 시치미를 떼는 것일 수도 있었다. 본색을 엿볼 만한 빈틈을 찾으면서 박태수가 능치듯이 말했다.

"전에 약조한 금액을 받으러 왔네."

황대호의 눈매가 갑자기 예리해졌다. 게슴츠레한 눈으로 황대호가 박태수를 꼬나보았다.

"무슨 말씀이시오?"

"조강호를 손봐주면 5천 냥을 주겠다고 하지 않았나? 그 돈을 받으러 왔다는 말이지."

놈의 가녀린 눈매에서 의구심이 솟아올랐다.

"문상 오란 소식은 아직 못 들었는데?"

박태수가 혀를 끌끌 차며 말했다.

"허어! 장사한다는 사람이 이렇게 소식이 어두워서야. 어제 새벽에 조강호가 제 집에서 변사체로 발견되었어. 남의 손에 피를 묻혔으면 대가를 지불해야지."

그래도 떨떠름한 표정은 걷히지 않았다.

"그렇게 빨리? 벌써 박 포교가 손을 썼단 말이요?"

"이봐, 내가 멀쩡하게 살아 있는 놈 가지고 사기를 치겠나? 정 의심
스러우면 읍성으로 사람을 보내보든가."

한동안 황대호는 잠자코 박태수만 바라보았다. 그러더니 결심이
선 듯 결연한 표정으로 입을 열었다.

"사실이긴 한 모양이구려. 허나 약조를 맺은 다음날 덜컥 죽다니
일이 너무 공교롭지 않소? 포교 나리께서 우리 집을 떠난 게 그제 자정
경이었는데, 바로 선소로 달려가 해치웠다니, 썩 믿기지 않는 일이오
이다."

5천 냥이 주기 싫어 자객을 끌어들였을까? 자신에게 꼬투리를 잡
히지 않고자 그랬을 것 같기도 했지만, 굳이 자기와 척을 질 위험을 무
릅쓰면서까지 독자적인 행동을 했을 것 같지는 않았다. 그러나 만약
자객을 끌어들여 죽였다면, 허세를 부리는 자신을 황대호가 얼마나
우습게볼지 생각하니 뒷맛이 개운치 않았다.

"쇠뿔도 단 김에 빼라지 않았나? 죽여 달라고 사정할 땐 언제고 죽
여주니 무슨 배부른 소린가? 꽁무니를 뺄 요량이라면 나도 가만히 있
지는 않을 게야."

놈의 입이 다시 닫혔다. 한 일자로 닫힌 입가가 살짝 떨렸다. 결국
황대호는 타협안을 내놓았다.

"그럼 약조한 금액의 반은 드리지요. 조강호에게 뜯긴 돈이 많아
요즘 사정이 썩 좋지 않소이다. 잔금은 형편이 나아지면 반드시 드리
리다."

술집 외상값도 아니고, 사람 죽인 대가를 나눠 주겠다니 씨도 안

먹힐 짓거리였다. 그러나 적당히 풀어주는 것도 방법이란 생각이 들었다. 이놈이 진짜 자객을 보내 처리한 것이라면, 나중에 물증을 잡아 요긴한 협박거리로 써먹을 수 있었다. 한 발 물러나 방심하게 만드는 것도 나쁠 게 없었다. 억울한 마음이 가득했지만 일단 양보하기로 했다. 그러면서 일침을 찌르는 것도 잊지 않았다.

"우선은 믿어보기로 하지. 돈이 준비되거든 연락하게. 그리고 충고하는데 처신을 신중히 하는 게 좋을 게야. 조강호의 책사란 놈이 자네가 의심스럽다고 다 까발렸거든. 현령이 체포하라고 하면 나도 도리가 없어."

박태수가 허세를 부리자 흠칫 놀라는 표정이 떠올랐다. 그러나 곧 표정을 수습하더니 내숭을 떨었다.

"장사꾼끼리 충돌이야 다반사 아니겠습니까? 책사라면 지난 일을 들먹여 봤자 제 목숨만 단축하는 짓이란 건 알겠지요. 포교님이나 몸조심하시구려."

덜미를 잡으려다가 엉덩이 뿔만 키워준 꼴이었다. 뒤숭숭한 의혹만 남긴 채 박태수는 읍으로 발길을 돌렸다.

읍으로 돌아오는 길에 방향을 틀어 조강호의 소굴로 갔다. 자신의 기분은 아랑곳없이 맑은 기운이 철철 넘쳤다. 어제와 달리 사람은 그림자도 보이지 않았고, 여기저기 경계를 서고 있는 포졸들만 눈에 띄었다. 소굴 밖을 휘둘러본 박태수는 집안으로 들어갔다. 꽤 긴 시간 공을 들여 집을 뒤졌는데, 예상대로 뇌물 장부는 보이지 않았다.

'도대체 이놈이 어디에 감춰둔 걸까? 책사란 놈이 빼돌렸나?'

의문이 뭉게구름처럼 피어올랐지만, 손에 쥐어지는 결과는 없었다. 책사를 위협해 볼까 싶었는데, 공연히 불만 지르는 꼴이 될 것 같아 주저되었다. 한 번 불꽃이 거세지면 불똥이 어디로 튈지는 아무도 모를 일이었다. 곧 감영에서 검시를 위해 사람이 들어올 참이었다. 책사를 너무 다그치면 제 목숨 건지자고 있는 일 없는 일 고주알미주알 다 떠들어 박태수를 옭아 넣을 수도 있었다.

밖으로 나오려다 조강호가 죽은 침실에 들어갔다. 이미 김만중 대감과 함께 샅샅이 뒤졌으니 단서가 될 물건이 나올 리 없었지만, 그래도 혹시나 하는 마음이 발길을 잡아끌었다.

조강호의 시체는 관아로 옮겨지고 이불은 텅 비어 있었다. 토사물의 잔해가 말라 있을 뿐 이불은 죽음만큼이나 공허했다. 완력 있는 건달의 목을 일격에 꺾어 죽일 만큼 범인의 솜씨는 기민하고 예리했다. 박태수 자신이 보아도 감탄이 나올 실력이었다. 그는 자신의 목을 두 손으로 잡고 홱 돌리는 시늉을 했다. 등 뒤에서 접근했을 테니 방심하고 있었다면 저항은 무리였다. 당시 장면을 떠올리면서 이불 위로 눈길을 주었다. 그때 박태수의 시야에 무엇인가가 들어왔다.

노란 빛이 도는 동그란 구슬이었다. 어두운 방 안에서도 은은한 광채를 발하고 있었다. 허리를 숙여 모양새를 살폈다. 집어 들고 자세히 둘러보았다. 호박琥珀 구슬이었다. 가운데 구멍이 뚫린 것으로 보아 염주 알이거나 갓끈 장식에 쓰였을 것으로 보였다.

'왜 어제는 이걸 보지 못했을까?'

구슬이 떨어져 있는 위치를 보고서야 짐작이 갔다. 시체 밑에 있었던 것이다. 포졸들은 시체를 치우면서 이불만 걷어냈을 뿐 꼼꼼히 살펴보지 않았다. 다시 찾길 잘했다는 생각이 들어 기분이 조금 좋아졌다. 박태수는 자신의 몸부터 살폈다. 가끔 옥진이 자신의 옷에 요상한 물건을 부적처럼 기워두곤 했었다. 특히 무당 사건 이후 부쩍이 심해졌다. 다행히 자신의 옷에서 떨어진 것은 아니었다.

이 구슬의 소유자는 누구였을까? 조강호 본인의 물건일 수도 있지만, 살인자의 것일 확률이 높았다. 염주 알이든 갓끈 장식이든 상당히 귀한 물품이었다. 자객이나 호우가 이런 귀중품을 지녔을 것 같지는 않았다. 황대호나 김만중 대감이 지녔던 것일까? 굼뜬 황대호나 연로한 김만중 대감이 직접 이곳까지 오지는 못했을 텐데, 그렇다면 혐의 선상을 벗어난 제3의 인물이 있다는 뜻일까? 아니면 누군가 자신의 흔적을 남기려고 고의로 흘려둔 것일까? 그렇다면 왜?

생각의 실타래가 엉키자 정신이 혼미해졌다. 다행히 호박 구슬의 존재는 자신만 알고 있었다. 나중에 황대호나 김만중 대감을 만날 때 그들의 옷가지를 눈여겨볼 필요가 생겼다. 유배를 사는 처지인 김만중 대감이 호사스런 장식을 할 사람이 아니니 황대호가 부쩍 더 의심스러워졌다. 황대호를 옭아맬 좋은 물증이 되길 바라면서 박태수는 침실을 나왔다. 그리고 마지막으로 한 번 더 방 안을 둘러보았다. 오랜 악연으로 얽혔던 한 사람과 영원히 결별한다는 느낌이 들었다. 사라지면 후련할 줄 알았는데, 막상 당하니 사지 하나가 잘려나간 듯 허전했다.

5

며칠이 지났다. 김만중의 유배 처소는 누군가 금령이라도 내린 것처럼 출입하는 사람의 발길이 완전히 끊겼다. 가끔 경전에 대해 묻거나 시회를 열자며 찾아오던 고을의 선비들마저 모습을 드러내지 않았다. 경전 해석 모임은 어머니의 하세가 전해진 이후 끊기더니 더 이상 이어지지 않았다. 밤을 도와 김만중의 지시를 받은 호우가 숲을 타고 오가긴 했어도 나정언과 아미는 마당에조차 잘 나오지 않았다. 식사 때만 잠깐 얼굴을 비출 뿐이었고, 그나마 별 말은 오가지 않았다. 박태수가 김만중을 의심한다는 언질이 서로 얼굴을 마주치는 것을 꺼리게 만들었기 때문이었다.

그러던 어느 날 밤이었다. 호우는 외출 중이었고, 아미는 하루 종일 나물을 다듬어 반찬을 만드느라 피곤했는지 일찍 잠자리에 들었다. 나정언은 과거 공부에 정신이 팔려 제 방에서 나오지 않았다. 김만중은 방 안에 촛불을 밝힌 채 어머니의 행장을 정리하는 일에 몰두했다. 초안은 어느 정도 마무리되었고, 세부적인 내용을 고치고 다듬는 중이었다. 언젠가 조정에 행장을 보내 어머니의 삶에 어울리는 봉작을 받으리라 다짐했다.

어디선가 바람이 들어오는지 촛불이 깜빡거렸다. 오래 붓을 놀렸더니 피로가 엄습했다. 붓을 든 손이 여리게 떨렸다. 잠시 붓을 내려놓은 김만중은 닫힌 창문을 바라보면서 손목을 눌렀다. 눈꺼풀이 가늘게 벌리면서 시야가 흐릿해졌다. 그러더니 갑자기 사방이 어두워졌다. 켜둔 두 개의 촛불이 꺼진 것이었다. 손등으로 시린 두 눈을 비비고는 구석에 둔 불씨통을 더듬어 찾았다. 늘 두었던 곳인데 손에 잡히지 않았다. 얇은 나뭇가지는 책상 서랍에 들어 있었다.

"이것이 어디 갔나?"

혼자 중얼거리고 있는데, 뭔가가 눈앞으로 불쑥 달려들었다.

"대감, 이걸 찾으십니까?"

낮고 음습한 목소리였다. 땅바닥에서 솟아오르는 듯한 울림이 섬뜩했다. 김만중은 저도 모르게 몸을 뒤로 물렸는데, 어디선가 들은 적이 있는 음성이라는 생각이 들었다. 두령의 원수를 갚겠다며 조강호의 수하들이 들이닥친 것일까? 침착함을 잃어서는 안 되었다.

"누구요?"

어둠이 가시지 않아 상대의 모습을 가늠하기 힘들었다. 정체가 뭐든 흐트러진 모습을 보이면 안 될 일이었다. 죽일 작정이었다면 벌써 죽였을 것이다. 김만중이 손을 내밀어 불씨통을 잡으며 말했다.

"뜨겁지 않소?"

사내가 두 손을 털면서 말했다. 무기는 들고 있지 않다는 뜻이었다.

"대감, 세상이 뜨겁기가 대장간 화로 같은데, 불씨통이 대수겠습니까? 불씨나 살리시지요."

목소리의 주인공이 누군지 짐작이 갔다. 김만중은 서랍에서 나뭇가지를 꺼내 불씨를 톺아 초에 불을 붙였다. 두 촛대에 불이 밝혀지자 방 안은 다시 밝아졌다.

"자네, 의금부 도사 정문탁鄭文卓이로구먼. 사람 놀라게 하는 재주는 여전하네그려. 여긴 어인 일인가? 죄인 호송은 아닐 테고. 근자에 유배 온 사람이 있다는 소식은 못 들었으니 말일세."

의금부 도사는 평복 차림이었다. 공무로 섬에 들어왔다면 아무리 야밤이라고 하나 저런 차림으로 예고 없이 방문하지는 않았을 것이다. 김만중은 본능적으로 조정에 뭔가 예기치 않은 일이 벌어지고 있음을 직감했다.

정문탁이 김만중을 마주보고 앉으면서 말했다.

"고충이 많으시지요. 1년 만에 뵙는군요. 대부인께서 돌아가셔서 상심이 얼마나 크시겠습니까."

"고맙구먼. 자네도 별고 없었는가? 금상께서도 강녕하시고?"

정문탁은 금상에게는 수족 같은 존재였다. 문과 출신이면서도 무예에도 일가를 이뤄 금상이 늘 가까이 두고 부리는 사람이었다. 1년 전 김만중이 남해로 유배 올 때도 그가 호송을 맡았다. 외척에 대한 예우이면서도 문책의 엄중함을 보여주는 행동이었다. 사람이 편견이 없어 당색黨色으로 보면 노론이었지만, 당파에 구애받지 않으면서 두루 교분을 열어두는 그였다.

"덕분에 잘 지내고 있습니다. 금상께서도 강녕하시지요. 가끔 대감의 안부를 하문하시기도 합니다."

희빈 장씨와 그 일파의 패행에 대해 지적한 일로 역린을 건드려 쫓겨난 자기를 금상이 그리 염두에 둘 것 같지는 않았다. 그러나 표변과 회유, 타협으로 정치적 수완을 발휘하는 금상이기에 허언만은 아닐지도 몰랐다.

"성은이 망극하구먼. 내 또한 늘 연모의 정을 잊지 않고 산다네."

정문탁의 입가로 냉소가 슬쩍 걸렸다.

"대감의 인품으로 보아 당연하시겠지요. 갑작스레 제가 대감을 찾아뵌 것도 금상의 밀명이 계셔서입니다."

김만중이 무릎을 꿇더니 옷깃을 여몄다. 군주의 명령이라면 편한 자세로 들을 수 없었다. 정문탁이 손을 젓더니 말을 이어나갔다.

"그리 경직되실 필요는 없습니다. 금상께서 사사롭게 대감께 내리는 명령이지요. 아니, 명령이라기보다는 부탁이라고나 할까요."

더욱 요령부득의 말을 토해내고 있었다. 김만중은 조용히 다음 말을 기다렸다.

"오래 머물 수는 없으니 본론부터 꺼내겠습니다. 금상께서는 근자에 남인의 횡포에 염증을 느끼고 계십니다. 희빈 장씨─이제는 국모이시지요.─에 대한 총애가 식지는 않았습니다만 이를 등에 업은 남인의 권력 남용에 대해서는 경계하는 마음을 조금도 풀지 않고 계시지요. 그래서 만약의 상황에 대비해 터 닦기를 하실 의향이십니다."

"터를 닦으신다고?"

"예. 그 터 닦기의 중임을 대감께 부탁한다는 어지御旨가 계셨습니다."

갑자기 김만중은 속이 달아올랐다.

"말을 너무 돌리는구면. 금상께서 이 노신에게 무슨 중임을 맡기신다는 말인가?"

정문탁이 겸연쩍은 표정으로 말했다.

"언문諺文 소설을 한 편 쓰는 중임이지요. 대감의 체통으로 보자면 격에 맞지 않을 수도 있으나, 대감이 아니면 적임자가 없다는 하명이셨습니다."

의외의 주문이었다.

"금상께서 그런 하명을 내리셨다니, 좀체 믿기지 않는구면. 또 대체 무슨 내용을 언문 소설로 쓰라는 말인가?"

"대감께서 판단할 문제겠지요. 금상께서 말씀하시기를 문서로 써서 하명하실 수는 없다 하셨습니다. 폐하께서는 쫓겨난 계비의 억울함과 희빈 장씨의 간교함, 군주의 판단 실수 등을 질책하는 작품이 되기를 바라십니다. 물론 이를 사실 그대로 다뤄서는 큰 분란이 일어날 테니 적절하게 변용시켜 이야기를 만드셔야겠지요. 문예에 대한 안목이 높으신 대감이니 충분히 감당하실 거라 말씀하셨습니다."

당황스럽기 짝이 없는 주문이었다. 한문도 아닌 언문으로, 상소문이 아닌 소설을 쓰라니 금상의 사고가 정상인지 의심스러웠다. 얼마 전에 언문으로 된 글을 읽기는 했지만, 그런 얄팍한 경험으로 제대로 된 소설이 나오길 기대할 수 있을까? 또 쓴다 한들 그것이 환국換局을 이끄는 데 무슨 보탬이 된다는 말일까? 그런 의구심을 김만중은 에둘러 표현했다.

"금상께서 무슨 복안을 가지고 계신지 짐작도 되지 않는구먼."

"그러시겠지요. 허나 금상께서는 정치를 바꾸자면 민심을 얻어야 된다고 보고 계십니다. 권력자들이 자행한 폐단이 백성들의 입으로 성토되면 환국의 근거가 마련될 것이라는 생각이지요. 게다가 조정의 다툼이 아니라 도성의 민심이 술렁여 국모의 처지를 동정하는 여론이 형성되면 아무도 그 변화의 흐름을 거역하지 못할 것이라 보시고 계시지요. 그것이 진정한 글의 힘이라 말씀하셨습니다. 이만하면 대감의 의문이 풀리셨습니까?"

금상의 의중이 어디에 닿았는지는 알 것 같았다. 다분히 치기에 젖은 발상이긴 했지만 대어를 낚기 위한 밑밥으로는 훌륭한 방책이었다. 그러나 이것이 과연 금상의 의도인지 자신을 모함하기 위한 모종의 함정인지 분간이 되질 않았다. 그렇다고 의혹을 의금부 도사 앞에 꺼내놓을 수도 없었다. 김만중은 정문탁의 얼굴을 빤히 바라보면서 대답을 미루었다.

김만중의 고심이 전해졌는지 정문탁이 말을 슬쩍 돌렸다.

"당장 결정하시라고 닦달하지는 않겠습니다. 며칠 말미를 드리지요. 진중히 생각해 보시고 판단해 주십시오. 이 일이 대감뿐만 아니라 정국에 큰 변화를 가져올 단초가 됨을 유념하셔야 합니다. 그럼 물러가겠습니다."

정문탁이 숙인 몸을 일으켰다. 많은 생각이 오갔지만 고심할 짬을 얻었으니 덧붙일 말은 없었다. 다만 밖에 있는 아미와 나정언이 기미를 알아챌까 염려스러웠다.

"밖에 식솔들이 있네. 조용히 나가주게나."

정문탁이 씩 웃으며 대꾸했다.

"이미 군관들이 깊은 잠에 들도록 조치를 취했습니다. 내일 아침까지 어린애처럼 잠들어 있을 겁니다. 호우는 어디 보내셨나 봅니다."

군왕의 밀명을 전하는 데 홀몸으로 오지는 않았을 것이었다. 호위 군관의 동행은 당연한 일이긴 했다. 그러나 유배 처소의 동태를 소상하게 알 정도라면 감시가 삼엄하다는 소리였다. 몇 명의 군관들이 따라왔는지 궁금해졌다.

"밀명을 전하는 일이니 군관을 대동할 필요야 있겠지. 꽤 많은 인원이 따라온 모양이로세."

다시 고개를 숙이면서 정문탁이 말했다.

"도성에서 남해 섬까지 천 리가 넘는 길입니다. 밀명을 전하고 가부를 듣는 것이 가장 화급한 일이긴 하나, 날마다 오갈 수 있는 거리가 아니니 다른 임무도 하명 받았습니다. 기밀이니 더 이상 입에 올리지는 않겠습니다."

말을 마친 정문탁이 입김을 불어 촛불을 꺼버렸다. 다시 방 안은 암흑천지가 되었다. 눈앞에서 뭔가가 움직이는 기운이 느껴졌다. 몇 차례 긴 호흡을 마친 김만중이 불씨통에서 불씨를 살려 촛불을 밝혔다. 정문탁은 처음부터 없었던 사람처럼 사라진 뒤였다.

일어나 마당으로 향한 창문을 열었다. 흐릿한 달빛이 마당으로 스며들고 있었다. 인기척이 없는 것으로 보아 정문탁과 군관들은 이미 자리를 뜬 듯했다. 아미가 있는 건넌방은 어둠이 짙었고, 늦은 밤까지 책을 읽는 나정언의 방도 불이 꺼져 있었다. 의금부에서 쓰는 약물의 강도라면 둘 다 깊은 잠에 빠졌을 터였다.

김만중은 방 안에서 뒷짐을 진 채 망연한 표정으로 달빛이 성기게 어린 마당과 멀리 먹물로 붓질한 듯한 시꺼먼 산야를 응시했다.

여러 가지 생각이 떠오르면서 그간의 의혹들이 풀려나갔다.

6

다시 며칠 뒤 박태수가 김만중을 찾아왔다. 박태수는 오늘따라 유난히 눈동자를 굴리면서 김만중의 옷매무새를 엿보았다. 김만중이 다소 어색하게 그를 맞으며 물었다.

"내 옷에 뭐가 묻었는가?"

박태수가 찔끔하면서 서둘러 자리에 앉았다.

"웬걸요. 며칠 못 뵀더니 신수가 훤해지신 것 같습니다요. 헤헤."

김만중이 머쓱하게 웃으면서 옷깃을 여몄다.

"사람이 많이 싱거워졌구먼. 사건 수사는 진척이 있는가?"

바로 박태수의 얼굴에 그늘이 드리워졌다.

"장동팔 일당은 여전히 오리무중입지요. 이렇게 감쪽같이 없어지다니요. 조강호에게 살해되어 바다에 수장되었을지도 모르지만, 졸개 세 놈까지 다 사라졌으니 도무지 귀신이 곡할 노릇 아니겠습니까. 황대호도 두어 번 만났는데, 알쏭달쏭합지요. 이놈이 누군가를 보내 살해한 것도 같은데, 당췌 심증만 있지 물증이 없얍지요. 다행히 살해 현장에서 단서를 하나 건졌는데, 그게 또…… 흡!"

답답한 심경을 토로하다보니 숨겨야 할 속내까지 드러내고 말았다. 즉시 입을 막았지만, 이를 놓칠 리 없는 김만중이었다.

"무슨 소린가? 단서를 건졌다니?"

박태수는 잠시 갈등했다. 호박 구슬을 찾았다는 얘길 꺼내면 김만중에게 구슬의 주인임을 부인할 구실을 주는 셈이었다. 김만중을 믿지 못하는 바는 아니었지만, 자칫 구슬을 빌미로 올가미가 자신에게 씌일 수도 있었다. 그러나 이미 엎질러진 물이었다. 박태수는 허리춤에 숨겨두었던 구슬을 꺼냈다.

"사실은 얼마 전에 조강호의 집을 한 번 더 뒤졌습니다요. 그 뭐냐 장부가 나올지도 모르니 말입니다. 그런데 나오란 장부는 묘연하고 방에 있는 이불에서 이런 게 나오지 뭡니까요. 호박 구슬인데, 갓 장식이거나 염주 알이 아닐까 싶습니다요."

김만중이 박태수의 손바닥에 오른 구슬을 눈여겨보았다. 그러더니 허탈한 웃음을 지었다.

"자네가 다시 갔을 것은 짐작했지. 그 장부는 자네에게 치명적인 약점이니 말일세. 미안하네만 자네는 평생 가봐야 장부는 코빼기도 보지 못할 걸세."

박태수의 눈이 휘둥그레지며 탄식조로 뇌까렸다.

"그럼 대감님께서 또 빼돌리신 겁니까요? 참 사람 여러 번 식겁하게 만드십니다요."

"아니야. 그것은 내 손에 없어. 허나 어디 있는지 짐작은 가네."

박태수가 조바심에 들떠 내뱉듯이 물었다.

"어딥니까요! 소인이 추궁할 일은 못됩니다만, 대감께서도 아시다시피 제겐 너무나 중요한 물건입니다요. 제 목숨이 달렸습니다요."

김만중이 안타까운 표정으로 웃음을 지었다.

"나도 자네도 되찾기는 어려운 곳으로 갔지. 허나 너무 걱정되지는 말게. 그 장부로 궁지에 몰릴 사람은 여럿 있으니 말일세."

내막을 알 수 없는 소리에 박태수의 표정이 더욱 노래졌다.

"참, 속 편한 말씀만 하십니다요. 소인의 인생이 날아갈 물건인뎁쇼."

김만중은 그 얘기는 끝났다는 듯 고개를 돌리더니 책상 서랍을 열면서 뭔가를 꺼냈다.

"그 얘긴 그만 하고, 이게 뭔지 알겠나?"

김만중의 손아귀에서 나온 것은 구슬이었다. 박태수가 꺼낸 구슬과 크기도 모양도 재질도 같은 것이었다. 박태수의 눈알이 다시 한 번 번득였다.

"아니, 이것은……."

"그래. 자네가 가진 것과 똑같은 호박 구슬일세."

"그럼, 대감님도 조강호 방에서 주우셨던 겁니까요?"

"그렇지. 살해된 당일 날 갔을 때 바닥에서 발견했네. 그때는 자네에게 보이기 곤란한 점이 있어 밝히지 않았지. 그런데 자네도 거기서 같은 것을 찾았다면, 참으로 흥미롭구먼. 내게 보여주길 잘했네. 그러지 않았다면 계속 자네를 의심하지 않았겠나?"

박태수의 얼굴 위로 묘한 주름이 그어졌다.

"소인은 이것이 대감의 몸에서 나오지 않았나 의심했었는데……, 헤헤 이렇게 해서 피장파장 서로 비긴 셈입니다요."

김만중도 쓴웃음을 지었다.

"뭐가 비긴 것인지는 모르겠네만, 나도 자넬 의심했으니 피장파장인 것만은 분명하구먼. 내가 이것을 보관해도 괜찮겠나?"

박태수는 두말 않고 구슬을 내주었다.

"제발 그러십시오. 시체가 깔고 있었다 생각하니 영 껄끄러웠던 참입니다요."

구슬을 넘겨받은 김만중이 두 개를 나란히 놓고 생각에 잠겨 말했다.

"흠! 어디서 본 듯한 물건인데, 잘 기억이 나질 않는구먼."

박태수가 구미가 도는지 몸을 숙이며 말했다.

"장동팔을 잡았을 때 보신 게 아닐까요? 황대호는 보신 적이 없으니 놈의 소지품인 줄은 모르실 테고. 장동팔의 물건이라면 조강호를 죽인 범인으로 물증까지 확보하는 셈이 아닙니까요."

김만중이 고개를 좌우로 흔들었다.

"글쎄. 그럴지도 모르지. 허나 자네도 장동팔은 여러 번 보지 않았나? 그자가 이 물건을 몸에 지니고 다녔다면 자네 눈에도 띄었을 텐데?"

박태수가 눈을 깜짝이면서 말했다.

"제법 값이 나갈 만한 물건인데, 놈이 보란 듯이 밖에 차고 다녔겠습니까요? 황대호가 거래하던 패물일지도 모른다는 생각도 듭니다요. 놈의 창고에서 이와 비슷한 패물이 나오면 영락없이 오라를 지울 수 있는데 말입니다요. 놈이 뒤지라고 선뜻 창고 문을 열어줄 리는 없고, 참!"

박태수가 아쉽다는 듯이 입술을 축이며 쩝쩝거렸다. 김만중이 구슬을 서랍에 넣으면서 말했다.

"좀 더 지켜보면 명확해지겠지. 그나저나 황대호 얘기가 나왔으니 말이네만 한 가지 물어볼 게 있는데……."

"뭡됩쇼?"

"전번에 황대호가 조강호를 끌어들여 제 아버지를 살해한 일 있지 않나?"

"그런됩쇼? 대감님께서 눈감고 넘어가시자 해서……."

"그래. 그랬지. 그러나 이제 상황이 달라졌어. 조강호가 사라졌으니 그 자리를 꿰찰 사람이 누구라고 생각하는가?"

"에 또, 정상적이라면 이인자인 장동팔이기 십상입죠. 그 때문에 조강호도 놈이 없앴다고 보는 게 아닙니까요?"

"허나 장동팔마저 사라진다면 어떻게 될까?"

박태수가 고민하는 눈치를 보이더니 말했다.

"글쎄올습니다. 나머지 조강호 떨거지들 깜냥은 다들 고만고만 도토리 키 재기라서 딱히 떠오르는 인물은 없는뎁쇼. 잘하면 남해 바닥에서 합종연횡이 벌어지겠습니다요."

김만중이 고개를 끄덕이면서 말했다.

"나도 그리 보네. 조강호가 그간 저지른 죄행으로 미뤄볼 때 그자의 재산은 관아에서 몰수할 소지가 높네. 그러면 남해는 무주공산, 호랑이 없는 산이 되는데, 그렇다면 남해의 상권과 어둠 속 권력을 쥘 만한 역량이 있는 사람이 누구겠는가?"

잠시 눈알을 굴리던 박태수가 눈을 크게 뜨며 손뼉을 쳤다.

"대감님 말씀을 들어보니 황대호가 유력하겠습니다요. 재물도 넉넉하고, 잔머리는 잘 굴리는 데다 교활하기로는 제 애비 뺨치는 자이니, 호랑이 없는 산에서 왕 노릇 하고 싶어 안달이 나겠습지요. 배짱은 부족할지 모르나 갈 곳 잃은 조강호 떨거지들을 규합해서 수하에 둔다면 가능한 일이겠습니다요."

김만중이 눈에 힘을 주며 말했다.

"그래. 그럴 공산이 높아. 그자가 조강호를 죽였다는 확증이 나오지 않는 한 당장 황대호를 제거할 근거는 아무 것도 없네. 제 아버지를 살해했다는 혐의를 뺀다면 말일세. 난 더 이상 남해를 그런 주먹들이 판치는 세상으로 두고 싶지는 않네. 이번 기회에 불법과 패악을 일삼는 무리를 발본색원해야 한다고 믿네. 시발점이라면 패권을 장악할 가능성이 가장 큰 황대호가 되어야겠지."

박태수가 의구심을 띠운 채 물었다.

"그렇긴 하오나 어디서 물증을 찾습니까요? 조강호는 이미 죽었고, 그때 끌어들인 자객들도 추적하기엔 늦은 감이 있습니다요. 놈이 모르쇠로 입을 닫아버리면 어떻게 해볼 도리가 없는뎁쇼?"

김만중이 턱 끝을 만지면서 말했다.

"방법이 아주 없는 건 아닐세."

"무슨 묘책이라도?"

"묘책일 것은 아니지만, 일전에 만났던 조강호의 책사 있지 않나?"

"그런뎁쇼?"

"현령을 부추겨 그자를 체포하도록 하게. 조강호의 죄상을 조사하고 재물을 몰수하기 위한 조처라고 하면 현령도 움직일 게야."

"그런 다음엔요?"

"소문이 퍼져 황대호의 귀에 들어갈 때쯤 찾아가 체포된 책사가 황경동의 죽음에 대한 비밀을 폭로할 것 같다고 슬쩍 흘리게. 책사가 아비의 죽음에 의혹을 제기하면 문제는 복잡해지지. 강상綱常에 관련한 일이라 도성의 형조나 의금부가 나서게 될 것이고, 멸문지화滅門之禍를 면치 못할 것이라고 말하게나. 그때 황대호를 도우러 나설 이는 아무도 없다고 말이야."

그러나 여전히 의심스럽다는 표정으로 박태수가 물었다.

"그런다고 놈이 놀라 야반도주라도 할깝쇼? 그 많은 재산과 이권을 버리고요?"

김만중이 자신 있게 말했다.

"교활한 만큼 목숨이 아까운 줄도 알게야. 더구나 실제로 의금부 도사가 관아에 나타난다면 겁에 질려 안절부절못할 걸세."

박태수가 답답한 듯 말했다.

"어디서 뜬금없이 의금부 도사가 나타나겠습니까요? 대감님 재주가 신출귀몰한다고 해도 없는 의금부 도사를 만들 수야 없지 않습니까요?"

"그 일은 내게 맡기게. 자네는 내일이라도 당장 책사를 잡아가두도록 하게. 소문이 귀에 들어가려면 시간이 걸릴 테니, 내가 자네에게 기별을 하면 황대호를 찾아가도록 하지."

박태수는 여전히 반신반의였다.

"겁에 질려 달아난다면 금상첨화겠사오나, 증인도 물증도 없는 걸 누구보다 잘 알 텐데 경거망동할지 걱정입니다요. 공연히 대책을 마련할 빌미만 주는 게 아닐깝쇼? 무고다 뭐다 해서 난리를 치면 소인이나 현령이나 난처해집니다요."

"아니야. 저번에 책사를 만났을 때 그자도 그 일에 대해 아는 눈치였네. 적어도 한 번은 조강호와 황대호, 책사가 회합을 가졌을 게야. 그렇게 큰 재물이 오가는 거래였다면 구두로만 약조를 하진 않았을 게고. 물론 자신의 치부이기도 하니 약조한 재물이 건너왔다면 조강호가 문서는 불태워버렸을 게 틀림없네. 겁박이야 문서 없이도 가능할 게 아니겠나. 그러니 책사가 투옥되고, 뒤이어 의금부 도사까지 나타난다면 황대호로서는 새파랗게 질릴 게 뻔하네. 그러니까 진즉에 강상죄 의혹이 의금부에까지 들어갔다고 짐작할걸세."

김만중이 거듭 사태를 낙관하며 장담하자 박태수도 애써 수긍하는 눈치를 보였다.

"대감께서 확언하신다면 그리하도록 합지요. 때맞춰 의금부 도사만 나타난다면 울고 싶은데 뺨 때려주는 일이겠사오나, 일이 여의치 않게 돌아가도 제 탓은 하지 마십시오."

"자넨 책사를 가둔 뒤에 아무도 만나지 못하도록 단속이나 잘하게나. 책사와 황대호가 접촉하면 안 되니까."

사립문 밖까지 나가 박태수를 전송한 뒤 김만중은 조용히 방으로 들어갔다.

7

박태수가 현령에게 무슨 감언이설로 꼬득였는지 다녀간 다음날 저녁 책사는 체포되었다. 이어 책사가 형문을 건디지 못하고 조강호의 숨은 죄상들을 속속들이 토설하기 시작했다는 소문이 돌았다. 그 사이 김만중은 책을 읽고 글을 쓰면서 때가 오기를 기다렸다.

그리고 정문탁이 다시 김만중을 찾아왔다. 이번에는 한낮이었다. 도성에서 찾아온 손님을 빙자하여 인사차 들렀다는 핑계를 댔다. 그를 알아볼 수 있는 호우와 아미가 마침 집에 없었던 게 다행이었다. 어쩌면 그런 때를 맞춰 정문탁이 찾았을지도 몰랐다. 나정언과는 잠깐 인사만 나누고, 두 사람은 방으로 들어왔다.

"금상의 제안은 생각해 보셨습니까?"

앉자마자 정문탁이 채근하듯 물었다.

"그보다 먼저 확인할 게 있네. 이 물건 자네 것이 아닌가?"

김만중이 서랍에서 호박 구슬 두 개를 꺼내 보였다. 정문탁이 당황한 기색을 감추지 못하고 구슬과 김만중을 번갈아보면서 물었다.

"이게 어떻게 대감 손에?"

김만중이 빙그레 미소를 지으며 말했다.

"역시 그렇구먼. 처음 이 구슬을 봤을 때 어디선가 본 물건이란 생각을 지울 수 없었어. 그러다 호우가 지니고 다니는 단검 끝에 달린 구슬 장식을 보자 기억이 되살아났네. 자네가 작년 나를 호송할 때 차고 있던 장검의 손잡이에 있던 구슬 장식이란 걸 말일세."

정문탁이 마지못해 고개를 끄덕였다.

"그렇습니다. 어디서 찾으셨는지는 여쭤볼 필요도 없겠군요."

"그래. 자네가 생각하는 바로 그곳에서 찾았지. 금상의 제안만 전하러 머나먼 남해까지 내려온 게 아닌 것은 분명하구먼."

정문탁의 굳은 표정이 조금 풀렸다.

"말씀드렸다시피 대감을 뵙는 일이 가장 큰 목적이지요. 그와 함께 남해 일대에서 암약하는 밀무역 패거리를 소탕하는 임무도 맡았습니다. 지난 3월경에 올라온 진주부사의 장계가 발단이었습니다. 남해 섬을 통해 이뤄지려던 왜국 물품의 밀수가 사전에 발각된 사건을 전했다더군요. 본인이 직접 개입하진 않고, 보고만 접수했나 봅니다.─감영까지는 몰라도 진주부사인 자신에게도 협조를 요청하지 않은 사실에 대해서는 꽤나 분노했던 모양입니다. 큰 공을 세울 기회 놓쳤으니 이해는 갑니다만─ 그러면서 이 일대에서 벌어지는 밀무역을 뿌리 뽑도록 관리와 인원을 보내달라는 청원을 덧붙였지요. 아시다시피 의금부의 소임 가운데에는 밀무역 사범의 단속도 큰 비중을 차지합니다. 그리하여 두 가지 일을 맡아 제가 파견된 것이지요."

"그래서 밤에 몰래 조강호의 소굴에 들어가 동정을 살핀 겐가? 그자가 목이 꺾인 채 시체로 발견되었다는 소식은 들었겠지? 누구의 소행인지 집히는 바도 있네."

정문탁이 시인하듯 두 눈을 껌뻑였다.

"허, 유배를 오셨어도 남해 사정은 손바닥 위에 올려놓고 계십니다."

그에 대한 대꾸는 않고 김만중은 정문탁의 얼굴을 응시하면서 말을 이었다.

"조강호를 자네가 처벌했을 것으로는 생각지 않네. 아무리 밀무역

사범이라고는 하나 문초도 하지 않고 재판도 없이 죽인다는 것은 의금부 도사가 취할 태도가 아니지 않은가? 장동팔이 조강호를 죽이는 현장을 자네가 목격한 것이겠지. 그래서 장동팔을 옭아매 간 것이고."

정문탁이 감탄이 가득한 눈빛으로 고개를 끄덕였다.

"남해에서 벌어지는 사건에 이렇게 깊이 관여하시는 줄은 몰랐습니다. 과연 대감다우십니다. 말씀하신 그대롭니다. 조강호의 소굴에 잠입한 것은 놈을 나포하기 위해서는 아니었지요. 증거가 될 만한 문서가 있는지 뒤져볼 요량이었습니다. 한밤에 감시가 소홀한 틈을 타 들어갔는데, 마침 조강호의 침실이었습니다. 몸을 뒤척이며 자고 있더군요. 물약을 뿌려 완전히 잠재우려던 차에 누군가 침실 문을 두드렸습니다. 누군가 싶어 지켜보았더니, 사태가 좀 요상하게 돌아갔습니다. 둘 사이에 잠시 언쟁이 오가더니 조강호가 몸을 틀어 칼을 뽑으려 했지요. 그러자 놈이 조강호에게 달려들어 바로 목을 비틀어 살해하더군요. 꽤 무공이 있는 자였습니다. 그러고는 조강호의 금고를 열어 문서를 꺼내들었습니다. 죽은 조강호를 이불에 눕히려고 등을 보이기에 기습해 칼등으로 내리쳐 혼절시켰습니다. 그때 장식으로 묶어둔 호박 구슬의 매듭이 풀어졌습니다. 눈에 띄는 몇 개는 챙겼지만, 시간을 지체하기 어려워 조강호의 시신은 이불에 바로 눕히고 문서만 챙긴 뒤 놈을 어깨에 맨 채 빠져나왔습니다. 끌고 가 문초를 해보니 조강호의 심복인 장동팔이더군요. 밀무역의 수괴인 조강호가 죽었으니 장동팔을 족쳐 물증과 자백을 확보해야 했습니다. 놈의 부하 셋이 부상을 당해 산속 동굴에 있다고 하기에 군관을 보내 마저 잡아왔지요."

김만중이 고개를 끄덕이면서 말했다.

"역시 내 짐작이 맞았구먼. 그 네 사람은 지금 어디 있는가?"

정문탁이 난처한 듯 미간을 찌푸렸다.

"수군의 병영 안에 감금해 두었습니다. 수군은 현령의 관할이 아니니 기밀이 샐 염려는 없지 않습니까."

김만중이 이해가 간다는 듯 고개를 끄덕였다.

"그렇군. 자네가 그 네 사람을 포박했으리란 짐작은 했네만, 수군 병영까지는 생각이 미치지 못했구먼. 그런데 장동팔이 왜 제 두령을 살해했는지 말하던가?"

정문탁이 별거 아니라는 투로 대답했다.

"들어보나마나 한 변명 아니겠습니까. 두령이 눈에 불을 켜고 충성을 의심하니 불안했고, 아예 죽여 남해의 밀무역 이권을 차지하고자 저질렀다더군요. 목숨만 살려준다면 아는 사실은 다 자복하겠다기에 군관들에게 공초供草를 받아두라 일렀습니다. 그나저나 이거 제가 마치 대감께 복명하는 기분입니다."

김만중이 정색을 하면서 몸을 반듯이 세우더니 화제를 돌렸다.

"몽매에도 그런 소린 말게나. 그런데 장동팔이 빼냈다는 그 문서는 살펴보았는가? 심상찮은 문서였을 텐데"

"허허! 거기까지도 알고 싶으십니까? 이제 와서 뭘 더 숨기겠습니까? 읽어 봤습니다. 뇌물 장부와 재물 현황에 대한 것들이더군요."

"소감이 어떻던가?"

"놈의 뇌물이 닿지 않은 곳이 없었고, 재물의 규모도 상당하더군요. 도성에 올라가 금상께 보고한 뒤 하명을 받아 처결하려고 합니다. 썩은 살을 도려내고 새 살이 돋으려면 많은 시간이 필요할 듯합니다. 그런데 한 가지 걸리는 부분이 있더군요."

김만중의 표정이 굳어지면서 정문탁을 바라보았다.

"바늘 끝으로 창틀의 먼지까지 긁어내야 직성이 풀리는 자네에게 걸리는 부분이라니, 참으로 흥미롭구먼."

약간의 비아냥거림이 묻은 김만중의 말에 정문탁은 크게 개의치 않았다.

"실은 장부를 보니 여러 군데가 짙은 먹으로 지워져 있었습니다. 정황으로 보아 조강호가 꽤 큰 뇌물을 준 인물인 듯한데, 아무리 눈을 씻고 읽어보려 해도 글자가 보여야 말이지요. 혹시 대감께서는 짐작 가는 이가 없으십니까?"

정문탁의 눈초리가 꿈틀거렸다. 입에 올리지는 않아도 다 알고 있지 않느냐는 투였다. 김만중은 약간의 갈등을 느꼈다. 장부는 한동안 박태수의 수중에 있었다가 조강호에게로 넘겨졌다. 자신이 봤을 때 먹물로 지워진 곳은 없었다. 박태수가 장부를 넘기면서 제 이름은 삭제한 것일까? 김만중은 타협안을 내놓았다.

"글쎄. 내가 유배 와서 이곳에 살고 있지만 그런 내막까지 속속들이 어이 알겠는가? 혹시 그 장부를 내게 보여줄 수 없는가? 장부에 실린 명부를 본다면 누가 지워졌는지 알지도 모르겠구먼."

일종의 도박이었다. 정문탁이 장부를 보여준다면 지워진 인물의 정체가 '박태수'임을 밝혀야 했다. 아무리 박태수에게 동정이 간다고 해도, 범법자임에는 틀림없었다. 김만중 스스로도 양심을 속일 수는 없었다. 그러나 보여주지 않는다면……내용을 모르는 셈이니 누구라 지목할 수도 없었다.

한동안 정문탁은 김만중의 눈만 응시한 채 대꾸가 없었다. 스스럼 없는 표정으로 그 시선을 받았지만, 마음은 사시나무처럼 떨렸다. 박태수의 운이 어디까지일지 장담할 이는 아무도 없었다.

잠시 후 정문탁이 표정을 거두면서 말했다.

"송구하오나 그 부탁은 들어드리기 어렵겠습니다. 뇌물 사건의 중요한 증거를 함부로 공개할 수는 없지 않겠습니까? 더구나 유배 온 사람에게 장부를 보여줬다는 사실이 보기 좋은 모습은 아닐 테지요. 문득 생각나서 드린 말씀이니 잊어 주시기 바랍니다."

일의 매듭을 지으려는 듯 정문탁이 책상에 놓인 호박 구슬 두 개를 집어 들었다. 그러나 김만중에게는 부탁이 하나 더 남아 있었다.

"잠깐만 기다려주시게."

들썩이던 엉덩이를 다시 붙이면서 정문탁이 말했다.

"아직 미진한 일이 남으셨습니까?"

"번거롭게 해서 미안하네. 자네가 향후 취할 행동에 대해 묻고 싶은 게 있네."

정문탁이 별 표정을 담지 않고 말했다.

"이곳에서의 일은 마무리되어 가는 중입니다. 일단 수군의 함선으로 놈들을 진주부로 끌고 가 문초를 계속할 겁니다. 필요하면 남은 수하들도 체포하겠지요. 그 사이 저는 도성으로 올라가 금상께 성과를 복명한 뒤 하명을 받아 다시 내려오게 될 겁니다. 그때까지 언문 소설이 완성되면 모를까 당장 남해에 다시 올 여유는 없을 듯합니다. 잔당을 체포하고 재물을 압수하는 일 따위는 대구 감영과 진주부, 남해 현청에서 집행할 테니까요. 그러니 한동안 뵙진 못하겠군요. 언문 소설이 완성되거든 사람을 보내 주십시오. 그때나 뵙게 되겠습니다."

"그렇겠지. 그런데 떠나기 전에 잠시 현청에 얼굴을 비추고 갈 순 없겠는가?"

정문탁이 이해가 안 된다는 듯한 눈길로 물었다.

"꼭 그래야 할 이유라도 있습니까? 뇌물 장부의 첫 머리에 이름을 올린 이가 현령이라 다소 꺼림칙합니다만."

"현령은 장부의 존재를 모르고 있네. 또 밀무역 사범을 소탕하자면 현령에게 언질을 줄 필요도 있지 않겠나. 공문을 통해 지시야 내려가 겠지만, 소소한 문제는 미리 상의해 두는 것도 나쁘지 않을 듯한데."

정문탁이 미묘한 웃음을 머금으며 말했다.

"그것 때문에 만나라고 부추기시는 것은 아니겠지요?"

이미 받아들이겠다는 뜻으로 읽혀 김만중도 눙쳐버렸다.

"자세한 사정은 다음에 만나면 말해 주지. 그때 가면 자네 도움이 필요할지도 모르고 말일세."

정문탁은 더는 따지고 들지 않았다.

"알겠습니다. 어려운 일은 아니지요. 대감의 마음이 움직이는 폭이 어디까지인지 저도 잘 모르겠군요. 도성으로 복귀하시는 날만 기다 리겠습니다. 아, 그리고 대감께서도 알아두시면 좋을 듯해 말씀 드리 지요."

"무슨 일인데?"

정문탁이 목소리를 낮추면서 말했다.

"저희가 입수한 첩보에 따르면 남해현 안에 왜국에서 보낸 첩자가 암약하고 있다 하옵니다."

김만중의 얼굴로 긴장감이 흘렀다.

"누구인 줄은 아직 모르는가 보구먼."

"예. 정체가 확연하게 드러나지는 않았습니다. 대감께서는 이곳 에 계시기도 하고 평소 사람 보는 눈이 남다르니 살펴주시면 좋겠습 니다."

"그러지. 그럴 법한 자가 눈에 띄면 알려주겠네."

"그렇게만 해주신다면 제 일도 한결 수월해지겠지요. 그럼 이만 일어나겠습니다. 몸 잘 건사하시길 바랍니다."

김만중은 사립문 앞까지 나가 정문탁을 배웅했다. 그가 멀리 숲으로 사라지는 것을 본 뒤 고개를 돌렸다.

뒤돌아서니 나정언이 야릇한 표정을 지으며 서 있었다.

"나와 있었느냐?"

"예. 손님께서 나가시는 기색이기에 인사라도 할 작정이었습니다."

"음, 언젠가 다시 만나게 될 테니 서두를 필요는 없느니라."

나정언은 아무 말 없이 멀리 숲을 바라보았다. 해가 하늘 높이 떠서 서녘을 향해 분주하게 움직이고 있었다. 김만중이 몸을 돌려 뒷짐을 지더니 하늘을 올려다보았다. 부신 눈을 거두면서 김만중이 말했다.

"날이 참 좋구나. 이 나라도 이 고을도 저 햇살처럼 항상 밝았으면 좋겠구나."

김만중이 말한 뜻을 새기면서 나정언이 말했다.

"오랜만에 화창한 날씨입니다. 금방 구름이 들지는 않겠습니다."

김만중이 미소를 지으며 말을 받았다.

"그래. 이런 날이 오래 지속되도록 우리 모두 힘을 모아야지."

그때 숲을 빠져 나오는 두 사람의 모습이 눈에 들어왔다. 호우와 아미였다. 둘은 오누이처럼 손을 맞잡고 있었다. 반가워 손을 들던 나정언이 그 모습을 보더니 얼굴에서 슬그머니 웃음을 거두었다. 호우가 김만중을 향해 손을 흔들면서 큰 목소리로 외쳤다.

"대감마님, 저희 다녀왔습니다."

복잡한 감정이 뒤얽힌 나정언의 얼굴을 보지 못한 김만중은 환한 웃음으로 두 사람을 맞았다.

그렇게 남해에서의 기나긴 하루가 끝나가고 있었다.

[부록]

김만중의 한글문학에 대한 관심과 『사씨남정기』의 문학적 성취

임종욱

1. 시작하는 말

김만중金萬重, 1637-1692은 허균許筠, 1569-1618의 『홍길동전』을 이어 두 번째로 한글로 쓰인 두 편의 장편소설 『구운몽』과 『사씨남정기』를 남겨 우리 문학사에 크게 기여했다. 그는 허균의 『홍길동전』이 다루지 못한 새로운 문학의 영역을 개척함으로써 한글문학의 가능성을 한결 넓혀 놓았다.

알다시피 『구운몽』과 『사씨남정기』 두 편의 한글소설은 그의 생애 마지막에 해당하는 남해 유배 시절 3년 동안 완성되었다. 그런데 흥미롭게도 김만중은 이 두 편의 소설 이외 다른 문학작품들은 모두 한문으로 썼다. 『서포집』에 실린 시문은 모두 한문으로 씌어 있는데, 이 문집 속 작품들은 그가 젊은 시절부터 남해 유배기 때까지 생애를 통틀어 썼던 작품들이 망라되어 있다. 그가 실제로 쓴 작품은 이보다 훨씬 많을 것으로 추정되지만, 이렇게 생애 내내 한문으로 창작을 했던 김만중이 무슨 까닭으로 말년에 한글로 창작을 하게 되었는지는 알

길이 없다. 『서포만필』에서 그 유명한 '앵무새론'[1]을 주장하며 한글 문학의 가치와 의미를 강조한 사실이 있지만, 『서포만필』역시(특히 하권 부분은) 남해 유배기에 쓰였으니, 평소 김만중의 지론이었다 하더라도 소설 창작 시기와 어느 정도는 맞물려 있다. 아쉽지만 문집이나 『서포만필』 속에서 직접적으로 한글소설을 쓰게 된 동기를 밝힌 글은 보이지 않는다.

평생 한문으로만 글을 쓴 그가 말년에 갑자기 한문을 버리고 한글로 소설을 창작한 동기는 무엇일까? 이를 해명할 길은 없지만, 문집 속에 실린 몇 편의 시를 통해 그가 일찍부터 한글로 쓰인 문학작품이나 우리말로 구연되는 전통연희에 대해 관심을 가지고 있으면서 이들 작품을 읽고 감상했음은 유추할 수 있다. 이 글은 그런 작품들을 살펴 김만중이 꽤 이른 시기부터 한글문학에 주목했으며, 이런 경험과 인식이 마침내 말년에 주옥같은 두 편의 한글 장편소설 창작으로 이어졌음을 확인하고자 한다.

아울러 두 편의 한글 장편소설 가운데 『사씨남정기』의 문학적 수준이 어떠했는지를 살펴봄으로써 아직 한글로 문학을 창작하는 전통이 미미했던 시절 보여준 비범한 창작 능력을 짚어보고자 한다. 또한 『사씨남정기』의 창작 동기에 대한 기존의 의문점과 함께 달리 볼 수 있는 측면도 검토했다.

---

1 김만중 『西浦漫筆』 하권(심경호 번역, 문학동네, 한국고전문학전집 2, 2010) 664~667쪽.

2. 한글문학에 대한 관심, 악부시와 전통연희

앞서 말한 『서포만필』의 '앵무새론'에 보면 그는 정철鄭澈, 1538-1593이 쓴 세 편의 가사歌辭〈관동별곡〉과〈사미인곡〉,〈속미인곡〉²을 '우리나라의 이소[我東之離騷]'라고 평가했다. 이런 평가는 그가 오래전부터 정철의 가사나 시조를 읽었음을 짐작하게 한다. 즉 세 편의 가사 작품 인용은 단지 예시하기 위한 작품 소개가 아니라 한글문학에 대한 그의 평소의 관심을 암시하기도 한다는 말이다.

그런데 이 밖에도 『서포집』을 읽어보면 그가 우리의 한글문학이나 전통연희에 주목했음을 알 수 있는 작품들이 여러 편 나온다. 우선 중국의 악부시樂府詩를 읽고 그에 대한 느낌을 작품화한 시가 상당수 실려 있다.³ 악부시의 유래가 민간에서 불리던 노래를 채집한 데서 비롯되었듯이 김만중은 항상 '민간의 노래'에 주목했던 것이다. 그런데 이런 관심은 단지 중국의 문학전통에만 놓였던 것은 아니었다. 김만중은 우리나라에서 예전부터 불렸던 한글가요도 가볍게 여기지 않았다.

제목 자체가〈악부〉로 되어 있는 작품부터 읽어보기로 하자.

> 악부 2수⁴
> 〈삼장〉과〈유사〉두 노래는 고려 충렬왕 때 나온 것이다. 그 가사

---

2 『서포만필』에서는〈후미인곡(後美人曲)〉이라 소개하고 있다.

3 제목만 열거하면〈직녀는 근심에 젖어 홀로 방을 지키네(織女愁獨居)〉,〈역사를 노래함(詠史)〉(『서포집』권1),〈악부〈화산기〉를 읽고서(讀樂府華山畿)〉,〈월녀의 노래(越女行)〉(권2),〈종군의 노래(從軍行)〉,〈왕소군(王昭君)〉(권3),〈자야가를 본떠서 짓다(擬子夜歌)〉(권5),〈대제사(大堤詞)〉,〈궁사(宮詞)〉(권6) 등을 들 수 있다. 『서포집』은 10권으로 편찬되었는데, 권1~권6까지가 시편(詩篇)이다.

4 『서포집』권2〈樂府〉

에서 "삼장사에 향불을 태우러 갔더니, 그 절 주지가 내 손목을 줍니다. 이 말이 절 밖으로 새나간다면, 상좌야 네가 말했다 하리라." 고 했다. 또 하나는 "뱀이 있어 용꼬리를 물고 있는데, 태산 언덕을 넘어간다네. 사람들마다 모두 한 마디씩 하는데, 두 마음을 둔 것을 짐작하겠구나." 그 말이 비록 비속하지만 남다른 깊은 뜻이 담겨 있으니, 지금 이를 흉내 내면서 조금 더 덧붙여 말한다.[5]

君演三藏經	그대는 삼장 경전에 대해 말하세요.
妾散諸天花	저는 제천[6]들에게 꽃을 뿌리리다.
天花撩亂殊未央	하늘 꽃은 흩어져서 끊일 줄을 모르는데
井上梧桐啼早鴉	우물가 오동나무에서는 갈까마귀가 새벽에 웁니다.
不愁外人說長短	바깥사람들이 뭐라 떠들어도 신경 쓰지 않지만
傳茶沙彌是一家	차 나르던 사미[7]는 한 집안 사람이지요.(1)
玉石無定質	옥과 돌도 정해진 바탕은 없고
姸媸無正色	어여쁘고 추함에도 바른 빛깔은 없지요.

5 〈樂府〉 병서(幷序) : 三藏有蛇二歌出於高麗忠烈王時 其詩曰 三藏寺裡燒香去 有社主兮 執余手 倘此言兮出寺外 謂上座兮是汝語 有蛇銜龍尾 聞過太山岑 萬人各一語 斟酌在 兩心 其語雖俚而殊有古意 今輒擬而稍演之云.

6 제천(諸天) : 천계(天界) 또는 천상계(天上界)를 총칭한 말. 불교에서는 천계를 욕계천(欲界天)과 색계천(色界天), 무색계천(無色界天)로 크게 나눈다. 중생들이 생사와 윤회를 하는 삼계(三界)의 모든 하늘을 말한다.

7 사미(沙彌) : 불교 교단에 처음 입문하여 10계를 받고 수행하는 남성 승려. 여성은 사미니(沙彌 尼)라고 한다.

玉石在人口	돌이니 옥이니 하는 말은 사람 입에나 오를 뿐이고
姸媸在君目	어여쁘고 못생긴 것도 그대가 보기 나름이지요.
日月本光明	해와 달은 원래 빛을 발하는데
讒言自成膜	헐뜯는 말이 절로 막을 처버렸습니다.(2)

이 작품에서 소개된 두 편의 노래는 고려속요다. 〈삼장〉은 지금도 전하는 〈쌍화점雙花店〉이다. 4연으로 이루어진 작품에서 두 번째 연을 소재로 빌려왔다. 이를 잠시 소개하겠다.

三藏寺애 블혀라 가고신딘
그뎔 社主ㅣ 내손모글 주여이다
이말스미 이뎔밧긔 나명들명
다로러거디러 죠고맛간 삿기上座ㅣ 네마리라 호리라
더러둥셩 다리러디러 다리러디러 다로러거디러 다로러
긔자리예 나도 자라 가리라
위 위 다로러거디러 다로러
긔잔딘 ᄀ티 덦거츠니 업다(『樂章歌詞』)

원시에서는 상당히 점잖게 묘사하고 있지만, 앞에 딸린 〈병서〉를 읽어보면 시상은 〈쌍화점〉에서 온 것임을 쉽게 짐작할 수 있다.

이어지는 또 한 편의 고려속요 〈유사〉는 지금은 없어진 작품으로 보인다. 〈병서〉로 보면 사람이 되어 두 마음을 품은 것을 꾸짖는 내용이었던 듯한데, 원시에서도 겉모습만 보고 진가를 알지 못하는 세태

를 지적했다. 어찌 보면 고려속요인 〈정과정곡鄭瓜亭曲〉의 주제를 빌려
온 듯도 한데, 그렇다면 충신연주지사忠臣戀主之詞로서 김만중 자신의
충절을 비유했다고 볼 수도 있다.

다음 작품은 고려시대 경기체가인 〈한림별곡〉을 노래하는 것을
듣고서 쓴 것이다.

임영[8]의 기생이 〈한림별곡〉[9]을 노래하는 것을 듣고 이사군 생각이
나서[10]

臨瀛消息近如何	임영 땅 소식이 근래는 어떠한가
關嶺連天霰雪多	대관령에서는 하늘에 연이어 싸락눈이 어 지럽네.
玉署從遊如夢寐	옥서에서 노닐던 때가 꿈만 같으니
佳人休唱翰林歌	예쁜 기생은 〈한림가〉 노래를 그만 두어라.

임영은 지금의 강릉이다. 김만중은 38살 때인 1674년 봄에 금성金
城[11]에서 4개월 유배 생활을 했는데, 유배에서 풀린 뒤 강릉을 다녀갔
을 듯도 하다.[12] 여하간 김만중은 〈한림별곡〉 노래를 들었다. 〈한림별

---

8 임영(臨瀛) : 강원도 강릉(江陵)의 옛 이름.

9 한림별곡(翰林別曲) : 고려 고종(高宗) 때 한림학사(翰林學士)들이 돌림 노래로 지은 경기체가
(景幾體歌)의 하나인데, 그 내용은 벼슬자리에서 물러난 문인들의 현실도피적, 향락적, 풍류
적 생활 감정을 표현한 것이다. 이 노래의 원곡은 『악장가사(樂章歌詞)』에 실려 있는데, 중종
(1506~1544 재위) 때의 밀양 사람 박준(朴浚)이 편찬했다고 한다.(양주동 설)

10 『서포집』 권6〈聽臨瀛妓唱翰林別曲 有懷李使君〉

11 지금의 강원도 김화군(金化郡) 금성면(金城面) 지역.

12 물론 다른 지역에서 듣고 썼을 가능성도 있다. 마침 〈한림별곡〉을 노래한 기생의 출신지가 강
릉이었고, 그곳에서 관리로 있던 이사군이 떠올랐을 수도 있다.

곡〉은 고려 때 문사들이 모여 자신들의 풍류를 호쾌하게 읊은 작품이다. 그런데 이 노래를 듣던 때 김만중의 처지는 관직에서 밀려나 표박漂泊의 삶을 살던 시기였다. 때문에 노래를 듣자니 지난날 관아에서 지내던 때가 꿈결마냥 떠올랐고, 현재의 처지를 생각하니 노래를 듣기가 괴로웠다. 그래서 기생에게 그만 부르라고 은근히 부탁하는 것이다.

작품의 맥락을 떠나 이 시를 통해서도 김만중이 〈한림별곡〉과 같은 우리 노래를 들었고, 그 노래의 수준이 듣는 이의 마음을 울릴 만큼 높았음을 김만중 자신도 읽는 사람도 절감하게 된다.

다음 작품은 그가 유배를 살던 시절 왕대비가 승하한 소식을 듣고 아픈 마음을 노래한 것이다. 『서포집』에 실린 순서로 볼 때 금성 유배 시절에 쓴 것이 분명해 보인다.[13] 일찍이 궁궐에서 모시던 왕대비가 세상을 떠났다는 소식을 들었지만, 유배살이를 하는 몸이니 문상도 불가능했고 죄인의 몸으로 만사挽詞를 지을 형편도 못되었다. 그래서 이어俚語로 운을 엮어 자신의 마음을 표현했다고 했다.

유배 중에 왕대비전이 돌아가셨다는 소식을 듣고 감히 만사를 지을 수 없어 이어[14]로 운을 엮었다 3수[15]

二月二十有四日   이월 하고도 이십사 일에

---

13 『서포집』은 시 장르에 따라 분류되어 편집되었는데, 각 작품들은 창작된 순서에 따라 수록했다. 이 시는 〈금성에 적거하면서……(謫居金城……)〉 다음에 실려 있다.

14 이어(俚語) : 국어 속에 나타나는 사투리. 곧 표준말이 될 수 없는 말. 또는 야비하고 속된 말. 우리말을 훈민정음 본문에서는 국지어음(國之語音)이라 했고, 해례(解例) 종성해(終聲解)에서는 언어(諺語) 또는 언(諺)이라 했으며, 합자해(合字解)와 정인지서(鄭麟趾序)에서는 방언이어(方言俚語)라고 했다.

15 『서포집』 권6 〈謫中伏聞王大妃殿昇仙訃音 不敢作挽 以俚語綴韻〉

恭聞聖母棄臣民　　삼가 성모께서 신민을 버렸음을 들었네.

深山窮谷共哀慕　　깊은 산 궁핍한 골짜기에서도 모두 애통해
　　　　　　　　　하니

何況鑾坡舊侍臣　　어찌 하물며 난파[16]에서 옛날 모시던 신하
　　　　　　　　　이겠는가?(1)

縶臣蹤迹阻周行　　갇힌 신하의 발길은 두루 다니기 불편하니

伏哭窮山痛肺腸　　궁핍한 산에서 엎드려 우니 가슴이 아픕
　　　　　　　　　니다.

誕日問安如昨日　　탄신일 날 문안한 것이 어제 같은데

淚霑宣賜舊鞶囊　　눈물이 옛날 내려주신 가죽 주머니를 적십
　　　　　　　　　니다.(2)

四殿問安宣政門　　사전에서의 문안은 정치를 베푸는 문이니

邦家福慶頌千春　　나라의 행복과 경사로 천년을 송축하네.

餘生異日瞻天日　　남은 생애 다른 날에 하늘의 해(군주)를 본
　　　　　　　　　다면

長樂鍾聲忍重聞　　길이 종소리(음악)를 즐겨도 차마 다시 들
　　　　　　　　　겠는가?(3)

　여기서 주목할 대목이 '이어'다. '속된 말'이란 뜻인데, 대개 한문
이 아닌 '한글'을 낮춰 부르던 말이었다. 원시는 분명 한시로 되어 있

---

16 난파(鑾坡) : 한림원(翰林院)의 다른 이름. 당나라 덕종(德宗) 때 학사원(學士院)을 금란전(金鑾
　殿) 옆 금란파(金鑾坡)에 옮겼는데, 이때부터 한림원의 다른 이름으로 쓰이게 되었다.

는데, 왜 김만중은 이어로 운을 엮었다고 했을까? 어쩌면 그는 규격에 짝 맞춰야 하는 한시보다는 우리말로 자신의 심정을 속절없이 드러낼 수 있는 우리말 노래를 먼저 지었던 것은 아닐까? 그것이 시조일 수도 있고, 가사일 수도 있을 듯하다. 그것이 어떤 형식을 띤 것인지는 알 수 없지만, 자신의 애절한 마음을 표현하기에 '이어'가 더 적절했을 것이다. 마음이 가라앉은 뒤 한시로 이를 옮겼던 것일 수도 있다.

이런 추측이 정당한지의 여부를 떠나 결국 사람을 감동시키고 진심을 드러내는 데 가장 좋은 수단은 '우리말'이 최선임을 간접적으로 설명한다고 보기에 부족하지는 않다. 더욱이 앞서 소개한 『서포만필』 '앵무새론'이 나오는 구절에서 김만중은 아래와 같은 논리를 부연했다.

사람의 마음이 입으로 나온 것이 말이다. 말에 절주節奏, 리듬가 있는 것이 가歌, 시詩, 문文, 부賦이다. 사방의 말이 비록 다르다 하더라도 정말 말을 잘하는 사람시문에 능한 사람이 각각 자기 나라 말에 따라 가락을 맞춘다면, 그것은 모두 천지를 감동시키고 귀신을 통할 수 있는 것이니, 비단 중국만 그런 것은 아닐 것이다.[17]

이처럼 김만중은 이미 30대부터 우리말과 우리글의 가치와 그것으로 쓰인 문학작품의 진정성을 인식하고 있었던 것이다. 그런 소신이 말년까지 이어져 『서포만필』에서 꽃피고, 아울러 한글 장편소설의

17 『서포만필』 앞의 책 665쪽. 원문은 〈人心之發於口者爲言 言之有節奏者爲歌詩文賦 四方之言雖不同 苟有能言者 各因其言而節奏之 則皆足以動天地 通鬼神 不獨中華也〉다.

창작으로 열매를 맺은 것이다.

　마지막으로 소개하는 작품 〈황창무를 보고서〉는 한글 시가문학에 대한 경험을 담지는 않았다. 그러나 그가 한글문학을 넘어서 우리의 전통연희 전반에 대해서도 깊은 이해를 가졌음을 보여주기 때문에 의미가 있다. 곧 자국 문화에 대한 애정과 관심을 읽을 수 있는 것이다.

황창무[18]를 보고서[19]

繁絃欲停催撾鼓	요란한 현악 소리 멈추려 하자 북을 힘차게 두드리니
翠眉女兒黃昌舞	고운 눈썹의 계집아이 황창무를 추는구나.
短後之衣頭虎毛	뒤가 짧은 옷을 입고 머리에는 호피를 썼는데
頗似木蘭行負羽	자못 목란[20]이 등에 화살을 지고 가는 것 같네.
長袖洋洋拂地起	긴 소매는 드넓어 땅을 치며 솟아오르고
欻驚腰下秋蓮吐	문득 허리춤에서 가을 연꽃을 토해낸다.

───────────────

18 황창무(黃昌舞): 황창의 얼굴을 본뜬 가면을 쓰고 추는 검무(劍舞). 신라시대의 검무다. 신라의 소년 황창랑이 백제에서 칼춤을 추다가 백제왕을 찔러 죽였다는 전설에서 유래했다. 1868년(고종 5) 진주목사 정현석(鄭顯奭)이 지은 『교방가요(教坊歌謠)』에 기록되어 있다. 진주검무(晉州劍舞, 중요무형문화재 제12호) 등의 원조로 꼽히는 춤인데, 조선시대 궁중에서 많이 공연했다. 춤의 마지막은 학춤으로 장식하는데, 이는 후대에 추가된 것이다.

19 『서보십』권2 〈觀黃昌舞〉

20 목란(木蘭): 〈목란사(木蘭辭)〉에 나오는 주인공 이름. 〈목란사〉는 북조(北朝)의 민가로, 300여 자로 구성되어 있다. 여장부 목란이 남장을 하고 아버지 대신 전장에 뛰어들어 영웅적 활약을 하는 내용을 담고 있다. 〈공작동남비(孔雀東南飛)〉와 함께 고대 민가의 쌍벽을 이룬다.

左盤右旋勢轉焉	왼편으로 멈추고 오른편으로 돌면서 자세를 고치고
風雨颯颯雷霆怒	바람과 비가 쌀쌀하게 불고 뇌정이 요란하구나.
弓彎舞袖眞嫌俗	허리를 휘어 소매로 춤추는 것[21]은 참으로 세속이 싫어하는데
公孫劍器何足數	공손[22]이 추었던 검기무를 어찌 족히 따지겠는가?
吾聞海東昔三分	내 들으니 해동이 옛날에 삼분되었는데
日尋干戈相侵侮	날마다 창칼을 들고 서로 다투며 업신여겼다네.
惠文好劍風俗成	혜문[23]이 칼을 좋아해 풍속이 되었는데
黃昌十四勇如虎	황창은 열네 살에 용맹하기가 호랑이 같았지.
洗國深羞報君王	나라의 깊은 수치를 씻어 군왕에게 보답하고자
功成身死名萬古	공을 이루고 몸은 죽으니 이름이 만고에 빛났네.

---

21 심아지(沈亞之, 781-832?)의 『이몽록(異夢錄)』에서 〈춘양곡(春陽曲)〉을 소개하면서 나오는 말. 그 가사에 〈무수궁만(舞袖弓彎)〉이 있는데, 미인이 허리를 굽히며 춤추는 것이라고 설명하고 있다. 궁만은 달리 궁요(弓腰)라고도 하는데, 궁요인(弓腰人)이라 하면 무기(舞伎, 춤추는 광대)를 가리킨다.

22 공손(公孫) : 공손대랑(公孫大娘). 당나라 개원(開元) 연간에 교방(敎坊)에서 유명했던 무기(舞伎). 특히 검기(劍器)를 가지고 추는 춤이 대단했다.

23 혜문(惠文) : ?-?. 신라 제26대 진평왕 때 대내마. 수나라에 사신으로 다녀왔다.

項莊鴻門謾掉箭	항장[24]은 홍문[25]에서 거짓으로 젓대를 흔들었고
荊卿遺恨在銅柱	형경[26]이 한스러웠던 것은 구리 기둥 때문이었지.
舞陽色變秦王宮	무양[27]의 얼굴빛이 진시황의 궁궐에서 변했으니
唉彼豎子非爾伍	오호라! 저 아이는 너의 무리가 아니로다.
聖代昇平文教敷	성대의 평화로움에 문교가 더해져서
故國遺民齊變魯	옛 나라 유민들은 제나라가 노나라가 되었구나.
庠序絃誦達四境	상서[28]에서의 음악과 학문이 사방으로 퍼져

---

24 항장(項莊) : ?-?. 초(楚)나라 하상(下相) 사람. 장수. 항우(項羽)의 종제(從弟)다. 진나라가 망한 뒤 홍문연(鴻門宴)에서 범증(范增)이 유방(劉邦)을 죽이라고 명령하자 검무를 추면서 죽이려고 했다. 그때 항백(項伯)이 함께 춤을 추면서 몸으로 막아 유방이 달아나도록 도왔다.

25 홍문(鴻門) : 중국 섬서성에 있는 지명. 이곳에서 항우와 유방이 서로 만났는데, 항우가 유방을 죽이려고 했지만 실패했다. 유방은 해하(垓下)에서 대승을 거두면서 항우를 멸하고 천하를 통일했다.

26 형경(荊卿) : 형가(荊軻, ?-기원전 227). 전국시대 말기 위(衛)나라 사람. 협사(俠士). 연나라의 태자 단(丹)이 진왕 정(政, 秦始皇)을 죽이려고 모의하여 형가의 친구 전광(田光)과 사귀었는데, 전광이 그를 추천하여 상경(上卿)의 존대를 받았다. 연왕 희(喜) 28년 진나라의 망명한 장군 번오기(樊於期)의 목과 안에 비수를 넣은 연나라의 지도를 가지고 진나라에 사신으로 가서 죽이려고 했다. 진왕 정에게 지도를 바치는데 지도를 펼치자 비수가 드러났다. 칼을 뽑아 찔러 죽이려고 했지만 실패하고 피살되었다.

27 무양 : 무양(武陽). 전국시대 때 연나라의 용사(勇士). 형가와 함께 진시황을 죽이고자 했는데, 현장에서 두려움에 질려 속셈을 드러내 일을 그르치고 말았다.

28 상서(庠序) : 주(周)나라와 은(殷)나라 때의 학교. 주나라에서는 〈상〉, 은나라에서는 〈서〉라고 했다.

巍峨章甫委蛇步	우뚝해라 장보[29]여, 굽이치는 걸음걸이일세.
烈士風聲久寂寞	열사의 풍모와 명성이 길이 적막하더니
賴有此舞傳樂府	이 춤에 힘입어 악부[30]로 전해졌구나.
奉化賓館開勝宴	조화를 받들어 빈관에서 큰 잔치를 열었는데
北客初看毛髮豎	북쪽서 온 손님은 털이 더벅한 것을 처음 보았지.
願見北地傅介子	북쪽 땅 부개자[31]를 보고자 원했으니
杜陵老儒心良苦	두릉[32]의 늙은 선비는 마음이 몹시 괴롭다네.
如今鬚眉男子且巾幗	지금처럼 수염 기른 남자가 건괵[33]을 썼다면
嗚呼黃昌之舞竟何補	오호라! 황창의 무용이 끝내 어디에 보탬이 되겠는가?

---

29 장보(章甫) : 은(殷)나라 시대에 머리에 쓰던 예관(禮冠). 치포(緇布)로 만들었으며, 공자 이후로는 유관(儒冠)으로 쓰인다. 『예기·유행(儒行)』에 따르면 〈공자는 어려서 노나라에 있을 때에는 봉액(縫掖)의 옷을 입고, 성장하여 송(宋)나라에 있을 때에는 장보(章甫)의 관을 썼다.〉고 한다.

30 악부(樂府) : 과거 우리나라 역사 또는 풍속을 묘사한 시와 민요풍의 노래, 시조, 민요의 한역가(漢譯歌)인 소악부(小樂府), 지방의 풍물, 민속을 기사한 죽지사(竹枝詞), 의고악부(擬古樂府) 등을 망라하는 양식. 악부는 본래 한무제(漢武帝) 때 세워진 음악을 관장하는 관청의 이름이었지만, 이후 이곳에서 관장한 음악을 수반한 문학양식이 악부로 불렸다.

31 부개자(傅介子) : 전한 때 서역(西域)으로 사신을 갔던 사람.

32 두릉(杜陵) : 지금의 섬서성 서안시(西安市) 동남쪽에 있었던 지명. 두릉야로(杜陵野老)라 하면 두보(杜甫)가 스스로 자신을 부른 이름이다. 그의 조적(祖籍)이 두릉이었고, 두릉 부근에서 살기도 해 자칭하여 두릉야로 또는 두릉야객(杜陵野客), 도릉포의(杜陵布衣)라 했다.

33 건괵(巾幗) : 여자의 머릿수건. 괵(幗)은 궤(蔮)라고도 하는데, 대개 여자가 일을 할 때 머리카락을 고정시키기 위해 묶었던 추스르기 방법의 가장 기본인 형태다.

삼국시대 신라의 화랑 황창이 백제 궁궐에서 칼춤을 추다가 백제 왕을 죽였다는 영웅담에서 유래한 연희가 '황창무'다. 젊은 화랑의 애국심과 목숨을 아끼지 않는 희생정신을 기린 무용이다. 정축호란 때 아버지를 잃은 김만중으로서는 문약文弱에 빠지지 말고 무예에도 힘써 국난을 자초하지 말고, '아녀자 같은 허약한 선비'가 되지 말자는 생각을 담아냈다.

이렇게 김만중은 젊은 시절부터 우리의 한글문학과 노래에 깊은 관심을 가졌고, 궁극적인 문학은 외국문자가 아니라 우리글로 우리말과 생각을 옮긴 작품에서 길어 올려야 된다고 믿어왔다. 이런 신념들이 오랜 시간 다져지고 부화되어 마침내 '앵무새론'과 같은 창의적인 이론으로 전개된 것이다. 즉 그의 이론은 머릿속에서만 맴도는 추상적인 탁상공론이 아니라 현실을 직시하고 현장을 경험하면서 뼈와 살이 형성된, 생동감 넘치는 논리였다. 때문에 실천적인 추진력까지 얻게 되어 『구운몽』과 『사씨남정기』 같은 한글 장편소설이 나올 수 있었던 것이다.

3. 『사씨남정기』의 문학적 성취

김만중의 두 한글 장편소설은 모두 뛰어난 작품이고, 문학사적 가치를 넘어 문학성까지도 우수한 성과다. 이 때문에 두 작품을 문학 외적인 측면에서만 주목하는 것은, 두 작품의 가치를 빛내는 접근이기는 하지만 진정한 실체를 입체적으로 보여주는 방식은 아니다. 창작물로서 두 작품이 얼마나 치밀하게 구성되고 사건이 배열되었으며, 소설로서 훌륭하게 형상화되었는지를 밝히고 평가해야 두 작품의 진

면모가 드러날 것이라 믿는다.

여기에서는 『사씨남정기』에 주목해 이런 평가를 시도하고자 한다.

3-1. 악인惡人 묘사의 합리성

우리가 고전소설의 단점으로 많이 거론하는 것이 그 '평면성'이다. 즉 인물들의 성격이나 행동이 정형화되어 있어 개연성이나 현실감이 떨어진다는 것이다. 선인善人이나 의인義人은 마냥 착하고 의로우며, 악인惡人은 심성이나 언행 모두 철저하게 악인으로만 묘사해 인물의 개성이나 행동이 미리 예측되어 읽는 흥미를 감쇄시킨다고 지적한다.

이런 지적과 평가를 받을 만한 작품이 적지는 않고 일면 타당하기는 하지만, 상한 나무 몇 그루만 보고서 숲 전체의 건강성을 재단하는 위험도 있다. 현실에서 선악이란 두부모 자르듯 분명하게 경계가 나눠지지도 않고, 밀도의 차이에서 나온다고 봐야 한다. 악인에게도 선한 성격이 있고, 선인에게도 부끄러운 언행이 없을 수는 없는 법이다. 그렇게 구성되어야 소설은 더욱 감동과 진정성을 확보할 수 있다. 온갖 추악한 짓을 자행했던 사람이 어떤 일을 계기로 대오각성하여 선인이 된다거나 그 반대의 경우를 보여주고, 여기서 실감을 느끼는 이유는 누구든 인간의 심성 안에는 선악의 자질이 혼재되어 있기 때문이다.

『사씨남정기』에는 악인의 전형으로 첩으로 들어와 풍파를 일으키는 교씨喬氏가 등장한다. 그녀는 온갖 악행을 다 저지르면서 유씨 집안을 걷잡을 수 없는 위기와 몰락의 소용돌이 속으로 몰아간다. 그러나 그런 악의 화신인 교씨에게도 '선한 자질'은 있다. 김만중은 악인 교씨를 형상화하면서도 그녀의 심성 안에 잠재한 긍정적인 면모까지 말살하지는 않았다. 아래 구절을 읽어보자.

동청이 소매에서 책 한 권을 꺼내며 말했다.

"이는 당나라 역사책이오. 당나라 고종에게는 왕황후와 무소의武昭儀가 있었는데, 소의가 황후를 모함하고자 했으나 기회를 얻을 수 없었소. 소의가 딸을 낳았는데 모습이 매우 빼어났고, 황후 역시 사랑하여 어루만지듯 잘 돌보아 길렀소. 하루는 황후가 방에서 아이와 놀다나왔는데, 소의가 즉시 그 딸을 눌러 죽이고서 '누가 내 딸을 죽였나?'하며 대성통곡했소. 궁인들을 심문하니 모두 '황후가 방에서 나왔다'고 하였소. 황후는 끝내 무죄를 밝힐 수 없었고, 고종은 마침내 황후를 폐하고 소의를 황후로 삼았으니, 바로 측천무후則天武后요. 큰일을 이루고자 한다면 작은 일은 돌아보지 말아야 하오. 지난날 장주의 병으로 상공이 이미 사씨를 의심했고, 또 낭자에게는 아들이 둘 있으니 진실로 측천무후의 계책을 쓴다면 사씨에게 비록 태임, 태사의 부덕婦德이 있고 소진, 장의 같은 말재주가 있다 하더라도 결백을 증명하기 어려울 것이오. 낭자가 어찌 뜻을 이루지 못할까 걱정하겠소?"

교씨가 동청의 등을 치면서 말했다.

"호랑이도 자기 자식을 사랑하는데 사람이 돼서 어찌 자식을 죽이겠어요? 당신 의도를 보니, 이는 분명 다른 아이를 죽이고 자기 자식만보호하려는 계책이에요."

"낭자의 형세는 정말로 호랑이와 같소. 호랑이가 사람을 물지 못하면 사람이 반드시 호랑이를 죽이니, 내 말을 따르지 않으면 뒷날 반드시 후회할 게요."

"이 계책은 차마 쓸 수 없으니 다시 다른 계책을 생각해보세요." [34]

착한 사씨를 내쫓고 정실부인의 자리를 차지하고자 골몰하던 교씨가 내연 관계에 있는 동청에게 계책을 물어본다. 이에 동청은 교씨 소생의 아이 장주章珠를 죽이고 그 죄를 사씨에게 뒤집어씌우면 성공할 것이라 제안한다. 이런 모성애를 저버리라는 폐륜적인 제안을 듣고 교씨는 그 자리에서 거절한다. "사람이 되어 어찌 제 자식을 죽이느냐?"는 교씨의 토로는 맹자孟子가 말한 불인지심不忍之心의 발현이다.

아무리 악독한 교씨라 해도 제 자식을 희생해 부귀영화를 노릴 만큼 파렴치한 인간이 아님을 보여준다. 즉 교씨에게도 선한 심성은 바탕에 깔려 있는 것이다. 현실에서는 측천무후가 제 자식을 죽여 황후를 내쫓은 예가 있으니 그대로 기술해도 되지만, 그렇게 하면 인물의 생동감은 떨어진다. 결국 동청은 교씨가 거절하자 하녀를 시켜 장주를 죽였고, 이렇게 되자 교씨도 할 수 없이 이 계책에 동참한다. 이런 구성이 훨씬 개연성과 보편성을 얻을 수 있고, 동시에 소설로서 성공도를 높이기도 한다.

이어지는 상황도 교씨가 욕망에 사로잡혀 분별력 없이 행동하는 사람이 아님을 보여준다. 이를 통해 인물의 현실성이 짙어져서 그녀의 악행에 독자가 더욱 분개하게 만든다. '갈등하는 인간'을 보여주어 인간 심성의 불완전성을 확연하게 구현하는 것이다.

---

34 『사씨남정기』(류준경 옮김, 한국고전문학전집 17, 문학동네, 2014) 63쪽.(앞으로 『사씨남정기』의 인용은 이 책을 이용한다.

"상황이 이렇다면 어찌해야 화를 면할 수 있을까요?"

"내게 한 가지 계책이 있소. 옛말에 '남이 나를 저버리는 것이 내가 남을 저버리는 것만 못하다'고 했소. 몰래 한림의 음식에 독약을 넣어 그를 죽게 합시다. 그 후 우리 두 사람이 부부가 되면 어찌 즐겁지 않겠소?"

교씨가 꽤 오랫동안 생각하다 말했다.

"그 계책은 좋지 않아요. 일이 치밀하지 않아 만에 하나라도 발각된다면 큰 화가 먼저 눈앞에 닥칠 거예요. 다른 계책을 찾는 게 좋을 것 같아요."[35]

악인 교씨는, 김만중이 악인이라면 보여주는 잔혹성을 폭로하기에만 열중했다면 작품에서처럼 살아 숨 쉬는 인물로 형상화되기는 어려웠을 것이다. 때로 인간은 원래 사악한 존재가 아니라 그가 놓인 현실과 상황에 따라 악한 심성을 드러내기도 한다. 그렇게 형상화될 때 독자는 공감과 분노, 연민과 카타르시스를 자연스럽게 공유할 수 있다.

이렇게 김만중은 악인 교씨를 악행만으로 빚은 석고상이 아니라 욕망에 휩쓸릴 수밖에 없는 생명체로 움직이게 했다. 이런 점이 『사씨남정기』가 뛰어난 문학작품으로 자리매김하는 데 기여했다고 볼 수 있다.

넛붙여 소설 속에서 언니 납매臘梅와 함께 장주를 죽이는 데 협력했던 설매雪梅가 사씨의 소생 인아麟兒를 강물에 빠뜨려 죽이라고 하자

---

35 『사씨남정기』, 앞의 책, 106쪽.

차마 따르지 못하고 강가에 버려두고 오는 장면[36]에서도 악인의 전형화에 빠지지 않은 예를 찾을 수 있다. 뒤이어 그녀는 유배에서 풀려난 유한림을 만나 그간의 악행에 대해 뉘우치면서 교씨와 동창의 음모를 알려주어 소설의 흐름에 반전을 가져오도록 이끌고, 자신은 후회와 두려움 때문에 자살하고 만다.[37] 이런 점 역시 악인이 합리적인 이유 없이 죄과를 뉘우치고 선인이 되는 것이 아니라 죄책감에 사로잡혀 본연의 선한 품성을 드러나는 것으로 구성해 인물 성격의 변환에 대한 실감도를 높인다.

3-2. 인과관계를 통한 개연성의 확보

다음으로 많이 지적되는 고전소설의 단점은 '우연성'의 점철이다. 위기는 신령에 의해 해소되고, 주인공은 놀라운 도력과 무술로 난관을 극복해 해피엔딩으로 치닫는다. 이런 구성은 소설의 짜임새를 헐겁게 만들어 독서의 몰입도를 떨어뜨린다. 김만중 또한 그런 모순을 잘 인식하면서 소설을 썼던 것으로 보인다. 그 한 예로 아래 단락들을 살펴보자.

하인이 서찰을 받아 사씨에게 드리고, 온 자의 말을 자세히 전했다. 사씨가 그 글을 보았다.

-한 번 이별한 뒤 그리움을 헤아릴 수 없었는데, 아들이 곧바로 서울의 벼슬자리로 돌아가게 되었기에 나 역시 왔다네. 늙은이가 서울

---

36 『사씨남정기』, 앞의 책, 112쪽.
37 『사씨남정기』, 앞의 책, 117–121쪽.

을 떠난 뒤 그대가 이 땅에 이르렀다니 얼마나 힘들겠나. 그대가 머무는 곳은 산골이니 여인이 홀로 있으면 강포強暴한 자에게 욕보일까 어찌 두렵지 않겠나? 빨리 우리 집으로 와 서로 의지한다면 만사가 매우 좋을 것이네. 내일 가마를 보낼 테니 모름지기 속히 오게.-[38]

소사시아버지가 말했다.

"슬퍼 마라. 우리 아이가 남들이 모함하는 말을 믿어 어진 며느리에게 이렇게 고초를 겪게 하니 내 마음이 어찌 하루라도 편하겠느냐? 저승과 이승의 길이 달라 구하려 해도 구할 수가 없고, 또 천수天數가 정해지면 피하려 해도 피하기 어렵단다. 간혹 풍운을 타고 옛집에 내려가 슬픈 눈물만 비에 섞어서 흩뿌릴 뿐이었다. 지금 너를 부른 것은 다름이 아니야. 하인이 전한 서찰은 두부인이 쓴 것이 아니다. 그 가운데 단서가 있지. 자세히 보면 알 수 있을 테니 긴 말이 필요 없을 게다."[39]

이어서 꿈속의 일을 자세히 말했다. 다시 두부인의 편지를 들고 두세 번 살펴보았으나 가짜인지 알 수 없었다. 그러다 마침내 생각했다.

"두홍려杜鴻臚, 두부인의 아들의 이름이 '강強'이므로 두부인이 평소 말할 때에도 반드시 '강'이라 소리 내는 것을 피하셨는데 이 서찰은 '강'자를 거리낌 없이 쓰고 있으니 분명 위조한 것이다. 다만 어떤 사

---

38 『사씨남정기』, 앞의 책, 76쪽.

39 『사씨남정기』, 앞의 책, 77쪽.

람이 이렇게 필체를 모방했는지 알 수 없구나." [40]

교씨와 동창은 사씨를 내쫓은 뒤 화근을 없애고자 사씨를 유인해 살해할 계획을 세운다. 그래서 유한림劉翰林, 延壽의 고모인 두부인杜夫人의 편지를 날조해 살해할 장소로 꾀어내고자 한다. 필적까지 감쪽같이 위조한 편지를 읽고 사씨는 아무런 의심을 하지 않는다. 그런데 꿈에 사씨의 죽은 시아버지가 나타나 위험을 경고하면서 사씨 스스로 편지가 위조되었음을 깨닫도록 유도한다.

꿈에서 깬 사씨는 편지를 다시 읽다가 표현에서 모순이 있음을 발견한다. 사람들이 가까운 친지의 이름은 함부로 부르거나 쓰지 않는데, 아들 두강을 아꼈던 두부인이 서찰에서 아들의 이름 '강强'을 그대로 쓴 것을 확인하는 것이다. 그리하여 편지가 위조되었음을 알게 되고, 마음을 바꿔 위기에서 벗어난다.

지금이라면 이런 기휘忌諱의 삽입은 큰 의미가 없지만, 김만중 시대에서는 악인들의 치명적인 실수로 다루기에 적합했다. 즉 사씨가 위기를 벗어나는 데 인과관계에 따른 추리를 발판으로 삼아 이뤄지게 하여 개연성을 배가시키는 것이다. 그냥 꿈에서 시아버지가 교씨와 동창이 술수를 부리니 따르지 말라고 충고하고 이를 그대로 사씨가 받아들이는 것으로 구성했더라면, 이야기의 전개에는 문제가 없을지 모르나 작품성은 현저하게 떨어질 수밖에 없다. 김만중은 이런 점에서도 소설에서 흠집이 없도록 구성에 신경을 썼다. 일종의 '트릭풀기'라는 소설 창작 기법을 활용함으로써 독자가 더욱 깊이 소설의 전

---

40 『사씨남정기』, 앞의 책, 79쪽.

개에 빠져들도록 만들었다. 만약 김만중이 당시 소설들이 보여준 통상적인 방식을 그대로 답습했다면, 『사씨남정기』의 문학적 성취는 지금과 같지는 않았을 것이다. 소설의 아주 미세한 부분까지 김만중의 계산은 철저하게 작용했다.

3-3. 복선의 활용

소설은 나중에 벌어질 사건이 우연히 벌어진 것이 아님을 보여주기 위해 미리 그런 사건이 일어날 수밖에 없는 근거를 제시하는 경우가 많다. 그렇게 해야만 독자는 갑자기 벌어진 상황에 당황하지 않고 그 근거가 있었음을 이해하게 되기 때문이다. 이런 기법을 '복선'이라 하는데, 지금에야 창작에서 염두에 두어야 할 상식이지만, 고전소설에서는 이를 무시하는 예가 빈번하다.

그런데 김만중은 그런 복선을 적절하게 활용한다. 아래 구절을 읽어보자.

"이는 천기이니 어찌 누설할 수 있겠느냐? 다만 한 가지 전할 말이 있다. 지금부터 육 년 뒤 사월 십오일 밤에 백빈주白蘋洲 가에 배를 대고 기다렸다가 위급한 사람을 구하도록 해라. 명심하여 잊지 마라. 그리고 이곳은 구천 아래로 사람이 머물 곳이 아니니 오래 머물 수 없다. 속히 돌아가도록 해라."[41]

이 일이 있기 전, 묘희가 사씨에게 말했다.

---

41 『사씨남정기』, 앞의 책, 78쪽.(소사-사씨의 시아버지의 말)

"부인이 처음 오셨을 때 제게 '제가 시부모 묘소 아래 있을 때 꿈을 꾸었는데, 시부모님께서 제게 지금부터 육 년 뒤 사월 보름에 백빈주에 배를 대 위급한 사람을 구하라고 하셨습니다.' 라고 말했습니다. 오늘이 바로 사월 보름입니다. 배를 끌고 가보시는 것이 어떻겠습니까?"

사씨가 갑자기 깨닫고 말했다.

"제가 정말 잊고 있었습니다. 스님 말씀이 맞습니다."

마침내 묘희와 함께 백빈주 가로 갔다.[42]

이 부분은 동창이 보낸 자객 무리에 쫓기다가 강가에 이르러 하릴없이 피살될 위기에 처한 유한림이 때마침 배를 타고 강가에 도착한 사씨와 묘희에 의해 구출되는 장면을 다루고 있다. 물론 꿈에 죽은 시아버지가 정확하게 어느 날 어느 시에 어느 지역에 가라는 조언을 하는 것은 성공적인 복선이라 말하기 어려울 수도 있다.

그러나 사씨와 유한림이 극적으로 재회하게 만들고, 위기에서 벗어나는 방식이 우연적인 요소나 천우신조가 아닌 것을 보여주기에는 부족하지 않다. 시아버지의 조언에 대해 사씨도 영문을 몰랐고, 독자 역시 의아했다. 그런데 소설의 결말부에 가서 그런 장치의 이유가 밝혀진다. 이처럼 김만중은 소설을 구상하면서 가능하면 모든 장면이 허황된 과장이나 우연한 일치가 아니라 납득할 수 있는 근거와 배경이 있었기에 현실화되었음을 설득하고자 노력했다.

또 소설에 보면 절망감에 빠진 사씨가 자살하기 직전 정자 기둥

---

42 『사씨남정기』, 앞의 책, 123쪽.

에 "모년 모일 모일에 사씨 정옥이 여기서 빠져 죽는다."는 글을 남긴다.[43] 물론 사씨는 자살을 포기하지만, 나중에 같은 정자에 왔던 유한림은 그 글을 읽고서 큰 충격에 빠져 통곡을 멈추지 않는다. 사씨가 죽은 것으로 알고 깊은 절망감에 사로잡혔던 것이다.[44] 그런 뒤에 다시 두 사람은 재회했으니, 유한림의 놀라움과 기쁨은 더욱 커졌을 것이다. 이런 장치 역시 소설의 감동과 흐름의 이해를 강화하기 위한 복선의 활용이라고 볼 수 있을 것이다.

위와 같은 사실을 열거해 『사씨남정기』가 모든 면에서 완벽한 소설이라고 주장하려는 의도는 없다. 이런 여러 가지 장치나 기법은 동시대 또는 이전 소설에서 부분적으로 사용되기도 했을 것이다. 하늘 아래 새로운 것은 없다는 말처럼 김만중은 자기 시대 때까지 고안되었던 다양한 창작 기법을 익혔고, 이를 창조적으로 계승하여 자신의 작품속에서 구현했다. 그리하여 그의 소설이 이전 시대의 모순을 답습하지 않고 동시대 또는 미래의 소설이 나아가야 할 방향을 제시했다.

4. 『사씨남정기』 창작 동기, 나는 이렇게 생각한다

김만중이 유배지 남해에서 쓴 두 편의 한글 장편소설 『구운몽』과 『사씨남정기』는 허균의 『홍길동전』에 이어 두 번째로 창작된 한글소설이다. 단지 이런 문학사적인 가치뿐만 아니라 두 소설은 작품 자체

---

43 『사씨남정기』, 앞의 책, 88쪽.
44 『사씨남정기』, 앞의 책, 122쪽.

만으로도 대단한 수준을 보여주어 김만중의 작가로서의 역량을 주목하게 만든다. 그런데 삭막한 유배지에서 그는 왜 한글소설을 쓰게 되었을까? 앞에서 지적한 논의 외에 좀 더 구체적인 동기는 없을까? 보통 『구운몽』은 홀로 계실 어머님을 염려해 삶의 무상함을 전해드리고 무료함을 달래드리고자 썼다고 한다. 이런 동기에 대해서도 다소 의문이 들지만, 개인적으로는 『사씨남정기』를 쓴 동기에 더 관심이 간다.

지금까지 김만중이 왜 『사씨남정기』를 지었는가에 대한 논의는 대부분 일치해 왔다. 즉 숙종이 본부인인 인현왕후 민씨를 폐위하고 장희빈을 왕후로 삼은 일을 넌지시 비판하면서 그 잘못을 일깨우기 위해 지었다는 것이다. 그래서 『사씨남정기』는 목적소설의 하나로 인식되어 왔다.

이런 주장이 설득력을 얻게 된 까닭은 이규경李圭景, 1788~1856의 『오주연문장전산고』에 나오는 다음과 같은 기록 때문이었다.

소설은 이와 같은데, 우리 동방의 사람 것이라면 (내가) 기량이 옅고 재주가 짧아 여항에 유행하는 것들을 두루 살필 수 없었고, 다만 『구운몽』(서포 김만중이 지었으니, 다소 의의가 있다.)과 『사씨남정기』(북헌 김춘택이 지었다.)가 있다. 속설에 따르면, 『구운몽』은 김만중이 유배 갔을 때 대부인의 근심을 덜고자 하룻밤만에 지었다 하고, 『사씨남정기』는 김춘택이 숙종이 인현왕후 민씨를 폐위했기 때문에 임금의 마음을 깨우치려고 지었다 한다.[45]

45 李圭景, 『五洲衍文長箋散藁』詩文篇/論文類-小說〈小說辨證說〉: 如此小說 我東人則
量淺才短 亦不能領略閭巷間流行者 只有九雲夢(西浦金萬重所撰 稍有意義)·南征記(北軒
金春澤所著) 世傳西浦竄荒時 爲大夫人銷愁 一夜製之 北軒則爲肅廟仁顯王后閔氏異

이처럼 김만중[46]이 숙종의 잘못을 깨우치기 위해 지었다는 기록이 나온다. 그런데 몇몇 연구자들에 의해 김만중의 이런 목적성은 사리에 맞지 않다는 점을 들어 의문을 제기했다.[47]

그렇다면 다음 문제는 이 소설의 진짜 창작 동기는 무엇인가 하는 점이다. 김만중이 무료하여 여가를 보내고자 창작했다고 볼 수도 있지만, 유배를 와 정치적 위기에 처한 김만중이 그런 단순한 이유로 『사씨남정기』를 창작했다고 보기는 어렵다.

그래서 나는 우선 그가 젊었을 때 장편오언시 〈단천절부시端川節婦詩〉를 지으면서 보고 들은 사실이 이 작품의 얼개를 형성하는 데 영향을 미쳤다는 점과 함께, 충신이 모함을 받아 억울하게 유배를 당해 고통과 방황 끝에 스스로 목숨을 끊은 굴원屈原, 기원전 343?-기원전 278 모티프를 빌려왔다는 점을 이야기하고 싶다. 〈단천절부시〉는 한 남성을 향한 생사를 넘어선 애정을 드러내 훗날 『사씨남정기』에 나오는 사씨의 원형을 보여주었다. 『사씨남정기』 내용에도 보면 사씨가 쫓겨나 떠돌다가 당도하여 자살을 생각하던 장소가 회사정懷沙亭, 굴원이 바위를 안고 물로 뛰어든 곳으로 설정된 것도 이런 가정을 뒷받침한다.[48]

이 두 가지가 『사씨남정기』 구성상 영향과 함께 창작 동기의 하나가 된다면, 김만중의 문집 『서포집』에 실린 아래 작품도 그 가운데 하

位 欲悟聖心而製者云.

46 본문에서는 작자가 김만중이 아니라 북헌 김춘택으로 나오는데, 김춘택이 『사씨남정기』를 국역했기 때문에 이런 오류가 생긴 듯하다

47 『사씨남정기』를 현대역한 류준경도 이 책의 해설에서 같은 의문을 제기하고 있다. 『사씨남정기』(류준경 옮김, 문학동네, 한국고전문학전집 17, 2014) 430-432쪽.

48 『사씨남정기』, 위의 책, 87쪽.

나라고 지적할 수 있다. 먼저 〈병서〉부터 읽어보자.

반첩여[49]와 매비[50]의 이야기를 듣고서 느낀 바 있어 짓다[51]

갑인년1674년 봄에 내가 시종으로서 죄를 져서 금성에 유배되어 살고 있었는데, 도헌[52] 이혜중[53]이 원주에서 죽었다. 내가 이미 장편 4백 자로 애도하고 다시 이 시를 지었는데, 남녀 사이의 일에 빗대어서 지난 시에서 다하지 못한 뜻을 표현했다. 또 이것으로 가만히 이공에게 갖다 붙인 것은 대개 남녀와 군신 사이의 감정은 이륜[54]에서 발현한 것으로, 처음부터 못생기고 잘생기거나 현명하고 어리석은 차이에서

---

49 반첩여(班婕妤) : ?~?. 전한 부풍(扶風) 안릉(安陵) 사람. 성제(成帝)의 후궁으로 반첩여(班倢伃) 라고도 부르는데, 첩여는 상경(上卿)에 해당하는 궁중 여관(女官)의 이름이다. 처음에 소사(少 使)로 궁중에 들어왔다가 대행(大幸)을 입어 첩여가 되었다. 어질고 우아하여 처음에는 성제 의 총애를 독점했지만, 자태가 가볍고 날씬한데다 노래와 춤에 능한 조비연(趙飛燕) 자매가 궁 에 들어오고 나서는 총애가 식었다. 홍가(鴻嘉) 3년(기원전 18) 자신이 조비연 자매에게 미치지 못함을 알고, 또 모함에 빠져 해를 입을까 걱정하여 스스로 물러나 장신궁(長信宮)으로 물러나 태후(太后)를 모시며 지냈다. 부(賦)를 잘 지어 〈자도부(自悼賦)〉와 〈도소부(搗素賦)〉, 〈원가부 (怨歌賦)〉 등을 지었다. 성제가 죽자 봉원릉(奉園陵)으로 있다가 죽었다.

50 매비(梅妃) : ?~?. 당나라 현종(玄宗) 때 사람. 총희(寵姬) 강채빈(江采蘋)을 일컫는 말이다. 처음 에 현종의 사랑을 받았지만 양귀비(楊貴妃)가 입궁한 뒤 총애를 잃고 안록산(安祿山, 703~757?) 의 난 때 죽었다. 그와 양귀비와의 총애를 다툰 것을 묘사한 당나라 조업(曹鄴)이 지은 소설『 매비전(梅妃傳)』이 유명하다.

51 『서포집』 권2 〈讀班婕妤梅妃故事 感而賦之〉

52 도헌(都憲) : 대사헌(大司憲)의 다른 이름. 조선시대 도찰원(都察院) 소속 관원의 하나다.

53 이혜중(李惠仲) : 이민적(李敏迪, 1625~1673). 조선 후기의 문신. 본관은 전주고, 자는 혜중(惠仲) 이며, 호는 죽서(竹西)다. 1646년 진사가 되고 1656년 별시문과에 장원급제했다. 이조참관으로 있으면서 이상(李翔)의 죄를 변호하다가 인동부사(仁同府使)로 좌천되었는데, 기일 내에 부임 하지 않아 파직되었다. 진도(珍島)의 봉암사(鳳巖祠)에 배향되었다. 문집에『죽서집』이 있다. 이민적은 1673년에 죽었는데 시가 다음 해 지어진 것은, 이민적이 죽은 날자가 11월 22일이라 해를 건너 위 시를 지은 때문으로 보인다.

54 이륜(彛倫) : 인간으로서 지켜야 할 떳떳한 도리. 인륜(人倫). 천륜(天倫).

나온 것이 아니기 때문이다. 다른 사람에게 이공의 죽음 소식을 듣는다면 군왕 또한 안타까워할 것이기 때문에 네 번째에서 말했다.[55]

이 작품은 1674년현종 15, 숙종 즉위년에 김만중이 금성에 유배를 살고 있을 때 지어졌다. 그는 이해 1월 27일 유배를 떠나 4월 1일에 풀려났다. 유배를 가게 된 배경은 2차 예송禮訟과 관련이 있는데, 대공설大功說, 9개월을 주장한 서인이 기년설期年說, 1년을 주장한 남인에게 패하자, 그 역시 어전에서 남인인 영의정 허적許積, 1610~1680을 파직할 것을 요구하다 화를 입고 말았다.

이민적도 김만중과 마찬가지로 유배를 갔다가 사망한 것은 아닌 것으로 보인다. 다만 그 이전에 이상의 죄를 변호하다가 좌천되고 파직을 당한 일이 있는데, 이런 점에서 김만중은 동지애를 느꼈던 모양이다.

김만중은 〈병서〉에서 이민적의 일을 남녀[56] 사이의 일에 빗대어서 먼저 쓴 애도시에서 다하지 못한 심정을 담았다고 했다. 그러면서 남녀와 군신 사이의 감정은 인륜에서 발현한 것이지 처음부터 못생기고 잘생기거나, 현명하고 어리석은 차이에서 나온 것이 아니기 때문이라고 부연 설명한다. 즉 신하가 군왕에게 직언을 올리고, 이에 따라 군왕이 좌천이나 파직(나아가 유배)의 명령을 내린 것은 감정이 개입된 문

---

55 〈병서(并序)〉: 甲寅春 余以侍從被罪 謫居金城 而李都憲惠仲卒於原州 余旣以長篇 四百字哭之 復作此詩 托之男女之際 以申前詩未盡之意 且以竊自附於李公者 蓋以男 女君臣之情 發於彛倫者 初無醜好賢不肖之別也 從人聞李公之死 天意嗟惜 故第四云.

56 김만중이 이 시에서 생각한 〈남녀〉란 단순히 애정으로 얽힌 사이가 아니라 〈부부〉의 연을 맺은 경우를 상정한 것으로 보인다.

제가 아니라 천륜에 따른 결과로 당위성이 있다고 보았다. 그러니 오해가 풀리거나 무고가 밝혀지면 다시 원래의 자리로 돌아갈 문제라는 것이다. 은근히 군왕이 자신의 처결이 사리에 맞지 않음을 깨달아 처결을 거두어줄 것을 권유하는 것이다. 물론 시에서는 이런 내심을 구체적으로 드러내지는 않았다.

桂葉雙蛾紅綃衣	계엽[57] 같은 두 눈썹에 붉은 비단 옷을 입고
梅花疏影共依依	매화 꽃잎 성근 그림자가 함께 어른거리네.
當時一顧且不得	당시에 한 번 돌아봄도 얻지 못했는데
身後丹靑謾光輝	죽은 뒤 단청 빛만 광휘를 속이는구나.
亦有棄妾抱秋扇	또 버림받은 첩이 있어 추선[58]만 품으면서
淚盡深宮不相見	눈물이 다했어도 궁궐에서 서로 뵙지 못했지.
河漢迢迢北斗廻	은하수는 아득하고 북두성은 빙빙 도는데
夢裡彷彿君王面	꿈속에서도 임금님 얼굴은 흐릿하구나.[59]
不見死別與生離	죽어 이별하는 것과 살아 헤어지는 것을 보지 못했다면
安識人間婦人悲	어찌 인간 세상 아녀자의 슬픔을 알겠는가?

---

57 계엽(桂葉) : 계수나무의 잎. 그리하여 여자의 눈썹을 가리키는 말이다.

58 추선(秋扇) : 가을이 되어 필요 없게 된 부채라는 뜻. 사랑을 잃은 여자나 가치가 없어진 물건을 비유하는 말이다.

59 흐릿하구나[彷彿] : 방불(彷彿)은 흐릿하여 분명하지 못한 모양.

風箏絃斷石沈海	풍경[60] 줄은 끊어지고 돌은 바다에 가라앉았는데
璧月寡色崇蘭萎	둥근 달은 빛이 바래져 숭란[61]은 시들었네.
花開複峽紅千層	골짜기마다 꽃은 펴서 붉은 빛으로 가득하고
內江外江春冥冥	가까운 강이나 먼 강이나 봄기운에 젖었구나.
採得蘪蕪山月上	궁궁이[62]를 캐자니 산에 달은 떠오르는데
想聞環佩聲冷冷	환패 소리가 아련하게 들리는 듯하구나.

반첩여나 매비는 자신에게 잘못이 있어 총애를 잃고 버림을 받은 것이 아니다. 조비연 자매나 양귀비가 들어와 군왕의 판단력을 흐리게 만들었기 때문에 일어난 사달의 희생자였다. 억울한 희생자였던 만큼 그들에게는 죄가 없었고, 후대 정당한 평가를 받았다.

이런 몇 가지 근거를 바탕으로 논의를 확장하면 『사씨남정기』의 창작 동기가 인현왕후와 장희빈에 얽힌 숙종의 과오를 깨우치려는 목적보다는 사씨는 억울한 누명을 쓰고 쫓겨난 자신에 빗대고, 교씨 일파는 정국과 국왕을 그릇되게 이끈 반대파인 남인들을 비유한 것이 아닐까 하는 판단이 떠오른다. 즉 소설의 주인공 '사씨'는 '인현왕후'가 아니라 '김만중' 자신이라는 것이다. 소설에서처럼 결국 한 집안의

---

60 풍경[風箏] : 풍쟁(風箏)은 처마 끝에 달아 바람에 흔들리면 소리를 내는 금속 조각. 풍경(風磬). 풍금(風琴).

61 숭란(崇蘭) : 총란(叢蘭). 무더기로 핀 난초(蘭草).

62 궁궁이[蘪蕪] : 미무(蘪蕪)는 풀[草] 이름. 궁궁이[芎藭]의 싹으로 잎에서 향기(香氣)가 난다.

가장이 실상을 알고 사씨를 정실부인으로 다시 맞고 교씨를 죽인 것처럼, 숙종이 반대파를 몰아내고 자신을 비롯한 억울한 누명을 쓴 사람의 억울함을 풀어주기를 바라는 심정이 『사씨남정기』라는 작품으로 형상화된 것이다. 소설은 결국 작가 자신의 얘기를 다룬다는 점에서, 전혀 동떨어진 인물은 아니지만 인현왕후의 억울함을 개진하기보다는 자신에게 가해진 오해와 모함을 바로잡고 정도가 실현되기를 바라는 심정이 『사씨남정기』라는 소설로 극화되었다고 보는 것이 타당해 보인다.

이런 창작 동기에 대한 지적이 『사씨남정기』 자체의 뛰어난 문학성과 성취를 돋보이게 하는 것은 아니지만, 작품 이해에 새로운 관점을 제시한다는 점에서 검토할 필요성이 있다고 생각한다. 이 소설을 읽어 볼 기회가 있다면 이런 점에 주목하면서 감상하는 것도 좋을 듯하다.

5. 끝맺는 말

이 글은 우리 한글문학에 큰 족적을 남긴 김만중의 성과가 어떤 과정을 거쳐 구체적인 실천 단계에 이르렀는지 논의하기 위해 쓰였다. 또 그런 김만중의 인식이 구체화된 작품 가운데 『사씨남정기』를 들어 그 문학적 성취를 몇 가지 측면에서 분석해 보았다.

김만중이 한글문학에 관심을 가지고 『서포만필』에서 '앵무새론'을 제기하기에 이른 것은 사변적인 논리에 따른 결론이 아니었다. 『서포집』에 실린 여러 한시를 통해 확인했듯이 김만중은 일찍부터 정철의 가사와 고려속요, 경기체가, 이어俚語의 가치와 효용성, 우리 전통연희의 풍부한 문학성을 인식해왔다. 또 그런 작품을 읽고 들으면서 사람의 심경을 울리는 감동도 체험했다. 이런 경험이 쌓여 '앵무새론'은 완성된 것이고, 한글로 장편소설까지 쓰기에 이르렀던 것이다. 이 때문에 그의 소설 『구운몽』과 『사씨남정기』는 말년에 갑자기 발생한 돌발적인 결과가 아니라 꾸준한 한글문학과 전통문예에 대한 관심이 일궈낸 성과였다고 말할 수 있게 된다.

한 걸음 더 나아가 『사씨남정기』는 허균의 『홍길동전』에 이어 두 번째로 쓰인 한글소설이기 때문에 가치가 있는 것만이 아니라 소설 자체로도 높은 수준을 확보하고 있었기에 오늘날 우리가 독서하고 감상하면서 평가해야 한다는 점도 보여주었다. 또 『사씨남정기』의 창작 동기는 '사씨'는 작자인 김만중 자신이며, 숙종이 오해를 풀고 모함을 직시하여 자신을 다시 조정으로 복귀시켜 줄 것을 희망하면서 창작한 것이라는 점을 주장했다. 그의 희망이 실현되지 못하고 결국 남해에서 숨을 거둔 사실은 소설의 비극성을 더욱 극대화시킨다. 물론 그의 소설이 완벽한 수준에까지 오르지 못했고, 시대적인 한계가 저변에 깔려 있다는 점도 인정해야 한다. 이는 새로운 창조에 따르는 어쩔 수 없는 한계일 것이다.

김만중 이후 우리의 한글소설사는 침체기에 접어들었다. 박지원朴趾源, 1737–1805이나 이옥李鈺, 1760–1815 같은 뛰어난 작가들이 자신의 작품을 한글로 쓰지 않고 한문으로 쓰는 태도를 버리지 못한 탓이 크다. 이 때문에 한글이 문학어로 정착하는 데 상당히 긴 시간을 기다려야 했다. 그런 점에서도 김만중의 한글문학 인식과 그 실천적 성취는 더욱 빛을 발한다고 말할 수 있을 것이다.

죽는 자는 누구인가

— 유배탐정 김만중과 열 개의 사건 —

초판 1쇄 발행일 2016년 12월 8일

지은이 임종욱
펴낸이 박영희
편집 김영림
디자인 박희경
마케팅 임자연
인쇄·제본 에이피프린팅
펴낸곳 도서출판 어문학사
　　　서울특별시 도봉구 쌍문동 523-21 나너울 카운티 1층
　　　대표전화: 02-998-0094/편집부1: 02-998-2267, 편집부2: 02-998-2269
　　　홈페이지: www.amhbook.com
　　　트위터: @with_amhbook
　　　페이스북: www.facebook.com/amhbook
　　　블로그: 네이버 http://blog.naver.com/amhbook
　　　　　　　다음 http://blog.daum.net/amhbook
　　　e-mail: am@amhbook.com
　　　등록: 2004년 4월 6일 제7-276호

ISBN 978-89-6184-425-3 03810
정가 15,000원

이 도서의 국립중앙도서관 출판예정도서목록(CIP)은 e-CIP홈페이지(http://www.nl.go.kr/ecip)와
국가자료공동목록시스템(http://www.nl.go.kr/kolisnet)에서 이용하실 수 있습니다.
(CIP제어번호: CIP2016028717)